Fischer TaschenBibliothek

Das Geheimnis eines alten Buches lockt die junge Amerikanerin Julia nach Italien: es ist die längst vergessene erste Fassung der Romeo-und-Julia-Geschichte, und es handelt von den verfeindeten Familien Tolomei und Salimbeni in Siena.

Völlig überrascht stößt Julia dabei auch auf die Warnung ihrer verstorbenen Mutter: bis heute liege ein Fluch auf den Familien – und damit auch auf ihr. Denn ihr wahrer Name ist Giulietta Tolomei. Julia macht sich auf die Suche nach ihrem Erbe und spürt dabei bald, dass sie beobachtet und verfolgt wird. Während Siena dem Palio entgegenfiebert, gerät sie in höchste Gefahr. Wird der Fluch der Vergangenheit auch sie einholen?

»Das ist eine Geschichte, in die man hineingerissen wird und keine Chance hat, dem Sog zu entkommen: Die Palette reicht von rasant über mysteriös bis romantisch. Immer wieder lauern neue Überraschungen auf einen. Spannend und leidenschaftlich.« *Arno Udo Pfeiffer, MDR 1*

Anne Fortier wuchs in Dänemark auf, wo sie im Fach Ideengeschichte promovierte. Mit ihrem Mann, den sie in Oxford kennenlernte, ging sie nach Amerika. Sie war Co-Produzentin von Dokumentarfilmen und lehrte Philosophie und Europäische Geschichte an verschiedenen Universitäten. Sie fühlt sich auf beiden Seiten des Atlantiks zu Hause. Seit der Kindheit von Shakespeares Heldin fasziniert, forschte sie für ihren Roman in Sienas Archiven und Museen.

Die Webseite der Autorin: www.annefortier.com

Weitere Informationen, auch zu E-Book-Ausgaben, finden Sie bei www.fischerverlage.de

ANNE
FORTIER

JULIA

Roman

Aus dem Amerikanischen von
Birgit Moosmüller

Fischer TaschenBibliothek

Veröffentlicht im Fischer Taschenbuch Verlag,
einem Unternehmen der S. Fischer Verlag GmbH,
Frankfurt am Main, Oktober 2012

Die amerikanische Originalausgabe erschien unter dem Titel
»Juliet« bei Ballantine Books, Random House Inc., New York.
Copyright © 2010 by Anne Fortier
Published by Arrangement with Anne Fortier
Dieses Werk wurde vermittelt durch die
Literarische Agentur Thomas Schlück GmbH, 30 827 Garbsen.
Für die deutschsprachige Ausgabe:
© S. Fischer, Frankfurt am Main 2010
Stadtkarte Siena: Kartengrafik Thomas Vogelmann, Mannheim
Das in Kapitel III.I. beschriebene Fresko
Ambrogio Lorenzettis von der »Guten und schlechten Regierung«
im Palazzo Pubblico, Siena, finden Sie unter:
http://de.wikipedia.org/wiki/Ambrogio_Lorenzetti
Umschlaggestaltung: bilekjaeger, Stuttgart
Umschlagabbildung: Hilden Design unter Verwendung
eines Motivs von Shutterstock
Satz: pagina GmbH, Tübingen
Druck und Bindung: Kösel, Altusried-Krugzell
Printed in Germany
ISBN 978-3-596-51263-8

Für meine geliebte Mutter
Birgit Malling Eriksen,
deren Großzügigkeit und herkulische
Forschungsarbeit
dieses Buch möglich machten

Kommt, offenbart mir ferner, was verborgen:
Ich will dann strafen, oder Gnad' erteilen;
Denn niemals gab es ein so hartes Los
Als Juliens und ihres Romeos.

Shakespeare

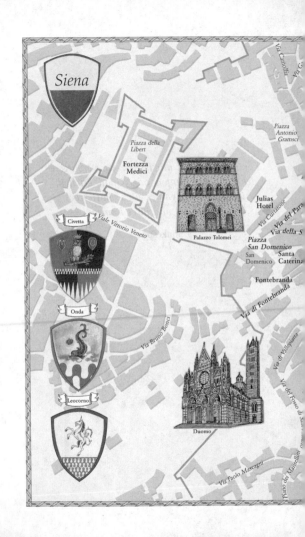

Siena

Piazza della
Libert

Fortezza
Medici

Via Camollia

Via G

Piazza
Antonio
Gramsci

Julias
Hotel

Via Curtatone
Via del Para
Via della S

Palazzo Tolomei

Piazza
San Domenico

San
Domenico

Santa
Caterina

Fontebranda

Civetta

Viale Vittorio Veneto

Onda

Via Bruno Bonci

Via di Fontebranda

Via di Villapiatta

Via del Fosso di S

Leocorno

Duomo

Via Paolo Mascagni

Piano dei Mantellini

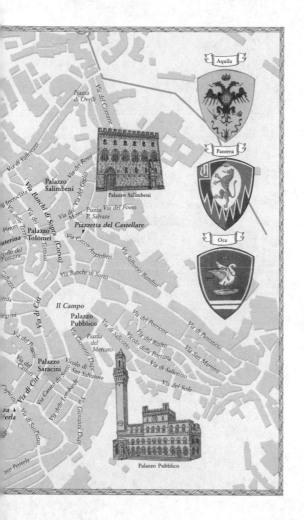

Aquila

Pantera

Oca

Piazza
di Ovelli

Via del Comune

Via di Vallerozzi

Via dei Rossi

Via del Giglio

Palazzo
Salimbeni

Palazzo Salimbeni

Il Incrociata

Via Banchi di Sopra (Corso)

Via delle Terme

Via dei Pittori

Via dei Termini

Piazzetta del Castellare

Piazza Via del Fosso
P. Salvani

Palazzo
Tolomei

Caterina

icolo del
Forcone

Via Cecco Angiolieri

Via Silvestro Bandini

Via Banchi di Sotto

Via di Città

Il Campo

grini

Via del Poggio

Palazzo
Pubblico

Via di Salicotto

Via del Porrione

Via del Rialto

Via di Pantaneto

Via San Martino

Piazza
del
Mercato

Via di Salicotto

Vicolo della Fortuna

Palazzo
Saracini

Via di Città

Via del
Castoro

Vicolo di San Salvatore

Via Giovanni Dupré

Via di Salicotto

Via del Sole

Via delle Lombarde

Via di San Pietro

za
erla

no Pentola

Palazzo Pubblico

Prolog

Angeblich war ich tot.

Mein Herz blieb stehen, und ich atmete nicht mehr – in den Augen der Welt war ich wirklich tot. Einige sagen, ich sei drei Minuten weg gewesen, andere sprechen von vier. Mir persönlich kommt es allmählich so vor, als wäre das mit dem Totsein weitgehend Ansichtssache.

Als Julia hätte ich es wahrscheinlich kommen sehen müssen. Aber ich wollte unbedingt daran glauben, dass es dieses Mal nicht wieder auf die alte bedauerliche Tragödie hinauslaufen würde. Diesmal würden wir, Romeo und ich, für immer zusammen sein, und unsere Liebe würde nie wieder durch finstere Jahrhunderte des Bannes und des Todes unterbrochen.

Doch der Barde lässt sich nicht narren. Deswegen starb ich pflichtbewusst, als mein Text zu Ende war, und fiel zurück in den Brunnen der Schöpfung.

O willkommner Stift! Dies werde deine Seite.

Tinte da, nun lass mich schreiben.

I. I

O wehe, weh mir! Was für Blut befleckt
Die Steine hier an dieses Grabmals Schwelle?

Es dauerte eine Weile, bis ich wusste, wo ich anfangen sollte. Man könnte behaupten, dass meine Geschichte bereits vor über sechshundert Jahren mit einem Straßenraub in der mittelalterlichen Toskana begann – oder erst viel später, mit einem Tanz und einem Kuss im Castello Salimbeni, als meine Eltern sich das erste Mal begegneten. All das jedoch erfuhr ich nur durch ein Ereignis, das mein Leben über Nacht veränderte und mich zwang, nach Italien zu reisen und mich auf die Suche nach der Vergangenheit zu begeben. Besagtes Ereignis war der Tod meiner Großtante Rose.

Umberto brauchte drei Tage, um mich zu finden. Angesichts meiner Begabung in der Kunst des Verschwindens überrascht es mich, dass er es überhaupt schaffte. Wobei Umberto seit jeher die unheimliche Fähigkeit besitzt, meine Gedanken zu lesen und meine Schritte vorherzusagen. Außerdem gibt es in Virginia ja nur eine begrenzte Anzahl von Shakespeare-Sommercamps.

15

Wie lange er dort an der Rückseite des Raumes stand und der Aufführung zusah, weiß ich nicht. Ich war wie immer hinter der Bühne und zu sehr mit den Kindern beschäftigt – voller Sorge, ob sie ihren Text noch konnten und mit ihren Requisiten zurechtkamen –, so dass ich nichts anderes um mich herum wahrnahm, bis der Vorhang fiel. Nach unserer Generalprobe am Nachmittag hatte jemand das Giftfläschchen verlegt, so dass Romeo nun mangels besserer Alternativen mit Tic-Tacs Selbstmord begehen musste.

»Aber von denen bekomme ich Sodbrennen!«, beschwerte sich der Junge mit der ganzen anklagenden Angst eines Vierzehnjährigen.

»Großartig!«, konterte ich und widerstand dem mütterlichen Drang, die Samtkappe auf seinem Kopf zurechtzurücken. »Dann kannst du dich besser in deine Rolle hineinversetzen.«

Erst, als hinterher das Licht wieder anging und die Kinder mich auf die Bühne zerrten, um mich dort mit Dankbarkeit zu überschütten, bemerkte ich die vertraute Gestalt, die hinten in der Nähe des Ausgangs stand und mich über das applaudierende Publikum hinweg betrachtete. Mit seinem dunklen Anzug und der Krawatte wirkte Umberto so ernst und stattlich, dass er aus der Menge hervorstach wie ein einzelner Halm der Zivilisation aus einem urzeitlichen Sumpf. Das war schon immer so gewesen. Seit

16

ich mich erinnern konnte, hatte er niemals auch nur ein einziges Kleidungsstück getragen, das als leger zu bezeichnen war. Khakishorts und Golfhemden galten bei Umberto als die Bekleidung von Männern, die keinerlei Tugenden mehr besaßen – nicht einmal Schamgefühl.

Als der Ansturm dankbarer Eltern nach einer Weile abebbte und ich endlich die Bühne verlassen konnte, wurde ich noch kurz vom Programmdirektor aufgehalten, der mich an den Schultern packte und herzlich schüttelte. Er kannte mich zu gut, um eine Umarmung zu wagen. »Gut gemacht, Julia«, rief er laut, »Sie haben wirklich ein Händchen für die jungen Leute! Ich darf doch nächsten Sommer wieder mit Ihnen rechnen?«

»Auf jeden Fall«, log ich im Weitergehen. »Ich werde zur Stelle sein.«

Als ich endlich auf Umberto zutrat, suchte ich vergeblich nach dem kleinen Funken Glück, der für gewöhnlich in seinen Augenwinkeln stand, wenn er mich nach langer Zeit wiedersah. Diesmal aber konnte ich nicht einmal die Spur eines Lächelns entdecken. Plötzlich begriff ich, warum er gekommen war. Während ich wortlos in seine Umarmung sank, wünschte ich, es stünde in meiner Macht, die Realität wie eine Sanduhr auf den Kopf zu stellen. Ach, wäre das Leben doch keine endliche Angelegenheit, sondern stattdessen ein ewiger Kreislauf, in den man immer wieder durch ein kleines Loch im Universum zurückkehren könnte.

»Weine nicht, *Principessa*«, flüsterte er in mein Haar hinein, »das hätte sie nicht gewollt. Wir können nicht alle ewig leben. Sie war zweiundachtzig.«

»Ich weiß, aber …« Ich trat einen Schritt zurück und wischte mir die Augen. »War Janice da?«

Wie immer, wenn der Name meiner Zwillingsschwester fiel, verengten sich Umbertos Augen. »Was glaubst du denn?« Erst jetzt aus der Nähe sah ich, dass er angeschlagen und deprimiert wirkte, als hätte er sich die letzten paar Abende in den Schlaf getrunken. Doch vielleicht war das eine ganz normale Reaktion. Was sollte ohne Tante Rose aus Umberto werden? Seit ich denken konnte, waren die beiden einander in einer Notgemeinschaft aus Moneten und Muskeln verbunden gewesen – sie hatte die alternde *belle* gespielt, er den geduldigen Butler –, und trotz ihrer Differenzen hatte keiner von beiden je daran gedacht, ein Leben ohne den anderen zu wagen.

Der Lincoln parkte diskret drüben neben der Lagerfeuerstelle, und kein Mensch bekam mit, wie Umberto meinen alten Rucksack in den Kofferraum legte, ehe er mir mit maßvoller Feierlichkeit die hintere Tür aufhielt.

»Ich möchte vorne sitzen. Bitte.«

Unter missbilligendem Kopfschütteln öffnete er

mir nun die Beifahrertür. »Ich wusste, dass das alles irgendwann zu Ende gehen würde.«

Dabei hatte es niemals an Tante Rose gelegen, dass ihr Verhältnis so förmlich blieb. Ja, Umberto war ihr Angestellter, aber sie behandelte ihn stets wie ein Familienmitglied. Was von ihm jedoch nie erwidert wurde. Jedes Mal, wenn Tante Rose vorschlug, Umberto solle sich doch zu uns anderen an den Tisch setzen, bedachte er sie bloß mit einem erstaunten, aber nachsichtigen Blick, als würde er sich immer wieder von neuem darüber wundern, wieso sie ihn ständig dazu aufforderte und seine Einstellung zu diesem Thema einfach nicht begriff. Er nahm alle seine Mahlzeiten in der Küche ein. Das war seit jeher so gewesen und würde auch so bleiben. Nicht einmal der Herrgott – der von Tante Rose mit wachsender Verzweiflung beschworen wurde – konnte ihn dazu bringen, sich zu uns zu setzen, auch wenn es sich um Festtage handelte.

Tante Rose entschuldigte Umbertos Eigenheit immer als typisch europäisch und blendete dann geschickt zu einem Vortrag über Tyrannei, Freiheit und Unabhängigkeit über, der unweigerlich darin gipfelte, dass sie mit der Gabel auf uns deutete und fauchte: »Und genau aus diesem Grund werden wir in den Ferien *nicht* nach Europa fliegen. Vor allem nicht nach Italien. Basta!« Ich persönlich war ziemlich sicher, dass Umberto allein schon deswegen lieber in der Küche speiste, weil er seine eigene Gesellschaft dem, was wir zu bieten hatten, bei weitem vorzog. Während er gemütlich in der Küche saß und seine Opernmusik, seinen Wein und sein perfekt herangereiftes Stück Parmesan genoss, zankten wir – Tante Rose, ich und Janice – im zugigen Speisezimmer frierend vor uns hin. Hätte ich die Wahl gehabt, hätte ich ebenfalls den ganzen Tag in der Küche verbracht.

Während wir nun durch das mondhelle Shenandoah Valley fuhren, berichtete mir Umberto von Tante Roses letzten Stunden. Sie war ganz friedlich im Schlaf gestorben, nachdem sie sich einen Abend lang all ihre Lieblingslieder von Dean Martin angehört hatte – eine knisternde Platte nach der anderen. Nachdem der letzte Akkord des letzten Stücks verklungen war, hatte sie sich erhoben und die Verandatür zum Garten geöffnet, vielleicht, weil sie noch einmal den Duft des Geißblatts in sich aufsaugen wollte. Wie Umberto mir erzählte, stand sie dort eine Weile mit geschlossenen Augen, wobei die langen Spitzenvorhänge um ihren dürren Körper flatterten, ohne dabei das geringste Geräusch zu machen – als wäre sie bereits ein Geist.

»Habe ich das Richtige getan?«, fragte sie ihn damals sehr leise.

»Natürlich haben Sie das«, lautete seine diplomatische Antwort.

Erst gegen Mitternacht bogen wir in Tante Roses Zufahrt ein. Umberto hatte mich bereits vorgewarnt, dass Janice am Nachmittag mit einem Taschenrechner und einer Flasche Champagner aus Florida eingetroffen war. Was jedoch nicht erklärte, warum direkt vor dem Eingang ein zweiter Sportwagen parkte.

»Ich hoffe wirklich«, sagte ich, während ich meinen Rucksack aus dem Kofferraum hievte, ehe Umberto mir zuvorkommen konnte, »dass das *nicht* der Bestatter ist.« Kaum hatte ich die Worte ausgesprochen, verzog ich wegen meiner schnodderigen Ausdrucksweise das Gesicht. Eigentlich war es überhaupt nicht meine Art, so daherzureden. Das passierte nur, wenn ich in Hörweite meiner Schwester kam.

Umberto, der nur einen raschen Seitenblick für den mysteriösen Wagen übrig hatte, zog seine Jacke auf eine Art zurecht, wie man es wohl mit einer kugelsicheren Weste tat, ehe man sich ins Kampfgetümmel stürzte. »Ich fürchte, es gibt viele Arten, mit dem Tod umzugehen.«

Sobald wir Tante Roses Haus betreten hatten, begriff ich, was er meinte. All die großen Porträts in der Diele waren abgenommen und standen nun mit dem Rücken zur Wand wie Verbrecher vor einem Erschießungskommando. Die große venezianische Vase, die immer auf dem runden Tisch unter dem Lüster gethront hatte, war bereits verschwunden.

»Hallo?«, rief ich laut, während in mir eine Welle der Wut hochstieg, wie ich sie seit meinem letzten Besuch nicht mehr empfunden hatte. »Noch jemand am Leben?«

In dem stillen Haus hallte meine Stimme ein paar Sekunden lang nach, aber nachdem das Echo verklungen war, hörte ich oben auf dem Gang schnelle Schritte. Trotz dieses kurzen Anfalls von Hektik, den das schlechte Gewissen bei Janice auslöste, ließ sie sich ihren üblichen, wie in Zeitlupe inszenierten Auftritt auf der breiten Treppe keineswegs nehmen. Nach einer kurzen Pause für die Weltpresse warf sie ihr langes Haar mit träger Selbstzufriedenheit nach hinten und bedachte mich mit einem hochnäsigen Lächeln, ehe sie ihren Abstieg begann. »Und siehe da«, bemerkte sie mit honigsüßer, aber zugleich eiskalter Stimme, »unsere Virgitarierin ist gelandet.« Erst dann registrierte ich den männlichen Beigeschmack der Woche, der ihr dicht auf den Fersen folgte und dabei so aufgelöst und schwelläugig wirkte, wie man eben aussieht, wenn man eine Weile mit meiner Schwester allein war.

»Ja, auch wenn es dich enttäuscht«, antwortete ich, während ich meinen Rucksack geräuschvoll zu Boden fallen ließ. »Kann ich dir helfen, das Haus von sämtlichen Wertsachen zu befreien, oder machst du das lieber allein?«

Janices Lachen klang wie ein kleines Windspiel auf

der nachbarlichen Veranda, das dort nur hängt, um einen zu ärgern. »Das ist Archie«, informierte sie mich auf ihre geschäftsmäßig-lockere Art, »er wird uns für diesen ganzen Schrott zwanzig Riesen geben.«

Ich blickte den beiden voller Abscheu entgegen. »Wie großzügig von ihm. Offensichtlich hat er eine Vorliebe für Müll.«

Janice warf mir einen eisigen Blick zu, riss sich dann aber am Riemen. Sie wusste sehr gut, dass mir nicht das Geringste an ihrer guten Meinung lag und ihre Wut mich nur amüsierte.

Ich bin vier Minuten vor ihr zur Welt gekommen. Egal, was sie tat oder sagte, ich würde immer vier Minuten älter sein. Obwohl Janice sich selbst als den Turbohasen und mich als mühsam vorankrabbelnden Igel sah, wussten wir beide, dass sie um mich herum so viele großspurige Haken schlagen konnte, wie sie wollte, und dennoch nie den winzigen Abstand zwischen uns aufholen konnte.

»Tja«, meinte Archie mit Blick auf die Tür, »ich bin dann mal weg. War nett, Sie kennenzulernen, Julia – Sie heißen doch Julia, nicht wahr? Janice hat mir alles über Sie erzählt …« Er lachte nervös. »Also, lasst euch nicht unterkriegen! Macht Frieden, nicht Liebe, wie es so schön heißt.«

Janice winkte Archie nach, bis er die Tür hinter sich zufallen ließ. Sobald er jedoch außer Hörweite war, verwandelte sich ihr Engelsgesicht wie bei einem Halloween-Hologramm in eine teuflische Fratze. »Schau mich nicht so an!«, fauchte sie. »Ich versuche nur, ein bisschen Geld für uns herauszuschlagen. Was man von dir ja nicht behaupten kann, oder?«

»Ich habe auch nicht deine Art von … Ausgaben.« Ich nickte zu ihren neuesten Errungenschaften hinüber, die sich unter dem engen Kleid rund und deutlich abzeichneten. »Sag mal, Janice, wie *schaffen* sie es eigentlich, dieses ganze Zeug in dich hineinzustopfen? Durch den Nabel?«

»Sag mal, Julia«, äffte Janice mich nach, »wie fühlt es sich eigentlich an, nie etwas in sich reingestopft zu bekommen? Überhaupt nie!«

»Entschuldigen Sie, meine Damen«, unterbrach uns Umberto und trat mit höflicher Miene zwischen uns, wie er es schon so viele Male zuvor getan hatte, »aber ich schlage vor, wir verlegen diesen spannenden Wortwechsel in die Bibliothek.«

Bis wir Janice einholten, hatte sie sich bereits über Tante Roses Lieblingssessel drapiert und einen Gin Tonic auf dem Kissen abgestellt, das ich in meinem letzten Jahr an der Highschool mit einem Fuchsjagdmotiv bestickt hatte, während meine Schwester auf der Jagd nach zweibeiniger Beute war.

»Was ist?« Sie blickte uns mit kaum verhohlener Abneigung entgegen. »Glaubt ihr nicht, dass sie mir die Hälfte ihrer alkoholischen Getränke hinterlassen hat?«

Es war typisch Janice, einen Streit vom Zaun zu brechen, obwohl gerade jemand gestorben war. Ich wandte ihr den Rücken zu und ging zur Terrassentür hinüber. Draußen standen Tante Roses geliebte Terrakottatöpfe aufgereiht wie ein Spalier von Trauernden. Die Blüten hingen tief herab. Ein ungewohnter Anblick. Sonst hatte Umberto den Garten immer perfekt im Griff, aber vielleicht war ihm nun, da es seine Arbeitgeberin und dankbare Zuhörerin nicht mehr gab, auch die Freude an seiner Arbeit abhanden gekommen.

»Es überrascht mich«, sagte Janice, während sie den Drink in ihrem Glas herumwirbeln ließ, »dass du noch da bist, Birdie. An deiner Stelle wäre ich längst in Vegas. Mit dem Silber.«

Umberto gab ihr keine Antwort. Er hatte schon vor Jahren aufgehört, direkt mit Janice zu sprechen. Stattdessen sah er mich an. »Die Beerdigung ist morgen.«

»Ich kann nicht fassen«, meinte Janice, die ein Bein über die Armlehne baumeln ließ, »dass du das alles organisiert hast, ohne uns zu fragen.«

»Sie wollte es so.«

»Sonst noch was, das wir wissen sollten?« Janice befreite sich aus der Umarmung des Sessels und strich ihr Kleid glatt. »Ich nehme an, wir bekommen trotzdem alle unseren Anteil? Sie hat sich doch wohl nicht in irgendeine schräge Stiftung für verwaiste Haustiere verliebt, oder so was in der Art?«

»Jetzt halt mal die Luft an«, sagte ich in scharfem Ton. Für ein, zwei Sekunden sah es tatsächlich so aus, als hätte ich Janice damit in ihre Schranken verwiesen. Dann schüttelte sie meine Worte ab, wie sie es immer tat, und griff ein weiteres Mal nach der Ginflasche.

Ich machte mir gar nicht erst die Mühe, ihr dabei zuzusehen, wie sie die Ungeschickte spielte und dann erstaunt die perfekt gezupften Augenbrauen hochzog, um anzudeuten, dass sie keineswegs vorgehabt hatte, sich so viel einzuschenken. Während die Sonne am Horizont sank, würde Janice bald in einen Liegestuhl sinken und es anderen überlassen, die großen Fragen des Lebens zu beantworten, solange sie ihr nur ihre Drinks brachten.

Soweit ich mich erinnern konnte, war sie schon immer so gewesen: unersättlich. Als wir noch Kinder waren, reagierte Tante Rose stets mit einem erfreuten Lachen und dem Ausruf: »Würde man dieses Mädchen in ein Gefängnis aus Lebkuchen sperren, könnte sie sich problemlos einen Weg in die Freiheit fressen!« Als wäre Janices Gier ein Grund, stolz auf sie zu sein. Allerdings stand Tante Rose nun mal an der Spitze der Nahrungskette und hatte – im Gegensatz zu mir – nichts zu befürchten. Seit ich denken konnte, hatte Janice es stets geschafft, meine geheimen Bonbonvorräte aufzuspüren, egal, wie gut ich sie versteckte. Der Ostersonntagmorgen war in unserer Familie grundsätzlich eine traurige, grausame und vor allem kurze Angelegenheit, denn er endete unweigerlich damit, dass Umberto Janice ausschalt, weil sie meinen Anteil der Schokoeier gestohlen hatte, woraufhin Janice – der noch die Schokolade vom Mund tropfte – unter ihrem Bett hervorfauchte, er sei nicht ihr Daddy und habe ihr gar nichts zu sagen.

Das Frustrierende war, dass man es ihr nicht ansah. Ihre Haut gab ihre Geheimnisse nicht preis, sie wirkte so glatt wie der seidenmatte Zuckerguss auf einer Hochzeitstorte, und ihre Gesichtszüge waren so zart geformt wie kleine Marzipanfrüchte und -blumen, fast als hätte dort ein meisterlicher Konditor Hand angelegt. Weder Gin und Kaffee noch Scham oder Reue hatten diese schimmernde Fassade knacken könnten. Es war, als sprudelte in ihrem Inneren eine niemals versiegende Lebensquelle – als stünde sie jeden Morgen frisch verjüngt auf, erquickt vom Brunnen des ewigen Lebens: keinen Tag älter, kein Gramm schwerer, und noch immer erfüllt von einem Heißhunger auf die Welt.

Leider waren wir keine eineiigen Zwillinge. Auf dem Schulhof bekam ich mal mit, wie jemand mich als Bambi auf Stelzen bezeichnete. Obwohl Umberto darüber lachte und mir erklärte, das sei ein Kompliment, fühlte es sich nicht so an. Selbst als ich meine linkischste Zeit hinter mir hatte, blieb mir bewusst, dass ich neben Janice immer noch schlaksig und blutarm aussah. Egal, wohin wir gingen oder was wir taten, verglichen mit ihrer gesunden Farbe und ihrer überschwenglichen Art wirkte ich stets blass und verschlossen.

Jedes Mal, wenn wir gemeinsam einen Raum betraten, richteten sich die Scheinwerfer sofort auf sie, und obwohl ich direkt neben ihr stand, war ich nur ein weiteres Mitglied ihres Publikums. Mit der Zeit gewöhnte ich mich an meine Rolle, beziehungsweise an die Tatsache, dass ich keine spielte. Ich musste mir nie Gedanken darüber machen, wie ich einen Satz zu Ende führen wollte, denn das übernahm unweigerlich Janice für mich. Wenn es doch einmal vorkam, dass mich jemand nach meinen Hoffnungen und Träumen fragte – meist war es irgendeine Nachbarin von Tante Rose, die sich beim Tee höflich danach erkundigte –, eilte mir Janice sofort zu Hilfe, indem sie mich zum Piano zerrte und dort den Versuch unternahm, etwas vorzuspielen, während ich ihr die Seiten umblättern durfte. Selbst jetzt, mit fünfundzwanzig, geriet ich bei Gesprächen mit Fremden noch immer ins Stocken und wand mich dann verlegen, in der verzweifelten Hoffnung, jemand möge mich unterbrechen, ehe ich für meinen Satz ein Verb finden musste.

Wir begruben Tante Rose bei strömendem Regen. Der Friedhof wirkte fast so schmutziggrau, wie ich mich innerlich fühlte. Während ich an ihrem Grab stand, vermischten sich die schweren Regentropfen, die aus meinem Haar herabfielen, mit den Tränen auf meinen Wangen. Die Papiertaschentücher, die ich von zu Hause mitgebracht hatte, waren in meinen Taschen längst zu Brei geworden.

Ich hatte zwar die ganze Nacht geweint, aber nichts bereitete mich auf das Gefühl von Endgültigkeit vor, das mich überfiel, als der Sarg windschief in die Erde hinuntergelassen wurde. Solch ein großer Sarg für Tante Roses spindeldürren Körper ... Nun bereute ich plötzlich, dass ich nicht darum gebeten hatte, ihre Leiche sehen zu dürfen, auch wenn sie selbst darauf keinen Wert gelegt hätte. Oder vielleicht doch? Womöglich beobachtete sie uns gerade von irgendeinem fernen Ort und hätte uns gerne wissen lassen, dass sie wohlbehalten angekommen war. Was für eine tröstliche Idee, und zugleich eine willkommene Ablenkung von der Realität. Ich wünschte, ich könnte daran glauben.

Die einzige Person, die am Ende der Beerdigung nicht aussah wie eine getaufte Maus, war Janice. Sie trug Plastikstiefel mit zwölf Zentimeter hohen Absätzen und einen schwarzen Hut, der alles andere als Trauer signalisierte. Im Gegensatz zu ihr trug ich das, was Umberto irgendwann mal als mein »Attila, die Nonne«-Outfit bezeichnet hatte. Wenn die Botschaft von Janices Stiefeln und Ausschnitt »Alle her zu mir!« lautete, dann schrien meine klobigen Schuhe und mein zugeknöpftes Kleid definitiv: »Bleib mir bloß vom Leib!«

Eine halbe Handvoll Leute tauchten am Grab auf, aber nur Mr. Gallagher, unser Familienanwalt, blieb hinterher da, um mit uns zu reden. Weder Janice noch ich hatten ihn bisher persönlich kennengelernt, allerdings hatte Tante Rose so oft und so liebevoll von ihm gesprochen, dass der Mann selbst nur eine Enttäuschung darstellen konnte.

»Wenn ich richtig informiert bin, sind Sie Pazifistin?«, wandte er sich an mich, während wir gemeinsam den Friedhof verließen.

»Jules genießt es, sich in den Kampf zu stürzen«, antwortete Janice, die munter zwischen uns dahinmarschierte und dabei die Tatsache ignorierte, dass von ihrer Hutkrempe Wasser auf uns beide herabtröpfelte, »und die Leute mit irgendwelchem Zeug zu bewerfen. Haben Sie gehört, was sie in Kopenhagen mit der kleinen Meerjungfrau …«

»Das reicht«, fiel ich ihr ins Wort und versuchte gleichzeitig, an meinem Ärmel einen trockenen Fleck zu finden, mit dem ich mir ein letztes Mal die Tränen aus den Augen wischen konnte.

»Ach, sei doch nicht so bescheiden! Du warst auf der Titelseite!«

»Und Ihr Geschäft läuft recht gut, wie ich höre?«, wandte sich Mr. Gallagher mit einem zaghaften Lächeln an Janice. »Es ist sicher eine große Herausforderung, alle glücklich zu machen?«

»Glücklich? Iieh!« Janice wäre beinahe in eine Pfütze getreten. »Glück stellt für meine Branche die schlimmste Bedrohung dar. Es dreht sich alles nur um Träume. Frustrationen. Phantastereien, die niemals Realität werden. Männer, die es nicht gibt. Frauen, die man niemals haben kann. Nur damit lässt sich Geld machen, Rendezvous für Rendezvous für Rendezvous –«

Janice sprach weiter, aber ich hörte ihr nicht mehr zu. Es war eine große Ironie des Schicksals, dass meine Schwester als Heiratsvermittlerin arbeitete, denn sie war so ziemlich der unromantischste Mensch, den ich kannte. Ungeachtet ihres Drangs, mit jedem zu flirten, waren Männer in ihren Augen kaum mehr als laute Elektrowerkzeuge, die man einsteckte, wenn man sie brauchte, und wieder aussteckte, wenn sie ihren Zweck erfüllt hatten.

Seltsamerweise wollte Janice schon als Kind geradezu obsessiv alles paarweise anordnen: zwei Teddybären, zwei Kissen, zwei Haarbürsten … Selbst wenn wir uns gestritten hatten, setzte sie abends unsere beiden Puppen nebeneinander ins Regal, manchmal sogar Arm in Arm. So gesehen war es vielleicht gar nicht verwunderlich, dass sie sich dazu entschlossen hatte, daraus einen Beruf zu machen. Wenn es darum ging, Leute zu Paaren zu sortieren, war sie ein richtiger Noah, aber im Gegensatz zu dem Alten aus der Bibel wusste sie längst nicht mehr, warum sie es tat.

Im Nachhinein war schwer zu sagen, ab wann sich die Dinge verändert hatten. Irgendwann während unserer Highschool-Zeit hatte sie es sich zur Aufgabe gemacht, jeden Traum zum Platzen zu bringen, den ich in Sachen Liebe je entwickelte. Während sie ständig den Freund wechselte und mit keinem länger zusammen war, als eine billige Strumpfhose hielt, bereitete es ihr ein besonderes Vergnügen, mich völlig zu verschrecken, indem sie alles und jeden so verächtlich und eklig beschrieb, dass ich mich fragte, wieso Frauen überhaupt etwas mit Männern zu tun haben wollten.

»Also«, verkündete sie am Abend unseres Abschlussballs, während sie mir rosarote Lockenwickler ins Haar drehte, »das ist deine letzte Chance.«

Ich starrte sie im Spiegel an. Obwohl mir ihr Ultimatum Rätsel aufgab, konnte ich nicht nachfragen, wie sie das meinte, weil mich eine ihrer mintgrünen Schlammmasken, die auf meinem Gesicht zu einer Kruste angetrocknet war, am Sprechen hinderte.

»Du weißt schon …«, fügte sie mit einer ungeduldigen Grimasse hinzu, »deine letzte Chance, dich endlich entjungfern zu lassen. Darum geht es doch beim Abschlussball. Warum glaubst du, dass die Jungs sich so fein machen? Weil sie tanzen wollen? Von *wegen*!« Sie warf mir im Spiegel einen Blick zu, um zu sehen, wie ihr Werk voranschritt. »Du weißt ja, was sie über dich sagen werden, wenn du es beim Abschlussball nicht machst. Dann bist du als prüdes Mauerblümchen abgestempelt. Niemand steht auf prüde Mauerblümchen.«

Am nächsten Morgen klagte ich über Magenschmerzen, und je näher der Ball rückte, um so schlimmer wurden meine Beschwerden. Am Ende war Tante Rose gezwungen, die Nachbarn anzurufen und ihnen zu erklären, dass ihr Sohn sich besser eine andere Tanzpartnerin für den Abend suchte. Janice wurde in der Zwischenzeit von einem Athleten namens Troy abgeholt und entschwand in der Rauchwolke seiner quietschenden Reifen.

Nachdem Tante Rose sich den ganzen Nachmittag mein Ächzen und Stöhnen hatte anhören müssen, drängte sie immer mehr darauf, mit mir ins Krankenhaus zu fahren – nur für den Fall, dass es sich um eine Blinddarmentzündung handelte. Umberto aber beruhigte sie und erklärte, ich hätte kein Fieber, und er sei sicher, dass es sich um nichts Ernstes handle. Als er später an diesem Abend noch einmal neben mein Bett trat und auf die Bettdecke herabblickte, unter der ich vorsichtig herauslugte, begriff ich, dass er mich längst durchschaut hatte und die Show, die ich gerade abzog, auf eine seltsame Art sogar gut fand. Wir wussten beide, dass an dem Nachbarsjungen an sich nichts auszusetzen war, er aber einfach nicht der Vorstellung entsprach, die ich mir von meinem zukünftigen Liebhaber machte. Und wenn ich schon nicht bekommen konnte, was ich wollte, ließ ich den Ball lieber sausen.

»Dick«, sagte Janice nun, während sie Mr. Gallagher mit einem seidenweichen Lächeln beglückte, »warum hören wir nicht auf, um den heißen Brei herumzureden? Wie viel?«

Ich versuchte gar nicht erst mich einzumischen. Schließlich würde sich Janice, sobald sie ihr Geld hatte, in die ewigen Jagdgründe der protzigen Möchtegernreichen absetzen, und ich brauchte ihren Anblick nie wieder zu ertragen.

»Nun ja«, antwortete Mr. Gallagher verlegen, während er auf dem Parkplatz direkt neben Umberto und dem Lincoln stehen blieb, »bedauerlicherweise steckt fast das gesamte Vermögen in Haus und Grundstück.«

»Hören Sie«, meinte Janice, »wir wissen doch alle, dass es bis auf den letzten Cent genau fifty-fifty geteilt wird, also sparen wir uns dieses Gerede. Sollen wir eine weiße Linie mitten durch das Haus ziehen? Meinetwegen, das können wir gerne machen. Oder …« Sie zuckte mit den Achseln, als wäre es ihr völlig egal, »wir verkaufen einfach die ganze Hütte und teilen das Geld. Wie viel?«

»In der Praxis sieht es so aus, dass Mrs. Jacobs letztendlich …« – Mr. Gallagher bedachte mich mit einem bedauernden Blick – »ihre Meinung geändert und beschlossen hat, alles Miss Janice zu hinterlassen.«

»Was?« Ich sah erst Janice, dann Mr. Gallagher und dann Umberto an, fand jedoch keinerlei Beistand.

»Du heilige Scheiße!« Janice grinste plötzlich über das ganze Gesicht. »Dann hatte die alte Dame also doch Sinn für Humor!«

»Selbstverständlich«, fuhr Mr. Gallagher mit hochgezogenen Augenbrauen fort, »ist eine gewisse Summe für Mister – für Umberto reserviert, und es ist auch die Rede von bestimmten gerahmten Fotografien, die Ihre Großtante gerne Miss Julia vermachen wollte.«

»Kein Problem«, entgegnete Janice, »ich habe heute meinen großzügigen Tag.«

»Moment mal …« Ich trat einen Schritt zurück, weil ich die Neuigkeiten erst mal verdauen musste, »das ergibt doch keinen Sinn.«

So lange ich denken konnte, hatte Tante Rose alles in ihrer Macht Stehende getan, um uns genau gleich zu behandeln. Lieber Himmel, ich hatte sie sogar dabei ertappt, wie sie die Pecannüsse in unserem Frühstücksmüsli zählte, um sicherzugehen, dass auch ja keine mehr bekam als die andere. Von dem Haus hatte sie stets so geredet, als würde es uns – eines Tages – gemeinsam gehören. »Ihr Mädels«, sagte sie immer, »müsst wirklich lernen, miteinander auszukommen. Ich werde schließlich nicht ewig leben. Wenn ich nicht mehr da bin, werdet ihr euch dieses Haus teilen, und den Garten auch.«

»Ich verstehe Ihre Enttäuschung …«, sagte Mr. Gallagher zu mir.

»Enttäuschung?« Am liebsten hätte ich ihn am Kragen gepackt, schob aber stattdessen die Hände in die Taschen, so tief ich konnte. »Glauben Sie bloß nicht, dass ich Ihnen das abkaufe. Ich möchte das Testament sehen.« Als ich ihm direkt in die Augen schaute, merkte ich, wie er sich unter meinem Blick wand. »Hinter meinem Rücken ist doch irgendetwas im Gange …«

»Du warst schon immer eine schlechte Verliererin«, bemerkte Janice, die meine Wut mit einem genüsslichen Lächeln quittierte, »und genau das ist gerade mal wieder im Gange.«

»Hier, bitte …« Mit zitternden Händen ließ Mr. Gallagher seinen Aktenkoffer aufschnappen und reichte mir ein Dokument. »Das ist Ihre Kopie des Testaments. Ich fürchte, da gibt es nicht viel zu beanstanden.«

Umberto fand mich zusammengekauert unter der Gartenlaube, die er mal für uns gebaut hatte, als Tante Rose mit Lungenentzündung das Bett hüten musste. Er ließ sich neben mir auf dem modrigen Boden nieder, ohne mein kindisches Verschwinden zu kommentieren. Stattdessen reichte er mir ein makellos gebügeltes Taschentuch und sah mir still dabei zu, wie ich mir die Nase putzte.

»Es geht mir nicht um das Geld«, brachte ich zu meiner Entschuldigung vor. »Hast du ihr höhnisches Grinsen gesehen? Hast du gehört, was sie gesagt hat? Tante Rose ist ihr völlig egal. Das war schon immer so. Wie ungerecht das ist!«

»Wer hat behauptet, das Leben sei gerecht?« Umberto zog die Augenbrauen hoch. »Ich nicht.«

»Ich weiß! Ich verstehe nur nicht … Aber das ist mein Problem. Ich dachte immer, es wäre ihr ernst damit, uns beide gleich zu behandeln. Ich habe mir Geld geliehen …« Ich schlug die Hände vors Gesicht, um seinen Blick nicht sehen zu müssen. »Nein, sag es nicht!«

»Bist du fertig?«

Ich stöhnte. »Du kannst dir gar nicht vorstellen, wie fertig ich mich fühle.«

»Gut.« Er reichte mir einen braunen Umschlag. »Weil sie nämlich wollte, das ich dir das hier gebe. Großes Geheimnis. Gallagher weiß nichts davon, und Janice auch nicht. Es ist nur für dich.«

Sofort war ich misstrauisch. Es sah Tante Rose überhaupt nicht ähnlich, mir hinter Janices Rücken etwas zukommen zu lassen. Andererseits war es auch völlig untypisch für sie, dass sie mich in ihrem Testament nicht berücksichtigt hatte. Offensichtlich hatte ich die Tante meiner Mutter doch nicht so gut gekannt, wie ich glaubte, und mich selbst lernte ich auch erst jetzt so richtig kennen. Wie konnte ich nur hier sitzen – ausgerechnet an diesem ganz speziellen Tag – und wegen Geld weinen. Obwohl Tante Rose bereits Ende fünfzig war, als sie uns damals adoptierte, war sie immer wie eine Mutter zu uns gewesen. Ich sollte mich schämen, darüber hinaus noch etwas von ihr zu erwarten.

Als ich den Umschlag schließlich öffnete, fand ich darin drei Dinge: einen Brief, einen Pass und einen Schlüssel.

»Das ist ja mein Pass!«, rief ich aus, »wie hat sie …?« Ich sah mir die Seite mit dem Bild genauer an. Es war definitiv ein Foto von mir, und auch mein Geburtsdatum, aber der Name stimmte nicht. »Giulietta? Giulietta Tolomei?«

»So heißt du in Wirklichkeit. Deine Tante hat deinen Namen ändern lassen, als sie dich damals aus Italien herbrachte. Den von Janice auch.«

Ich starrte ihn verblüfft an. »Aber *warum* denn? … Wie lange weißt du das schon?«

Er senkte den Blick. »Lies doch einfach den Brief.«

Ich faltete die zwei Blätter auseinander. »Hast du das geschrieben?«

»Sie hat es mir diktiert.« Umberto lächelte traurig. »Sie wollte sichergehen, dass du es lesen kannst.«

In dem Brief stand Folgendes:

Liebste Julia,
Umberto hat den Auftrag, Dir diesen Brief nach meiner Beerdigung zu geben. Das heißt dann wohl, dass ich tot bin. Nun ja, ich weiß, dass Du immer noch wütend auf mich bist, weil ich nie mit Euch nach Italien gefahren bin, aber glaub mir, es war zu Eurem eigenen Besten. Wie hätte ich mir je verzeihen können, wenn Euch Mädchen etwas passiert wäre? Inzwischen aber bist Du älter, und in Siena gibt es etwas, das Dir Deine Mutter hinterlassen hat. Dir allein. Ich weiß nicht, warum, aber so war Diane nun mal, Gott hab sie selig. Sie ist dort auf etwas gestoßen, und vermutlich befindet es sich immer noch dort. Nach dem zu urteilen, was sie darüber erzählt hat, ist es viel wertvoller als alles, was ich je besessen habe. Deswegen habe ich beschlossen, auf diese Weise vorzugehen und Janice das Haus zu überlassen. Eigentlich hatte ich gehofft, wir könnten all das vermeiden und Italien einfach vergessen, doch allmählich komme ich zu dem Schluss, dass es nicht richtig von mir wäre, es Dir zu verschweigen.

Wie auch immer, Du musst diesen Schlüssel nehmen
und die Bank im Palazzo Tolomei aufsuchen. In
Siena. Ich glaube, er gehört zu einem Schließfach.
Deine Mutter hatte ihn in ihrer Handtasche, als sie
starb. Sie hatte in Siena einen Finanzberater, einen
Mann namens Francesco Maconi. Mach ihn aus-
findig und sag ihm, dass Du Diane Tolomeis Tochter
bist. Ach ja, da ist noch etwas. Ich habe eure Namen
ändern lassen. Dein richtiger Name lautet Giulietta
Tolomei. Aber wir sind hier in Amerika. Ich dachte
mir, Julia Jacobs wäre praktischer, doch wie sich
herausgestellt hat, kann auch das keiner richtig
schreiben. Was ist bloß aus der Welt geworden?
Nein, ich darf mich nicht beschweren, ich hatte ein
gutes Leben. Dank Euch. Ach ja, noch etwas:
Umberto wird Dir einen Pass mit Deinem richtigen
Namen besorgen. Ich habe keine Ahnung, wie man
so etwas anstellt, aber das macht nichts, wir über-
lassen es einfach ihm.
Ich möchte diesen Brief nicht als Abschied ver-
standen wissen. So Gott will, sehen wir uns wieder.
Trotzdem wollte ich dafür sorgen, dass Du
bekommst, was Dir rechtmäßig zusteht. Pass dort
drüben bloß gut auf Dich auf. Denk daran, was
Deiner Mutter passiert ist. Italien ist manchmal ein
sehr seltsames Land. Deine Urgroßmutter wurde
dort geboren, aber sie wollte nie mehr zurück! Ver-
rate niemandem, was ich Dir geschrieben habe. Und

versuche mehr zu lächeln. Du hast ein so schönes
Lächeln, wenn Du Dich mal dazu durchringst.

Alles Liebe und Gottes Segen,
Deine Tante

Es dauerte eine Weile, bis ich mich von dem Brief
erholt hatte. Beim Lesen konnte ich fast hören, wie
Tante Rose ihn diktierte. Sie klang im Tod noch genauso herrlich zerstreut, wie sie es zu Lebzeiten gewesen war. Als Umbertos Taschentuch schließlich
seinen Dienst getan hatte, wollte er es nicht zurück.
Stattdessen forderte er mich auf, es mit nach Italien
zu nehmen, damit ich etwas hatte, das mich an ihn
erinnerte, wenn ich meinen großen Schatz fand.

»Jetzt hör aber auf!« Ich schneuzte mich ein letztes Mal. »Wir wissen doch beide, dass es keinen
Schatz gibt!«

Er griff nach dem Schlüssel. »Bist du denn gar
nicht neugierig? Deine Tante war überzeugt davon,
dass deine Mutter etwas von ungeheurem Wert entdeckt hatte.«

»Warum hat sie mir dann nicht schon eher davon
erzählt? Warum hat sie gewartet, bis sie …« Ratlos
hob ich die Arme. »Das ergibt doch keinen Sinn.«

Umberto kniff die Augen zusammen. »Sie wollte
es dir ja erzählen, aber du warst nie da.«

Ich rieb mir das Gesicht, hauptsächlich, um seinem vorwurfsvollen Blick auszuweichen. »Selbst wenn sie recht hatte, kann ich unmöglich nach Italien zurück. Man würde mich dort sofort einsperren. Du weißt doch, dass sie zu mir gesagt haben …«

Genau genommen hatten sie – die italienische Polizei – weitaus mehr zu mir gesagt, als ich Umberto je erzählt hatte, aber er kannte immerhin die Grundzüge der Geschichte. Er wusste, dass ich in Rom einmal bei einer Antikriegsdemonstration verhaftet worden war und eine sehr unangenehme Nacht in einem römischen Gefängnis verbracht hatte, ehe man mich im Morgengrauen aus dem Land warf und aufforderte, nie wieder zurückzukommen. Er wusste auch, dass das Ganze nicht meine Schuld gewesen war. Mit achtzehn hatte ich lediglich den dringenden Wunsch verspürt, nach Italien zu reisen und das Land zu sehen, in dem ich geboren war.

Als ich damals an meinem College vor dem schwarzen Brett stand und wehmütig die bunten Plakate betrachtete, mit denen für Studienreisen und teure Sprachkurse in Florenz geworben wurde, war ich auf ein kleines Poster gestoßen, auf dem der Krieg im Irak und alle daran teilhabenden Länder scharf verurteilt wurden. Wie ich aufgeregt feststellte, gehörte auch Italien zu diesen Ländern. Der untere Teil des Plakats bestand aus einer Liste mit Daten und Flugzielen. Jeder, der sich für die Sache interessierte, war eingeladen mitzumachen. Eine Woche in Rom –

inklusive Flug – würde mich nicht mehr als vierhundert Dollar kosten, was genau dem Betrag entsprach, den ich noch auf meinem Konto hatte. In meiner Naivität ahnte ich nicht, dass der niedrige Preis nur dadurch zustande kam, dass wir mit ziemlicher Sicherheit *nicht* die ganze Woche bleiben würden und die Kosten für den Rückflug und die letzte Übernachtung – falls alles nach Plan lief – von den italienischen Behörden übernommen werden würden, beziehungsweise vom italienischen Steuerzahler.

Ohne ganz begriffen zu haben, worin Sinn und Zweck der Reise eigentlich bestanden, schlich ich ein paarmal um das Plakat herum, ehe ich schließlich unterschrieb. Als ich mich nachts im Bett herumwarf und grübelte, wusste ich plötzlich, dass ich die falsche Entscheidung getroffen hatte und sie möglichst schnell rückgängig machen musste. Am nächsten Morgen erzählte ich Janice davon. Sie verdrehte bloß die Augen und sagte: »Hier ruht Jules, die zwar kein tolles Leben hatte, aber einmal *fast* nach Italien gereist wäre.«

Offenbar musste ich da einfach durch.

Als vor dem italienischen Parlament die ersten Steine flogen – geschleudert von zwei meiner Mitreisenden, Sam und Greg –, wäre ich am liebsten wieder zu Hause gewesen und hätte mir ein Kissen über den Kopf gezogen. Aber ich steckte wie alle anderen in der Menge fest, und nachdem die römische Polizei genug hatte von unseren Steinen und Molotow-Cocktails, wurden wir alle mit Tränengas getauft.

Es war das erste Mal in meinem Leben, dass mir durch den Kopf schoss: *Ich könnte jetzt sterben.* Während ich auf dem Asphalt lag und die Welt – Beine, Arme, Erbrochenes – nur noch durch einen Nebel aus Schmerz und Fassungslosigkeit wahrnahm, vergaß ich vollkommen, wer ich war und wo ich hinwollte. Vielleicht war es in früheren Jahrhunderten auch den Märtyrern so ergangen, jedenfalls entdeckte ich einen anderen Ort – einen Ort, der weder Leben noch Tod war. Dann aber kehrten sowohl der Schmerz als auch die Panik zurück, und nach einem kurzen Moment fühlte es sich definitiv nicht mehr wie ein religiöses Erlebnis an.

Noch Monate später fragte ich mich, ob ich mich von den Ereignissen in Rom je ganz erholt hatte. Sooft ich mich zwang, darüber nachzudenken, quälte mich dieses nagende Gefühl, dass bei der Frage, wer ich war, irgendwo eine entscheidende Gedächtnislücke klaffte – etwas war auf dem italienischen Asphalt verschüttgegangen und nie wieder zum Vorschein gekommen.

»Stimmt.« Umberto schlug den Pass auf und betrachtete mein Foto. »Zu Julia Jacobs haben sie gesagt, dass sie nicht mehr zurück nach Italien darf. Aber was ist mit Giulietta Tolomei?«

Das musste ich erst mal verdauen: Ausgerechnet

mein Umberto, der noch immer mit mir schimpfte, weil ich mich wie ein Blumenkind kleidete, drängte mich nun, gegen das Gesetz zu verstoßen. »Willst du damit sagen …?«

»Warum glaubst du, habe ich dieses Ding hier machen lassen? Es war der letzte Wunsch deiner Tante, dass du nach Italien fliegst. Brich mir nicht das Herz, *Principessa.*«

Der aufrichtige Ausdruck in seinen Augen ließ mich erneut mit den Tränen kämpfen. »Und was ist mit dir?«, fragte ich schroff. »Warum kommst du nicht mit? Wir könnten den Schatz gemeinsam suchen. Und wenn wir ihn nicht finden, zum Teufel damit. Dann werden wir eben Piraten und machen gemeinsam die Meere unsicher …«

Umberto streckte die Hand aus und berührte mich ganz sanft an der Wange, als wüsste er, dass ich, wenn ich erst einmal weg war, niemals zurückkommen würde. Und sollten wir uns doch irgendwann wiedersehen, dann bestimmt nicht mehr so wie hier, wo wir gemeinsam in einem Kinderversteck hockten und der Welt draußen den Rücken zukehrten. »Es gibt ein paar Dinge«, sagte er leise, »die eine Prinzessin alleine tun muss. Erinnerst du dich an das, was ich dir gesagt habe … dass du eines Tages dein Königreich finden wirst?«

»Das war doch nur eine Geschichte. Das Leben ist nicht so.«

»Alles, was wir sagen, ist eine Geschichte. Aber nichts davon ist *nur* eine Geschichte.«

Da ich noch immer nicht bereit war, ihn gehen zu lassen, schlang ich fest die Arme um ihn. »Und du? Du willst doch wohl nicht hierbleiben, oder?«

Umberto blickte zu den tröpfelnden Brettern hinauf. »Ich glaube, Janice hat recht. Für den alten Birdie wird es Zeit, sich zur Ruhe zu setzen. Ich sollte mit dem Silber nach Vegas durchbrennen. Bei meinem Glück dürfte ich damit gerade mal eine Woche auskommen. Vergiss also nicht mich anzurufen, wenn du deinen Schatz gefunden hast.«

Ich legte den Kopf an seine Schulter. »Du wirst der Erste sein, der es erfährt.«

I. II

Zieh nur gleich vom Leder:
Da kommen zwei aus dem Hause der Montagues

Seit ich denken konnte, hatte Tante Rose alles in ihrer Macht Stehende getan, um Janice und mich von einer Italienreise abzuhalten. »Wie oft muss ich euch noch sagen«, schnaubte sie immer, »dass das kein Ort für brave Mädchen ist?«

Später, als sie begriff, dass sie ihre Taktik ändern musste, schüttelte sie nur noch den Kopf, wenn jemand das Thema anschnitt, und fasste sich ans Herz, als würde allein schon der Gedanke daran sie dem Tode nahe bringen. »Glaubt mir«, sagte sie dann jedes Mal mit matter Stimme, »Italien ist eine einzige große Enttäuschung, und die italienischen Männer sind Schweine!«

Mich hatten ihre unerklärlichen Vorurteile gegenüber dem Land, in dem ich geboren war, immer geärgert, doch nach meiner Erfahrung in Rom gelangte ich mehr oder weniger zu derselben Meinung: Italien war eine Enttäuschung, und im Vergleich mit den Italienern – zumindest den uniformierten Exemplaren – kam die Gattung Schwein ziemlich gut weg.

Auf ähnliche Weise fertigte Tante Rose uns jedes Mal, wenn wir sie nach unseren Eltern fragten, mit derselben alten Geschichte ab. »Wie oft muss ich euch noch sagen«, stöhnte sie dann frustriert, weil wir sie mal wieder störten, während sie den Krimskrams auf dem Kaminsims zurechtrückte oder angetan mit ihren kleinen Baumwollhandschuhen, die ihre Haut vor Druckerschwärze bewahrten, die Zeitung las, »dass eure Eltern bei einem Autounfall in der Toskana ums Leben gekommen sind, als ihr beide drei Jahre alt wart?« Zum Glück für Janice und mich – so ging die Geschichte weiter – waren Tante Rose und der arme Onkel Jim, Gott hab ihn selig, in der Lage gewesen, uns sofort nach der Tragödie zu adoptieren. Zusätzlich hatten wir auch noch das Glück, dass sie beide niemals eigene Kinder bekommen konnten. Wir sollten dankbar sein, dass wir nicht in einem italienischen Waisenhaus voller Flöhe gelandet waren und jeden Tag Spaghetti essen mussten. »Seht euch doch mal an!«, beschwor sie uns. Immerhin durften wir als verzogene Gören auf einem schönen Anwesen in Virginia leben. Da war es doch wohl das Mindeste, dass wir im Gegenzug aufhörten, unsere Tante Rose mit Fragen zu quälen, auf die sie keine Antworten hatte. Und vielleicht war eine von uns so lieb, ihr jetzt, da ihre Gelenke wegen unserer Fragerei mal wieder heftig schmerzten, einen weiteren Minz-Cocktail zu machen?

Während ich nun in dem Flugzeug nach Europa saß, auf den nächtlichen Atlantik hinunterstarrte und mich an vergangene Auseinandersetzungen erinnerte, wurde mir schlagartig bewusst, dass mir alles an Tante Rose fehlte, nicht nur ihre guten Eigenschaften. Wie gerne hätte ich noch einmal eine Stunde mit ihr verbracht, selbst wenn sie die ganze Stunde lang gezetert hätte. Jetzt, da sie nicht mehr lebte, konnte ich kaum noch nachvollziehen, wie sie mich je hatte auf die Palme bringen können, und ich dachte traurig daran, wie viele kostbare Stunden ich mit verbohrtem Schweigen vergeudet hatte, während ich mich in meinem Zimmer eingeschlossen hatte.

Wehmütig wischte ich mir eine Träne von der Wange und sagte mir, dass solch reuevolle Gedanken Zeitverschwendung waren. Ja, ich hätte ihr öfter schreiben sollen, und ja, ich hätte sie öfter anrufen und ihr sagen sollen, dass ich sie lieb hatte, aber dafür war es nun zu spät. Die Sünden der Vergangenheit ließen sich nicht mehr sühnen.

Zusätzlich zu meinem Kummer plagte mich noch etwas anderes. Düstere Vorahnungen? Nicht notwendigerweise. Düstere Vorahnungen haben mit der Angst zu tun, dass etwas Schlimmes passieren könnte. Mein Problem war eher, nicht zu wissen, ob überhaupt etwas passieren würde. Es war durchaus denkbar, dass die ganze Reise in einer einzigen Enttäuschung enden würde. Gleichzeitig aber wusste ich, dass es nur eine einzige Person gab, die ich für die Klemme verantwortlich machen konnte, in der ich nun steckte: mich selbst.

Ich war in dem Glauben aufgewachsen, dass ich eines Tages die Hälfte von Tante Roses Vermögen erben würde, und hatte daher gar nicht erst versucht, mir selbst eines zu erarbeiten. Während andere Mädchen mit sorgfältig manikürten Händen die rutschige Karriereleiter hinaufgeklettert, suchte ich mir nur Jobs, die mir Spaß machten – wie zum Beispiel als Betreuerin in Shakespeare-Sommerlagern –, weil ich genau wusste, dass früher oder später Tante Roses Erbe meine wachsenden Kreditkartenschulden ausgleichen würde. So kam es, dass ich nun ziemlich mies dastand, abgesehen von einem ominösen Erbe in einem weit entfernten Land – die Hinterlassenschaft einer Mutter, an die ich mich kaum erinnern konnte.

Nachdem ich mein Studium abgebrochen hatte, war ich nirgendwo richtig sesshaft geworden, sondern hatte bei diversen Freunden aus der Antikriegsbewegung auf der Couch geschlafen, bis ich mal wieder einen Shakespeare-Job ergatterte. Aus irgendeinem Grund waren die Stücke des Barden das Einzige, was sich je in meinem Kopf festsetzte – und sooft ich es auch las, bekam ich einfach nie genug von *Romeo und Julia*.

Hin und wieder unterrichtete ich Erwachsene, viel lieber aber Kinder und Jugendliche, vielleicht, weil ich mir ziemlich sicher war, dass sie mich mochten. Man merkte das schon allein daran, dass sie immer von *den Erwachsenen* sprachen, als gehörte ich nicht zu dieser Spezies. Es machte mich glücklich, dass sie mich als eine der ihren akzeptieren, auch wenn ich durchaus begriff, dass das im Grunde kein Kompliment war. Es bedeutete nur, dass sie mich im Verdacht hatten, nie richtig erwachsen geworden zu sein, und dass ich sogar noch mit meinen fünfundzwanzig Jahren wie eine linkische Jugendliche rüberkam, die sich abmühte, die in ihrer Seele tosende Poesie zum Ausdruck zu bringen oder, noch öfter, zu verschweigen.

Es erwies sich als wenig hilfreich für meine Karriere, dass ich keinen blassen Schimmer hatte, wie meine Zukunft aussehen sollte. Wenn mich jemand fragte, was ich mit meinem Leben anfangen wollte, wusste ich nie, was ich antworten sollte. Sooft ich versuchte, mir mich selbst in fünf Jahren vorzustellen, sah ich nur eine große, schwarze Leere. In düsteren Momenten interpretierte ich diese bedrohliche Dunkelheit als Zeichen dafür, dass ich jung sterben würde und mir meine Zukunft nur deswegen nicht vorstellen konnte, weil ich keine hatte. Meine Mutter war jung gestorben, ebenso meine Großmutter – Tante Roses jüngere Schwester. Aus irgendeinem

Grund meinte es das Schicksal nicht gut mit uns, so dass ich jedes Mal, wenn ich in Betracht zog, mich längerfristig festzulegen, sei es nun beruflich oder wegen meiner Wohnung, in letzter Sekunde einen Rückzieher machte, weil mich der Gedanke verfolgte, dass es mir sowieso nicht vergönnt sein würde, ein derartiges Projekt zu Ende zu bringen.

Jedes Mal, wenn ich an Weihnachten oder im Sommer nach Hause zurückkam, bat Tante Rose mich unauffällig, doch lieber bei ihr zu bleiben, als weiterhin so ziellos vor mich hin zu leben. »Du weißt ja, Julia«, sagte sie dann, während sie abgestorbene Blätter von einer Zimmerpflanze zupfte oder einen Engel nach dem anderen an den Weihnachtsbaum hängte, »dass es dir jederzeit offen steht, für eine Weile hier zu bleiben. Dann könntest du in Ruhe darüber nachdenken, was du mit deinem Leben anfangen möchtest.«

Doch auch wenn ich manchmal versucht war, das Angebot anzunehmen, wusste ich gleichzeitig, dass es nicht ging. Janice stand dort draußen auf eigenen Füßen, verdiente Geld mit ihrer Partnervermittlung und hatte sich eine schöne Wohnung mit Blick auf einen künstlichen See gemietet. Wäre ich wieder zu Hause eingezogen, hätte ich damit automatisch anerkannt, dass sie gewonnen hatte.

Nun sah die Situation natürlich völlig anders aus. Zurück in Tante Roses Haus zu ziehen, stand für mich nicht mehr zur Debatte. Die Welt, die mir vertraut war, gehörte jetzt Janice, und mir blieb nur der Inhalt eines braunen Umschlags. Während ich in dem Flugzeug saß, ein weiteres Mal Tante Roses Brief las und aus einem Plastikbecher Wein trank, wurde mir plötzlich bewusst, wie abgrundtief einsam ich mich fühlte, seit sie nicht mehr da war und ich auf der Welt nur noch Umberto hatte.

Schon als junges Mädchen war es mir schwergefallen, Freundschaften zu schließen. Janice dagegen hätte wahrscheinlich Probleme gehabt, alle ihre Busenfreundinnen in einen Doppeldeckerbus hineinzupferchen. Jedes Mal, wenn sie abends mit ihrer kichernden Meute loszog, schlich Tante Rose eine Weile nervös um mich herum, angeblich auf der Suche nach ihrer Lupe oder dem Stift, den sie am liebsten für ihre Kreuzworträtsel verwendete. Irgendwann ließ sie sich dann neben mir auf dem Sofa nieder und tat, als interessiere sie sich für das Buch, das ich gerade las. Aber das nahm ich ihr nie ab.

»Du weißt ja, Julia«, begann sie, während sie ein paar Staubkörner von meiner Schlafanzughose zupfte, »dass ich mich gut allein beschäftigen kann. Wenn du mit deinen Freundinnen ausgehen möchtest …«

Ihr Vorschlag hing jedes Mal eine Weile in der Luft, bis ich mir schließlich eine passende Antwort zurechtgelegt hatte. Die Wahrheit war, dass ich gar nicht aus Mitleid mit Tante Rose zu Hause blieb, sondern weil mir nichts am Ausgehen lag. Sooft ich mich von jemandem in eine Bar schleppen ließ, wurde ich am Ende immer von allerlei schrägen Typen und Hohlköpfen belagert, die alle zu glauben schienen, dass wir Teil einer Märchenaufführung waren, bei der ich mich – noch ehe der Abend vorüber war – für einen von ihnen entscheiden musste.

Der Gedanke an Tante Rose, die so oft neben mir gesessen und mich auf ihre liebevolle Art ermuntert hatte, mir ein eigenes Leben aufzubauen, versetzte mir einen weiteren Stich ins Herz. Während ich bedrückt in die Dunkelheit hinausstarrte, ertappte ich mich dabei, wie ich mich fragte, ob diese ganze Reise vielleicht als eine Art Bestrafung gedacht war, weil ich sie so schlecht behandelt hatte. Vielleicht würde Gott das Flugzeug zum Abstürzen bringen, um mir eine Lektion zu erteilen. Oder er ließ zu, dass ich es bis nach Siena schaffte, um mich *dann* herausfinden zu lassen, dass jemand anderer mir den Familienschatz vor der Nase weggeschnappt hatte.

Je länger ich darüber nachdachte, desto stärker wurde mein Verdacht, dass Tante Rose zu Lebzeiten nie darüber gesprochen hatte, weil das Ganze Blödsinn war. Vielleicht hatte sie am Schluss einfach den Verstand verloren, so dass sich der angebliche Schatz genauso gut als reines Wunschdenken entpuppen konnte. Und selbst wenn wider Erwarten tatsächlich etwas von Wert in Siena zurückgeblieben war, nachdem wir vor gut zwanzig Jahren das Land verlassen hatten, wie standen dann die Chancen, dass es sich noch dort befand? Wenn ich so die Bevölkerungsdichte in Europa und den Einfallsreichtum der Menschheit im Allgemeinen betrachtete, wäre es doch sehr überraschend, im Zentrum des Labyrinths noch ein Stück vom Käse zu finden, wenn – oder falls – ich irgendwann bis dorthin vordrang.

Während des langen, schlaflosen Flugs baute mich nur ein einziger Gedanke auf: dass ich mich mit jedem Minidrink, den mir das lächelnde Bordpersonal reichte, ein Stück weiter von Janice entfernte. Bestimmt tanzte sie gerade in dem Haus herum, das nun ganz allein ihr gehörte, und lachte über mein Unglück. Sie hatte keine Ahnung, dass ich nach Italien reiste, keine Ahnung, dass unsere arme alte Tante Rose mich auf Schatzsuche geschickt hatte. Wenigstens darüber konnte ich froh sein. Denn falls bei meiner Reise nichts Brauchbares herauskam, zog ich es definitiv vor, dass sie nicht zur Stelle war, um über mich zu triumphieren.

Bei unserer Landung in Frankfurt hieß uns fast so etwas wie Sonnenschein willkommen, so dass ich in Flip-Flops von Bord schlurfte. Meine Augen waren vom vielen Weinen geschwollen, und in meinem Hals steckte noch ein Stück Apfelstrudel. Der Anschlussflug nach Florenz ging erst in zwei Stunden. Sobald ich am entsprechenden Gate angekommen war, streckte ich mich auf drei Stühlen aus, schob mir meine Makramee-Handtasche unter den Kopf und schloss die Augen. Falls jemand mit dem restlichen Gepäck abhaute, war mir das egal. Ich fühlte mich viel zu müde, um mir deswegen Gedanken zu machen.

Irgendwo zwischen Schlafen und Wachen spürte ich plötzlich, wie eine Hand über meinen Arm strich.

»*Ahi, ahi …*«, sagte eine Stimme, die nach einer Mischung aus Kaffee und Rauch klang, »*mi scusi!*«

Als ich die Augen aufschlug, sah ich, dass neben mir eine Frau saß und hektisch Brösel von meinem Ärmel wischte. Während meines Nickerchens hatte sich der Raum um mich herum gefüllt. Die Leute starrten mich an wie eine Obdachlose – mit einer Mischung aus Verachtung und Mitgefühl.

»Keine Sorge«, sagte ich, während ich mich aufsetzte, »ich bin sowieso völlig am Ende.«

»Hier!« Sie bot mir die Hälfte ihres Croissants an, vielleicht als eine Art Wiedergutmachung. »Bestimmt haben Sie Hunger.«

Sie klang derart freundlich, dass ich sie überrascht anstarrte. »Danke.«

Die Frau als elegant zu bezeichnen, wäre eine

grobe Untertreibung gewesen. Alles an ihr war perfekt aufeinander abgestimmt, nicht nur die Farbe ihres Lippenstifts und ihres Nagellacks, sondern auch die goldenen Käfer auf ihren Schuhen, ihrer Handtasche und dem kleinen Hut, der keck auf ihrem perfekt frisierten Haar saß. Ihr amüsiertes Lächeln bestätigte meinen Verdacht, dass sie jeden Grund hatte, zufrieden mit sich zu sein. Wahrscheinlich war sie steinreich oder zumindest mit einem steinreichen Mann verheiratet. Jedenfalls sah sie aus, als hätte sie keine andere Sorge auf der Welt, als ihre erfahrene Seele mit einem sorgsam konservierten Körper zu tarnen.

»Sie sind unterwegs nach Florenz?«, fragte sie mich mit starkem Akzent, der aber ausgesprochen bezaubernd klang. »Um sich die sogenannten Kunstwerke anzusehen?«

»Genau genommen will ich nach Siena«, antwortete ich mit vollem Mund. »Ich bin dort geboren, aber seitdem nicht mehr dort gewesen.«

»Wie wundervoll!«, rief sie aus. »Aber auch seltsam! Warum waren Sie denn so lange nicht mehr da?«

»Das ist eine lange Geschichte.«

»Heraus damit! Sie müssen mir alles genau erzählen.« Als sie mein Zögern bemerkte, streckte sie mir die Hand hin. »Bitte entschuldigen Sie. Ich bin sehr neugierig. Mein Name ist Eva Maria Salimbeni.«

»Julia – Giulietta Tolomei.«

Sie fiel fast vom Stuhl. »Tolomei? Sie heißen Tolomei? Ich fasse es nicht! Das ist doch unmöglich! Moment mal … wo sitzen Sie? Ich meine, im Flugzeug? Lassen Sie mal sehen …« Sie warf einen Blick auf meine Bordkarte und nahm sie mir dann einfach aus der Hand. »Moment! Warten Sie hier!«

Ich sah ihr nach, wie sie an den Schalter trat, und fragte mich, ob das wohl ein ganz normaler Tag im Leben von Eva Maria Salimbeni war. Vermutlich versuchte sie gerade, einen anderen Platz für mich zu organisieren, damit wir während des Fluges nebeneinandersitzen konnten. Dem Lächeln nach zu urteilen, mit dem sie zurückkehrte, war sie erfolgreich gewesen. »E voilà!« Sie reichte mir eine neue Bordkarte. Nachdem ich einen Blick darauf geworfen hatte, konnte ich ein erfreutes Kichern nur knapp unterdrücken. Damit wir unser Gespräch fortsetzen konnten, musste ich natürlich in die erste Klasse umziehen.

Als wir erst einmal in der Luft waren, brauchte Eva Maria nicht lange, um mir meine Geschichte zu entlocken. Die einzigen Punkte, die ich ausließ, waren meine doppelte Identität und der angebliche Schatz meiner Mutter.

»Dann wollen Sie also nach Siena, um … um sich den Palio anzusehen?«, meinte sie schließlich mit schief gelegtem Kopf.

»Den was?«

Meine Frage ließ sie vor Überraschung nach Luft schnappen. »Den Palio! Das Pferderennen. Siena ist berühmt für das Palio-Pferderennen. Hat Ihnen denn der Hausdiener Ihrer Tante – dieser kluge Alberto – nie davon erzählt?«

»Umberto«, korrigierte ich sie. »Doch, ich glaube schon. Mir war allerdings nicht klar, dass es immer noch stattfindet. Als er davon sprach, hörte sich das nach einem mittelalterlichen Spektakel an, mit Rittern in schimmernder Rüstung und solchem Zeug.«

»Die Geschichte des Palio«, antwortete Eva Maria mit einem zustimmenden Nicken, »reicht zurück bis in die …« – sie musste erst nach dem richtigen Wort suchen – »… die *Dunkelheit* des Mittelalters. Heutzutage findet das Rennen auf der Piazza del Campo vor dem Rathaus statt, und die Reiter sind professionelle Jockeys. Man nimmt jedoch an, dass es sich ursprünglich um Edelleute handelte, die auf ihren Schlachtrössern die ganze Strecke von ihren Ländereien bis in die Stadt ritten und sich auf dem Platz vor der Kathedrale von Siena versammelten.«

»Das klingt ja hochdramatisch«, stellte ich fest. Ich war immer noch verblüfft über ihre freundliche Art, aber vielleicht betrachtete sie es als ihre Pflicht, Fremde über Siena aufzuklären.

»Oh!« Eva Maria verdrehte die Augen. »Es handelt sich dabei um das größte Drama unseres Lebens. Monatelang können die Leute von Siena über nichts anderes reden als über Pferde und Rivalen und Verträge mit dem einen oder anderen Jockey.« Sie schüttelte begeistert den Kopf. »Wir nennen es eine *dolce pazzia* ... einen süßen Wahnsinn. Wenn man ihn erst einmal spürt, will man nie wieder weg.«

»Umberto hat immer gesagt, Siena lasse sich nicht erklären«, antwortete ich. Plötzlich wünschte ich, er wäre auch da und könnte dieser faszinierenden Frau zuhören. »Man müsse dort sein und die Trommeln hören, um es verstehen zu können.«

Eva Maria lächelte so huldvoll wie eine Königin, die gerade ein Kompliment entgegennahm. »Er hat recht. Man muss es fühlen ...« – sie berührte mich mit einer Hand an der Brust – »und zwar da drin.« Bei jeder anderen Person wäre mir diese Geste höchst unangebracht erschienen, aber Eva Maria war die Sorte Frau, die sich so etwas leisten konnte.

Während die Stewardess uns Champagner nachschenkte, erzählte mir meine neue Freundin mehr über Siena. »Damit Sie nicht in Schwierigkeiten geraten«, meinte sie augenzwinkernd. »Touristen geraten immer in Schwierigkeiten«, fuhr sie fort. »Sie begreifen nicht, dass Siena nicht einfach Siena ist, sondern aus siebzehn unterschiedlichen Vierteln – oder *contrade* – besteht, die alle ihr eigenes Gebiet, ihre eigene Gerichtsbarkeit und ihr eigenes Wappen haben.« Eva Maria stieß verschwörerisch mit mir an. »Wenn man nicht weiß, wo man ist, braucht man sich nur die kleinen Porzellanschilder an den Hausecken anzusehen. Sie verraten einem, in welcher Contrade man sich gerade befindet. Ihre Familie, die Tolomeis, gehören zur Contrade der Eule, und Ihre Verbündeten sind der Adler und das Stachelschwein und … die anderen habe ich vergessen. Für die Leute von Siena dreht sich das Leben um diese Contrade, diese Stadtteile. Sie sind deine Freunde, deine Gemeinschaft, deine Verbündeten, aber auch deine Rivalen. Jeden Tag des Jahres.«

»Meine Contrade ist also die Eule«, wiederholte ich amüsiert, weil Umberto mich hin und wieder eine missmutige Eule genannt hatte, wenn ich schlechter Laune war. »Und wie heißt Ihre Contrade?«

Zum ersten Mal seit Beginn unseres langen Gesprächs wandte Eva Maria den Kopf ab. Meine Frage hatte sie aus dem Konzept gebracht. »Ich habe keine Contrade«, antwortete sie schließlich verächtlich. »Meine Familie wurde schon vor vielen Jahrhunderten aus Siena verbannt.«

Lange bevor wir in Florenz landeten, beharrte Eva Maria darauf, mich nach Siena zu fahren. Es liege direkt an der Strecke in das Orcia-Tal, wo sie zu Hause sei, erklärte sie mir, so dass ihr das keinerlei

Umstände bereite. Ich antwortete, dass es mir nichts ausmache, den Bus zu nehmen, aber sie hielt offensichtlich nicht viel von öffentlichen Verkehrsmitteln. »*Dio santo!*«, rief sie, weil ich mich weiterhin weigerte, ihr Angebot anzunehmen, »warum wollen Sie denn unbedingt auf einen Bus warten, der nie kommt, wenn Sie genauso gut mich begleiten und dabei höchst bequem im neuen Wagen meines Patensohnes mitfahren können?« Als sie merkte, dass sie mich fast so weit hatte, lächelte sie charmant und beugte sich zu mir herüber, um das letzte, entscheidende Argument vorzubringen: »Giulietta, ich wäre so enttäuscht, wenn wir unser nettes Gespräch nicht noch ein bisschen länger fortsetzen könnten.«

Also gingen wir Arm in Arm durch den Zoll. Der Beamte warf nur einen kurzen Blick auf meinen Pass, dafür aber zwei lange auf Eva Marias Dekolleté. Als ich kurz darauf einen Stapel bonbonfarbener Formulare ausfüllen musste, um mein Gepäck als vermisst zu melden, blieb Eva Maria neben mir stehen und klopfte so lange mit dem Absätzen ihrer Gucci-Pumps auf den Boden, bis der Mann hinter dem Schalter hoch und heilig schwor, sich persönlich um meine beiden Koffer zu kümmern, wo auch immer sie gelandet sein mochten, und sie – egal, um welche Uhrzeit – schnurstracks nach Siena zu fahren und im Hotel Chiusarelli abzugeben. Es hätte nur noch gefehlt, das Eva Maria ihm die Adresse mit Lippenstift notiert und in die Tasche geschoben hätte.

»Sehen Sie, Giulietta«, erklärte sie, während wir gemeinsam aus dem Flughafen traten. Sie selbst rollte nur ihr kleines Handgepäck vor sich her. »Es geht zu fünfzig Prozent um das, was die Leute sehen, und zu fünfzig Prozent um das, was sie zu sehen *glauben*. Ah!« Aufgeregt winkte sie zu einer schwarzen Limousine hinüber, die auf der Feuerwehrzufahrt parkte. »Da ist er ja! Netter Wagen, nicht wahr?« Sie stupste mich verschwörerisch mit dem Ellbogen an. »Das neue Modell.«

»Ach, wirklich?«, gab ich höflich zurück, obwohl ich nicht ganz verstand, was sie meinte. Für Autos hatte ich mich noch nie begeistert – was vor allem daran lag, dass meistens ein Mann damit einherging. Zweifellos hätte mir Janice genau sagen können, wie der fragliche Wagen hieß und um welches Modell es sich dabei handelte, und dass es ganz oben auf ihrer Liste stehe, mit dem Besitzer eines solchen Wagens ein Schäferstündchen zu halten, während er an einem Aussichtspunkt irgendwo an der Amalfi-Küste parkte.

Eva Maria schien mein Mangel an Enthusiasmus wenig zu stören. Sie zog mich noch näher zu sich heran und flüsterte mir ins Ohr: »Sagen Sie nichts, es soll eine Überraschung werden! Oh, was für ein Anblick … sieht er nicht gut aus?« Sie kicherte fröhlich und steuerte dann gemeinsam mit mir auf den Mann zu, der gerade aus der Limousine ausstieg. »Wenn ich zehn Jahre jünger wäre ... *Ciao, Sandro!*«

Der Mann umrundete den Wagen, um uns zu begrüßen. »*Ciao, Madrina!*« Er küsste seine Patin auf beide Wangen. Dass sie ihm dabei mit einer Hand bewundernd durch sein dunkles Haar fuhr, schien ihn nicht zu stören. »*Bentornata.*«

Eva Maria hatte recht. Ihr Patensohn sah nicht nur unverschämt gut aus, sondern war auch noch umwerfend gekleidet. Obwohl ich im Hinblick auf weibliches Verhalten nicht gerade eine Expertin war, vermutete ich, dass es ihm nie an willigen weiblichen Opfern fehlte.

»Alessandro. Ich möchte dir jemanden vorstellen.« Eva Maria fiel es schwer, ihre Aufregung zu zügeln. »Das ist meine neue Freundin. Wir haben uns im Flugzeug kennengelernt. Sie heißt *Giulietta Tolomei.* Kannst du dir das vorstellen?«

Alessandro wandte sich mir zu. Seine Augen hatten die Farbe von getrocknetem Rosmarin. Für Janice wären diese Augen allein Grund genug gewesen, nur mit ihrer Unterwäsche bekleidet Rumba durchs ganze Haus zu tanzen und schmachtend in ein Haarbürsten-Mikrophon zu singen.

»*Ciao!*«, begrüßte ich ihn. Ich fragte mich, ob er mir ebenfalls einen Kuss geben würde.

Das tat er nicht. Nach einem Blick auf meine

Zöpfe, meine weiten Shorts und meine Flip-Flops rang er sich schließlich zu einem Lächeln durch und sagte etwas auf Italienisch, das ich nicht verstand.

»Es tut mir leid«, antwortete ich, »aber ich spreche kein …«

Als er begriff, dass ich nicht nur in dieser unattraktiven Aufmachung herumlief, sondern darüber hinaus auch noch unfähig war, Italienisch zu sprechen, verlor Eva Marias Patensohn jedes Interesse an meiner Person. Statt zu übersetzen, was er gesagt hatte, fragte er bloß: »Kein Gepäck?«

»Tonnenweise. Aber wie es aussieht, ist alles in Verona gelandet.« Wenige Momente später saß ich neben Eva Maria auf dem Rücksitz seines Wagens und bewegte mich zügig durch die Pracht von Florenz. Nachdem ich mir eingeredet hatte, dass Alessandros düsteres Schweigen nur auf mangelnde Englischkenntnisse zurückzuführen war – warum machte ich mir deswegen überhaupt Gedanken? –, spürte ich, wie ein Gefühl der Aufregung in mir hochblubberte. Ich war in das Land zurückgekehrt, das mich in der Vergangenheit zweimal hinausgeworfen hatte, und infiltrierte gerade erfolgreich die angesagte Klasse. Ich konnte es kaum erwarten, Umberto anzurufen und ihm davon zu erzählen.

»Hören Sie zu, Giulietta«, sagte Eva Maria, während sie sich entspannt zurücklehnte, »an Ihrer Stelle wäre ich vorsichtig und würde nicht … allzu vielen Leuten erzählen, wer Sie sind.«

»Ich?« Beinahe wäre ich herausgeplatzt. »Aber ich bin ein Niemand!«

»Ein Niemand? Sie sind eine Tolomei!«

»Sie haben mir doch vorhin erzählt, dass die Tolomeis vor langer Zeit hier lebten.«

Eva Maria berührte mit dem Zeigefinger meine Nase. »Unterschätzen Sie nicht die Macht von Ereignissen, die sich vor langer Zeit ereignet haben. Das ist ein tragischer Fehler des modernen Menschen. Da Sie gerade erst aus der Neuen Welt eingetroffen sind, möchte ich Ihnen Folgendes raten: Hören Sie viel zu, und sprechen Sie wenig. Hier an diesem Ort wurde Ihre Seele geboren. Glauben Sie mir, Giulietta, Sie werden hier auf Leute treffen, für die Sie durchaus jemand sind.«

Ich warf einen Blick in den Rückspiegel und stellte fest, dass Alessandro mich mit zusammengekniffenen Augen musterte. Englischkenntnisse hin oder her, jedenfalls war offensichtlich, dass er die Faszination, die seine Patentante für mich entwickelt hatte, keineswegs teilte, aber zu wohlerzogen war, um seiner eigenen Meinung Ausdruck zu verleihen. Zumindest duldete er meine Anwesenheit in seinem Wagen, solange ich die angemessenen Grenzen von Bescheidenheit und Dankbarkeit nicht überschritt.

»Ihre Familie, die Tolomeis«, fuhr Eva Maria fort,

ohne auf die schlechten Schwingungen von vorne zu achten, »war eine der reichsten und mächtigsten Familien in der Geschichte von Siena. Sie waren Privatbankiers, müssen Sie wissen, und bekriegten sich stets mit meiner Familie, den Salimbenis. Es ging darum, wer in der Stadt den größten Einfluss hatte. Ihre Fehde nahm so schlimme Ausmaße an, dass sie gegenseitig ihre Häuser niederbrannten und die Kinder der Feindesfamilie in ihren Betten töteten – damals im Mittelalter.«

»Sie waren Feinde?«, fragte ich dümmlich.

»O ja, und zwar von der schlimmsten Sorte. Glauben Sie an Schicksal?« Eva Maria legte eine Hand auf meine und drückte sie. »Ich schon. Unsere beiden Häuser, die Tolomeis und die Salimbenis, hegten einen alten Groll, einen blutigen Groll ... Wenn wir uns jetzt im Mittelalter befänden, wären wir beide uns längst an die Kehle gegangen. Wie die Capulets und die Montagues in *Romeo und Julia*.« Sie sah mich vielsagend an. »Zwei Häuser, beide gleich an Würdigkeit, beide in *Siena*, unsres Stückes Ort ... Kennen Sie das Schauspiel?« Zu überwältigt, um sprechen zu können, beschränkte ich mich auf ein Nicken, woraufhin sie mir beruhigend die Hand tätschelte. »Keine Sorge, ich bin zuversichtlich, dass Sie und ich mit unserer neuen Freundschaft endlich den alten Streit beilegen werden. Und deswegen ...« Mit einer abrupten Bewegung wandte sie sich ihrem Patensohn zu. »Sandro! Ich verlasse mich darauf, dass du für Giuliettas Sicherheit in Siena sorgst. Hast du mich verstanden?«

»Miss Tolomei«, antwortete Alessandro, der den Blick weiter auf die Straße gerichtet hielt, »wird niemals irgendwo sicher sein. Vor niemandem.«

»Was ist denn das für ein Gerede?«, schalt ihn Eva Maria. »Sie ist eine Tolomei. Es ist unsere Pflicht, sie zu beschützen.«

Alessandro betrachtete mich im Rückspiegel. Ich hatte allmählich den Eindruck, dass er viel mehr von mir sah als ich von ihm. »Vielleicht will sie unseren Schutz ja gar nicht.« An seinem Ton merkte ich, dass das eine Herausforderung war, und ich merkte auch – trotz seines Akzents –, dass er meine Sprache hervorragend beherrschte. Was bedeutete, dass seine Einsilbigkeit mir gegenüber andere Gründe haben musste.

»Ich bin Ihnen sehr dankbar für diese Mitfahrgelegenheit«, entgegnete ich mit meinem süßesten Lächeln, »zweifle jedoch nicht daran, dass es sich bei Siena um eine sehr sichere Stadt handelt.«

Er nahm das Kompliment mit einem leichten Nicken entgegen. »Was führt Sie denn zu uns? Sind Sie beruflich hier oder zum Vergnügen?«

»Nun ja … zum Vergnügen, würde ich sagen.«

Eva Maria klatschte begeistert in die Hände. »Dann müssen wir unbedingt dafür sorgen, dass Sie nicht enttäuscht werden! Alessandro kennt sämtliche Geheimnisse von Siena. Nicht wahr, *caro*? Er wird Ihnen alle Orte zeigen, wundervolle Orte, die Sie allein nie finden würden. Oh, das wird Ihnen Spaß machen!«

Ich öffnete den Mund, aber da ich nicht so recht wusste, was ich sagen sollte, klappte ich ihn gleich wieder zu. Alessandros gerunzelte Stirn verriet ganz deutlich, was er von dem Vorschlag hielt, für mich den Fremdenführer zu spielen. Auf seinem Programm für diese Woche kam dieser Punkt definitiv an allerletzter Stelle.

»Sandro!« Eva Marias Stimme klang plötzlich scharf. »Du wirst doch dafür sorgen, dass Giulietta sich amüsiert, *oder*?«

»Ich kann mir kein größeres Glück vorstellen«, sagte Alessandro und schaltete das Autoradio ein.

»Sehen Sie?« Eva Maria kniff in meine gerötete Wange. »Was weiß Shakespeare schon? Jetzt sind wir Freunde.«

Draußen war die Welt ein einziger Weinberg, und der Himmel hing wie ein schützender blauer Umhang über der Landschaft. Hier war ich geboren, und trotzdem fühlte ich mich völlig fremd – als hätte ich mich wie ein Eindringling durch die Hintertür hereingeschlichen, um etwas zu suchen und zu fordern, das mir nie gehört hatte.

69

Ich war froh, als wir endlich vor dem Hotel Chiusa-relli zum Stehen kamen. Eva Maria war während der ganzen Fahrt mehr als freundlich gewesen und hatte mir einiges über Siena erzählt, aber nachdem ich die ganze Nacht nicht geschlafen und dann auf einen Streich mein gesamtes Gepäck verloren hatte, war mir nur bedingt nach höflicher Konversation zumute.

Alles, was ich besaß, steckte in jenen zwei Koffern. Ich hatte meine paar Habseligkeiten bereits am Abend nach Tante Roses Beerdigung zusammenge-packt und gegen Mitternacht mit einem Taxi das Haus verlassen, Janices triumphierendes Lachen noch im Ohr. Die Koffer enthielten allerlei Klamot-ten, Bücher und albernen Krimskrams, aber nun waren sie in Verona, und ich saß mit kaum mehr als einer Zahnbürste, einem halben Müsliriegel und ein paar Ohrstöpseln hier in Siena fest.

Nachdem Alessandro direkt vor dem Hotel ge-parkt und mir pflichtbewusst die Wagentür aufge-halten hatte, begleitete er mich auch noch ins Foyer, obwohl ihm anzusehen war, wie sehr ihm das gegen den Strich ging. Ich legte meinerseits keinerlei Wert auf diese Geste, aber Eva Maria beobachtete uns vom Rücksitz des Wagens, und ich wusste inzwischen, dass sie es gewohnt war, ihren Kopf durchzusetzen.

»Bitte«, sagte Alessandro, während er mir die Tür aufhielt, »nach Ihnen.«

Mir blieb nichts anderes übrig, als das Hotel Chiusarelli zu betreten. Das Gebäude hieß mich mit kühler Gelassenheit willkommen. Seine Decke wurde von hohen Marmorsäulen getragen, und von irgendwo unter uns drang ganz gedämpft Gesang herauf, begleitet vom Klappern von Töpfen und Pfannen.

»*Buon giorno!*« Hinter dem Empfang erhob sich ein majestätisch wirkender Mann, der einen Anzug mit Weste trug. Ein Namensschild aus Messing informierte mich darüber, dass er *Direttor Rossini* hieß. »*Benvenuti – ah!*« Er hatte Alessandro erblickt. »*Benvenuto, Capitano.*«

Mit einem Lächeln, von dem ich hoffte, dass es gewinnend wirkte, legte ich die Handflächen auf die grüne Marmortheke. »Hallo. Ich bin Giulietta Tolomei. Ich habe reserviert. Bitte entschuldigen Sie mich einen Moment …« Ich wandte mich an Alessandro. »Das hätten wir geschafft. Sie haben mich sicher abgeliefert.«

»Es tut mir sehr leid, Signorina«, erklärte Direttor Rossini, »aber auf Ihren Namen ist kein Zimmer reserviert.«

»Oh! Ich war sicher … Ist das ein Problem?«

»Ja, wegen des Palio!« Er hob mit einer verzweifelten Geste beide Arme. »Das Hotel ist ausgebucht! Aber …« Er deutete auf den Bildschirm seines Computers. »Ich habe hier eine Kreditkartennummer einer gewissen Julia Jacobs. Auf diesen Namen ist für eine Woche ein Einzelzimmer reserviert. Ankunft heute aus Amerika. Könnte es sich dabei um Ihre Reservierung handeln?« Ich lugte zu Alessandro hinüber, der meinen Blick erwiderte, ohne mit der Wimper zu zucken. »Ja, das bin ich«, antwortete ich.

Direttor Rossini starrte mich überrascht an. »Sie sind Julia Jacobs? *Und* Giulietta Tolomei?«

»Nun ja … ja.«

»Aber …« Direttor Rossini trat einen kleinen Schritt zur Seite, um Alessandro besser sehen zu können, und formulierte mit den Augenbrauen eine höfliche Frage. »*C'è un problema?*«

»*Nessun problema*«, erwiderte Alessandro, ohne eine Miene zu verziehen. »Miss Jacobs. Genießen Sie Ihren Aufenthalt in Siena.«

Einen Augenblick später war Eva Marias Patensohn verschwunden, und ich blieb mit Direttor Rossini und einem peinlichen Schweigen zurück. Erst, nachdem ich alle Formulare ausgefüllt hatte, die er mir vorlegte, gestattete sich der Hoteldirektor schließlich ein Lächeln. »Demnach sind Sie eine Freundin von Capitano Santini?«

Ich blickte mich um. »Sie meinen den Mann, der eben hier war. Nein, wir sind nicht befreundet. Heißt er so? Santini?«

Direttor Rossini hielt mich definitiv für schwer

von Begriff. »Er heißt *Capitano* Santini. Er ist der – wie sagt man – der Sicherheitschef der Monte dei Paschi. Im Palazzo Salimbeni.«

Offenbar starrte ich ihn erschrocken an, denn Direttor Rossini beeilte sich, mich zu beruhigen. »Keine Sorge, wir haben in Siena keine Verbrecher. Es ist eine sehr friedliche Stadt. Einmal hat es hier einen Verbrecher gegeben …« – mit einem leisen Lachen läutete er nach dem Pagen – »aber um den haben wir uns gekümmert!«

Seit Stunden freute ich mich schon darauf, in ein Bett zu fallen, aber nun, da ich es endlich konnte, legte ich mich nicht hin, sondern tigerte stattdessen nervös in meinem Hotelzimmer auf und ab. Mir machte der Gedanke zu schaffen, Alessandro Santini könnte meinen Namen durch den Computer laufen lassen und dabei auf meine dunkle Vergangenheit stoßen. Das Letzte, was ich jetzt brauchte, war, dass in Siena jemand die alte Julia-Jacobs-Akte ausgrub, auf mein römisches Debakel stieß und meiner Schatzsuche ein frühzeitiges Ende setzte.

Als ich kurz darauf Umberto anrief und ihm berichtete, dass ich wohlbehalten angekommen war, merkte er wohl sofort an meiner Stimme, dass irgendetwas schiefgelaufen war.

»Ach, es ist nichts«, erklärte ich. »Nur ein Armani tragender Schnösel, der dahintergekommen ist, dass ich zwei Namen habe.«

»Aber er ist Italiener«, lautete Umbertos vernünftige Antwort. »Solange du schöne Schuhe trägst, ist es ihm völlig egal, wenn du ein bisschen gegen das Gesetz verstößt. Trägst du schöne Schuhe? Trägst du die Schuhe, die ich dir geschenkt habe? *Principessa?*«

Mein Blick glitt hinunter zu meinen Flip-Flops. »Ich schätze, jetzt bin ich geliefert!«

Als ich endlich einschlief, landete ich sofort in einem alten Traum, den ich zwar schon seit Monaten nicht mehr geträumt hatte, der aber seit meiner Kindheit Teil meines Lebens war. In dem Traum streifte ich durch ein prächtiges Schloss mit Mosaikböden und hohen Gewölben, die von dicken Marmorsäulen getragen wurden. Ich schob dort eine vergoldete Tür nach der anderen auf und fragte mich, wo denn alle steckten. Die einzige Lichtquelle waren ein paar schmale Buntglasfenster hoch oben über meinem Kopf. Die farbigen Strahlen reichten nicht aus, um die dunklen Winkel um mich herum zu erhellen.

Während ich durch die riesigen Räume streifte, kam ich mir vor wie ein Kind, das sich im Wald verirrt hatte. Es frustrierte mich, dass ich die Gegenwart anderer Menschen zwar spüren konnte, sie sich aber nie blicken ließen. Sooft ich stehenblieb, hörte ich sie flüstern und wie Geister umherhuschen. Falls es sich tatsächlich um ätherische Wesen handelte, waren sie dennoch wie ich gefangen und suchten einen Weg nach draußen.

Erst, als ich an der Highschool das Stück las, wurde mir klar, dass jene unsichtbaren Dämonen Satzfetzen aus Shakespeares *Romeo und Julia* flüsterten – nicht nach Art von Bühnenschauspielern, sondern mit stiller Intensität, wie einen Zauberspruch. Oder einen Fluch.

I. III

*Innerhalb drei Stunden wird das schöne Kind
erwachen*

rst die Glocken der gegenüberliegenden Basili-
ka weckten mich wieder auf. Zwei Minuten
später klopfte Direttor Rossini an meine Tür, als hätte er gewusst, dass ich diesen Lärm unmöglich verschlafen haben konnte. »Bitte entschuldigen Sie!«
Ohne auf eine Einladung zu warten, schleppte er einen großen Koffer in mein Zimmer und stellte ihn
auf den leeren Platz für das Gepäck. »Der ist gestern
Abend für Sie gekommen.«

»Warten Sie!« Ich ließ die Tür los und wickelte
mich so fest wie möglich in meinen Hotelbademan-
tel. »Das ist nicht mein Koffer.«

»Nein …« Er zog das Tuch aus seiner Brusttasche
und wischte sich eine Schweißperle von der Stirn.
»Contessa Salimbeni hat ihn geschickt. Hier, sie hat
eine Nachricht für Sie beigelegt.«

Ich nahm das Blatt. »Was genau ist eine *contessa*?«

»Normalerweise«, erklärte Direttor Rossini mit
einer gewissen Würde, »trage ich kein Gepäck. Aber
für Contessa Salimbeni …«

»Sie leiht mir ihre Sachen?« Ungläubig starrte ich auf Eva Marias kurzen, handgeschriebenen Brief. »Und Schuhe?«

»Bis Ihr eigenes Gepäck eintrifft. Es ist inzwischen in Frittoli.«

Eva Maria warnte mich in ihrer vornehmen Handschrift, dass ihre Sachen mir unter Umständen nicht perfekt passen würden. Trotzdem, schloss sie, wäre es immer noch besser, als nackt herumzulaufen.

Während ich ein Kleidungsstück nach dem anderen aus dem Koffer nahm und inspizierte, war ich froh, dass Janice mich nicht sehen konnte. In dem Haus, in dem wir unsere Kindheit verbracht hatten, war kein Platz gewesen für zwei Modegöttinnen, so dass ich mich – sehr zu Umbertos Bedauern – für eine Karriere als das genaue Gegenteil entschieden hatte. In der Schule heimste Janice ihre Komplimente von Freundinnen ein, deren Leben von Designernamen bestimmt wurden. Wenn mich mal andere Mädchen bewunderten, dann nur deswegen, weil sie wie ich zu dem Laden getrampt waren, in dem gespendete oder gebrauchte Klamotten zu günstigen Preisen für wohltätige Zwecke verkauft wurden, dann jedoch nicht die Vorstellungskraft und den Mut besessen hatten, zu kaufen, was ich kaufte, und die Sachen entsprechend zu kombinieren. Wobei ich durchaus nichts gegen schöne Kleidung hatte, ich wollte Janice bloß nicht das Gefühl geben, dass mir doch etwas an meinem Aussehen lag. Diese Befriedigung gönnte ich ihr nicht, denn egal, was ich mit mir anstellte, sie schaffte es stets, mich zu übertrumpfen.

Bis wir das College verließen, hatte ich mein eigenes Image entwickelt: als Gänseblümchen im Blumenbeet der Gesellschaft. Irgendwie süß, aber dennoch ein Unkraut. Als Tante Rose damals unsere Abschlussfotos nebeneinander auf den Flügel stellte, bemerkte sie mit einem traurigen Lächeln, dass ich von den vielen Kursen, die ich belegt hatte, denjenigen als perfekte Anti-Janice mit den besten Ergebnissen abgeschlossen hatte.

Anders ausgedrückt waren Eva Marias Designerklamotten definitiv nicht mein Stil. Aber was blieb mir denn übrig? Nach dem gestrigen Telefongespräch mit Umberto hatte ich eingesehen, dass ich meine Flip-Flops mal für eine Weile einmotten und meiner *bella figura* mehr Aufmerksamkeit schenken musste. Schließlich konnte ich im Moment auf keinen Fall riskieren, dass Francesco Maconi, der Finanzberater meiner Mutter, mich für nicht vertrauenswürdig hielt.

Deswegen probierte ich die Outfits von Eva Maria vor dem Spiegel – eines nach dem anderen, bis ich die richtige Kombi gefunden hatte: ein schmales kleines Kostüm in leuchtendem Rot mit schwarzen

Akzenten. Ich sah darin aus, als wäre ich gerade mit vier perfekt zusammenpassenden Gepäckstücken und einem kleinen Hund namens Bijoux aus einem Jaguar gestiegen. Noch wichtiger aber war, dass ich darin wie eine Frau wirkte, die verschollene Erbstücke – und Finanzberater – zum Frühstück verspeiste.

Im übrigen gab es dazu auch die genau passenden Schuhe.

Wie mir Direttor Rossini erklärt hatte, musste ich, um zum Palazzo Tolomei zu gelangen, entweder die Via del Paradiso hinauf oder die Via della Sapienza entlang. Obwohl beide Straßen – wie die meisten Straßen im Zentrum von Siena – praktisch für den Verkehr gesperrt waren –, warnte er mich davor, dass die Sapienza unter Umständen eine gewisse Herausforderung darstellen könnte und die Paradiso alles in allem wohl der sicherere Weg war.

Während ich die Via della Sapienza hinunterging, rückten rund um mich herum die Fassaden alter Häuser immer näher, und schon bald steckte ich in einem Labyrinth vergangener Jahrhunderte, das der Logik einer früheren Lebensweise folgte. Über mir wurde ein Band aus blauem Himmel von wehenden Fahnen durchschnitten, deren kühne Farben neben dem mittelalterlichen Stein seltsam lebhaft wirkten, doch abgesehen davon – und einer vereinzelten Jeans, die jemand zum Trocknen aus einem Fenster gehängt hatte – gab es dort kaum etwas, das diesen Ort mit der modernen Zeit verband.

Die Welt hatte sich rundherum weiterentwickelt, aber Siena war das egal. Von Direttor Rossini wusste ich, dass die Stadt ihre Glanzzeit im späten Mittelalter erlebt hatte. Nun sah ich, wie der ganze Ort alle Vorzüge des Fortschritts entschieden missachtete und an seiner mittelalterlichen Art festhielt. Es gab hier und da Spuren der Renaissance, aber wie der Hoteldirektor mit einem spöttischen Lachen bemerkt hatte, war Siena zu klug gewesen, um sich von den charmanten Playboys der Geschichte verführen zu lassen, jenen sogenannten Meistern, die Gebäude in Hochzeitstorten verwandelten.

Das Schönste an Siena war daher die Geschlossenheit des Stadtbildes. Selbst jetzt noch, in einer Welt, die sich nicht mehr darum scherte, war sie *Sena Vetus Civitas Virginis* geblieben – das alte Siena, die Stadt der Jungfrau. Allein schon aus diesem Grund, fasste Direttor Rossini seinen Vortrag zusammen und spreizte dabei alle zehn Finger auf die grüne Marmortheke, sei sie der einzige Ort auf diesem Planeten, wo es sich zu leben lohne.

»Wo haben Sie denn sonst noch gelebt?«, fragte ich ihn, ohne mir viel dabei zu denken.

»Ich war mal zwei Tage in Rom«, antwortete er in würdevollem Ton. »Mehr braucht ein Mensch nicht zu sehen, finde ich. Wenn man von einem faulen Apfel abbeißt, isst man schließlich auch nicht weiter, oder?«

Nachdem ich für eine Weile in die stillen Gassen eingetaucht war, kam ich schließlich in einer belebten Fußgängerzone wieder heraus. Meiner Wegbeschreibung nach hieß diese Straße der *Corso*. Direttor Rossini hatte mir erklärt, dass sie für die vielen Banken bekannt war, die früher ihre Dienste den Fremden anboten, welche entlang der alter Pilgerroute reisten, der Via Francigena, die mitten durch die Stadt geführt hatte. Im Lauf der Jahrhunderte waren unzählige Menschen durch Siena gereist, und viele ausländische Schätze und Währungen hatten den Besitzer gewechselt. Der stete Strom moderner Touristen war in anderen Worten nichts als die Fortführung einer alten, profitablen Tradition.

Auf diese Weise waren auch meine Vorfahren, die Tolomeis, reich geworden, erklärte mir Direttor Rossini, und ihre Rivalen, die Salimbenis, noch reicher. Sie waren Handelsleute und Bankiers gewesen, und die ohnehin schon unvorstellbar hohen Türme ihrer befestigten Palazzi, die damals zu beiden Seiten von Sienas wichtigster Straße emporragten, waren immer höher geworden, bis sie schließlich beide einstürzten.

Am Palazzo Salimbeni angekommen, hielt ich

vergeblich nach Überresten des alten Turms Ausschau. Obwohl es sich nach wie vor um ein beeindruckendes Gebäude mit einer Eingangstür ganz im
Stil von Graf Dracula handelte, war es dennoch
nicht mehr die Festung von früher. Während ich
mit hochgestelltem Kragen vorübereilte, ging mir
durch den Kopf, dass irgendwo in diesem Gebäude
Eva Marias Patensohn Alessandro sein Büro hatte.
Hoffentlich blätterte er nicht gerade in einem Straf-
tatenregister, um das dunkle Geheimnis von Julia
Jacobs zu lüften.

Nicht allzu weit entfernt folgte der Palazzo Tolomei, das alte Wohnhaus meiner eigenen hochgestellten und mächtigen Vorfahren. Als ich nun an der
prächtigen mittelalterlichen Fassade emporblickte,
war ich plötzlich stolz darauf, von Menschen abzu-
stammen, die einmal in diesem bemerkenswerten
Gebäude gelebt hatten. Soweit ich es beurteilen
konnte, hatte sich seit dem 14. Jahrhundert nicht viel
verändert. Lediglich die Werbeposter in den tiefen
Fenstern, deren farbenfrohe Versprechen von Eisenstäben durchschnitten wurden, deuteten darauf hin,
dass die Tolomeis nicht mehr hier wohnten und
stattdessen eine moderne Bank eingezogen war.

Das Innere des Gebäudes wirkte ebenso streng
wie die Fassade. Noch bevor ich die Eingangstür
berühren konnte, hielt ein Wachmann sie mir so
galant auf, wie die Halbautomatikwaffe in seinen

Armen es zuließ. Sechs riesige Säulen aus rotem Ziegelstein stützten die Decke hoch oben über der Menschheit. Obwohl es in der Halle Schalter und Stühle gab und auf der weiten Fläche des Steinbodens Leute herumliefen, nahmen diese so wenig Raum ein, dass die weißen Löwenköpfe, die aus den alten Wänden hervorragten, die Anwesenheit der menschlichen Wesen überhaupt nicht zu bemerken schienen.

»*Sì?*« Die Frau hinter dem Schalter musterte mich über den Rand einer Brille, deren Gläser so modisch schmal waren, dass sie unmöglich mehr als einen hauchdünnen Streifen von Realität übermitteln konnten.

Aus Gründen der Diskretion beugte ich mich ein wenig vor. »Könnte ich bitte mit Signor Francesco Maconi sprechen?«

Die Frau schaffte es tatsächlich, durch ihre schmalen Brillengläser den Blick auf mich zu richten, wirkte aber nicht überzeugt von dem, was sie sah. »Es gibt hier keinen Signor Francesco.« Sie sprach mit starkem Akzent, aber in entschiedenem Ton.

»Keinen Francesco Maconi?«

An diesem Punkt nahm die Frau ihre Brille ganz langsam ab und legte sie neben sich auf die Theke, wobei sie vorher vorsichtig die Bügel einklappte. Dann bedachte sie mich mit jenem überfreundlichen Lächeln, das man normalerweise nur zu sehen bekommt, bevor einem jemand eine Spritze in den Hals jagt. »Nein.«

»Aber ich weiß, dass er früher hier gearbeitet hat …« Weiter kam ich nicht, weil sich in dem Moment die Frau vom Nebenschalter herüberlehnte und ihrer Kollegin auf Italienisch etwas ins Ohr flüsterte. Zuerst tat meine unfreundliche Schalterdame die Einmischung der anderen mit einer wütenden Handbewegung ab, doch nach einer Weile besann sie sich anders.

»Hören Sie«, wandte sie sich schließlich wieder an mich, »Sie meinen aber nicht zufällig *Presidente* Maconi?«

Ich spürte, wie ein Adrenalinstoß durch meinen Körper schoss. »Hat er vor zwanzig Jahren auch schon hier gearbeitet?«

Die beiden Frauen wirkten höchst konsterniert. »Presidente Maconi hat schon immer für diese Bank gearbeitet!«

»Könnte ich vielleicht mit ihm sprechen?« Obwohl meine Schalterdame es nicht verdient hatte, lächelte ich lieb. »Er ist ein alter Freund meiner Mutter, Diane Tolomei. Ich bin Giulietta Tolomei.«

Beide Frauen starrten mich an wie ein Gespenst, das gerade vor ihren Augen erschienen war. Ohne ein weiteres Wort setzte die Dame, die mich anfangs abwimmeln wollte, mit fahrigen Bewegungen ihre Brille wieder auf, wählte eine Nummer und führte ein kurzes Gespräch in bescheidenem, unterwürfigem Italienisch. Hinterher legte sie ehrfürchtig den Hörer zurück und wandte sich mit dem Anflug eines Lächelns an mich. »Er hat gleich nach dem Mittagessen Zeit für Sie, um drei Uhr.«

Die erste Mahlzeit, seit ich in Siena angekommen war, bekam ich in einer Pizzeria namens Cavallino Bianco, und während ich dort saß und so tat, als läse ich in dem Wörterbuch, das ich gekauft hatte, wurde mir allmählich klar, dass man mehr brauchte als ein geborgtes Kostüm und ein paar Redensarten, um mit den hier lebenden Italienerinnen mithalten zu können. Nachdem ich eine Weile verstohlen die Frauen um mich herum beobachtet hatte – ihre lächelnden Gesichter und überschwänglichen Gesten –, wuchs in mir der Verdacht, dass sie eine Fähigkeit besaßen, die mir stets gefehlt hatte. Zwar konnte ich diese Fähigkeit noch nicht genau benennen, doch vermutlich handelte es sich dabei um einen wesentlichen Bestandteil jenes schwer einzufangenden Zustandes – vollkommenen Glücks.

Nach dem Essen schlenderte ich weiter, wobei ich mich fremd und fehl am Platze fühlte. In einem Café an der Piazza Postierla trank ich im Stehen einen Espresso und fragte die vollbusige Barfrau, ob sie mir in der Nachbarschaft einen günstigen Kleiderladen empfehlen könne. Eva Marias Koffer hatte – glücklicherweise – nicht auch noch Unterwäsche enthalten. Ohne weiter auf ihre übrigen Gäste zu achten, musterte sie mich skeptisch und sagte dann: »Sie brauchen … alles neu, *no*? Neue Frisur, neue Kleider?«

»Nun –«

»Keine Sorge, mein Cousin ist der beste Friseur in Siena – vielleicht sogar auf der ganzen Welt. Er wird Sie verzaubern. Kommen Sie!«

Die Barfrau, deren Name Malèna war, hatte keinerlei Skrupel, mich mitten im größten Kaffee-Ansturm zum Salon ihres Cousins Luigi zu begleiten. Obwohl ihr ein paar Kunden verärgert nachriefen, lachte sie bloß achselzuckend. Sie wusste genau, dass all die Leute ihr weiterhin schöntun würden, wenn sie zurückkam, vielleicht sogar noch ein wenig mehr als zuvor, weil sie nun ja erlebt hatten, wie sich das Leben ohne sie anfühlte.

Luigi fegte gerade Haare vom Boden, als wir seinen Salon betraten. Er war nicht älter als ich, hatte aber das Auge eines Michelangelo. Als er damit einen Blick auf mich warf, blieb er jedoch sichtlich unbeeindruckt.

»*Ciao, caro*«, sagte Malèna und küsste ihn, fast schon wieder im Gehen, rasch auf beide Wangen, »das ist Giulietta. Sie braucht *un makeover totale*.«

»Eigentlich nur die Spitzen«, warf ich ein. »Ein paar Zentimeter.«

Es war eine größere Diskussion auf Italienisch nötig – die ich zum Glück nicht verstand –, ehe Malèna Luigi davon überzeugen konnte, sich meines traurigen Falles anzunehmen, aber nachdem er sich erst einmal dazu durchgerungen hatte, nahm er die Herausforderung sehr ernst. Sobald Malèna den Salon verlassen hatte, ließ er mich auf einem Friseurstuhl Platz nehmen und studierte mein Spiegelbild, wobei er mich mehrfach hin und her drehte, um alle Blickwinkel zu überprüfen. Dann zog er die Gummis von meinen Zöpfen und warf sie mit angewiderter Miene geradewegs in den Müll.

»*Bene* …«, sagte er schließlich, plusterte mein Haar mit den Fingern ein wenig auf und betrachtete mich ein weiteres Mal im Spiegel, »gar nicht so übel, *no?*«

Als ich zwei Stunden später zurück zum Palazzo Tolomei ging, hatte ich mich zwar noch tiefer in Schulden gestürzt, aber es war jeden nicht vorhandenen Cent wert gewesen. Eva Marias rotschwarzes Kostüm lag ordentlich gefaltet auf dem Grund meiner Einkaufstüte und obenauf die dazu passenden Schuhe. Ich trug jetzt eines der fünf neuen Outfits, die alle von Luigi und seinem Onkel Paolo abgesegnet worden waren. Zufällig besaß Letzterer gleich um die Ecke einen Klamottenladen. Onkel Paolo –

der kein Wort Englisch sprach, dafür aber alles über Mode wusste, was man wissen musste – hatte mir auf sämtliche Teile dreißig Prozent Rabatt gegeben, im Gegenzug allerdings das Versprechen abgenommen, nie wieder mein Marienkäferkostüm zu tragen.

Ich betrachtete mich in jedem Schaufenster, an dem ich vorbeikam. Warum hatte ich so etwas nicht schon viel früher gemacht? Seit der Highschool hatte ich mir die Haare – nur die Spitzen – alle zwei Jahre mit der Nagelschere selbst geschnitten. Ich brauchte dazu ungefähr fünf Minuten, und ehrlich gesagt dachte ich mir immer: Wer merkt schon den Unterschied? Tja, nun merkte ich den Unterschied ganz deutlich. Irgendwie hatte Luigi es geschafft, mein ödes, langweiliges Haar zum Leben zu erwecken, und jetzt blühte es in seiner neuen Freiheit richtig auf. Während ich dahinmarschierte, wehte es im Wind und umrahmte mein Gesicht, als wäre es tatsächlich umrahmenswert.

In unserer Kindheit und Jugend war Tante Rose mit uns zum Dorffriseur gegangen, wann immer es ihr in den Sinn kam. Dabei war sie allerdings klug genug gewesen, niemals mit uns beiden gleichzeitig zu gehen. Nur ein einziges Mal landeten Janice und ich Seite an Seite auf den Friseurstühlen, und während wir im Spiegel Grimassen schnitten, hob der alte Friseur unsere Pferdeschwänze hoch und rief:

»Seht euch das an! Die eine hat Haare wie ein Bär, die andere wie eine Prinzessin.«

Tante Rose gab ihm keine Antwort, sondern saß einfach nur da und wartete schweigend, bis er fertig war. Hinterher gab sie ihm sein Geld und bedankte sich in dem für sie typischen vornehmen Ton. Dann zerrte sie uns beide zur Tür hinaus, als hätten wir uns danebenbenommen, und nicht der Friseur. Seit jenem Tag hatte Janice nie eine Gelegenheit ausgelassen, mich zu meinem bärigen, ach so bärigen schönen Haar zu beglückwünschen.

Die Erinnerung trieb mir fast die Tränen in die Augen. Während ich hier so schick gestylt die Straße entlanglief, befand sich Tante Rose an einem Ort, wo sie sich nicht mehr darüber freuen konnte, dass ich endlich meinem Makramee-Kokon entschlüpft war. Es hätte sie glücklich gemacht, mich so zu sehen, und sei es nur ein einziges Mal, aber ich war ja zu sehr damit beschäftigt gewesen, dafür zu sorgen, dass Janice mich *nicht* so sah.

Presidente Maconi war ein vornehm wirkender Mann, der die sechzig wohl schon überschritten hatte. Er trug einen dezenten Anzug mit Krawatte und hatte mit erstaunlichem Erfolg ein paar lange Haarsträhnen von der einen Seite des Kopfes zur anderen hinübergekämmt. Um dieses Arrangement nicht zu gefährden, bewegte er sich mit würdevoller

Steife, doch in seinen Augen funkelte eine Herzens-
wärme, die jede Spur von Lächerlichkeit sofort wieder eliminierte.

»Miss Tolomei?« Er kam mir entgegen und schüttelte mir herzlich die Hand, als wären wir alte
Freunde. »Welch unerwartete Freude.«

Während wir zusammen die Treppe hinaufgin-
gen, entschuldigte sich Presidente Maconi in makel-
losem Englisch für die rauen Wände und die welli-
gen Böden. Lächelnd erklärte er, bei einem Gebäude,
das fast achthundert Jahre alt sei, könne auch die
modernste Raumausstattung nichts ausrichten.

Nachdem ich an diesem Tag ständig mit Verstän-
digungsproblemen zu kämpfen gehabt hatte, empfand ich es nun als Wohltat, endlich auf jemanden
zu treffen, der fließend Englisch sprach. Der Hauch
eines britischen Akzents ließ mich vermuten, dass
Presidente Maconi eine Weile in England gelebt hatte – womöglich hatte er dort studiert –, was vielleicht auch erklärte, warum meine Mutter ihn damals als ihren Finanzberater gewählt hatte.

Sein Büro lag im obersten Stockwerk, wo er durch
die mit Stabwerk versehenen Fenster einen wunderbaren Blick auf die Kirche San Cristoforo und mehrere andere spektakuläre Gebäude der Nachbarschaft
hatte. Allerdings wäre ich beim Eintreten fast über
einen Plastikeimer gestolpert, der mitten auf dem
großen Perserteppich stand. Nachdem Presidente

Maconi sich davon überzeugt hatte, dass meine Gesundheit keinen Schaden davongetragen hatte, platzierte er den Kübel wieder genau dort, wo ich ihn weggekickt hatte.

»Das Dach ist undicht«, erklärte er mit einem Blick an die von Rissen durchzogene Stuckdecke, »aber wir können die genaue Stelle nicht finden. Es ist wirklich seltsam – selbst wenn es nicht regnet, tropft Wasser herunter.« Achselzuckend forderte er mich auf, auf einem der beiden kunstvoll geschnitzten Mahagonistühle gegenüber seinem Schreibtisch Platz zu nehmen. »Der alte Präsident hat immer gesagt, das Gebäude weine. Er hat übrigens Ihren Vater gekannt.«

Nachdem er sich hinter dem Schreibtisch niedergelassen hatte, lehnte Presidente Maconi sich zurück, soweit sein Ledersessel es zuließ, und legte die Fingerspitzen aneinander. »Also, Miss Tolomei, was kann ich für Sie tun?«

Aus irgendeinem Grund überraschte mich seine Frage. Ich war so sehr darauf konzentriert gewesen, erst einmal zu ihm vorzudringen, dass ich über den nächsten Schritt noch kaum nachgedacht hatte. So wie ich mir Francesco Maconi in meiner Vorstellung ausgemalt hatte, wusste er natürlich sofort, dass ich wegen des Schatzes meiner Mutter gekommen war, und hatte all die Jahre ungeduldig darauf gewartet, ihn endlich seiner rechtmäßigen Erbin auszuhändigen.

Der echte Francesco Maconi war jedoch nicht so entgegenkommend. Ich begann ihm den Grund meines Besuchs zu erklären, und er hörte mir schweigend zu. Hin und wieder nickte er. Als ich schließlich fertig war, betrachtete er mich nachdenklich. Nichts an seiner Miene verriet mir, ob er meinem Anliegen wohlwollend gegenüberstand oder nicht.

»Und deswegen habe ich mich gefragt«, fuhr ich fort, weil mir plötzlich klar wurde, dass ich den wichtigsten Teil vergessen hatte, »ob Sie mir vielleicht Zugang zu ihrem Schließfach verschaffen könnten.«

Ich holte den Schlüssel heraus und legte ihn auf seinen Schreibtisch, doch Presidente Maconi streifte ihn nur mit einem raschen Blick. Nach einem kurzen, etwas peinlichen Moment des Schweigens erhob er sich und ging zu einem Fenster hinüber. Die Hände hinter dem Rücken verschränkt, blickte er stirnrunzelnd auf die Dächer von Siena hinaus.

»Ihre Mutter«, sagte er schließlich, »war eine kluge Frau. Und wenn Gott weise Menschen zu sich in den Himmel holt, lässt er ihre Weisheit für uns auf der Erde zurück. Ihre Geister leben weiter und umflattern uns wie lautlose Eulen, deren Augen auch nachts etwas sehen können, während Sie und ich nur Dunkelheit wahrnehmen.« Er legte eine Pause ein, in der er prüfend auf eine sich lösende Bleiglasscheibe drückte. »In gewisser Weise wäre die Eule ein passendes Symbol für ganz Siena, nicht nur für unsere *contrada*.«

»Weil … alle Menschen in Siena weise sind?«, mutmaßte ich, weil ich nicht recht wusste, worauf er hinauswollte.

»Weil die Eule eine antike Vorfahrin hat. Für die Griechen war sie die Göttin Athene. Eine Jungfrau, aber auch eine Kriegerin. Die Römer nannten sie Minerva. In römischen Zeiten gab es hier in Siena einen ihr geweihten Tempel. Das alte Siena war schon in der Antike die Stadt der Jungfrau. Verstehen Sie? Deswegen war es uns schon immer ins Herz gelegt, die Jungfrau Maria zu lieben – sogar schon in den alten Zeiten vor Christi Geburt. Für uns war sie immer hier.«

»Presidente Maconi …«

»Miss Tolomei.« Endlich wandte er sich wieder in meine Richtung. »Ich versuche gerade herauszufinden, was jetzt wohl der Wille Ihrer Mutter wäre. Sie bitten mich, Ihnen etwas zu geben, das ihr sehr großen Kummer bereitet hat. Würde sie wirklich wollen, dass ich es Ihnen aushändige?« Er betrachtete mich mit dem Anflug eines Lächelns. »Aber letztendlich ist es nicht meine Entscheidung, oder? Immerhin hat sie es hier zurückgelassen, es nicht zerstört, also wollte sie wohl, dass ich es Ihnen oder sonst jemandem gebe. Die Frage ist: Sind Sie absolut sicher, dass Sie es haben wollen?«

In der Pause, die auf seine Worte folgte, hörten wir es beide ganz deutlich: das platschende Geräusch, mit dem ein Wassertropfen in dem Plastikeimer landete – an einem strahlenden Sonnentag.

Nachdem er einen zweiten Schließbefugten, den düster dreinschauenden Signor Virgilio, hinzugerufen hatte, führte Presidente Maconi mich über eine separate Treppe – eine alte steinerne Wendeltreppe, die es vermutlich schon seit der Entstehung des Palazzo gab – in die tiefsten Kellergewölbe der Bank hinunter. Zum ersten Mal wurde mir bewusst, dass es unter Siena noch eine zweite Welt gab: eine Welt aus Höhlen und Schatten, die so ganz anders war als die lichtdurchflutete obere Welt.

»Willkommen in den Bottini«, sagte Presidente Maconi, als wir in einen grottenartigen Durchgang traten, »das hier ist das alte unterirdische Aquädukt, das vor etwa tausend Jahren gebaut wurde, um Wasser in die Stadt Siena zu leiten. Es besteht ganz aus Sandstein, weshalb die damaligen Ingenieure selbst mit ihren primitiven Werkzeugen in der Lage waren, ein Labyrinth aus Tunneln zu graben, welche die öffentlichen Brunnen und sogar die Keller mancher Privathäuser mit frischem Wasser versorgten. Es ist natürlich längst nicht mehr in Gebrauch.«

»Gehen heute noch viele Menschen in die Gänge

hinein?«, fragte ich, während ich mit einer Hand über die raue Sandsteinwand strich.

»O nein!« Presidente Maconi war ob meiner Naivität sichtlich amüsiert. »Das ist ein gefährlicher Ort. Man kann sich leicht verlaufen. Kein Mensch kennt sämtliche Bottini-Tunnel. Es gibt Geschichten, viele Geschichten über geheime Verbindungen von hier nach dort, aber wir wollen hier unten keine Leute haben, die das erforschen. Der Sandstein ist porös, müssen Sie wissen. Er bröckelt. Und ganz Siena sitzt obenauf.«

Ich zog die Hand zurück. »Aber diese Wand ist doch bestimmt … gesichert?«

Presidente Maconi wirkte ein wenig verlegen. »Nein.«

»Aber es handelt sich um eine Bank. Das erscheint mir … gefährlich.«

»Einmal«, entgegnet er mit indigniert hochgezogenen Augenbrauen, »haben tatsächlich ein paar Leute versucht, hier einzubrechen. Nur ein einziges Mal. Sie haben Monate dafür gebraucht, einen Tunnel zu graben.«

»Ist es ihnen gelungen?«

Presidente Maconi deutete auf eine Überwachungskamera, die gut versteckt in einer dunklen Ecke angebracht war. »Als der Alarm losging, sind sie durch den Tunnel geflohen, aber zumindest haben sie nichts gestohlen.«

»Wer waren sie?«, fragte ich. »Haben Sie das je herausgefunden?«

Er zuckte mit den Achseln. »Irgendwelche Gangster aus Neapel. Sie haben sich nie wieder blicken lassen.«

Als wir schließlich den Tresorraum erreichten, mussten Presidente Maconi und Signor Virgilio beide ihre elektronischen Schlüsselkarten durchziehen, um die massive Tür zu öffnen.

»Sehen Sie?« Presidente Maconi war sehr stolz auf diese Regelung. »Nicht einmal der Präsident kann das Gewölbe allein öffnen. Wie heißt es so schön? Absolute Macht führt zu absoluter Korruption.«

Im Inneren des Tresorraums waren sämtliche Wände vom Boden bis zur Decke mit Schließfächern ausgestattet. Die meisten waren klein, aber einige hatten die Größe von Gepäckfächern, wie man sie an Flughäfen fand. Wie sich herausstellte, lag das Fach meiner Mutter größenmäßig irgendwo in der Mitte. Sobald Presidente Maconi es mir gezeigt und beim Einführen meines Schlüssels geholfen hatte, verließen er und Signor Virgilio höflich den Raum. Wenige Augenblicke später hörte ich draußen das Geräusch von Streichhölzern. Offenbar nutzten sie die wunderbare Gelegenheit, draußen auf dem Gang eine Zigarettenpause einzulegen.

Seit ich Tante Roses Brief zum ersten Mal gelesen hatte, versuchte ich mir vorzustellen, worum es sich bei dem Schatz meiner Mutter handeln konnte, und kam dabei auf immer neue Ideen. Am Ende hatte ich beschlossen, meine Erwartungen möglichst niedrig zu halten, um hinterher nicht enttäuscht zu sein, aber in meinen wildesten, zügellosesten Träumen fand ich eine prächtige goldene Kiste, die – fest verschlossen und voller Verheißungen – durchaus eine gewisse Ähnlichkeit mit den Schatztruhen aufwies, die Piraten für gewöhnlich auf einsamen Inseln ausgruben.

Genau so etwas hatte mir meine Mutter hinterlassen. Es handelte sich um eine Holztruhe mit goldenen Verzierungen. Obwohl sie eigentlich nicht abgeschlossen war, ließ sie sich dennoch nicht öffnen, weil der Verschluss zugerostet war, so dass ich vorerst nicht recht viel mehr tun konnte, als sie vorsichtig zu schütteln und auf diese Weise vielleicht Aufschluss über ihren Inhalt zu bekommen. Sie hatte die Größe eines kleinen Toastergrills, war aber überraschend leicht, weshalb die Möglichkeit, sie könnte Gold und Juwelen enthalten, von vorneherein wegfiel. Andererseits kann ein Vermögen die unterschiedlichste Form und Substanz haben, und ich gehörte bestimmt nicht zu den Menschen, die dreistelliges Papiergeld verschmähten.

Als wir uns voneinander verabschiedeten, beharrte Presidente Maconi zunächst darauf, mir ein Taxi zu rufen, aber ich erklärte ihm, dass ich keines brauchte. Die goldverzierte Kiste passte wunderbar auf den Grund einer meiner Einkaufstüten, und bis zum Hotel Chiusarelli war es ja nicht weit.

»Ich würde Ihnen nicht raten, damit durch die Stadt zu spazieren«, entgegnete er, »Ihre Mutter war immer sehr vorsichtig.«

»Aber wer weiß denn schon, dass ich hier bin? Und dass ich diese Kiste habe?«

Er zuckte mit den Achseln. »Die Salimbenis …«

Ich musste lachen. »Nun erzählen Sie mir bloß nicht, diese alte Familienfehde ist immer noch im Gange!«

Presidente Maconi wandte verlegen den Blick ab. Das Thema war ihm sichtlich unangenehm. »Ein Salimbeni bleibt immer ein Salimbeni.«

Während ich mich vom Palazzo Tolomei entfernte, sagte ich diesen Satz ein paarmal vor mich hin. Ich fragte mich, was genau er bedeuten mochte. Letztendlich kam ich zu dem Schluss, dass man in einer Stadt wie Siena eben mit derartigen Dingen rechnen musste: Nach dem zu urteilen, was Eva Maria mir über die heftigen Konkurrenzkämpfe der Contraden beim modernen Palio erzählt hatte, waren die alten Familienfehden aus dem Mittelalter noch voll im Gange, wenn auch inzwischen mit anderen Waffen.

Eingedenk meines eigenen Tolomei-Erbes verlieh ich meinen Schritten ein wenig mehr Schwung, als ich zum zweiten Mal an diesem Tag am Palazzo Salimbeni vorbeiging, nur um Alessandro wissen zu lassen – sollte er zufällig genau in dem Moment aus dem Fenster sehen –, dass es in der Stadt einen neuen Sheriff gab.

Ich warf einen raschen Blick über die Schulter, um zu sehen, ob meine Nachricht angekommen war. Dabei fiel mir ein Mann auf, der hinter mir ging. Irgendwie passte er nicht ins Bild. Auf der Straße wimmelte es von fröhlich plappernden Touristen, Müttern mit Kinderwägen und Geschäftsleuten in Anzügen, die laut in ihre Handys sprachen und dabei wild vor sich hin gestikulierten. Dieser Mann dagegen trug einen schäbigen Trainingsanzug und eine verspiegelte Sonnenbrille, die trotzdem keinen Zweifel daran ließ, dass er gerade direkt auf meine Einkaufstüten gestarrt hatte.

Oder hatte ich mir das nur eingebildet? Hatten mich die Abschiedsworte von Presidente Maconi nervös gemacht? Ich blieb vor einem Schaufenster stehen und hoffte sehr, der Mann würde vorbeigehen. Was er aber nicht tat. Sobald ich stand, legte er ebenfalls eine Pause ein und gab vor, ein Wandplakat zu betrachten.

Zum ersten Mal verspürte ich die Flohbisse der Furcht, wie Janice das immer nannte. Während ich ein paarmal tief Luft holte, überlegte ich, was ich tun könnte. Im Grunde hatte ich nur eine einzige

Möglichkeit, denn wenn ich einfach weiterging, würde er mit ziemlicher Sicherheit früher oder später an meiner Seite auftauchen und mir die Taschen aus der Hand reißen. Oder – noch schlimmer – er folgte mir bis zum Hotel, um zu sehen, wo ich abgestiegen war, und stattete mir später einen Besuch ab.

Summend betrat ich den Laden, und sobald ich drinnen war, wandte ich mich an einen Verkäufer und fragte ihn, ob ich das Gebäude durch den Hintereingang verlassen könne.

Er blickte kaum von seiner Motorradzeitschrift auf, sondern deutete einfach nur auf eine Tür an der Rückseite des Raumes.

Zehn Sekunden später schoss ich auf eine Seitengasse hinaus und hätte fast eine Reihe dort parkender Vespas umgerannt. Ich hatte keine Ahnung, wo ich mich befand, aber das machte nichts. Hauptsache, ich hatte meine Tüten noch.

Als das Taxi mich vor dem Hotel Chiusarelli absetzte, hätte ich vor lauter Dankbarkeit jeden Preis für die Fahrt bezahlt, doch als ich dem Fahrer ein zu hohes Trinkgeld gab, schüttelte er abwehrend den Kopf und gab mir das meiste davon zurück.

»Miss Tolomei!« Direttor Rossini kam gleich aufgeregt auf mich zugestürzt, als ich das Hotel betrat. »Wo waren Sie denn? Capitano Santini war gerade hier. In Uniform! Was geht da vor?«

»Oh!« Ich versuchte es mit einem Lachen. »Wollte er mich zum Kaffee einladen?«

Direttor Rossini funkelte mich missbilligend an, die Augenbrauen zu zwei spitzen Bögen hochgezogen. »Ich glaube nicht, dass der Besuch des Capitano etwas mit fleischlichen Gelüsten zu tun hatte, Miss Tolomei. Ich würde Ihnen dringend raten, ihn anzurufen. Hier …« Er reichte mir die Visitenkarte, als handle es sich dabei um eine Hostie. »Da haben Sie seine Telefonnummer, er hat sie Ihnen auf die Rückseite geschrieben, sehen Sie? Ich würde Ihnen raten …« – da ich ihn einfach stehen ließ, war Direttor Rossini gezwungen, den Satz etwas lauter zu Ende zu führen –, »ihn unverzüglich anzurufen!«

Ich brauchte eine gute Stunde – und mehrere Auftritte an der Rezeption –, um die Truhe meiner Mutter zu öffnen. Nachdem ich alle meine Werkzeuge, also den Hotelschlüssel, die Zahnbürste und den Telefonhörer, erschöpft hatte, lief ich hinunter und holte zuerst eine Pinzette, dann Nagelclipper, eine Nadel und schließlich einen Schraubenzieher, wobei ich mir der immer düsteren Blicke von Direttor Rossini überdeutlich bewusst war.

Erst als ich den gesamten Mechanismus des rostigen Verschlusses auseinandergeschraubt hatte, was mit dem sehr kleinen Schraubenzieher ziemlich knifflig war, gelang es mir endlich, die Schatztruhe zu öffnen.

Während all dieser Mühen hatten meine Hoffnungen und Spekulationen immer wildere Blüten getrieben, und als ich schließlich den Deckel aufklappte, konnte ich vor banger Erwartung kaum atmen. Da die Truhe so wenig wog, glaubte ich, es müsse sich ein zerbrechlicher – und ungeheuer wertvoller – Gegenstand darin befinden. Aber wie sich herausstellte, war das ein Irrtum.

Im Grunde enthielt die Truhe hauptsächlich Papier, noch dazu langweiliges. Kein Geld, keine Aktien oder Pfandbriefe und auch keine sonstigen Wertpapiere, sondern Briefe in Umschlägen und diverse getippte Texte, die entweder zusammengeheftet oder gerollt und mit porösem Gummiband zusammengehalten waren. Die einzigen richtigen Gegenstände in der Kiste waren ein Notizbuch mit allerlei Gekritzel und Skizzen, eine billige Taschenbuchausgabe von Shakespeares *Romeo und Julia* sowie ein altes Kruzifix an einer Silberkette.

Ich sah mir das Kruzifix genauer an, weil ich mich fragte, ob es vielleicht extrem alt und somit irgendwie wertvoll war. Was ich jedoch bezweifelte. Selbst wenn es tatsächlich antik war, handelte es sich doch nur um Silber, und soweit ich das beurteilen konnte, hatte es nichts Besonderes an sich.

Dasselbe galt für die Taschenbuchausgabe von

Romeo und Julia. Fest entschlossen, etwas Wertvolles daran zu finden, blätterte ich das Buch mehrmals durch, konnte jedoch nichts entdecken, was auch nur im Geringsten vielversprechend aussah, nicht einmal eine einzige handschriftliche Anmerkung am Rand.

Das Notizbuch dagegen enthielt ein paar interessante Skizzen, die man – mit ein bisschen gutem Willen – durchaus im Zusammenhang mit einer Schatzsuche sehen konnte. Vielleicht waren es aber auch nur Zeichnungen, die bei Museumsbesuchen oder Skulpturenausstellungen entstanden waren. Insbesondere ein Standbild hatte es meiner Mutter angetan – falls es sich hierbei tatsächlich um ihr Notizbuch und ihre Zeichnungen handelte –, und ich verstand auch, warum. Es war eine Skulptur von einem Mann und einer Frau: Der Mann kniete und hielt eine Frau in den Armen, von der ich, hätte sie nicht die Augen offen gehabt, angenommen hätte, dass sie tot war oder zumindest schlief. Das Notizbuch enthielt mindestens zwanzig verschiedene Skizzen dieses Standbildes, wobei viele sich auf Details wie die Gesichtszüge konzentrierten. Ehrlich gesagt gab mir keine einzige der Zeichnungen Aufschluss darüber, warum meine Mutter von dem Ding so besessen gewesen war.

Darüber hinaus enthielt die Kiste auch sechzehn persönliche Briefe. Sie lagen ganz unten. In fünf von

ihnen flehte Tante Rose meine Mutter an, ihre »tö-
richten Ideen« zu vergessen und nach Hause zurückzukehren. Weitere vier stammten ebenfalls von
Tante Rose, aber später geschrieben. Meine Mutter
hatte sie nie geöffnet. Alle übrigen waren auf Italienisch verfasst und meiner Mutter von Leuten geschickt worden, die ich nicht kannte.

Mittlerweile befanden sich in der Truhe nur noch die
vielen getippten Texte. Einige wirkten verblasst und
brüchig, andere waren neuer und machten einen weniger fragilen Eindruck. Die meisten waren auf Englisch geschrieben, nur einer auf Italienisch. Es handelte sich wohl nicht um Originalwerke, sondern –
mit Ausnahme des italienischen Textes – durchweg
um Übersetzungen, die irgendwann im Lauf der letzten hundert Jahre oder so getippt worden waren.
    Als ich den Stapel durchsah, wurde mir langsam
klar, dass in diesem scheinbaren Wahnsinn durchaus Methode war, und sobald ich das begriffen hatte, brauchte ich nicht mehr lange, um die Texte auf
meinem Bett in einer Art chronologischen Reihenfolge anzuordnen:

MAESTRO AMBROGIOS TAGEBUCH (1340)
GIULIETTAS BRIEFE AN GIANNOZZA (1340)
DIE GESTÄNDNISSE VON BRUDER LORENZO
    (1340)

LA MALEDIZIONE SUL MURO (1370)
MASUCCIO SALERNITANOS DREIUNDDREISSIGS-
TE GESCHICHTE (1476)
LUIGI DA PORTOS *ROMEO UND JULIA* (1530)
MATTEO BANDELLOS *ROMEO UND JULIA* (1554)
ARTHUR BROOKES *ROMEUS UND JULIA* (1562)
WILLIAM SHAKESPEARES *ROMEO UND JULIA*
(1597)
STAMMBAUM VON GIULIETTA UND GIANNOZZA

Nachdem ich sie alle vor mir liegen hatte, dauerte
es allerdings etwas länger, bis ich mir auf die Sammlung einen Reim gemacht hatte. Die ersten vier Texte – alle aus dem 14. Jahrhundert – erschienen mir
rätselhaft und oft auch fragmentarisch, während die
späteren Texte verständlicher wirkten. Noch wichtiger aber war, dass die späteren Texte etwas Entscheidendes gemeinsam hatten: Bei allen handelte es sich
um Versionen der Geschichte von Romeo und Julia,
und sie gipfelten in derjenigen, welche die meisten
Leute kannten: Shakespeares *Most Excellent and La-
mentable Tragedy of Romeo and Juliet.*

Obwohl ich mir immer eingebildet hatte, recht
viel über das Stück zu wissen, kam es für mich völlig überraschend, dass der Barde die Geschichte gar
nicht selbst erfunden, sondern bloß von früheren
Autoren übernommen hatte. Zugegeben, Shakespeare konnte genial mit Worten umgehen, und

hätte er den Stoff nicht durch seine Pentameter-Maschine gejagt, dann hätte er womöglich nie eine derartige Berühmtheit erlangt. Trotzdem war – zumindest meiner bescheidenen Meinung nach – bereits das, was ursprünglich auf seinem Schreibtisch landete, eine verdammt gute Geschichte. Interessanterweise spielte die früheste Version der Geschichte, die 1476 von Masuccio Salernitano verfasst worden war, überhaupt nicht in Verona – nein, sie spielte ausgerechnet hier, in Siena.

Diese literarische Entdeckung lenkte mich fast von der Tatsache ab, dass ich genau genommen gerade eine ziemlich heftige persönliche Enttäuschung erlebte: Die Kiste meiner Mutter enthielt absolut nichts von finanziellem Wert, und es gab auch nicht den geringsten Hinweis darauf, dass irgendwo anders ein Familienvermögen versteckt lag.

Vielleicht hätte ich mich schämen sollen, weil ich so dachte. Vielleicht hätte ich mehr zu schätzen wissen sollen, dass ich endlich etwas in Händen hielt, das meiner Mutter gehört hatte.

Aber ich war zu verwirrt, um nüchtern zu überlegen. Warum um alles in der Welt hatte Tante Rose geglaubt, dass etwas enorm Wertvolles im Spiel war – etwas, für das es sich lohnte, in ein Land zu reisen, das sie für den gefährlichsten aller Orte hielt, nämlich Italien? Und warum hatte meine Mutter diese Kiste voller Papier im Bauch einer Bank verwahrt? Ich kam mir inzwischen ziemlich albern vor, insbesondere, wenn ich an den Typen im Trainingsanzug dachte. Natürlich war er mir nicht gefolgt. Auch das war bestimmt nur ein Produkt meiner allzu lebhaften Phantasie gewesen.

Ohne große Begeisterung blätterte ich die früheren Texte durch. Zwei von ihnen, *Die Geständnisse von Bruder Lorenzo* und *Giuliettas Briefe an Giannozza*, bestanden nur aus bruchstückhaften Phrasen wie »Ich schwöre bei der Jungfrau, dass ich in Übereinstimmung mit dem Willen des Himmels gehandelt habe« und »aus Angst vor den Salimbeni-Schurken den ganzen Weg nach Siena in einem Sarg«.

Maestro Ambrogios Tagebuch ließ sich besser lesen, aber als ich es flüchtig durchsah, wünschte ich fast, dem wäre nicht so. Wer auch immer dieser Maestro gewesen sein mochte, er hatte an einem schlimmen Fall von Verbaldurchfall gelitten und Tagebuch über jede Kleinigkeit geführt, die ihm – und wie es aussah auch seinen Freunden – im Jahre 1340 passiert war. Soweit ich es beurteilen konnte, hatte dieses Tagebuch nichts mit mir zu tun, und ebenso wenig mit den anderen Dingen in der Truhe meiner Mutter.

In dem Moment fiel mein Blick auf einen Namen mitten im Text des Maestro.

Giulietta Tolomei.

Hektisch überflog ich im Licht meiner Nacht-

tischlampe die ganze Seite. Aber nein, ich hatte
mich nicht getäuscht. Nach ein paar einleitenden
Betrachtungen über die Schwierigkeit, die perfekte
Rose zu malen, hatte der wortreiche Maestro Ambrogio Seite um Seite über eine junge Frau geschrieben, die zufällig genauso hieß wie ich. War das
wirklich Zufall?

Ich ließ mich auf mein Bett sinken und begann
das Tagebuch von Anfang an zu lesen, wobei ich
hin und wieder Giuliettas bruchstückhafte Briefe
und das, was von Bruder Lorenzos Geständnissen
übrig war, auf Querverweise überprüfte. So begann
meine Reise ins Siena des Jahres 1340 und meine
Verbundenheit mit der Frau, die denselben Namen
getragen hatte wie ich.

II. I

Als solch ein Ebenbild des dürren Todes
Sollst du verharren zweiundvierzig Stunden

Siena, im Jahre 1340

Oh, sie waren Narr'n des Glücks! Bereits seit drei Tagens unterwegs, spielten sie Verstecken mit dem Verhängnis und lebten von Brot so hart wie Fels. Nun endlich, am heißesten, elendsten Tag des Sommers, waren sie dem Ziel ihrer Reise so nahe, dass Bruder Lorenzo die Türme von Siena wie durch Zauberhand am schimmernden Horizont auftauchen sah. Bedauerlicherweise verlor sein Rosenkranz genau hier seine schützende Kraft.

Während er auf seinem Pferdekarren saß und müde hinter seinen sechs berittenen Reisegefährten herschaukelte, die alle wie er Mönchskutten trugen, stellte der junge Bruder sich gerade die Köstlichkeiten vor, welche sie an ihrem Ziel erwarteten, das brutzelnde Fleisch und den wohltuenden Wein, als plötzlich ein Dutzend finster dreinblickender Reiter in einer Staubwolke aus einem Weinberg galoppierte, die kleine Reisegesellschaft einkreiste und mit blankem Schwert nach allen Seiten den Weg absperrte.

»Seid gegrüßt, Fremde!«, bellte ihr Anführer, ein zahnloser, schmutziger Mann, der dennoch prächtige Kleidung trug – zweifellos stammte sie von früheren Opfern. »Wer wagt sich da auf Salimbeni-Gebiet?«

Bruder Lorenzo riss an den Leinen seines Karrens, um die Pferde zum Stehen zu bringen, während seine Reisegefährten Stellung zwischen dem Wagen und den Schurken bezogen.

»Wie ihr sehen könnt«, antwortete der älteste der Mönche und zog seine schäbige Kapuze als Beweis nach vorne, »sind wir nur bescheidene Brüder aus Florenz, edler Freund.«

»Hah.« Der Banditenführer betrachtete die angeblichen Mönche mit zusammengekniffenen Augen. Schließlich blieb sein Blick an Bruder Lorenzos verängstigtem Gesicht hängen. »Welchen Schatz führt ihr auf dem Karren dort mit euch?«

»Nichts, was für euch von Wert wäre«, entgegnete der älteste Mönch und ließ sein Pferd einen Schritt zurücktreten, um dem Schurken den Zugang zum Karren zu versperren. »Bitte gewährt uns freie Durchfahrt. Wir sind heilige Männer und stellen für euch und eure edlen Verwandten keine Bedrohung dar.«

»Dies ist eine Salimbeni-Straße«, erklärte der Banditenführer und unterstrich seine Worte mit seiner Klinge – ein Zeichen für seine Kameraden, näher zu kommen. »Wenn ihr sie benützen wollte, müsst ihr Wegzoll zahlen. Zu eurer eigenen Sicherheit.«

»Wir haben bereits fünf Salimbeni-Zölle bezahlt.«

Der Schurke zuckte mit den Achseln. »Schutz ist teuer.«

»Aber wer«, argumentierte der andere mit ruhiger Hartnäckigkeit, »sollte eine Gruppe von heiligen Männern angreifen, die auf dem Weg nach Rom ist?«

»Wer? Die wertlosen Hunde der Tolomei!« Der Bandit spuckte zur Bekräftigung zweimal auf den Boden, und seine Männer beeilten sich, es ihm nachzutun. »Diese diebischen, mordenden, verräterischen Bastarde!«

»Aus diesem Grund«, bemerkte der Mönch, »würden wir die Stadt Siena gerne vor Einbruch der Dunkelheit erreichen.«

»Sie ist nicht mehr weit entfernt«, nickte der Schurke, »doch ihre Pforten schließen heutzutage früh. Schuld sind die schlimmen Störungen durch die tollwütigen Hunde der Tolomei, welche ganz allgemein darauf abzielen, den Frieden der braven und fleißigen Leute von Siena zu stören, und insbesondere, so möchte ich hinzufügen, des vornehmen und wohltätigen Hauses der Salimbeni, in welchem mein edler Herr residiert.«

Die Mitglieder seiner Horde reagierten auf seine Rede mit bestätigendem Grunzen.

»Wie ihr sicher verstehen könnt«, fuhr der Schurke fort, »herrschen wir, natürlich in aller Bescheidenheit, über diese Straße und die meisten anderen Straßen rund um diese stolze Republik – genannt Siena –, und daher gebe ich euch den freundschaftlichen Rat, euch nun zu sputen und den Zoll zu berappen, damit ihr euch wieder auf den Weg machen und in die Stadt schlüpfen könnt, ehe sie ihre Pforten schließt. Denn danach laufen unschuldige Reisende wie ihr Gefahr, den schurkenhaften Horden der Tolomei zum Opfer zu fallen, welche nach Einbruch der Dunkelheit aus ihren Löchern kriechen, um zu plündern und andere schlimme Verbrechen zu begehen – die ich im Angesicht von heiligen Männern nicht näher beschreiben möchte.«

Nachdem der Schurke geendet hatte, herrschte tiefe Stille. Bruder Lorenzo, der hinter seinen Gefährten auf dem Wagen kauerte und locker die Zügel hielt, spürte, wie ihm das Herz in der Brust herumsprang, als suchte es nach einem Versteck. Einen Moment lang hatte er fast das Gefühl, die Besinnung zu verlieren. Hinter ihnen lag einer jener glühend heißen, stickigen Sommertage, welche an die Schrecken der Hölle erinnerten. Dass ihnen bereits vor Stunden das Wasser ausgegangen war, machte es nicht gerade leichter. Wäre Bruder Lorenzo für die Geldtasche verantwortlich gewesen, hätte er den Schurken bereitwillig jede Summe bezahlt, um weiterreisen zu können.

»Nun gut«, sagte der ältere Mönch, als hätte er Bruder Lorenzos stumme Bitte vernommen, »wie viel fordert ihr denn für euren Schutz?«

»Das kommt darauf an.« Der Schurke grinste. »Was habt ihr dort auf dem Karren, und was ist es euch wert?«

»Es handelt sich um einen Sarg, edler Freund, und darin ruht das Opfer einer schrecklichen Seuche.«

Die meisten der Schurken wichen erschrocken zurück, als sie das hörten, doch ihr Anführer ließ sich nicht so leicht Angst einjagen. »Dann lasst uns doch einen Blick daraufwerfen«, sagte er mit noch breiterem Grinsen.

»Das würde ich euch nicht empfehlen!«, entgegnete der Mönch. »Der Sarg muss versiegelt bleiben. So lauten unsere Order.«

»Order?«, rief der Anführer. »Seit wann bekommen bescheidene Mönche Order? Und seit wann ...« – er hielt kurz inne, um die Spannung zu erhöhen, und lächelte dabei süffisant – »reiten sie Pferde, die in Lipicia gezüchtet wurden?«

In der Stille, die auf seine Worte folgte, spürte Bruder Lorenzo, wie seine innere Stärke wie ein Bleigewicht auf den Grund seiner Seele hinabsank und am anderen Ende wieder herauszukommen drohte.

»Und seht euch das an!«, fuhr der Bandit hauptsächlich zur Erheiterung seiner Kameraden fort. »Sind euch je zuvor bescheidene Mönche mit solch prächtigem Schuhwerk untergekommen? Das dort …« – er deutete mit seinem Schwert auf Bruder Lorenzos offene Sandalen – »hättet ihr alle tragen sollen, meine leichtsinnigen Freunde, wenn es euch darum gegangen wäre, Zölle zu sparen. Soweit ich es beurteilen kann, ist der einzige bescheidene Bruder in eurer Runde der stumme Kerl auf dem Karren dort. Was den Rest von euch betrifft, verwette ich meine Eier, dass ihr im Dienst eines Herren steht, der generöser ist als Gott, und ich bin sicher, dass dieser Sarg – zumindest besagtem Herrn – weit mehr wert ist als die lächerlichen fünf Gulden, die ich euch dafür berechnen werde, dass ihr ihn mitnehmen dürft.«

»Ihr irrt euch«, erwiderte der ältere Mönch, »wenn ihr glaubt, wir wären in der Lage, uns solche Ausgaben zu leisten. Mehr als zwei Gulden können wir auf keinen Fall erübrigen. Es wirft ein schlechtes Licht auf euren Herren, wenn ihr der Kirche durch solch übermäßige Gier Steine in den Weg legt.«

Der Bandit wirkte sichtlich erheitert. »Gier, sagt ihr? Nein, mein Laster ist die Neugier. Zahlt die fünf Gulden, oder ich weiß, was zu tun ist: Karren und

Sarg bleiben hier unter meinem Schutz, bis euer Herr höchstpersönlich sie abholt. Denn ich würde liebend gern den reichen Bastard kennenlernen, der euch geschickt hat.«

»Bald werdet ihr nichts mehr schützen als den Gestank des Todes.«

Der Anführer lachte verächtlich. »Der Geruch von Gold, mein Freund, überdeckt all solchen Gestank.«

»Nicht einmal ein ganzer Berg Gold«, konterte der Mönch, der nun endlich seine Bescheidenheit abwarf, »könnte den euren richtig überdecken.«

Als Bruder Lorenzo diese beleidigenden Worte vernahm, biss er sich auf die Lippe und begann nach einem Fluchtweg Ausschau zu halten. Er kannte seine Reisegefährten gut genug, um zu wissen, wie dieser Streit ausgehen würde, und wollte daran keinen Anteil haben.

Der Banditenführer war von der Kühnheit seines Opfers durchaus beeindruckt. »Ihr seid also entschlossen«, fragte er mit schief gelegtem Kopf, »durch meine Klinge zu sterben?«

»Ich bin entschlossen«, antwortete der Mönch, »meine Mission zu erfüllen. Und keine eurer rostigen Klingen wird mich daran hintern.«

»Eure Mission?« Der Bandit jauchzte vor Vergnügen. »Hört nur, Cousins, hier ist ein Mönch, der sich einbildet, Gott habe ihn zum Ritter geschlagen!«

Die ganze Schurkenbande lachte, auch wenn nicht alle wussten, warum, und ihr Anführer nickte zu dem Karren hinüber. »Nun macht diesen Narren den Garaus und bringt die Pferde und den Karren zu Salimbeni …«

»Ich habe eine bessere Idee!«, höhnte der Mönch und streifte seine Kutte ab, so dass die Kleidung darunter zum Vorschein kam. »Warum besuchen wir nicht stattdessen lieber meinen Herren Tolomei und bringen ihm Euren Kopf auf einer Stange?«

Bruder Lorenzo, der sah, dass sich seine schlimmsten Befürchtungen bewahrheiteten, stöhnte innerlich auf. Ohne einen weiteren Versuch zu unternehmen, ihre wahre Identität zu verheimlichen, zogen seine Reisegenossen – die alle verkleidete Tolomei-Ritter waren – ihre Schwerter und Dolche aus ihren Umhängen und Satteltaschen. Allein schon der Klang des gezückten Eisens ließ die Banditen überrascht zurückweichen, auch wenn sie sich und ihre Rösser einen Moment später wieder nach vorne warfen und laut schreiend zum Angriff übergingen.

Der plötzliche Lärm ließ die Pferde von Bruder Lorenzo steigen und dann in panischem Galopp samt dem Karren Reißaus nehmen. Er konnte nicht viel mehr tun, als an den nutzlos gewordenen Zügeln zu zerren und die beiden Tiere, die niemals Philosophie studiert hatten, um Vernunft und Mäßigung bitten. Nach drei Tagen auf der Straße bewiesen sie erstaunliche Kraftreserven, während sie nun mit ihrer Last vor dem Aufruhr flohen und die holprige Straße in Richtung Siena entlangeilten. Die Räder des Karrens ächzten, und der Sarg wurde so heftig hin und her geschüttelt, dass er herabzufallen und in Stücke zu bersten drohte.

Da jeder Dialog mit den Pferden scheiterte, wandte sich Bruder Lorenzo dem Sarg zu, mit dem er leichter fertig zu werden hoffte. Unter Einsatz beider Hände und Füße versuchte er, ihn möglichst ruhig zu halten, doch während er sich noch abmühte, das störrische Ding richtig zu fassen zu bekommen, bemerkte er, dass sich auf der Straße hinter ihm etwas bewegte. Als er hochblickte, begriff er, dass das Wohl des Sarges in dem Moment wohl die kleinste seiner Sorgen sein sollte.

Denn ihm folgten zwei der Banditen, die eilends dahingaloppierten, um ihren Schatz zurückzufordern. Bruder Lorenzo, der hektisch versuchte, sich auf seine Verteidigung vorzubereiten, fand nur eine Peitsche und seinen Rosenkranz. Beklommen beobachtete er, wie einer der Banditen den Wagen allmählich einholte und – ein Messer zwischen seinen zahnlosen Gaumen – die Hand nach der hölzernen Seitenverkleidung des Karrens ausstreckte. Bruder Lorenzo, der plötzlich irgendwo in seinem sanftmütigen Selbst die nötige Härte fand, schwang die Peitsche nach dem enternden Piraten und hörte ihn vor

Schmerz japsen, als der Ochsenschwanz in seine Haut schnitt. Der eine Schnitt aber reichte dem Banditen. Als Bruder Lorenzo erneut zuschlug, bekam der andere die Peitsche zu fassen und entriss sie ihm. Da Bruder Lorenzo außer seinem Rosenkranz mit dem baumelnden Kruzifix nichts mehr hatte, womit er sich schützen konnte, verlegte er sich darauf, seinen Gegner mit Essensresten zu bewerfen. Doch trotz der Härte des Brotes konnte er ihn auf Dauer nicht daran hindern, auf den Karren zu klettern.

Als der Schurke sah, dass dem Bruder die Munition ausgegangen war, richtete er sich in schadenfrohem Triumph auf, nahm das Messer aus seinem Mund und präsentierte seinem zitternden Opfer genüsslich die lange Klinge.

»Halt, im Namen von Jesus Christus!«, rief Bruder Lorenzo und hielt gleichzeitig seinen Rosenkranz hoch. »Ich habe Freunde im Himmel, die euch erschlagen werden!«

»Ach, tatsächlich? Ich kann sie nirgendwo sehen!«

In dem Moment schwang der Deckel des Sarges auf, und seine Insassin – eine junge Frau, die mit ihrem wilden Haar und ihren flammenden Augen wie ein Racheengel aussah – setzte sich sichtlich entrüstet auf. Ihr bloßer Anblick reichte aus, um den Banditen derart zu erschrecken, dass er sein Messer fallen ließ und kreidebleich wurde. Ohne zu zögern lehnte sich der Engel aus dem Sarg, griff nach dem Messer und stieß es seinem Besitzer unverzüglich ins Fleisch: so hoch hinauf in seinen Oberschenkel, wie der Zorn der jungen Frau reichte.

Vor Schmerz schreiend, verlor der verwundete Mann das Gleichgewicht und stürzte vom hinteren Ende des Karrens, wobei er sich noch schlimmere Verletzungen zuzog. Die junge Frau, deren Wangen vor Aufregung glühten, wandte sich mit einem Lachen zu Bruder Lorenzo um und wäre sogleich aus dem Sarg geklettert, wenn er sie nicht davon abgehalten hätte.

»Nein, Giulietta!«, rief er mit Nachdruck, während er sie zurück in den Sarg drückte, »im Namen Jesu, bleibt, wo Ihr seid, und verhaltet Euch ruhig!«

Nachdem er über ihrem entrüsteten Gesicht den Deckel zugeschlagen hatte, blickte sich Bruder Lorenzo nach dem zweiten Reiter um. Leider war der nicht so ein Heißsporn wie sein Gefährte und hatte folglich auch nicht die Absicht, auf den immer noch schnell dahinholpernden Wagen zu springen. Stattdessen galoppierte er voraus, um nach dem Geschirr zu greifen und das Tempo der Pferde zu drosseln. Zu Bruder Lorenzos großem Bedauern zeigte diese Maßnahme bald Wirkung. Nach ein paar Hundert Metern ließen sich die Pferde in einen leichten Galopp zwingen, bis sie schließlich nur noch trabten und am Ende ganz zum Stehen kamen.

Erst jetzt näherte sich der Schurke dem Wagen, und Bruder Lorenzo sah, dass es sich um niemand anderen als den prächtig gekleideten Anführer der Banditen handelte, der immer noch höhnisch grinste und das ganze Blutvergießen offenbar ohne Schaden überstanden hatte. Die untergehende Sonne verlieh dem Mann eine gänzlich unverdiente bronzene Aura. Bruder Lorenzo wurde bei seinem Anblick schlagartig bewusst, welch harter Kontrast zwischen der leuchtenden Schönheit der Landschaft und der puren Bosheit ihrer Bewohner bestand.

»Was hältst du von folgendem Vorschlag, Bruder?«, begann der Schurke in beunruhigend höflichem Ton. »Ich verspreche dir, dich am Leben zu lassen. Du kannst sogar den schönen Wagen und die edlen Pferde behalten. Und du brauchst nicht einmal Zoll zu bezahlen, wenn ich dafür dieses Mädchen bekomme.«

»Ich danke für das großzügige Angebot«, antwortete Bruder Lorenzo, der die Augen zusammenkneifen musste, weil ihn die untergehende Sonne blendete, »aber ich habe geschworen, diese edle junge Dame zu beschützen, und kann sie Euch daher nicht überlassen. Wenn ich es täte, würden wir beide in der Hölle landen.«

»Bah!« Das hatte der Bandit alles schon einmal gehört. »Dieses Mädchen ist ebenso wenig eine Dame wie du und ich. Ehrlich gesagt habe ich den starken Verdacht, dass es sich um eine Tolomei-Hure handelt!«

Aus dem Inneren des Sarges drang ein entrüsteter Schrei, und Bruder Lorenzo trat rasch mit einem Fuß auf den Deckel, um ihn geschlossen zu halten.

»Diese Dame liegt meinem Herren Tolomei in der Tat sehr am Herzen«, antwortete er, »und jeder Mann, der Hand an sie legt, wird seiner eigenen Sippe einen Krieg bescheren. Gewiss wünscht Euer Herr, Salimbeni, keine solche Fehde.«

»Ach, ihr Mönche mit eurem Gerede!« Der Bandit ritt neben den Karren. Erst jetzt verblasste seine Aura. »Hör lieber auf, mir mit Krieg zu drohen, du kleiner Prediger, denn darauf verstehe ich mich besser als du.«

»Ich bitte Euch, uns gehen zu lassen!«, flehte Bruder Lorenzo und hielt mit zitternden Händen seinen Rosenkranz hoch, in der Hoffnung, er möge die letzten Sonnenstrahlen auffangen, »oder ich schwöre bei diesen heiligen Perlen und den Wunden Jesu, dass Cherubim vom Himmel herabkommen und Eure Kinder in ihren Betten erschlagen werden!«

»Sie dürfen gerne kommen!« Der Schurke zog erneut das Schwert. »Ich habe ohnehin zu viele Mäuler zu stopfen!« Er schwang ein Bein über den Kopf seines Pferdes und sprang mit der Leichtigkeit eines Tänzers auf den Wagen, wo er rasch sein Gleichgewicht wiedererlangte. Als er sah, dass der andere entsetzt zurückwich, musste er lachen. »Weshalb so überrascht? Dachtet Ihr wirklich, ich würde Euch am Leben lassen?«

Der Bandit holte aus, und Bruder Lorenzo sank ergeben auf die Knie. Mit dem Rosenkranz zwischen den Händen wartete er auf den Schwertstoß, der seinem Gebet ein Ende setzen würde. Mit neunzehn zu sterben war grausam, vor allem, da niemand sein Märtyrertum bezeugen konnte, außer natürlich sein göttlicher Vater im Himmel, der nicht gerade bekannt dafür war, sterbenden Söhnen zu Hilfe zu eilen.

II. II

Na, setzt Euch, setzt Euch, Vetter Capulet!
Wir beide sind ja übers Tanzen hin

Ich weiß nicht mehr, wie weit ich an dem Abend mit der Geschichte kam, doch draußen zwitscherten schon die ersten Vögel, als ich schließlich auf einem Meer aus Papier in den Schlaf sank. Mittlerweile war mir klar, worin der Zusammenhang zwischen den vielen verschiedenen Texten in der Truhe meiner Mutter bestand: Sie waren alle, jeder auf seine Weise, vor-Shakespeare'sche Versionen von *Romeo und Julia*. Noch dazu handelte es sich bei den Texten von 1340 nicht einfach nur um Fiktion, sondern um echte Augenzeugenberichte über Ereignisse, welche zur Entstehung der berühmten Geschichte geführt hatten.

Obwohl der geheimnisvolle Maestro Ambrogio in seinem eigenen Tagebuch vorerst nicht auftauchte, war er allem Anschein nach persönlich mit den Menschen bekannt gewesen, die offenbar das Vorbild zweier so »unsternbedrohter« Gestalten der Literatur waren. Wobei ich allerdings feststellen musste, dass es zwischen seinen Aufzeichnungen und Shakespeares

123

Tragödie bisher kaum Überlappungen gab. Natürlich lagen zwischen den tatsächlichen Ereignissen und dem Stück des Barden mehr als zweieinhalb Jahrhunderte, so dass die Geschichte im Lauf der Zeit bestimmt durch viele Hände gegangen war.

Da ich darauf brannte, meine neuen Erkenntnisse mit jemandem zu teilen, der sie zu schätzen wusste – nicht jeder fände es lustig, dass jahrhundertelang Millionen von Touristen in die falsche Stadt gepilgert waren, um Julias Balkon und Grab zu sehen –, rief ich nach meiner morgendlichen Dusche sofort Umberto auf dem Handy an.

»Glückwunsch!«, meinte er, als ich ihm berichtete, dass ich Presidente Maconi erfolgreich bezirzt hatte, mir die Truhe meiner Mutter auszuhändigen. »Also, wie reich bist du jetzt?«

»Ähm.« Ich blickte zu dem Chaos auf meinem Bett hinüber. »Ich glaube, der Schatz ist nicht in der Truhe. Falls es überhaupt einen Schatz *gibt*.«

»Natürlich gibt es einen Schatz!«, entgegnete Umberto, »warum hätte deine Mutter das Ding sonst in einem Banksafe deponieren sollen? Du musst genauer nachsehen.«

»In der Truhe war etwas anderes …« Ich legte eine kurze Pause ein, weil ich nicht recht wusste, wie ich es ausdrücken sollte, ohne albern zu klingen. »Ich glaube, ich bin irgendwie mit Shakespeares Julia verwandt.«

124

Es war Umberto wohl nicht zu verdenken, dass er lachen musste. Trotzdem ärgerte es mich. »Ich weiß, es klingt seltsam«, unterbrach ich sein Gelächter, »aber warum sollten wir sonst denselben Namen tragen, Giulietta Tolomei?«

»Du meinst, Julia Capulet?«, korrigierte mich Umberto. »Ich sage dir das nur ungern, *Principessa*, aber ich bin mir nicht sicher, ob sie eine reale Person war ...«

»Natürlich nicht!«, gab ich entnervt zurück. In dem Moment wünschte ich, ich hätte ihm nichts davon erzählt. »Trotzdem sieht es so aus, als lägen der Geschichte reale Personen zugrunde ... Ach, ist ja auch egal! Wie läuft's denn bei dir drüben?«

Nachdem ich aufgelegt hatte, blätterte ich in den italienischen Briefen, die meine Mutter vor mehr als zwanzig Jahren bekommen hatte. Bestimmt lebten in Siena noch Leute, die meine Eltern gekannt hatten und all die Fragen beantworten konnten, die Tante Rose stets so kategorisch beiseitegeschoben hatte. Ohne Italienischkenntnisse ließ sich allerdings schwer sagen, welche Briefe von Freunden oder Verwandten stammten. Mein einziger Anhaltspunkt war ein Exemplar, das mit den Worten »Carissima Diana« begann und dessen Absenderin Pia Tolomei hieß.

Ich entfaltete den Stadtplan, den ich am Vortag zusammen mit dem Wörterbuch erstanden hatte, und verbrachte eine Weile damit, die auf die Rückseite des Umschlags gekritzelte Adresse zu suchen. Schließlich gelang es mir, sie in einer winzigen Gasse namens Vicolo del Castellare im Zentrum von Siena ausfindig zu machen. Sie lag im Herzen der Eulen-Contrade, meinem Heimatviertel, nicht weit vom Palazzo Tolomei entfernt, wo ich am Vortag mit Presidente Maconi gesprochen hatte.

Wenn ich Glück hatte, lebte Pia Tolomei, wer auch immer sie sein mochte, nach wie vor in der Gasse und brannte darauf, mit der Tochter von Diane Tolomei zu sprechen – und war noch klar genug im Kopf, um sich daran zu erinnern, warum.

Der Vicolo del Castellare hatte Ähnlichkeit mit einer kleinen Festung innerhalb der Stadt und war nicht so leicht zu finden. Nachdem ich ein paarmal direkt daran vorbeimarschiert war, entdeckte ich schließlich, dass ich durch eine überdachte Seitengasse musste, die ich zunächst für den Zugang zu einem privaten Hinterhof gehalten hatte. Endlich zu der kleinen Passage vorgedrungen, fühlte ich mich zwischen den hohen, stillen Gebäuden wie gefangen. Während ich zu all den geschlossenen Fensterläden um mich herum hochblickte, kam es mir fast vor, als wären sie irgendwann im Mittelalter zugezogen und seitdem nie wieder geöffnet worden.

Hätten da nicht in einer Ecke ein paar Vespas

gestanden und eine Tigerkatze mit einem glänzenden schwarzen Halsband auf einer Türschwelle gesessen, und wäre nicht durch ein einzelnes offenes Fenster Musik zu hören gewesen, dann hätte ich wahrscheinlich angenommen, dass die Gebäude schon lange leerstanden und dort nur noch Ratten und Geister hausten.

Ich holte den Umschlag hervor, den ich in der Truhe meiner Mutter gefunden hatte, und studierte ein weiteres Mal die Adresse. Laut meinem Stadtplan war ich hier richtig, doch als ich die Türen abging, konnte ich an keiner der Klingeln den Namen Tolomei entdecken und fand auch keine Nummer, die der Hausnummer auf meinem Brief entsprach. Mir ging durch den Kopf, dass wahrscheinlich hellseherische Fähigkeiten erforderlich waren, wenn man an einem solchen Ort Postbote werden wollte.

In Ermangelung einer zündenden Idee betätigte ich eine Türglocke nach der anderen. Als ich gerade im Begriff war, auf die vierte zu drücken, öffnete hoch über mir eine Frau die Läden eines Fensters und rief etwas auf Italienisch herunter.

Statt einer Antwort wedelte ich mit dem Brief. »Pia Tolomei?«

»Tolomei?«

»Ja! Wissen Sie, wo sie wohnt? Lebt sie noch hier?«

Die Frau deutete auf eine Tür auf der anderen

Seite des Platzes und sagte etwas, das nur bedeuten konnte: »Versuchen Sie es mal da.«

Erst jetzt bemerkte ich an der gegenüberliegenden Mauer eine modernere Art von Tür. Als ich ihren künstlerischen, schwarzweißen Türgriff niederdrückte, schwang sie auf. Ich zögerte kurz, weil ich nicht wusste, wie man sich in Siena angemessen verhielt, wenn man ein Privathaus betrat. Währenddessen forderte mich die Frau am Fenster weiter zum Eintreten auf – offenbar fand sie mich ungewöhnlich schwer von Begriff –, so dass ich am Ende tat, wie mir geheißen.

»Hallo?« Ich tat einen schüchternen Schritt über die Schwelle und spähte in die Dunkelheit. Sobald sich meine Augen an das Dämmerlicht gewöhnt hatten, sah ich, dass ich in einer Diele mit sehr hoher Decke stand und von Wandteppichen, Gemälden und antiken, in Glasvitrinen ausgestellten Kunstgegenständen umgeben war. Ich ließ den Türknauf los und rief: »Jemand zu Hause? Mrs. Tolomei?« Doch das Einzige, was ich hörte, war die Tür, die sich mit einem Seufzen hinter mir schloss.

Obwohl ich nicht ganz sicher war, wie ich mich weiter verhalten sollte, ging ich langsam den Gang entlang und betrachtete dabei die Antiquitäten, darunter eine Sammlung langer, vertikaler Banner mit Abbildungen von Pferden, Türmen und Frauen, wobei Letztere durchweg große Ähnlichkeit mit der

Jungfrau Maria aufwiesen. Ein paar der Fahnen wirkten sehr alt und ausgebleicht, andere modern und ziemlich farbenfroh. Erst, als ich das Ende der Reihe erreichte, dämmerte mir, dass ich mich hier nicht in einem Privathaus befand, sondern in einer Art Museum.

Nun war auch endlich etwas zu hören: unregelmäßige Schritte und eine tiefe Stimme, die ungeduldig rief: »Salvatore?«

Rasch wirbelte ich herum, um meinem ahnungslosen Gastgeber entgegenzublicken, der soeben auf eine Krücke gelehnt aus einem Nachbarraum trat. Es handelte sich um einen älteren Mann, der die siebzig definitiv schon überschritten hatte. Seine gerunzelte Stirn ließ ihn noch älter aussehen. »Salva-?« Bei meinem Anblick blieb er wie angewurzelt stehen und gab etwas von sich, das nicht besonders gastfreundlich klang.

»Ciao!«, sagte ich so selbstbewusst wie möglich und reckte ihm dabei den Brief auf eine Weise entgegen, wie man es – nur für den Fall der Fälle – eigentlich mit einem Kruzifix machen sollte, wenn man mal einem Grafen aus Transsylvanien über den Weg lief, »ich bin auf der Suche nach Pia Tolomei. Sie kannte meine Eltern.« Ich deutete auf mich selbst. »Giulietta Tolomei. To-lo-mei.«

Schwer auf seine Krücke gestützt, trat der Mann auf mich zu und riss mir den Brief einfach aus der

129

Hand. Misstrauisch beäugte er den Umschlag und drehte ihn immer wieder von einer Seite auf die andere, um sowohl die Adresse des Empfängers als auch die des Absenders mehrmals zu lesen. »Diesen Brief hat meine Frau geschrieben«, erklärte er schließlich in erstaunlich flüssigem Englisch, »vor vielen Jahren. An Diana Tolomei. Sie war meine … hmm … Tante. Wo haben Sie ihn her?«

»Diane war meine Mutter.« In dem großen Raum klang meine Stimme seltsam schüchtern. »Ich bin Giulietta, die ältere ihrer Zwillingstöchter. Ich wollte Siena sehen – sehen, wo sie gelebt hat. Können Sie sich … an sie erinnern?«

Der alte Mann antwortete nicht gleich, sondern starrte mir eine Weile voller Verwunderung ins Gesicht. Dann berührte er mit einer Hand meine Wange, als müsste er sich erst davon überzeugen, dass es mich wirklich gab. »Die kleine Giulietta?«, fragte er schließlich. »Komm her!« Mit diesen Worten packte er mich an den Schultern und zog mich in seine Arme. »Ich bin Peppo Tolomei, dein Taufpate.«

Ich war ziemlich ratlos. Normalerweise gehörte ich nicht zu den Leuten, die herumliefen und ständig andere Leute umarmten – das überließ ich lieber Janice –, aber bei diesem lieben alten Mann machte es nicht einmal mir etwas aus.

»Es tut mir leid, dass ich einfach so hereinplatze …«, begann ich und schwieg gleich wieder, weil ich keine Ahnung hatte, was ich als Nächstes sagen sollte.

»Nein-nein-nein-nein-nein!«, fegte Peppo alle Einwände beiseite, »ich freue mich so, dass du da bist! Komm, lass mich dir das Museum zeigen! Es ist das Museum der Contrade der Eule …« Er wusste gar nicht, wo er anfangen sollte, und hüpfte auf der Suche nach etwas besonders Beeindruckendem, das er mir zeigen konnte, auf seinem Stock durch den Raum. Als er jedoch meinen Gesichtsausdruck bemerkte, blieb er stehen. »Nein! Du möchtest jetzt nicht das Museum sehen! Du möchtest reden! Ja, wir müssen reden!« Er warf die Arme in die Luft und hätte beinahe mit der Krücke eine Skulptur umgestoßen. »Ich will alles hören. Meine Frau … wir müssen zu meiner Frau. Sie wird sich so freuen. Sie ist im Haus … Salvatore! … Oh, wo *ist* er bloß?«

Zehn Minuten später schoss ich auf dem Hintersitz eines rotschwarzen Rollers aus der Piazzetta del Castellare. Beim Aufsteigen hatte mir Peppo Tolomei mit derselben Galanterie auf die Sitzbank geholfen wie ein Magier seiner hübschen jungen Assistentin in die Kiste, die er anschließend in zwei Stücke sägen will. Sobald ich seine Hosenträger fest umklammert hielt, sausten wir aus der überdachten Gasse, ohne für irgend jemanden zu bremsen.

Peppo hatte darauf bestanden, das Museum auf

der Stelle zu schließen und mich mit nach Hause zu nehmen, damit ich seine Frau Pia und alle, die sonst noch da waren, kennenlernen konnte. In der irrigen Annahme, dass das Zuhause, von dem er sprach, gleich um die Ecke lag, hatte ich die Einladung gerne angenommen. Erst jetzt, als wir auf dem Corso am Palazzo Tolomei vorbeiflogen, erkannte ich meinen Irrtum.

»Ist es weit?«, schrie ich und versuchte mich dabei festzuhalten, so gut es ging.

»Nein-nein-nein!«, antwortete Peppo. Nur um Haaresbreite verfehlte er eine Nonne, die einen alten Mann im Rollstuhl schob. »Keine Sorge! Wir werden alle anrufen und die Wiedervereinigung unserer Familie so richtig groß feiern!« Ohne darauf zu achten, dass ich ihn bei dem Fahrtwind kaum verstehen konnte, begann er aufgeregt sämtliche Familienmitglieder aufzuzählen, die ich in Kürze kennenlernen würde. Vor lauter Vorfreude bekam er überhaupt nicht mit, dass wir auf Höhe des Palazzo Salimbeni direkt durch eine Handvoll Wachleute fuhren, so dass diese alle gezwungen waren, zur Seite zu springen.

»Oje!«, rief ich und fragte mich gleichzeitig, ob Peppo bewusst war, dass unsere große Familienfeier wahrscheinlich im Knast stattfinden würde. Doch die Wachleute machten keine Anstalten, uns aufzuhalten, sondern starrten uns lediglich hinterher wie kurz angeleinte Hunde einem flauschigen Eichhörnchen, das vor ihrer Nase frech über die Straße spazierte. Unglücklicherweise handelte es sich bei einem von ihnen um Eva Marias Patensohn Alessandro, der mich mit ziemlicher Sicherheit erkannte, denn beim Anblick meiner herabbaumelnden Beine schaute er gleich noch ein zweites Mal hin. Wahrscheinlich fragte er sich, was aus meinen Flip-Flops geworden war.

»Peppo!« schrie ich und zerrte dabei an den Hosenträgern meines Cousins. »Ich möchte nicht verhaftet werden, okay?«

»Keine Sorge!«, antwortete Peppo, während er um eine Ecke bog und gleichzeitig beschleunigte, »ich bin zu schnell für die Polizei!« Wenige Augenblicke später schossen wir durch ein altes Stadttor wie ein Pudel durch einen Reifen und flogen geradewegs hinein in das Kunstwerk eines voll erblühten toskanischen Sommers.

Während ich hinter ihm saß und über seine Schulter auf die Landschaft hinausblickte, wünschte ich mir so sehr, von einem Gefühl der Vertrautheit erfüllt zu werden, einem Gefühl des Nachhausekommens. Doch alles um mich herum war neu: die warme, nach Kräutern und Gewürzen duftende Luft, die mir entgegenschlug, die sanft geschwungene Hügellandschaft – selbst Peppos Rasierwasser enthielt irgendeinen fremdartigen Bestandteil, den ich in dieser Situation als seltsam attraktiv empfand.

Doch wie viel behalten wir aus den ersten drei Jahren unseres Lebens tatsächlich in Erinnerung? Manchmal hätte ich schwören können, mich daran zu erinnern, wie ich ein Paar nackte Beine umarmte, die definitiv nicht Tante Rose gehörten. Außerdem waren Janice und ich uns beide sicher, eine große Glasschale voller Weinkorken im Gedächtnis zu haben, aber abgesehen davon war schwer zu sagen, welche Bruchstücke wohin gehörten. Wenn es uns hin und wieder gelang, Erinnerungen aus unserer Kleinkinderzeit ans Licht zu befördern, endete das immer in Verwirrung. »Ich bin *sicher*, dass der wackelige Schachtisch in der Toskana stand«, beharrte Janice stets. »Wo hätte er denn sonst stehen sollen? Tante Rose hat nie so einen Tisch besessen.«

»Wie erklärst du dir dann«, konterte ich jedes Mal unweigerlich, »dass der Mann, der dich geohrfeigt hat, nachdem du den Tisch umgestoßen hattest, Umberto war?«

Dafür hatte auch Janice keine Erklärung. Am Ende murmelte sie nur: »Vielleicht war es ja doch ein anderer. Für eine Zweijährige sehen alle Männer gleich aus.« Woraufhin sie trocken hinzufügte: »Verdammt, das tun sie immer noch.«

Als Teenager stellte ich mir immer vor, dass ich eines Tages nach Siena zurückkehren und mich plötzlich an meine ganze Kindheit erinnern würde. Nun, da ich endlich hier war und eine schmale Stra-

ße nach der anderen entlangbrauste, ohne irgendetwas wiederzuerkennen, fragte ich mich allmählich,
ob wohl aufgrund der Tatsache, dass ich den Großteil meines Lebens weit von diesem Ort entfernt gelebt hatte, ein wichtiger Teil meiner Seele verdorrt
war.

Pia und Peppo Tolomei wohnten auf einem Bauernhof in einem kleinen Tal, umgeben von Weinbergen
und Olivenhainen. Rund um ihr Anwesen stiegen
sanft geschwungene Hügel an, und das wohltuende
Gefühl friedlicher Abgeschiedenheit machte den
fehlenden Fernblick mehr als wett. Das Haus selbst
war alles andere als prächtig. In den Rissen seiner
gelben Wände wuchs Unkraut, die grünen Fensterläden hätten weitaus mehr gebraucht als nur einen
neuen Anstrich, und das rote Ziegeldach sah aus,
als würde der nächste Sturm – oder vielleicht schon
das Niesen eines Bewohners – sämtliche Dachpfan-
nen herabsegeln lassen. Trotzdem war es dank der
vielen Weinreben und der strategisch klug verteilten
Blumentöpfe gelungen, den Verfall zu vertuschen
und dem Ort etwas absolut Unwiderstehliches zu
verleihen.

Nachdem Peppo den Roller abgestellt und sich
eine an der Wand lehnende Krücke geschnappt hatte, führte er mich direkt in den Garten. Dort hinten
im Schatten des Hauses thronte seine Frau Pia auf

einem Hocker inmitten ihrer Enkel und Urenkel wie eine alterslose, von Nymphen umringte Erntegöttin, und brachte ihnen bei, wie man aus frischem Knoblauch Zöpfe flocht. Es waren mehrere Anläufe nötig, bis Peppo ihr begreiflich machen konnte, wer ich war und warum er mich hergebracht hatte, doch nachdem Pia endlich ihren Ohren traute, schob sie die Füße in ihre Pantoffeln, erhob sich mit Hilfe ihrer Nachkommenschaft und schloss mich unter Tränen in die Arme. »Giulietta!«, rief sie, während sie mich an ihre Brust drückte und gleichzeitig auf die Stirn küsste. »*Che meraviglia!* Was für ein Wunder!«

Sie freute sich so aufrichtig, mich zu sehen, dass ich mich fast schämte. Als ich an diesem Morgen das Eulen-Museum betreten hatte, war ich nicht auf der Suche nach meinen lange verschollenen Paten gewesen. Mir war bis dahin nicht mal in den Sinn gekommen, dass ich überhaupt Paten *hatte*, geschweige denn, dass sie sich derart freuen würden, mich wohlbehalten wiederzusehen. Trotzdem standen sie nun vor mir, und ihr liebevoller Empfang machte mir auf einmal bewusst, dass ich mich – bis jetzt – noch nie irgendwo wirklich willkommen gefühlt hatte, nicht einmal dort, wo ich eigentlich zu Hause war. Zumindest nicht, wenn sich Janice in der Nähe aufhielt.

Innerhalb einer Stunde füllten sich Haus und

Garten mit Menschen und Essen. Es war, als hätten sie alle gleich um die Ecke gewartet und – mit einer Delikatesse der Gegend in der Hand – auf eine Gelegenheit zum Feiern gehofft. Zum Teil waren es Verwandte, zum Teil Freunde und Nachbarn, die alle behaupteten, sie hätten meine Eltern gekannt und sich immer schon gefragt, was denn aus ihren Zwillingstöchtern geworden sei. Niemand äußerte sich genauer, aber ich begriff instinktiv, dass Tante Rose damals gegen den Willen der Tolomei-Familie angerauscht war und Anspruch auf Janice und mich erhoben hatte. Über Onkel Jim hatte sie noch Beziehungen ins Außenministerium gehabt, so dass wir von einem Tag auf den anderen spurlos verschwunden waren – zur großen Enttäuschung von Pia und Peppo, die schließlich unsere Paten waren.

»Aber das gehört alles der Vergangenheit an!«, sagte Peppo immer wieder, während er mir den Rücken tätschelte, »denn nun bist du ja da, und wir können endlich reden.« Das Problem war nur, wo wir anfangen sollten. Es galt so viele Fragen zu beantworten, über so viele Jahre und Dinge Rechenschaft abzulegen – unter anderem die mysteriöse Abwesenheit meiner Schwester.

»Sie war zu beschäftigt, um mitzukommen«, erklärte ich und senkte dabei verlegen den Blick, »aber ich bin sicher, sie wird euch bald besuchen.«

Es war nicht sehr hilfreich, dass nur ein paar von

den Gästen Englisch sprachen und jede Antwort auf jede Frage zuerst von einer dritten Person verstanden und übersetzt werden musste. Trotzdem verhielten sich alle so lieb und herzlich, dass selbst ich mich nach einer Weile entspannte und die Situation zu genießen begann. Unsere Verständigungsprobleme spielten im Grunde keine Rolle. Was zählte, war jedes noch so kleine Lächeln oder Nicken, denn diese Gesten sagten so viel mehr, als Worte es vermocht hätten.

Irgendwann kam Pia mit einem Fotoalbum auf die Terrasse und ließ sich neben mir nieder, um mir Bilder von der Hochzeit meiner Eltern zu zeigen. Sobald sie das Album aufschlug, scharten sich weitere Frauen um uns. Alle wollten mitschauen und beim Umblättern helfen.

»Sieh mal da«, sagte Pia und deutete auf ein großes Hochzeitsfoto, »deine Mutter trägt das Kleid, das ich bei meiner Hochzeit anhatte. Ach, sind sie nicht ein schönes Paar? … Und das hier ist dein Cousin Francesco …«

»Warte!« Vergeblich versuchte ich, sie vom Umblättern abzuhalten. Ihr war vermutlich nicht klar, dass ich vorher noch nie ein Foto von meinem Vater gesehen hatte und das einzige Erwachsenenfoto, das ich je von meiner Mutter zu Gesicht bekommen hatte, ihr Highschool-Abschlussfoto auf Tante Roses Piano war.

Pias Album traf mich völlig unvorbereitet – nicht

so sehr, weil meine Mutter unter ihrem Hochzeits-
kleid deutlich sichtbar schwanger war, sondern weil
mein Vater auf dem Bild wie hundert aussah. Was
er natürlich nicht war, aber verglichen mit meiner
Mutter – einer Göre frisch vom College, die Grüb-
chen in den Wangen hatte, wenn sie lächelte – sah
er aus wie der alte Abraham in meiner illustrierten
Kinderbibel.

Trotzdem wirkten die beiden glücklich miteinander. Auch wenn es keine Fotos gab, auf denen man
sie küssen sah, hing meine Mutter doch meist am
Ellbogen ihres Ehemannes und himmelte ihn voller
Bewunderung an. Deswegen schüttelte ich mein an-
fängliches Erstaunen nach einer Weile ab und beschloss, es zumindest für möglich zu halten, dass an
diesem schönen und segensreichen Ort Vorstellungen wie Zeit und Alter nur wenig Einfluss auf das
Leben der Menschen hatten.

Die Frauen um mich herum bestätigten meine
Theorie, denn keine von ihnen schien an dem Paar
irgendetwas außergewöhnlich zu finden. Soweit ich
verstehen konnte, drehten sich ihre gezwitscherten
Kommentare – die natürlich alle auf Italienisch ab-
gegeben wurden – in erster Linie um das Kleid und
den Schleier meiner Mutter und um die komplizier-
ten verwandtschaftlichen Verhältnisse, die jeden
einzelnen Hochzeitsgast mit meinem Vater und mit
ihnen selbst verbanden.

Nach den Hochzeitsfotos folgten ein paar Seiten, die unserer Taufe gewidmet waren, doch meine Eltern tauchten dabei kaum auf. Die Bilder zeigten Pia mit einem Baby, bei dem es sich entweder um Janice oder um mich handelte – es war unmöglich, uns auf den Fotos zu unterscheiden, und Pia konnte sich nicht erinnern –, während Peppo stolz den zweiten Täufling hielt. Offenbar hatte es damals zwei getrennte Zeremonien gegeben, eine in einer Kirche und eine draußen in der Sonne, am Taufbrunnen der Contrade der Eule.

»Das war ein guter Tag«, meinte Pia mit einem wehmütigen Lächeln. »Ihr beide, du und deine Schwester, habt kleine *civettini* bekommen, kleine Eulen. Wie schrecklich, dass …« Sie sprach den Satz nicht zu Ende. »Das alles ist so lange her. Manchmal frage ich mich, ob die Zeit tatsächlich alle Wunden …« Sie verstummte, weil im Haus schlagartig Hektik ausbrach und eine Stimme ungeduldig ihren Namen rief. »Komm«, wandte sich Pia, die plötzlich einen nervösen Eindruck machte, an mich, »das muss unsere Nonna sein!«

Die alte Großmutter Tolomei, die alle Nonna nannten, lebte bei einer ihrer Enkelinnen im Zentrum von Siena, war jedoch an diesem Nachmittag auf den Bauernhof gerufen worden, um mich kennenzulernen – ein Arrangement, dass offensichtlich nicht in ihren persönlichen Zeitplan passte. Sie stand in der Diele und zupfte mit einer Hand gereizt ihre schwarze Spitze zurecht, während sie sich mit der anderen schwer auf ihre Enkeltochter stützte. Wäre ich so scharfzüngig wie Janice, hätte ich sie sofort zur Bilderbuchhexe gekürt. Es fehlte nur die Krähe auf ihrer Schulter.

Pia stürzte vor, um die alte Dame zu begrüßen, die mürrisch zuließ, dass sie auf beide Wangen geküsst und dann zu ihrem Lieblingssessel im Wohnzimmer geleitet wurde. Es dauerte ein paar Minuten, bis alles so war, dass Nonna sich wohl fühlte. Kissen mussten herbeigeholt, platziert und dann noch einmal verschoben werden. Außerdem brachte man ihr aus der Küche eine besondere Limonade, die sofort zurückgeschickt und dann erneut hereingetragen wurde, diesmal mit einer Zitronenscheibe auf dem Rand.

»Nonna ist unsere Tante«, flüsterte Peppo mir ins Ohr, »die jüngste Schwester deines Vaters. Komm, ich stelle dich ihr vor.« Er zerrte mich ins Wohnzimmer, wo ich vor der alten Dame stramm stand, während er ihr auf Italienisch die Zusammenhänge erklärte und dabei offensichtlich damit rechnete, ein Zeichen von Freude auf ihrem Gesicht zu sehen.

Doch Nonna ließ sich kein Lächeln entlocken. Wie sehr Peppo sie auch drängte – fast schon anflehte –, sich mit uns anderen zu freuen, sie konnte sich nicht dazu durchringen, meine Anwesenheit als etwas Positives zu empfinden. Peppo ließ mich sogar vortreten, damit sie mich besser sehen konnte, aber was sie sah, gab ihr nur noch mehr Anlass zum Stirnrunzeln. Bevor Peppo es schaffte, mich aus der Schusslinie zu schaffen, lehnte sie sich vor und fauchte etwas, das ich nicht verstand, alle anderen aber vor Verlegenheit nach Luft schnappen ließ.

Unter fortwährenden Entschuldigungen wurde ich von Pia und Peppo quasi aus dem Wohnzimmer geschleppt. »Es tut mir so leid!«, wiederholte Peppo immer wieder. Vor lauter Beschämung schaffte er es nicht, mir in die Augen zu sehen. »Ich weiß wirklich nicht, was mit ihr los ist. Ich glaube, sie wird langsam verrückt!«

»Keine Sorge«, antwortete ich wie betäubt, »ich kann es ihr nicht verdenken, wenn sie das alles nicht glaubt. Es ist noch so neu, sogar für mich selbst.«

»Lass uns einen kleinen Spaziergang machen«, meinte Peppo, der immer noch ganz durcheinander wirkte, »und später wieder herkommen. Es ist an der Zeit, dass ich dir ihre Gräber zeige.«

Der Dorffriedhof hieß uns wie eine schläfrige Oase willkommen und unterschied sich grundlegend von allen Friedhöfen, die ich bisher gesehen hatte. Er bestand ganz aus einem Labyrinth weißer, freistehender Wände ohne Dach, und in diese Wände war von oben bis unten ein Mosaik aus Gräbern eingelassen. Namen, Daten und Fotos identifizierten die Individuen hinter den Marmorplatten, und in dafür vorgesehenen Messinggefäßen steckten – im Auftrag des vorübergehend außer Gefecht gesetzten Gastgebers – von Besuchern mitgebrachte Blumen.

»Hier …« Peppo stützte sich mit einer Hand auf meine Schulter, was ihn jedoch nicht davon abhielt, mit galantem Schwung ein ächzendes Eisentor für uns zu öffnen und mich zu einem kleinen Schrein abseits des Hauptweges zu geleiten. »Das hier ist Teil des alten … hmmm … Grabmals der Tolomeis. Das meiste davon befindet sich unter der Erde, aber wir steigen heutzutage nicht mehr dort hinunter. Hier oben ist es besser.«

»Sehr schön ist es hier.« Ich trat in den kleinen Raum und ließ den Blick über die vielen Marmorplatten schweifen. Auf dem Altar stand ein frischer Blumenstrauß, und in einer roten Glasschale, die mir irgendwie bekannt vorkam, brannte eine kleine Kerze, was erkennen ließ, dass die Tolomei-Grabstätte von der Familie sorgsam gepflegt wurde. Ich verspürte plötzlich einen Anflug von schlechtem Gewissen, weil ich hier allein stand, ohne Janice, schüttelte dieses Gefühl aber gleich wieder ab. Wäre sie an meiner Stelle gewesen, hätte sie den Moment höchstwahrscheinlich mit einer abfälligen Bemerkung ruiniert.

»Hier liegt dein Vater«, erklärte Peppo, der auf eine

143

Marmorplatte zeigte, »und gleich daneben deine Mutter.« Er schwieg einen Moment, als hinge er einer fernen Erinnerung nach. »Sie war so jung. Ich dachte, sie würde mich um viele Jahre überleben.«

Ich starrte auf die beiden Marmorplatten, die das Einzige waren, was noch an Professor Patrizio Scipione Tolomei und seine Frau Diane Lloyd Tolomei erinnerte, und spürte, wie mein Herz zu flattern begann. So lange ich denken konnte, waren meine Eltern für mich kaum mehr als ferne Schatten in einem Tagtraum gewesen. Ich hatte niemals damit gerechnet, dass ich ihnen eines Tages – zumindest körperlich – so nahe sein würde. Selbst wenn ich mir früher oft ausmalte, wie es wäre, nach Italien zu reisen, war mir aus irgendeinem Grund nie in den Sinn gekommen, dass meine erste Pflicht nach meiner Ankunft darin bestehen musste, ihre Gräber aufzuspüren. Nun empfand ich eine warme Welle der Dankbarkeit gegenüber Peppo, weil er mir half, das Richtige zu tun.

»Danke«, sagte ich leise und drückte dabei seine Hand, die immer noch auf meiner Schulter ruhte.

»Es war eine große Tragödie, dass sie auf diese Weise ums Leben kommen mussten«, antwortete er kopfschüttelnd, »und dass Patrizios ganze Arbeit ein Opfer der Flammen wurde. Er hatte ein schönes Bauernhaus in Malemarenda – alles weg. Nach seinem Tod hat deine Mutter dann ein kleines Haus bei Montepulciano gekauft und dort allein mit euch Zwillingen – dir und deiner Schwester – gelebt, aber sie war nicht mehr dieselbe wie vorher. Sie hat jeden Sonntag Blumen an sein Grab gebracht, aber …« – er legte eine Pause ein, um ein Taschentuch hervorzuholen – »sie wirkte nie wieder glücklich.«

»Moment mal …« Verblüfft starrte ich auf die Daten an den Gräbern meiner Eltern. »Mein Vater ist vor meiner Mutter gestorben? Ich dachte immer, sie wären zusammen ums Leben gekommen …« Doch noch während ich sprach, sah ich, dass die Daten diese neue Wahrheit bestätigten: Mein Vater war gut zwei Jahre vor meiner Mutter gestorben. »Wie kam es zu dem Feuer?«

»Jemand … nein, das sollte ich nicht sagen …« Peppo runzelte über sich selbst die Stirn. »Es gab einen Brand, einen schrecklichen Brand. Das Bauernhaus deines Vaters ist vollständig in Flammen aufgegangen. Deine Mutter hatte Glück, sie war mit euch Mädchen in Siena beim Einkaufen. Es war eine große, große Tragödie. Unter anderen Umständen hätte ich gesagt, Gott hat seine Hand über sie gehalten, aber dann, zwei Jahre später …«

»Der Autounfall«, murmelte ich.

»Nun ja …« Peppo schabte mit der Spitze seines Schuhs auf dem Boden herum. »Ich weiß nicht, wie es wirklich passiert ist, keiner weiß das. Aber eines sage ich dir …« Endlich schaffte er es, mir in die

Augen zu sehen. »Ich hatte immer den Verdacht, dass die Salimbenis dabei die Finger im Spiel hatten.«

Ich wusste nicht, was ich darauf antworten sollte. Vor meinem geistigen Auge sah ich Eva Maria und ihren Koffer voller Klamotten, der nach wie vor bei mir im Hotelzimmer stand. Sie war so nett zu mir gewesen, so um meine Freundschaft bemüht.

»Es gab da einen jungen Mann«, fuhr Peppo fort, »Luciano Salimbeni. Er war ein Unruhestifter. Es gingen Gerüchte um. Ich möchte nicht …« Peppo warf mir einen nervösen Blick zu. »Das Feuer. Das Feuer, durch das dein Vater umgekommen ist. Angeblich war es kein Unfall. Es heißt, jemand wollte ihn ermorden und seine Forschungsarbeit zerstören. Es war schrecklich. Ein so schönes Haus. Aber weißt du, ich glaube, deine Mutter hat etwas aus dem Haus gerettet. Etwas Wichtiges. Dokumente. Sie hatte Angst und wollte nicht darüber sprechen, aber nach dem Brand stellte sie plötzlich seltsame Fragen über … bestimmte Dinge.«

»Was für Dinge?«

»Alles Mögliche. Ich konnte ihre Fragen nicht beantworten. Sie hat mich nach den Salimbenis gefragt. Nach unterirdischen Geheimgängen. Sie wollte ein Grab finden. Es hatte etwas mit der Pest zu tun.«

»Der … der Beulenpest?«

»Ja, der großen Epidemie. Im Jahre 1348.« Peppo räusperte sich. Das Thema war ihm sichtlich unangenehm. »Weißt du, deine Mutter war der Meinung, dass es einen alten Fluch gibt, der immer noch auf den Tolomeis und den Salimbenis liegt. Sie hat versucht, einen Weg zu finden, diesem Fluch ein Ende zu setzen. Von dieser Idee war sie ganz besessen. Ich hätte ihr gerne geglaubt, aber …« Er zerrte an seinem Hemdkragen, als wäre ihm plötzlich zu heiß. »Sie ließ sich nicht davon abbringen. Sie war der festen Überzeugung, dass auf uns allen ein Fluch liegt. Todesfälle. Zerstörung. ›Hol der Henker eure beiden Häuser!‹ … das hat sie immer zitiert.« Der Schmerz der Vergangenheit, den er gerade noch einmal durchlebte, ließ ihn tief seufzen. »Sie zitierte ständig Shakespeare. Sie hat das sehr ernst genommen … *Romeo und Julia.* Ihrer Meinung ist das alles hier passiert, in Siena. Sie hatte eine Theorie …« Peppo schüttelte geringschätzig den Kopf. »Davon war sie regelrecht besessen. Keine Ahnung, ich bin kein Professor. Ich weiß nur, dass es da einen Mann gab, Luciano Salimbeni, der einen Schatz finden wollte …«

Ich konnte nicht anders, als einzuwerfen: »Was denn für einen Schatz?«

»Wer weiß?« Peppo hob ratlos die Arme. »Dein Vater hat seine ganze Zeit damit verbracht, alte Legenden zu erforschen. Er hat ständig von verscholle-

147

nen Schätzen geredet. Allerdings hat mir deine Mutter einmal von etwas erzählt – oh, wie nannte sie es noch mal? Ich glaube, sie nannte es Julias Augen. Keine Ahnung, was sie damit gemeint hat, aber ich glaube, es war sehr wertvoll, und vermutlich war Luciano Salimbeni dahinter her.«

Ich lechzte danach, mehr zu erfahren, aber Peppo wirkte mittlerweile sehr angeschlagen, fast schon krank. Schwankend griff er nach meinem Arm. »An deiner Stelle«, fuhr er fort, »wäre ich sehr, sehr vorsichtig. Und ich würde niemandem trauen, der den Namen Salimbeni trägt.« Als er meinen Gesichtsausdruck bemerkte, runzelte er die Stirn. »Du hältst mich für *pazzo* ... verrückt? Wir stehen hier am Grab einer jungen Frau, die viel zu früh gestorben ist. Sie war deine Mutter. Wie komme ich dazu, dir zu erzählen, wer ihr das angetan hat, und aus welchem Grund?« Er umklammerte meinen Arm noch fester. »Sie ist tot, und dein Vater ebenfalls. Das ist alles, was ich weiß. Trotzdem sagt mir mein altes Tolomei-Herz, dass du vorsichtig sein musst.«

Während unseres letzten Highschool-Jahres hatten Janice und ich uns beide für die jährliche Theateraufführung gemeldet – wie es der Zufall wollte, handelte es sich um *Romeo und Julia*. Am Ende wurde Janice als Julia besetzt, während ich einen Baum im Obstgarten der Capulets spielen sollte.

Natürlich verwendete meine Schwester mehr Zeit auf ihre Nägel als aufs Lernen ihrer Texte, so dass ich ihr jedes Mal, wenn wir die Balkonszene probten, das erste Wort ihres jeweiligen Einsatzes zuflüstern musste. Praktischerweise stand ich ja die ganze Zeit mit Ästen an den Armen auf der Bühne.

Am Abend der Premiere aber war sie besonders gemein zu mir. Als wir in der Maske saßen, lachte sie ständig über mein braunes Gesicht und zog mir die Blätter aus dem Haar, während sie selbst hübsche blonde Zöpfe und rosige Wangen verpasst bekam – so dass ich nicht in der Stimmung war, ihr zu helfen, als schließlich die Balkonszene nahte. Stattdessen tat ich das genaue Gegenteil. Als Romeo fragte: »Wobei denn soll ich schwören?«, flüsterte ich: »Drei Worte!«

Woraufhin Janice wie aus der Pistole geschossen sagte: »Drei Worte, Romeo, dann gute Nacht!« Damit brachte sie Romeo völlig aus dem Konzept, und die Szene endete in Verwirrung.

Später, als ich in meiner Rolle als Kerzenständer in Julias Schlafzimmer posierte, ließ ich Janice neben Romeo aufwachen und viel zu früh sagen: »Auf! eile! fort von hier!«, was keinen besonders guten Ausgangston für den Rest der zärtlichen Szene lieferte. Es erübrigt sich fast hinzuzufügen, dass Janice derart wütend auf mich war, dass sie mich hinterher durch die ganze Schule jagte und lautstark schwor, mir die

Augenbrauen abzurasieren. Zuerst war es nur Spaß gewesen, doch als sie sich am Ende auf dem Schulklo einsperrte und eine Stunde lang weinte, verging sogar mir das Lachen.

Vor lauter Angst, ins Bett zu gehen und mich dem Schlaf und Janices Rasierer auszuliefern, saß ich noch lange nach Mitternacht im Wohnzimmer und sprach mit Tante Rose. Irgendwann kam Umberto mit einem Glas Vin Santo für uns beide herein. Ohne etwas zu sagen, reichte er uns die Gläser, und auch Tante Rose verlor kein Wort darüber, dass ich noch zu jung war, um Alkohol zu trinken.

»Magst du dieses Stück?«, fragte sie stattdessen. »Du scheinst es auswendig zu kennen.«

»Eigentlich mag ich es gar nicht so besonders«, gestand ich achselzuckend und nippte an meinem Drink. »Es ist einfach nur … *da*, in meinem Kopf.«

Tante Rose, die ebenfalls einen Schluck von ihrem Vin Santo genommen hatte, nickte bedächtig. »Deine Mutter war auch so. Sie kannte es in- und auswendig, war regelrecht … besessen davon.«

Ich hielt die Luft an, um ihren Gedankengang nicht zu unterbrechen. Wie gerne hätte ich ein klein wenig mehr über meine Mutter erfahren, bekam jedoch keine Gelegenheit dazu. Tante Rose blickte bloß stirnrunzelnd hoch, räusperte sich und nahm einen weiteren Schluck von dem Wein. Das war's. Es handelte sich dabei um eine der wenigen Informationen, die sie mir jemals unaufgefordert über meine Mutter verriet. Janice erzählte ich nichts davon. Unsere gemeinsame Besessenheit hinsichtlich Shakespeares Stück war ein kleines Geheimnis, dass ich mit meiner Mutter und niemandem sonst teilte, genauso, wie ich nie jemandem von meiner Angst erzählte, ich könnte wie meine Mutter mit fünfundzwanzig sterben.

Nachdem Peppo mich vor dem Hotel Chiusarelli abgesetzt hatte, begab ich mich schnurstracks ins nächste Internetcafé und googelte *Luciano Salimbeni*, doch es war einiges an Verbalakrobatik erforderlich, bis ich auf eine Suchkombination kam, die zumindest ansatzweise brauchbare Ergebnisse lieferte. Erst nach gut einer Stunde und unzähligen Frustrationen wegen meiner mangelnden Italienischkenntnisse war ich mir ziemlich sicher, was die folgenden Punkte betraf:

Erstens: Luciano Salimbeni war tot.

Zweitens: Luciano Salimbeni war ein übler Kerl gewesen, womöglich sogar ein Massenmörder.

Drittens: Luciano und Eva Maria Salimbeni waren irgendwie verwandt.

Viertens: Irgendetwas an dem Autounfall, der meine Mutter das Leben gekostet hatte, war dubios gewesen, und man hatte nach Luciano Salimbeni gefahndet, um ihn dazu zu befragen.

Ich druckte sämtliche Seiten aus, damit ich sie später, wenn ich mein Wörterbuch zur Hand hatte, noch einmal in Ruhe lesen konnte. Meine Suche hatte kaum mehr ergeben, als Peppo Tolomei mir an diesem Nachmittag bereits erzählt hatte, doch zumindest wusste ich jetzt, dass mein alter Cousin die Geschichte nicht nur erfunden hatte. Vor etwa zwanzig Jahren hatte tatsächlich ein gefährlicher Mann namens Luciano Salimbeni in Siena sein Unwesen getrieben.

Die gute Nachricht war allerdings, dass er nicht mehr lebte. Anders ausgedrückt konnte er definitiv nicht der Charmeur im Trainingsanzug sein, der mir – vielleicht, vielleicht aber auch nicht – am Vortag auf den Fersen gewesen war, nachdem ich mit der Truhe meiner Mutter die Bank im Palazzo Tolomei verlassen hatte.

Einer plötzlichen Eingebung folgend, googelte ich noch *Julias Augen*. Wie erwartet hatte keines der Suchergebnisse mit einem legendären Schatz zu tun. Bei fast allen handelte es sich um halbakademische Diskussionen über die Bedeutung der Augen in Shakespeares *Romeo und Julia*. Pflichtbewusst überflog ich ein paar Passagen aus dem Stück und versuchte dabei, eine geheime Nachricht herauszulesen. Eine der Textstellen lautete:

Ach, deine Augen drohn mir mehr Gefahr
Als zwanzig ihrer Schwerter.

Tja, dachte ich, wenn dieser üble Luciano Salimbeni meine Mutter tatsächlich wegen eines Schatzes namens Julias Augen getötet hatte, dann entsprach Romeos Äußerung der Wahrheit. Wie auch immer diese geheimnisvollen Augen aussehen mochten, sie waren potentiell gefährlicher als Waffen. Ganz einfach. Im Vergleich dazu war die zweite Passage ein bisschen komplexer als irgendein banaler Anmachspruch:

Ein Paar der schönsten Stern' am ganzen Himmel
Wird ausgesandt und bittet Juliens Augen,
In ihren Kreisen unterdes zu funkeln.
Doch wären ihre Augen dort, die Sterne
In ihrem Antlitz?

Auf dem Rückweg durch die Via del Paradiso brütete ich die ganze Zeit über diesen Zeilen. Zweifellos versuchte Romeo, Julia ein Kompliment zu machen, indem er ihre Augen mit funkelnden Sternen verglich, befleißigte sich dabei aber einer reichlich seltsamen Ausdrucksweise. Meiner Meinung nach war es nicht besonders galant, um ein Mädchen zu werben, indem man sich vorstellte, wie sie mit ausgestochenen Augen aussähe. Aber dafür fand er sie dann funkelnder als Sterne. Schon okay.

Letztendlich aber bedeuteten diese Verszeilen für mich eine willkommene Ablenkung von all den anderen Dingen, die ich an diesem Tag erfahren hatte. Meine beiden Eltern waren getrennt voneinander auf schreckliche Weise ums Leben gekommen, womöglich sogar durch die Hand eines Mörders. Obwohl mein Besuch auf dem Friedhof bereits mehrere Stunden zurücklag, bereitete es mir immer noch Schwierigkeiten, diese grauenhafte Erkenntnis zu verdauen. Zusätzlich zu meinem Schock und meinem Kummer quälten mich wie am Vortag, als ich mich nach dem Verlassen der Bank verfolgt fühlte, kleine Flohbisse der Furcht. Hatte Peppo mit seinen Warnungen recht? War es tatsächlich denkbar, dass ich mich nach all den Jahren noch in Gefahr befand? Falls ja, konnte ich mich dieser Gefahr vermutlich entziehen, indem ich nach Virginia zurückkehrte. Aber was, wenn tatsächlich ein Schatz existierte? Was, wenn es irgendwo in der Truhe meiner Mutter einen Hinweis darauf gab, wie Julias Augen zu finden waren? Worum auch immer es sich dabei handeln mochte.

Gedankenverloren bog ich an der Piazza San Domenico in einen abgeschiedenen Kreuzgang ein. Mittlerweile dämmerte es bereits, ich blieb für einen Moment am Portikus einer Loggia stehen und genoss die letzten Sonnenstrahlen, während langsam die ersten abendlichen Schatten an meinen Beinen hochkrochen. Ich hatte noch keine Lust, ins Hotel zurückzukehren, wo Maestro Ambrogios Tagebuch darauf wartete, mich in eine weitere schlaflose Nacht im Jahre 1340 hineinzureißen.

Während ich dort im Dämmerlicht stand und meinen Gedanken nachhing, die alle um meine Eltern kreisten, sah ich ihn zum ersten Mal ...

Den Maestro.

Er ging im Schatten der gegenüberliegenden Loggia und war mit einer Staffelei und mehreren anderen Gegenständen beladen, die ihm immer wieder entglitten, so dass er ständig gezwungen war, haltzumachen und das Gewicht neu zu verteilen. Zuerst starrte ich ihn nur an, ich konnte einfach nicht anders, denn ein Italiener wie er war mir noch nie untergekommen: Mit seinem langen grauen Haar, der weiten Jacke und den offenen Sandalen hatte er Ähnlichkeit mit einem Zeitreisenden aus Woodstock, der in einer längst von Laufstegmodels übernommenen Welt herumschlurfte.

Anfangs bemerkte er mich gar nicht, und als ich ihn dann einholte und ihm einen Pinsel reichte, den er fallen gelassen hatte, zuckte er erschrocken zusammen.

»*Scusi* ...«, sagte ich, »aber ich glaube, das gehört Ihnen.«

Er betrachtete den Pinsel ohne ein Zeichen des Erkennens. Als er ihn schließlich entgegennahm, hielt er ihn in der Hand, als hätte er keine Ahnung, wozu so ein Ding diente. Dann richtete er seinen immer noch verblüfften Blick auf mich und fragte: »Kenne ich Sie?«

Ehe ich antworten konnte, breitete sich auf seinem Gesicht ein Lächeln aus, und er rief: »Natürlich kenne ich Sie! Ich kann mich an Sie erinnern. Sie sind … oh! Helfen Sie mir … wer sind Sie?«

»Giulietta. Tolomei? Aber ich glaube nicht, dass …«

»Sì-sì-sì! Natürlich! Wo sind Sie gewesen?«

»Ich … ich bin gerade erst angekommen.«

Er zog eine Grimasse, als ärgerte er sich über seine eigene Dummheit. »Natürlich! Sie müssen entschuldigen. Natürlich sind Sie gerade erst angekommen. Und nun sind Sie hier. Giulietta Tolomei. Schöner denn je.« Lächelnd schüttelte er den Kopf. »Ich habe seit jeher ein Problem damit … mit dem, was man Zeit nennt.«

»Sagen Sie«, antwortete ich ein wenig befremdet, »geht es Ihnen gut?«

»Mir? Oh! Ja, danke der Nachfrage. Aber … Sie müssen mich unbedingt besuchen kommen. Ich möchte Ihnen etwas zeigen. Kennen Sie mein Atelier? In der Via Santa Caterina. Die blaue Tür. Sie brauchen nicht zu klopfen, treten Sie einfach ein.«

Erst jetzt kam mir in den Sinn, dass er mich wohl als Touristin identifiziert hatte und mir irgendwelche Souvenirs verkaufen wollte. *Ja, schon klar, Kumpel*, dachte ich, *darauf kannst du Gift nehmen.*

Als ich an diesem Abend Umberto anrief, reagierte er zutiefst verstört auf meine neuen Erkenntnisse hinsichtlich des Todes meiner Eltern. »Bist du sicher?«, fragte er immer wieder, »bist du sicher, dass das stimmt?« Ich bejahte. Alles deutete darauf hin, dass vor zwanzig Jahren dunkle Mächte im Spiel gewesen waren. Doch damit nicht genug: Soweit ich es beurteilen konnte, bestand durchaus die Möglichkeit, dass diese Mächte immer noch auf der Lauer lagen. Warum sonst hätte mich am Vortag jemand verfolgen sollen?

»Und du bist sicher, dass er dich verfolgt hat«, wandte Umberto ein, »vielleicht …«

»Umberto«, fiel ich ihm ins Wort, »er trug einen Trainingsanzug.«

Wir wussten beide, dass in Umbertos Welt nur ein besonders bösartiger Schurke in der Lage war, eine schicke Einkaufsstraße in Sportklamotten entlangzugehen.

»Tja«, meinte Umberto, »vielleicht war der Kerl ja nur ein Taschendieb, der es auf deinen Geldbeutel abgesehen hatte. Er hat beobachtet, wie du aus der Bank gekommen bist, und gedacht, du hättest Geld abgehoben …«

»Ja, vielleicht. Ich wüsste wirklich nicht, warum

jemand diese Truhe stehlen sollte. Ich kann darin nichts finden, was mit Julias Augen zu tun hätte …«

»Julias Augen?«

»Ja, Peppo hat davon gesprochen.« Seufzend warf ich mich auf mein Bett. »Offenbar nennt sich der Schatz so. Aber wenn du mich fragst, ist das alles bloß Humbug. Ich glaube, Mom und Tante Rose sitzen gerade oben im Himmel und schütten sich aus vor Lachen. Wie auch immer … was treibst du denn so?«

Wir sprachen noch mindestens fünf Minuten miteinander, ehe ich begriff, dass Umberto sich nicht mehr in Tante Roses Haus aufhielt, sondern in einem Hotel in New York. Er erzählte mir, er sei auf Arbeitssuche. Was auch immer das heißen mochte. Ich konnte ihn mir einfach nicht als Kellner vorstellen, der in Manhattan Parmesan über anderer Leute Pasta raspelte. Wahrscheinlich erging es ihm ähnlich, denn er klang müde und mutlos. Es wäre mir eine Freude gewesen, ihm sagen zu können, dass ich im Begriff stand, mir ein größeres Vermögen zu sichern, doch was das betraf, machten wir uns beide nichts vor: Trotz der Tatsache, dass es mir gelungen war, die Truhe meiner Mutter aufzuspüren, wusste ich noch kaum, wo ich überhaupt anfangen sollte.

II. III

Der Tod, der deines Odems Balsam sog,
Hat über deine Schönheit nichts vermocht

Siena, im Jahre 1340

Der tödliche Hieb blieb aus.

Stattdessen hörte Bruder Lorenzo – der immer noch betend vor dem Räuber kniete – ein kurzes, beängstigendes Zischen, gefolgt von einem Krachen, das den ganzen Karren zum Schwanken brachte, und anschließend das Geräusch eines zu Boden stürzenden Körpers. Und dann … Stille. Ein kurzer Blick aus halb geöffnetem Auge bestätigte ihm, dass der Mann, der ihn eben noch ermorden wollte, tatsächlich nicht mehr mit gezogenem Schwert über ihm stand. Nervös richtete sich Bruder Lorenzo ein wenig auf, um zu sehen, wohin der Schurke so plötzlich verschwunden war.

Dort lag er zerschmettert und blutig im Straßengraben – der Mann, der noch wenige Augenblicke zuvor der anmaßende Anführer einer Bande von Straßenräubern gewesen war. Wie zerbrechlich und menschlich wirkte er nun, dachte Bruder Lorenzo, da aus seiner Brust die Spitze eines Messers ragte und ihm aus seinem teuflischen Mund Blut in ein Ohr lief, das viele schluchzende Gebete gehört hatte, aber kein einziges Mal gnädig gewesen war.

»Himmlische Mutter!« Der Mönch hob die gefalteten Hände. »Dank sei dir, o geheiligte Jungfrau, für die Errettung deines bescheidenen Dieners!«

»Gern geschehen, Bruder, aber ich bin keine Jungfrau.«

Als Bruder Lorenzo die gespenstische Stimme hörte und begriff, dass der Sprecher in nächster Nähe stand und mit dem Federbusch auf seinem Helm, dem Brustharnisch und der Lanze in der Hand ziemlich furchteinflößend aussah, sprang er erschrocken auf.

»Heiliger Michael«, rief er voller Ehrfurcht, aber auch ängstlich, »Ihr habt mir das Leben gerettet! Dieser Mann dort, dieser Schurke, war gerade im Begriff, mich zu töten!«

Der heilige Michael klappte sein Visier hoch, unter dem ein jugendliches Gesicht zum Vorschein kam. »Ja«, bestätigte er, wobei seine Stimme nun durchaus menschlich klang, »den Eindruck hatte ich ebenfalls. Dennoch muss ich Euch ein weiteres Mal enttäuschen: Ich bin auch kein Heiliger.«

»Was immer Ihr sein mögt, edler Ritter«, rief Bruder Lorenzo, »Eure Ankunft ist wahrhaft ein Wunder, und ich bin zuversichtlich, dass die heilige

Jungfrau solch gute Taten im Himmel entlohnen wird!«

»Ich danke Euch, Bruder«, entgegnete der Ritter, aus dessen Augen der Schalk blitzte, »aber wenn Ihr das nächste Mal mit ihr sprecht, dann sagt ihr doch bitte, dass ich mich gerne mit einem Lohn hier auf Erden zufriedengebe. Einem neuen Pferd vielleicht? Denn mit diesem hier lande ich beim Palio sicher unter den Schweinen.«

Bruder Lorenzo blinzelte einmal, vielleicht sogar zweimal, während ihm allmählich dämmerte, dass sein Retter die Wahrheit gesagt hatte: Er war in der Tat kein Heiliger. Nach der Art zu urteilen, wie der junge Mann von der Jungfrau Maria gesprochen hatte – mit unverschämter Vertraulichkeit –, war er auch bestimmt keine fromme Seele.

Ein leises, aber unmissverständliches Ächzen ließ keinen Zweifel daran, dass die Insassin des Sarges gerade versuchte, einen Blick auf ihren kühnen Retter zu erhaschen, doch Bruder Lorenzo setzte sich rasch auf den Deckel, um ihn geschlossen zu halten, weil sein Instinkt ihm sagte, dass hier zwei junge Leute waren, die einander niemals kennenlernen durften. »Ähm«, stammelte er, fest entschlossen, seinem Gegenüber weiterhin freundlich zu begegnen, »wo findet denn Eure Schlacht statt, edler Ritter? Oder seid Ihr unterwegs, um das Heilige Land zu verteidigen?«

Der andere starrte ihn ungläubig an: »Wo seid

Ihr denn her, lustiger Bruder? Ein mit Gott so gut bekannter Mann wie Ihr weiß doch gewiss, dass die Zeit der Kreuzzüge vorüber ist.« Er streckte den Arm in Richtung Siena aus. »Diese Hügel, diese Türme … das ist mein Heiliges Land.«

»Dann bin ich ja aufrichtig froh«, beeilte sich Bruder Lorenzo zu antworten, »dass ich nicht mit bösen Absichten hergekommen bin!«

Der Ritter wirkte nicht überzeugt. »Darf ich fragen«, entgegnete er mit zusammengekniffenen Augen, »in welcher Mission Ihr nach Siena unterwegs seid? Was habt Ihr denn in dem Sarg dort?«

»Nichts!«

»Nichts?« Der andere blickte zu der am Boden liegenden Leiche hinunter. »Es sieht den Salimbenis gar nicht ähnlich, wegen nichts ihr Leben zu lassen. Bestimmt habt Ihr etwas sehr Begehrenswertes bei Euch?«

»Ganz und gar nicht!«, beteuerte Bruder Lorenzo, der noch viel zu erschüttert war, um Vertrauen zu einem weiteren Fremden zu fassen, der soeben seine mörderischen Fähigkeiten unter Beweis gestellt hatte. »In diesem Sarg liegt der schrecklich entstellte Leichnam eines meiner Ordensbrüder. Der Ärmste stürzte vor drei Tagen von unserem zugigen Glockenturm. Mein Auftrag lautet, ihn Messer – ähm … seiner Familie in Siena zu übergeben, und zwar noch heute Abend.«

Zu Bruder Lorenzos großer Erleichterung schlug die zunehmende Feindseligkeit auf dem Gesicht seines Gegenübers nun in Mitleid um, und der Mann stellte auch keine Fragen mehr zu dem Sarg. Stattdessen wandte er den Kopf und spähte ungeduldig die Straße hinunter. Bruder Lorenzo, der seinem Blick folgte, sah nichts als die untergehende Sonne, deren Anblick ihm jedoch ins Gedächtnis rief, dass es ihm nur dank dieses jungen Mannes, ob nun Heide oder nicht, vergönnt war, den Rest dieses Abends und, so Gott wollte, noch viele weitere dieser Art zu genießen.

»Cousins«, bellte sein Retter, »unser Proberennen wurde durch diesen unglücklichen Bruder verzögert!«

Erst jetzt sah Bruder Lorenzo fünf weitere Reiter direkt aus der Sonne reiten, und als sie näher kamen, begriff er allmählich, dass er es mit einer Handvoll junger Männer zu tun hatte, die irgendeine Art von Sport betrieben. Keiner der anderen trug eine Rüstung, aber einer, noch ein richtiger Junge, hielt ein großes Stundenglas in der Hand. Als der Junge die Leiche im Straßengraben entdeckte, glitt ihm das Glas aus den Händen und brach auf dem Boden entzwei.

»Ein schlechtes Omen für unser Rennen, kleiner Cousin«, sagte der Ritter zu dem Jungen, »aber vielleicht kann unser heiliger Freund das mit ein, zwei

Gebeten wieder wettmachen. Was meint Ihr, Bruder, habt Ihr einen Segensspruch für mein Pferd auf Lager?«

Bruder Lorenzo, der glaubte, Opfer eines Scherzes zu werden, warf seinem Retter einen finsteren Blick zu, doch der Mann machte einen völlig aufrichtigen Eindruck, während er so bequem auf seinem Ross saß wie andere zu Hause in einem Sessel. Als der junge Mann die gerunzelte Stirn des Mönchs sah, lächelte er und sagte: »Ach, lasst gut sein. Bei diesem alten Klepper hilft sowieso kein Segen mehr. Doch ehe wir uns trennen, verratet mir noch, ob ich einen Freund oder einen Feind gerettet habe.«

»Edler Herr!« Schockiert über die Tatsache, dass er – nur für einen Augenblick – versucht gewesen war, schlecht von dem Mann zu denken, den Gott als seinen Lebensretter gesandt hatte, sprang Bruder Lorenzo auf und griff sich unterwürfig ans Herz. »Ich verdanke Euch mein Leben! Wie könnte ich da etwas anderes sein als auf ewig Euer ergebenster Diener?«

»Schöne Worte! Doch wem gehört Eure Loyalität?«

»Meine Loyalität?« Ratlos blickte Bruder Lorenzo von einem zum anderen, in der Hoffnung, auf diese Weise ein Stichwort zu bekommen, das ihm weiterhelfen würde.

»Ja«, drängte ihn der Junge, der das Stundenglas hatte fallen lassen, »zu wem haltet Ihr beim Palio?«

Sechs Paar Augen wurden schmal, während Bruder Lorenzo krampfhaft überlegte, was er darauf erwidern sollte. Sein Blick wanderte von dem goldenen Schnabel am federgeschmückten Helm des Ritters zu den schwarzen Schwingen auf dem Banner, das an seine Lanze gebunden war, und von dort weiter zu dem riesigen Adler, der mit ausgebreiteten Flügeln auf seinem Brustharnisch prangte.

»Selbstverständlich«, antwortete Bruder Lorenzo hastig, »halte ich zum … Adler? Ja! Zum mächtigen Adler … dem König der Lüfte!«

Zu seiner großen Erleichterung wurde diese Antwort mit Jubel entgegengenommen.

»Dann seid Ihr wahrhaft ein Freund!«, schloss der Ritter, »und ich bin froh, dass ich ihn getötet habe, und nicht Euch. Kommt, wir bringen Euch in die Stadt. Durch das Camollia-Tor werden nach Sonnenuntergang keine Karren mehr eingelassen, wir müssen uns also beeilen.«

»Eure Freundlichkeit«, erwiderte Bruder Lorenzo, »beschämt mich. Bitte nennt mir Euren Namen, damit ich Euch von nun an bis in alle Ewigkeit in meine Gebete einschließen kann.«

Der Helm mit dem Schnabel senkte sich zu einem kurzen, freundschaftlichen Nicken.

»Ich bin der Adler. Man nennt mich Romeo Marescotti.«

»Euer irdischer Name lautet Marescotti?«

»Was ist schon ein Name? Der Adler lebt ewig.«

»Nur der Himmel«, bemerkte Bruder Lorenzo, dessen angeborene Strenge für einen Moment die Oberhand über seine Dankbarkeit gewann, »kann ewiges Leben gewähren.«

Der Ritter strahlte ihn an. »Dann ist der Adler«, konterte er – hauptsächlich zur Erheiterung seiner Gefährten – »wohl der Lieblingsvogel der Jungfrau Maria!«

Als Romeo und seine Cousins schließlich Mönch und Karren an ihrem angeblichen Ziel innerhalb der Stadtmauern von Siena abgeliefert hatten, war die Dämmerung bereits vorüber, und eine wachsame Stille hatte sich über die dunkle Welt gesenkt. Alle Türen und Fensterläden waren inzwischen abgeschlossen und verriegelt, um die nächtlichen Dämonen draußen zu halten, und wären da nicht der Mond und gelegentlich ein Fußgänger mit einer Fackel gewesen, dann hätte Bruder Lorenzo in dem verschlungenen Labyrinth aus Straßen längst die Orientierung verloren.

Auf Romeos Frage, zu wem er wolle, hatte der Mönch gelogen. Er war bestens über die blutige Fehde zwischen den Tolomeis und Salimbenis informiert und wusste, wie gefährlich es sein konnte, wenn er in der falschen Gesellschaft eingestand, dass er nach Siena gekommen war, um den großen Messer Tolomei zu sehen. Trotz ihrer Hilfsbereitschaft konnte man nie wissen, wie Romeo und seine Cousins reagieren würden – oder was für üble Geschichten sie ihren Freunden und Familien erzählen würden –, falls sie die Wahrheit erfuhren. Deshalb behauptete Bruder Lorenzo stattdessen, sein Ziel sei das Atelier von Maestro Ambrogio Lorenzetti, denn das war der einzige andere Name, der ihm im Zusammenhang mit Siena einfiel.

Ambrogio Lorenzetti war Maler, ein wahrer Maestro, der weit und breit für seine Fresken und Porträts bekannt war. Bruder Lorenzo hatte ihn nie persönlich kennengelernt, konnte sich aber daran erinnern, dass ihm jemand erzählt hatte, dieser große Mann lebe in Siena. Als er den Namen gegenüber Romeo zum ersten Mal nannte, war ihm ziemlich mulmig zumute, doch nachdem der junge Mann ihm nicht widersprach, bekam er das Gefühl, dass es eine weise Entscheidung gewesen war, den Künstler zu erwähnen.

»Nun denn«, erklärte Romeo, der sein Pferd gerade mitten auf einer schmalen Straße zum Stehen brachte, »da sind wir. Es ist die blaue Tür.«

Bruder Lorenzo blickte sich um. Es überraschte ihn, dass der berühmte Maler nicht in einem schöneren Viertel lebte. Die Straße war voller Müll und Schmutz, und aus Hauseingängen und anderen dunklen Winkeln spähten ihm magere Katzen entgegen. »Ich danke Euch«, antwortete er, während er von seinem Karren kletterte, »Ihr wart mir eine große Hilfe, meine Herren. Der Himmel wird Euch zur rechten Zeit entlohnen.«

»Tretet beiseite, Mönch«, entgegnete Romeo, der sich seinerseits vom Pferd schwang, »damit wir Euch den Sarg hineintragen können.«

»Nein! Rührt ihn nicht an!« Bruder Lorenzo versuchte, zwischen Romeo und dem Sarg Stellung zu beziehen. »Ihr habt mir schon genug geholfen.«

»Unsinn!« Es hätte nicht viel gefehlt, und Romeo hätte den Mönch beiseitegeschoben. »Wie wollt Ihr ohne unsere Hilfe ins Haus gelangen?«

»Ich will nicht … Gott wird einen Weg finden! Der Maestro wird mir helfen …«

»Maler haben viel im Kopf, aber keine Muskeln. Hier …« Romeo schob sein Gegenüber nun tatsächlich beiseite, wenn auch sanft. Offenbar war ihm bewusst, dass er es mit einem schwachen Gegner zu tun hatte.

Der Einzige, der sich seiner eigenen Schwäche nicht bewusst war, war Bruder Lorenzo. »Nein!«, schrie er, während er versuchte, sich als alleiniger Beschützer des Sarges zu behaupten. »Ich bitte Euch … ich befehle Euch …!«

»Ihr befehlt mir?« Romeo wirkte erheitert. »Mit solchen Worten weckt Ihr nur meine Neugier. Ich habe Euch gerade das Leben gerettet. Warum könnt

Ihr meine Hilfe nun plötzlich nicht mehr annehmen?«

Auf der anderen Seite der blauen Tür ging Maestro Ambrogio jener Tätigkeit nach, der er um diese Zeit immer nachging: dem Mischen und Prüfen von Farben. Die Nacht gehörte den Kühnen, den Verrückten und den Künstlern – oft in einer Person. Für den Maler war es eine wunderbare Zeit zum Arbeiten, denn all seine Kunden waren mittlerweile zu Hause und aßen oder schliefen, wie bei normalen Menschen üblich, so dass sie erst nach Sonnenaufgang wieder an seine Tür klopfen würden.

Ganz in seine Arbeit versunken, bemerkte Maestro Ambrogio den Lärm auf der Straße erst, als sein Hund Dante zu knurren begann. Ohne seinen Mörserstößel wegzulegen, trat der Maler näher an die Tür und versuchte einzuschätzen, wie ernst der Streit war, der sich – dem Geräuschpegel nach zu urteilen – direkt vor seiner Tür abspielte. Dabei musste er an den großartigen Tod von Julius Caesar denken, der von einem Rudel römischer Senatoren niedergestochen und höchst dekorativ gestorben war: Scharlachrot auf Marmor, harmonisch umrahmt von Säulen. Wie schön es doch wäre, wenn sich endlich einmal ein vornehmer Bürger Sienas zu einem solchen Tod durchringen könnte und dadurch ihm, Maestro Ambrogio, Gelegenheit gäbe, die Szene nach allen Regeln der Kunst auf eine hiesige Wand zu bannen.

In dem Moment klopfte jemand gegen die Tür, und Dante fing an zu bellen.

»Schhh«, versuchte Ambrogio den Hund zum Schweigen zu bringen, »ich rate dir, dich zu verstecken – nur für den Fall, dass es sich um den Gehörnten handelt. Ich kenne ihn wesentlich besser als du.«

Sobald er die Tür öffnete, brach ein Wirbelwind aufgeregter Stimmen über den Maestro herein und riss ihn mitten in einen hitzigen Streit – bei dem es offenbar um etwas ging, das ins Haus getragen werden sollte.

»Sagt ihnen, mein guter Bruder in Christus«, drängte ihn ein atemloser Mönch, »dass wir das alleine schaffen!«

»Was denn?«, wollte Maestro Ambrogio wissen.

»Den Sarg«, antwortete ein anderer, »mit dem toten Glöckner! Seht!«

»Ich glaube, Ihr habt Euch in der Tür geirrt«, entgegnete Maestro Ambrogio, »denn den habe ich nicht bestellt.«

»Ich bitte Euch«, flehte der Mönch, »lasst uns hinein. Ich werde Euch alles erklären.«

Maestro Ambrogio blieb nichts anderes übrig, als zur Seite zu treten und den jungen Männern die Tür aufzuhalten, damit sie den Sarg hereintragen und mitten in seinem Atelier auf dem Boden abstellen konnten. Es überraschte ihn keineswegs, dass der junge Romeo Marescotti und seine Cousins – mal wieder – irgendetwas im Schilde führten. Was den Maestro jedoch verwirrte, war die Anwesenheit des händeringenden Mönchs.

»Das ist der leichteste Sarg, den ich je getragen habe«, bemerkte einer von Romeos Kumpanen. »Euer Glöckner muss ein sehr schlanker Mann gewesen sein, Bruder Lorenzo. Seht zu, dass ihr nächstes Mal einen fetten nehmt, damit er in eurem zugigen Glockenturm einen besseren Stand hat.«

»Das werden wir«, erwiderte Bruder Lorenzo mit rüder Ungeduld, »und nun danke ich Euch Herren für all Eure Dienste. Vor allem Euch, Messer Romeo, sei Dank dafür, dass Ihr uns – mir – das Leben gerettet habt! Hier …« Er holte von irgendwo unter seiner Kutte eine kleine, verbeulte Münze heraus, »einen *centesimo* für Eure Mühe!«

Die Münze hing eine Weile in der Luft, ohne entgegengenommen zu werden, bis Bruder Lorenzo sie am Ende zurück unter seine Kutte stopfte. Dabei glühten seine Ohren wie Kohlen, die plötzlich Zugluft bekommen hatten.

»Ich wünsche mir von Euch nur eines«, verkündete Romeo, hauptsächlich aus Jux. »Zeigt uns, was in dem Sarg ist. Denn um einen Mönch, fett oder schlank, handelt es sich nicht, da bin ich sicher.«

»Nein!« Bruder Lorenzo, der ohnehin schon einen verängstigten Eindruck machte, wirkte plötzlich panisch. »Das kann ich nicht zulassen. Die Jungfrau

171

Maria sei meine Zeugin, wenn ich Euch, jedem von Euch, nun schwöre, dass der Sarg verschlossen bleiben muss oder eine große Katastrophe über uns alle hereinbrechen wird!«

In dem Moment wurde Maestro Ambrogio bewusst, dass er sich noch nie mit den Gesichtszügen eines Vogels beschäftigt hatte. Ein junger, aus dem Nest gefallener Spatz mit zerzausten Federn und schimmernden, ängstlichen kleinen Knopfaugen … genauso sah der junge Bruder aus, der da gerade vor ihm stand, in die Enge getrieben von Sienas verrufensten Katzen.

»Nun kommt schon, Mönch«, sagte Romeo, »schließlich habe ich Euch heute Abend das Leben gerettet. Habe ich mir dadurch nicht Euer Vertrauen verdient?«

»Ich fürchte«, wandte sich Maestro Ambrogio an Bruder Lorenzo, »nun müsst Ihr Eure Drohung wahrmachen und uns alle der besagten Katastrophe anheimfallen lassen. Die Ehre gebietet es.«

Bruder Lorenzo schüttelte betrübt den Kopf. »Nun denn! Ich werde den Sarg öffnen. Aber gestattet mir, Euch vorher zu erklären …« Für einen Moment wanderte sein Blick auf der Suche nach einer göttlichen Eingebung im Raum umher, dann nickte er und sagte: »Ihr habt recht, in dem Sarg liegt kein Mönch. Doch die Person, die stattdessen darin liegt, ist genauso heilig. Es handelt sich um die einzige

Tochter meines großzügigen Gönners, und ...« – er räusperte sich, um dann in energischerem Ton fortzufahren –, »sie ist vor zwei Tagen auf sehr tragische Weise ums Leben gekommen. Er hat mich mit ihrem Leichnam hergeschickt, um Euch, Maestro, zu bitten, ihre Züge in einem Gemälde festzuhalten, ehe sie für immer verloren sind.«

»Vor zwei Tagen?«, fragte Maestro Ambrogio, nun ganz geschäftsmäßig, in entsetztem Ton. »Sie ist schon seit zwei Tagen tot? Mein lieber Freund ...« Ohne die Zustimmung des Mönchs abzuwarten, öffnete er den Deckel des Sarges, um sich den Schaden anzusehen. Zum Glück aber war der Leichnam des Mädchens noch nicht vom Tod gezeichnet. »Wie es scheint«, erklärte er freudig überrascht, »bleibt uns noch ein wenig Zeit. Trotzdem müssen wir sofort beginnen. Hat Euer Gönner besondere Wünsche hinsichtlich des Motivs geäußert? Normalerweise mache ich die übliche Jungfrau Maria, von der Taille aufwärts, und in diesem Fall bekämt Ihr von mir sogar noch ein Jesuskind umsonst dazu, weil Ihr eine so weite Anreise hattet.«

»Ich ... ich glaube, dann nehme ich die übliche Jungfrau Maria«, antwortete Bruder Lorenzo mit einem nervösen Blick auf Romeo, der neben dem Sarg niederkniete, um das tote Mädchen zu bewundern, »und unseren göttlichen Erlöser, wenn es ihn schon umsonst dazugibt.«

»*Ahimè!*«, rief Romeo, ohne auf den warnenden Blick des Mönches zu achten. »Wie kann Gott so grausam sein?«

»Nein!«, schrie Bruder Lorenzo, doch es war schon zu spät, der junge Mann hatte die Wange des Mädchens bereits berührt.

»Solch Schönheit«, sagte er in zärtlichem Ton, »sollte niemals sterben. Sogar der Tod selbst hasst heute Abend sein Metier. Seht, er hat ihre Lippen noch nicht mit seinem violetten Hauch gestreift.«

»Vorsicht!«, warnte ihn Bruder Lorenzo, der versuchte, den Deckel zu schließen, »Ihr wisst nicht, welch ansteckende Krankheit diese Lippen mit sich tragen!«

»Wäre sie mein«, fuhr Romeo fort, während er den Mönch mit einer Hand an seinem Vorhaben hinderte und seiner eigenen Sicherheit keinerlei Beachtung schenkte, »würde ich ihr ins Paradies folgen und sie zurückholen. Oder für immer mit ihr dort bleiben.«

»Ja-ja-ja«, meinte Bruder Lorenzo, der den Deckel nun gewaltsam schloss und dabei beinahe das Handgelenk des anderen einklemmte, »der Tod macht aus allen Männern große Liebende. Wären sie zu Lebzeiten der Damen doch auch so glühende Verehrer!«

»Sehr wahr gesprochen, Bruder«, stimmte Romeo nickend zu, während er sich endlich wieder erhob.

»Nun, für diesen einen Abend habe ich genug Trauriges gesehen und gehört. Das Wirtshaus ruft. Ich überlasse Euch Eurem tristen Geschäft und werde derweil einen Trinkspruch auf die Seele dieses armen Mädchens aussprechen. Besser gesagt werde ich gleich mehrere Gläser auf sie trinken, und wenn ich Glück habe, verfrachtet mich der Wein geradewegs ins Paradies, wo ich sie vielleicht persönlich treffe und …«

Bruder Lorenzo tat einen Satz nach vorne und zischte ohne ersichtlichen Grund: »Hütet Eure Zunge, Messer Romeo, ehe Ihr Euch versündigt!«

Grinsend fuhr der junge Mann fort: »… ihr meine Ehrerbietung zollen kann.«

Erst, nachdem die jungen Spitzbuben das Atelier endgültig verlassen hatten und das Klacken der Pferdehufe nicht mehr zu hören war, hob Bruder Lorenzo den Sargdeckel wieder an. »Nun ist die Luft rein«, verkündete er, »Ihr könnt herauskommen.«

Jetzt endlich öffnete das Mädchen die Augen und setzte sich auf. Ihre Wangen wirkten vor Erschöpfung ganz hohl.

»Allmächtiger Gott«, keuchte Maestro Ambrogio und bekreuzigte sich mit seinem Mörserstößel, »welch Hexenwerk ist das?«

»Ich bitte Euch, Maestro«, erwiderte Bruder Lorenzo, während er dem Mädchen behutsam aufhalf, »uns zum Palazzo Tolomei zu begleiten. Diese junge

Dame ist Messer Tolomeis Nichte Giulietta. Sie wurde das Opfer übler Missetaten, und ich muss sie so schnell wie möglich in Sicherheit bringen. Könnt Ihr uns helfen?«

Maestro Ambrogio, der das alles erst einmal verdauen musste, starrte Mönch und Mädchen mit großen Augen an. Trotz allem, was Letztere durchgemacht hatte, hielt sie sich kerzengerade, ihr zerzaustes Haar schimmerte im Kerzenlicht, und ihre Augen leuchteten so blau wie der Himmel an einem wolkenlosen Tag. Zweifellos war sie das vollkommenste Westen, das der Maestro je gesehen hatte. »Darf ich fragen«, wandte er sich an den Mönch, »was Euch dazu bewogen hat, mir zu trauen?«

Mit einer ausladenden Handbewegung deutete Bruder Lorenzo auf die sie umgebenden Gemälde. »Ein Mann, der das Göttliche in den irdischen Dingen sehen kann, ist gewiss ein Bruder in Christus.«

Der Maestro blickte sich nun seinerseits um, sah aber nur leere Weinflaschen, unvollendete Arbeiten und Porträts von Leuten, die es sich anders überlegt hatten, als sie seine Rechnung sahen. »Ihr seid allzu großzügig mit Eurem Lob«, meinte er kopfschüttelnd, »doch das kreide ich Euch nicht an. Keine Angst, ich werde Euch zum Palazzo Tolomei bringen, doch zuerst befriedigt meine schnöde Neugier und erzählt mir, was dieser jungen Dame zugestoßen ist und warum sie als vermeintlich Tote in diesem Sarg liegen musste.«

Zum ersten Mal ergriff Giulietta das Wort. Obwohl ihr Gesicht vor Kummer angespannt wirkte, sprach sie mit sanfter, ruhiger Stimme. »Vor drei Tagen«, erklärte sie, »haben die Salimbenis das Haus meiner Eltern überfallen. Sie haben alle getötet, die den Namen Tolomei trugen – meinen Vater, meine Mutter, meine Brüder –, und ebenso alle anderen, die ihnen im Weg standen, mit Ausnahme dieses Mannes, meines lieben Beichtvaters Bruder Lorenzo. Ich war gerade in der Kapelle beim Beichten, als der Überfall stattfand, sonst wäre auch ich …« Als die Verzweiflung sie überkam, wandte sie den Kopf ab.

»Wir sind hergekommen, um Messer Tolomei um seinen Schutz zu bitten«, ergriff Bruder Lorenzo das Wort, »und ihm zu berichten, was passiert ist.«

»Wir sind gekommen, um Rache zu üben«, korrigierte ihn Giulietta mit vor Hass geweiteten Augen. Dabei presste sie die Fäuste fest gegen die Brust, als müsste sie sich selbst von einer Gewalttat abhalten, »und um diesem Monstrum Salimbeni das Gedärm aus dem Leib zu reißen und ihn an seinen eigenen Eingeweiden aufzuhängen …«

»Ähm«, meldete sich Bruder Lorenzo erneut zu Wort, »natürlich werden wir christliche Vergebung üben …«

Giulietta nickte inbrünstig, ohne auf seinen Einwand zu achten, »… während wir ihn gleichzeitig Stück für Stück an seine Hunde verfüttern!«

»Ich leide mit Euch«, antwortete Maestro Ambrogio, der das schöne Kind am liebsten in die Arme genommen und getröstet hätte, »Ihr habt so viel ertragen …«

»Ich habe gar nichts ertragen!« Der Blick ihrer blauen Augen durchbohrte das Herz des Malers. »Leidet nicht mit mir, sondern seid einfach so freundlich und bringt uns zum Haus meines Onkels, ohne uns weitere Fragen zu stellen.« Sie gewann ihre Fassung wieder und fügte leise hinzu: »Bitte.«

Nachdem er Mönch und Mädchen wohlbehalten im Palazzo Tolomei abgeliefert hatte, kehrte Maestro Ambrogio fast im Laufschritt in sein Atelier zurück. Noch nie hatte er so etwas empfunden. Er war verliebt, er litt Höllenqualen … und zwar beides gleichzeitig, während die Inspiration in seinem Kopf ihre kolossalen Flügel ausbreitete und die Krallen schmerzhaft in seinen Brustkasten schlug – verzweifelt auf der Suche nach einem Ausweg aus dem Gefängnis, das die sterbliche Hülle eines talentierten Mannes darstellte.

Indessen lag Dante, dem die Menschheit immer neue Rätsel aufgab, ausgestreckt auf dem Boden und sah mit halbem, blutunterlaufenem Auge zu, wie

Maestro Ambrogio sorgsam seine Farben mischte und anschließend begann, die Darstellung einer bis dato kopflosen Jungfrau Maria mit Giulietta Tolomeis Gesichtszügen zu versehen. Der Künstler konnte nicht anders, er musste mit ihren Augen beginnen. Nirgendwo sonst in seinem Atelier war eine solch faszinierende Farbe zu sehen. Nicht einmal in der ganzen Stadt wäre ein vergleichbarer Ton aufzutreiben gewesen, denn er hatte ihn gerade erst erschaffen: in dieser Nacht, in einem Zustand fast fiebriger Erregung, während das Bild des jungen Mädchens noch feucht an der Wand seines Geistes hing.

Vom ersten Gelingen ermutigt, zögerte er nicht, die Umrisse jenes bemerkenswerten Gesichts unter der flammend rotgoldenen Haarpracht nachzuziehen. Noch immer waren seine Bewegungen erstaunlich schnell und sicher. Das Bild entstand wie von Zauberhand. Hätte die junge Frau in diesem Augenblick vor ihm gesessen und für die Ewigkeit posiert, wäre der Maler mit derselben schwindelerregenden Zielsicherheit zu Werke gegangen, wie er es jetzt tat.

»Ja!«, lautete das einzige Wort, das er ausstieß, während er eifrig – nein, fast schon begierig – jene atemberaubenden Gesichtszüge zu neuem Leben erweckte. Als das Bild schließlich fertig war, trat er mehrere Schritte zurück und griff nach dem Glas Wein, das er sich fünf Stunden zuvor eingeschenkt hatte – in einem früheren Leben.

In dem Moment klopfte es an der Tür.

»Schhh!« Maestro Ambrogio drohte dem bellenden Hund mit dem Finger. »Warum rechnest du immer gleich mit dem Schlimmsten? Vielleicht ist es ja ein weiterer Engel.« Doch als er die Tür öffnete, um zu sehen, welchen Dämon ihm das Schicksal um diese unchristliche Stunde vorbeischickte, stellte er fest, dass Dante diesmal richtiger gelegen hatte als er.

Draußen im flackernden Licht einer Wandfackel stand Romeo Marescotti. Das täuschend schöne Gesicht des jungen Mannes wurde von einem betrunkenen Grinsen verzerrt. Abgesehen von ihrer erst wenige Stunden zurückliegenden Begegnung kannte Maestro Ambrogio den jungen Mann nur allzu gut, denn im Vormonat hatten ihm die männlichen Vertreter der Familie Marescotti einer nach dem anderen Modell gesessen, weil ihre Gesichtszüge Aufnahme in einem imposanten neuen Wandgemälde im Palazzo Marescotti finden sollten. Das Familienoberhaupt, Comandante Marescotti, hatte auf einer Darstellung seines Clans von der Vergangenheit bis in die Gegenwart bestanden, wobei sämtliche angeblichen Vorfahren – darunter auch ein paar sehr unwahrscheinliche – in die Mitte mussten und alle irgendwie bei der berühmten Schlacht von Montaperti mitmischten, während die lebenden Vertreter, verkleidet als die sieben Tugenden, über ihnen am

Himmel schwebten. Zur großen Erheiterung aller hatte Romeo das Los gezogen, das am wenigsten zu ihm passte, so dass Maestro Ambrogio sich am Ende gezwungen sah, nicht nur die Vergangenheit, sondern auch die Gegenwart zu verfälschen, indem er die majestätische Gestalt auf dem Thron der Keuschheit mit den Gesichtszügen des verrufensten Herzensbrechers von Siena versah.

Nun schob die fleischgewordene Keuschheit ihren freundlichen Schöpfer zur Seite und trat in das Atelier, wo der Sarg noch immer – verschlossen – mitten auf dem Boden stand. Der junge Mann brannte sichtlich darauf, ihn zu öffnen und einen weiteren Blick auf die darin liegende Leiche zu werfen, doch dazu hätte er so unhöflich sein müssen, die Palette des Maestro sowie mehrere feuchte Pinsel zu entfernen, die mittlerweile auf dem Sargdeckel ruhten. »Habt Ihr das Gemälde schon fertiggestellt?«, fragte er stattdessen. »Ich möchte es sehen.«

Maestro Ambrogio zog behutsam die Tür hinter ihnen zu. Ihm war nur allzu bewusst, dass sein Besucher zu viel getrunken hatte, um noch richtig fest auf beiden Beinen zu stehen. »Warum wollt Ihr das Bild eines toten Mädchens sehen? Ich bin sicher, dort draußen laufen genügend lebende herum.«

»Das stimmt«, räumte Romeo ein, während er sich suchend umblickte und den Neuzugang schließlich entdeckte, »aber das wäre zu einfach, nicht wahr?« Er trat geradewegs vor das Porträt und studierte es mit fachmännischem Blick. Allerdings war er kein Fachmann für Kunst, sondern für Frauen. Nach einer Weile nickte er. »Nicht schlecht. Vor allem die Augen sind sehr gelungen. Wie habt Ihr …?«

»Ich danke Euch«, fiel ihm der Maestro hastig ins Wort, »aber die wahre Kunst kommt von Gott. Noch einen Schluck Wein?«

»Gern.« Der junge Mann griff nach dem Becher und ließ sich auf dem Sargdeckel nieder, wobei er darauf achtete, nicht mit den tropfenden Pinseln in Berührung zu kommen. »Was haltet Ihr von einem Trinkspruch auf Euren Freund Gott und all die Spiele, die er mit uns spielt?«

»Es ist schon sehr spät«, bemerkte Maestro Ambrogio, während er die Palette entfernte und neben Romeo auf dem Sarg Platz nahm. »Ihr müsst müde sein, mein Freund.«

Romeo, der wie gebannt auf das Bild vor ihm starrte, konnte den Blick nicht lange genug abwenden, um den Maler anzusehen. Als er schließlich antwortete, sprach aus seiner Stimme eine Aufrichtigkeit, die sogar ihm selbst neu war. »Ich fühle mich nicht so müde«, sagte er, »wie ich mich wach fühle. Ich frage mich, ob ich je zuvor so wach war.«

»Das kommt häufig vor, wenn man sich schon fast im Halbschlaf befindet. Erst dann geht das innere Auge wirklich auf.«

»Aber ich schlafe nicht, und ich möchte auch nicht schlafen. Ich werde nie wieder schlafen. Stattdessen werde ich jede Nacht hierherkommen, glaube ich!«

Erheitert über die Inbrunst dieses Ausrufs – ein höchst beneidenswertes Privileg der Jugend – blickte Maestro Ambrogio lächelnd zu seinem Meisterwerk empor. »Demnach scheint sie Euch zu gefallen?«

»Gefallen?« Romeo verschluckte sich fast an dem Wort. »Ich vergöttere sie!«

»Könntet Ihr solch einem Schrein tatsächlich huldigen?«

»Bin ich denn kein Mann? Allerdings empfinde ich als solcher gleichzeitig auch großen Kummer beim Anblick von so viel verschwendeter Schönheit. Wenn man den Tod doch nur dazu bringen könnte, sie wieder herauszugeben!«

»Was wäre dann?« Der Maestro brachte ein angemessenes Stirnrunzeln zustande. »Was tätet Ihr, wenn dieser Engel eine lebende, atmende Frau wäre?«

Romeo holte Luft, fand jedoch nicht gleich die richtigen Worte. »Ich ... ich weiß nicht. Sie lieben natürlich. Ich weiß, wie man eine Frau liebt. Ich habe schon viele geliebt.«

»Vielleicht ist es dann ja ganz gut, dass Ihr es nicht mit einer lebenden Frau zu tun habt. Denn ich glaube, bei dieser jungen Dame wären besonde-

183

re Anstrengungen erforderlich. Ehrlich gesagt glaube ich, dass man, um einer solchen Dame den Hof zu machen, durch die Vordertür kommen müsste, und nicht wie ein nächtlicher Dieb im Gebälk herumkriechen dürfte.« Als der Maestro bemerkte, dass sein Gesprächspartner merkwürdig schweigsam geworden war und sich außerdem ein Hauch von Ocker über dessen edles Gesicht zog, fuhr er in entschiedenerem Ton fort. »Es gibt Lust, müsst Ihr wissen, und es gibt Liebe. Die beiden sind miteinander verwandt, aber dennoch grundverschiedene Dinge. Um dem einen zu frönen, braucht man nur honigsüße Worte von sich zu geben und die Kleider abzulegen. Dagegen muss ein Mann, um das andere zu erlangen, seine eigene Rippe opfern. Zum Dank wird seine Frau die Sünde Evas ungeschehen machen und ihn zurück ins Paradies führen.«

»Aber woher weiß ein Mann, wann er seine Rippe opfern soll? Ich habe viele Freunde, denen keine einzige Rippe geblieben ist, aber im Paradies waren sie trotzdem nie.«

Der ernste Gesichtsausdruck des jungen Mannes veranlasste Maestro Ambrogio zu einem Nicken. »Ihr habt es selbst gesagt«, antwortete er. »Ein Mann weiß es. Ein Junge nicht.«

Romeo musste laut lachen. »Ich bewundere Euch«, rief er aus, während er dem Maestro eine Hand auf die Schulter legte, »Ihr habt Mut!«

»Was ist so bewundernswert an ein bisschen Mut?«, konterte der Maler, nun noch kühner, weil er sich in seiner Rolle als Ratgeber akzeptiert sah. »Ich nehme an, diese eine Tugend hat mehr brave Männer das Leben gekostet als alle Laster zusammengenommen.«

Wieder musste Romeo laut lachen, als würde ihm die Freude solch frecher Widerrede nicht oft zuteil. Der Maestro ertappte sich dabei, dass er den jungen Mann plötzlich und völlig unerwartet sympathisch fand.

»Ich höre oft Männer sagen, dass sie alles für eine Frau tun würden«, fuhr Romeo fort. Offenbar konnte er sich von dem Thema noch nicht lösen. »Aber wenn die Dame dann ihre erste Bitte äußert, fangen sie an zu jammern und schleichen sich wie Hunde davon.«

»Und Ihr? Schleicht Ihr Euch auch davon?«

Romeo ließ eine ganze Reihe gesunder Zähne blitzen, was durchaus erstaunlich war für jemanden, der Gerüchten zufolge Faustkämpfe provozierte, wo immer er auftauchte. »Nein«, antwortete er lächelnd, »ich habe eine gute Nase für Frauen, die nicht mehr verlangen, als ich Ihnen geben möchte. Aber wenn eine solche Frau existierte …« – er nickte zu dem Bild hinüber –, »dann würde ich gerne all meine Rippen entzweibrechen, um sie zu bekommen. Ich würde sogar durch die Vordertür eintreten, wie Ihr sagt, und um ihre Hand anhalten, ehe ich sie auch nur berührt hätte. Und nicht nur das, nein, ich würde sie zu meiner wahren und einzigen Frau machen und nie wieder eine andere ansehen. Ich schwöre es! Sie wäre es wert, da bin ich mir sicher.«

Der Maestro, der sich über diese Worte freute und so gerne glauben wollte, dass seine Kunst den jungen Mann tief genug bewegt hatte, um ihn von dessen bisher so liederlicher Lebensweise abzubringen, nickte voller Zufriedenheit über sein Werk dieser Nacht. »Sie ist es in der Tat wert.«

Romeo wandte den Kopf. Seine Augen waren schmal geworden. »Ihr sprecht, als wäre sie noch am Leben!«

Maestro Ambrogio blieb schweigend sitzen und studierte das Gesicht des jungen Mannes, um zu ergründen, wie ernst es diesem mit seinem Entschluss war. »Ihr Name«, sagte er schließlich, »lautet Giulietta. Ich glaube, dass Ihr, mein Freund, sie heute Abend durch Eure Berührung von den Toten auferweckt habt. Nachdem Ihr in das Gasthaus aufgebrochen wart, sah ich ihre liebliche Gestalt aus eigener Kraft aus diesem Sarg steigen …«

Romeo sprang von seinem Platz hoch, als hätte der Sarg unter ihm plötzlich Feuer gefangen. »Was sind das für gruselige Reden! Ich weiß nicht, ob die Gänsehaut an meinem Arm von Furcht oder Freude herrührt!«

»Fürchtet Ihr die Ränke von Menschen?«

»Von Menschen nicht. Von Gott sehr.«

»Dann lasst Euch durch meine Worte beruhigen. Denn nicht Gott legte sie wie tot in diesen Sarg, sondern der Mönch, Bruder Lorenzo, weil er um ihre Sicherheit bangte.«

Romeo blieb der Mund offen stehen. »Ihr meint, sie war gar nicht tot?«

Maestro Ambrogio musste über den Gesichtsausdruck des jungen Mannes lächeln. »Sie war genauso lebendig wie Ihr.«

Romeo fasste sich an den Kopf. »Ihr treibt Späße mit mir! Ich kann Euch nicht glauben!«

»Glaubt, was Ihr wollt«, erwiderte der Maestro, während er aufstand und die Pinsel wegräumte, »oder öffnet den Sarg.«

Von großer Angst erfüllt, schritt Romeo im Atelier umher, ehe er sich schließlich wappnete und den Sarg aufriss.

Statt sich über die gähnende Leere zu freuen, funkelte der junge Mann den Maestro erneut an. »Wo ist sie?«

»Das kann ich Euch nicht sagen, denn damit würde ich einen Vertrauensbruch begehen.«

»Aber sie ist am Leben?«

Der Maestro zuckte mit den Achseln. »Zumindest war sie es, als ich sie das letzte Mal sah – auf der Schwelle des Hauses ihres Onkels, wo sie mir zum Abschied winkte.«

»Und wer ist ihr Onkel?«

»Wie gesagt: das darf ich Euch nicht verraten.«

Romeo trat mit zuckenden Fingern einen Schritt auf den Maestro zu. »Soll das heißen, ich muss unter jedem Balkon in Siena Serenaden singen, bis die richtige Frau herauskommt?«

Dante war im ersten Moment, als der junge Mann seinem Herrn zu drohen schien, sofort aufgesprungen, doch statt ein warnendes Knurren auszustoßen, legte der Hund nun lediglich den Kopf in den Nacken und gab ein langes, ausdrucksvolles Heulen von sich.

»Vorerst kommt sie bestimmt nicht heraus«, antwortete Maestro Ambrogio, während er sich hinunterbeugte, um den Hund zu tätscheln, »denn sie ist nicht in der Stimmung für Serenaden. Vielleicht wird sich daran auch nie etwas ändern.«

»Dann frage ich mich«, rief Romeo, der vor lauter Enttäuschung fast die Staffelei mit dem Porträt umgestoßen hätte, »warum Ihr mir das alles überhaupt erzählt?«

»Weil«, antwortete Maestro Ambrogio, erheitert über die Verzweiflung des jungen Mannes, »es dem Auge eines Künstlers weh tut, wenn es sehen muss, wie sich eine weiße Taub' mit einer Krähenschar herumtreibt.«

III. I

Was ist ein Name? Was uns Rose heißt,
Wie es auch hieße, würde lieblich duften

Der Blick von der Fortezza, der Festung der Medici, war spektakulär. Ich konnte an diesem Nachmittag nicht nur die sonnenheißen Dächer von Siena sehen, sondern darüber hinaus ein weites Panorama sanft geschwungener Hügel, deren Wellen mich mit ihren unterschiedlichen Grünschattierungen und fernen Blautönen umgaben wie ein Ozean. Immer wieder blickte ich von meiner Lektüre auf und betrachtete die weite Landschaft in der Hoffnung, sie könnte all die schale Luft aus meinen Lungen pressen und meine Seele mit Sommer erfüllen, doch jedes Mal, wenn ich den Blick zurück auf Maestro Ambrogios Tagebuch richtete, versank ich sofort wieder in den düsteren Ereignissen des Jahres 1340.

Den Vormittag hatte ich damit zugebracht, in Malènas Espressobar an der Piazza Postierla die offiziellen Frühfassungen von *Romeo und Julia* durchzublättern, von denen die eine 1476 von Masuccio Salernitano und die andere 1530 von Luigi da Porto

189

verfasst worden war. Ich fand es interessant zu sehen, wie die Handlung sich entwickelt hatte und auf welche Weise da Porto einer Geschichte, die – zumindest laut Salernitano – auf wahren Begebenheiten beruhte, eine literarische Prägung gegeben hatte.

In Salernitanos Version lebten Romeo und Julia – beziehungsweise Mariotto und Giannozza – in Siena, doch ihre Eltern lagen nicht miteinander im Streit. Die beiden jungen Leute bestachen einen Klosterbruder und heirateten heimlich. Das eigentliche Drama begann erst, als Mariotto einen prominenten Bürger tötete und daraufhin in die Verbannung gehen musste. Währenddessen verlangten Giannozzas Eltern – nicht wissend, dass ihre Tochter bereits verheiratet war –, sie solle einen anderen Mann ehelichen. In ihrer Verzweiflung ließ Giannozza den Klosterbruder einen starken Schlaftrunk brauen, der sich als so wirkungsvoll erwies, dass ihre dämlichen Eltern sie für tot hielten und umgehend bestatteten. Zum Glück konnte der brave alte Klosterbruder sie aus der Gruft befreien, woraufhin Giannozza klammheimlich per Schiff nach Alexandrien reiste, wo Mariotto das süße Leben genoss. Allerdings war der Bote, der ihren Gatten von dem Plan mit dem Schlaftrunk in Kenntnis setzen sollte, von Piraten gefangen genommen worden, so dass Mariotto, als er die Nachricht von Giannozzas Tod erfuhr, sofort zurück nach Siena sauste, um an ihrer Seite zu sterben. Dort angekommen, wurde er von Soldaten aufgegriffen und geköpft. Zack. Und Giannozza verbrachte den Rest ihres Lebens weinend im Kloster, wo sie eine Kleenexschachtel nach der anderen leerte.

Soweit ich es beurteilen konnte, wies diese Originalversion folgende Schlüsselelemente auf: die heimliche Heirat, Romeos Verbannung, den schwachsinnigen Plan mit dem Schlaftrunk, den verlorengehenden Boten und Romeos bewusstes Selbstmordkommando, das sich auf seine irrige Annahme stützte, Julia sei tot.

Der Knüller war natürlich, dass sich das Ganze angeblich in Siena zugetragen hatte. Wäre Malèna da gewesen, hätte ich sie fragen können, ob es sich dabei um eine allgemein bekannte Geschichte handelte. Ich hatte den starken Verdacht, dass dem nicht so war.

Interessanterweise war Luigi da Porto, als er die Geschichte ein halbes Jahrhundert später übernahm, ebenfalls darauf bedacht, sie in der Realität zu verankern, beispielsweise, indem er Romeo und Giulietta ihre wahren Vornamen zurückgab. Allerdings kniff er, was den Ort der Handlung betraf: Er verlegte das Ganze nach Verona und änderte sämtliche Familiennamen – höchstwahrscheinlich, um nicht die Rache der mächtigen Familien herauszufordern, die in den Skandal verwickelt waren.

Doch Logistik hin oder her, aus meiner – durch mehrere Tassen Cappuccino gestützten – Sicht erzählte da Porto die weitaus unterhaltsamere Geschichte. Er war derjenige, der den Maskenball und die Balkonszene einführte, und auch der Doppelselbstmord entsprang seinem genialen Gehirn. Lediglich die Tatsache, dass er Julia sterben ließ, indem sie die Luft anhielt, leuchtete mir nicht auf Anhieb ein. Aber vielleicht war da Porto damals der Meinung, sein Publikum würde eine blutige Sterbeszene nicht schätzen ... Skrupel, die Shakespeare glücklicherweise nicht teilte.

Nach da Porto hatte sich jemand namens Bandello dazu berufen gefühlt, eine dritte Version zu schreiben, und dabei eine Menge melodramatischer Dialoge hinzugefügt, ohne jedoch – zumindest, soweit ich es auf die Schnelle überblicken konnte – die grundlegenden Handlungsstränge zu verändern. Ab diesem Zeitpunkt aber war die Geschichte für die Italiener erledigt. Nach einer Zwischenstation in Frankreich trat sie die Reise nach England an, um dort schließlich auf Shakespeares Schreibtisch zu landen – bereit, Unsterblichkeit zu erlangen.

Meiner Einschätzung nach bestand der größte Unterschied zwischen all diesen literarischen Versionen und Maestro Ambrogios Tagebuch darin, dass in Wirklichkeit nicht nur zwei, sondern *drei* Familien in die Sache verwickelt gewesen waren. Die Fehde hatte zwischen den Häusern der Tolomeis und Salimbenis bestanden – sozusagen den Capulets und Montagues –, während Romeo in Wirklichkeit ein Marescotti und somit ein Außenseiter war. In dieser Hinsicht kam Salernitanos sehr frühe Version der Wahrheit am nächsten. Seine Geschichte spielte in Siena, und von einer Familienfehde war darin nicht die Rede.

Als ich später mit Maestro Ambrogios Tagebuch unter dem Arm von der Fortezza zurückschlenderte und dabei all die fröhlichen Leute um mich herum betrachtete, spürte ich erneut eine unsichtbare Wand zwischen ihnen und mir: Sie gingen spazieren, joggten oder aßen Eis, ohne die Vergangenheit in Frage zu stellen. Bestimmt empfand niemand von ihnen – so wie ich – das quälende Gefühl, nicht ganz in diese Welt zu gehören.

Morgens hatte ich vor dem Badezimmerspiegel die Halskette mit dem Kruzifix anprobiert und beschlossen, sie von nun an zu tragen. Immerhin hatte die Kette meiner Mutter gehört, und da sie das Schmuckstück damals in der Truhe ließ, hatte sie eindeutig gewollt, dass ich es bekam. Vielleicht, dachte ich, würde es mich irgendwie vor dem Fluch beschützen, der ihr einen so frühen Tod beschert hatte.

War ich verrückt? Vielleicht. Wobei es ja viele verschiedene Arten von Wahnsinn gibt. Tante Rose hatte immer behauptet, dass sich die ganze Welt in einem Zustand ständig fluktuierenden Irrsinns befand, und dass es sich bei einer Neurose nicht um eine Krankheit, sondern um einen normalen Begleitumstand des Lebens handelte, so wie Pickel. Manche haben mehr davon, andere weniger, aber nur wirklich abnormale Menschen haben gar keine. Diese bodenständige Philosophie hatte mich schon viele Male getröstet, und tat es auch jetzt wieder.

Als ich ins Hotel zurückkehrte, kam Direttor Rossini wie der Bote aus Marathon auf mich zugestürzt. Offenbar konnte er es kaum erwarten, mir die Nachricht zu überbringen. »Signorina Tolomei! Wo sind Sie gewesen? Sie müssen sofort wieder aufbrechen! Auf der Stelle! Contessa Salimbeni erwartet Sie im Palazzo Pubblico! Los, los …« – er bewegte die Hände, als wollte er einen um Essensreste bettelnden Hund verscheuchen –, »Sie dürfen sie nicht warten lassen!«

»Moment mal!« Ich deutete auf zwei Gegenstände, die unübersehbar mitten im Raum thronten. »Das sind ja meine Koffer!«

»Ja-ja-ja, sie sind eben gebracht worden.«

»Dann würde ich jetzt gerne auf mein Zimmer gehen und …«

»Nein!« Direttor Rossini riss die Eingangstür auf und winkte mich hinaus. »Sie müssen sofort los!«

»Ich habe doch gar keine Ahnung, wohin!«

»Santa Caterina!« Obwohl ich wusste, dass er sich insgeheim über die Gelegenheit freute, mich erneut über Siena zu belehren, verdrehte er die Augen, während er die Tür wieder losließ. »Kommen Sie, ich zeichne Ihnen einen Plan!«

Den Campo zu betreten war, als würde ich in eine riesige Muschel steigen. Den Rand säumten lauter Restaurants und Cafés, und genau an der Stelle, wo sich die Perle befunden hätte, saß der Palazzo Pubblico, das Gebäude, das schon seit dem Mittelalter als Rathaus diente.

Ich blieb einen Moment stehen, um dem vielstimmigen Gemurmel zu lauschen, die umherflatternden Möwen zu beobachten und den weißen Marmorbrunnen mit dem türkisfarbenen Wasser zu bewundern, alles überspannt von einem tiefblauen Himmel – bis mich plötzlich eine Welle von Touristen, die angesichts der Pracht des riesigen Platzes in ehrfürchtiger Aufregung herandrängten, von hinten mitriss.

Beim Zeichnen seines Planes hatte mir Direttor Rossini versichert, der Campo gelte als der schönste Platz ganz Italiens, und zwar nicht nur bei den Bewohnern von Siena selbst. Tatsächlich könne er gar nicht mehr genau sagen, wie oft schon Hotelgäste aus allen Ecken der Welt – ja sogar aus Florenz – ihm gegenüber die Pracht des Campo gepriesen hätten. Natürlich habe er protestiert und auf die vielen schönen Plätze an anderen Orten hingewiesen – bestimmt gab es die dort draußen irgendwo –, doch die Leute ignorierten seine Einwände. Starrsinnig beharrten sie darauf, Siena sei die schönste, besterhaltene Stadt des ganzen Erdkreises. Was konnte Direttor Rossini angesichts von so viel Überzeugungskraft anderes tun, als einzuräumen, dass es vielleicht tatsächlich so war?

Ich stopfte die Wegbeschreibung in meine Handtasche und steuerte auf den Palazzo Pubblico zu. Mit seinem großen Glockenturm, der Torre del Mangia, war das Gebäude kaum zu übersehen. Direttor Rossini hatte ihn mir derart detailliert beschrieben, dass es ein paar Minuten dauerte, bis ich begriff, dass dieser Turm nicht direkt vor seinen Augen, sondern irgendwann im späten Mittelalter errichtet worden war. Er hatte von einer Lilie gesprochen, deren weiße Steinblüte, gehalten von einem langen roten Stängel, der weiblichen Reinheit ein stolzes Denkmal setze. Seltsamerweise hatte man damals auf ein Fundament verzichtet. Laut Direttor Rossini stand der Mangia-Turm schon seit mehr als sechs Jahrhunderten und wurde nur durch die Gnade Gottes und den Glauben aufrecht gehalten.

Ich schirmte mit einer Hand die Augen ab und betrachtete nachdenklich das hohe, in die grenzenlose blaue Weite des Himmels emporragende Bauwerk. Nie zuvor war ich in einer Stadt gewesen, wo weibliche Reinheit durch ein einhundertzwei Meter hohes phallisches Objekt gefeiert wurde. Aber vielleicht sah ich das falsch.

Das ganze Gebäude – der Palazzo Pubblico samt Turm – strahlte eine große Schwere im wörtlichen Sinn aus, als würde der Campo selbst unter seinem Gewicht nachgeben. Direttor Rossini hatte mir erklärt, falls ich daran zweifelte, solle ich mir doch vorstellen, ich würde einen mitgebrachten Ball auf den Boden legen. Egal, wo ich auf dem Campo gerade stand, der Ball würde bis zum Palazzo Pubblico hinunterrollen. Irgendetwas an diesem Bild sprach mich an. Vielleicht war es die Vorstellung, dass ein neuzeitlicher Ball über das alte Kopfsteinpflaster hüpfte. Oder es lag einfach an der Art, wie Direttor Rossini die Worte ausgesprochen hatte: mit einem dramatischen Flüstern, als wäre er ein Zauberer vor einem Publikum aus lauter Vierjährigen.

Wie alle Regierungssitze war der Palazzo Pubblico mit fortschreitendem Alter gewachsen. Ursprünglich nicht viel mehr als ein Versammlungsraum für neun Räte, handelte es sich mittlerweile um ein beeindruckendes Bauwerk. Ich betrat den Innenhof mit dem Gefühl, beobachtet zu werden: nicht so sehr von lebenden Menschen, sondern von den Schatten vergangener Generationen – Generationen, die sich dem Leben dieser Stadt verschrieben hatten, diesem kleinen Fleckchen Land, das eine solche Stadt letztendlich darstellt, diesem Universum für sich.

Eva Maria erwartete mich im Saal des Friedens. Mitten im Raum saß sie auf einer Bank und blickte in die Luft, als führte sie gerade ein stummes Gespräch mit Gott. Kaum aber hatte ich den Raum betreten, erwachte sie zum Leben, und ein höchst erfreutes Lächeln breitete sich auf ihrem Gesicht aus.

»Sie sind also doch noch gekommen!«, rief sie, während sie sich von ihrer Bank erhob, um mich auf beide Wangen zu küssen. »Gerade habe ich angefangen, mir Sorgen zu machen.«

»Es tut mir leid, wenn Sie warten mussten, aber mir war überhaupt nicht klar …«

Sie wischte alles, was ich noch hätte sagen können, mit einem Lächeln beiseite. »Nun sind Sie ja da. Das ist das Einzige, was zählt. Schauen Sie …« Mit einer ausladenden Geste machte sie mich auf die riesigen Fresken an den Wänden des Raumes aufmerksam. »Haben Sie jemals etwas so Großartiges gesehen? Unser großer Maestro, Ambrogio Lorenzetti, hat diese Fresken in der ersten Hälfte des 14. Jahrhunderts geschaffen, genauer gesagt Ende der dreißiger Jahre. Das dort über der Tür hat er vermutlich im Jahre 1340 fertiggestellt. Es heißt *Gute Regierung*.«

Ich wandte mich dem Fresko zu, auf das sie deutete. Es zog sich die gesamte Länge der Wand entlang. Bei seiner Entstehung war bestimmt eine komplexe Maschinerie aus Leitern und Gerüsten erforderlich gewesen, vielleicht sogar der Einsatz von Plattformen, die an der Decke aufgehängt werden mussten. Die linke Hälfte, eine friedliche Stadtszene, zeigte normale Bürger bei ihren unterschiedlichen Beschäftigungen, die rechte Hälfte bot einen weiten Blick über das Land jenseits der Stadtmauern. Plötzlich durchfuhr mich ein Gedanke, und ich fragte verblüfft: »Sie meinen … *Maestro Ambrogio*?«

»O ja«, bestätigte Eva Maria, die es kein bisschen zu überraschen schien, dass ich mit dem Namen vertraut war, »einer unserer größten Meister. Er hat diese Szenen gemalt, um das Ende einer langen Fehde zwischen unseren zwei Familien zu feiern, den Tolomeis und den Salimbenis. 1339 herrschte endlich Frieden.«

»Tatsächlich?« Ich musste daran denken, wie Giulietta und Bruder Lorenzo auf der Landstraße vor den Toren von Siena den Salimbeni-Banditen entkommen waren. »Ich habe eher den Eindruck, dass sich unsere Vorfahren 1340 noch ganz schön in den Haaren lagen. Zumindest draußen auf dem Land.«

Eva Maria bedachte mich mit einem Lächeln, das schwer zu deuten war. Entweder sie freute sich, weil ich mir die Mühe gemacht hatte, mich über unsere

Familiengeschichte zu informieren, oder sie war verstimmt, weil ich es wagte, ihr zu widersprechen. Falls Letzteres zutraf, besaß sie immerhin genug Großmut, meinen Einwand gelten zu lassen, denn sie antwortete: »Sie haben recht. Der Frieden hatte ungewollte Folgen – wie immer, wenn die Bürokraten versuchen, uns zu helfen.« Sie warf die Arme in die Luft. »Wenn die Leute miteinander kämpfen wollen, kann man sie nicht davon abhalten. Hindert man sie in der Stadt daran, dann kämpfen sie eben draußen auf dem Land, wo sie ungeschoren davonkommen. Zumindest wurde dem Aufruhr jedes Mal ein Ende gesetzt, ehe die Situation völlig außer Kontrolle geriet. Können Sie sich denken, warum?«

Sie musterte mich fragend, um zu sehen, ob ich den Grund erriet, was natürlich nicht der Fall war.

»Weil«, fuhr sie fort, während sie mit einem belehrenden Zeigefinger vor meiner Nase herumwackelte, »wir in Siena seit jeher eine Bürgerwehr haben. Um die Salimbenis und die Tolomeis in Schach zu halten, mussten die Bürger von Siena in der Lage sein, alle ihre Einsatzkräfte binnen Minuten zu mobilisieren und auf den Straßen der Stadt antreten zu lassen.« Mit einem entschiedenen Nicken verlieh sie ihren Worten Nachdruck. »Ich glaube, aus diesem Grund ist die Contraden-Tradition hier noch heute so stark ausgeprägt. Das Engagement der alten Stadtviertel-Polizei hat die Republik Siena letztendlich erst möglich gemacht. Wenn man die bösen Jungs in Schach halten will, muss man dafür sorgen, dass die guten bewaffnet sind.«

Ich kommentierte ihre Schlussfolgerung mit einem Lächeln und bemühte mich nach Kräften um eine unbeteiligte Miene – als hätte ich selbst kein Pferd im Rennen. Es war nicht der richtige Zeitpunkt, Eva Maria darüber aufzuklären, dass ich nichts von Waffen hielt und die sogenannten guten Jungs meiner Erfahrung nach nicht besser waren als die bösen.

»Hübsch, nicht wahr?«, fuhr Eva Maria fort und nickte zu dem Fresko hinüber. »Eine Stadt, die ihren Frieden gefunden hat.«

»Ja, wahrscheinlich«, räumte ich ein, »wobei ich sagen muss, dass die Leute nicht besonders glücklich aussehen. Diese hier zum Beispiel ...« – ich deutete auf eine junge Frau, die in einer Gruppe von tanzenden Mädchen festzustecken schien –, »sie wirkt auf mich ... ich weiß auch nicht. In Gedanken versunken.«

»Vielleicht hat sie den Hochzeitszug vorbeiziehen sehen?«, mutmaßte Eva Maria und nickte zu einer Menschenschar hinüber, die einem Pferd mit einer Braut folgte. Zumindest sah es danach aus. »Und vielleicht musste sie dabei an eine verlorene Liebe denken?«

»Sie starrt auf die Trommel«, stellte ich fest, wobei ich erneut auf die entsprechende Stelle deutete, »oder das Tamburin. Und die anderen Tänzerinnen schauen … böse. Sehen Sie nur, wie sie die junge Frau beim Tanzen umringen, so dass sie ihnen nicht entwischen kann. Und eine von ihnen starrt ihr genau auf den Bauch.« Ich warf einen Blick zu Eva Maria hinüber, doch es war schwer, ihren Gesichtsausdruck zu deuten. »Aber womöglich bilde ich mir das alles nur ein.«

»Nein«, entgegnete sie leise, »Maestro Ambrogio will uns ganz offensichtlich auf sie aufmerksam machen. Er hat diese Gruppe tanzender Frauen größer gemalt als alles andere auf dem Bild. Und wenn man genauer hinsieht, stellt man fest, dass die junge Frau als Einzige ein Diadem im Haar trägt.«

Ich kniff die Augen zusammen. Sie hatte recht. »Wer war sie? Ist das bekannt?«

Eva Maria zuckte mit den Achseln. »Offiziell weiß man nichts darüber. Aber unter uns gesagt …« – sie beugte sich zu mir herüber und sprach in noch leiserem Ton weiter – »halte ich sie für Ihre Ahnin. Ihr Name war Giulietta Tolomei.«

Ich war so schockiert, sie den Namen – meinen Namen – aussprechen und genau den gleichen Gedanken formulieren zu hören, den ich bei meinem Telefonat mit Umberto geäußert hatte, dass ich einen Moment brauchte, bis ich ihr die einzig logische Frage stellen konnte: »Woher um alles in der

Welt wissen Sie das? … Ich meine, dass sie meine Ahnin ist?«

Eva Maria musste fast lachen. »Liegt das nicht auf der Hand? Warum sonst hätte Ihre Mutter Sie nach ihr benennen sollen? Außerdem weiß ich es von Ihrer Mutter selbst – Sie stammen in direkter Linie von Giulietta und Giannozza Tolomei ab.«

Obwohl ich diese Aussage – die sie noch dazu mit solcher Entschiedenheit äußerte – höchst aufregend fand, war das fast mehr Information, als ich auf einmal fassen konnte. »Mir war nicht klar, dass Sie meine Mutter gekannt haben«, stieß ich hervor. Ich fragte mich, warum sie mir das nicht schon eher erzählt hatte.

»Sie war einmal bei uns. Mit Ihrem Vater. Damals waren die beiden noch nicht verheiratet.« Eva Maria legte eine Pause ein. »Sie war noch sehr jung, jünger als Sie. Obwohl auf unserer Party um die hundert Leute waren, sprachen wir den ganzen Abend nur über Maestro Ambrogio. Alles, was ich Ihnen gerade erzählt habe, weiß ich von den beiden. Sie waren sehr gebildet, sehr interessiert an unseren Familien. Wie die Dinge dann weitergingen, fand ich sehr traurig.«

Wir standen einen Moment lang schweigend da. Eva Maria betrachtete mich mit einem verhaltenen Lächeln, als wüsste sie, dass mir eine Frage auf der Zunge brannte, ich es aber nicht fertigbrachte, sie ihr zu stellen, und zwar: In welcher Beziehung stand sie – wenn überhaupt – zu dem Schurken Luciano Salimbeni, und wie viel wusste sie über den Tod meiner Eltern?

»Ihr Vater«, fuhr Eva Maria fort, so dass mir gar keine Zeit für Fragen blieb, »war der Überzeugung, dass Maestro Ambrogio in diesem Gemälde eine Geschichte versteckt hat. Eine Tragödie, die damals zu seiner Zeit passiert ist und die nicht offen diskutiert werden durfte.« Sie deutete auf das Fresko. »Sehen Sie den kleinen Vogelkäfig in dem Fenster dort oben? Was, wenn ich Ihnen sage, dass dieses Gebäude der Palazzo Salimbeni ist, und der Mann, den man darin sieht, Salimbeni selbst, der wie ein König auf seinem Thron sitzt, während zu seinen Füßen die Leute buckeln, weil sie sich Geld von ihm leihen wollen?«

Da ich spürte, dass ihr die Geschichte irgendwie unangenehm war, lächelte ich Eva Maria an – fest entschlossen, nicht zuzulassen, dass die Vergangenheit zwischen uns stand. »Sie klingen nicht besonders stolz auf ihn.«

Sie schnitt eine Grimasse. »Oh, er war ein großer Mann, aber Maestro Ambrogio mochte ihn nicht. Verstehen Sie denn nicht? Sehen Sie … es gab eine Hochzeit … ein trauriges tanzendes Mädchen … und dann auch noch einen Vogel in einem Käfig. Was schließen Sie daraus?« Als ich ihr keine Antwort gab, blickte Eva Maria aus dem Fenster. »Ich war zweiundzwanzig, müssen Sie wissen. Als ich ihn geheiratet habe. Salimbeni. Er war vierundsechzig. Finden Sie das alt?« Sie sah mir jetzt direkt in die Augen, als versuchte sie meine Gedanken zu lesen.

»Nicht notwendigerweise«, antwortete ich. »Wie Sie wissen, war meine Mutter …«

»Tja, ich schon«, fiel Eva Maria mir ins Wort. »Ich fand ihn sehr alt und nahm fest an, dass er bald sterben würde. Aber er war reich. Ich habe ein schönes Haus. Sie müssen mich unbedingt besuchen kommen. Bald.«

Ich war so verblüfft über ihr unverblümtes Geständnis – und die anschließende Einladung –, dass ich nur sagte: »Natürlich, gerne.«

»Wunderbar!« Sie legte mir besitzergreifend die Hand auf die Schulter. »Aber jetzt müssen Sie den Helden des Freskos finden!«

Ich musste fast lachen. Eva Maria Salimbeni war eine wahre Meisterin, wenn es darum ging, das Thema zu wechseln.

»Los jetzt«, sagte sie wie eine Lehrerin zu einer Klasse fauler Kinder, »wo ist der Held? Es gibt immer einen Helden. Sehen Sie sich das Fresko genau an.«

Ich tat brav, wie mir geheißen. »Es könnte jeder sein.«

»Die Heldin ist in der Stadt«, erklärte sie, wobei

sie erneut auf die junge Frau deutete, »und macht ein sehr trauriges Gesicht. Folglich muss der Held … wo sein? Schauen Sie hin! Auf der linken Seite sehen wir das Leben innerhalb der Stadtmauern. Dann kommt die Porta Romana, das südliche Stadttor, wodurch das Fresko in zwei Hälften geschnitten wird. Und auf der rechten Seite …«

»Stimmt, jetzt sehe ich ihn«, antwortete ich, um ihr die Freude nicht zu verderben. »Es ist der Mann auf dem Pferd, der gerade die Stadt verlässt.«

Eva Marias Lächeln galt nicht mir, sondern dem Fresko. »Er sieht gut aus, nicht wahr?«

»Umwerfend. Was bedeutet der Elfenhut?«

»Er ist Jäger. Sehen Sie ihn sich an. Er hat einen Greifvogel bei sich und will ihn gerade auffliegen lassen, doch etwas hält ihn zurück. Der andere Mann dort, der dunklere, der zu Fuß geht und die Malerkiste trägt, versucht ihm etwas zu sagen, und unser junger Held lehnt sich im Sattel nach hinten, um seine Worte besser zu verstehen.«

»Vielleicht möchte der zu Fuß gehende Mann, dass er in der Stadt bleibt?«, mutmaßte ich.

»Vielleicht. Aber welche Folgen könnte das für ihn haben? Sehen Sie, was Maestro Ambrogio über seinen Kopf gemalt hat. Den Galgen. Keine angenehme Alternative, oder?« Eva Maria lächelte. »Um wen handelt es sich Ihrer Meinung nach bei dem jungen Mann?«

Ich ließ mir mit meiner Antwort Zeit. Wenn der Maestro Ambrogio, der dieses Fresko gemalt hatte, tatsächlich derselbe war, dessen Tagebuch ich gerade las, und wenn die so unglücklich tanzende Frau mit dem Diadem wirklich meine Vorfahrin Giulietta Tolomei war, dann konnte der Mann auf dem Pferd nur Romeo Marescotti sein. Trotzdem hatte ich kein gutes Gefühl dabei, Eva Maria über das Ausmaß meiner jüngsten Entdeckungen oder gar die Quelle meines Wissens aufzuklären. Deswegen meinte ich nur achselzuckend: »Keine Ahnung.«

»Was, wenn ich Ihnen jetzt verraten würde«, fuhr Eva Maria fort, »dass er der Romeo aus *Romeo und Julia* ist? ... Und dass es sich bei Ihrer Ahnin Giulietta um Shakespeares Julia handelt?«

Ich brachte ein Lachen zustande. »Spielt das Stück nicht in Verona? Und hat Shakespeare diese Figuren nicht erst erfunden? In *Shakespeare in Love* ...«

»*Shakespeare in Love!*« Eva Maria sah mich an, als hätte sie selten etwas so Widerwärtiges gehört. »Glauben Sie mir, Giulietta ...« – sie legte mir eine Hand an die Wange –, »es ist hier in Siena passiert. Lange Zeit vor Shakespeare. Und hier sehen Sie die beiden, dort oben an dieser Wand. Romeo ist auf dem Weg ins Exil, und Julia ist gezwungen, sich auf die Heirat mit einem ungeliebten Mann vorzubereiten.« Angesichts meiner entsetzten Miene musste sie lächeln und ließ mich los. »Keine Sorge. Wenn Sie mich besuchen kommen, können wir ausführlicher über diese traurigen Dinge sprechen. Was machen Sie denn heute Abend?«

In der Hoffnung, mir meinen Schock über ihre Vertrautheit mit meiner Familiengeschichte nicht anmerken zu lassen, trat ich einen Schritt zurück. »Meinen Balkon aufräumen.«

Eva Maria geriet nicht mal für eine Sekunde aus der Fassung. »Ich möchte, dass Sie mich hinterher zu einem sehr schönen Konzert begleiten. Hier …« – sie wühlte kurz in ihrer Handtasche und zog eine Eintrittskarte heraus –, »es ist ein wundervolles Programm. Ich habe es selbst ausgesucht. Das wird Ihnen bestimmt gefallen. Sieben Uhr. Danach essen wir zu Abend, und ich erzähle Ihnen mehr über unsere Vorfahren.«

Auf dem Weg zum Konzertsaal spürte ich, dass irgendetwas an mir nagte. Es war ein schöner Abend, in der Stadt wimmelte es nur so von fröhlichen Leuten, aber ich war nicht in der Lage, an dem Spaß teilzuhaben. Während ich die Straße entlangeilte und dabei nur Augen für das vor mir liegende Pflaster hatte, schaffte ich es schließlich, in mich hineinzuhorchen und den Grund für mein ungutes Gefühl zu identifizieren.

Ich wurde manipuliert.

Seit meiner Ankunft in Siena schienen alle möglichen Leute nur darauf zu warten, mir zu sagen, was ich zu tun und zu denken hatte. Allen voran Eva Maria. Sie fand es offenbar ganz normal, dass ihre eigenen bizarren Wünsche und Pläne mein Tun und Handeln – ja sogar meinen Kleidungsstil – bestimmten, und nun versuchte sie auch noch meine Gedankengänge zu steuern. Mal angenommen, ich hatte gar keine Lust, die Ereignisse von 1340 mit ihr zu diskutieren? Pech gehabt, denn mir blieb keine andere Wahl. Trotzdem mochte ich sie auf irgendeine seltsame Art. Wie kam das? Lag es vielleicht daran, dass sie das genaue Gegenteil von Tante Rose war, die immer solche Angst davor gehabt hatte, etwas falsch zu machen, dass sie auch nie etwas richtig gemacht hatte? Oder mochte ich Eva Maria, weil ich das eigentlich nicht sollte? Umberto hätte das bestimmt so gesehen. Die beste Methode, mich in die Arme der Salimbenis zu treiben, bestand darin, mir zu sagen, ich solle mich um Gottes willen von ihnen fernhalten. Schätzungsweise war das typisches Julia-Verhalten.

Tja, vielleicht war es nun an der Zeit, dass Julia mal ihren Kopf einschaltete. Laut Presidente Maconi blieben die Salimbenis immer die Salimbenis, und laut meinem Cousin Peppo bedeutete das großes Leid für jeden Tolomei, der ihnen im Weg stand. Das galt nicht nur im stürmischen Mittelalter. Selbst jetzt, im heutigen Siena, hatte der Geist des möglichen Mörders Luciano Salimbeni die Bühne noch nicht verlassen.

Andererseits fragte ich mich, ob nicht gerade diese Art Vorurteile die alte Familienfehde über Generationen hinweg am Leben erhalten hatte. Vielleicht hatte der flüchtige Luciano Salimbeni niemals Hand an meine Eltern gelegt, sondern war lediglich aufgrund seines Namens verdächtigt worden? Kein Wunder, dass er sich rar gemacht hatte. An einem Ort, wo man allein schon wegen seiner familiären Bande für schuldig erklärt wurde, ist nicht damit zu rechnen, dass der Scharfrichter geduldig das Ende eines Prozesses abwarten wird.

Je länger ich darüber nachdachte, umso mehr neigte sich die Waagschale in Richtung Eva Maria. Immerhin schien ihr am meisten von allen daran gelegen zu beweisen, dass wir – trotz der Rivalität unserer Vorfahren – befreundet sein konnten. Falls dem tatsächlich so war, wollte ich bestimmt nicht die Spielverderberin geben.

Das abendliche Konzert wurde von der Musikakademie Chigiana im Palazzo Chigi-Saracini veranstaltet, gleich gegenüber dem Friseursalon meines Freundes Luigi. Ich betrat das Gebäude durch eine überdachte Passage und kam in einem Innenhof mit einer Loggia und einem alten Brunnen in der Mitte wieder heraus. Bei seinem Anblick ging mir durch den Kopf, dass früher bestimmt Ritter in schimmernder Rüstung aus diesem Brunnen Wasser für ihre Kampfrosse geschöpft hatten. Die Steinfliesen unter meinen hochhackigen Sandalen fühlten sich ganz glatt an, jahrhundertelang abgeschliffen von Pferdehufen und Wagenrädern. Der Hof war weder zu groß noch zu imposant, sondern besaß eine ganz eigene, ruhige Würde, die mich darüber nachdenken ließ, ob die Dinge, die außerhalb dieses zeitlosen Rechtecks vor sich gingen, wirklich so wichtig waren.

Während ich dort stand und zu dem Deckenmosaik unter der Loggia hinaufblickte, reichte mir ein Angestellter eine Broschüre und zeigte mir die Tür, durch die man hinauf zum Konzertsaal gelangte. Im Gehen warf ich einen Blick auf die Broschüre. Ich hatte mit einer Auflistung des musikalischen Programms gerechnet, doch stattdessen handelte es sich um eine kurze Geschichte des Gebäudes in mehreren Sprachen. Der Text begann folgendermaßen:

Palazzo Chigi-Saracini, einer der schönsten Palazzi von Siena, gehörte ursprünglich der Familie Marescotti. Das Kernstück des Gebäudes ist sehr alt, aber im Mittelalter begann die Familie Marescotti, die Nachbargebäude mit einzubeziehen und – wie viele andere mächtige Familien von Siena – einen großen Turm zu errichten. Von diesem Turm wurde 1260 durch eine

Trommel oder ein Tamburin der Sieg von Montaperti verkündet.

Ich blieb mitten auf der Treppe stehen, um den Abschnitt ein zweites Mal zu lesen. Wenn das stimmte und ich die Namen aus Maestro Ambrogios Tagebuch nicht völlig durcheinanderbrachte, dann war das Gebäude, in dem ich gerade stand, ursprünglich der Palazzo Marescotti gewesen, also im Jahre 1340 Romeos Zuhause.

Erst, als sich andere Leute verärgert an mir vorbeischoben, schüttelte ich meine Überraschung ab und ging weiter. Selbst wenn es tatsächlich Romeos Zuhause gewesen war, was bedeutete das schon? Ihn und mich trennten fast siebenhundert Jahre, außerdem hatte er damals seine eigene Julia gehabt. Trotz meiner neuen Klamotten und Frisur war ich nur ein schlaksiger Ableger jener perfekten Kreatur, die einst in dieser Stadt gelebt hatte.

Janice hätte über meine romantischen Gedanken herzlich gelacht. »Nun ist es mal wieder so weit«, hätte sie gespottet, »Jules träumt von einem Mann, den sie nicht haben kann.« Und sie hätte damit ganz richtig gelegen. Aber manchmal sind das einfach die besten.

Meine seltsame, fast schon an Besessenheit grenzende Schwärmerei für historische Gestalten hatte ihren Anfang genommen, als ich neun war, und zwar mit Präsident Jefferson. Während alle anderen – einschließlich Janice – Poster von Popgrößen mit entblößter Bauchmuskulatur an der Wand hängen hatten, war mein Zimmer ein Schrein für meinen Lieblings-Gründervater. Ich hatte mühevoll gelernt, wie man *Thomas* in kalligraphischen Buchstaben schrieb, und sogar ein riesiges T auf ein Kissen gestickt, das ich jeden Abend beim Einschlafen im Arm hielt. Unglücklicherweise war Janice auf mein geheimes Notizbuch gestoßen, das sie daraufhin in der Klasse herumgehen ließ. Alle johlten vor Lachen, als sie meine phantasievollen Zeichnungen sahen: Ich mit Schleier und Brautkleid vor dem Landsitz Monticello, Hand in Hand mit einem sehr muskulösen Präsident Jefferson.

Von da an nannten mich alle Jeff, sogar die Lehrer, obwohl Letztere keine Ahnung hatten, warum sie das taten, und mich erstaunlicherweise auch niemals zusammenzucken sahen, wenn sie mich im Unterricht aufriefen. Irgendwann meldete ich mich dann gar nicht mehr, sondern saß nur noch stumm in der letzten Reihe, wo ich mich in der Hoffnung, von niemandem bemerkt zu werden, hinter meinem Haar versteckte.

An der Highschool verlegte ich mich – dank Umberto – auf die Antike und schwärmte zunächst für Leonidas, den Spartaner, dann für Scipio, den Römer, und schließlich sogar eine Weile für Kaiser

Augustus, bis ich seine dunkle Seite entdeckte. Als ich ins College eintrat, hatte ich meine Zeitreise in die Vergangenheit so weit ausgedehnt, dass mein Held mittlerweile ein namenloser Höhlenbewohner war, der in der russischen Steppe ganz auf sich allein gestellt wollige Mammuts tötete und bei Vollmond auf seiner Knochenflöte Jagdmelodien spielte.

Die Einzige, die mich darauf hinwies, was alle meine Freunde gemeinsam hatten, war natürlich Janice. »Zu schade«, sagte sie eines Abends, nachdem wir unser Zelt im Garten bezogen hatten und es ihr gelungen war, mir im Austausch gegen Karamellbonbons, die ursprünglich mir gehört hatten, nacheinander alle meine Geheimnisse zu entlocken, »dass sie alle mausetot sind.«

»Nein, das sind sie nicht!«, protestierte ich. Zu diesem Zeitpunkt bereute ich bereits, dass ich ihr meine Geheimnisse verraten hatte. »Berühmte Leute leben ewig!«

Woraufhin Janice bloß verächtlich meinte: »Kann sein, aber wer möchte schon eine Mumie küssen?«

Trotz der Bemühungen meiner Schwester war es also kein besonderer Höhenflug meiner Phantasie, sondern reine Gewohnheit, dass ich nun einen leichten Hauch von Erregung empfand, als mir klar wurde, dass ich dem Geist Romeos in seinem eigenen Haus hinterherschlich. Damit diese schöne Beziehung zwischen uns weiterbestehen konnte, brauchte er lediglich zu bleiben, wie er war: tot.

Eva Maria hielt im Konzertsaal Hof, umgeben von Männern in dunklen Anzügen und Frauen in glitzernden Kleidern. Der hohe Raum war in den Farben von Milch und Honig gehalten. Hier und dort schimmerten goldene Akzente. Etwa zweihundert Stühle standen für das Publikum bereit, und nach der Zahl der bereits versammelten Leute zu urteilen, würde es kein Problem werden, den Saal zu füllen. Am anderen Ende waren Mitglieder eines Orchesters dabei, ihre Instrumente zu stimmen. Eine dicke Frau in einem roten Kleid sah mir bedenklich danach aus, als wollte sie gleich lossingen. Wie fast überall in Siena gab es hier nichts Modernes, was das Auge störte, oder höchstens mal einen rebellischen Teenager, der unter seiner ordentlich gebügelten Hose Turnschuhe trug.

Sobald Eva Maria mich hereinkommen sah, forderte sie mich mit einem hoheitsvollen Winken auf, zu ihrer Gefolgschaft zu stoßen. Während ich auf die Gruppe zusteuerte, bekam ich mit, wie sie mich mit Superlativen vorstellte, die ich nicht verdient hatte, und binnen weniger Minuten pflegte ich höchst freundschaftlichen Umgang mit einigen der ganz hohen Tiere im Kulturleben Sienas, unter anderem dem Präsidenten der Monte-dei-Paschi-Bank im Palazzo Salimbeni.

»Monte Paschi«, erklärte mir Eva Maria, »ist der größte Förderer der Künste in Siena. Nichts von dem, was Sie um sich herum sehen, wäre ohne die finanzielle Unterstützung der Stiftung möglich gewesen.«

Der Präsident musterte mich mit einem leichten Lächeln, und seine Frau, die – dekorativ um seinen Ellbogen drapiert – neben ihm stand, folgte seinem Beispiel. Genau wie Eva Maria wirkte sie viel eleganter als andere Frauen ihres Alters. Obwohl ich dem Anlass entsprechend gekleidet war, verriet mir ihr Blick, dass ich noch eine Menge zu lernen hatte. Sie flüsterte ihrem Mann sogar etwas Entsprechendes zu – jedenfalls bildete ich mir das ein.

»Meine Frau glaubt, dass Sie da anderer Meinung sind«, meinte der Präsident in neckendem Ton, obwohl er sich mit seinem Akzent und seiner dramatischen Satzmelodie eher anhörte, als zitierte er einen poetischen Liedtext. »Finden Sie, wir sind zu …« – er suchte nach dem richtigen Wort – »*stolz* auf uns selbst?«

»Nicht unbedingt.« Ich spürte, wie ich rote Wangen bekam, weil sie mich weiterhin so prüfend musterten. »Es erscheint mir nur ein wenig … paradox, dass der Fortbestand des Hauses der Marescottis nun vom guten Willen der Salimbenis abhängt.«

Der Präsident quittierte mein Argument mit einem leichten Nicken, als wollte er damit bestätigen, dass Eva Maria mit ihren Superlativen nicht übertrieben hatte. »Paradox, in der Tat.«

»Aber die Welt«, sagte eine Stimme hinter mir, »ist voller Paradoxe.«

»Alessandro!«, rief der Präsident, plötzlich ganz fröhlich und locker, »du musst unbedingt Signorina Tolomei kennenlernen. Sie ist gerade sehr ... *streng* mit uns allen. Insbesondere mit dir.«

»Natürlich ist sie das.« Alessandro griff nach meiner Hand und küsste sie mit mokanter Ritterlichkeit. »Denn wäre sie es nicht, würden wir ihr nie abnehmen, das sie tatsächlich eine Tolomei ist.« Er sah mir direkt in die Augen, ehe er meine Hand wieder losließ. »Habe ich nicht recht, Miss Jacobs?«

Ein seltsamer Moment. Er hatte offensichtlich nicht damit gerechnet, mich bei dem Konzert zu treffen, und seine Reaktion war für keinen von uns beiden schmeichelhaft. Allerdings konnte ich es ihm kaum verübeln, dass er mich in die Mangel nahm, schließlich hatte ich ihn nie zurückgerufen, nachdem er vor drei Tagen in meinem Hotel gewesen war. Seitdem hatte mir seine Visitenkarte wie ein schlechtes Omen aus einem Glückskeks von meinem Schreibtisch entgegengestarrt. Erst heute Morgen hatte ich sie zerrissen und in den Müll geworfen, weil ich zu dem Schluss gekommen war, dass er mich schon längst verhaftet hätte, wenn es ihm tatsächlich darum gegangen wäre.

»Findest du nicht«, fragte Eva Maria, die das Knistern zwischen uns völlig falsch deutete, »dass Giulietta heute Abend sehr hübsch aussieht?«

Alessandro brachte ein Lächeln zustande. »Ganz bezaubernd.«

»Sì-sì«, mischte sich der Präsident ein, »aber wer bewacht unser Geld, wenn du hier bist?«

»Die Geister der Salimbenis«, antwortete Alessandro, ohne mich dabei aus den Augen zu lassen, »eine sehr furchterregende Truppe.«

»Basta!« Obwohl Eva Maria anzusehen war, dass sie sich insgeheim über seine Worte freute, setzte sie eine entrüstete Miene auf und verpasste ihm mit einem zusammengerollten Programmheft einen Klaps auf die Schulter. »Geister werden wir alle noch früh genug. Heute feiern wir das Leben.«

Nach dem Konzert bestand Eva Maria darauf, dass wir drei gemeinsam essen gingen. Als ich protestierte, spielte sie ihre Geburtstagskarte aus und erklärte, an diesem besonderen Abend – »an dem ich in der ebenso erhabenen wie erbärmlichen Komödie des Lebens eine weitere Seite aufschlage« – sei es ihr einziger Wunsch, mit zwei von ihren Lieblingsmenschen in ihrem Lieblingsrestaurant zu speisen. Seltsamerweise erhob Alessandro keinerlei Einwände. In Siena war es offensichtlich nicht üblich, seiner Patin an ihrem Jubeltag zu widersprechen.

Eva Marias Lieblingsrestaurant lag in der Via delle Campane, gleich außerhalb der *Contrada dell'Aquila*, also des Adler-Viertels. Ihr Lieblingstisch befand sich allem Anschein nach auf der etwas erhöht gelegenen Terrasse mit Blick auf den Blumenladen gegenüber, der gerade schloss.

»Demnach«, wandte sie sich an mich, nachdem sie eine Flasche Prosecco und einen Teller Antipasti bestellt hatte, »mögen Sie also keine Opern!«

»Doch, natürlich!«, protestierte ich. Auf der Terrasse saß man ein wenig beengt, meine übereinandergeschlagenen Beine passten kaum unter den Tisch. »Ich liebe die Oper. Der Haushälter meiner Tante hat uns ständig Opern vorgespielt, vor allem *Aida*. Ich finde nur … Aida soll doch eine äthiopische Prinzessin sein, und nicht ein extrabreites Busenwunder Mitte fünfzig. Tut mir leid.«

Eva Maria lachte erheitert. »Tun Sie, was Sandro immer tut. Schließen Sie die Augen.«

Ich sah Alessandro an. Er hatte im Konzert hinter mir gesessen, und ich hatte die ganze Zeit seinen Blick gespürt. »Warum? Deswegen singt immer noch die gleiche Frau.«

»Aber die Stimme kommt aus der Seele!«, argumentierte Eva Maria in seinem Namen, während sie sich zu mir herüberbeugte, »man muss nur richtig zuhören, dann sieht man Aida so, wie sie ist.«

»Das ist eine sehr großzügige Einstellung.« An

Alessandro gewandt, fügte ich hinzu: »Sind Sie immer so großzügig?«

Er gab mir keine Antwort. Das war auch gar nicht nötig.

»Großmut«, meinte Eva Maria, ehe sie den Prosecco probierte und für genießenswert befand, »ist die größte aller Tugenden. Haltet euch von geizigen Menschen fern, sie sind in kleinen Seelen gefangen.«

»Laut dem Haushälter meiner Tante«, entgegnete ich, »ist Schönheit die größte Tugend. Allerdings würde er wahrscheinlich sagen, dass Großzügigkeit auch eine Art von Schönheit ist.«

»Schönheit ist Wahrheit«, meldete sich endlich auch Alessandro zu Wort, »Wahrheit ist schön. Zumindest, wenn man dem Dichter Keats glaubt. Wenn man so lebt, ist das Leben ganz einfach.«

»Tun Sie das nicht?«

»Ich bin doch keine Urne.«

Ich musste lachen, doch er verzog keine Miene.

Obwohl Eva Maria ganz offensichtlich wollte, dass Alessandro und ich Freunde wurden, konnte sie nicht anders, als sich wieder ins Gespräch einzumischen. »Erzählen Sie uns mehr von Ihrer Tante!«, drängte sie mich. »Warum, glauben Sie, hat sie Ihnen nie erzählt, wer Sie sind?«

Ich blickte von einem zum anderen, weil ich spürte, dass sie über meinen Fall gesprochen hatten und unterschiedlicher Meinung gewesen waren.

»Keine Ahnung. Ich glaube, sie hatte Angst, dass …
oder vielleicht dachte sie …« Ich blickte zu Boden.
»Ich weiß es nicht.«

»In Siena«, meinte Alessandro und tat dabei, als
wäre er sehr mit seinem Wasserglas beschäftigt,
»spielt Ihr Name eine große Rolle.«

»Namen, Namen, Namen!«, seufzte Eva Maria.
»Ich verstehe einfach nicht, warum Ihre Tante – Ro-
sa? – nicht schon viel früher mal mit Ihnen nach
Siena gereist ist.«

»Vielleicht hatte sie Angst«, antwortete ich, diesmal in schärferem Ton, »dass die Person, die meine
Eltern getötet hat, auch mich töten würde.«

Eva Maria lehnte sich erschrocken zurück. »Wie
können Sie nur etwas so Schreckliches sagen!«

»Jedenfalls – herzlichen Glückwunsch zum Ge-
burtstag!« Ich nahm einen Schluck von meinem
Prosecco. »Und vielen Dank für alles.« Dann fixierte
ich Alessandro, bis er meinen Blick schließlich erwiderte. »Keine Sorge, ich bleibe nicht lange.«

»Das hätte mich auch gewundert«, gab er kalt zurück, »denn für Ihren Geschmack ist es hier bestimmt viel zu friedlich.«

»Ich mag es, wenn es friedlich ist.«

In seinen nadelbaumgrünen Augen blitzte für einen Moment eine Warnung auf, die aus den Tiefen
seiner Seele zu kommen schien. Ein beunruhigender
Anblick. »O ja, natürlich.«

Ich verkniff mir eine Antwort, biss stattdessen die Zähne zusammen und wandte meine Aufmerksamkeit den Antipasti zu. Leider besaß Eva Maria nicht die nötigen Antennen, um die feineren Nuancen meiner Gefühle aufzufangen. Sie sah nur mein gerötetes Gesicht. »Sandro«, sagte sie, um unserem vermeintlichen Flirt einen weiteren Anstoß zu geben, »warum hast du Giulietta denn noch nicht in der Stadt herumgeführt und ihr ein paar schöne Sachen gezeigt? Darüber würde sie sich bestimmt freuen.«

»Ja, bestimmt.« Alessandro stach mit seiner Gabel nach einer Olive, machte jedoch keine Anstalten, sie zu verspeisen. »Leider gibt es bei uns keine Statuen von kleinen Meerjungfrauen.«

Jetzt wusste ich endgültig, dass er meine Akte eingesehen und dabei alles in Erfahrung gebracht hatte, was es über Julie Jacobs zu wissen gab – Julie Jacobs, die Anti-Kriegs-Demonstrantin, die, kaum aus Rom zurück, gleich nach Kopenhagen weitergereist war, um gegen die Rolle der Dänen im Irak zu protestieren, indem sie die Statue der kleinen Meerjungfrau beschädigte. Bedauerlicherweise hatte er der Akte nicht entnehmen können, dass die ganze Geschichte auf einem großen Missverständnis beruhte und Julie Jacobs nur nach Dänemark gereist war, um ihrer Schwester zu beweisen, dass sie sich traute.

Der schwindelerregende Cocktail aus Wut und Furcht, den ich plötzlich in meiner Kehle schmeckte, ließ mich blind nach dem Brotkorb greifen. Ich hoffte sehr, dass man mir meine Panik nicht ansah.

»Nein, aber wir haben andere schöne Statuen!« Eva Maria, die nicht recht begriff, was vor sich ging, sah erst mich und dann ihn an. »Und Brunnen! Du musst ihr unbedingt Fontebranda …«

»Vielleicht würde Miss Jacobs lieber die Via dei Malcontenti sehen«, schnitt Alessandro seiner Patentante das Wort ab. »Dort haben wir früher die Verbrecher hingebracht, um ihren Opfern Gelegenheit zu geben, sie auf ihrem Weg zum Galgen mit allem Möglichen zu bewerfen.«

Ich erwiderte seinen kalten Blick. Inzwischen hatte ich nicht mehr das Gefühl, mich verstellen zu müssen. »Wurde jemals irgendwer begnadigt?«

»Ja. Man nannte das Verbannung. Die Leute wurden aufgefordert, aus Siena zu verschwinden und niemals wiederzukommen. Dafür ließ man sie am Leben.«

»Ach, ich verstehe«, konterte ich schnippisch, »genau wie Ihre Familie, die Salimbenis.« Verstohlen spähte ich zu Eva Maria hinüber, die ausnahmsweise mal sprachlos war. »Oder irre ich mich da?«

Alessandro antwortete nicht gleich. Nach den zuckenden Muskeln seiner Kieferpartie zu urteilen, hätte er mir liebend gerne mit gleicher Münze herausgegeben, was er jedoch vor seiner Patin nicht konnte. »Die Familie Salimbeni«, erklärte er schließlich mit gepresster Stimme, »wurde im Jahre 1419 von der Regierung enteignet und gezwungen, die Republik Siena zu verlassen.«

»Für immer?«

»Offensichtlich nicht. Aber sie war lange Zeit verbannt.« Der Blick, mit dem er mich dabei bedachte, legte nahe, dass wir mittlerweile wieder von mir sprachen. »Und wahrscheinlich hatten sie es auch verdient.«

»Was, wenn … jemand trotzdem zurückkam?«

»Dann …« – um die Spannung zu erhöhen, legte er eine kurze Pause ein, während der mir auffiel, dass seine Augen im Grunde keinerlei Ähnlichkeit mit organischem Material hatten, sondern so kalt und kristallin wirkten wie die Scheibe Malachit, die ich meinen Mitschülern in der vierten Klasse als besonderen Schatz präsentiert hatte, bis uns die Lehrkraft erklärte, dass dieses Mineral abgebaut wurde, um daraus unter massiver Schädigung der Umwelt Kupfer zu gewinnen – »musste der oder die Betreffende dafür schon einen sehr guten Grund haben.«

»Genug!« Eva Maria hob ihr Glas. »Schluss mit Verbannung und Kämpfen! Jetzt sind wir alle Freunde.«

Etwa zehn Minuten lang schafften wir es, uns wie zivilisierte Menschen zu unterhalten. Dann ent-

schuldigte sich Eva Maria, weil sie zur Toilette musste, so dass Alessandro und ich uns plötzlich allein
ausgeliefert waren. Als ich zu ihm hinübersah, ertappte ich ihn dabei, wie er mich abschätzend musterte, und für den Bruchteil einer Sekunde brachte
ich es fertig, mir einzureden, dass er dieses ganze
Katz-und-Maus-Spiel nur inszenierte, um herauszufinden, ob ich genug Elan besaß, um seine Bettge-
spielin der Woche zu werden. Na dann viel Spaß,
dachte ich. Was auch immer die Katze vorhaben
mochte, sie würde eine böse Überraschung erleben.

Ich schnappte mir eine Scheibe Wurst. »Glauben
Sie an Wiedergutmachung?«

»Mir ist egal«, antwortete Alessandro, wobei er
den Vorspeisenteller in meine Richtung schob, »was
Sie in Rom oder sonstwo gemacht haben. Aber Siena ist mir nicht egal. Also erzählen Sie mir, warum
Sie hier sind.«

»Ist das jetzt ein Verhör?«, fragte ich mit vollem
Mund. »Sollte ich vielleicht besser meinen Anwalt
anrufen?«

Er beugte sich vor und erklärte mit leiser Stimme:
»Ich könnte dafür sorgen, dass Sie im Gefängnis
landen, und zwar so schnell …« Er schnippte direkt
vor meiner Nase mit den Fingern. »Wollen Sie das
wirklich?«

»Wissen Sie«, antwortete ich, während ich mir in
der Hoffnung, er würde nicht bemerken, wie sehr

meine Hände zitterten, noch mehr Essen auf den Teller lud, »solche Machtspielchen haben bei mir noch nie funktioniert. Bei Ihren Vorfahren mag so etwas ja gewirkt haben, aber wenn Sie sich erinnern, waren *meine* Vorfahren davon nie besonders beeindruckt.«

»Na schön …« Er lehnte sich zurück und wechselte die Taktik. »Was halten Sie davon: Ich lasse Sie in Ruhe, aber nur unter einer Bedingung. Dass Sie sich von Eva Maria fernhalten.«

»Warum sagen Sie das nicht ihr?«

»Sie ist eine ganz besondere Frau, und ich möchte nicht, dass sie leiden muss.«

Ich legte die Gabel weg. »Aber *ich* möchte das, ja? Was denken Sie eigentlich von mir?«

»Wollen Sie das wirklich wissen?« Alessandro musterte mich von Kopf bis Fuß, als wäre ich ein Kunstobjekt, das völlig überteuert zum Kauf angeboten wurde. »Meiner Meinung nach sind Sie eine schöne, intelligente … großartige Schauspielerin …« Angesichts meiner verwirrten Miene runzelte er die Stirn und fuhr fort: »Ich glaube, jemand hat Ihnen viel Geld dafür bezahlt, dass Sie sich hier als Giulietta Tolomei ausgeben …«

»*Was?*«

»… und meiner Meinung nach gehört es zu Ihren Aufgaben, sich an Eva Maria heranzumachen. Aber glauben Sie mir … das werde ich nicht zulassen.«

Ich wusste gar nicht, wo ich anfangen sollte. Zum Glück waren seine Anschuldigungen derart surreal, dass ich viel zu überrascht war, um ernstlich beleidigt zu sein. »Warum«, fragte ich schließlich, »glauben Sie mir nicht, dass ich wirklich Giulietta Tolomei bin? Weil ich keine meerblauen Augen habe?«

»Wollen Sie es wirklich wissen? Gut.« Er beugte sich vor und stützte die Ellbogen auf den Tisch. »Giulietta Tolomei ist tot.«

»Wie erklären Sie sich dann«, konterte ich, während ich mich ebenfalls vorbeugte, »dass ich hier vor Ihnen sitze?«

Er sah mich eine ganze Weile an, als suchte er in meinem Gesicht nach etwas, was er dann aber wohl nicht fand. Am Ende wandte er mit zusammengekniffenen Lippen den Blick ab. Mir war klar, dass ich ihn aus irgendeinem Grund nicht überzeugt hatte und mir das wahrscheinlich auch nie gelingen würde.

»Wissen Sie, was?« Ich schob meinen Stuhl zurück und stand auf. »Ich werde Ihren Rat befolgen und mich hiermit aus Eva Marias Gesellschaft entfernen. Richten Sie Ihr meinen Dank für das Konzert und das Essen aus, und sagen Sie ihr, dass sie ihre Klamotten zurückhaben kann, wann immer sie möchte, weil ich dafür sowieso keine Verwendung mehr habe.«

Ich wartete seine Antwort nicht ab, sondern stolzierte erhobenen Hauptes von der Terrasse und verließ das Restaurant, ohne mich noch einmal umzublicken. Sobald ich um die erste Ecke gebogen und außer Sichtweite war, spürte ich, wie mir vor Wut die Tränen in die Augen schossen, und begann trotz meiner hohen Schuhe zu rennen, so schnell ich konnte. Das Letzte, was ich jetzt wollte, war, dass Alessandro mich einholte und sich wegen seines rüden Verhaltens bei mir entschuldigte – falls er überhaupt den Anstand besaß, es zu versuchen.

Als ich an diesem Abend zurück zum Hotel ging, blieb ich möglichst im Schatten und hielt mich an die ruhigeren Straßen. Während ich so durch die Dunkelheit marschierte und dabei mehr hoffte als wusste, dass ich mich in die richtige Richtung bewegte, war ich in Gedanken noch ganz bei meinem Streitgespräch mit Alessandro – insbesondere, weil mir im Nachhinein so viele brillante Sachen einfielen, die ich hätte sagen können, aber nicht gesagt hatte. Deswegen dauerte es eine ganze Weile, bis ich merkte, dass mir jemand folgte.

Anfangs war es nur das unheimliche Gefühl, beobachtet zu werden, aber schon bald bemerkte ich immer wieder leise Geräusche, die mir verrieten, dass jemand hinter mir herschlich. Jedes Mal, wenn ich beschleunigte, konnte ich Stoffrascheln und das Geräusch weicher Sohlen hören, doch sobald ich mein Tempo verlangsamte, verstummte das Rascheln, und es herrschte eine bedrohliche Stille, die ich fast noch schlimmer fand.

Als ich abrupt in irgendeine Seitenstraße einbog, gelang es mir, aus dem Augenwinkel eine Bewegung und die schemenhafte Gestalt eines Mannes wahrzunehmen. Wenn ich mich nicht sehr täuschte, war es der gleiche Typ, der mir schon ein paar Tage zuvor gefolgt war, nachdem ich mit der Truhe meiner Mutter die Bank im Palazzo Tolomei verlassen hatte. Anscheinend hatte mein Gehirn diese erste Begegnung mit ihm unter dem Stichwort ›Gefahr‹ abgespeichert, und da es nun Gestalt und Gang des Kerls wiedererkannt hatte, löste es einen ohrenbetäubenden Evakuierungsalarm aus, der alle rationalen Gedanken aus meinem Kopf vertrieb und mich zwang, meine Schuhe abzustreifen und – zum zweiten Mal an diesem Abend – zu rennen, so schnell ich konnte.

III. II

Liebt ich wohl je? Nein, schwör es ab, Gesicht!
Du sahst bis jetzt noch wahre Schönheit nicht

Siena, im Jahre 1340

Uebermut lag in der Nachtluft.

Sobald Romeo und seine Cousins außer Sichtweite des Marescotti-Turms waren, stürzten sie um eine Straßenecke und rangen vor Lachen nach Luft. An diesem Abend war es gar keine richtige Herausforderung für sie gewesen, aus dem Haus zu entwischen, denn im Palazzo Marescotti wimmelte es nur so vor Verwandten, die aus Bologna zu Besuch waren. Romeos Vater, Comandante Marescotti, hatte widerwillig ein Bankett mit Musikanten anberaumt, um seine Gäste zu unterhalten. Was hatte Bologna schon zu bieten, womit Siena nicht in zehnfacher Ausfertigung aufwarten konnte?

Da Romeo und seine Cousins sehr genau wussten, dass sie wieder einmal gegen die Ausgangssperre des Comandante verstießen, blieben sie einen Moment stehen, um die farbenfrohen Karnevalsmasken festzuzurren, die sie bei ihren nächtlichen Eskapaden

230

immer trugen. Während sie dort so standen und mit Knoten und Schleifen kämpften, kam der Familienmetzger mit einer Ladung Schinken für das Fest vorbei, begleitet von einem Helfer mit Fackel, doch er war klug genug, die Jünglinge nicht zu erkennen. Als zukünftiger Herr über den Palazzo Marescotti würde Romeo eines Tages derjenige sein, der für die Bestellungen bezahlte.

Als die Masken schließlich bequem saßen, setzten die jungen Männer ihre Samthüte wieder auf und rückten beides – Maske und Hut – so zurecht, dass von ihrem Gesicht möglichst wenig zu erkennen war. Amüsiert über den Anblick seiner Freunde, griff einer von ihnen nach der Laute, die er mitgebracht hatte, und zupfte ein paar fröhliche Akkorde. »Giu-hu-hu-lietta!«, sang er in übertriebenem Falsett, »ich wär' so gern dein Vö-hö-gelchen, dein kleines lüstern Vö-hö-hö-hö-högelchen …« Er fing an, nach Art eines Vogels herumzuhüpfen, bis alle außer Romeo vor Lachen fast erstickten.

»Sehr witzig!«, knurrte dieser. »Wenn du dich noch lange über meine Wunden lustig machst, werde ich dir ein paar eigene verpassen!«

»Los«, sagte ein anderer voller Ungeduld, »wenn wir uns nicht beeilen, liegt sie schon im Bett, und statt einer Serenade kannst du ihr nur noch ein Schlaflied singen.«

Allein in Schritten gemessen war der Weg, der

an diesem Abend vor ihnen lag, nicht lang, kaum fünfhundert Meter. In jeder anderen Hinsicht aber war es eine Odyssee. Trotz der späten Stunde wimmelte es auf den Straßen nur so von Menschen – Einheimische vermischten sich mit Fremden, Käufer mit Verkäufern, Pilger mit Dieben –, und an jeder Straßenecke stand ein Prophet mit einer Wachskerze, der lautstark die materielle Welt verurteilte, während er gleichzeitig jede vorbeikommende Prostituierte mit demselben Blick strenger Entsagung verfolgte, den man auch bei Hunden beobachten kann, wenn sie einer langen Schnur von Würsten hinterherblicken.

Unter Einsatz ihrer Ellbogen kämpften sich die jungen Männer die Straße entlang, sprangen hier über einen Rinnstein, dort über einen Bettler, und duckten sich an großen Lieferkarren oder Sänften vorbei, bis sie am Rand der Piazza Tolomei schließlich feststellen mussten, dass es dort nicht mehr weiterging. Als Romeo den Hals reckte, um herauszufinden, warum die Menge zum Stillstand gekommen war, erhaschte er einen Blick auf eine farbenfrohe Figur, die in der dunklen Nachtluft über den Stufen der Kirche von San Cristoforo hin und her wippte.

»Seht euch das an«, rief einer seiner Cousins, »Tolomei hat San Cristoforo zum Abendessen eingeladen! Aber er ist nicht anständig gekleidet. Schämen sollte er sich!«

Alle sahen mit großen Augen zu, wie sich die mit Fackeln beleuchtete Prozession von der Kirche aus über den Platz und dann weiter in Richtung Palazzo Tolomei bewegte. Plötzlich wurde Romeo klar, dass das seine Chance war, das verbotene Haus durch die Vordertür zu betreten, statt wie ein Narr unter dem Fenster Stellung zu beziehen, das er für das von Giulietta hielt. Hinter den Priestern, die den Heiligen trugen, folgte eine lange Reihe selbstgefälliger Menschen mit Karnevalsmasken. Es war allgemein bekannt, dass Messer Tolomei alle paar Monate Maskenbälle abhielt, um auf diese Weise verbannte Verbündete oder gesetzlose Familienmitglieder in sein Haus zu schmuggeln. Anders wäre er wohl auch kaum in der Lage gewesen, die Tanzfläche voll zu bekommen.

»Zweifellos«, sagte Romeo, während er seine Cousins noch enger um sich scharte, »ist das Glück uns heute hold! Oder Fortuna steht uns jetzt nur bei, um uns anschließend richtig niederzudrücken, damit sie was zu lachen hat. Kommt!«

»Wartet!«, rief einer seiner Cousins. »Ich fürchte …«

»Du fürchtest zu früh!«, schnitt Romeo ihm das Wort ab. »Auf, auf, ihr wackren Herren!«

Das Durcheinander auf der Treppe von San Cristoforo war genau das, was Romeo brauchte, um eine Fackel aus einer Pechpfanne zu stibitzen und sich auf seine ahnungslose Beute zu stürzen: eine ältere Witwe, allem Anschein nach ohne Begleiter. »Bitte schön«, bot er ihr seinen Arm an, »Messer Tolomei hat uns gebeten, uns um Euer Wohl zu kümmern.«

Die Frau wirkte durchaus angetan von seinem vielversprechend muskulösen Arm und dem kühnen Lächeln seiner Kumpane. »Das wäre das erste Mal«, erklärte sie mit einer gewissen Würde, »aber ich muss sagen, dass er es versteht, Versäumtes wiedergutzumachen.«

Wer es nicht mit eigenen Augen gesehen hatte, hätte es für unmöglich gehalten, doch als Romeo den Palazzo betrat, musste er sich eingestehen, dass es den Tolomeis tatsächlich gelungen war, die Marescottis mit ihren Fresken zu übertreffen. Nicht genug, dass jede einzelne Wand eine andere Geschichte über vergangene Tolomei-Triumphe und gegenwärtige Tolomei-Frömmigkeit erzählte, nein, selbst die Decken der Räume dienten der gottesfürchtigen Selbstdarstellung. Wäre Romeo allein gewesen, hätte er den Kopf zurückgelegt und neugierig zu den Myriaden exotischer Kreaturen emporgeblickt, die diesen privaten Himmel bevölkerten. Doch er war nicht allein: An jeder Wand standen schwer bewaffnete Wachen in Livree. Aus Angst, entdeckt zu werden, riss er sich am Riemen und machte der Witwe die nötigen Kom-

plimente, während sie sich zum Eröffnungstanz aufstellten.

Wenn die Frau sich anfangs noch gefragt hatte,
was wohl Romeos genaue Stellung war – die beruhigend gute Qualität seiner Kleidung passte nicht so
recht zu der verdächtigen Art, wie er sich ihre Gesellschaft erschlichen hatte –, erkannte sie spätestens jetzt an der stolzen Haltung, mit der er sich
zum Tanz bereitmachte, dass er von vornehmer
Herkunft war.

»Was für ein Glück ich heute Abend habe«, murmelte sie so leise, dass nur er sie hören konnte.
»Aber sagt mir, seid Ihr mit einem bestimmten Anliegen hergekommen, oder nur zum … Tanzen?«

»Ich muss gestehen«, antwortete Romeo in einem
Ton, der weder zu viel noch zu wenig versprach,
»dass ich für mein Leben gern tanze. Ich schwöre
Euch, dass ich es stundenlang tun könnte, ohne zu
ermatten.«

Die Frau, mit dieser Antwort vorerst zufrieden,
lachte diskret. Im weiteren Verlauf des Tanzes nahm
sie sich ihm gegenüber größere Freiheiten heraus,
als ihm eigentlich lieb war, indem sie hin und wieder die Hand über sein Samtgewand gleiten ließ, als
suchte sie darunter nach etwas weniger Weichem,
doch Romeo war zu abgelenkt, um sich dagegen zu
wehren.

Ihm ging es an diesem Abend nur darum, die

junge Frau zu finden, der er das Leben gerettet hatte und deren liebliche Züge Maestro Ambrogio in seinem wunderbaren Porträt so lebensnah eingefangen hatte.

Zwar hatte der Maestro sich geweigert, ihm ihren Namen zu verraten, aber Romeo brauchte nicht lange, um ihn herauszufinden. Obwohl seit der Ankunft des Mädchens erst eine Woche vergangen war, kursierte bereits in der ganzen Stadt das Gerücht, Messer Tolomei habe am Sonntagmorgen eine unbekannte Schöne mit zur Messe gebracht – eine unbekannte Schöne, deren Augen so blau waren wie das Meer und die Giulietta hieß.

Während er den Blick ein weiteres Mal durch den Raum schweifen ließ – ein Füllhorn voller schöner Frauen, die gerade in ihren bunten Kleidern durch den Raum wirbelten, um anschließend von den bereitstehenden Männern aufgefangen zu werden –, fragte sich Romeo verzweifelt, warum das Mädchen nirgendwo zu sehen war. Eine Schönheit wie sie flog doch bestimmt von Arm zu Arm, so dass sie keine Zeit hätte, sich zu setzen. Die einzige Herausforderung bestünde darin, sie all den anderen nach ihrer Aufmerksamkeit lechzenden jungen Männern zu entreißen. Derartigen Herausforderungen hatte Romeo sich schon viele Male gestellt. Er genoss dieses Spiel.

Zunächst bewies er immer viel Geduld, wie ein

griechischer Prinz vor den Mauern von Troja, Geduld und Hartnäckigkeit, während all die anderen Bewerber sich einer nach dem anderen lächerlich machten. Dann kam der erste Kontakt, der neckende Hauch eines wissenden Lächelns, dessen Sinn darin bestand, sich mit ihr gegen die anderen zu verbünden. Später folgte ein langer, ernster Blick quer durch den Raum, und wenn sich ihre Hände in der Kette des Tanzes dann das nächste Mal berührten ... bei Gott, dann schlug ihr das Herz sicher so heftig in der Brust, dass er es bis hinauf in ihren nackten Hals pochen sehen könnte. Dort, genau dort wollte er seinen ersten Kuss platzieren ...

Doch selbst Romeos homerische Geduld hatte irgendwann ein Ende. Ein Lied nach dem anderen ließ die Tanzenden wie Himmelskörper kreisen und in allen möglichen Konstellationen aufeinandertreffen – mit Ausnahme der einen, auf die er so sehr hoffte. Da alle Gäste Masken trugen, konnte er nicht gänzlich sicher sein, doch nach dem zu urteilen, was vom Haar und vom Lächeln der Frauen zu sehen war, befand sich das Mädchen, dem er den Hof machen wollte, nicht unter ihnen. Sie an diesem Abend zu verfehlen wäre ein Desaster, denn einzig und allein ein Maskenball bot ihm die Möglichkeit, sich unerkannt im Palazzo Tolomei aufzuhalten. Ansonsten würde ihm nichts anderes übrig bleiben, als unter ihrem Balkon – wo auch immer er sich befinden

237

mochte – Serenaden zu singen, noch dazu mit einer Stimme, die der Schöpfer keineswegs zum Gesang bestimmt hatte.

Natürlich bestand die Gefahr, dass die Gerüchte ihn genarrt hatten und das Mädchen mit den blauen Augen, über das die Leute seit der Sonntagsmesse sprachen, eine andere gewesen war. In diesem Fall wäre sein Gebalze auf Messer Tolomeis Tanzboden reine Zeitverschwendung. Das Mädchen, das er hier treffen wollte, lag wahrscheinlich längst in irgendeinem anderen Haus der Stadt in ihrem Bett und schlummerte süß. Romeo befürchtete bereits, dass dem tatsächlich so war, als er plötzlich – mitten in einer galanten Verbeugung im Rahmen der *ductia* – ganz stark das Gefühl hatte, beobachtet zu werden.

Mit einer Drehung, die an dieser Stelle des Tanzes eigentlich nicht vorkam, ließ Romeo den Blick durch den ganzen Saal schweifen. Endlich sah er es: Ein Antlitz, halb von Haar verhüllt, blickte aus dem Schatten der Loggia im ersten Stock direkt zu ihm hinunter. Doch kaum hatte er die ovale Form als das Gesicht einer Frau erkannt, zog sie sich auch schon in die Dunkelheit zurück, als fürchtete sie, entdeckt zu werden.

Vor Aufregung ganz rot im Gesicht, wirbelte er wieder zu seiner Tanzpartnerin herum. Obwohl ihm Fortuna nur einen kurzen Blick auf die junge Dame oben gewährt hatte, zweifelte er in seinem Herzen keine Sekunde daran, dass es sich dabei um die liebliche Giulietta handelte. Noch dazu hatte sie ihn angestarrt, als wüsste auch sie, wer er war und warum er sich hier aufhielt.

Eine weitere *ductia* zwang ihn, in hoheitsvoller Haltung und mit kosmischer Langsamkeit den Raum zu umkreisen, dann folgte eine Runde *estampie*. Endlich entdeckte Romeo in der Menge einen seiner Cousins und schaffte es, ihn mit einem scharfen Blick herbeizuholen. »Wo bist du gewesen?«, zischte er. »Siehst du denn nicht, dass ich hier fast sterbe?«

»Du schuldest mir Dank, nicht Tadel«, flüsterte der andere, während er Romeos Platz im Tanz übernahm, »denn das hier ist ein ödes Fest mit ödem Wein, öden Frauen und – warte!«

Doch Romeo hatte bereits die Flucht ergriffen. Taub für alle aufmunternden Worte und blind für die vorwurfsvollen Blicke der Witwe, stürmte er davon. Er wusste, dass einem kühnen Mann in einer Nacht wie dieser keine Türen verschlossen blieben. Da alle Bediensteten und Wachen im Erdgeschoss zu tun hatten, war alles, was darüber lag, für den Liebenden wie ein Waldteich für den Jäger: ein süße Verheißung für den Geduldigen.

Hier oben im ersten Stock machten die berauschenden Düfte, die vom Fest unten hochstiegen, selbst Weise närrisch und Geizkrägen großzügig. Während Romeo die Galerie entlangging, kam er an

vielen dunklen Nischen vorbei, aus denen das Rascheln von Seide drang, begleitet von halb unter-
drücktem Kichern. Hier und dort verriet das Aufblitz-
zen weißer Haut, dass Kleidungsstücke abgelegt
wurden, und an einer Ecke, in der es besonders wol-
lüstig zuging, wäre er beinahe stehengeblieben, fasziniert von der unendlichen Biegsamkeit des menschlichen Körpers.

Doch je weiter er die Treppe hinter sich ließ, desto stiller wurde es in den Ecken. Als er schließlich
die Loggia über der Tanzfläche betrat, war dort kein
Mensch mehr zu sehen. Wo vorhin halb verdeckt
von einer Säule Giulietta gestanden hatte, gähnte
nur noch Leere, und die verschlossene Tür am Ende
der Loggia wagte selbst er nicht zu öffnen.

Seine Enttäuschung war groß. Warum war er
nicht sofort von der Tanzfläche geflüchtet – blitz-
schnell wie eine Sternschnuppe, die der unendlichen Langeweile des Firmaments entfloh? Warum
war er so sicher gewesen, dass sie hier auf ihn wartete? Wie töricht von ihm! Er hatte sich selbst eine
Geschichte erzählt, und nun war es Zeit für das tragische Ende.

Genau in dem Moment, als er sich zum Gehen
wandte, schwang die Tür am Ende der Loggia ein
Stück auf, und heraus schlüpfte eine schlanke Gestalt – wie eine antike Dryade durch einen Spalt in
der Zeit –, ehe sich die Tür mit einem dumpfen

Geräusch wieder schloss. Obwohl einen Lidschlag lang keinerlei Bewegung und jenseits der unten erklingenden Musik auch kein Geräusch auszumachen war, bildete Romeo sich ein, jemanden atmen zu hören – jemanden, der bei seinem Anblick erschrocken zusammengezuckt war und nun dort drüben im Schatten verzweifelt um Atem rang.

Vielleicht hätte er eine beschwichtigende Bemerkung machen sollen, doch er war selbst viel zu aufgewühlt, um sich von guten Manieren Zügel anlegen zu lassen. Statt sein Eindringen zu entschuldigen oder sich zumindest vorzustellen – was noch ratsamer gewesen wäre, denn dann hätte sie wenigstens gewusst, wer der Eindringling war –, riss er nur seine Karnevalsmaske herunter und trat ungestüm einen Schritt vor. Am liebsten hätte er sie einfach aus dem Schatten gezogen, um endlich einen Blick auf das lebende Gesicht der Frau werfen zu können, die er ursprünglich für tot gehalten hatte.

Sie sprach ihn nicht an, wich aber auch nicht vor ihm zurück, sondern trat stattdessen an den Rand des Balkons und blickte auf die Tanzenden hinunter. Durch ihr Verhalten ermutigt, folgte Romeo ihrem Beispiel. Als sie sich ein wenig über die Balustrade beugte, kam er in den Genuss, ihr Profil durch die Lichter von unten beleuchtet zu sehen. Während Maestro Ambrogio die erhabene Schönheit ihrer Gesichtszüge vielleicht eine Spur übertrieben hatte, war es ihm zweifellos nicht gelungen, ihren leuchtenden Augen und ihrem geheimnisvollen Lächeln gerecht zu werden. Was die vollen Lippen betraf, durch die sie gerade hörbar die Luft einsog, hatte er es ohnehin Romeo selbst überlassen, ihre zarte Weichheit zu erkunden.

»Gewiss ist dies der berühmte Hof«, begann das Mädchen nun, »des Königs der Feiglinge.«

Überrascht von der Bitterkeit in ihrer Stimme, wusste Romeo nicht, was er antworten sollte.

»Wer sonst«, fuhr sie fort, ohne sich nach ihm umzuwenden, »würde die Nacht damit verbringen, hier Trauben an die Menge zu verfüttern, während draußen Mörder durch die Stadt stolzieren und sich ihrer Missetaten rühmen? Welch anständiger Mann könnte solch ein Fest auch nur in Betracht ziehen, nachdem man seinen eigenen Bruder ...« Die Stimme versagte ihr den Dienst.

»Die meisten Menschen«, antwortete Romeo in einem Ton, der selbst in seinen eigenen Ohren fremd klang, »nennen Messer Tolomei einen mutigen Mann.«

»Dann haben die meisten Menschen eben unrecht«, entgegnete sie, »und Ihr, Signore, verschwendet Eure Zeit. Ich tanze heute Abend nicht, das Herz ist mir zu schwer. Also kehrt zurück zu meiner Tante und erfreut Euch an ihren Liebkosungen, denn von mir werdet Ihr keine erhalten.«

»Ich bin nicht gekommen«, erwiderte Romeo und trat dabei kühn einen Schritt auf sie zu, »um zu tanzen. Ich bin hier, weil ich nicht anders kann. Wollt Ihr mich denn nicht ansehen?«

Sie ließ sich mit ihrer Antwort Zeit, wobei sie sich sichtlich zwingen musste, reglos stehen zu bleiben. »Warum soll ich Euch ansehen?«, fragte sie schließlich. »Ist Eure Seele so viel weniger wert als Euer Leib?«

»Ich kannte meine Seele nicht«, erwiderte Romeo leise, »bis ich mein Spiegelbild in Euren Augen sah.«

Wieder antwortete sie nicht sofort, doch als sie es dann tat, war ihr Ton scharf genug, um sein Selbstbewusstsein anzukratzen. »Wann habt Ihr meine Augen denn mit Eurem Bild entjungfert? Für mich seid Ihr nur die ferne Gestalt eines glänzenden Tänzers. Welcher Dämon stahl meine Augen und gab sie Euch?«

»Schlaf heißt der Schuldige«, antwortete Romeo, während er weiter ihr Profil betrachtete und auf die Rückkehr ihres Lächelns wartete. »Er nahm sie von Eurem Kopfkissen und brachte sie mir. Oh, die süße Qual dieses Traums!«

»Der Schlaf«, entgegnete das Mädchen, das sich immer noch hartnäckig weigerte, den Kopf nach ihm umzuwenden, »ist der Vater der Lügen!«

»Aber die Mutter der Hoffnung.«

»Vielleicht. Aber die Erstgeborene der Hoffnung ist die Tragödie.«

»Ihr sprecht von ihr mit so liebevoller Vertrautheit, wie man es sonst nur bei Verwandten tut.«

»O nein«, rief sie, vor Bitterkeit ganz schrill, »ich wage es nicht, mich solch hochwohlgeborener Verbindungen zu rühmen. Wenn ich einmal tot bin – vorausgesetzt, ich finde ein ehrenwertes, christliches Ende –, dann sollen die Gelehrten über meinen Stammbaum streiten.«

»Euer Stammbaum kümmert mich nicht«, erwiderte Romeo, während er mutig einen Finger über ihren Hals gleiten ließ, »es sei denn, ich darf seine unsichtbare Schrift auf Eurer Haut nachzeichnen.«

Seine Berührung brachte sie für einen Moment zum Schweigen. Als sie schließlich antwortete, straften ihre atemlosen Worte die Abfuhr, die sie ihm erteilen wollte, Lügen. »Dann fürchte ich«, erklärte sie über die Schulter hinweg, »dass Ihr enttäuscht sein werdet. Denn auf meiner Haut ist keine schöne Mär zu lesen, sondern eine Geschichte von Mord und Rache.«

Ermutigt, weil sie seinen ersten Vorstoß zugelassen hatte, legte Romeo ihr die Hände auf die Schultern und beugte sich vor, um durch den seidigen Schleier ihres Haars zu sprechen. »Ich habe von Eurem Verlust gehört. Es gibt in Siena kein Herz, das nicht mit Euch leidet.«

»O doch, das gibt es! Es wohnt im Palazzo Salimbeni, und es ist nicht zu menschlichen Gefühlen fähig!« Ungestüm schüttelte sie seine Hände ab. »Wie oft habe ich mir gewünscht, als Mann geboren zu sein!«

»Als Mann geboren zu sein schützt nicht vor Kummer.«

»Tatsächlich?« Endlich wandte sie sich zu ihm um, doch sie hatte für seinen ernsten Gesichtsausdruck nur Hohn übrig. »Und was bitte ist Euer Kummer?« Sie musterte ihn einen Moment von Kopf bis Fuß, ehe sie den Blick ihrer blauen Augen, die selbst in der Dunkelheit zu leuchten schienen, wieder auf sein Gesicht richtete. »Nein, wie ich schon vermutet hatte, seht Ihr zu gut aus, um Kummer zu kennen. Ihr habt eher die Stimme und das Gesicht eines Diebes.«

Als sie seine entrüstete Miene sah, stieß sie ein scharfes Lachen aus und fuhr fort: »Ja, ein Dieb, aber einer, dem mehr gegeben wird, als er nimmt, und sich daher nicht für gierig, sondern für großzügig hält – für einen Freund, und nicht für einen Feind. Widersprecht mir, wenn Ihr könnt. Ihr seid ein Mann, dem nie ein Geschenk vorenthalten wurde. Wie könnte solch ein Mann je Kummer haben?«

Romeo begegnete ihrem herausfordernden Blick mit Zuversicht. »Kein Mann ging je auf eine Reise, ohne ein Ziel vor Augen zu haben. Doch welcher Pilger sagt schon nein, wenn ihm unterwegs eine Mahlzeit und ein Bett angeboten werden? Macht mir die Länge meiner Reise nicht zum Vorwurf. Wäre ich kein Reisender, dann wäre ich nie an Eurem Ufer angekommen.«

»Aber welches exotische, wilde Wesen kann einen Seemann für immer am Ufer halten? Gibt es einen Pilger, der seinen gemütlichen Sessel nicht irgendwann satt hat und wieder aufbricht zu noch weiter entfernten, unentdeckten Schreinen?«

»Eure Worte tun uns beiden Unrecht. Ich bitte Euch, mich nicht schon treulos zu nennen, wenn Ihr noch nicht mal meinen Namen kennt.«

»Das ist meine wilde Natur.«

»Ich sehe nichts als Schönheit.«

»Dann seht Ihr mich überhaupt nicht.«

Romeo griff nach ihrer Hand und zwang sie, die Handfläche an seine Wange zu legen. »Ich sah Euch, liebe Wilde, ehe Ihr mich saht. Dafür hörtet Ihr mich, ehe ich Euch hörte. Und so hätten wir womöglich weitergelebt, unsere Liebe durchkreuzt von unseren Sinnen, hätte nicht Fortuna Euch heute Abend Augen verliehen und mir Ohren.«

Das Mädchen runzelte die Stirn. »Eure poetischen Worte sagen mir nichts. Wollt Ihr wirklich, dass ich Euch verstehe, oder hofft Ihr, dass ich meine eigene Dummheit für Eure Weisheit halte?«

»Mein Gott«, rief Romeo, »Fortuna will uns narren! Nun hat sie Euch Augen gegeben, dafür aber die Ohren genommen! Giulietta, erkennt Ihr denn nicht die Stimme Eures Ritters?« Er streckte die Hand aus, um ihre Wange auf dieselbe Weise zu berühren, wie er es getan hatte, als sie scheinbar tot in ihrem Sarg lag. »Erkennt Ihr nicht«, fügte er fast schon im Flüsterton hinzu, »seine Berührung?«

Für einen kurzen Moment lehnte sich Giulietta gegen seine Hand, als könnte seine Nähe sie trösten. Doch als Romeo schon glaubte, gewonnen zu haben, kniff sie zu seiner Überraschung die Augen zusammen. Statt ihm die Tür zu ihrem Herzen – die bis dahin schon verdächtig weit offenstand – endgültig zu öffnen, trat sie abrupt einen Schritt zurück, weg von seiner Hand. »Lügner! Wer hat Euch geschickt, damit Ihr hier Euer Spiel mit mir treibt?«

Erschrocken rang er nach Luft. »Süße Giulietta …«

Doch sie wollte ihm nicht zuhören, sondern stieß ihn von sich weg. »Geht! Geht und lacht mit all Euren Freunden über mich!«

»Ich beschwöre Euch!« Romeo blieb entschlossen stehen und wollte wieder ihre Hände ergreifen, doch sie ließ ihn nicht. Mangels besserer Alternativen nahm er sie an den Schultern und hielt sie fest, verzweifelt bemüht, sie zum Zuhören zu bringen. »Ich bin der Mann, der Euch und Bruder Lorenzo auf der Landstraße gerettet hat«, erklärte er ihr beharrlich, »und anschließend habt Ihr unter meinem Schutz diese Stadt betreten. Ich sah Euch im Atelier des Maestro, Ihr lagt im Sarg …«

Während er weitersprach, wurden ihre Augen ganz groß. Endlich begriff sie, dass er die Wahrheit sagte, doch statt der erwarteten Dankbarkeit sah er in ihren Zügen nur Angst.

»Ich verstehe«, sagte sie mit schwankender Stimme. »Und nun seid Ihr wohl gekommen, um Euch zu holen, was Euch gebührt?«

Erst jetzt, angesichts ihrer Angst, wurde Romeo bewusst, dass er sich sehr viel herausgenommen hatte, als er sie derart an den Schultern packte, und dass sein fester Griff sie wahrscheinlich an seinen guten Absichten zweifeln ließ. Wütend auf sich selbst, weil er so ungestüm gewesen war, ließ er sie vorsichtig los und trat einen Schritt zurück. Er hoffte sehr, dass sie nicht sofort die Flucht ergriff. Diese Begegnung verlief ganz und gar nicht so, wie er das geplant hatte. Seit vielen Nächten träumte er nun schon von dem Moment, in dem Giulietta, herausgelockt durch seine Serenade, auf ihren Balkon treten und sich vor lauter Begeisterung – wenn schon nicht für sein Lied, dann doch zumindest für seine Person – ans Herz fassen würde.

»Ich bin gekommen«, sagte er, während er sie mit seinem Blick um Verzeihung bat, »um Euch mit Eurer süßen Stimme meinen Namen aussprechen zu hören. Das ist alles.«

Als sie merkte, dass er das ernst meinte, wagte sie ein Lächeln. »Romeo. Romeo Marescotti«, flüsterte sie, »vom Himmel gesegnet. Nun habt Ihr es gehört. Was schulde ich Euch noch?«

Beinahe wäre er wieder einen Schritt vorgetreten, beherrschte sich aber und blieb auf Abstand. »Ihr schuldet mir nichts, doch ich wünsche mir alles. Seit ich weiß, dass Ihr am Leben seid, suche ich Euch in der ganzen Stadt. Mir war einfach klar, dass ich Euch sehen und … mit Euch sprechen musste. Ich habe sogar zu Gott gebetet …« Verlegen brach er ab.

Giulietta betrachtete ihn eine ganze Weile. Ihre blauen Augen waren voller Erstaunen. »Und was hat Gott Euch geantwortet?«

Romeo, der sich nicht länger im Zaum halten konnte, griff nach ihrer Hand und führte sie an seine Lippen. »Er hat mir geantwortet, dass Ihr heute Abend hier auf mich warten würdet.«

»Dann seid Ihr bestimmt auch die Antwort auf *meine* Gebete«, sagte sie und starrte ihn verwundert an, während er immer wieder ihre Hand küsste. »Erst heute Morgen in der Kirche habe ich um einen Mann gebetet – einen Helden –, der den grauenhaften Tod meiner Familie rächen könnte. Jetzt sehe ich, dass es falsch von mir war, um jemand Neuen zu bitten. Denn Ihr hattet ja schon den Schurken auf der Landstraße getötet und mich seit dem Moment meiner Ankunft beschützt. Ja …« – sie berührte mit ihrer freien Hand sein Gesicht –, »ich glaube, Ihr seid mein Held.«

»Das ehrt mich«, antworte Romeo und nahm Haltung an, »denn ich kann mir nichts Schöneres vorstellen, als Euer Ritter zu sein.«

»Gut«, sagte Giulietta, »dann tut mir einen Gefallen, und zwar keinen kleinen. Greift Euch diesen Bastard Salimbeni und lasst ihn ebenso leiden, wie er meine Familie leiden ließ. Und wenn Ihr mit ihm fertig seid, dann bringt mir seinen Kopf in einer Kiste, auf dass er kopflos durch die Hallen des Fegefeuers irren möge.«

Romeo schluckte heftig, brachte aber ein Nicken zustande. »Euer Wunsch sei mir Befehl, liebster Engel. Gewährt Ihr mir ein paar Tage für diese Aufgabe, oder muss er noch heute Nacht leiden?«

»Das überlasse ich Euch«, erwiderte Giulietta mit anmutiger Bescheidenheit, »schließlich seid Ihr der Fachmann, wenn es darum geht, Salimbenis zu töten.«

»Und bekomme ich, wenn ich damit fertig bin«, fragte Romeo, der mittlerweile auch ihre zweite Hand hielt, »einen Kuss für meine Mühe?«

»Wenn Ihr Eure Aufgabe erfüllt habt«, antwortete Giulietta, während sie ihm dabei zusah, wie er abwechselnd ihre Handgelenke küsste, »erfülle ich Euch jeden Wunsch.«

III. III

So hängt der Holden Schönheit an den Wangen
Der Nacht; zu hoch, zu himmlisch dem Verlangen

Die Stadt Siena schlief zu fest, um Mitleid mit mir zu haben. Die Gassen, durch die ich an jenem Abend rannte, waren nur noch dunkle Ströme der Stille, und über allem, woran ich vorbeikam – Mopeds, Mülltonnen, Autos –, lag ein Schleier aus dunstigem Mondlicht, als wären sie durch einen Zauber dazu verdammt, hundert Jahre lang in der immer gleichen Stellung zu verharren. Die Fassaden der Häuser um mich herum wirkten ebenso abweisend: Die Türen schienen außen keine Klinken zu haben, und jedes einzelne Fenster war fest verschlossen und von Fensterläden verhüllt. Was auch immer in den nächtlichen Straßen dieser alten Stadt vor sich ging, ihre Bewohner wollten es nicht wissen.

Als ich für einen Moment stehen blieb, konnte ich hören, dass der Kerl – irgendwo in den Schatten hinter mir – ebenfalls zu rennen begonnen hatte. Er gab sich keinerlei Mühe, vor mir zu verbergen, dass er mir folgte. Seine Schritte klangen schwer und unregelmäßig, und die Sohlen seiner Laufschuhe schabten über die holperigen Pflastersteine. Selbst wenn er haltmachte, um von neuem meine Witterung aufzunehmen, keuchte er heftig, als wäre er an körperliche Betätigung nicht gewöhnt. Dennoch gelang es mir nicht, ihn abzuschütteln. Egal, wie leise und schnell ich mich bewegte, er schaffte es, mir auf den Fersen zu bleiben und um jede Ecke zu folgen, fast als könnte er meine Gedanken lesen.

Als ich schließlich in eine schmale Passage einbog, hatte ich vom Barfußlaufen auf den Plastersteinen schon wunde, schmerzende Füße. Ich hoffte, auf der anderen Seite einen Ausgang – oder, noch besser, mehrere – zu finden, doch wie sich herausstellte, existierte keiner. Ich war in einer Sackgasse gelandet, zwischen lauter hohen Häusern gefangen. Es gab weder eine Mauer noch einen Zaun zum Drüberklettern, und auch keine Mülltonne, hinter der ich mich verstecken konnte. Mein einziges Mittel zur Selbstverteidigung waren die spitzen Absätze meiner Schuhe.

Während ich mich meinem Schicksal stellte, versuchte ich mich für die Begegnung zu wappnen. Was konnte er nur von mir wollen? Meine Tasche? Das Kruzifix, das ich um den Hals trug? … Mich? Vielleicht wollte er wissen, wo der Familienschatz versteckt war, aber genau das wollte ich ja auch wissen. Bisher besaß ich darüber noch keine Kenntnisse, die ihn auch nur annähernd zufriedenstellen würden. Leider konnten die meisten Räuber – zumindest laut Umberto – nicht sehr gut mit Enttäuschungen umgehen, weshalb ich rasch meine Geldbörse aus meiner Handtasche fischte. Hoffentlich wirkten meine Kreditkarten vielversprechend genug. Niemand außer mir wusste, das sie für etwa zwanzigtausend Dollar Schulden standen.

Während ich auf das Unvermeidliche wartete, wurde das laute Pochen meines Herzens plötzlich vom Röhren eines heranbrausenden Motorrades übertönt. Statt wie befürchtet meinen Verfolger mit triumphierender Miene in die Sackgasse einbiegen zu sehen, erhaschte ich einen kurzen Blick auf blitzendes schwarzes Metall, als draußen das Motorrad vorbeischoss und in die andere Richtung weiterbrauste. Allerdings verschwand es nicht endgültig, sondern wendete plötzlich mit quietschenden Reifen und fuhr noch ein paarmal hin und her, ohne jedoch irgendwo in meiner Nähe anzuhalten. Erst jetzt hörte ich jemanden mit Turnschuhen die Straße hinuntersprinten und dabei voller Panik keuchen, ehe der Betreffende schließlich um irgendeine ferne Ecke bog, dicht gefolgt von dem Motorrad, vor dem er flüchtete wie ein gehetztes Tier.

Dann herrschte schlagartig Stille.

Mehrere Sekunden vergingen – vielleicht sogar eine halbe Minute –, doch weder der Kerl noch das Motorrad kehrten zurück. Als ich mich schließlich aus der Gasse wagte, war es draußen so dunkel, dass ich nicht mal bis zur nächsten Straßenecke sehen konnte. Was ich aber definitiv als das kleinste der Übel empfand, die an diesem Abend über mich hereingebrochen waren. Schlimmstenfalls irrte ich eine Weile orientierungslos herum, doch sobald ich auf ein öffentliches Telefon stieß, konnte ich Direttor Rossini im Hotel anrufen und ihn nach dem Weg fragen. Auch wenn ich mich verlaufen hatte und völlig am Ende war, würde ihm mein Anliegen zweifellos Freude bereiten.

Erst, nachdem ich ein paar Meter gegangen war, nahm ich vor mir plötzlich irgendetwas wahr. Erschrocken kniff ich die Augen zusammen.

Mitten auf der Straße stand ein Motorrad, und sein völlig regloser Fahrer starrte genau in meine Richtung. In dem Moment kam der Mond wieder hinter den Wolken hervor. Sein Licht spiegelte sich auf dem Helm des Fahrers und dem Metall des Motorrads. Wie ich nun sehen konnte, trug der Mann eine schwarze Lederkluft und hatte das Visier seines Helms heruntergeklappt. Offenbar hatte er ganz geduldig auf seinem Motorrad gewartet, bis ich wieder zum Vorschein kam.

Es wäre eine durchaus normale Reaktion gewesen, bei seinem Anblick Angst zu empfinden, doch während ich ein wenig verlegen mit meinen Schuhen in der Hand vor ihm stand, empfand ich eigentlich nur

Verwirrung. Wer war dieser Typ? Und warum saß er nur reglos da und starrte mich an? Hatte er mich tatsächlich vor dem anderen Kerl gerettet? Und wenn ja, erwartete er jetzt von mir, dass ich mich bei ihm bedankte?

Meiner aufkeimenden Dankbarkeit wurde ein jähes Ende gesetzt, als er plötzlich den Scheinwerfer des Motorrads einschaltete und mich mit dem grellen Lichtstrahl blendete. Während ich die Hände vors Gesicht riss, um meine Augen abzuschirmen, startete er und ließ den Motor ein paarmal aufheulen, damit ich wusste, woran ich war.

Immer noch halb blind und über meine Dummheit fluchend wirbelte ich herum und rannte in die andere Richtung. Wer auch immer der Typ sein mochte, ein Freund war er jedenfalls nicht. Höchstwahrscheinlich handelte es sich um irgendeinen Taugenichts, der seine Nächte immer auf diese erbärmliche Weise verbrachte – indem er herumfuhr und friedliche Leute terrorisierte. Dass sein letztes Opfer zufällig mein Verfolger gewesen war, machte uns beide noch lange nicht zu Freunden.

Er ließ mir ein bisschen Vorsprung und wartete sogar, bis ich um die erste Ecke gebogen war, ehe er die Verfolgung aufnahm. Dabei fuhr er nicht besonders schnell, als wollte er mir Zeit lassen, mich müde zu laufen, aber doch schnell genug, um mir klarzumachen, dass ich ihm nicht entkommen würde.

In dem Moment entdeckte ich die blaue Tür.

Ich war gerade um eine weitere Ecke gebogen und wusste, dass mir nur ein klitzekleines Zeitfenster blieb, um die Gelegenheit zur Flucht zu nützen, bevor mich der Scheinwerfer wieder aufspürte, und da war sie, direkt vor meiner Nase: die blaue Tür, die in das Atelier des Malers führte und wundersamerweise offenstand. Ich verschwendete keinen Gedanken an die Frage, ob es in Siena vielleicht mehrere blaue Türen gab, oder ob es wirklich eine so gute Idee war, mitten in der Nacht in eine fremde Wohnung zu stürmen. Ich tat es einfach. Sobald ich im Haus war, zog ich die Tür hinter mir zu und lehnte mich dagegen, während ich nervös lauschte, bis das Motorrad draußen vorbeigedonnert und schließlich in der Ferne verschwunden war.

Zugegebenermaßen hatte ich den langhaarigen Maler ein wenig seltsam gefunden, als wir uns am Vortag im Kreuzgang über den Weg gelaufen waren, doch wenn man gerade von ruchlosen Gestalten durch mittelalterliche Gassen gehetzt wird, darf man nicht pingelig sein.

Maestro Lippis Atelier war gewöhnungsbedürftig. Es sah dort aus, als wäre eine Bombe göttlicher Inspiration eingeschlagen, und zwar nicht nur einmal, sondern in regelmäßigen Abständen. Überall standen Gemälde, Skulpturen und bizarre Installationen. Offensichtlich reichte ein einziges Medium oder Ausdrucksmittel für die breit gefächerten Talente des Maestro nicht aus: Wie ein Sprachengenie bediente er sich jeweils des Idioms, das am besten zu seiner Stimmung passte, und wählte seine Werkzeuge und Materialien mit der Hingabe des Virtuosen. Mittendrin stand ein bellender Hund, der aussah wie die unwahrscheinliche Kreuzung aus einem flauschigen Schoßpudel und einem sich ganz und gar geschäftsmäßig gebärdenden Dobermann.

»Ah«, sagte Maestro Lippi, der hinter einer Staffelei hervortrat, nachdem die Tür ins Schloss gefallen war, »da sind Sie ja. Ich habe mich schon gefragt, wann Sie wohl kommen würden.« Ohne ein weiteres Wort verschwand er wieder. Als er einen Moment später zurückkehrte, trug er ein Tablett mit einer Flasche Wein, zwei Gläsern und einem Laib Brot. Er musste lachen, weil ich immer noch wie angewurzelt an derselben Stelle stand. »Sie dürfen Dante nicht böse sein. Frauen gegenüber ist er immer misstrauisch.«

»Er heißt *Dante*?« Ich blickte auf den Hund hinunter, der jetzt angetrabt kam, um mir einen schmierigen alten Hausschuh zu überreichen. Offenbar war das seine Art, sich dafür zu entschuldigen, dass er mich angebellt hatte. »Wie seltsam! So hieß doch auch der Hund von Maestro Ambrogio Lorenzetti!«

»Tja, das hier ist sein Atelier.« Maestro Lippi schenkte mir ein Glas Rotwein ein. »Kennen Sie ihn?«

»Sie meinen *den* Ambrogio Lorenzetti? Aus dem Jahr 1340?«

»Natürlich!« Lächelnd hob Maestro Lippi sein Glas. »Schön, dass Sie wieder da sind. Auf dass wir noch oft so gemütlich zusammenkommen mögen. Lassen Sie uns auf Diana trinken!«

Beinahe hätte ich mich an meinem Wein verschluckt. Er kannte meine Mutter?

Ehe ich prusten oder sonst was tun konnte, beugte sich der Maestro wie ein Verschwörer zu mir vor. »Es gibt eine Legende über einen Fluss namens Diana, der ganz tief unter der Erde fließen soll. Wir haben ihn nie gefunden, aber etliche Leute behaupten, dass sie spätnachts manchmal aus einem Traum aufwachen und ihn dann spüren können. Außerdem gab es in der alten Zeit auf dem Campo einen Diana-Tempel. Die Römer haben dort ihre Spiele abgehalten, die Stierjagd und die Duelle. Heutzutage veranstalten wir den Palio zu Ehren der Jungfrau Maria. Sie ist die Mutter, die uns Wasser gibt, damit wir aus der Dunkelheit herauswachsen können wie Weinreben.«

Für einen Moment standen wir einfach nur da und sahen uns an. Ich hatte das seltsame Gefühl, dass Maestro Lippi mir, hätte er gewollt, viele Geheimnisse über mich selbst, mein Schicksal und die

Zukunft aller Dinge hätte erzählen können. Geheimnisse, für die ich mehrere Leben brauchen würde, wenn ich sie alle allein enträtseln wollte. Doch kaum war mir dieser Gedanke in den Sinn gekommen, flatterte er auch schon wieder davon, vertrieben vom wirren Lächeln des Maestro, der mir plötzlich das Weinglas aus der Hand nahm und es auf dem Tisch abstellte. »Kommen Sie, ich möchte Ihnen etwas zeigen! Wissen Sie, was ich meine? Ich habe Ihnen davon erzählt.«

Er führte mich in einen anderen Raum, in dem sich – falls das überhaupt möglich war – noch mehr Kunstwerke stapelten als im Atelier selbst. Es handelte sich um einen Innenraum ohne Fenster, der wohl in erster Linie als Lagerraum diente. »Moment …« Maestro Lippi schritt mitten durch das Chaos, um ein Stück Stoff von einem kleinen Bild zu ziehen, das gegenüber an der Wand hing. »Sehen Sie!«

Ich trat ein paar Schritte vor, um einen besseren Blick zu haben, doch als ich dem Gemälde zu nahe kam, hielt der Maestro mich zurück. »Vorsicht! Sie ist sehr alt, Sie dürfen sie nicht anhauchen.«

Es handelte sich um das Porträt eines Mädchens, eines schönen Mädchens mit großen blauen Augen, die verträumt in die Ferne blickten. Sie wirkte traurig, gleichzeitig aber auch hoffnungsvoll, und hielt eine Rose mit fünf Blütenblättern in der Hand.

»Ich finde, sie sieht Ihnen ähnlich«, meinte Maestro Lippi, während er zwischen ihr und mir hin und her sah, »oder vielleicht ist es umgekehrt, und Sie sehen ihr ähnlich. Es sind nicht die Augen, auch nicht das Haar, aber … irgendetwas anderes. Ich weiß nicht. Was meinen Sie?«

»Ich finde, dass ich dieses Kompliment nicht verdiene. Wer hat das Bild gemalt?«

»Ah!« Mit einem geheimnisvollen Lächeln beugte sich der Maestro zu mir. »Ich habe es gefunden, als ich das Atelier übernahm. Es war im Inneren der Wand in einer Metallkiste versteckt. Zusammen mit einem Buch, einem Tagebuch. Ich glaube …« Noch ehe Maestro Lippi den Satz zu Ende gesprochen hatte, bekam ich an den Armen eine Gänsehaut, und ich wusste genau, was er sagen würde. »Nein, ich bin mir sogar sicher, das es Ambrogio Lorenzetti war, der die Kiste dort versteckt hat. Das Buch war sein Tagebuch. Und dieses Bild stammt meiner Meinung nach auch von ihm. Das Mädchen heißt genau wie Sie, *Giulietta Tolomei*. Er hat den Namen auf die Rückseite geschrieben.«

Ich starrte auf das Gemälde. Kaum zu fassen, dass es sich tatsächlich um das Porträt handelte, von dem ich gelesen hatte. Es war genauso faszinierend, wie ich es mir vorgestellt hatte.

»Sind Sie noch im Besitz des Tagebuchs?«

»Nein, das habe ich verkauft. Ich habe einem

Freund davon erzählt, der einem anderen Freund davon erzählte, und plötzlich taucht hier bei mir ein Mann auf, der es unbedingt kaufen will. Ein Professor, Professor Tolomei.« Maestro Lippi sah mich mit hochgezogenen Augenbrauen an. »Sie sind auch eine Tolomei. Kennen Sie ihn? Er ist sehr alt.«

Ich ließ mich auf den nächsten Stuhl sinken. Er hatte keine Sitzfläche, aber das kümmerte mich nicht. »Das war mein Vater. Er hat das Tagebuch ins Englische übersetzt. Ich lese es gerade. Es dreht sich hauptsächlich um sie ...« – ich nickte zu dem Gemälde hinüber –, »Giulietta Tolomei. Allem Anschein nach ist sie meine Vorfahrin. In dem Tagebuch beschreibt er ihre Augen ... und da sind sie.«

»Habe ich es doch gewusst!« Maestro Lippi drehte sich mit kindlicher Freude zu dem Bild um. »Sie ist Ihre Vorfahrin!« Lachend wandte er sich wieder mir zu und nahm mich an den Schultern. »Ich freue mich so über Ihren Besuch!«

»Ich verstehe nur nicht«, sagte ich, »warum Maestro Ambrogio es für nötig hielt, diese Dinge in der Wand zu verstecken. Oder vielleicht war das gar nicht er, sondern jemand anderer ...«

»Machen Sie sich nicht so viele Gedanken«, warnte mich Maestro Lippi, »sonst bekommen Sie Falten im Gesicht.« Er schwieg einen Moment, als käme ihm gerade eine glorreiche Idee. »Wenn Sie mich das nächste Mal besuchen, male ich Sie. Wann besuchen Sie mich wieder? Morgen?«

»Maestro …« – mir war klar, dass ich mich seines Wissens bemächtigen musste, solange der Orbit seines Bewusstseins noch Kontakt mit der Realität hatte – »ich wollte Sie eigentlich fragen, ob ich heute ein bisschen länger bleiben könnte. Über Nacht.«

Er bedachte mich mit einem eigenartigen Blick, als zeigte nicht er, sondern ich Anzeichen für beginnenden Wahnsinn.

Ich hatte das Gefühl, mich näher erklären zu müssen. »Jemand ist hinter mir her. Ich habe keine Ahnung, warum. Ein Mann …« Kopfschüttelnd fügte ich hinzu: »Ich weiß, es klingt verrückt, aber irgendjemand verfolgt mich, und ich weiß nicht, warum.«

»Aha«, antwortete Maestro Lippi. Ganz vorsichtig drapierte er den Stoff wieder über das Porträt von Giulietta Tolomei und führte mich dann zurück ins Atelier. Dort ließ er mich auf einem Stuhl Platz nehmen und drückte mir wieder mein Weinglas in die Hand, ehe er sich ebenfalls niederließ und mich mit der erwartungsvollen Miene eines Kindes musterte, das eine Geschichte hören wollte. »Ich glaube, Sie wissen es sehr wohl. Erzählen Sie mir, warum er Ihnen folgt.«

Während der nächsten halben Stunde erzählte ich ihm die ganze Geschichte. Anfangs hatte ich das gar nicht vor, aber nachdem ich erst einmal dabei war, konnte ich nicht mehr aufhören. Der Maestro hatte so eine Art, mich anzusehen – mit funkelnden Augen und einem gelegentlichen Nicken –, dass ich das Gefühl bekam, er könnte mir vielleicht helfen, die hinter alledem verborgene Wahrheit herauszufinden. Falls es überhaupt eine gab.

Deswegen erzählte ich ihm von meinen Eltern und den Unfällen, durch die sie ums Leben gekommen waren. Ich deutete auch an, dass ein Mann namens Luciano Salimbeni unter Umständen in beiden Fällen die Hand im Spiel gehabt hatte. Dann berichtete ich ihm von der Truhe meiner Mutter und Maestro Ambrogios Tagebuch, und bei der Gelegenheit erwähnte ich auch, dass mein Cousin Peppo auf einen verschollenen Schatz namens ›Julias Augen‹ angespielt hatte. »Haben Sie jemals davon gehört?«, fragte ich, als ich sah, dass Maestro Lippi plötzlich die Stirn runzelte.

Statt einer Antwort erhob er sich und blieb einen Moment reglos stehen, den Kopf in die Luft gereckt, als lauschte er einem Ruf aus der Ferne. Als er sich daraufhin in Bewegung setzte, war mir klar, dass ich ihm folgen musste. Ich blieb ihm dicht auf den Fersen, während er in einen anderen Raum und dann eine Treppe hinaufging. Schließlich gelangten wir in eine lange, schmale Bibliothek mit durchhängenden Bücherregalen, die vom Boden bis zur Decke reichten. Dort blieb mir nichts anderes zu tun, als zuzusehen, wie der Maestro unzählige Male hin und her wanderte – offenbar auf der Suche nach einem bestimmten Buch, das nicht aufgespürt werden wollte. Als er schließlich doch fündig wurde, riss er es aus dem Regal und hielt es triumphierend hoch. »Ich wusste doch, dass es mir hier schon mal irgendwo untergekommen war!«

Wie sich herausstellte, handelte es sich bei dem Buch um eine alte Enzyklopädie legendärer Ungeheuer und Schätze – denn anscheinend gehört beides zusammen und lässt sich nicht voneinander trennen. Als der Maestro darin herumblätterte, erhaschte ich kurze Blicke auf etliche Illustrationen, die mehr mit Märchen als mit meinem bisherigen Leben zu tun hatten.

»Da«, rief er aus und deutete aufgeregt auf einen Eintrag, »was sagen Sie dazu?« Da er nicht warten konnte, bis wir wieder unten waren, schaltete er eine wackelige Stehlampe an und las mir den Text in einer bunten Mischung aus Italienisch und Englisch vor.

Die Quintessenz des Ganzen war, dass es sich bei Julias Augen um ein Paar ungewöhnlich großer Saphire aus Äthiopien handelte, die ursprünglich ›Die äthiopischen Zwillinge‹ hießen und im Jahre 1340 von Messer Salimbeni aus Siena als Verlobungsgeschenk für seine zukünftige Braut erstanden wurden, Giulietta Tolomei. Nach Giuliettas tragischem

Tod wurden die Saphire einer goldenen Skulptur, die an ihrem Grab stand, als Augen eingesetzt.

»Hören Sie sich das an!« Aufgeregt ließ Maestro Lippi einen Finger über die Seite gleiten. »Shakespeare wusste ebenfalls von der Skulptur!« Er begann ein paar Zeilen aus der Schlussszene von *Romeo und Julia* zu übersetzen, die in der Enzyklopädie auf Italienisch zitiert wurden:

> *... denn ich will*
> *Aus klarem Gold ihr Bildnis fertgen lassen.*
> *So lang Verona seinen Namen trägt,*
> *Komm nie ein Bild an Wert dem Bilde nah*
> *Der treuen, liebevollen Julia.*

Und dann zeigte mir Maestro Lippi die Illustration auf der betreffenden Seite. Ich erkannte sie sofort wieder. Es handelte sich um eine Skulptur, die einen Mann und eine Frau darstellte. Der Mann kniete und hielt die Frau in seinen Armen. Abgesehen von ein paar kleinen Details war es genau dieselbe Statue, die meine Mutter in dem Notizbuch, das ich in ihrer Truhe gefunden hatte, mindestens zwanzigmal zu zeichnen versucht hatte.

»Heiliger Strohsack!« Ich sah mir die Zeichnung noch genauer an. »Steht da etwas darüber, wo sich ihr Grab befindet?«

»Welches Grab?«

»Das von Julia, besser gesagt, Giulietta.« Ich deutete auf den Text, den er mir gerade vorgelesen hatte. »In dem Buch heißt es doch, an ihrem Grab sei eine goldene Skulptur aufgestellt worden ... aber es war nicht die Rede davon, wo sich das *Grab* befindet.«

Maestro Lippi klappte das Buch wieder zu und schob es aufs Geratewohl in irgendein Regal zurück. »Warum wollen Sie ihr Grab ausfindig machen?« Sein Ton klang plötzlich feindselig. »Um ihr die Augen wegzunehmen? Wie soll sie denn ohne Augen ihren Romeo erkennen, wenn er kommt, um sie zu erwecken?«

»Ich würde ihr doch nicht die Augen wegnehmen!«, protestierte ich. »Ich möchte sie nur ... sehen.«

»Tja«, meinte der Maestro, während er die wackelige Lampe ausschaltete, »da müssen Sie wohl Romeo fragen. Ich wüsste nicht, wer sonst in der Lage sein sollte, das Grab zu finden. Aber seien Sie vorsichtig. Es gibt hier viele Geister, und nicht alle sind so freundlich wie ich.« Er beugte sich in der Dunkelheit ein Stück näher zu mir herüber. Anscheinend bereitete es ihm eine alberne Freude, mir Angst einzujagen, denn plötzlich zischte er: »Hol der Henker eure beiden Häuser!«

»Das habe ich jetzt wirklich gebraucht«, sagte ich, »vielen Dank!«

Laut lachend klatschte er sich auf den Oberschenkel. »Nun seien Sie nicht so ein kleiner *pollo*! Ich mache doch nur Spaß!«

Nachdem wir wieder nach unten gegangen waren und schon ein paar Gläser Wein intus hatten, schaffte ich es schließlich, das Gespräch wieder auf Julias Augen zu bringen. »Wie war das eigentlich gemeint, als Sie vorhin sagten, dass nur Romeo weiß, wo das Grab ist?«

»Tatsächlich? Weiß er das?« Maestro Lippi wirkte leicht verblüfft. »Ich bin mir da nicht so sicher. Trotzdem finde ich, Sie sollten ihn fragen. Er weiß über das alles einfach mehr als ich. Außerdem ist er noch jung. Ich vergesse inzwischen so vieles.«

Ich lächelte krampfhaft. »Sie sprechen von ihm, als wäre er noch am Leben.«

Der Maestro zuckte mit den Achseln. »Er kommt und geht. Immer spät nachts ... kommt er und setzt sich eine Weile hin, um sie anzusehen.« Er nickte zu dem Lagerraum hinüber, in dem das Bild von Giulietta hing. »Ich glaube, er ist immer noch verliebt in sie. Deswegen lasse ich stets die Tür offen.«

»Jetzt mal im Ernst.« Ich griff nach seiner Hand. »Romeo existiert nicht. Nicht mehr. Habe ich recht?«

Nun wirkte der Maestro fast ein wenig beleidigt. »Aber *Sie* existieren doch auch! Warum sollte *er* dann nicht existieren?« Er runzelte die Stirn. »Was?

Sie glauben, er ist auch ein Geist? Hmm. Möglich wäre es, das weiß man nie so genau, aber ich glaube es trotzdem nicht. Meiner Meinung nach ist er real.« Er schwieg einen Moment, um die Argumente abzuwägen, die dafür und dagegen sprachen. Dann sagte er in entschiedenem Ton: »Er trinkt Wein. Geister trinken keinen Wein. Dafür braucht es Übung, und das ist ihnen zu anstrengend. Geister sind eine sehr langweilige Gesellschaft. Ich bevorzuge Menschen wie Sie. Sie sind lustig. Hier …« – er schenkte mir ein weiteres Mal nach –, »trinken Sie noch ein bisschen.«

»Also«, sagte ich und trank gehorsam einen Schluck Wein, »wenn ich nun diesem Romeo ein paar Fragen stellen möchte … wie mache ich das? Wo kann ich ihn finden?«

»Tja«, antwortete der Maestro, der über diese Frage einen Moment nachzudenken schien. »Ich fürchte, Sie werden warten müssen, bis er Sie findet.« Als er merkte, wie enttäuscht ich war, lehnte er sich über den Tisch zu mir herüber und blickte mir forschend in die Augen. »Wobei ich fast glaube«, fügte er hinzu, »dass er Sie schon gefunden hat. Ja, ich glaube, das hat er. Ich sehe es in Ihren Augen.«

III. IV

Der Liebe leichte Schwingen trugen mich,
Kein steinern Bollwerk kann der Liebe wehren

Siena, im Jahre 1340

Mit langen, vorsichtigen Bewegungen ließ Romeo den Wetzstein über die Klinge gleiten. Es war schon eine Weile her, dass er das letzte Mal Gelegenheit gehabt hatte, sein Schwert einzusetzen, daher wies die Klinge Rostflecken auf, die abgeschliffen und geölt werden mussten. Normalerweise verwendete er für solche Zwecke lieber seinen Dolch, doch der steckte im Rücken eines Straßenräubers. Obwohl er sonst nie so unachtsam war, hatte er vergessen, ihn nach Gebrauch wieder herauszuziehen. Außerdem konnte er Salimbeni kaum wie einem gemeinen Strauchdieb den Dolch in den Rücken rammen. Nein, er musste ihn zum Duell fordern.

Es war für Romeo eine ganz neue Erfahrung, dass er plötzlich darüber nachdachte, wie weit er für eine Frau gehen wollte. Andererseits hatte ihn auch noch nie zuvor eine Frau darum gebeten, für sie jemanden zu ermorden. Er musste an das Gespräch denken, das er an jenem schicksalhaften Abend vor zwei Wochen mit Maestro Ambrogio geführt hatte. Damals hatte er zu dem Maler gesagt, dass er, Romeo, eine feine Nase für Frauen besitze, die nicht mehr von ihm verlangten, als er zu geben bereit sei, und dass er – im Gegensatz zu seinen Freunden – nicht zu den Männern gehöre, die bei der ersten Bitte einer Frau winselnd wie Hunde davonschlichen. Stimmte das noch? War er wirklich bereit, mit dem Schwert in der Hand auf Salimbeni zuzugehen und womöglich den Tod zu finden, noch ehe er sich seinen Lohn abgeholt oder zumindest ein weiteres Mal in Giuliettas himmlische Augen geblickt hatte?

Mit einem tiefen Seufzer drehte er die Klinge um und setzte sein Werk auf der anderen Seite fort. Seine Cousins fragten sich zweifellos schon, wo er war und warum er sich nicht blicken ließ, um sich zusammen mit ihnen zu amüsieren. Selbst sein Vater war bereits mehrmals an ihn herangetreten, allerdings nicht mit Fragen, sondern mit Einladungen zur Bogenschützenübung. Mittlerweile lag eine weitere schlaflose Nacht hinter ihm, und der mitfühlende Mond war einmal mehr von der gnadenlosen Sonne verjagt worden. Und Romeo, der immer noch am Tisch saß, fragte sich ein weiteres Mal, ob dies der Tag sein würde.

In dem Moment hörte er draußen vor seiner Tür

ein Geräusch auf der Treppe, gefolgt von einem nervösen Klopfen.

»Nein, danke«, brummte er wie etliche Male zuvor, »ich habe keinen Hunger!«

»Messer Romeo? Besuch für Sie!«

Schließlich stand Romeo doch auf. Von den vielen Stunden ohne Bewegung und Schlaf schmerzten seine Muskeln. »Wer ist es denn?«

Auf der anderen Seite der Tür war leises Gemurmel zu hören. »Ein Bruder Lorenzo und ein Bruder Bernardo. Sie sagen, sie hätten wichtige Neuigkeiten und bitten um ein vertrauliches Gespräch.«

Der Name von Bruder Lorenzo – Giuliettas Reisebegleiter, wenn er sich nicht sehr täuschte – veranlasste Romeo dazu, seine Tür zu entriegeln. Draußen auf dem Gang standen ein Bediensteter und zwei Mönche, beide in Kutte und Kapuze, während unten auf dem Hof weitere Diener die Köpfe reckten, um zu sehen, wer es am Ende doch geschafft hatte, den jungen Herrn dazu zu bewegen, seine Tür zu öffnen.

»Kommt herein!« Er ließ beide Mönche eintreten. »Und Stefano …« – er bedachte den Bediensteten mit einem drohenden Blick –, »mein Vater braucht davon nichts zu erfahren.«

Die beiden Mönche betraten den Raum mit einiger Zurückhaltung. Durch die offene Balkontür fielen ein paar Strahlen der Morgensonne auf Romeos unberührtes Bett. Auf dem Tisch stand, ebenfalls unberührt, ein Teller mit gebratenem Fisch, und daneben lag das Schwert.

»Bitte entschuldigt«, begann Bruder Lorenzo, nachdem er einen Blick zur Tür geworfen hatte, um sich zu vergewissern, dass sie geschlossen war, »dass wir Euch zu dieser Stunde stören, aber wir konnten nicht warten …«

Weiter kam der Mönch nicht, denn in diesem Moment trat sein Begleiter vor und zog die Kapuze seiner Kutte zurück. Zum Vorschein kam eine aufwendige Flechtfrisur. Nicht ein Mönchsbruder hatte Bruder Lorenzo an diesem Morgen zum Palazzo Marescotti begleitet, sondern Giulietta selbst – trotz der Verkleidung schöner denn je. Ihre Wangen glühten vor Aufregung.

»Bitte sagt mir«, stieß sie hervor, »dass Ihr die Tat noch nicht … begangen habt?«

Obwohl Romeo wegen ihres plötzlichen Erscheinens aufgeregt und erstaunt war, wandte er nun verlegen den Kopf ab. »Das habe ich nicht.«

»Oh, dem Himmel sei Dank!« Erleichtert faltete sie die Hände. »Denn ich bin gekommen, um mich zu entschuldigen, und bitte Euch, zu vergessen, dass ich jemals etwas so Schreckliches von Euch verlangt habe.«

Romeo fuhr zusammen. Eine leise Hoffnung keimte in ihm auf. »Ihr wollt nicht mehr, dass er stirbt?«

Giulietta runzelte die Stirn. »Ich wünsche mir seinen Tod mit jeder Faser meines Herzens. Aber nicht auf Eure Kosten. Es war falsch und sehr selbstsüchtig von mir, Euch zur Geisel meines eigenen Kummers zu machen. Könnt Ihr mir verzeihen?« Sie sah ihm tief in die Augen. Als er nicht gleich antwortete, begann ihre Unterlippe leicht zu zittern. »Ich bitte Euch, verzeiht mir.«

Zum ersten Mal seit Tagen lächelte Romeo. »Nein.«

»Nein?« Plötzlich schienen Gewitterwolken ihre blauen Augen zu verdunkeln, und sie trat einen Schritt zurück. »Das ist sehr unhöflich von Euch!«

»Nein«, neckte Romeo sie weiter, »ich verzeihe Euch nicht, denn Ihr habt mir eine große Belohnung versprochen, und nun brecht Ihr Euer Wort.«

Giulietta schnappte nach Luft. »Das tue ich nicht! Ich rette Euch das Leben!«

»Oh! Nun beleidigt Ihr mich auch noch!« Romeo presste eine Faust ans Herz. »Wie könnt Ihr nur andeuten, dass ich dieses Duell nicht überleben würde – Frau! Ihr spielt mit meiner Ehre wie eine Katze mit der Maus! Beißt ruhig ein weiteres Mal zu und erfreut Euch daran, wie die arme Maus humpelnd zu entkommen versucht!«

»Ach, Ihr!« Giulietta kniff misstrauisch die Augen zusammen. »In Wirklichkeit spielt Ihr mit *mir*! Wie Ihr sehr genau wisst, habe ich keineswegs gesagt, dass Ihr durch Salimbenis Hand sterben würdet.

273

Aber man würde Euch für den Mord zur Rechenschaft ziehen, da bin ich mir sicher. Und das …« – sie wandte den Blick ab, immer noch wütend auf ihn – »wäre vermutlich schade.«

Mit großem Interesse studierte Romeo ihr abweisendes Profil. Als er sah, dass sie fest entschlossen war, stur zu bleiben, wandte er sich an Bruder Lorenzo. »Dürfte ich Euch bitten, uns für einen Augenblick allein zu lassen?«

Bruder Lorenzo war anzusehen, dass er damit nicht einverstanden war, doch da Giulietta nicht protestierte, konnte er schlecht nein sagen. Also nickte er und zog sich auf den Balkon zurück, wo er ihnen diskret den Rücken zukehrte.

»Warum«, fragte Romeo nun so leise, dass nur Giulietta es hören könnte, »wäre es denn schade, wenn ich sterben würde?«

Wütend rang sie nach Luft. »Ihr habt mir das Leben gerettet.«

»Zur Belohnung habe ich mir lediglich gewünscht, Euer Ritter sein zu dürfen.«

»Was nützt ein Ritter ohne Kopf?«

Lächelnd trat Romeo näher. »Ich versichere Euch, dass kein Grund für derartige Befürchtungen besteht, solange Ihr Euch in meiner Nähe aufhaltet.«

»Habe ich Euer Wort?« Giulietta sah ihm direkt in die Augen. »Versprecht Ihr mir, dass Ihr Euch nicht mit Salimbeni anlegen werdet?«

»Wie mir scheint«, bemerkte Romeo, der den Wortwechsel sehr genoss, »bittet Ihr mich gerade um einen zweiten Gefallen ... noch dazu einen, der mir viel mehr abverlangt als der erste. Doch großzügig, wie ich bin, lasse ich Euch hiermit wissen, dass mein Preis der gleiche bleibt.«

Ihr Mund öffnete sich vor Erstaunen. »Euer Preis?«

»Oder meine Belohnung, wenn Euch das lieber ist. Sie bleibt die gleiche.«

»Schurke!«, zischte Giulietta, die sich ein Lächeln kaum noch verkneifen konnte. »Ich komme hierher, um Euch von einem tödlichen Schwur zu entbinden, und Ihr seid trotzdem fest entschlossen, mir meine Tugend zu rauben?«

Romeo grinst. »Ein Kuss kann Eurer Tugend doch gewiss nichts anhaben.«

Sie verschränkte die Arme vor der Brust, als müsste sie sich gegen seinen Charme wappnen. »Das kommt ganz darauf an, wer mich küsst. Ich habe den starken Verdacht, dass ein Kuss von Euch sechzehn Jahre des Aufsparens mit einem Schlag zunichte macht.«

»Wozu ist Aufgespartes gut, wenn man sich nie daran erfreut?«

Gerade, als Romeo dachte, sie am Haken zu haben, sorgte ein lautes Husten draußen auf dem Balkon dafür, dass Giulietta einen Satz nach hinten tat.

»Geduld, Lorenzo«, sagte sie streng, »wir brechen noch früh genug auf!«

»Eure Tante fragt sich bestimmt schon«, bemerkte der Mönch, »welche Art von Beichte so lange dauert.«

»Nur noch einen Moment!« Mit enttäuschter Miene wandte sich Giulietta wieder an Romeo. »Ich muss gehen.«

»Legt bei mir die Beichte ab …«, flüsterte Romeo, während er ihre Hände nahm, »und ich werde Euch einen Segen erteilen, der niemals nachlassen wird.«

»Der Rand Eures Bechers«, entgegnete Giulietta, die sich nicht dagegen wehrte, dass er sie wieder an sich zog, »ist mit Honig beschmiert. Ich frage mich, welch schreckliches Gift er enthält.«

»Falls es tatsächlich Gift ist, wird es uns beide töten.«

»O weh … Ihr müsst mich wirklich mögen, wenn Ihr den Tod mit mir dem Leben mit einer anderen Frau vorzieht.«

»Ich glaube, das tue ich.« Er schloss sie in die Arme. »Küsst mich, oder ich muss tatsächlich sterben.«

»Schon wieder? Für einen doppelt dem Tode geweihten Mann wirkt Ihr noch recht lebendig!«

Erneut drang vom Balkon ein Geräusch herein, doch diesmal blieb Giulietta, wo sie war. »Geduld, Lorenzo! Ich bitte Euch!«

»Vielleicht«, sagte Romeo, während er ihren Kopf in seine Richtung drehte und nicht mehr losließ, »hat mein Gift seine Wirkung verloren.«

»Ich muss wirklich …«

Schnell wie ein Raubvogel, der auf seine Beute herabstößt und den armen Bodenbewohner in den Himmel hinaufhebt, stahl Romeo nun einen Kuss von ihren Lippen, ehe diese sich ihm wieder entziehen konnten. Irgendwo zwischen Cherubinen und Teufeln gefangen, hörte seine Beute auf, sich zu wehren. Er breitete weit die Flügel aus und ließ sich mit ihr vom Wind in den Himmel hinauftragen, bis sogar der Räuber selbst jede Hoffnung verlor, jemals wieder nach Hause zurückzufinden.

Während dieser einen Umarmung überkam Romeo ein Gefühl der Gewissheit, wie er es, selbst bei einem tugendhaften Menschen, niemals für möglich gehalten hätte. Was auch immer seine anfänglichen Absichten gewesen sein mochten, als er erfuhr, dass das Mädchen im Sarg am Leben war – wobei er seine Absichten zu dem Zeitpunkt wohl selbst noch nicht kannte –, jedenfalls wusste er spätestens jetzt, dass die Worte, die er Maestro Ambrogio gegenüber geäußert hatte, prophetischer Natur gewesen waren: Mit Giulietta in seinen Armen hörten alle anderen Frauen – frühere, gegenwärtige und zukünftige – einfach zu existieren auf.

Als Giulietta an diesem Vormittag in den Palazzo Tolomei zurückkehrte, erwartete sie dort ein höchst unerfreulicher Hagel aus Fragen und Anschuldigungen, gepfeffert mit Kommentaren über ihre ländlichen Manieren. »Vielleicht ist das unter Bauern ja üblich«, höhnte ihre Tante, während sie ihre Nichte am Arm hinter sich herzerrte, »aber hier in der Stadt gehört es sich nicht, dass eine unverheiratete Frau aus gutem Hause sich heimlich zur Beichte davonschleicht und erst Stunden später mit leuchtenden Augen und …« – Monna Antonia hielt prüfend nach anderen verräterischen Zeichen Ausschau – »… zerzausten Haaren zurückkommt! Mit solchen Ausflügen ist nun Schluss, und wenn du unbedingt mit deinem teuren Bruder Lorenzo sprechen musst, dann tu das in Zukunft bitte unter diesem Dach. Es kommt nicht mehr in Frage«, schloss sie, während sie ihre Nichte die Treppe hochzerrte und zurück in ihre Schlafkammer stieß, »dass du dich draußen herumtreibst, wo du für jedes Tratschweib und jeden Wüstling in der Stadt leichte Beute bist!«

»O Lorenzo!«, rief Giulietta aus, als der Mönch sie schließlich in ihrem goldenen Käfig besuchen kam, »sie lassen mich nicht mehr aus dem Haus! Ich werde noch wahnsinnig!« Verzweifelt schritt sie in ihrer Kammer auf und ab und raufte sich das Haar. »Was wird er nun von mir denken? Ich habe ihm doch versprochen, dass wir uns wiedersehen!«

»Still, meine Liebe«, antwortete Bruder Lorenzo und bedeutete ihr, sich zu setzen, »nun beruhigt Euch erst einmal. Der Herr, von dem Ihr sprecht, weiß von Eurem Kummer, und seine Zuneigung zu Euch ist dadurch eher noch gewachsen. Er bat mich, Euch zu sagen …«

»Ihr habt mit ihm gesprochen?« Giulietta packte den Mönch an den Schultern. »Oh, Lorenzo, wenn ich Euch nicht hätte! Was hat er gesagt? Schnell, lasst es mich wissen!«

»Er bat mich …« Der Mönch fasste unter seine Kutte und zog eine mit blauem Wachs versiegelte Pergamentrolle heraus, »Euch diesen Brief zu geben. Hier, nehmt. Er ist für Euch.«

Nachdem Giulietta den Brief entgegengenommen hatte, hielt sie ihn erst einen Moment ehrfürchtig in beiden Händen, ehe sie das Adler-Siegel aufbrach. Mit großen Augen rollte sie das Pergament auseinander und betrachtete das dichte Muster aus brauner Tinte. »Wie schön! Ich habe in meinem ganzen Leben noch niemals etwas so Elegantes gesehen.« Mit diesen Worten wandte sie Bruder Lorenzo den Rücken zu und blieb einen Moment so stehen, den Blick verzückt auf ihren Schatz gerichtet. »Er ist ein Dichter! Wie schön er schreibt! Welche Kunst, welche … Vollkommenheit. Er muss die ganze Nacht daran gearbeitet haben.«

»Wohl eher mehrere Nächte«, entgegnete Bruder

Lorenzo mit einem Tropfen Zynismus in der Stimme. »Glaubt mir, dieser Brief ist das Ergebnis von viel Pergament und vielen Federn.«

»Aber diesen Teil hier verstehe ich nicht ...« Giulietta drehte sich zu ihm um, um ihm eine Passage in dem Brief zu zeigen. »Warum schreibt er, dass meine Augen nicht in mein Antlitz gehören, sondern an den Sternenhimmel? Ich nehme an, man könnte das als Kompliment auffassen, aber würde es nicht schon reichen, wenn er schriebe, dass meine Augen eine himmlische Farbe haben? Ich kann seiner Argumentation wirklich nicht ganz folgen.«

»Das ist keine Argumentation«, erklärte Bruder Lorenzo, während er ihr den Brief aus der Hand nahm, »sondern Poesie und somit irrational. Der Zweck dieser Worte ist nicht, Euch zu überzeugen, sondern Euch zu erfreuen. Ich nehme doch an, Ihr seid erfreut?«

Sie rang nach Luft. »Aber natürlich!«

»Dann«, fuhr der Mönch in steifem Ton fort, »hat der Brief seinen Zweck erfüllt. Und nun würde ich vorschlagen, wir vergessen das alles.«

»Wartet!« Giulietta riss ihm das Dokument aus den Händen, ehe er ihm Gewalt antun konnte. »Ich muss eine Antwort verfassen.«

»Das dürfte sich wohl schwierig gestalten«, gab der Mönch zu bedenken, »da Ihr weder über eine

Schreibfeder noch über Tinte oder Pergament verfügt. Habe ich recht?«

»Ja«, antwortete Giulietta, nicht im Geringsten entmutigt, »aber das werdet Ihr mir alles besorgen. Heimlich, so dass niemand etwas davon mitbekommt. Darum wollte ich Euch ohnehin bitten, damit ich endlich an meine arme Schwester schreiben kann …« Sie sah Bruder Lorenzo erwartungsvoll an, als rechnete sie damit, dass er schon parat stand, ihren Auftrag auszuführen. Als sie merkte, dass er stattdessen missbilligend die Stirn runzelte, hob sie ratlos die Hände. »Was ist denn nun schon wieder?«

»Ich kann dieses Unterfangen nicht befürworten«, brummte er kopfschüttelnd. »Eine unverheiratete Frau sollte nicht auf einen heimlich überbrachten Brief antworten. Insbesondere …«

»Aber eine verheiratete schon?«

»… insbesondere, wenn man bedenkt, wer der Absender des Briefes ist. Als alter, treuer Freund muss ich Euch vor Männern wie Romeo Marescotti warnen und … Moment!« Bruder Lorenzo hielt Giulietta mit einer energischen Handbewegung davon ab, ihn zu unterbrechen. »Ja, ich gebe Euch recht. Er besitzt durchaus einen gewissen Charme, aber ich bin mir sicher, dass er in den Augen Gottes hässlich ist.«

Giulietta seufzte. »Er ist nicht hässlich. Ihr seid nur neidisch.«

»Neidisch?« Der Mönch schnaubte verächtlich. »Ich lege keinen Wert auf ein schönes Äußeres, denn es ist nur fleischlich und währt nicht länger als von der Wiege bis zum Grab. Nein, ich wollte damit sagen, dass seine *Seele* hässlich ist.«

»Wie könnt Ihr so über den Mann sprechen«, gab Giulietta zurück, »der uns das Leben gerettet hat? Einen Mann, dem Ihr vorher noch nie begegnet seid und über den Ihr nicht das Geringste wisst!«

Bruder Lorenzo hob warnend den Zeigefinger. »Ich weiß genug, um seinen Untergang vorhersagen zu können. Es gibt auf dieser Welt gewisse Pflanzen und Kreaturen, die keinem anderen Zweck dienen, als allem, womit sie in Berührung kommen, Schmerz und Elend zu bescheren. Seht Euch doch an! Schon jetzt leidet Ihr unter dieser Verbindung.«

»Findet Ihr nicht …«, begann Giulietta mit zitternder Stimme, hielt dann jedoch einen Moment inne, um in entschiedenerem Ton fortzufahren, »findet Ihr nicht, dass seine Freundlichkeit uns gegenüber sämtliche schlechten Eigenschaften ausgelöscht hat, die er vorher besessen haben mag?« Als sie sah, dass der Mönch immer noch eine ablehnende Miene machte, fügte sie ganz ruhig hinzu: »Gewiss hätte der Himmel Romeo nicht als unseren Retter auserkoren, wenn es nicht Gottes Wunsch gewesen wäre, ihn zu bekehren.«

Erneut hob Bruder Lorenzo seinen warnenden

Zeigefinger. »Gott ist ein himmlisches Wesen und hat als solches keine Wünsche.«

»Mag sein, aber ich habe welche. Ich wünsche mir, glücklich zu werden.« Giulietta presste den Brief an ihr Herz. »Ich weiß, was Ihr denkt. Als alter und treuer Freund wollt Ihr mich nur beschützen. Weil Ihr glaubt, dass Romeo mir Schmerz zufügen wird. Ihr glaubt, dass eine große Liebe zugleich auch immer den Samen für großes Leid in sich trägt. Nun, vielleicht habt Ihr recht. Vielleicht verzichten weise Menschen auf das eine, um vor dem anderen bewahrt zu bleiben. Mir aber wäre es lieber, man würde mir die Augen in den Höhlen verbrennen, als ohne auf die Welt gekommen zu sein.«

Erst nach vielen Wochen und Briefen sahen Giulietta und Romeo sich wieder. In der Zwischenzeit schwoll der Ton ihrer Korrespondenz zu einem inbrünstigen Crescendo an und gipfelte – trotz Bruder Lorenzos verzweifelter Versuche, ihre Gefühle zu dämpfen – in einem gegenseitigen Schwur ewiger Liebe.

Die einzige andere Person, die von Giuliettas Gefühlen wusste, war ihre Zwillingsschwester Giannozza – die Einzige aus ihrer Familie, die Giulietta noch geblieben war, nachdem die Salimbenis ihr Zuhause verwüstet hatten. Giannozza war im Vorjahr verheiratet worden und zu ihrem Mann in den

Süden gezogen, doch da die beiden Mädchen sich immer sehr nahegestanden hatten, blieben sie in engem Briefkontakt. Es galt als ungewöhnlich, wenn junge Frauen lesen und schreiben konnten, aber ihr Vater war ein ungewöhnlicher Mann gewesen, der Buchhaltung hasste und es daher vorzog, solch häusliche Pflichten seiner Frau und seinen Töchtern zu überlassen, noch dazu, nachdem sie ohnehin nicht viel anderes zu tun hatten.

Auch wenn sich die beiden Mädchen häufig schrieben, trafen Giannozzas Briefe – wenn überhaupt – nur in unregelmäßigen Abständen ein, und Giulietta befürchtete, dass ihre eigenen Briefe in die Gegenrichtung ebenso lange unterwegs waren – falls sie ihr Ziel überhaupt jemals erreichten. Tatsächlich hatte sie seit ihrer Ankunft in Siena noch keine einzige Nachricht von ihrer Schwester erhalten, obwohl sie selbst schon mehrere Berichte über den schrecklichen Überfall auf ihr Zuhause an Giannozza abgeschickt und ihr bei der Gelegenheit auch von ihrem eigenen traurigen Asyl – oder neuerdings eher Gefängnis – im Palazzo Tolomei, dem Haus ihres Onkels, berichtet hatte.

Obwohl sie darauf vertraute, dass Bruder Lorenzo ihre Briefe zuverlässig und unbemerkt aus dem Haus schmuggelte, wusste Giulietta, dass der Mönch keinen Einfluss darauf hatte, was in den Händen von Fremden damit geschah. Sie hatte kein Geld, um für eine richtige Überbringung zu bezahlen, sondern musste sich auf die Freundlichkeit und Sorgfalt von Leuten verlassen, die zufällig in die Richtung ihrer Schwester reisten. Noch dazu bestand nun, da sie unter Hausarrest stand, immer die Gefahr, dass jemand Bruder Lorenzo auf dem Weg nach draußen aufhielt und von ihm verlangte, seine Taschen zu leeren.

Da sie sich der Gefahr bewusst war, begann sie ihre Briefe an Giannozza unter einer Bodendiele zu sammeln, statt sie gleich abzuschicken. Es reichte schon, dass sie Bruder Lorenzo ständig bat, ihre Liebesbriefe an Romeo zu überbringen. Sie hätte es grausam gefunden, ihn zusätzlich noch zahlreiche weitere Berichte über ihre schamlosen Aktivitäten transportieren zu lassen. So kam es, dass all die Briefe an ihre Schwester, in denen Giulietta sich ihre zukünftigen Rendezvous mit Romeo in den leuchtendsten Farben ausmalte, gesammelt unter den Bodendielen landeten, um dort auf den Tag zu warten, an dem sie es sich leisten konnte, einen Boten zu bezahlen und alle auf einmal überbringen zu lassen. Oder auf den Tag, an dem sie sie alle ins Feuer werfen würde.

Was ihre Briefe an Romeo betraf, bekam sie auf jeden einzelnen eine glühende Antwort. Wenn sie in Hunderten schrieb, antwortete er in Tausenden, und wenn sie von Zuneigung sprach, übertrumpfte er sie mit Liebe. Sie war so kühn, ihn ihr Feuer zu nennen, doch er war noch kühner und nannte sie seine Sonne. Sie wagte es, sich sie beide zusammen auf einer Tanzfläche vorzustellen, während er keinen größeren Wunsch hatte, als mit ihr allein zu sein …

Nachdem sie einander ihre Liebe gestanden hatten, gab es für sie nur noch zwei mögliche Wege: Am Ende des einen stand die Erfüllung, am Ende des anderen Enttäuschung. Einfach so weiterzumachen wie bisher war unmöglich. So kam es, dass Giulietta eines Sonntagmorgens, als sie mit ihren Cousinen nach der Messe in San Cristoforo zur Beichte durfte, beim Betreten des Beichtstuhles feststellte, dass sich auf der anderen Seite der Trennwand kein Priester befand.

»Vergebt mir, Vater, denn ich habe gesündigt«, begann sie pflichtbewusst und legte dann eine kurze Pause ein, weil sie erwartete, der Priester werde sie wie üblich dazu auffordern, ein wenig ins Detail zu gehen.

Stattdessen flüsterte eine ganz andere Stimme: »Wie kann Liebe Sünde sein? Wenn Gott nicht wollte, dass wir lieben, warum hat er dann eine solche Schönheit wie die deine geschaffen?«

Giulietta schnappte vor Überraschung und Angst nach Luft. »Romeo?« Sie kniete sich hin und versuchte, durch das filigrane Metallgitter einen Blick auf ihr Gegenüber zu erhaschen, der ihren Verdacht bestätigte: Tatsächlich konnte sie auf der anderen Seite schemenhaft ein Lächeln ausmachen, das alles andere als priesterlich wirkte. »Wie kannst du es wagen, hierherzukommen? Meine Tante sitzt nur drei Meter von uns entfernt!«

»Ach, deine Stimme droht mir mehr Gefahr«, seufzte Romeo, »als zwanzig solche Tanten. Ich bitte dich, sprich noch einmal und vollende meinen Ruin.« Er legte eine Hand an das Gitter – in der Hoffnung, Giulietta möge seinem Beispiel folgen. Was sie prompt auch tat. Obwohl sich ihre Hände nicht berührten, spürte sie seine Wärme an ihrer Handfläche.

»Ach, wie sehr wünschte ich, wir wären einfache Bauern«, flüsterte sie, »und könnten uns sehen, wann immer wir wollten.«

»Was würden wir einfachen Bauern denn machen«, konterte Romeo, »wenn wir uns sähen?«

Giulietta war froh, dass er nicht sehen konnte, wie rot sie wurde. »Jedenfalls würde uns dann kein Gitter trennen.«

»Das«, meinte Romeo, »wäre schon mal ein kleiner Fortschritt.«

»Du«, fuhr Giulietta fort, während sie eine Fingerspitze durch das Gitter schob, »würdest zweifellos in Reimen sprechen. Das tun doch alle Männer, wenn sie spröde Mägde verführen wollen. Je spröder die Magd, desto schöner die Poesie.«

Romeo unterdrückte sein Lachen, so gut er konnte. »Erstens habe ich noch nie einen einfachen Bauern irgendetwas in Reimen sagen hören. Zweitens frage ich mich, wie schön meine Poesie in diesem Fall sein müsste. Angesichts der Magd nicht allzu schön, glaube ich.«

Sie schnappte nach Luft. »Du Schurke! Dann werde ich dich wohl eines anderen belehren müssen, indem ich mich ganz prüde gebe und deine Küsse verschmähe.«

»Das ist leicht gesagt, solange uns eine Wand trennt«, scherzte er.

Für einen Moment versuchten sie beide schweigend, einander durch die Holzbretter zu spüren.

»O Romeo«, seufzte Giulietta plötzlich traurig, »ist unsere Liebe dazu verdammt, ein Geheimnis in einer dunklen Kammer zu bleiben, während draußen die Welt vorüberschwirrt?«

»Nicht für lange, wenn es nach mir geht.« Romeo schloss die Augen und stellte sich vor, statt der Wand Giuliettas Stirn an der seinen zu spüren. »Ich wollte dich heute sehen, um dir zu sagen, dass ich meinen Vater bitten werde, unserer Heirat seinen Segen zu erteilen und sobald wie möglich bei deinem Onkel um deine Hand anzuhalten.«

»Du willst ... mich heiraten?« Sie war nicht sicher, ob sie ihn richtig verstanden hatte. Er hatte es nicht als Frage, sondern eher als Tatsache formuliert. Aber vielleicht war das in Siena so üblich.

»Mit weniger kann ich mich nicht zufriedengeben«, stöhnte er. »Ich muss dich mit Haut und Haar haben, an meinem Tisch und in meinem Bett, sonst werde ich verkümmern wie ein hungernder Gefangener. Nun weißt du es. Verzeih den Mangel an Poesie.«

Da auf der anderen Seite der Wand einen Moment lang völlige Stille herrschte, bekam Romeo es ein wenig mit der Angst zu tun. Er befürchtete, sie beleidigt zu haben, und war bereits im Begriff, sich wegen seiner unverblümten Art selbst zu verfluchen, als sich Giulietta wieder zu Wort meldete und seinen kleinen, flatterigen Anflug von Angst mit dem beißenden Geruch einer größeren Gefahr vertrieb.

»Wenn du eine Ehefrau willst, dann musst du um Tolomei werben.«

»So sehr ich deinen Onkel auch respektiere«, bemerkte Romeo, »hatte ich doch gehofft, nicht ihn, sondern dich in meine Kammer zu tragen.«

Nun konnte sie sich ein Kichern nicht mehr verkneifen, auch wenn ihre Freude nur von kurzer Dauer war. »Er ist ein sehr ehrgeiziger Mann. Sorge dafür, dass dein Vater einen langen Stammbaum mitbringt, wenn er bei ihm vorspricht.«

Romeo, der diese Worte als Beleidigung auffasste, schnappte nach Luft. »Meine Familie trug schon federgeschmückte Helme und diente den Cäsaren, als dein Onkel Tolomei noch in Bärenfellen herumlief und Gerstenmaische an seine Schweine verfütterte!«

Als ihm klarwurde, wie kindisch er sich benahm, fuhr er in ruhigerem Ton fort: »Tolomei wird meinen Vater nicht zurückweisen. Zwischen unseren Häusern ist nie Blut geflossen.«

»Ach wäre es doch ein steter Blutstrom gewesen!«, seufzte Giulietta. »Verstehst du denn nicht? Wenn unsere Häuser bereits im Frieden miteinander leben, was soll unsere Vereinigung dann erbringen?«

Er wollte sie nicht verstehen. »Alle Väter wollen doch, dass es ihren Kindern gutgeht.«

»Und deswegen geben sie uns bittere Medizin und bringen uns zum Weinen.«

»Ich bin achtzehn. Mein Vater behandelt mich wie seinesgleichen.«

»Warum ist ein so alter Mann wie du dann noch nicht verheiratet? Oder hast du deine Jugendliebe schon zu Grabe getragen?«

»Mein Vater hält nichts von Müttern, die selbst noch Kinder sind.«

Nach so viel Folter tat ihm ihr scheues Lächeln richtig gut, auch wenn es durch das Gitter nur zu erahnen war.

»Aber hält er etwas von alten Jungfern?«

»Du bist bestimmt noch keine sechzehn.«

»O doch, wenn auch noch nicht lange. Aber wer

zählt schon die Blütenblätter einer verwelkenden Rose?«

»Wenn wir erst verheiratet sind«, flüsterte Romeo und küsste dabei ihre Fingerspitzen, so gut er konnte, »dann werde ich dich wässern und auf mein Bett legen und jedes einzelne zählen.«

Sie tat, als runzle sie die Stirn. »Was ist mit den Dornen? Vielleicht steche ich dich ja und verderbe dir dadurch die Freude?«

»Glaub mir, die Freude wird weitaus größer sein als der Schmerz.«

Auf diese Weise flüsterten sie weiter miteinander, mal besorgt, mal neckend, bis plötzlich jemand ungeduldig an die Wand des Beichtstuhls klopfte. »Giulietta!« Die Stimme von Monna Antonia ließ ihre Nichte erschrocken zusammenfahren. »Nun kann aber nicht mehr viel übrig sein, was du noch beichten musst. Beeil dich, denn wir wollen aufbrechen!«

Im Rahmen ihres kurzen, aber poetischen Abschieds bekräftigte Romeo seine Absicht, sie zu heiraten, doch Giulietta wagte nicht daran zu glauben. Nachdem sie erlebt hatte, wie ihre Schwester Giannozza an einen Mann verheiratet wurde, der sich eher um einen Sarg als um eine Frau hätte bemühen sollen, wusste Giulietta nur allzu gut, dass die Ehe keine Sache war, die ein junges Liebespaar selbst plante. In erster Linie ging es dabei um Politik und

Erbmasse. Die Ehe hatte nichts zu tun mit den Wünschen von Braut und Bräutigam, dafür aber eine Menge mit den ehrgeizigen Zielen ihrer Eltern. Laut Giannozza – deren erste Briefe als verheiratete Frau Giulietta zum Weinen gebracht hatten – kam die Liebe immer erst später, mit jemand anderem.

Es geschah nur selten, dass Comandante Marescotti mit seinem Erstgeborenen zufrieden war. Die meiste Zeit musste er sich ins Gedächtnis rufen, dass es gegen die Jugend – wie gegen die meisten Fieber – nur ein einziges Heilmittel gab: die Zeit. Entweder der Patient erlag seinem Leiden, oder es wurde allmählich von selbst besser. Weshalb einem weisen Mann nichts anderes übrigblieb, als sich an die Tugend der Geduld zu klammern. Leider war Comandante Marescotti, was diese spezielle Währung betraf, nicht allzu reich gesegnet, und als Folge dieser Tatsache hatte sich sein väterliches Herz zu einem vielköpfigen Ungeheuer entwickelt, das ein höhlenartiges Lager voller Ängste und Ärgernisse hütete – stets wachsam, aber dennoch meist ohne Erfolg.

So auch diesmal.

»Romeo«, sagte er, während er nach dem bisher schlechtesten Schuss dieses Vormittags den Bogen senkte, »ich will davon nichts mehr hören. Ich bin ein Marescotti. Viele Jahre lang wurde Siena von diesem Haus aus regiert. In unserem Hof wurden

Kriege geplant. Der Frieden von Montaperti wurde von unserem Turm aus verkündet! Diese Wände sprechen für sich!«

Comandante Marescotti, der sich in seinem eigenen Innenhof ebenso selbstbewusst zu voller Größe aufrichtete wie vor seinem Heer, beäugte mit kritischem Blick das neue Fresko und dessen summend vor sich hin arbeitenden Schöpfer Maestro Ambrogio, wobei er nach wie vor weder die Genialität des einen noch die des anderen voll zu schätzen wusste. Zugegeben, die farbenprächtige Schlachtszene verlieh dem klosterartigen Innenhof ein wenig Wärme, die Mitglieder der Familie Marescotti waren schön abgebildet und überzeugten in ihrer Tugendhaftigkeit, aber warum dauerte es so verdammt lang, das Bild zu vollenden?

»Aber Vater!«

»Schluss!« Diesmal wurde Comandante Marescotti sogar ein wenig laut. »Ich will mit dieser Sorte von Menschen nichts zu tun haben! Bedeutet es dir denn gar nichts, dass wir schon so viele Jahre in Frieden leben, während all diese gierigen Emporkömmlinge, die Tolomeis, Salimbenis und Malavoltis, sich gegenseitig auf den Straßen abschlachten? Möchtest du, dass ihr böses Blut sich bis in unser Haus ausbreitet? Möchtest du, dass deine Brüder und Cousins schon in der Wiege ermordet werden?«

Maestro Ambrogio konnte nicht anders, als von der anderen Seite des Hofes den Comandante zu betrachten, der so selten Gefühle zeigte. Noch größer als sein Sohn – wenn auch hauptsächlich wegen seiner aufrechten Haltung –, war Romeos Vater einer der eindrucksvollsten Männer, die der Maestro je porträtiert hatte. Weder sein Gesicht noch seine Gestalt trugen irgendwelche Spuren von Unmäßigkeit. Er aß nur so viel, wie nötig war, um gesund und bei Kräften zu bleiben, und gönnte sich nur so viel Schlaf, wie sein Körper brauchte, um sich zu erholen. Im Gegensatz zu ihm aß und trank sein Sohn Romeo, wonach es ihn gerade gelüstete, und machte mit seinen Eskapaden fröhlich die Nacht zum Tage, und den Tag zur Nacht, indem er sich erst morgens zur Ruhe legte.

Trotzdem sahen sie einander so ähnlich – beide machten einen starken, unerschütterlichen Eindruck –, und obwohl Romeo ständig gegen die Hausregeln verstieß, kam es nur ganz selten vor, dass sie ein solches verbales Duell miteinander führten, bei dem beide nur darauf warteten, gegen den anderen zu punkten.

»Aber Vater!«, rief Romeo erneut, doch wieder wurde sein Einwand ignoriert.

»Und wofür? Für eine Frau!« Am liebsten hätte Comandante Marescotti die Augen verdreht, benötigte sie aber zum Zielen. Dieses Mal traf sein Pfeil direkt ins Herz der Strohpuppe. »Eine Frau, irgendeine dahergelaufene Frau, wo doch da draußen eine ganze Stadt voller Frauen auf dich wartet! Als ob du das nicht wüsstest!«

»Sie ist keine dahergelaufene Frau«, widersprach Romeo seinem Vater mit ruhiger Stimme, »sondern die meine.«

In der kurzen Pause, die nun folgte, trafen zwei weitere Pfeile in schneller Abfolge ihr Ziel. Die Strohpuppe zuckte an ihrem Seil wie ein Gehängter am Galgen. Schließlich holte Comandante Marescotti tief Luft, und als er weitersprach, war seine Stimme wieder ruhig, ein unerschütterliches Gefäß der Vernunft. »Mag sein, doch deine Auserwählte ist die Nichte eines Narren.«

»Eines mächtigen Narren.«

»Wenn Männer nicht schon als Narren auf die Welt kommen, dann lassen Macht und Schmeichelei sie dazu werden.«

»Wie ich höre, ist er gegenüber Familienmitgliedern sehr großzügig.«

»Sind denn noch welche übrig?«

Obwohl Romeo klar war, dass sein Vater das nicht lustig gemeint hatte, musste er lachten. »Ein paar schon«, antwortete er, »nachdem nun seit zwei Jahren Frieden herrscht.«

»Frieden nennst du das?« Comandante Marescotti hatte das alles schon einmal erlebt, und leere Versprechen ermüdeten ihn noch mehr als offenkundige Falschheit. »Wenn dieser Salimbeni nun wieder anfängt, Tolomei-Schlösser zu überfallen und auf der Landstraße Geistliche auszurauben, dann hat dieser Frieden auch bald ein Ende, das darfst du mir glauben.«

»Warum dann nicht die Chance auf ein Bündnis mit Tolomei ergreifen?«, hakte Romeo beharrlich nach.

»Und Salimbeni zu unserem Feind machen?« Comandante Marescotti betrachtete seinen Sohn aus schmalen Augen. »Wenn du der Entwicklung in der Stadt genauso aufmerksam gefolgt wärest wie dem Wein und den Frauen, mein Sohn, dann wüsstest du jetzt, dass Salimbeni schon eine ganze Weile aufrüstet. Sein Ziel ist nicht nur, Tolomei in den Sand zu treten und sämtliche Banken aus der Stadt zu verbannen, sondern die ganze Stadt von seinen ländlichen Stützpunkten aus zu belagern und, wenn ich mich nicht sehr täusche, die Zügel unserer ganzen Republik an sich zu reißen.« Stirnrunzelnd ging der Comandante nun auf und ab. »Ich kenne diesen Mann, Romeo, ich habe ihm in die Augen gesehen, und ich habe mich dafür entschieden, sowohl meine Ohren als auch meine Tür für seine ehrgeizigen Ziele zu verschließen. Ich weiß nicht, wer schlechter dran ist, seine Freunde oder seine Feinde, deswegen hat Marescotti geschworen, keins von beiden zu werden. Eines Tages, vielleicht schon sehr bald, wird Salimbeni den verrückten Versuch unternehmen, das Gesetz über den Haufen zu werfen, und dann werden Ströme von Blut durch unsere Rinnsteine fließen. Ausländische Soldaten werden ins Spiel kommen, und hier in der Stadt werden die Männer in ihren Türmen sitzen und die von ihnen geschlossenen Bündnisse bedauern, während sie auf das Klopfen an ihrer Tür warten. Ich will nicht zu ihnen gehören.«

»Wer sagt, dass sich dieses ganze Elend nicht verhindern lässt?«, drängte Romeo. »Wenn wir uns mit Tolomei zusammenschlössen, würden andere edle Häuser dem Adlerbanner folgen, und Salimbeni verlöre an Boden. Wir könnten gemeinsam die Straßenräuber dingfest machen und die Straßen wieder sichern. Mit seinem Geld und Eurer Würde ließe sich Großes schaffen. Der neue Turm auf dem Campo wäre bestimmt binnen weniger Monate fertig, die neue Kathedrale binnen weniger Jahre. Alle Leute würden das Haus Marescotti in ihre Gebete einschließen.«

»Ein Mann sollte sich aus Gebeten heraushalten«, antwortete Comandante Marescotti, ehe er eine kurze Pause einlegte, um erneut seinen Bogen zu spannen, »bis er tot ist.« Der Pfeil durchschlug den Kopf der Puppe und landete in einem Topf Rosmarin. »Danach kann er tun, was er will. Die Lebenden, mein Sohn, sollten darauf achten, dass sie wahren Ruhm verfolgen, und nicht leere Lobhudelei. Wahrer Ruhm geht nur einen selbst und Gott etwas an. Schmeichelei ist die Nahrung der Seelenlosen. Im stillen Kämmerlein darfst du dich ruhig darüber freuen, dass du diesem Mädchen das Leben gerettet hast, aber erwarte dafür keine Anerkennung von anderen Männern. Ruhmsucht steht einem Edelmann nicht gut zu Gesichte.«

»Ich will keine Anerkennung«, entgegnete Romeo, während sein männliches Gesicht der trotzigen Miene eines kleinen Jungen Platz machte, »ich will nur *sie*. Es interessiert mich wenig, was die Leute wissen oder glauben. Wenn Ihr mir für meine Heiratspläne Euren Segen verwehrt ...«

Comandante Marescotti hob eine behandschuhte Hand, um seinen Sohn davon abzuhalten, Worte auszusprechen, die nie mehr ungesagt gemacht werden konnten. »Drohe mir nicht mit Maßnahmen, die dich härter träfen als mich. Und erspare mir in Zukunft derart kindisches Verhalten, sonst muss ich dir auch noch die Erlaubnis entziehen, beim Palio mitzureiten. Sogar die Spiele der Männer – nein, vor allem die Spiele – erfordern männliche Manieren. Ebenso verhält es sich mit der Ehe. Ich habe dich bisher mit keiner Frau vermählt ...«

»Allein schon dafür liebe ich meinen Vater!«

»... weil ich die Entwicklung deines Charakters

von frühester Kindheit an verfolgt habe. Wäre ich ein böser Mann, der irgendeinen Feind zu bestrafen hätte, dann wäre ich vielleicht auf die Idee verfallen, ihm seine einzige Tochter zu rauben und dich Würmerspeis aus ihrem Herzen machen zu lassen. Aber so ein Mann bin ich nicht. Ich habe mit großer Geduld darauf gewartet, dass du eines Tages dein unbeständiges Wesen ablegen und dich damit begnügen würdest, jeweils nur einer Frau den Hof zu machen.«

Romeo wirkte völlig verdattert. Trotzdem spürte er den Zaubertrank der Liebe noch immer süß auf seiner Zunge, so dass er ein Lächeln nicht lange unterdrücken konnte. Seine Freude riss sich los wie ein ungestümes Fohlen und galoppierte auf staksigen Beinen über sein Gesicht. »Aber Vater, ich bin nun so weit!«, verkündete er aufgeregt. »Meine wahre Natur ist die Beständigkeit. Ich werde bis ans Ende meiner Tage nie wieder eine andere Frau ansehen, oder doch, ansehen werde ich schon welche, aber sie werden mir wie Stühle oder Tische vorkommen. Was natürlich nicht heißen soll, dass ich vorhabe, auf ihnen zu sitzen oder von ihnen zu essen, nein, ich meine das nur in dem Sinn, dass sie wie Möbel für mich sein werden. Oder vielleicht sollte ich lieber sagen, dass sie sich zu ihr verhalten wie der Mond zur Sonne …«

»Vergleiche sie nicht mit der Sonne«, warnte ihn

Comandante Marescotti, während er zu der Stroh-puppe hinüberging, um seine Pfeile wieder einzu-sammeln. »Schließlich hast du immer die Gesell-schaft des Mondes vorgezogen.«

»Weil ich in ewiger Nacht lebte! Natürlich muss ein armer Wicht, der die Sonne noch nie gesehen hat, den Mond für das Höchste halten. Doch für mich ist der Morgen angebrochen, Vater, geschmückt mit dem Gold und dem Rot der Ehe, und damit auch die Morgendämmerung meiner Seele!«

»Aber die Sonne geht jeden Abend unter«, gab Comandante Marescotti zu bedenken.

»Und ich werde mit ihr zu Bett gehen« – Romeo presste eine Hand voller Pfeile an sein Herz – »und die Dunkelheit den Eulen und Nachtigallen überlas-sen! Bei Tageslicht werde ich fleißig sein und es nicht mehr an gesundem Schlaf fehlen lassen.«

»Was die dunklen Stunden betrifft, solltest du besser keine Versprechen abgeben«, meinte Coman-dante Marescotti, der seinem Sohn nun endlich eine Hand auf die Schulter legte. »Denn wenn deine Frau nur halb so wunderbar ist, wie du sie beschrie-ben hast, dann wirst du auch nachts fleißig sein und wenig schlafen.«

IV. I

Und treffen wir, so gibt es sicher Zank:
Denn bei der Hitze tobt das tolle Blut

Ich befand mich wieder in meinem Schloss der flüsternden Geister. Wie immer ließ mich der Traum einen Saal nach dem anderen durchschreiten und überall nach den Menschen Ausschau halten, von denen ich wusste, dass sie dort genauso gefangen waren wie ich. Neu war dieses Mal, dass die vergoldeten Türen aufschwangen, ehe ich sie auch nur berührte. Es kam mir vor, als wäre die Luft voller unsichtbarer Hände, die mir den Weg wiesen und mich voranzogen. Ich ging immer weiter, durch lange Gänge und verlassene Ballsäle, und drang in bis dahin unentdeckte Teile des Schlosses vor, bis ich schließlich auf eine große, massive Tür stieß. War das vielleicht der Weg nach draußen?

Ich betrachtete die schweren Eisenbeschläge und streckte die Hand nach dem Riegel aus, doch noch ehe ich ihn berührt hatte, entriegelte sich die Tür von selbst und schwang weit auf. Dahinter gähnte eine tiefe, schwarze Leere.

Ich blieb an der Schwelle stehen, kniff die Augen

zusammen und versuchte verzweifelt, irgendetwas auszumachen, das mir verriet, ob ich tatsächlich die Welt draußen vor mir hatte oder nur einen weiteren Raum.

Während ich blind und blinzelnd dort stand, wehte mir aus der Dunkelheit ein eisiger Wind entgegen. Er wand sich um meine Arme und Beine, als wollte er mich aus dem Gleichgewicht werfen. Als ich nach dem Türrahmen griff, um mich festzuhalten, wurde der Wind noch stärker und begann an meinen Haaren und Kleidern zu zerren. Unter wütendem Geheul mühte er sich ab, mich über die Schwelle zu ziehen. Seine Kraft war so groß, dass der Türrahmen sich zu lösen begann und der Boden unter mir bereits bröckelte. Verzweifelt bemüht, mich in Sicherheit zu bringen, ließ ich den Türrahmen los und versuchte dorthin zurückzulaufen, wo ich hergekommen war, zurück ins Innere des Schlosses, doch ein endloser Strom unsichtbarer Dämonen – die mir alle voller Spott die vertrauten Shakespeare-Zitate zuzischten – umschwärmte mich von allen Seiten, begierig danach, endlich aus dem Schloss zu entkommen und mich in ihrem Windschatten mitzureißen.

Als ich schließlich zu Boden stürzte und langsam auf den bröckelnden Rand zurutschte, versuchte ich verzweifelt, irgendetwas Festes zu fassen zu bekommen. Genau in dem Moment, als ich über den Rand zu fallen drohte, kam jemand in einem schwarzen Motorradanzug auf mich zugestürzt und packte mich an den Armen, um mich hochzuziehen. »Romeo!«, rief ich und streckte den Arm nach ihm aus, doch als ich zu ihm aufblickte, sah ich, dass hinter dem Visier des Helms kein Gesicht war, sondern nur Leere.

Danach gab es kein Halten mehr, ich fiel immer tiefer und tiefer … bis ich in Wasser eintauchte. Plötzlich befand ich mich wieder am Hafen von Alexandria in Virginia, wo ich wild um mich schlagend in einer Suppe aus Seetang zu ertrinken drohte, während Janice und ihre Freundinnen Eis essend am Pier standen und vor Lachen brüllten.

Genau in dem Moment, als ich hochkam, um nach Luft zu schnappen und gleichzeitig zu versuchen, eine Anlegeleine zu fassen zu bekommen, wachte ich mit einem Keuchen auf und fand mich auf Maestro Lippis Couch wieder. An meinen Beinen spürte ich eine raue, zu einem Häufchen gestrampelte Decke, und an meiner Hand Dantes Zunge.

»Guten Morgen.« Der Maestro stellte eine große Tasse Kaffee vor mich hin. »Dante mag Shakespeare nicht. Er ist ein sehr kluger Hund.«

Als ich an diesem Vormittag bei strahlendem Sonnenschein zum Hotel zurückging, kamen mir die Ereignisse der vergangenen Nacht seltsam irreal vor, als hätte jemand das Ganze zu seinem eigenen Vergnügen als große Theateraufführung inszeniert. Erst das Abendessen mit den Salimbenis, dann meine Flucht durch die dunklen Straßen, schließlich mein bizarres Asyl in Maestro Lippis Atelier … das alles war der Stoff, aus dem Albträume gemacht sind, und der einzige Beweis dafür, dass es tatsächlich passiert war, schienen der Schmutz und die Schrammen an meinen Fußsohlen zu sein.

Letztendlich aber *war* es passiert, und je eher ich aufhörte, mich in einem falschen Gefühl der Sicherheit zu wiegen, desto besser. Bereits zum zweiten Mal hatte mich jemand verfolgt, und zwar nicht nur irgendein Kerl im Trainingsanzug, sondern zusätzlich ein Mann auf einem Motorrad, mit welchem Motiv auch immer. Hinzu kam, dass Alessandro ein zunehmend größeres Problem darstellte, weil er zweifellos meine Polizeiakte kannte und nicht zögern würde, sie gegen mich zu verwenden, falls ich seiner kostbaren Patentante noch einmal zu nahe kam.

Das alles waren hervorragende Gründe, verdammt schnell das Weite zu suchen, aber Julie Jacobs lief nicht davon, und ebenso wenig – das spürte ich – Giulietta Tolomei. Immerhin stand ein recht beträchtlicher Schatz auf dem Spiel. Vorausgesetzt, Maestro Lippis Geschichten stimmten und ich schaffte es irgendwann, Julias Grab ausfindig zu machen und die legendäre Statue mit den Saphiraugen in die Finger zu bekommen.

Vielleicht war das mit der Statue ja auch purer Schwachsinn. Vielleicht bestand die große Belohnung, die ich am Ende meiner ganzen Entbehrungen absahnen sollte, lediglich in der Erkenntnis, dass ein paar Irre mich für die Nachfahrin einer Shakespeare-Heldin hielten. Tante Rose hatte mir immer vorgeworfen, dass ich zwar ein Stück auswendig aufsagen könne, notfalls vielleicht sogar rückwärts, mich aber eigentlich nicht für die Literatur oder die Liebe *interessierte*. Ihr zufolge würde ich eines Tages schon sehen, wie der große fette Scheinwerfer der Wahrheit anging und mir die Irrtümer meines Lebens aufzeigte.

Eine meiner ersten Erinnerungen an Tante Rose war, wie sie spätabends im Licht einer einzigen Lampe an dem großen Mahagonischreibtisch saß und durch eine Lupe einen riesigen Papierbogen studierte. Ich weiß noch genau, wie sich die Teddybärenpfote anfühlte, die ich mit einer Hand umklammert hielt, und welche Angst ich hatte, sofort zurück ins Bett geschickt zu werden. Erst bemerkte sie mich gar nicht, doch als sie mich schließlich entdeckte, fuhr sie erschrocken zusammen, als wäre ihr ein kleiner Geist erschienen. Als Nächstes kann ich mich daran erinnern, wie ich auf ihrem Schoß saß und auf das weite Meer aus Papier hinausblickte.

»Sieh durch das Vergrößerungsglas«, sagte sie und hielt mir die Lupe hin. »Das ist unser Familienstammbaum, und da ist deine Mutter.«

Ich weiß noch, dass ich für einen Moment schrecklich aufgeregt war, dann aber schwer enttäuscht. Es handelte sich gar nicht um ein Bild meiner Mutter, sondern nur um eine Zeile aus Buchstaben, die ich noch nicht lesen konnte. »Was steht da?«, habe ich Tante Rose damals wohl gefragt, denn ich kann mich noch allzu gut an ihre Antwort erinnern.

»Da steht«, erwiderte sie ungewohnt theatralisch, »liebe Tante Rose, bitte pass gut auf mein kleines Mädchen auf. Sie ist etwas ganz Besonderes, und sie fehlt mir so.« In dem Moment stellte ich zu meinem großen Entsetzen fest, dass meine Tante weinte. Noch nie zuvor hatte ich einen erwachsenen Menschen weinen sehen. Ich war bis dahin gar nicht auf die Idee gekommen, dass Erwachsene dazu in der Lage sein könnten.

Als Janice und ich älter wurden, rückte Tante Rose hin und wieder mit einer Kleinigkeit über unsere Mutter heraus, lieferte uns aber niemals das ganze Bild. Nachdem wir dann beide am College angefangen und ein wenig Rückgrat entwickelt hatten, gingen wir mal an einem besonders schönen Tag mit ihr nach draußen in den Garten, ließen sie an einem Tisch Platz nehmen, auf dem schon Kaffee und Muffins bereitstanden, und baten sie ganz bewusst, uns die komplette Geschichte zu erzählen. Das war ein seltener Moment der Übereinstimmung zwischen meiner Schwester und mir. Gemeinsam überschütteten wir unsere Tante mit Fragen: Wie waren unsere Eltern gewesen – abgesehen von der Tatsache, dass sie bei einem Verkehrsunfall ums Leben gekommen waren? Und warum hatten wir keinen Kontakt mit Leuten in Italien, obwohl doch in unseren Pässen stand, dass wir dort geboren waren?

Tante Rose hörte uns ganz still zu, ohne die Muffins auch nur anzurühren, und als wir fertig waren, nickte sie. »Ihr habt ein Recht darauf, diese Fragen zu stellen, und eines Tages werdet ihr die Antworten bekommen. Bis dahin aber müsst ihr Geduld haben. Es ist zu eurem eigenen Besten, dass ich euch so wenig über eure Familie erzählt habe.«

Ich begriff nicht, warum es etwas Schlechtes sein sollte, alles über die eigene Familie zu wissen. Oder zumindest ein wenig. Trotzdem respektierte ich, dass dieses Thema Tante Rose unangenehm war, und verschob den unvermeidlichen Konflikt auf später. Eines Tages würde ich sie Platz nehmen lassen und eine Erklärung von ihr verlangen. Eines Tages würde sie mir alles sagen. Selbst später, als sie achtzig wurde, vertraute ich immer noch darauf, dass sie *eines Tages* all unsere Fragen beantworten würde. Nun aber konnte sie das nicht mehr.

Als ich das Hotel betrat, telefonierte Direttor Rossini gerade im Hinterzimmer, deswegen blieb ich kurz stehen, um zu warten, bis er wieder herauskam. Auf dem Rückweg von Maestro Lippis Atelier hatte ich über die Bemerkungen nachgedacht, die der Künstler im Zusammenhang mit seinem spätabendlichen Besucher namens Romeo hatte fallenlassen. Ich fand, dass es höchste Zeit war, mich etwas eingehender mit der Familie Marescotti und ihren eventuell existierenden Nachfahren zu beschäftigen.

Der erste logische Schritt war wohl, Direttor Rossini um ein Telefonbuch der Stadt zu bitten, und genau das hatte ich jetzt vor. Nachdem ich mindestens zehn Minuten gewartet hatte, gab ich erst einmal auf und beugte mich über den Tresen, um meinen Zimmerschlüssel von der Wand zu fischen.

Frustriert, weil ich Maestro Lippi nicht über die Marescottis ausgefragt hatte, als sich die Gelegenheit bot, stieg ich langsam die Treppe hinauf. Die Schnitte an meinen Fußsohlen schmerzten bei jedem Schritt. Dass ich normalerweise keine hochhackigen Schuhe trug, erwies sich dabei auch nicht gerade als hilfreich, insbesondere in Anbetracht der vielen Kilometer, die ich in den letzten zwei Tagen zu Fuß zurückgelegt hatte. Kaum aber hatte ich die Tür zu meinem Zimmer geöffnet, vergaß ich schlagartig all meine kleinen Wehwehchen, denn wie ich feststellen musste, war dort alles auf den Kopf gestellt und zweimal umgedreht worden.

Irgendjemand – wenn nicht sogar eine ganze Gruppe höchst entschlossener Eindringlinge – hatte auf der Suche nach was auch immer regelrecht die Türen vom Schrank und die Füllung aus den Kissen gerissen. Überall lagen Klamotten, Kleinkram und Kosmetiksachen herum. Ein Teil meiner neu gekauften Unterwäsche hing sogar vom Kronleuchter.

Ich war noch nie Zeuge geworden, wie eine Kofferbombe explodierte, aber so ähnlich musste es hinterher aussehen, da war ich mir sicher.

»Miss Tolomei!« Heftig keuchend holte Direttor Rossini mich ein, »Contessa Salimbeni hat angerufen und gefragt, ob es Ihnen schon besser geht, aber … Santa Caterina!« Sobald er der Verwüstung in meinem Zimmer ansichtig wurde, vergaß er alles, was er mir eigentlich hatte sagen wollen. Für einen Moment standen wir beide nur da und betrachteten mit sprachlosem Entsetzen mein Zimmer.

»Tja«, sagte ich schließlich in dem Bewusstsein, Publikum zu haben, »wenigstens muss ich jetzt meine Koffer nicht mehr auspacken.«

»Das ist ja schrecklich!«, rief Direttor Rossini, der weniger schnell bereit war, das Ganze positiv zu sehen. »Was für ein Chaos! Nun werden die Leute sagen, dass man in diesem Hotel nicht mehr sicher ist! Oh, Vorsicht, treten Sie nicht in die Scherben!«

Der Boden war mit den Scherben der zerschmetterten Balkontür bedeckt. Zweifellos hatte es der Einbrecher auf die Truhe meiner Mutter abgesehen, die – natürlich – verschwunden war, aber warum hatte er anschließend noch das Zimmer verwüstet? Gab es außer der Truhe noch etwas, das er haben wollte?

»*Cavolo!*«, rief Direttor Rossini. »Nun muss ich die Polizei kommen lassen, und sie werden hier anrücken und Fotos machen, und die Zeitungen werden schreiben, dass man im Hotel Chiusarelli nicht mehr sicher ist!«

»Warten Sie!«, hielt ich ihn zurück. »Das mit der Polizei können Sie sich sparen. Dafür besteht keine Notwendigkeit. Wir wissen auch so, was die Einbrecher wollten.« Ich ging zu dem Schreibtisch hinüber, auf dem die Truhe gestanden hatte. »Sie werden nicht zurückkommen. Diese Mistkerle!«

»Oh!« Die Miene von Direttor Rossini hellte sich plötzlich auf. »Das habe ich ganz vergessen! Gestern habe ich persönlich Ihre Koffer heraufgetragen …«

»Ja, das sehe ich.«

»… und bei der Gelegenheit bemerkt, dass Sie dort auf dem Tisch eine sehr teure Antiquität stehen hatten. Deswegen habe ich mir erlaubt, sie aus diesem Zimmer zu entfernen und im Hotelsafe zu deponieren. Ich hoffe, das war in Ihrem Sinne? Normalerweise mische ich mich nicht derart eigenmächtig in die Angelegenheiten …«

Ich war so erleichtert, dass ich gar nicht auf die Idee kam, ihm wegen seiner Eigenmächtigkeit böse zu sein – oder ihn wegen seiner Weitsicht zu bewundern. Stattdessen packte ich ihn an den Schultern. »Die Truhe ist noch da?«

Tatsächlich thronte die Truhe meiner Mutter recht gemütlich zwischen Geschäftsbüchern und silbernen Kerzenständern im Hotelsafe. »Wenn ich Sie nicht hätte!«, rief ich, und meinte es auch so. »Diese Truhe ist etwas ganz Besonderes.«

»Ich weiß. Meine Großmutter hatte auch so eine. Inzwischen werden sie gar nicht mehr hergestellt. Es handelt sich dabei um eine alte, für Siena typische Handwerkstradition. Wir nennen sie hier die Truhe der Geheimnisse, weil es immer ein Geheimfach gibt. Man kann darin etwas vor seinen Eltern verstecken, oder vor seinen Kindern. Vor wem auch immer.«

»Sie meinen … diese hat auch ein Geheimfach?«

»Ja!« Direttor Rossini griff nach der Truhe und sah sie sich genauer an. »Ich zeige es Ihnen. Nur wer aus Siena kommt, kennt sich damit aus. Es ist ganz raffiniert. Das Geheimfach befindet sich nämlich immer an einer anderen Stelle. Bei der Truhe meiner Großmutter war es an der Seite, genau hier … aber bei dieser ist es anders. Ein schwieriger Fall. Mal sehen … nein, hier auch nicht … und hier auch nicht …« Er inspizierte die Truhe von allen Seiten.

Ganz offensichtlich genoss er die Herausforderung. »Meine Großmutter hat darin nur eine Haarlocke aufbewahrt, sonst nichts. Ich entdeckte sie eines Tages, als Großmutter schlief, natürlich habe ich sie nie gefragt … *aha!*«

Irgendwie war es Direttor Rossini gelungen, den Schließmechanismus des Geheimfaches ausfindig zu machen und zu entriegeln. Er lächelte triumphierend, als ein Viertel des Bodens auf den Tisch fiel, gefolgt von einem kleinen, rechteckigen Kärtchen. Nachdem er die Truhe umgedreht hatte, nahmen wir das Geheimfach gemeinsam in Augenschein, doch abgesehen von der Karte war es leer.

»Verstehen Sie das?« Ich zeigte Direttor Rossini die Buchstaben und Zahlen, die mit einer altmodischen Schreibmaschine auf die Karte getippt waren. »Sieht aus wie eine Art Code.«

»Das«, sagte er, während er sie mir aus der Hand nahm, »ist eine alte – wie sagt man noch mal in Ihrer Sprache? – Karteikarte. Solche Karten haben wir benutzt, als es noch keine Computer gab. Das war vor Ihrer Zeit. Ach, wie sich die Welt verändert hat! Ich weiß noch genau, wie es war, als …«

»Haben Sie eine Ahnung, woher sie stammen könnte?«

»Diese hier? Vielleicht aus einer Bibliothek? Keine Ahnung. Ich bin da kein Experte. Aber …« – er musterte mich abschätzend, als versuchte er herauszufinden, ob ich solch höherer Weihen überhaupt würdig war – »ich weiß jemanden, der sich mit derartigen Dingen auskennt.«

Ich brauchte eine Weile, um das winzige Antiquariat aufzuspüren, das mir Direttor Rossini beschrieben hatte, und als ich es schließlich fand, war es – wie hätte es anders sein sollen – über die Mittagspause geschlossen. Ich spähte durch die Fenster, um herauszufinden, ob vielleicht doch jemand da war, sah aber nur Bücher und noch mehr Bücher.

Um mir die Zeit zu vertreiben, spazierte ich zur Piazza del Duomo hinüber, die gleich um die Ecke lag, und ließ mich auf der Treppe der Kathedrale von Siena nieder. Trotz der vielen Touristen, die durch die Kirchentore ein und aus strömten, strahlte dieser Ort eine besondere Ruhe aus – irgendetwas Erdverbundenes, Ewiges, was mir das Gefühl gab, dass ich, müsste ich nicht eine Mission erfüllen, genau wie das Gebäude selbst endlos dort verharren könnte, um mit einer Mischung aus Wehmut und Anteilnahme die fortwährende Wiedergeburt der Menschheit zu beobachten.

Das auffallendste Merkmal der Kathedrale war ihr Glockenturm. Er war zwar nicht so hoch wie der Mangia-Turm, Direttor Rossinis männliche Lilie auf dem Campo, aber aufgrund der Tatsache, dass er Zebrastreifen aufwies, dennoch der bemerkenswertere von beiden. Schmale Schichten aus weißem und schwarzem Stein wechselten sich bis zur Spitze hinauf ab, als führte eine Treppe aus Biskuit in den Himmel. Zwangsläufig drängte sich mir die Frage nach dem Symbolgehalt des Musters auf. Vielleicht hatte es ja gar nichts zu bedeuten? Womöglich war es nur angelegt worden, um dem Turm ein spektakuläres Aussehen zu verleihen. Oder es sollte das Wappen von Siena widerspiegeln, die Balzana, die teils schwarz, teils weiß war wie ein stielloses, zur Hälfte mit dunklem Rotwein gefülltes Glas – und für mich genauso befremdlich wie das Muster des Turms.

Zwar hatte mir Direttor Rossini die Geschichte von den römischen Zwillingen erzählt, die ihrem bösen Onkel auf einem schwarzen und einem weißen Pferd entkamen, doch ich war keineswegs davon überzeugt, dass die Farben der Balzana darauf beruhten. Meiner Meinung nach hatte es etwas mit Gegensätzen zu tun – mit der gefährlichen Kunst, Extreme zu vereinen und Kompromisse zu erzwingen. Oder vielleicht spiegelte es die Erkenntnis wider, dass das Leben ein fragiles Gleichgewicht großer Kräfte darstellte und das Gute an Wirksamkeit verlieren würde, wenn es auf der Welt nichts Böses mehr zu bekämpfen gäbe.

Aber ich war keine Philosophin. Außerdem ließ mich die Sonne allmählich spüren, dass nun die Tageszeit anbrach, in der sich nur Verrückte und Engländer ihren Strahlen aussetzten. Nachdem ich das kurze Wegstück zurückgegangen war, musste ich feststellen, dass der Buchladen immer noch geschlossen hatte. Seufzend warf ich einen Blick auf die Uhr und fragte mich, wo ich Zuflucht vor der Hitze suchen sollte, bis die Jugendfreundin von Direttor Rossinis Mutter sich herabließ, ihre Mittagspause zu beenden.

Die Luft in der Kathedrale von Siena war erfüllt von Gold und Schatten. Rund um mich herum ragten massive, schwarzweiße Säulen zu einem Deckengewölbe empor, das mit kleinen Sternen übersät war. Das Mosaik des Kirchenbodens wirkte wie ein riesiges Puzzle aus Symbolen und Legenden, die ich zwar irgendwie kannte – so, wie man auch den Klang einer fremden Sprache kennt –, aber nicht verstand.

Obwohl sich dieser Ort von den modernen Kirchen meiner Kindheit unterschied wie eine Religion von einer anderen, spürte ich dennoch, wie mein Herz seltsam gebannt darauf reagierte, als würde es ihn wiedererkennen. Als wäre ich vor langer, langer Zeit schon einmal dort gewesen, auf der Suche nach demselben Gott. Schlagartig begriff ich, dass ich zum ersten Mal in einem Gebäude stand, das Ähnlichkeit mit dem Schloss aus meinem Traum hatte, dem Schloss der flüsternden Geister. Während ich in diesem stillen Wald aus Silberbirkensäulen mit großen Augen zu der sternenübersäten Kuppel emporblickte, ging mir durch den Kopf, dass mich vielleicht einmal jemand in diese Kathedrale mitgenommen hatte, als ich noch ein Baby war, und ich sie irgendwie in meinem Gedächtnis abgespeichert hatte, ohne zu wissen, worum es sich dabei eigentlich handelte.

Ich war nur ein einziges Mal in einer anderen Kirche dieser Größe gewesen. Nach einem Zahnarztbesuch hatte Umberto mir erlaubt, den Rest des Vormittags die Schule zu schwänzen, und war mit mir in die *Basilica of the National Shrine* in Washington gegangen. Ich war damals bestimmt nicht älter als sechs oder sieben, konnte mich aber noch lebhaft daran erinnern, wie er sich mitten in dem riesigen Kirchenraum neben mich kniete und mich frage: »Hörst du es?«

»Was?«, fragte ich, während ich den Griff der kleinen Plastiktasche mit meiner neuen rosa Zahnbürste fest umklammert hielt.

Verschmitzt legte er den Kopf ein wenig schräg, als würde er lauschen. »Die Engel. Wenn du ganz leise bist, kannst du sie kichern hören.«

»Worüber lachen sie denn?«, wollte ich wissen. »Über uns?«

»Sie bekommen gerade Flugunterricht. Dazu

brauchen sie keinen Wind, sondern nur den Atem Gottes.«

»Und der lässt sie fliegen? Der Atem Gottes?«

»Es gibt beim Fliegen einen Trick. Die Engel haben ihn mir verraten.« Er musste lächeln, weil ich vor Ehrfurcht ganz große Augen machte. »Man muss alles vergessen, was man als Mensch gelernt hat. Als Mensch entdeckt man irgendwann, dass eine große Kraft darin liegt, die Erde zu hassen. Sie kann einen fast zum Fliegen bringen. Aber nur fast.«

Ich zog die Stirn kraus, weil ich ihm nicht recht folgen konnte. »Was ist dann der Trick?«

»Den Himmel zu lieben.«

Während ich so dastand und an Umbertos ungewöhnlichen Gefühlsausbruch denken musste, näherte sich von hinten eine Gruppe britischer Touristen, deren Führer gerade angeregt von den vielen vergeblichen Versuchen erzählte, bei Ausgrabungen die alte Krypta der Kathedrale zu finden, die im Mittelalter angeblich existiert hatte, nun aber für immer verloren schien.

Da mich der sensationslüsterne Ton des Fremdenführers amüsierte, hörte ich noch eine Weile zu, ehe ich die Kathedrale den Touristen überließ. Draußen schlenderte ich die Via del Capitano entlang, bis ich schließlich zu meiner großen Überraschung wieder auf der Piazza Postierla landete, direkt gegenüber von Malènas Espressobar.

Auf dem kleinen Platz hatte bisher immer geschäftiges Treiben geherrscht, doch an diesem Tag war es dort angenehm ruhig – vielleicht, weil bei der glühenden Hitze alle Siesta hielten. Gegenüber einem kleinen Brunnen stand ein Podest mit einem Wolf und zwei Säuglingen, und über dem Brunnen selbst war ein wild aussehender Metallvogel angebracht. Zwei Kinder, ein Junge und ein Mädchen, bespritzten sich mit Wasser und liefen dabei kreischend vor Lachen hin und her, während nicht weit entfernt ein paar alte Männer nebeneinander im Schatten saßen. Sie hatten ihre Jacken ausgezogen, aber die Hüte aufbehalten, und betrachteten mit sanften Augen ihre eigene Unsterblichkeit.

»Hallo«, sagte Malèna, als sie mich die Bar betreten sah. »Luigi hat wirklich gute Arbeit geleistet, nicht wahr?«

»Er ist ein Genie.« Ich ging zu ihr hinüber und lehnte mich an die kühle Theke, wo ich mich seltsam zu Hause fühlte. »Solange er hier ist, werde ich Siena nicht mehr verlassen.«

Der warme Klang ihres lauten, fröhlichen Lachens ließ mich ein weiteres Mal über die geheime Zutat im Leben dieser Frauen nachdenken. Worin sie auch bestehen mochte, ich hatte offenbar nichts davon abbekommen. Es ging dabei um viel mehr als nur um Selbstvertrauen. Eher schien es sich um die Fähigkeit zu handeln, sich selbst zu lieben, von

Herzen und mit Haut und Haar, Körper und Seele, woraus sich wohl ganz automatisch die Überzeugung ergab, dass sämtliche Männer auf dem Planeten darauf brannten, dasselbe zu tun.

»Hier …« – Malèna stellte einen Espresso vor mich hin und legte augenzwinkernd einen Biscotto dazu, »Sie sollten mehr essen. Das verleiht einer Frau … Sie wissen schon, *Charakter*.«

»Eine wilde Kreatur«, bemerkte ich mit einem Blick auf den Brunnen draußen. »Was ist denn das für eine Sorte Vogel?«

»Unser Adler, *aquila* auf Italienisch. Der Brunnen ist unser … wie sagt man noch mal?« Sie biss sich auf die Lippe, weil ihr das richtige Wort nicht einfiel. »*Fonte battesimale* … unser Taufbrunnen? Ja! Dorthin bringen wir unsere Babys, damit sie *aquilini* werden, kleine Adler.«

»Wir sind hier in der Adler-Contrada?« Während ich den Blick über die anderen Gäste schweifen ließ, bekam ich plötzlich eine Gänsehaut. »Stimmt es, dass der Adler ursprünglich das Symbol der Familie Marescotti war?«

»Ja«, nickte sie, »aber natürlich haben wir es nicht erfunden. Der Adler stammt ursprünglich von den Römern. Dann hat ihn Karl der Große übernommen, und da die Marescottis in seiner Armee dienten, hatten wir das Recht, dieses kaiserliche Symbol zu verwenden. Aber das weiß heute niemand mehr.«

Überrascht starrte ich sie an. Ich war mir fast sicher, dass sie von den Marescottis gesprochen hatte, als wäre sie selbst eine. Leider schob sich genau in dem Moment, als ich sie danach fragen wollte, das grinsende Gesicht eines Kellners zwischen uns. »Es sei denn, man hat das Glück, hier zu arbeiten. Wir wissen alles über ihren großen Vogel.«

»Ignorieren Sie ihn einfach«, sagte Malèna, die so tat, als wollte sie ihm ein Tablett auf den Kopf schlagen. »Er kommt aus der Contrada della Torre – dem Viertel des Turms.« Sie schnitt eine Grimasse. »Ein richtiger Scherzkeks.«

Trotz der allgemeinen Heiterkeit fiel mir aus dem Augenwinkel irgendetwas auf. Wie ich bei genauerem Hinsehen feststellte, war draußen ein schwarzes Motorrad stehengeblieben. Der Fahrer trug einen Helm mit heruntergeklapptem Visier, aber ich hatte trotzdem den Eindruck, dass er einen raschen Blick durch die Glastür des Cafés warf, eher er wieder lautstark Gas gab und davondonnerte.

»Ducati Monster S4«, ratterte der Kellner herunter, als hätte er eine Zeitschriftenwerbung auswendig gelernt, »eine richtige Straßenkämpferin. Sie lässt Männer von Blut träumen, und wenn sie dann schweißgebadet aufwachen, versuchen sie nach ihr zu greifen, aber sie hat keine Griffe zum Festhalten. Deswegen …« – er tätschelte mit vielsagender Miene seinen Bauch – »darf man kein Mädchen mitfahren lassen, es sei denn, man verfügt über ein Six-pack-Antiblockiersystem.«

»Basta, basta, Dario!«, schalt ihn Malèna. »*Tu parli di niente!*«

»Kennen Sie den Typen auf dem Motorrad?«, fragte ich so lässig wie möglich, auch wenn mir alles andere als lässig zumute war.

»Den?« Sie verdrehte unbeeindruckt die Augen. »Wie heißt es so schön? Viel Getöse, nichts in der Hose.«

»Ich mache nicht viel Getöse!«, protestierte Dario.

»Ich habe doch nicht dich gemeint, *stupido*, sondern den *moscerino* auf dem Motorrad!«

»Kennen Sie ihn?«, fragte ich noch einmal.

Sie zuckte mit den Achseln. »Ich mag lieber Männer mit Autos. Männer mit Motorrädern sind … Playboys. Natürlich kann so einer seine Freundin mit aufs Motorrad setzen, aber was ist mit den Kindern, den Brautjungfern und der Schwiegermutter?«

»Genau meine Rede«, sagte Dario und wackelte dabei mit den Augenbrauen. »Deswegen spare ich auf ein Motorrad.«

Mittlerweile wurden in der Schlange hinter mir mehrere andere Gäste hörbar ungeduldig. Obwohl Malèna sich allem Anschein nach recht wohl dabei fühlte, sie alle zu ignorieren, solange es ihr Spaß machte, beschloss ich, meine Fragen über die Marescottis und ihre eventuell noch lebenden Nachkommen auf einen anderen Tag zu verschieben.

Beim Verlassen der Bar hielt ich nach dem Motorrad Ausschau, konnte es aber nirgendwo entdecken. Natürlich wusste ich es nicht mit Sicherheit, aber meine Intuition sagte mir, dass es derselbe Typ gewesen war, der mich schon vergangene Nacht belästigt hatte. Falls er tatsächlich nur eine weibliche Mitfahrerin suchte, die ihre Arme um seinen Waschbrettbauch schlang, konnte ich mir ehrlich gesagt eine bessere Art vorstellen, um mit der Auserwählten ins Gespräch zu kommen.

Als die Besitzerin der Buchhandlung endlich vom Mittagessen zurückkam, saß ich schon eine ganze Weile bei ihr auf der Treppe, den Rücken gegen die Tür gelehnt. Ich war nahe dran gewesen, das ganze Unterfangen abzubrechen, doch am Ende wurde meine Geduld belohnt, denn die Frau – eine liebe alte Dame, deren dürre Gestalt wohl hauptsächlich durch ein gehöriges Maß an Neugier in Bewegung gehalten wurde – warf nur einen raschen Blick auf die Karteikarte und nickte dann wissend.

»Ach ja«, sagte sie, kein bisschen überrascht, »die stammt aus dem Universitätsarchiv. Genauer gesagt, aus der historischen Sammlung. Ich glaube, dort benutzen sie immer noch den alten Katalog. Lassen Sie mich mal sehen … ja, das steht für *Spätes Mittel-*

alter. Das hier bedeutet *Heimatgeschichte*, und das hier ...« – sie deutete auf den Rest der Signatur – »ist der Buchstabe das betreffenden Regals, K, und die Nummer der Schublade, 3–17 b. Wobei hier nichts über den Inhalt steht. Aber zumindest wissen Sie jetzt, was die Signatur bedeutet.« Nachdem sie das Rätsel so schnell gelöst hatte, blickte sie erwartungsvoll zu mir hoch, als hoffte sie auf ein weiteres. »Wie sind Sie denn an diese Karte gekommen?«

»Durch meine Mutter, beziehungsweise meinen Vater. Ich glaube, er hat als Professor an der Universität gelehrt. Professor Tolomei?«

Die alte Dame strahlte plötzlich wie ein Weihnachtsbaum. »Ich erinnere mich an ihn! Ich habe bei ihm studiert! Er war auch derjenige, der überhaupt erst Ordnung in die ganze Sammlung gebracht hat. Vorher herrschte dort das totale Chaos. Ich habe damals zwei Sommer lang Nummern auf Schubladen geklebt. Allerdings ... frage ich mich, warum er diese Karte herausgenommen hat. Er war immer so ungehalten darüber, wenn die Leute Karteikarten einfach herumliegen ließen.«

Die Universität von Siena war über die ganze Stadt verteilt, doch das historische Archiv lag nur einen strammen Fußmarsch entfernt in Richtung des Stadttores namens Porta Tufi. Ich brauchte eine Weile, bis ich zwischen den unauffälligen Häuserfronten entlang der Straße die richtige entdeckt hatte. Letztendlich ließ vor allem das Flickwerk aus sozialistischen Plakaten draußen am Zaun auf ein Haus der Bildung schließen.

In der Hoffnung, für eine Studentin gehalten zu werden, betrat ich das Gebäude durch das Tor, das die Buchhändlerin mir beschrieben hatte, und eilte geradewegs ins Untergeschoss. Vielleicht lag es daran, dass gerade alle Siesta hielten, oder vielleicht war im Sommer sowieso niemand da, jedenfalls schaffte ich es, nach unten zu gelangen, ohne einem einzigen Menschen über den Weg zu laufen. Im ganzen Gebäude war es wunderbar kühl und ruhig. Es erschien mir fast zu einfach.

Nur mit meiner Karteikarte als Wegweiser wanderte ich mehrmals durch das ganze Archiv, ohne jedoch die richtigen Regale zu finden. Wie mir die Buchhändlerin erklärt hatte, handelte es sich um eine separate Sammlung, die schon früher kaum von jemandem benutzt worden war. Ich musste in den hintersten Winkel des Archivs – eine Wegbeschreibung, die mir insofern Schwierigkeiten bereitete, als in meinen Augen jeder Teil des Archivs wie der hinterste Winkel aussah. Außerdem waren die Regale, die ich vor mir hatte, nicht mit Schubladen ausgestattet, sondern ganz normale Regale voller Bücher. Kunstgegenstände konnte ich keine entdecken, und auch kein Buch mit der Signatur K 3–17 b.

Nachdem ich mindestens zwanzig Minuten herumgeirrt war, kam ich schließlich auf die Idee, eine Tür am hinteren Ende des Saales auszuprobieren. Es handelte sich um eine Metalltür, die fast an die Sorte erinnerte, mit denen die Tresorräume von Banken gesichert wurden, doch wider Erwarten ließ sie sich problemlos öffnen. Dahinter lag ein weiterer – kleinerer – Raum, der offenbar auf eine besondere Art klimatisiert wurde, so dass die Luft dort ganz anders roch, fast wie Mottenkugeln mit einem Hauch von Schokoladenaroma.

Nun ergab meine Karteikarte endlich einen Sinn. Diese Regale waren tatsächlich mit Schubladen ausgestattet, genau wie die Buchhändlerin es beschrieben hatte. Die Sammlung war chronologisch angeordnet, sie begann mit der Zeit der Etrusker und endete – zumindest vermutete ich das – mit dem Jahr, in dem mein Vater gestorben war. Ganz offensichtlich machte niemand davon Gebrauch, denn alles war mit einer dicken Staubschicht überzogen, und als ich versuchte, die Rollleiter zu verschieben, widersetzte sie sich zunächst hartnäckig, weil die Metallräder auf dem Boden festgerostet waren. Als sie sich schließlich – unter lautem, entrüstetem Ächzen – doch bewegte, blieben auf dem grauen Linoleum kleine braune Abdrücke zurück.

Ich platzierte die Leiter vor dem Regal mit dem Buchstaben K, und stieg hinauf, um mir Reihe 3 etwas genauer anzusehen. Sie bestand aus ein paar Dutzend mittelgroßen Schubladen, an die niemand herankam und auch niemand einen Gedanken verschwendete, es sei denn, die betreffende Person hatte eine Leiter und wusste genau, wonach sie suchte. Zunächst fühlte es sich an, als wäre Schublade Nummer 17b abgeschlossen. Erst, nachdem ich ein paarmal mit der Faust dagegengeschlagen hatte, löste sie sich und ließ sich aufziehen. Aller Wahrscheinlichkeit nach hatte kein Mensch mehr Schublade Nummer 17b herausgezogen, seit mein Vater sie Jahrzehnte zuvor geschlossen hatte.

Sie enthielt ein großes, in luftdichte braune Plastikfolie gehülltes Päckchen. Vorsichtig tastete ich daran herum. Der Inhalt fühlte sich schwammig an, fast wie Schaumstoff. Fasziniert nahm ich das Päckchen aus der Schublade, stieg von der Leiter und ließ mich auf der untersten Sprosse nieder, um meinen Fund zu inspizieren.

Da ich nicht gleich das ganze Ding aufreißen wollte, machte ich erst einmal mit einem Fingernagel ein kleines Loch in die Plastikhülle. Nun, da seine luftdichte Verpackung zerstört war, schien das Päckchen tief Luft zu holen, und durch das Loch lugte ein kleines Stück eines blassblauen Stoffes heraus. Nachdem ich die Öffnung ein wenig vergrößert hatte, befühlte ich den Stoff mit den Fingern. Ich war zwar keine Expertin, vermutete aber, dass er aus

Seide war und – trotz seines guten Zustandes – sehr, sehr alt.

Obwohl ich genau wusste, dass ich etwas höchst Empfindliches gleichzeitig Licht und Luft aussetzte, befreite ich den Stoff aus seiner Plastikhülle und faltete ihn auf meinem Schoß auseinander. Dabei fiel etwas heraus und landete mit einem metallischen Klirren auf dem Linoleumboden.

Es handelte sich um ein großes Messer in einer goldenen Scheide, das zwischen den Falten der Seide gesteckt hatte. In den Griff war ein Adler eingraviert.

Während ich so dasaß und diesen unerwarteten Schatz in der Hand hielt, hörte ich aus dem anderen Teil des Archivs plötzlich ein Geräusch. Da mir nur allzu bewusst war, dass ich mich unberechtigterweise an einem Ort aufhielt, wo zweifellos zahlreiche unersetzbare Schätze gelagert wurden, fuhr ich mit einem schuldbewussten Keuchen hoch und raffte meine Beute zusammen, so gut ich konnte. Auf keinen Fall wollte ich in diesem noblen, klimatisierten Gewölbe in flagranti erwischt werden, während mir sozusagen noch die Federn des von mir erbeuteten Kanarienvogels aus dem Mund ragten.

So leise wie möglich schlich ich zurück in die Hauptbibliothek, wobei ich die Metalltür nur einen winzigen Spalt offen ließ. Hinter die letzte Regalreihe gekauert, lauschte ich aufmerksam, konnte jedoch nur meinen eigenen unregelmäßigen Atem hören. Nun musste ich nur noch zur Treppe hinübergehen und das Gebäude so unauffällig verlassen, wie ich es betreten hatte.

Wie sich herausstellte, war das ein Trugschluss. Genau in dem Moment, als ich beschloss, mich in Bewegung zu setzen, hörte ich plötzlich Schritte – nicht die Schritte eines Bibliothekars, der aus der Pause zurückkkam, oder eines Studenten auf der Suche nach einem Buch, sondern die verstohlenen Schritte eines Menschen, der nicht wollte, dass ich ihn kommen hörte, weil seine Anwesenheit in dem Archiv noch dubiosere Gründe hatte als meine eigene. Vorsichtig spähte ich zwischen den Regalen hindurch – und sah ihn direkt auf mich zukommen. Es war derselbe Kerl, der mich schon die ganze Zeit verfolgte. Den Blick auf die Metalltür gerichtet, die in das alte Gewölbe führte, schlich er von Bücherregal zu Bücherregal. Allerdings hatte er dieses Mal eine Schusswaffe in der Hand.

In wenigen Sekunden würde er die Reihe erreichen, hinter der ich mich versteckte. Vor Angst war mir ganz übel. Mit angehaltenem Atem drückte ich mich an dem Bücherregal entlang, bis ich sein seitliches Ende erreicht hatte. Hier führte ein schmaler Gang bis ganz nach vorne zum unbesetzten Pult des Bibliothekars. Auf Zehenspitzen schlich ich so weit, wie ich mich traute, lehnte mich dann gegen die schmale Seite eines Bücherregals und zog den Bauch ein – in der Hoffnung, dass nichts von mir zu sehen sein würde, wenn der Kerl auf dem Gang am anderen Ende des Raumes an mir vorbeiging.

Während ich dort stand und vor Angst die Luft anhielt, musste ich gegen den starken Drang ankämpfen, einfach loszurennen. Statt diesem Fluchtinstinkt nachzugeben, zwang ich mich, noch ein paar Sekunden lang völlig reglos stehen zu bleiben. Als ich es schließlich wagte, ein wenig den Hals zu recken und hinter dem Regal hervorzulugen, sah ich ihn gerade lautlos in das Gewölbe hineingleiten.

Mit zitternden Fingern streifte ich meine Schuhe ab und huschte bis ans Ende des Ganges. Beim Pult des Bibliothekars angekommen, bog ich um die Ecke und eilte die Treppe hinauf, wobei ich jeweils drei Stufen auf einmal nahm und mich kein einziges Mal umblickte.

Erst, als ich in sicherer Entfernung vom Universitätsgelände in irgendeine kleine Gasse eingebogen war, lief ich ein wenig langsamer. Ein Gefühl der Erleichterung durchflutete mich. Allerdings hielt es nicht lange an. Höchstwahrscheinlich handelte es sich bei meinem Verfolger um denselben Kerl, der auch mein Hotelzimmer verwüstet hatte, und das einzig Positive daran war, dass ich nicht schlafend im Bett gelegen hatte, als er dort auftauchte.

Dass ich dem Eulenmuseum schon so bald einen zweiten Besuch abstattete, überraschte Peppo Tolomei fast ebenso sehr wie mich selbst. »Giulietta!«, rief er und legte den Lappen weg, mit dem er gerade einen Pokal gereinigt hatte. »Was ist mit dir? Und was hast du da?«

Wir starrten beide auf das unordentliche Bündel in meinen Armen. »Das weiß ich selbst nicht so genau«, gestand ich, »aber ich glaube, es hat meinem Vater gehört.«

»Hier …« Er räumte auf dem Tisch ein wenig Platz für mich frei. Behutsam legte ich die blaue Seide ab und zog das darin eingehüllte Messer heraus.

»Hast du eine Ahnung, woher das stammen könnte?«, fragte ich ihn.

Doch Peppo schenkte dem Messer keinerlei Beachtung. Stattdessen faltete er voller Ehrfurcht die Seide auseinander. Als der Stoff schließlich ganz ausgebreitet vor ihm lag, trat er überwältigt einen Schritt zurück und bekreuzigte sich. »Wo um alles in der Welt«, fragte er in einem Ton, der kaum mehr als ein Flüstern war, »hast du das gefunden?«

»Ähm … in der Sammlung meines Vaters an der Universität. Der Stoff war um das Messer gewickelt. Mir war gar nicht klar, dass es sich dabei um etwas Besonderes handelt.«

»Du weißt nicht, was das ist?«

Ich sah mir das blaue Rechteck aus Seide etwas genauer an. Es war um einiges länger als breit, fast wie ein Banner, und mit einer Frauengestalt bemalt, deren Haar von einem Heiligenschein umgeben war. Die Frau hatte die Hände zum Gebet erhoben und wirkte – trotz ihrer von der Zeit ausgebleichten Farben – immer noch sehr beeindruckend. Selbst ein Banause wie ich konnte erkennen, dass es sich um eine Abbildung der Jungfrau Maria handelte. »Ist das eine Art religiöse Fahne?«

»Das«, antwortete Peppo, während er sich voller Ehrfurcht aufrichtete, »ist ein Cencio, der große Preis beim Palio. Aber ein sehr alter. Siehst du die römischen Ziffern unten in der Ecke? Das ist die Jahreszahl.« Er beugte sich wieder hinunter, um die Zahl besser entziffern zu können. »Ja! Santa Maria!« Mit leuchtenden Augen drehte er sich zu mir um. »Das hier ist nicht nur ein uralter Cencio, sondern der legendenumwobendste Cencio, den es jemals gab! Alle haben geglaubt, er wäre für immer verloren. Aber hier ist er! Der Cencio des Palio von 1340. Ein großer Schatz! Seine Kante war besetzt mit kleinen … kleinen Schweifen von einem Tier, dessen Name mir gerade nicht einfällt. Auf Italienisch heißt es *vaio*. Schau …« – er deutete auf die fransige Kante des Stoffes, »hier waren welche, und hier auch. Keine Eichhörnchenschweife. So ähnlich. Aber sie sind nicht mehr da.«

»Was«, fragte ich, »wäre so etwas wert? Wie viel Geld, meine ich?«

»Geld?« In solchen Kategorien dachte Peppo nicht. Er starrte mich an, als hätte ich ihn nach dem Stundenlohn von Jesus gefragt. »Aber der Cencio selbst ist doch der Preis! Etwas ganz Besonderes … eine große Ehre. Seit dem Mittelalter bekam der Gewinner des Palio immer ein schönes, mit einem kostbarem Pelzrand besetztes Seidenbanner. Die Römer nannten es Pallium, deswegen heißt unser Rennen noch heute Palio. Schau …« Er deutete mit seinem Gehstock auf einige der Banner, die um uns herum an der Wand hingen. »Jedes Mal, wenn unser Viertel den Palio gewinnt, bekommen wir einen neuen Cencio für unsere Sammlung. Die ältesten, die wir hier haben, sind zweihundert Jahre alt.«

»Dann habt ihr also keine anderen Cenci aus dem 14. Jahrhundert?«

»O nein!« Peppo schüttelte heftig den Kopf. »Dieser hier ist etwas ganz, ganz Besonderes. In der alten Zeit war es nämlich üblich, dass sich der Sieger des Palio aus dem Cencio Kleidungsstücke nähen ließ und voller Stolz am Leib trug. Deswegen sind sie alle nicht erhalten.«

»Dann muss er doch wenigstens ein *bisschen* was wert sein«, beharrte ich. »Wenn er schon solchen Seltenheitswert besitzt, meine ich.«

»Geld-Geld-Geld«, höhnte er. »Geld ist nicht alles. Verstehst du denn nicht? Es geht hier um die Geschichte von Siena!«

Der Enthusiasmus meines Cousins stand in krassem Gegensatz zu meiner eigenen Stimmung. Allem Anschein nach hatte ich mein Leben an diesem Vormittag für ein rostiges altes Messer und eine verblichene Fahne aufs Spiel gesetzt. Ja, es war ein Cencio und als solcher für die Einwohner Sienas ein unschätzbar wertvoller, fast schon magischer Kunstgegenstand, doch falls ich damit jemals die Stadtmauern verließ, wurde daraus leider ein völlig wertloser alter Lumpen.

»Was ist mit dem Messer?«, fragte ich. »Hast du das schon mal gesehen?«

Peppo wandte sich wieder dem Tisch zu und griff nach dem Messer. »Das hier«, erklärte er, während er die rostige Klinge aus der Scheide zog und im Licht des Lüsters betrachtete, »ist ein Dolch. Eine sehr praktische Waffe.« Die Gravur nahm er besonders genau in Augenschein, wobei er ein paarmal nachdenklich nickte, weil die ganze Geschichte – zumindest seiner Miene nach zu urteilen – allmählich einen Sinn ergab. »Ein Adler. Natürlich. Und dieser Dolch war zusammen mit dem Cencio von 1340 versteckt. Dass ich das noch erleben darf! Warum hat er mir die Sachen nie gezeigt? Er hat wahrscheinlich gewusst, was ich dazu sagen würde. Dass diese Schätze ganz Siena gehören, und nicht nur den Tolomeis.«

Ich rieb mir die Stirn. »Was soll ich denn jetzt mit den Sachen machen, Peppo?«

Er sah mich an, wirkte dabei aber seltsam abwesend, als befände er sich nur zum Teil in der Gegenwart und zum Teil im Jahre 1340. »Erinnerst du dich daran, wie ich dir gesagt habe, dass deine Eltern der Meinung waren, Romeo und Julia hätten hier gelebt, in Siena? Jedenfalls gab es 1340 einen Palio, der für viel Aufregung sorgte. Es heißt, der Cencio sei damals verschwunden – dieser Cencio, der hier vor uns liegt –, und ein Mann sei beim Rennen ums Leben gekommen. Es heißt außerdem, Romeo sei bei jenem Palio mitgeritten. Wenn du mich fragst, ist das hier sein Dolch.«

Endlich siegte meine Neugier über die Enttäuschung. »Hat er gewonnen?«

»Das weiß ich nicht genau. Manche behaupten, er sei derjenige gewesen, der ums Leben kam. Aber glaube mir …« – bei diesen Worten verengten sich seine Augen –, »die Marescottis würden alles dafür tun, um das hier in die Finger zu bekommen.«

»Willst du damit sagen, die Marescottis, die heute noch in Siena leben?«

Peppo zuckte mit den Achseln. »Über den Cencio kann man streiten, aber der Dolch gehörte auf jeden Fall Romeo. Siehst du den eingravierten Adler hier auf dem Heft? Hast du eine Vorstellung davon, was für ein Schatz das für sie wäre?«

»Ich nehme an, ich könnte ihn ihnen zurückgeben und …«

»Nein!« Die trunkene Freude in den Augen meines Cousins machte jetzt anderen Emotionen Platz, die ihm wesentlich weniger gut zu Gesichte standen. »Du musst ihn hierlassen! Dieser Schatz gehört ganz Siena, nicht nur den *aquilini* oder den Marescottis. Du hast sehr gut daran getan, ihn hierher zu bringen. Wir müssen das mit den Räten sämtlicher Contraden besprechen. Die wissen am besten, was zu tun ist. Und bis dahin lege ich ihn in unseren Safe, wo er vor Licht und Luft geschützt ist.« Voller Hingabe faltete er den Cencio wieder zusammen. »Ich verspreche dir, dass ich gut darauf aufpassen werde. Unser Safe ist sehr sicher.«

»Aber meine Eltern haben mir die Sachen hinterlassen …«, wagte ich einzuwenden.

»Ja-ja-ja, aber so etwas sollte nicht einer einzigen Person gehören. Keine Sorge, unsere Verantwortlichen wissen bestimmt, was zu tun ist.«

»Wie wäre es, wenn …«

Peppo bedachte mich mit einem strengen Blick. »Ich bin dein Patenonkel. Vertraust du mir nicht?«

IV. II

Was sagst du? Wie gefällt dir dieser Mann?
Heut Abend siehst du ihn bei unserm Fest

Siena, im Jahre 1340

Für Maestro Ambrogio war die Nacht vor Mariä Himmelfahrt so heilig wie der Weihnachtsabend. Im Lauf der abendlichen Wache füllte sich die ansonsten dunkle Kathedrale von Siena immer mit Hunderten riesiger Votivkerzen, von denen manche mehr als fünfzig Pfund wogen. Eine lange Prozession aus Vertretern sämtlicher Contraden bewegte sich dann durch den Mittelgang auf den goldenen Altar zu, um die Schutzherrin Sienas zu ehren, die Jungfrau Maria, und ihre Aufnahme in den Himmel zu feiern.

Morgen, am eigentlichen Feiertag, erleuchtete dann ein Meer aus flackernden Kerzen die majestätische Kathedrale, während Vasallen aus den Städten und Dörfern der Umgebung eintrafen, um ihren Tribut zu zollen. Das Gesetz verlangte, dass sie jedes Jahr an diesem Tag, dem 15. August, der göttlichen Königin von Siena eine genau bemessene Anzahl von Wachskerzen spendeten. Gestrenge Vertreter der Stadt sorgten in der Kathedrale dafür, dass die kleineren Städte und Dörfer, die Siena unterstellt waren, ihren Verpflichtungen nachkamen. Die Tatsache, dass die Kathedrale bereits von einer Fülle heiliger Lichter erhellt wurde, bestätigte nur, was die Auswärtigen ohnehin wussten: dass Siena ein glorreicher Ort war, gesegnet von einer allmächtigen Gottheit, und dass die Zugehörigkeit zu dieser Stadt den Preis wert war.

Maestro Ambrogio zog die nächtliche Wache der Prozession bei Tageslicht bei weitem vor. Wenn Menschen Licht in die Dunkelheit trugen, geschah mit ihnen etwas Magisches: Das Feuer breitete sich bis in ihre Seelen aus, und wenn man genau hinsah, ließ sich dieses Wunder in ihren Augen verfolgen.

An diesem Abend aber konnte er nicht wie sonst an der Prozession teilnehmen. Seit er mit den großen Fresken im Palazzo Pubblico begonnen hatte, behandelten ihn die Räte von Siena wie einen der ihren – womit sie zweifellos nur erreichen wollten, dass er sie auf seinen Gemälden möglichst vorteilhaft darstellte. Deshalb saß er nun hier auf dieser Bühne fest, zusammen mit den Neun, den Biccherna-Räten, dem Capitano des Krieges und dem Capitano des Volkes. Der einzige Trost war, dass er von seinem erhöhten Platz aus einen guten Blick auf das nächtliche Spektakel hatte: die Musikanten in ihren

337

scharlachroten Uniformen, die Trommler und Fahnenträger mit ihren Insignien, die Priester in ihren fließenden Gewändern, die ganze von Kerzenlicht erhellte Prozession, die sich hinzog, bis jede Contrade Gelegenheit gehabt hatte, der himmlischen Königin, welche ihren schützenden Mantel über sie alle breitete, gebührend zu huldigen.

Dass die Familie Tolomei die Prozession der Contrade von San Cristoforo anführte, war nicht zu übersehen. In die Rot- und Goldtöne ihres Wappens gehüllt, schritten Messer Tolomei und seine Gattin in der majestätischen Haltung eines Königspaares, das sich gerade auf dem Weg zum Thron befand, durch den Mittelgang des Kirchenschiffes in Richtung Hauptaltar. Direkt hinter ihnen folgten weitere Mitglieder der Familie Tolomei. Maestro Ambrogio brauchte nicht lange, bis er Giulietta unter ihnen ausgemacht hatte. Obwohl ihr Haar mit blauer Seide bedeckt war – das Blau stand für die Unschuld und Erhabenheit der Jungfrau Maria – und ihr Gesicht nur von einer kleinen Wachskerze erhellt wurde, die sie in ihren fromm gefalteten Händen trug, ließ ihre Schönheit sofort alles um sie herum verblassen, selbst die prächtige Aussteuer ihrer Cousinen.

Giulietta aber war sich der bewundernden Blicke, die ihr bis zum Altar folgten, gar nicht bewusst. Offensichtlich galten ihre Gedanken einzig und allein der Jungfrau Maria. Während alle um sie herum mit der Selbstzufriedenheit des Schenkenden zum Hochaltar schritten, hielt das Mädchen den Blick die ganze Zeit auf den Boden gerichtet, bis sie endlich mit ihren Cousinen niederknien und ihre Kerze den Priestern überreichen durfte.

Mit zwei tiefen Knicksen erhob sie sich wieder und wandte ihr Gesicht der Welt zu. Offenbar wurde ihr erst jetzt bewusst, von welcher Pracht sie umgeben war. Die schwindelerregende Weite der Kirchenkuppel brachte sie für einen kurzen Moment zum Schwanken, während sie mit nervöser Neugier den Blick über die versammelten Menschen schweifen ließ. Maestro Ambrogio hätte nichts lieber getan, als an ihre Seite zu eilen und sich als ihr bescheidener Diener anzubieten, doch die Etikette erforderte, dass er blieb, wo er war, und ihre Schönheit nur aus der Ferne bewunderte.

Er war nicht der Einzige, dem sie auffiel. Die Räte, eben noch eifrig damit beschäftigt, Geschäfte abzuschließen und per Handschlag zu besiegeln, verstummten beim Anblick von Giuliettas Gesicht, und sogar der große Messer Salimbeni, der gleich unterhalb des Podiums in nächster Nähe der Räte stand, als gehörte er dorthin, wandte den Kopf, um zu sehen, wieso plötzlich alle so still wurden. Als er der jungen Frau ansichtig wurde, breitete sich auf seinem Antlitz ein Ausdruck freudiger Überraschung aus. In dem Moment erinnerte er den Maestro an ein Fresko, das vor langer Zeit – als er noch jung und närrisch war – in einem übel beleumundeten Haus seine Aufmerksamkeit erregt hatte. Jenes Bild stellte den antiken Gott Dionysos dar, wie er auf die Insel Naxos hinabstieg und dort Prinzessin Ariadne vorfand, die von ihrem treulosen Liebhaber Theseus verlassen worden war. Wie dieses Zusammentreffen zwischen Frau und Gott endete, ging aus dem Mythos nicht klar hervor. Manche Leute glaubten, dass die beiden in liebevoller Harmonie gemeinsam davonflogen, andere dagegen wussten, dass Begegnungen zwischen Menschen und verliebten Göttern niemals ein glückliches Ende nehmen konnten.

In Anbetracht von Salimbenis Ruf mochte es auf den ersten Blick zu freundlich erscheinen, ihn mit einer Gottheit zu vergleichen. Andererseits waren jene antiken, heidnischen Gottheiten alles andere als gütig und erhaben gewesen. Auch Dionysos als der Gott des Weines und des Feierns war nur allzu schnell bereit, sich in den Gott des wütenden Wahnsinns zu verwandeln – eine schreckliche Naturgewalt, die Frauen dazu verführen konnte, wie Wilde im Wald herumzulaufen und mit bloßen Händen Tiere in Stücke zu reißen.

Auf einen ungeübten Beobachter mochte Salimbeni, während er so dastand und quer durch die Kathedrale zu Giulietta hinüberstarrte, wie ein Ausbund an Güte und Reichtum wirken. Dem Maestro aber entging nicht, dass unter dem samtigen Brokat des Mannes bereits die Verwandlung eingesetzt hatte.

»Ich muss schon sagen«, murmelte einer der Neun so laut, dass Maestro Ambrogio es hören konnte, »Tolomei steckt voller Überraschungen. Wo hatte er denn *sie* die ganze Zeit versteckt?«

»Scherzt nicht«, erwiderte der älteste der Räte, Niccolino Patrizi. »Wie ich gehört habe, kamen ihre Eltern durch eine von Salimbenis Räuberbanden ums Leben. Der Überfall fand statt, während sie gerade bei der Beichte war. Ich kann mich gut an ihren Vater erinnern, er war ein ganz besonderer Mann. Es ist mir nie gelungen, seine Integrität zu erschüttern.«

Der andere Mann schnaubte ungläubig. »Seid Ihr sicher, dass sie vor Ort war? Es sieht Salimbeni gar nicht ähnlich, sich solch eine Perle durch die Lappen gehen zu lassen.«

»Ich glaube, sie wurde von einem Priester gerettet. Nun stehen beide unter dem Schutz von Tolomei.« Seufzend griff Niccolino Patrizi nach seinem Silberbecher, um einen Schluck Wein zu trinken. »Ich hoffe nur, dass die Fehde dadurch nicht wieder aufflammt – nun, da wir sie endlich unter Kontrolle haben.«

Messer Tolomei fürchtete sich schon seit Wochen vor diesem Moment. Ihm war die ganze Zeit klar gewesen, dass er seinem Gegner Salimbeni, jenem verhasstesten aller Männer, bei der abendlichen Wache anlässlich von Mariä Himmelfahrt von Angesicht zu Angesicht gegenüberstehen würde, und dass er, um seine Würde zu wahren, nicht umhin konnte, Rache für den Tod von Giuliettas Familie zu fordern. Deshalb machte er sich, nachdem er sich vor dem Altar verbeugt hatte, auf den Weg, um inmitten der Edelleute, die unterhalb des Podests versammelt waren, Salimbeni ausfindig zu machen.

»Ich wünsche Euch einen guten Abend, lieber Freund!« Salimbeni breitete übertrieben herzlich die Arme aus, als er seinen alten Feind nahen sah. »Eure Familie erfreut sich hoffentlich bester Gesundheit?«

»Mehr oder weniger«, stieß Tolomei zwischen zusammengebissenen Zähnen hervor. »Ein Teil davon wurde kürzlich Opfer von Gewalt, wie Ihr sicher gehört habt.«

»Mir ist da so ein Gerücht zu Ohren gekommen«, antwortete Salimbeni, dessen freundschaftliche Geste nun von einem wegwerfenden Schulterzucken abgelöst wurde, »doch Gerüchten traue ich grundsätzlich nicht.«

»Dann befinde ich mich wohl in einer vorteilhafteren Position«, entgegnete Tolomei, der dem anderen sowohl in puncto Körpergröße als auch in puncto Auftreten deutlich überlegen war, ihn aber trotzdem nicht einschüchtern konnte, »denn ich habe Augenzeugen, die bereit sind, es mit der Hand auf der Bibel zu beschwören.«

»Tatsächlich?« Salimbeni wandte den Blick ab, als würde ihn das Thema bereits langweilen. »Welches Gericht wäre närrisch genug, ihnen Gehör zu schenken?«

Auf diese Frage folgte eine unheilschwangere Stille. Genau wie jeder der zuhörenden Männer wusste Tolomei, dass er gerade eine Macht herausforderte, die ihn zermalmen und alles, was er besaß – Leben, Freiheit und Eigentum –, binnen Stunden zerstören konnte. Die Räte würden nichts unternehmen, um ihn zu schützen, denn in ihren privaten Kassen steckte zu viel Salimbeni-Gold, und da sie auf Nachschub hofften, wünschte sich keiner von ihnen den Sturz des Tyrannen.

»Mein lieber Freund«, fuhr Salimbeni fort und verlegte sich wieder auf sein wohlwollendes Grinsen, »ich hoffe, Ihr lasst Euch von diesen fernen Ereignissen nicht den Abend verderben. Ihr solltet Euch lieber dazu beglückwünschen, dass unsere Tage des Kampfes vorüber sind und wir nun in Frieden und gegenseitigem Verständnis in die Zukunft aufbrechen können.«

»Das also haltet Ihr für Frieden und gegenseitiges Verständnis?«

»Vielleicht sollten wir uns überlegen …« – erneut wanderte Salimbenis Blick quer durch den Raum, und alle außer Tolomei wussten, wo er hinsah –, »ob wir unseren Frieden nicht mit einer Heirat besiegeln wollen?«

»Aber gewiss doch!« Tolomei selbst hatte diesen Schritt schon mehrfach vorgeschlagen, war aber immer abgewiesen worden. Er ging davon aus, dass die Salimbenis, wenn sich ihr Blut erst einmal mit dem der Tolomeis vermischt hatte, weniger dazu neigen würden, so viel davon zu vergießen.

Begierig darauf, das Eisen zu schmieden, solange es heiß war, winkte er seine Frau, die noch auf der anderen Seite der Kirche stand, mit einer ungeduldigen Handbewegung zu sich. Er musste mehrere Male winken, ehe Monna Antonia tatsächlich zu glauben wagte, dass die Männer ihre Anwesenheit wünschten. Als sie schließlich herüberkam, wirkte sie ungewohnt unterwürfig und schlich auf Salimbeni zu wie eine nervöse Sklavin, die vor ihren unberechenbaren Herrn treten musste.

»Mein lieber Freund hier, Messer Salimbeni«, erklärte Tolomei an sie gewandt, »hat einen Ehebund zwischen unseren Familien vorgeschlagen. Was sagst du dazu, meine Liebe? Wäre das nicht eine wunderbare Sache?«

Monna Antonia, die sich höchst geschmeichelt fühlte, rang vor Aufregung die Hände. »Das wäre es in der Tat! Eine wunderbare Sache!« Fast hätte sie vor Salimbeni geknickst, ehe sie sich direkt an ihn wandte. »Da Ihr so freundlich seid, uns diesen Vorschlag zu unterbreiten, Messere, möchte ich Euch sagen, dass ich eine Tochter habe, die vor kurzem dreizehn geworden ist und nicht ganz ungeeignet für Euren sehr gutaussehenden Sohn Nino wäre. Sie ist ein stilles kleines Ding, aber gesund. Sie steht dort drüben …« – Monna Antonia deutete auf die andere Seite hinüber – »neben meinem Erstgeborenen, Tebaldo, der morgen beim Palio mitreiten wird, wie Ihr vielleicht wisst. Und falls sie Euch stirbt, wäre da immer noch ihre jüngere Schwester, die jetzt elf ist.«

»Ich danke Euch für das großzügige Angebot, werte Dame«, antwortete Salimbeni mit einer angedeuteten Verbeugung von vollkommener Höflichkeit, »doch ich dachte dabei nicht an meinen Sohn, sondern an mich selbst.«

Tolomei und Monna Antonia waren vor Verblüffung beide sprachlos. Um sie herum wurden ungläubige Ausrufe laut, die sich bald zu einem nervösen Gemurmel abschwächten. Selbst auf dem Podium verfolgten alle mit sorgenvoller Spannung, was unterhalb von ihnen vor sich ging.

»Wer«, fuhr Salimbeni fort, ohne auf die allgemeine Aufregung zu achten, »ist das?« Er nickte in Giuliettas Richtung hinüber. »War sie schon einmal verheiratet?«

Eine Spur von Wut kehrte in Tolomeis Stimme

345

zurück, als er antwortete: »Das ist meine Nichte. Sie hat als Einzige die tragischen Ereignisse überlebt, von denen ich eben sprach. Ich glaube, sie lebt nur noch dafür, sich an denen zu rächen, die für die Ermordung ihrer Familie verantwortlich sind.«

»Ich verstehe.« Salimbeni wirkte alles andere als entmutigt. Ganz im Gegenteil, er schien die Herausforderung zu genießen. »Dann hat sie also Temperament?«

Monna Antonia, die sich nicht länger beherrschen konnte, trat vor. »Viel zu viel, Messere. Ein äußerst unangenehmes Mädchen. Ich bin mir sicher, dass Ihr weitaus besser beraten wärt, eine von meinen Töchtern zu nehmen. Sie werden sich nicht widersetzen.«

Salimbeni lächelte in sich hinein. »Wie es der Zufall so will, schätze ich ein wenig Widerstand.«

Selbst aus der Ferne konnte Giulietta die vielen Blicke spüren. Am liebsten hätte sie die Flucht ergriffen, wusste aber nicht, wohin sie sich wenden sollte, um dieser Begutachtung zu entgehen. Ihr Onkel und ihre Tante hatten den Rest der Familie zurückgelassen und sich unter die anderen Edelleute gemischt. Giulietta sah, dass sie gerade mit einem Mann sprachen, der die Selbstsicherheit und den Großmut eines Kaisers ausstrahlte, gleichzeitig aber die Augen eines mageren, hungrigen Raubtiers besaß. Besonders beunruhigend fand sie, dass diese Augen – von wenigen Unterbrechungen abgesehen – ständig auf sie gerichtet waren.

Nachdem sie sich hinter eine Säule geflüchtet hatte, holte sie ein paarmal tief Luft und sagte sich, dass schon alles gut werden würde. An diesem Morgen hatte Bruder Lorenzo ihr einen Brief von Romeo gebracht, in dem stand, dass sein Vater, Comandante Marescotti, sobald wie möglich an ihren Onkel herantreten und im Namen seines Sohnes um ihre Hand anhalten würde. Seit dem Eintreffen des Briefes hatte sie kaum noch etwas anderes getan, als zu beten und Gott anzuflehen, er möge doch dafür sorgen, dass der Antrag angenommen wurde und ihre Abhängigkeit von der Familie Tolomei bald der Vergangenheit angehörte.

Von ihrem Platz hinter der Säule konnte Giulietta nun ihren schönen Romeo in der Menge der Edelleute ausmachen – wenn sie sich nicht täuschte, reckte er ebenfalls gerade den Kopf und hielt nach ihr Ausschau, wobei er immer enttäuschter wirkte, weil sie nirgendwo zu sehen war. Neben ihm stand ein Mann, bei dem es sich nur um seinen Vater handeln konnte. Beim Anblick der beiden spürte sie, wie eine Welle der Freude in ihr hochstieg. Sie wusste, dass beide fest entschlossen waren, die Erlaubnis einzuholen, sie zu einem Mitglied ihrer Familie zu machen, und als sie Vater und Sohn schließlich auf ihren Onkel Tolomei zugehen sah, konnte sie sich kaum noch beherrschen. Vorsichtig schlich sie von Säule zu Säule. Sie hoffte, so nahe heranzukommen, dass sie hören konnte, was die Männer sprachen, ohne von ihnen entdeckt zu werden. Glücklicherweise waren alle derart auf ihr hitziges Gespräch konzentriert, dass sie auf nichts anders achteten.

»Comandante!«, rief ihr Onkel Tolomei, als er die Marescottis näherkommen sah. »Sagt, steht der Feind schon vor dem Tor?«

»Der Feind«, antwortete Comandante Marescotti und nickte dabei kurz zu dem Mann hinüber, der neben ihrem Onkel stand, »ist bereits hier. Sein Name lautet Verderbnis, und er macht an den Toren nicht Halt.« Er legte eine kurze Pause für allgemeines Gelächter ein. »Messer Tolomei, es gibt da eine etwas heikle Sache, die ich gerne unter vier Augen mit Euch besprechen würde. Wann darf ich Euch denn einen Besuch abstatten?«

Sichtlich überrascht starrte Tolomei den Comandante an. Die Marescottis waren vielleicht nicht so reich wie die Tolomeis, doch die Fackel der Geschichte ließ ihren Namen hell erstrahlen. Ihr Stammbaum hatte mit Sicherheit schon fünf Jahrhunderte zuvor im Lager Karls des Großen Wurzeln geschlagen, wenn nicht schon im Garten Eden selbst. Nichts, so vermutete Giulietta, würde ihrem Onkel Tolomei größere Freude bereiten, als mit jemandem dieses Namens ins Geschäft zu kommen. Tatsächlich wandte er nun dem Mann mit den Raubtieraugen den Rücken zu und breitete die Arme aus. »Sagt mir doch, worum es geht.«

Comandante Marescotti, der über den öffentlichen Ort und die vielen neugierigen Ohren rundherum nicht allzu glücklich war, zögerte einen Moment. »Ich kann mir nicht vorstellen«, antwortete er dann diplomatisch, »dass Messer Salimbeni unser Geschäft sehr unterhaltsam finden wird.«

Als Giulietta den Namen *Salimbeni* hörte, spürte sie, wie sich ihr ganzer Körper vor Angst versteifte. Erst jetzt begriff sie, dass der Mann mit den Raubtieraugen – der es vor wenigen Augenblicken geschafft hatte, dass Monna Antonia eine unterwürfige Haltung einnahm – auch derjenige war, der die Verantwortung für die Ermordung ihrer Familie trug. Viele Stunden hatte sie sich vorzustellen versucht, wie dieses Ungeheuer wohl aussehen mochte, und nun, da er endlich leibhaftig vor ihr stand, stellte sie schockiert fest, dass er, abgesehen von seinen Augen, gar nicht wie ein Monstrum wirkte.

Sie hatte sich einen breitschultrigen, brutalen Kerl vorgestellt, dessen ganzer Körper nur für Krieg und Zerstörung geschaffen war. Stattdessen sah sie nun einen Mann, der bestimmt noch niemals selbst die Waffe geschwungen hatte, sondern aussah, als verstünde er sich eher auf die Künste der Rhetorik und des Speisezimmers. Es konnte zwischen zwei

Männern keinen größeren Gegensatz geben als zwischen Comandante Marescotti und Messer Salimbeni. Der eine war ein Fachmann für Krieg, wünschte sich aber nichts als Frieden, der andere hatte sich in die Robe der Kultiviertheit gehüllt, gierte jedoch unter seinem feinen Stoff nach Konflikten.

»Ihr irrt Euch, Comandante«, meldete sich Salimbeni, der seine Macht über das Gespräch genoss, lächelnd zu Wort, »ich finde Gespräche, die nicht bis morgen warten können, immer höchst faszinierend. Wie Ihr wisst, sind Messer Tolomei und ich ja beste Freunde, so dass er meinen ...« – Salimbeni war immerhin so ehrlich, über seine eigene Wortwahl zu lachen – »*bescheidenen* Rat hinsichtlich seiner ungemein *wichtigen* Geschäfte gewiss zu schätzen wüsste.«

»Verzeiht«, sagte der Comandante, der wohl den weisen Entschluss gefasst hatte, mit einer Verbeugung das Weite zu suchen, »aber Ihr habt recht. Die Sache *kann* bis morgen warten.«

»Nein!« Romeo war unfähig, von dort wegzugehen, ohne dass sie ihr Anliegen vorgebracht hatten, deswegen trat er so schnell vor, dass sein Vater ihn nicht zurückhalten konnte. »Die Sache kann nicht warten! Messer Tolomei, ich wünsche Eure Nichte zu heiraten, Giulietta.«

Tolomei traf dieser direkte Antrag derart unvorbereitet, dass er außerstande war, sofort darauf zu antworten. Wobei er keineswegs der Einzige war, den Romeos impulsive Einmischung in das Gespräch der älteren Männer zum Verstummen gebracht hatte. Rundherum reckten die Leute die Hälse, um zu sehen, wer wohl den Mut besaß, als Nächster die Stimme zu erheben. Hinter der Säule presste Giulietta eine Hand vor den Mund. Sie war zutiefst gerührt von Romeos Ungeduld, zugleich aber entsetzt, weil er gegen den ausdrücklichen Wunsch seines Vaters so impulsiv vorgeprescht war.

»Wie Ihr eben hören konntet«, erklärte Comandante Marescotti dem immer noch sprachlosen Tolomei mit bemerkenswerter Ruhe, »wollte ich Euch eine Ehe zwischen meinem ältesten Sohn Romeo und Eurer Nichte Giulietta vorschlagen. Wie Ihr sicher wisst, sind wir eine Familie mit beträchtlichem Vermögen und einem hervorragenden Ruf, so dass ich Euch – mit all dem Euch gebührenden Respekt – versprechen kann, dass Eure Nichte dadurch keinen Verlust an Luxus oder Status erleiden würde. Wenn mein Sohn Romeo nach meinem Tod die Nachfolge als Familienoberhaupt antritt, wird seine Frau Herrin über einen umfangreichen Besitz, bestehend aus zahlreichen Haushalten und großen Ländereien. Die Einzelheiten habe ich in einem Dokument dargelegt. Wann wäre denn ein guter Zeitpunkt für einen Besuch, damit ich Euch besagtes Dokument persönlich überreichen kann?«

Tolomei gab ihm keine Antwort. Über sein Gesicht huschten seltsame Schatten, fast wie Haie, die ihr Opfer unter der Wasseroberfläche umkreisten. Ihm war anzusehen, dass er irgendwie in der Klemme saß und nach einem Ausweg suchte.

»Falls Ihr Euch wegen ihres Glückes sorgt«, fuhr Comandante Marescotti fort, obwohl ihm das Zögern seines Gegenübers gar nicht recht gefiel, »dann bin ich in der glücklichen Lage, Euch versichern zu können, dass mein Sohn gegen diese Ehe keinerlei Einwände hat.«

Als Tolomei schließlich antwortete, klang seine Stimme nicht allzu hoffnungsvoll. »Ein höchst großzügiges Angebot von Euch, Comandante«, erklärte er grimmig, »durch das ich mich sehr geehrt fühle. Ich werde Euer Dokument mit Interesse studieren und Euer Angebot gerne in Betracht …«

»Ihr werdet nichts dergleichen tun!« Wütend darüber, dass ihn die beiden Männer überhaupt nicht mehr beachteten, trat Salimbeni zwischen sie.

Comandante Marescotti wich einen Schritt zurück. Als Armeekommandant rechnete er zwar stets mit Angriffen aus dem Hinterhalt, doch Salimbeni war gefährlicher als jeder Feind von außen. »Ihr müsst entschuldigen«, sagte er, »ich glaube, Messer Tolomei und ich führen gerade ein Gespräch.«

»Ihr könnt so viele Gespräche führen, wie Ihr wollt«, konterte Salimbeni, »aber das Mädchen gehört mir. Nur unter dieser einen Bedingung bin ich bereit, diesen lächerlichen Frieden aufrechtzuerhalten.«

Wegen des allgemeinen Aufruhrs, den Salimbenis unverschämte Forderung hervorrief, hörte niemand Giuliettas Entsetzensschrei. Hinter ihre Säule gekauert, schlug sie beide Hände vor den Mund und schickte ein rasches Stoßgebet gen Himmel – in der Hoffnung, dass sie den Wortwechsel der Männer irgendwie missverstanden hatte und es dabei nicht um sie, sondern um ein anderes Mädchen ging.

Als sie schließlich wieder einen vorsichtigen Blick riskierte, sah sie, wie ihr Onkel Tolomei, dessen Miene mittlerweile mehr als gequält wirkte, um Salimbeni herumging, um sein Gespräch mit Comandante Marescotti fortzusetzen. »Lieber Comandante«, begann er mit zittriger Stimme, »wie Ihr sehr richtig festgestellt habt, handelt es sich um eine etwas heikle Angelegenheit, aber ich bin sicher, wir werden eine Einigung erzielen …«

»Natürlich!« Nun wagte auch seine Frau, Monna Antonia, wieder den Mund aufzumachen – dieses Mal, um in unterwürfigem Ton den stirnrunzelnden Comandante zu bedrängen: »Ich habe eine dreizehnjährige Tochter, die eine wunderbare Frau für Euren Sohn abgeben würde. Sie steht dort drüben … seht Ihr sie?«

Der Comandante wandte nicht mal den Kopf.

»Messer Tolomei«, erklärte er mit der ganzen Geduld, die er noch aufbrachte, »unser Antrag bezieht sich nur auf Eure Nichte Giulietta. Ihr tätet gut daran, ihr in dieser Angelegenheit ein Mitspracherecht zu gewähren. Wir leben nicht mehr in jenen barbarischen Zeiten, als man die Wünsche der Frauen einfach ignorierte …«

»Das Mädchen gehört mir«, fauchte Tolomei, der sich über die Einmischung seiner Frau ärgerte und auch über die Belehrungen des Comandante nicht allzu glücklich war, »und ich kann mit ihr verfahren, wie ich will! Ich danke Euch für Euer Interesse, Comandante, aber ich habe mit ihr andere Pläne.«

»Ich rate Euch, das noch einmal gründlich zu überdenken«, antwortete Comandante Marescotti, während er einen warnenden Schritt nach vorne tat. »Das Mädchen fühlt sich meinem Sohn verbunden. Sie betrachtet ihn als ihren Retter und wird Euch mit Sicherheit Kummer bereiten, wenn Ihr von ihr verlangt, einen anderen zu heiraten. Noch dazu einen …« – er bedachte Salimbeni mit einem angewiderten Blick, »den die Tragödie, die über ihre Familie hereingebrochen ist, nicht im Geringsten zu berühren scheint.«

Angesichts von solch unumstößlicher Logik wusste Tolomei nicht, was er erwidern sollte. Für einen kurzen Moment empfand Giulietta sogar Mitleid mit ihm. Zwischen diesen beiden Männern wirkte ihr

Onkel wie ein Ertrinkender, der sich an die umher-
treibenden Planken eines Bootes zu klammern versuchte. Dabei machte er keine besonders gute Figur.

»Soll das heißen, dass Ihr meinen Anspruch nicht
anerkennt, Comandante?«, fragte Salimbeni, der
sich erneut zwischen die beiden Männer drängte.
»Ihr wollt doch wohl nicht Messer Tolomeis Rechte
als Familienoberhaupt in Frage stellen? Und bestimmt ...« – der drohende Ausdruck in seinen Augen war nicht zu verkennen – »wünscht das Haus
Marescotti auch keinen Streit mit Tolomei *und* Salimbeni?«

Hinter der Säule konnte Giulietta die Tränen
nicht länger zurückhalten. Am liebsten wäre sie zu
den Männern hinübergelaufen, um ihrem Gespräch
ein Ende zu setzen, doch sie wusste, dass ihre Anwesenheit alles nur noch schlimmer machen würde.
Als Romeo zum ersten Mal von seinen Heiratsplä-
nen gesprochen hatte – das war an jenem Tag im
Beichtstuhl gewesen –, hatte er erwähnt, dass zwischen ihren Familien stets Frieden geherrscht hatte.
Wie es aussah, war dem nun nicht mehr so, und die
Schuld daran lag bei ihr.

Niccolino Patrizi, einer der neun obersten Verwalter
von Siena, hatte mit wachsender Sorge zugehört,
wie der Konflikt unterhalb des Podiums allmählich
eskalierte. Er war nicht der Einzige.

»Als sie noch Todfeinde waren«, bemerkte sein Nachbar mit einem Blick auf Tolomei und Salimbeni, »habe ich die beiden sehr gefürchtet. Nun, da sie Freunde sind, fürchte ich sie noch mehr.«

»Wir sind die Regierung! Wir müssen über solch menschliche Gefühlsregungen erhaben sein!«, rief Niccolino Patrizi, während er sich von seinem Platz erhob. »Messer Tolomei! Messer Salimbeni! Warum solch heimliche Händel am Vorabend von Mariä Himmelfahrt? Ich hoffe, Ihr führt im Hause Gottes keine Geschäfte?«

Diese Worte vom Podium herunter bewirkten, dass sich eine unheilschwangere Stille auf die versammelten Edelleute herabsenkte und sogar der Bischof unter dem Hochaltar für einen Moment vergaß, mit seinem Segen fortzufahren.

»Höchst ehrenwerter Messer Patrizi!«, entgegnete Salimbeni mit sarkastischer Höflichkeit, »Eure Worte gereichen weder uns noch Euch zur Ehre. Ihr solltet uns lieber Glück wünschen, denn mein sehr guter Freund Messer Tolomei und ich haben beschlossen, unseren fortwährenden Frieden mit einer Hochzeit zu feiern.«

»Mein Beileid zum Tod Eurer Frau!«, stieß Niccolino Patrizi verächtlich hervor. »Ich habe die Nachricht von ihrem Ableben gar nicht mitbekommen!«

»Monna Agnese«, erklärte Salimbeni ungerührt, »wird diesen Monat nicht überleben. Sie liegt in

Rocca di Tentennano auf ihrem Sterbebett und nimmt keine Nahrung mehr zu sich.«

»Es ist auch schwer«, murmelte einer von den Biccherna-Räten, »etwas zu essen, wenn einem nichts vorgesetzt wird!«

»Für eine Hochzeit zwischen ehemals verfeindeten Familien werdet Ihr die Zustimmung des Papstes einholen müssen«, gab Niccolino Patrizi zu bedenken, »und ich bezweifle, dass er sie Euch erteilen wird. Den Weg zwischen Euren beiden Häusern hat ein so reißender Strom aus Blut fortgespült, dass kein aufrechter Mann seine Tochter hinüberschicken kann. Ein böser Geist …«

»Nur eine Ehe kann böse Geister verscheuchen!«

»Da ist der Papst aber anderer Meinung!«

»Schon möglich«, sagte Salimbeni, der sich ein höhnisches Lächeln nicht verkneifen konnte, »aber der Papst schuldet mir Geld. Genau wie Ihr. Ihr alle.«

Diese unverschämte Äußerung zeigte die gewünschte Wirkung: Niccolino Patrizi, der vor Wut und Scham rot angelaufen war, setzte sich wortlos, während Salimbeni kühn zum Rest der Regierung hinaufblickte, als wollte er sie dazu herausfordern, gegen sein Vorhaben Einspruch zu erheben. Doch niemand auf dem Podium meldete sich zu Wort.

»Messer Salimbeni!« Eine Stimme schnitt durch das zaghafte Gemurmel, mit dem die Leute rundherum ihre Entrüstung zum Ausdruck brachten. Alle reckten die Hälse nach dem Herausforderer.

»Wer spricht da?« Salimbeni war stets hocherfreut, wenn sich ihm die Gelegenheit bot, einen weniger hochgestellten Mann in seine Schranken zu verweisen. »Seid nicht schüchtern!«

»Ich bin in demselben Maße schüchtern«, entgegnete Romeo, während er mutig vortrat, »wie Ihr tugendhaft seid, Messer Salimbeni.«

»Und was, bitte«, fragte Messer Salimbeni hoch erhobenen Hauptes, weil er hoffte, auf diese Weise größer zu wirken als sein Kontrahent, »könnt Ihr mir zu sagen haben?«

»Lediglich«, antwortete Romeo, »dass die Dame, die Ihr begehrt, bereits einem anderen gehört.«

»Tatsächlich?« Salimbeni warf einen Blick zu Tolomei hinüber. »Wie das?«

Romeo richtete sich auf. »Die Jungfrau Maria hat sie in meine Hände übergeben, damit ich sie auf ewig beschütze. Und was der Himmel verbunden hat, das soll der Mensch nicht trennen!«

Salimbeni starrte ihn erst ungläubig an, dann brach er in Lachen aus. »Gut gesprochen, mein Junge. Jetzt erkenne ich Euch. Euer Dolch hat kürzlich einen guten Freund von mir das Leben gekostet, aber ich werde großzügig sein und Euch nichts nachtragen, nachdem ich nun ja weiß, wie gut Ihr auf meine zukünftige Braut aufgepasst habt.«

Salimbeni wandte sich demonstrativ ab, um klarzustellen, dass er das Gespräch damit für beendet hielt. Alle Augen richteten sich nun auf Romeo, dessen Gesicht vor Abscheu rot anlief. Nicht wenige der Zuschauer empfanden Mitleid mit diesem jungen Mann, der so offensichtlich ein Opfer des raffinierten kleinen Bogenschützen geworden war.

»Komm, mein Sohn«, sagte Comandante Marescotti und setzte sich in Bewegung, »lass uns nicht dort verharren, wo der Wettstreit bereits verloren ist.«

»Verloren?«, rief Romeo. »Es hat doch nie ein Wettstreit stattgefunden!«

»Was auch immer diese beiden Männer ausgehandelt haben«, sagte sein Vater, »fest steht, dass sie es unter dem Altar der Jungfrau per Handschlag besiegelt haben. Lege dich mit ihnen an, und du legst dich mit Gott an.«

»Genau das werde ich tun«, rief Romeo, »denn der Himmel hat sich gegen sich selbst gewandt, indem er das alles zulässt!«

Als der junge Mann erneut vortrat, war keine Handbewegung nötig, um für Ruhe zu sorgen. Alle Blicke waren bereits in nervöser Erwartung auf ihn gerichtet.

»Heilige Mutter Gottes«, rief Romeo, der die ganze Versammlung damit überraschte, dass er sich mehr an die leere Luft der Kirchenkuppel als an Salimbeni wandte, »an diesem besonderen Abend wird hier in diesem Haus, direkt unter Eurem Mantel ein großes Verbrechen begangen! Ich flehe Euch an, dass Ihr die Schurken zur Ordnung ruft und Euch ihnen zeigt, damit niemand mehr Euren göttlichen Willen bezweifelt. Macht den Mann, der den Palio gewinnt, zu Eurem Auserwählten! Schenkt mir Euer heiliges Banner, damit ich es über mein Hochzeitsbett breiten und mit meiner rechtmäßigen Braut darauf ruhen kann! Dann werde ich es befriedigt an Euch zurückgeben, o gnadenreiche Mutter, denn es wurde nach Eurem Willen gewonnen und mir allein durch Eure Hand zuteil, um der ganzen Menschheit zu zeigen, wem Ihr in dieser Angelegenheit Euren Beistand schenkt!«

Als Romeo schließlich verstummte, gab es rundherum keinen Mann, der ihm in die Augen sehen konnte. Ein Teil war wegen seiner Blasphemie wie versteinert, andere fanden es beschämend, dass ein Marescotti einen derart selbstsüchtigen und ungewöhnlichen Handel mit der Jungfrau Maria einging, die meisten aber empfanden einfach Mitleid mit seinem Vater, Comandante Marescotti, diesem allseits bewunderten Mann. Der Großteil der Leute war davon überzeugt, dass der junge Romeo Marescotti – sei es durch göttliches Eingreifen in Folge einer solch himmelschreienden Lästerung oder einfach aufgrund der Zwänge menschlicher Politik – den Palio nicht überleben würde.

Ja, ja! geritzt! geritzt! Wetter, 's ist genug.
Wo ist mein Bursch? Geh, Schurk! Hol einen Wundarzt

Mit sehr gemischten Gefühlen verließ ich das Eulenmuseum. Einerseits empfand ich es als Erleichterung, dass der Cencio und Romeos Dolch nun in Peppos Safe lagen. Andererseits bedauerte ich, die Sachen so schnell aus der Hand gegeben zu haben. Was, wenn es der Wunsch meiner Mutter gewesen war, dass ich sie für einen bestimmten Zweck benutzte? Was, wenn sie irgendeinen Hinweis darauf bargen, wo sich Julias Grab befand?

Auf dem Rückweg zum Hotel quälte mich der Wunsch, kehrtzumachen und meine Schätze wieder einzufordern. Ich gab diesem Wunsch nur deswegen nicht nach, weil mir klar war, dass meine Befriedigung darüber, die Sachen wiederzuhaben, von der Sorge überschattet sein würde, was wohl als Nächstes mit ihnen passieren würde. Wer sagte mir, dass sie in Direttor Rossinis Safe sicherer waren als in dem von Peppo? Mein Verfolger wusste schließlich, wo ich wohnte – wie hätte er sonst in mein Zimmer einbrechen können? –, und früher oder später würde er herausfinden, wo ich meine Sachen aufbewahrte.

Ich glaube, in dem Moment blieb ich mitten auf der Straße wie angewurzelt stehen. Mir war bisher gar nicht in den Sinn gekommen, dass ich kaum etwas Dümmeres tun konnte, als ins Hotel zurückzukehren, auch wenn ich die kostbaren Gegenstände inzwischen nicht mehr bei mir trug. Zweifellos wartete der Kerl nur darauf, dass ich genau das tat, und nach unserem kleinen Versteckspiel im Universitätsarchiv war er vermutlich nicht besonders großherzig gestimmt.

Ich sollte auf jeden Fall das Hotel wechseln, und zwar so, dass sich meine Spur verlor. Vielleicht war es tatsächlich an der Zeit, in den nächsten Flieger zurück nach Virginia zu springen?

Nein. Ich durfte nicht aufgeben. Nicht jetzt, wo ich endlich ein wenig vorankam. Ich musste mir ein anderes Hotel suchen, und zwar am besten heute Abend, im Schutz der Dunkelheit. Ab jetzt war ich unsichtbar, gerissen und gefährlich. Diesmal würde Julia es allen zeigen.

In der Straße, in der das Hotel Chiusarelli lag, gab es auch ein Polizeirevier. Ich trödelte ein wenig davor herum, und während ich zusah, wie die Beamten kamen und gingen, fragte ich mich, ob das wirklich ein kluger Schachzug wäre – mich bei den örtlichen Vertretern des Gesetzes bekanntzumachen und zu riskieren, dass sie hinter meine Doppelidentität kamen. Am Ende beschloss ich, es lieber sein zu lassen. Aufgrund meiner Erfahrungen in Rom und Kopenhagen wusste ich, dass Polizeibeamte genau wie Journalisten sind: Sie hören sich deine Geschichte zwar an, ziehen es dann aber vor, ihre eigene zu fabrizieren.

Also ging ich zurück in die Innenstadt, wobei ich mich alle zehn Schritte nach einem potentiellen Verfolger umdrehte und gleichzeitig überlegte, welche Taktik ich nun konkret anwenden sollte. Ich machte sogar einen Abstecher in die Bank im Palazzo Tolomei, um in Erfahrung zu bringen, ob Presidente Maconi vielleicht Zeit hatte, mich zu empfangen und zu beraten. Unglücklicherweise war dem nicht so, aber die Schalterangestellte mit den schmalen Brillengläsern – inzwischen meine beste Freundin – versicherte mir, dass er sich bestimmt sehr freuen würde, mich wiederzusehen, wenn er aus seinem Urlaub am Comer See zurückkam. Was allerdings noch zehn Tage dauern würde.

Seit meiner Ankunft in Siena war ich bereits mehrfach am furchteinflößenden Haupteingang von Monte dei Paschi vorübergegangen. Ich hatte jedes Mal meine Schritte beschleunigt, um möglichst schnell und unbemerkt an dieser Salimbeni-Festung vorbeizukommen, und dabei sogar den Kopf einge-

zogen, weil ich nicht wusste, ob das Büro des Sicherheitschefs auf den Corso oder auf eine andere Seite
hinausging.

Heute aber war das anders. Heute war der Tag,
an dem ich den Stier bei den Hörnern packen und
so richtig schütteln wollte. Entschlossen steuerte ich
auf die gotische Eingangstür zu und stellte beim
Hineingehen sicher, dass die Überwachungskamera
eine schöne Aufnahme von meiner neuen Geistes-
haltung einfing.

Für ein Gebäude, das von Feindesfamilien – unter anderem meiner eigenen – niedergebrannt, von
einem wütenden Mob in seine Einzelteile zerlegt
und von seinen Besitzern mehrmals wieder aufge-
baut worden war, um dann irgendwann von der Regierung konfisziert und im Jahre 1472 als Finanzbe-
trieb wiedergeboren zu werden, so dass es heute als
das älteste noch existierende Bankgebäude der Welt
gilt, war der Palazzo Salimbeni ein bemerkenswert
friedlicher Ort. Bei der Gestaltung der Innenräume
hatte man mittelalterliche und moderne Elemente
so kombiniert, dass beides gut zur Geltung kam.
Während ich auf den Empfangsbereich zusteuerte,
hatte ich das Gefühl, dass sich die große zeitliche
Lücke, die zwischen Vergangenheit und Gegenwart
klaffte, um mich herum ganz nahtlos schloss.

Der Herr am Empfang telefonierte gerade, hielt
aber sofort eine Hand über den Hörer, um mich –

erst auf Italienisch und dann auf Englisch – zu fragen, zu wem ich denn wolle. Als ich ihm erklärte, ich sei eine Freundin des Sicherheitschefs und hätte eine dringende Angelegenheit mit ihm zu besprechen, lächelte mich der Mann an und erklärte, das, wonach ich suche, sei im Untergeschoss zu finden.

Angenehm überrascht, dass er mich ohne Begleitung oder Ankündigung durchließ, marschierte ich betont lässig die Treppe hinunter, obwohl in meiner Brust eine ganze Tanzgruppe aus kleinen Mäusen herumhüpfte. Während meiner wilden Flucht vor dem Kerl im Trainingsanzug hatten sie sich seltsamerweise ganz ruhig verhalten, doch nun gaben sie ihr Bestes – und das nur, weil ich gleich Alessandro treffen würde.

Nach unserem abrupten Abschied am Vorabend hatte ich ehrlich gesagt nicht den Wunsch verspürt, ihn jemals wiederzusehen. Was bestimmt auf Gegenseitigkeit beruhte. Trotzdem war ich nun hier, schnurstracks unterwegs in sein Hauptquartier, und hatte dafür keinen anderen Beweggrund als puren Instinkt. Janice sagte immer, Instinkt sei nichts anderes als Vernunft unter Zeitdruck. Was den Teil mit der Vernunft betraf, war ich mir nicht so sicher. Meine Vernunft sagte mir, dass Alessandro und die Salimbenis höchstwahrscheinlich bei all den schlimmen Dingen, die mir gerade passierten, die Finger im Spiel hatten, wohingegen mein Instinkt mir sagte, dass ich mich auf den Mann verlassen konnte – und sei es nur insofern, als er mir bestimmt wieder zu verstehen geben würde, wie unsympathisch ich ihm war.

Während ich in den Keller hinunterstieg, wurde die Luft merklich kühler, und Spuren des ursprünglichen Gebäudes kamen zum Vorschein. Die Mauern, die mich hier unten umgaben, waren rau und alt. Damals im Mittelalter hatte dieses Fundament einen hohen Turm getragen, vielleicht sogar von der Höhe des Mangia-Turms auf dem Campo. Die ganze Stadt war voll gewesen von diesen Turmbauten, die in unruhigen Zeiten als Festungen dienten.

Am Fuß der Treppe zweigte ein schmaler Gang in die Dunkelheit ab, und die eisenverstärkten Türen zu beiden Seiten gaben einem das Gefühl, sich in einer Folterkammer zu befinden. Ich befürchtete schon, falsch abgebogen zu sein, als ich plötzlich durch eine halb offenstehende Tür mehrere Stimmen laut aufschreien und dann in Jubel ausbrechen hörte.

Nervös näherte ich mich der Tür. Egal, ob ich Alessandro hier unten antraf oder nicht, ich würde auf jeden Fall eine Menge Erklärungen abgeben müssen, und Logik war noch nie meine Stärke gewesen. Als ich vorsichtig hineinspähte, sah ich einen Tisch voller Metallteile und halb verspeister Sandwiches, eine Wand voller Gewehre, und drei Männer in T-Shirts und Uniformhosen, die um einen kleinen Fernseher herumstanden. Einer von ihnen war Alessandro. Erst dachte ich, sie würden Aufnahmen betrachten, die ihnen eine der Überwachungskameras im Gebäude lieferte, doch als sie plötzlich alle aufstöhnten und sich an den Kopf fassten, begriff ich, dass sie sich ein Fußballspiel ansahen.

Nachdem auf mein erstes Klopfen niemand reagierte, trat ich einen Schritt in den Raum hinein – nur einen ganz kleinen Schritt – und räusperte mich. Nun wandte Alessandro endlich den Kopf, um zu sehen, wer die Frechheit besaß, während des Spiels zu stören. Bei meinem Anblick machte er ein Gesicht, als hätte ihm gerade jemand eine Bratpfanne über den Kopf gezogen.

»Tut mir leid, dass ich störe«, sagte ich mit einem zaghaften Lächeln und gab mir gleichzeitig große Mühe, nicht auszusehen wie Bambi auf Stelzen, obwohl ich mich genau so fühlte, »aber hätten Sie vielleicht einen Moment Zeit für mich?«

Wenige Sekunden später hatten die beiden anderen Männer bereits den Raum verlassen. Im Gehen hatten sie nach ihren Waffen und Uniformjacken gegriffen und sich die Reste ihrer Sandwiches in den Mund geschoben.

»So«, sagte Alessandro, während er dem Fußballspiel den Garaus machte und die Fernbedienung beiseitewarf, »nun bin ich aber neugierig.« Er war definitiv kein Mann vieler Worte. Die Art, wie er mich ansah, ließ allerdings vermuten, dass er – ungeachtet der Tatsache, dass ich zum kriminellen Abschaum der Gesellschaft gehörte – insgeheim erfreut war mich zu sehen.

Ich ließ mich auf einen Stuhl sinken und betrachtete die Waffen an der Wand. »Ist das Ihr Büro?«

»Ja …« Er zog einen heruntergerutschten Hosenträger hoch und ließ sich auf der anderen Seite des Tisches nieder. »Hier unten führen wir unsere Befragungen durch. Meist trifft es Amerikaner. Früher war es mal eine Folterkammer.«

Sein herausfordernder Blick ließ mich mein Unbehagen und den Anlass meines Kommens fast vergessen. »Das passt zu Ihnen.«

»Fand ich auch.« Er stemmte einen schweren Stiefel gegen die Seite des Tisches und ließ sich dann nach hinten sinken, bis er mit dem Rücken an der Wand lehnte. »Also schießen Sie los, ich höre Ihnen zu. Sie haben bestimmt einen handfesten Grund für Ihren Besuch.«

»Als handfest würde ich ihn nicht gerade bezeichnen.« Ich wandte den Blick ab und versuchte mich vergeblich an die offizielle Version meiner Geschichte zu erinnern, die ich mir auf dem Weg nach unten zurechtgelegt hatte. »Sie halten mich ja offensichtlich für ein ganz raffiniertes Luder …«

»Da kenne ich schlimmere.«

»... und ich gehöre auch nicht gerade zu Ihrem Fanclub.«

Er lächelte ironisch. »Trotzdem sind Sie hier.«

Während ich die Arme vor der Brust verschränkte, musste ich mir ein nervöses Lachen verbeißen. »Mir ist bekannt, dass Sie mich nicht für Giulietta Tolomei halten, aber wissen Sie, was? Das ist mir egal. Was ich Ihnen zu sagen habe, lässt sich auf einen kurzen Nenner bringen ...« Ich musste schlucken, ehe ich weitersprechen konnte. »Jemand versucht mich zu töten.«

»Sie meinen, abgesehen von Ihnen selbst?«

Sein Sarkasmus half mir, mich wieder zu fangen. »Jedenfalls ist ein Kerl hinter mir her«, antwortete ich schroff. »Von der übelsten Sorte. Trägt immer Trainingsanzug. Echter Abschaum. Anfangs dachte ich, er wäre ein Freund von Ihnen.«

Alessandro zuckte nicht mal mit der Wimper. »Und was erwarten Sie jetzt von mir?«

»Keine Ahnung ...« Ich hielt in seinen Augen nach einem Funken Mitgefühl Ausschau. »Vielleicht, dass Sie mir helfen?«

Da war doch ein Funke – allerdings eher einer des Triumphes. »Warum sollte ich?«, fragte er. »Helfen Sie mir auf die Sprünge.«

»Hey«, rief ich, über seine Einstellung ehrlich entsetzt, »immerhin bin ich eine ... Maid in Not!«

»Und wer bin ich, Zorro?«

Ich unterdrückte ein Stöhnen. Mittlerweile ärgerte ich mich über mich selbst. Wie war ich nur auf die Idee gekommen, mein Schicksal könnte ihn interessieren? »Ich dachte, italienische Männer wären empfänglich für weiblichen Charme.«

Er ließ sich meinen Einwand kurz durch den Kopf gehen. »Sind wir ja auch. Wenn uns welcher unterkommt.«

»Also gut, hören Sie zu.« Ich versuchte, meinen Zorn hinunterzuschlucken. »Sie wollen, dass ich mich zum Teufel schere, und das werde ich auch. Ich werde in die Staaten zurückkehren und Sie und Ihre märchenhafte Patentante nie wieder belästigen. Aber vorher möchte ich wissen, wer dieser Kerl ist, und dafür sorgen, dass ihm jemand den Arsch wegbläst.«

»Und dieser jemand bin ich?«

Ich funkelte ihn finster an. »Offenbar nicht. Ich war bloß der irrigen Annahme, Sie würden vielleicht nicht wollen, dass ein solcher Kerl in Ihrem teuren Siena sein Unwesen treibt. Aber …« – ich machte Anstalten, mich zu erheben – »wie ich sehe, habe ich Sie da völlig falsch eingeschätzt.«

Nun endlich lehnte sich Alessandro nach vorne, stützte die Ellbogen auf den Tisch und fragte mich mit gespielter Besorgnis: »Na schön, Miss Tolomei, dann erklären Sie mir doch mal, warum Sie glauben, dass Ihnen jemand nach dem Leben trachtet.«

Auch wenn ich keine Ahnung hatte, wo ich hin-sollte – ich wäre auf der Stelle aus seinem Büro marschiert, hätte er mich nicht endlich *Miss Tolo-mei* genannt. »Nun ja …«, begann ich, während ich verlegen auf die vordere Kante meines Stuhles rutschte, »wie wäre es damit: Er ist mir durch die Straßen gefolgt, in mein Hotelzimmer eingebrochen und heute Vormittag mit einer Schusswaffe in der Hand hinter mir hergeschlichen …«

»Das«, sagte Alessandro, der aussah, als müsste er meinetwegen viel Geduld aufbringen, »heißt noch nicht, dass er wirklich vorhat, Sie zu töten.« Für einen Moment betrachtete er mein Gesicht, dann runzelte er die Stirn. »Wie soll ich Ihnen helfen, wenn Sie mir nicht die Wahrheit sagen?«

»Aber das tue ich doch! Ich schwöre es!« Ich überlegte, was ich noch sagen könnte, um ihn zu überzeugen, doch mein Blick wurde wie magisch von den Tätowierungen auf seinem rechten Unter-arm angezogen. Mein Gehirn brauchte eine Weile, um diese Information zu verarbeiten. Das war nicht der Alessandro, mit dem ich hier im Palazzo Salim-beni gerechnet hatte. Der Alessandro, den ich kann-te, wirkte geschliffen und subtil, wenn nicht sogar steif und altmodisch. Jedenfalls passte es ganz und gar nicht zu ihm, sich eine Libelle – oder was zum Teufel das sein mochte – ins Handgelenk ätzen zu lassen.

Falls er meine Gedanken erriet, ließ er es sich nicht anmerken. »Nicht die ganze Wahrheit. Da fehlen noch eine Menge Puzzleteile zum großen Bild.«

Ruckartig richtete ich mich auf. »Wie kommen Sie darauf, dass es ein großes Bild gibt?«

»Das gibt es immer. Los, nun erzählen Sie mir schon, hinter was er her ist.«

Ich holte tief Luft. Mir war nur allzu bewusst, dass ich mich selbst in diese Situation gebracht hatte und ich ihm eine substantiellere Erklärung schuldete. »Also gut«, sagte ich schließlich, »ich glaube, er hat es auf etwas abgesehen, das meine Mutter mir hinterlassen hat. Irgendein Familienerbstück, das meine Eltern vor Jahren gefunden haben, und von dem meine Mutter wollte, dass ich es bekomme. Deswegen hat sie es an einem Ort versteckt, wo nur ich es finden konnte. Und warum? Weil ich – ob es Ihnen gefällt oder nicht – Giulietta Tolomei bin.«

Ich bekräftigte meine Worte mit einem trotzigen Blick. Dabei stellte ich fest, dass der Ausdruck, mit dem er mich musterte, fast schon an ein Lächeln grenzte. »Und, haben Sie das Erbstück gefunden?«, fragte er.

»Ich glaube nicht. Noch nicht. Bisher beschränkt sich meine Ausbeute auf eine rostige Truhe voller Papiere, ein altes Banner und eine Art Dolch, und ich kann mir ehrlich gesagt nicht vorstellen …«

»*Aspetti!*« Alessandro forderte mich mit einer

Handbewegung auf, eine Pause einzulegen. »Was für Papiere, was für ein Banner?«

»Geschichten, Briefe. Albernes Zeug. Das wollen Sie bestimmt nicht hören. Und bei dem Banner handelt es sich allem Anschein nach um einen Cencio aus dem Jahre 1340. Er war um einen Dolch gewickelt, und ich habe beides in einer Schublade gefunden ...«

»Warten Sie! Wollen Sie damit behaupten, Sie haben den Cencio von 1340 gefunden?«

Es überraschte mich, dass er auf diese Neuigkeit noch heftiger reagierte als mein Cousin Peppo. »Ja, ich glaube schon. Anscheinend ist er etwas ganz Besonderes. Und der Dolch ...«

»Wo ist er?«

»An einem sicheren Ort. Ich habe ihn im Eulenmuseum gelassen.« Da ich merkte, dass er mir nicht folgen konnte, fügte ich hinzu: »Mein Cousin Peppo ist dort Kurator. Er hat mir versprochen, ihn in den Safe zu legen.«

Alessandro stöhnte auf und fuhr sich mit beiden Händen durchs Haar.

»Was?«, fragte ich. »War das keine gute Idee?«

»*Merda!*« Er sprang auf, nahm eine Pistole aus einer Schublade und schob sie in das Halfter an seinem Gürtel. »Kommen Sie, lassen Sie uns gehen!«

»Moment mal! Was soll denn das?« Widerwillig stand ich auf. »Sie schlagen doch wohl nicht vor, dass wir mit dieser … Knarre zu meinem Cousin gehen?«

»Nein, ein Vorschlag war das nicht. Los jetzt!«

Während wir den Gang entlangeilten, warf er einen kritischen Blick auf meine Füße. »Können Sie mit den Dingern rennen?«

»Hören Sie«, antwortete ich, während ich versuchte, mit ihm Schritt zu halten, »damit eines von vornherein klar ist: Ich halte nichts von Waffen. Ich will einfach nur Frieden. Verstanden?« Alessandro blieb mitten auf dem Gang stehen und zückte seine Pistole. Bevor ich überhaupt begriff, was er da tat, hatte er sie mir bereits in die Hand gedrückt. »Spüren Sie das? Das ist eine Waffe. Sie existiert, und es gibt dort draußen eine Menge Leute, die *durchaus* etwas davon halten. Sie müssen also entschuldigen, wenn ich mich um diese Leute kümmere, damit Sie Ihren Frieden haben können.«

Wir verließen die Bank durch einen Hinterausgang und rannten eine Straße entlang, die auch für den motorisierten Verkehr zugelassen war. Das war nicht der Weg, den ich kannte, doch wie sich herausstellte, führte er uns direkt zur Piazzetta del Castellare. Während wir auf die Tür des Eulenmuseums zusteuerten, zückte Alessandro erneut die Waffe, doch ich tat, als bemerkte ich es nicht.

»Bleiben Sie hinter mir«, wies er mich an, »und

falls es brenzlig wird, werfen Sie sich auf den Boden und schützen Sie den Kopf mit den Armen.« Ohne meine Antwort abzuwarten, legte er einen Finger an die Lippen und öffnete langsam die Tür.

Gehorsam betrat ich das Museum ein paar Schritte hinter ihm. Obwohl für mich außer Frage stand, dass er überreagierte, wollte ich ihm Gelegenheit geben, selbst zu dieser Erkenntnis zu gelangen. Im gesamten Gebäude herrschte völlige Stille, und es gab keinerlei Anzeichen für irgendwelche kriminellen Aktivitäten. Wir gingen durch mehrere Räume, immer Alessandro mit der Waffe voraus, bis ich schließlich stehenblieb. »Das ist doch ...« Aber Alessandro brachte mich sofort zum Schweigen, indem er mir eine Hand über den Mund legte. Wir lauschten beide angespannt, und plötzlich hörte ich es auch: Irgendwo stöhnte jemand.

Rasch eilten wir durch die restlichen Räume und fanden schnell heraus, woher das Geräusch kam. Nachdem Alessandro sichergestellt hatte, dass es sich nicht um einen Hinterhalt handelte, stürmten wir hinein und fanden Peppo auf dem Boden seines eigenen Büros vor – angeschlagen, aber am Leben.

»O Peppo«, rief ich, während ich ihm zu helfen versuchte, »geht es dir gut?«

»Sehe ich so aus?«, gab er zurück. »Ich glaube, ich bin gestürzt. Ohne meine Krücke komme ich nicht hoch. Mein Bein tut's nicht mehr.«

»Moment …« Als ich mich nach der Krücke umsah, fiel mein Blick auf den Safe in der Ecke. Er
stand offen und war leer. »Hast du den Mann gesehen, der das getan hat?«

»Welchen Mann?« Peppo versuchte sich aufzusetzen, verzog aber vor Schmerzen das Gesicht. »Oh,
mein Kopf! Ich brauche meine Tabletten. *Salvatore!*
O nein, Salvatore hat ja heute frei … Was für ein
Tag ist heute?«

»*Non si muova!*« Alessandro kniete sich neben
ihn und untersuchte für einen Moment Peppos Beine. »Ich glaube, sein Schienbein ist gebrochen. Ich
rufe einen Krankenwagen.«

»Nein!« Offenbar wollte Peppo nicht ins Krankenhaus. »Ich war gerade im Begriff, den Safe zu
schließen. Versteht ihr? Ich muss den Safe schließen.«

»Um den Safe kümmern wir uns später«, sagte
ich.

»Der Dolch … er ist drüben im Konferenzraum.
Ich habe ihn in einem Buch nachgeschlagen. Er
muss auch in den Safe! Das Teufelsding bringt Unglück!«

Alessandro und ich wechselten einen Blick. Wir
hielten es beide nicht für den richtigen Zeitpunkt,
Peppo zu sagen, dass es viel zu spät war, um den
Safe zu schließen. Der Cencio war zweifellos weg,
genau wie alle anderen Schätze, die mein Cousin im

Safe aufbewahrt haben mochte. Aber vielleicht hatte der Dieb den Dolch übersehen. Ich stand auf und ging ins Konferenzzimmer hinüber, wo tatsächlich Romeos Dolch auf dem Tisch lag, und daneben ein Fachbuch für Sammler mittelalterlicher Waffen.

Mit dem Dolch in der Hand kehrte ich in Peppos Büro zurück. Alessandro rief gerade einen Krankenwagen.

»Ah ja«, sagte mein Cousin beim Anblick des Dolches, »da ist er ja. Schnell in den Safe damit! Er bringt Unglück. Schau, was mir passiert ist. In dem Buch steht, dass dieser Dolch vom Geist des Teufels erfüllt ist.«

Peppo hatte nur eine leichtere Gehirnerschütterung und ein gebrochenes Bein, aber die Ärztin bestand darauf, ihn sicherheitshalber an allerlei Maschinen anzuschließen und über Nacht im Krankenhaus zu behalten. Unglücklicherweise bestand sie außerdem darauf, ihn genau darüber zu informieren, was mit ihm passiert war.

»Sie erklärt ihm gerade, dass ihm jemand einen Schlag auf den Kopf verpasst und dann den ganzen Inhalt des Safes gestohlen hat«, übersetzte Alessandro im Flüsterton den temperamentvollen Wortwechsel zwischen der Ärztin und ihrem verschrobenen Patienten, »und er sagt, dass er mit einem richtigen Arzt sprechen will, und dass ihm niemals jemand in seinem eigenen Museum einen Schlag auf den Kopf verpassen würde.«

»Giulietta«, rief Peppo, als es ihm schließlich gelungen war, die Ärztin zu vertreiben, »was hältst du davon? Die Krankenschwester behauptet, jemand sei ins Museum eingebrochen!«

»Ich fürchte, das stimmt«, antwortete ich und nahm seine Hand. »Es tut mir so leid. Das ist alles meine Schuld. Hätte ich nicht …«

»Und wer ist der da?« Peppo beäugte Alessandro misstrauisch. »Ist er gekommen, um einen Bericht zu schreiben? Sag ihm, dass ich nichts gesehen habe.«

»Das ist Capitano Santini«, erklärte ich. »Er hat dich gerettet. Wäre er nicht gewesen, dann wärst du jetzt immer noch … schlimm dran.«

»Hmm.« Peppo wirkte nach wie vor recht streitlustig. »Den habe ich schon mal gesehen. Das ist ein Salimbeni. Habe ich dir nicht gesagt, du sollst dich von diesen Leuten fernhalten?«

»Schhh! Bitte!« Ich versuchte ihn zu beruhigen, so gut ich konnte, war aber sicher, dass Alessandro jedes Wort mitbekommen hatte. »Du musst dich jetzt ausruhen.«

»Nein, das muss ich nicht! Ich muss mit Salvatore sprechen. Wir müssen herausfinden, wer das war. In dem Safe lagen jede Menge wertvolle Schätze.«

»Ich fürchte, dem Dieb ging es nur um den Cencio und den Dolch«, entgegnete ich. »Hätte ich dir die Sachen nicht gebracht, wäre das alles nicht passiert.«

Peppo starrte mich verblüfft an. »Aber wer sollte ... oh!« Sein Blick wirkte plötzlich seltsam verhangen, als wäre er in eine nebulöse Vergangenheit eingetaucht. »Natürlich! Warum habe ich daran nicht gleich gedacht? Aber warum sollte er das tun?«

»Von wem sprichst du?« Ich drückte seine Hand, um ihn dazu zu bringen, sich zu konzentrieren. »Weißt du, wer dir das angetan hat?«

Peppo packte mich am Handgelenk und betrachtete mich mit einem fiebrigen, durchdringenden Blick. »Er hat immer gesagt, dass er zurückkommen würde. Patrizio, dein Vater. Er hat immer gesagt, eines Tages würde Romeo kommen und sich alles zurückholen ... sein Leben ... seine Liebe ... alles, was wir ihm genommen haben.«

»Peppo« – ich streichelte seinen Arm – »ich glaube, du solltest jetzt versuchen zu schlafen.« Aus dem Augenwinkel bekam ich mit, wie Alessandro Romeos Dolch in die Hand nahm und dabei die Stirn runzelte, als könnte er seine verborgenen Kräfte spüren.

»Romeo«, fuhr Peppo in schläfrigerem Ton fort, weil das Beruhigungsmittel endlich zu wirken begann, »Romeo Marescotti. Tja, man kann nicht ewig ein Geist bleiben. Vielleicht ist das seine Rache. An uns allen. Dafür, wie wir seine Mutter behandelt ha-

ben. Er war – wie sagt man? – *un figlio illegittimo*? …
Capitano?«

»Unehelich«, übersetzte Alessandro, der nun endlich zu uns trat.

»*Sì, sì!*«, nickte Peppo »Unehelich! Ein großer Skandal. Oh, sie war ein so schönes Mädchen … Jedenfalls hat er sie hinausgeworfen …«

»Wer?«, fragte ich.

»Marescotti. Der Großvater. Ein sehr altmodischer Mann. Aber sehr gutaussehend. Ich erinnere mich noch genau an die *comparsa* von '65 … damals hat der legendäre Reiter Aceto zum ersten Mal gewonnen, müsst ihr wissen … Ah, Topolone, ein schönes Pferd. Solche gibt es heutzutage gar nicht mehr … Damals haben sie sich nicht die Knöchel verstaucht und sind dann disqualifiziert worden, und wir brauchten auch keine Tierärzte und Bürgermeister, die uns sagten, dass wir nicht starten durften … uff!« Angewidert schüttelte er den Kopf.

»Peppo!« Ich tätschelte seine Hand. »Du hast von den Marescottis gesprochen. Von Romeo. Erinnerst du dich?«

»O ja! Es hieß immer, der Junge habe teuflische Hände. Alles, was er anfasste … ging zu Bruch. Die Pferde haben verloren. Menschen sind gestorben. Zumindest behaupten das die Leute. Weil er nach Romeo benannt war. Er stammte von dieser Linie ab. Es liegt ihnen einfach im Blut … *Probleme* zu

machen. Bei ihm musste alles schnell und laut sein –
er konnte einfach nicht stillsitzen. Immer Mopeds,
immer Motorräder …«

»Du hast ihn gekannt?«

»Nein, ich weiß nur, was die Leute erzählen. Die
beiden sind nie zurückgekehrt. Er und seine Mutter.
Kein Mensch hat sie je wieder zu Gesicht bekommen. Es heißt … Es heißt, er ist gestorben. In Nassiriyah. Unter einem falschen Namen.«

Ich wandte mich zu Alessandro um, der meinen
Blick mit ungewohnt finsterer Miene erwiderte. »Wo
liegt Nassiriyah?«, flüsterte ich. »Wissen Sie das?«

Aus irgendeinem Grund befremdete ihn meine
Frage, aber er hatte keine Zeit zu antworten, denn
Peppo fuhr mit einem tiefen Seufzer fort: »Meiner
Meinung nach ist es nur eine Legende. Die Leute
lieben Legenden. Und Tragödien. Und Verschwö-
rungstheorien. Im Winter ist es hier sehr ruhig.«

»Du glaubst also nicht, dass es stimmt?«

Wieder seufzte Peppo. Allmählich bekam er
schwere Augenlider. »Ich weiß selber nicht mehr,
was ich glauben soll. Ach, warum schicken die nicht
endlich einen Doktor?«

In dem Moment flog die Tür auf, und die ganze
Familie Tolomei kam in den Raum geströmt und
versammelte sich unter lautem Jammern und La-
mentieren rund um ihren gefallenen Helden. Als
Peppos Frau Pia mich zur Seite stieß, um statt mei-

ner den Platz neben ihrem Gatten einzunehmen, bedachte sie mich mit einem bitterbösen Blick, sagte aber kein Wort. Von den anderen kam ebenfalls nichts, was sich auch nur ansatzweise als Dankbarkeit interpretieren ließ. Um mir endgültig den Rest zu geben, wackelte genau in dem Moment, als ich mich zur Flucht bereitmachte, Nonna Tolomei zur Tür herein. Für sie bestand kein Zweifel, dass der eigentliche Missetäter bei der ganzen Sache nicht der Dieb war, sondern ich.

»*Tu!*«, knurrte sie, während sie mit dem Zeigefinger anklagend auf mein Herz zielte. »*Bastarda!*«

Sie gab noch eine Menge mehr von sich, was ich jedoch nicht verstand. Von ihrem Zorn hypnotisiert wie ein Reh vor einem heranbrausenden Zug, blieb ich wie angewurzelt stehen, bis mich Alessandro – entnervt von dieser Familienfete – am Ellbogen packte und auf den Gang hinauszerrte.

»Puh!«, keuchte ich. »Das ist vielleicht ein giftiges Frauenzimmer. Kaum zu glauben, dass sie meine Tante ist, oder? Was hat sie gesagt?«

»Nicht so wichtig«, antwortete Alessandro, während wir den Krankenhausgang entlanggingen. Dabei machte er ein Gesicht, als wünschte er, er hätte eine Handgranate mitgebracht.

»Immerhin habe ich verstanden, dass sie Sie einen Salimbeni genannt hat!«, verkündete ich voller Stolz.

»Ja, das hat sie. Und es war nicht als Kompliment gemeint.«

»Was hat sie über mich gesagt? Das habe ich nicht ganz mitbekommen.«

»Ist auch nicht so wichtig.«

»O doch.« Ich blieb mitten auf dem Gang stehen. »Wie hat sie mich genannt?«

Alessandro sah mich an. Sein Blick wirkte plötzlich weich. »Sie hat gesagt: *Bastardkind. Du bist keine von uns.*«

»Oh.« Das musste ich erst mal verdauen. »Es glaubt anscheinend kein Mensch, dass ich wirklich Giulietta Tolomei bin. Vielleicht habe ich das ja verdient. Vielleicht ist das eine besondere Art von Fegefeuer, reserviert für Menschen wie mich.«

»Ich glaube Ihnen.«

Ich starrte ihn überrascht an. »Tatsächlich? Das ist ja ganz was Neues. Seit wann denn das?«

Achselzuckend setzte er sich wieder in Bewegung. »Seit ich Sie heute bei mir in der Tür stehen sah.«

Da ich nicht wusste, wie ich auf seine plötzliche Freundlichkeit reagieren sollte, legten wir den Rest des Weges schweigend zurück. Draußen vor dem Krankenhaus empfing uns jenes sanfte, goldene Licht, mit dem sich der Tag seinem Ende zuneigt und etwas weitaus weniger Vorhersehbares beginnt.

»Heraus mit der Sprache, Giulietta«, sagte Alessandro, während er sich mir zuwandte und die

Hände in die Hüften stemmte, »gibt es noch etwas, das ich wissen sollte?«

»Nun ja« – ich musste die Augen zusammenkneifen, weil mich die Abendsonne blendete –, »da war noch ein Kerl auf einem Motorrad ...«

»Santa Maria!«

»Aber der ist nicht so schlimm. Er ... er folgt mir nur. Ich weiß nicht, was er von mir will ...«

Alessandro verdrehte die Augen. »Sie wissen nicht, was er von Ihnen will? Muss ich Ihnen das wirklich erklären?«

»Nein, nicht nötig.« Ich zog mein Kleid zurecht. »Er ist nicht das Problem. Aber dieser andere Kerl – der im Trainingsanzug –, der ist in mein Hotelzimmer eingebrochen. Deswegen ... deswegen glaube ich, ich sollte das Hotel wechseln.«

»Sie *glauben*?« Alessandro wirkte nicht gerade beeindruckt. »Ich sage Ihnen jetzt mal was: Als Erstes gehen wir zur Polizei und ...«

»Nein, nicht zur Polizei!«

»Nur dort können Sie in Erfahrung bringen, wer Peppo das angetan hat. Von Monte dei Paschi aus habe ich keinen Zugang zur Verbrecherdatei. Keine Sorge, ich komme mit. Ich kenne die Leute dort.«

»Ja, genau!« Beinahe hätte ich ihm den Zeigefinger in die Brust gebohrt. »Das ist doch bloß ein raffinierter Plan, um mich hinter Gitter zu bringen.«

Er breitete die Hände aus. »Wenn ich Sie hinter Gitter bringen wollte, bräuchte ich mir keinen raffinierten Plan auszudenken, oder?«

»Wissen Sie, was?« Ich machte mich so groß, wie ich nur konnte. »Ihre Machtspielchen gefallen mir nach wie vor nicht!«

Dass ich mich so aufplusterte, brachte ihn zum Lachen. »Warum hören Sie dann nicht selber auf zu spielen?«

Auf der Polizeiinspektion von Siena war es sehr ruhig. Die Wanduhr war irgendwann in der Vergangenheit um zehn vor sieben stehengeblieben, und während ich dort so saß und mir eine Seite voller digitalisierter böser Jungs nach der anderen ansah, fühlte ich mich, als würde auch meine eigene Batterie langsam den Geist aufgeben. Je eingehender ich die Gesichter auf dem Computerbildschirm studierte, umso klarer wurde mir, dass ich, um ehrlich zu sein, gar keine Ahnung hatte, wie mein Verfolger aus der Nähe aussah. Bei unserer ersten Begegnung hatte der Mistkerl eine Sonnenbrille getragen, beim zweiten Mal war es so dunkel gewesen, dass ich nicht viel erkennen konnte, und beim dritten Mal – vor wenigen Stunden – war ich viel zu sehr auf die Waffe in seiner Hand fixiert gewesen, um mir seine Visage genauer einzuprägen.

»Es tut mir leid ...« – ich wandte mich an Alessandro, der neben mir die Ellbogen auf die Knie gestützt hatte und geduldig auf meinen Heureka-Moment wartete, »aber ich erkenne niemanden wieder.« Entschuldigend lächelte ich zu der Beamtin hinüber, die für den Computer zuständig war. Mir war voll und ganz bewusst, dass ich nur ihre Zeit verschwendete. »*Mi dispiace.*«

»Kein Problem«, antwortete sie und erwiderte mein Lächeln, weil ich eine Tolomei war, »es wird bestimmt nicht lange dauern, bis wir die Fingerabdrücke verglichen haben.«

Bei unserer Ankunft in der Polizeiwache hatte Alessandro als Erstes den Einbruch im Eulenmuseum gemeldet, woraufhin sofort zwei Streifenwagen losgeschickt wurden. Die vier Beamten waren sichtlich begeistert darüber, dass sie es endlich einmal mit einem richtigen Verbrechen zu tun hatten. Falls der Kerl tatsächlich so blöd gewesen war, im Museum irgendwelche Spuren oder gar Fingerabdrücke zu hinterlassen, dann war es nur eine Frage der Zeit, bis wir seinen Namen kannten – natürlich nur unter der Voraussetzung, dass er vorher bereits einmal verhaftet worden war.

»Während wir warten, könnten wir doch mal einen Blick auf Romeo Marescotti werfen«, schlug ich vor. »Meinen Sie nicht auch?«

Alessandro runzelte die Stirn. »Sie glauben wirklich, dass Peppo recht hat?«

»Warum nicht? Vielleicht war er es tatsächlich. Womöglich ist er schon die ganze Zeit hinter mir her.«

»In einem Trainingsanzug? Das glaube ich nicht.«

»Warum nicht? Kennen Sie ihn?«

Alessandro holte tief Luft. »Ja, aber sein Bild ist nicht in dieser Kartei. Das habe ich schon überprüft.«

Sprachlos vor Überraschung starrte ich ihn an. Ehe ich weiter nachhaken konnte, betraten zwei Polizeibeamte den Raum. Einer hatte einen Laptop dabei, den er nun vor mich hinstellte. Da keiner von beiden Englisch sprach, musste Alessandro übersetzen. »Sie haben im Museum einen Fingerabdruck gefunden«, erklärte er, »und sie möchten, dass Sie sich ein paar Bilder ansehen und ihnen sagen, ob Ihnen jemand bekannt vorkommt.«

Ich wandte mich zu dem Display um. Darauf waren fünf männliche Gesichter aufgereiht, die mir alle mit der gleichen Mischung aus Apathie und Abscheu entgegenstarrten. Ich betrachtete sie eine Weile. »Hundertprozentig sicher bin ich mir nicht, aber wenn Sie wissen wollen, wer meinem Verfolger am ähnlichsten sieht, dann würde ich sagen, Nummer vier.«

Nach kurzer Rücksprache mit den Beamten nickte Alessandro. »Das ist der Mann, der ins Museum eingebrochen ist. Jetzt möchten sie wissen, *warum* er dort eingebrochen ist und warum er Ihnen schon die ganze Zeit folgt.«

»Vorher würde ich gerne wissen, wer er ist.« Ihre ernsten Mienen machten mir Angst. »Ist er eine Art … Mörder?«

»Der Mann heißt Bruno Carrera. Er hatte in der Vergangenheit mit dem organisierten Verbrechen zu tun und stand mit ein paar sehr üblen Leuten in Verbindung. Dann war er für eine Weile verschwunden, aber nun …« – Alessandro nickte zum Bildschirm hinüber – »ist er wieder da.«

Erneut warf ich einen Blick auf das Foto. Bruno Carrera hatte seine besten Jahre definitiv hinter sich. Seltsam, dass er aus dem Ruhestand zurückkehrte, um ein Stück Seide zu stehlen, das keinerlei kommerziellen Wert besaß. »Ich frage das aus reiner Neugier«, sagte ich, ohne nachzudenken, »aber hatte er jemals mit einem Mann namens Luciano Salimbeni zu tun?« Die Beamten sahen sich an.

»Sehr geschickt«, flüsterte Alessandro und meinte damit das genaue Gegenteil. »Ich dachte, Sie wollten sich möglichst bedeckt halten.«

Als ich hochblickte, merkte ich, dass mich die Beamten mit neuem Interesse musterten. Ganz offensichtlich fragten sie sich gerade, was ich eigentlich in Siena zu suchen hatte und wie viele wichtige Informationen ich ihnen im Zusammenhang mit dem Einbruch im Museum noch vorenthielt.

»*La signorina conosce Luciano Salimbeni?*«, wandte sich einer von ihnen an Alessandro.

»Sagen Sie ihnen, dass mein Cousin Peppo mir von Luciano Salimbeni erzählt hat«, wies ich ihn an. »Anscheinend war er vor zwanzig Jahren hinter irgendwelchen Erbstücken unserer Familie her. Und nur zu Ihrer Information: Das entspricht der Wahrheit.«

Alessandro erklärte es ihnen, so gut er konnte, doch die Polizeibeamten gaben sich damit nicht zufrieden, sondern fragten nach weiteren Einzelheiten. Es war ein seltsamer Machtkampf, denn allem Anschein nach respektierten sie ihn sehr. Trotzdem hatten sie wohl das Gefühl, dass mit mir und meiner Geschichte irgendetwas nicht stimmte. Schließlich verließen beide den Raum, und ich wandte mich mit fragender Miene an Alessandro, weil ich nicht wusste, was ich davon halten sollte. »War es das jetzt? Können wir gehen?«

»Sie glauben wirklich«, entgegnete er müde, »dass sie Sie gehen lassen, bevor Sie ihnen erklärt haben, was Ihre Familie mit einem der meistgesuchten Kriminellen Italiens zu schaffen hat?«

»Zu *schaffen*? Ich habe doch nur gesagt, dass Peppo den Verdacht hat ...«

»Giulietta ...« – Alessandro beugte sich zu mir vor, damit niemand unseren Wortwechsel mitbekam –, »warum haben Sie mir das alles denn nicht schon vorher gesagt?«

Ehe ich antworten konnte, kehrten die Beamten mit einem Ausdruck von Bruno Carreras Akte zurück. Sie baten Alessandro, mich zu einer bestimmten Passage zu befragen.

»Wie es scheint, liegen Sie richtig«, erklärte er, während er den Text überflog, »Bruno hat früher hin und wieder für Luciano Salimbeni gearbeitet. Einmal wurde er festgenommen und erzählte irgendeine Geschichte von einer Skulptur mit goldenen Augen ...« Er sah mich an, als versuchte er herauszufinden, wie aufrichtig ich war. »Wissen Sie etwas darüber?«

Obwohl es mich ein wenig erschütterte, dass die Polizei – wenn auch wohl nur ansatzweise – über die goldene Skulptur Bescheid wusste, brachte ich es nichtsdestotrotz fertig, entschieden den Kopf zu schütteln. »Nein, nie davon gehört.«

Für ein paar Sekunden lieferten wir uns ein lautloses Blickduell, doch ich gab nicht klein bei. Schließlich reichte er ihnen den Ausdruck zurück. »Wie es aussieht, könnte Luciano auch etwas mit dem Tod Ihrer Eltern zu tun gehabt haben. Kurz darauf ist er verschwunden.«

»Verschwunden? Ich dachte, er ist tot?«

Alessandro würdigte mich keines Blickes. »Vorsicht. Ich werde Sie jetzt nicht fragen, wer Ihnen das erzählt hat. Gehe ich recht in der Annahme, dass Sie nicht vorhaben, diesen Beamten weitere Informationen zu liefern?« Er sah mich an, und als ich nickte, fuhr er fort: »In diesem Fall würde ich vorschlagen, dass Sie allmählich einen auf traumatisiert machen, damit wir endlich von hier verschwinden können. Die haben mich nämlich schon zweimal nach Ihrer Sozialversicherungsnummer gefragt.«

»Darf ich Sie daran erinnern«, antwortete ich im Flüsterton, »dass Sie derjenige waren, der mich hierhergeschleppt hat?«

»Und jetzt schleppe ich Sie wieder raus.« Er legte einen Arm um mich und streichelte mir übers Haar, als müsste er mich trösten. »Keine Sorge wegen Peppo. Dem geht es bald wieder gut.«

Um meiner Rolle gerecht zu werden, lehnte ich mich an seine Schulter und sog laut und tränenreich die Luft ein. Es klang fast wie ein echter Seufzer. Als die Beamten sahen, wie verstört ich war, hatten sie endlich ein Einsehen und traten den Rückzug an. Fünf Minuten später verließen Alessandro und ich die Polizeiwache.

»Gute Arbeit«, lobte er mich, sobald wir außer Hörweite waren.

»Gleichfalls. Allerdings war das heute definitiv nicht mein Tag, Sie dürfen also nicht erwarten, dass ich vor Begeisterung einen Freudentanz aufführe.«

Er blieb stehen und betrachtete mich mit einem leichten Stirnrunzeln. »Wenigstens kennen Sie jetzt den Namen Ihres Verfolgers. Deswegen sind

Sie doch heute Nachmittag zu mir gekommen, nicht wahr?«

Während wir auf der Polizeiwache waren, hatte die Nacht ihren dunklen Mantel über die Welt gebreitet, aber die Luft war noch warm, und die Straßenlampen tauchten alles in ein sanftes gelbes Licht. Wären nicht aus allen Richtungen Vespas an uns vorbeigeschossen, hätte man die ganze Piazza für eine Opernbühne halten können – kurz vor dem Einsetzen der Musik und dem ersten Auftritt des Helden.

»Was bedeutet ›fidanzata‹?«, fragte ich. »Etwas Schlimmes?«

Alessandro schob die Hände in die Taschen und setzte sich in Bewegung. »Ich habe Sie als meine Freundin ausgegeben, weil ich dachte, dann würden sie am ehesten aufhören, nach Ihrer Sozialversicherungsnummer zu fragen. *Und* nach Ihrer Telefonnummer.«

Ich musste lachen. »Haben die beiden sich denn gar nicht gewundert, was um alles in der Welt Julia mit einem Salimbeni zu schaffen hat?«

Obwohl Alessandro lächelte, spürte ich, dass er meine Frage gar nicht so lustig fand. »Ich fürchte, an der hiesigen Polizeiakademie steht Shakespeare nicht auf dem Lehrplan.«

Wir marschierten eine Weile schweigend dahin, ohne ein bestimmtes Ziel anzusteuern. Eigentlich wäre es langsam an der Zeit gewesen, sich zu verabschieden, aber mir war noch nicht nach Abschied zumute. Ganz unabhängig von der Tatsache, dass in meinem Hotelzimmer höchstwahrscheinlich Bruno Carrera auf mich wartete, erschien es mir einfach das Normalste der Welt zu sein, in Alessandros Nähe zu bleiben.

»Wäre jetzt vielleicht ein guter Zeitpunkt«, fragte ich, »um mich bei Ihnen zu bedanken?«

»Jetzt?« Er warf einen Blick auf seine Armbanduhr. »*Assolutamente sì.* Der perfekte Zeitpunkt.«

»Was halten Sie davon, wenn ich Sie zum Abendessen einlade?«

Mein Vorschlag amüsierte ihn. »Gerne. Es sei denn, Sie hängen lieber auf Ihrem Balkon herum und warten auf Romeo?«

»Über meinen Balkon ist jemand eingebrochen. Haben Sie das vergessen?«

»Verstehe.« Seine Augen verengten sich leicht. »Sie wollen, dass ich Sie beschütze.«

Ich öffnete den Mund, um irgendetwas Freches zu erwidern, merkte aber gerade noch rechtzeitig, dass ich das gar nicht wollte. Die Wahrheit war, dass ich mir angesichts dessen, was alles passiert war und womöglich noch passieren würde, nichts sehnlicher wünschte, als während meiner restlichen Zeit in Siena allerhöchstens eine Armlänge von Alessandro – samt seiner Waffe – entfernt zu sein. »Tja«, sagte ich und schluckte meinen Stolz hinunter, »ich glaube fast, da hätte ich nichts dagegen einzuwenden.«

IV. IV

Ihr seid ein Liebender; borgt Amors Flügel
Und schwebet frei in ungewohnten Höhn

Siena, im Jahre 1340

€ s war der Tag des Palio, und die Leute von Siena trieben fröhlich auf einem Meer des Gesangs dahin. Jede Straße hatte sich in einen Fluss verwandelt, jeder Platz in einen Strudel religiöser Ekstase, und alle, die sich von der Strömung mitreißen ließen, schwenkten eifrig ihre Fahnen und Banner – in der Hoffnung, aus allem Seichten emporzusteigen und auf den wandelbaren Wellen Fortunas hinaufzureiten, um von dort den Arm nach der Mutter im Himmel auszustrecken und ihre sanfte Berührung zu spüren.

Die Flut aus frommen Menschen hatte längst die Tore der Stadt durchbrochen und sich hinaus auf das Land bis nach Fontebecci ergossen, einige Kilometer nördlich der Porta Camollia gelegen. Hier sah ein wogender Ozean aus Köpfen gespannt zu, wie die fünfzehn Reiter des Palio in voller Kampfmontur aus ihren Zelten traten, bereit, die neu gekrönte Jungfrau mit einer schneidigen Demonstration männlichen Mutes zu ehren.

Maestro Ambrogio hatte fast den ganzen Vormittag gebraucht, um die Stadt zu verlassen, indem er sich mit den Ellbogen einen Weg durch die Menge bahnte. Hätte er sich in der Sache weniger schuldig gefühlt, dann hätte er bereits auf der ersten Hälfte der Wegstrecke tausendmal aufgegeben und kehrtgemacht. Aber das durfte er nicht. Wie erbärmlich der alte Künstler sich an diesem Morgen fühlte! Welch entsetzlicher Fehler es doch gewesen war, sich in die Angelegenheiten dieser jungen Leute einzumischen! Hätte er es nicht so eilig gehabt, um der Schönheit willen Schönheit mit Schönheit zu paaren, dann hätte Romeo nie erfahren, dass Giulietta noch lebte, und sie wäre ihrerseits nie von seiner Leidenschaft mitgerissen worden.

Welch seltsame Vorstellung, dass die Liebe zur Schönheit einen Künstler so leicht zum Verbrecher machen konnte. Wie ausgesprochen grausam von Fortuna, einem alten Mann auf Kosten des Glückes eines jungen Paares eine Lektion zu erteilen. Oder gaukelte er sich etwas vor, wenn er sein Vergehen durch hehre Ideen zu erklären suchte? War es womöglich allein seine niedere menschliche Natur, welche die jungen Liebenden von Anfang an dem Untergang geweiht hatte? Konnte es sein, dass er sein eigenes schwächliches Begehren auf den bewundernswerten Leib von Romeo übertragen hatte, und all seine Hoffnungen auf die glückliche Vereinigung der jungen Leute lediglich ein Versuch gewesen waren, auf diesem Wege Zugang zu Giulietta Tolomeis Brautgemach zu finden?

Der Maestro neigte nicht dazu, sich mit religiösen Fragen auseinanderzusetzen, es sei denn, sie waren Teil eines Gemäldes und somit gut bezahlt. Nun aber traf es ihn wie ein Schlag, dass die leichte Übelkeit, die er bei der Vorstellung empfand, als lüsterner alter Puppenspieler zu fungieren, ungefähr dem Gefühl entsprechen musste, welches Gott jeden Moment und alle Tage empfand. Falls er überhaupt etwas empfand. Er war schließlich ein göttliches Wesen, und es könnte durchaus sein, dass Göttlichkeit mit Gefühlen nicht vereinbar war. Falls aber doch, dann könnte einem Gott wahrhaft leid tun, denn die Geschichte der Menschheit war im Grunde nichts anderes als eine einzige lange Leidensgeschichte.

Anders verhielt es sich mit der Jungfrau Maria. Sie war selbst ein menschliches Wesen gewesen und wusste daher, was es hieß zu leiden. Sie war diejenige, die stets ein Ohr für menschliche Nöte hatte und dafür sorgte, dass Gott seine Donnerschläge in die richtige Richtung schickte. Wie die schöne Gattin eines mächtigen Mannes war sie diejenige, mit der man sich gutstellen und an die man sich wenden musste, weil nur sie den Weg zu seinem göttlichen

Herzen kannte. Ihr hatte Siena die Schlüssel zu seinem Haupttor überreicht, und dafür schenkte sie den Bewohnern der Stadt besondere Zuneigung und beschützte sie vor ihren Feinden, wie eine Mutter ihren kleinen Sohn beschützt, der sich vor den Schikanen seiner Brüder in ihre Arme flüchtet.

Während der Maestro das Gefühl hatte, dass der Weltuntergang kurz bevorstand, fand seine Stimmung kein Echo in den Gesichtern der vielen Menschen, die er in seinem Bemühen, Fontebecci noch vor Beginn des Rennens zu erreichen, ungeduldig zur Seite schob. Alle waren in Feierlaune, und niemand hatte es besonders eilig. Solange man sich einen Platz an der Straße sicherte, bestand eigentlich keine Notwendigkeit, die ganze Strecke bis nach Fontebecci zu marschieren. Natürlich gab es im Startbereich einiges Interessante zu sehen, ob es die ganzen Zelte waren, die vielen Fehlstarts oder die vornehmen Familien, deren Söhne am Rennen teilnahmen. Letztendlich aber konnte kein Spektakel beeindruckender sein als der donnernde Hufschlag von fünfzehn heranpreschenden Schlachtrössern mit ihren Rittern in schimmernder Rüstung.

Als Maestro Ambrogio sein Ziel endlich erreicht hatte, steuerte er schnurstracks auf die Farben des Marescotti-Adlers zu. Romeo war bereits aus dem gelben Zelt hervorgekommen und von den Männern seiner Familie umringt, die man auffallend wenig lächeln sah. Selbst Comandante Marescotti, der dafür bekannt war, selbst in der aussichtslosesten Situation noch für jeden ein paar aufmunternde Worte übrig zu haben, sah aus wie ein Soldat, der genau wusste, dass er in einen Hinterhalt geraten war. Er hielt höchstpersönlich das Pferd seines Sohnes, während dieser sich in den Sattel schwang, und war auch der Einzige, der Romeo direkt ansprach.

»Habe keine Angst«, hörte der Maestro ihn sagen, während er den Plattenpanzer zurechtrückte, der den Kopf des Tieres vor Verletzungen bewahren sollte, »er steht wie ein Engel, aber er wird rennen wie der Teufel.«

Romeo, der zu aufgeregt war, um zu sprechen, nickte nur und nahm die Lanze mit der Adlerflagge entgegen, die ihm gereicht wurde. Er durfte sie während des gesamten Rittes nicht verlieren, und wenn ihm die Jungfrau Maria freundlich gesinnt war, konnte er seine Lanze an der Ziellinie gegen den Cencio eintauschen. War die Jungfrau jedoch eifersüchtiger Stimmung, dann würde er mit seiner Fahne als Letzter vor der Kathedrale eintreffen und dafür als Zeichen seiner Schande ein Schwein entgegennehmen müssen.

Genau in dem Moment, als man ihm seinen Helm herausbrachte, fiel Romeos Blick auf Maestro Ambrogio. Seine Überraschung war so groß, dass selbst das Pferd unter ihm nervös wurde. »Maestro«, rief er, wobei seine Stimme verständlicherweise recht bitter klang, »seid Ihr gekommen, um ein Bild meines Untergangs zu malen? Ich versichere Euch, das wird gewiss ein beeindruckendes Spektakel für das Auge eines Künstlers.«

»Es ist Euer gutes Recht«, antwortete Maestro Ambrogio, »mich zu verhöhnen. Ich gab Euch eine Landkarte, die Euch geradewegs ins Verderben führte. Nun aber drängt es mich, den Schaden wiedergutzumachen.«

»Macht lieber, dass Ihr fortkommt, alter Mann!«, gab Romeo zurück. »Ihr solltet Euch sputen, denn wie ich sehe, ist das Seil schon bereit.«

»Das werde ich«, erwiderte der Maestro, »doch vorher gestattet mir, ein paar unverblümte Worte an Euch zu richten.«

»Für mehr reicht die Zeit ohnehin nicht«, mischte sich Comandante Marescotti ein. »Also lasst hören, was Ihr uns zu sagen habt!«

Maestro Ambrogio räusperte sich. Die ausgefeilte Rede, die er sich den ganzen Vormittag über so mühevoll zurechtgelegt hatte, wollte ihm plötzlich nicht mehr einfallen, er konnte sich kaum noch an den ersten Satz erinnern. Bald aber siegte die Notwendigkeit über die Redekunst, so dass er seine Informationen einfach in der Reihenfolge von sich gab, in der sie ihm in den Sinn kamen. »Ihr seid in großer Gefahr«, begann er, »und wenn Ihr mir nicht glaubt ...«

»Wir glauben Euch!«, bellte Comandante Marescotti. »Nennt uns die Einzelheiten!«

»Einer meiner Studenten, ein junger Mann namens Hassan«, fuhr der Maestro fort, »hat gestern
Abend im Palazzo Salimbeni ein Gespräch belauscht. Er arbeitete oben an der Decke gerade an
einem Engel, ich glaube, es war ein Cherubim …«

»Zum Teufel mit dem Cherubim!«, brüllte Comandante Marescotti. »Nun sagt uns endlich, was
Salimbeni mit meinem Sohn im Sinn hat!«

Maestro Ambrogio sog hörbar die Luft ein. »Ich
glaube, sein Plan sieht folgendermaßen aus: Hier in
Fontebecci wird nichts passieren, weil so viele Augen zusehen, aber dort, wo sich auf halber Strecke
zur Porta Camollia der Weg verbreitert, werden der
Sohn von Tolomei und noch jemand versuchen,
Euch am Weiterreiten zu hindern oder in den Graben zu stoßen. Sollte Salimbenis Sohn zu diesem
Zeitpunkt bereits einen großen Vorsprung vor Euch
haben, werden sie sich damit begnügen, Euch nur
ein wenig zu bremsen. Doch das ist nur der Anfang.
Sobald Ihr die Stadt erreicht habt, müsst Ihr auf
der Hut sein, wenn Ihr durch die von Salimbeni
kontrollierten Contraden reitet. In der Gegend von
Magione und Santo Stefano werden Leute in den
Türmen sitzen und Euch, vorausgesetzt, Ihr seid
unter den vordersten drei Reitern, mit allem Mögli-
chem bewerfen. Habt Ihr es erst einmal bis San Do-

nato und Sant'Egidio geschafft, werden sie nicht mehr so kühn sein, aber falls Ihr das Feld anführt und mit Eurem Sieg zu rechnen ist, werden sie es trotzdem riskieren.«

Romeo warf einen Blick zu seinem Vater hinüber. »Wie denkt Ihr darüber?«

»Genau wie du«, antwortete Comandante Marescotti. »Das kommt keineswegs überraschend, ich habe nichts anderes erwartet. Dank dem Maestro haben wir nun Gewissheit. Romeo, du musst dich gleich zu Beginn an die Spitze setzen und auch dort bleiben. Schone dein Pferd nicht, sondern reite, so schnell du kannst. Sobald du Porta Camollia erreichst, musst du sie an dir vorbeiziehen lassen, einen nach dem anderen, bis du an vierter Position bist.«

»Aber …«

»Unterbrich mich nicht! Ich möchte, dass du an vierter Position bleibst, bis ihr Santo Stefano hinter euch gelassen habt. Dann kannst du dich wieder auf die dritte oder zweite Position vorschieben. Aber noch nicht an die Spitze. Erst, wenn du am Palazzo Salimbeni vorbei bist, verstanden?«

»Das ist zu nahe an der Ziellinie! Da bleibt mir keine Zeit mehr, jemanden zu überholen!«

»Trotzdem wirst du es tun.«

»Es ist zu nahe! Das hat noch nie jemand geschafft!«

»Seit wann«, fragte Comandante Marescotti in sanfterem Ton, »hat das meinen Sohn jemals von etwas abgehalten?«

Ein Fanfarensignal von der Startlinie setzte allen Gesprächen ein Ende. Jemand stülpte Romeo seinen Adlerhelm über den Kopf und schloss das Visier. Eilig erteilte der Familienpriester dem jungen Mann – höchstwahrscheinlich zum letzten Mal – seinen Segen. Der Maestro ertappte sich dabei, wie er die guten Wünsche auf das nervöse Pferd ausdehnte. Danach lag es nur noch in den Händen der heiligen Jungfrau, ihren Favoriten zu beschützen.

Während sich die fünfzehn Pferde entlang des Seils aufreihten, begann die Menge die Namen ihrer Favoriten, aber auch ihrer Feinde zu skandieren. Jede Adelsfamilie hatte ihre Anhänger und ihre Gegner. Keines der Häuser war allseits beliebt oder geächtet, sogar die Salimbenis besaßen eine Gefolgschaft aus devoten Kunden. Bei Gelegenheiten wie diesen erwarteten die reichen, ehrgeizigen Männer als Dank für die Großzügigkeit, die sie das ganze Jahr über walten ließen, leidenschaftlich zum Ausdruck gebrachte öffentliche Unterstützung.

Von den Reitern, die sich entlang des Seils aufreihten, konzentrierten sich die meisten ausschließlich auf den vor ihnen liegenden Weg. Manche suchten noch einmal Augenkontakt, andere vermieden ihn. Schutzheilige wurden mobilisiert wie die Heuschrecken über Ägypten und letzte Beleidigungen wie Geschosse in Richtung eines sich schließenden Stadttors geschleudert. Die Zeit für Gebete war vorbei, es wurden keine Ratschläge mehr erteilt, und geschlossene Pakte ließen sich nun nicht mehr lösen. Welche Dämonen die kollektive Seele des Volkes von Siena auch heraufbeschworen haben mochte, ob gut oder böse, ihnen allen war Leben eingehaucht worden, und nur die Schlacht selbst, das Rennen, konnte für Gerechtigkeit sorgen. Es gab kein Gesetz mehr außer dem Schicksal, keine Rechte außer dem Recht des vom Glücke Begünstigten. Die einzige Wahrheit, die es noch zu wissen lohnte, war der Sieg.

»Möge heute der Tag sein«, dachte Maestro Ambrogio, »an welchem Ihr, göttliche Jungfrau, Eure Krönung im Himmel feiert, indem Ihr gegenüber uns armen Sündern, alt wie jung, Milde walten lasst. Ich bitte Euch, Mitleid mit Romeo Marescotti zu haben und ihn vor den Mächten des Bösen zu bewahren, die im Begriff sind, diese Stadt aus ihren eigenen Eingeweiden heraus aufzufressen. Wenn Ihr ihn leben lasst, verspreche ich Euch, den Rest meiner Tage Eurer Schönheit zu weihen. Doch stirbt er heute, dann geschieht es durch meine Hand, und aus Kummer und Scham wird diese Hand nie wieder malen.«

Während Romeo mit dem Adlerbanner zur Startlinie ritt, spürte er, wie sich das klebrige Netz einer

Verschwörung immer enger um ihn zog. Alle hatten die dreisten Worte gehört, mit denen er Salimbeni herausgefordert hatte, und alle wussten, dass die unweigerliche Folge eine Familienfehde war. In Anbetracht des Einflusses der hier Streitenden fragten sich die meisten Leute nicht so sehr, wer das Rennen gewinnen würde, sondern wer am Ende wohl noch am Leben blieb.

Romeo ließ den Blick über die anderen Reiter schweifen und versuchte, seine Chancen abzuschätzen. Der zunehmende Mond – Tolomeis Sohn Tebaldo – war ganz offensichtlich im Bunde mit dem Diamanten – Salimbenis Sohn Nino –, und selbst aus den Augen des Hahnes und des Stieres starrte ihm, Romeo, Verrat entgegen. Nur die Eule nickte ihm mit dem ernsten Mitgefühl eines Freundes zu, was jedoch nicht viel zählte, denn die Eule hatte viele Freunde.

Als das Seil fiel, befand sich Romeo noch nicht einmal ganz im offiziellen Startbereich. Er war so sehr damit beschäftigt gewesen, die anderen Reiter zu mustern und ihre Pläne abzuschätzen, dass er gar nicht richtig auf den Mann geachtet hatte, der für den Start verantwortlich war. Allerdings begann der Palio jedes Mal mit vielen Fehlstarts, und der Verantwortliche hatte für gewöhnlich keine Skrupel, alle ein Dutzend Mal zurückzurufen und erneut starten zu lassen. Im Grunde war das alles Teil des Spiels.

Nicht so heute. Zum ersten Mal in der Geschichte des Palio ertönte nach dem ersten Start keine Fanfare, die ihn für ungültig erklärte: Trotz der Tatsache, dass allgemeine Verwirrung herrschte und ein Pferd zurückblieb, durften die anderen vierzehn weiterreiten. Das Rennen war also im Gange. Romeo, der zu schockiert war, um wegen dieser Ungerechtigkeit mehr als ein kurzes Aufflammen von Wut zu verspüren, brachte die Lanze in Position, bis sie fest unter seinem Arm saß, gab dem Pferd die Sporen und nahm die Verfolgung auf.

Das Feld hatte so großen Vorsprung, dass nicht zu erkennen war, wer es anführte. Durch den Augenschlitz seines Helms sah Romeo nichts als Staub und ungläubige, ihm zugewandte Gesichter. Sämtliche Zuschauer hatten fest damit gerechnet, den jungen Liebenden zu diesem Zeitpunkt bereits weit vor seinen Rivalen zu sehen.

Ohne auf ihre Zurufe und Gesten zu achten – von denen einige aufmunternd, andere das genaue Gegenteil waren –, ritt Romeo mitten durch die Staubwolke, wobei er dem Pferd die Zügel locker ließ und betete, es möge sich für diese Geste erkenntlich zeigen.

Comandante Marescotti war ganz bewusst ein Risiko eingegangen, als er seinem Sohn einen Hengst gab. Mit einer Stute oder einem Wallach hätte Romeo ebenfalls gute Chancen gehabt, doch wenn das eigene Leben auf dem Spiel steht, reichen gute Chancen nicht aus. Mit einem Hengst hieß es alles oder nichts. Es war durchaus denkbar, dass sich Cesare im Lauf des Rennens mit einem anderen Hengst anlegte, eine Stute verfolgte oder sogar seinen Reiter abwarf, um dem Jungen zu zeigen, wer der Herr war. Andererseits aber besaß er das zusätzliche Quentchen Kraft, das oft nötig war, um sich aus einer gefährlichen Situation zu retten, und – was noch wichtiger war – den Geist eines Siegers.

Darüber hinaus besaß Cesare noch eine andere Eigenschaft, die beim Palio unter normalen Umständen überhaupt keine Rolle spielte, Romeo nun aber die einzige Möglichkeit zu bieten schien, wie er jemals hoffen konnte, das Feld wieder einzuholen: Das Pferd war ein ungewöhnlich kraftvoller Springer.

Die Regeln des Palio besagten nichts darüber, dass man auf dem üblichen Weg bleiben musste. Solange ein Teilnehmer in Fontebecci losritt und an der Kathedrale von Siena eintraf, kam er als Gewinner des Preises in Frage. Es hatte bisher nicht die Notwendigkeit bestanden, die genaue Route festzulegen, weil noch nie jemand närrisch genug gewesen war, die Straße zu verlassen. Auf den Feldern, die sich zu beiden Seiten erstreckten, war der Boden uneben, außerdem graste dort viel Weidevieh oder es lagen Haufen trocknenden Heus herum. Das größte Problem aber war, dass es jede Menge Zäune und Gatter gab. Eine Abkürzung über die Felder zu wagen bedeutete in anderen Worten, sich einer Armee von Hindernissen zu stellen – Hindernissen, die einem Reiter in einer leichten Tunika vielleicht sogar Freude bereiteten, für ein Pferd, auf dessen Rücken ein Ritter mit Plattenpanzer und Lanze saß, jedoch tödlich waren.

Romeo zögerte nicht lange. Die vierzehn anderen Reiter waren gerade in Richtung Südwesten unterwegs, weil die Straße in diesem Bereich eine gut drei Kilometer lange Kurve machte, ehe sie schließlich die Porta Camollia erreichte.

Das war seine Chance.

Sobald er eine Lücke in der schreienden Zuschauermenge entdeckte, lenkte er Cesare von der Straße auf ein bereits abgeerntetes Kornfeld und steuerte schnurstracks auf das Stadttor zu.

Das Pferd genoss die Herausforderung und bewies beim Galopp über das Feld wesentlich mehr Elan als zuvor auf der Straße. Als Romeo den ersten Holzzaun auftauchen sah, riss er sich den Adlerhelm vom Kopf und warf ihn im Vorbeireiten in einen Heuhaufen. Die einzige Regel, die es hinsichtlich der Ausrüstung eines Reiters gab, betraf die Lanze mit den Familienfarben. Kampfmontur und Helm trugen die Teilnehmer lediglich aus Gründen des Selbstschutzes. Romeo war klar, dass er ohne

Helm völlig schutzlos den Angriffen der anderen Reiter ausgesetzt war und ihn auch die Gegenstände, die aus den Turmbauten der Stadt mutwillig herabgeworfen wurden, viel leichter verletzen konnten, doch gleichzeitig wusste er, dass es das Pferd, so stark es auch war, niemals bis in die Stadt schaffen würde, wenn er nicht Gewicht abwarf.

Cesare flog über den ersten Zaun, doch die Landung auf der anderen Seite fiel recht unsanft aus, so dass Romeo keine Zeit verlor, sondern eilig die Brustplatte von seinen Schultern löste und mitten in den Schweinepferch warf, durch den er gerade preschte. Die nächsten beiden Zäune waren niedriger als der erste. Während das Pferd mit Leichtigkeit hinübersprang, hielt Romeo die Lanze hoch über dem Kopf, damit sie ja nicht an den Zaunlatten hängen blieb. Die Lanze mit den Marescotti-Farben zu verlieren bedeutete, das Rennen zu verlieren, selbst wenn er als Erster das Ziel erreichte.

Alle, die ihn an jenem Tag sahen, hätten schwören können, dass Romeo das Unmögliche versuchte. Die dank der Abkürzung eingesparte Wegstrecke wurde durch die vielen Sprünge wieder zunichtegemacht, und wenn er erst einmal zurück auf der Straße war, würde er sich – bestenfalls – genauso weit hinter den anderen Reitern befinden wie vorher. Ganz zu schweigen von dem Schaden, den das Pferd dadurch genommen hatte, dass es in der Au-

gusthitze über Stock und Stein galoppieren und verrückte Sprünge absolvieren musste.

Zum Glück war Romeo nicht bewusst, wie
schlecht seine Chancen standen. Er wusste auch
nicht, dass er es nur ganz besonderen Umständen
verdankte, dass er, als er schließlich wieder auf die
Straße stieß, die Führung des Feldes übernahm.

Irgendwo entlang des Weges hatte ein namenloser
Zuschauer direkt vor den Palio-Reitern eine Schar
Gänse laufen lassen, und in dem wilden Durcheinander, das folgte, wurden auf einen bestimmten
Reiter – der zu einem bestimmten turmbewehrten
Haus gehörte – aus Rache für einen ähnlichen Vorfall im Vorjahr höchst zielsicher ein paar faule Eier
abgefeuert. Solche Streiche waren Teil des Palio,
hatten jedoch nur selten ernsthafte Auswirkungen
auf das Rennen.

Manche Leute sahen all diese Dinge als Zeichen
für das Eingreifen der Jungfrau Maria: die Gänse, die
Verzögerung und Romeos wundersamen Flug über
sieben Zäune. Die vierzehn Reiter aber, die brav dem
Weg gefolgt waren, mussten Romeos plötzliches
Auftauchen vor ihnen zwangsläufig für ein Werk des
Teufels halten. Erfüllt von loderndem Hass, jagten
sie hinter ihm her, während sich die Straße langsam
verengte, um schließlich alle durch den Torbogen
der Porta Camollia zu schleusen.

Nur die Jungen, die auf die Mauer des Stadttores

geklettert waren, hatten den letzten Teil von Romeos waghalsigem Ritt mit eigenen Augen verfolgen können, und egal, zu wem sie bis dahin gehalten hatten, egal, wem die Loyalität oder der Hass ihrer unten versammelten Verwandtschaft galt, diese Jungen konnten nicht anders, als dem wagemutigen Herausforderer zuzujubeln, während er unter ihnen durch das Tor schoss – ohne Rüstung und Helm äußerst verwundbar, und dicht gefolgt von einer Horde rasender Feinde.

Schon oft war ein Palio an der Porta Camollia entschieden worden: Der Reiter, welcher das Glück hatte, als Erster durch das Stadttor zu preschen, besaß recht gute Chancen, in den schmalen Straßen der Stadt die Führung zu behalten und als Sieger auf der Piazza del Duomo anzukommen. Die größte Herausforderung waren ab jetzt die Turmbauten, die zu beiden Seiten der Straße emporragten. Obwohl das Gesetz vorschrieb, dass ein Turm, von dem absichtlich Gegenstände geworfen wurden, niederzureißen war, flogen immer wieder Blumentöpfe und Ziegelsteine – wie durch ein Wunder oder die Hand des Teufels, je nachdem, mit wem man im Bunde war – auf Rivalen, die unten auf der Straße vorbeiritten. Trotz der entsprechenden gesetzlichen Bestimmung wurden derartige Vergehen selten bestraft, denn nur wenige Verantwortliche der Stadt hatten je versucht, einen nüchternen und einstimmigen Bericht über die Ereignisse einzuholen, die zu Unfällen entlang der Palio-Rennstrecke geführt hatten.

Während Romeo als Erster durch das schicksalhafte Tor nach Siena hineinritt, war ihm nur allzu bewusst, dass er sich damit den Befehlen seines Vaters widersetzte. Schließlich hatte ihn Comandante Marescotti genau aus diesem Grund angewiesen, nicht die Führung des Feldes zu übernehmen: weil die Gefahr bestand, dass von den Türmen Wurfgeschosse auf ihn herabstürzen würden. Selbst mit einem Helm auf dem Kopf konnte ein Mann von einem gut gezielten Terrakottakübel ohne weiteres aus dem Sattel geworfen werden. Ohne Helm war er mit Sicherheit tot, noch ehe er auf dem Boden aufschlug.

Doch Romeo konnte nicht zulassen, dass die anderen ihn überholten. Er hatte so hart gekämpft, um Zeit wettzumachen und die Führung zu übernehmen, dass ihm die Vorstellung, auf die vierte Position zurückzufallen – selbst im Interesse von Strategie und Selbsterhalt – ebenso zuwider war wie gänzlich aufzugeben und die anderen das Rennen ohne ihn beenden zu lassen.

Deshalb gab er dem Pferd die Sporen und donnerte in die Stadt, wobei er das Meer aus Menschen teilte wie Moses den Ozean. Er nahm sich nicht die Zeit, sein Tempo zu drosseln, um erst einmal zu prüfen, ob der Weg passierbar war, sondern vertraute stattdessen darauf, dass ihm die heilige Jungfrau mit ihren himmlischen Helfern eine Schneise bahnen und ihn vor jeglichem von oben herabfallenden Übel bewahren würde.

Er sah keine Gesichter, keine Gliedmaßen, keine Körper, nein, Romeos Weg war gesäumt von Wänden, besetzt mit schreienden Mündern und weit aufgerissenen Augen – Mündern, aus denen dennoch kein Laut drang, und Augen, die nichts sahen als Schwarz und Weiß, Rivalen und Verbündete. Niemals würden diese Leute in der Lage sein, von den Tatsachen des Rennens zu berichten, denn für eine tobende Menge gibt es keine Tatsachen, sondern nur Gefühl und Hoffnung, und die Wünsche der Menge siegen stets über die Wahrheit eines Einzelnen.

Das erste Wurfgeschoss traf ihn, als er in die Gegend von Magione kam. Was es war, bekam er nicht mit, er spürte nur einen plötzlichen, brennenden Schmerz an der Schulter. Das Ding hatte ihn lediglich gestreift und war irgendwo hinter ihm zu Boden gefallen.

Das nächste Geschoss traf mit einem betäubenden Schlag seinen Oberschenkel. Für einen kurzen Moment befürchtete er, durch den heftigen Aufprall könnte es ihm den Oberschenkel zerschmettert haben, doch als er das Bein mit einer Hand befühlte,

413

spürte er nichts, nicht einmal Schmerz. Wobei es ohnehin keine Rolle spielte, ob der Knochen gebrochen war oder nicht, solange er noch im Sattel saß und den Fuß fest im Steigbügel hatte.

Der dritte Gegenstand war zum Glück kleiner, denn er traf ihn direkt an der Stirn und hätte ihn fast besinnungslos geschlagen. Er musste ein paarmal nach Luft ringen, ehe es ihm gelang, die Dunkelheit abzuschütteln und das Pferd wieder unter Kontrolle zu bekommen. Um ihn herum lachte alles, die ganze Wand aus schreienden Mündern amüsierte sich über seine Verwirrung. Erst jetzt begriff er so richtig, was seinem Vater von vornherein klar gewesen war: Wenn er in den Vierteln, die von den Salimbenis beherrscht wurden, an der Spitze blieb, würde er das Rennen auf keinen Fall bis zum Schluss überstehen.

Nachdem er seine Entscheidung getroffen hatte, fiel es ihm nicht mehr schwer, die Führungsposition aufzugeben. Die Herausforderung bestand nun darin, sich nicht von mehr als drei anderen Reitern überholen zu lassen. Sie alle funkelten ihn im Vorbeireiten böse an – der Sohn von Tolomei, der Sohn von Salimbeni und noch einer, der jedoch unwichtig war –, und Romeo funkelte böse zurück. Er hasste sie dafür, dass sie glaubten, er gebe auf, und sich selbst verabscheute er, weil er zu solchen Tricks greifen musste.

Während er die Verfolgung aufnahm, blieb er den dreien so knapp wie möglich auf den Fersen und hielt dabei den Kopf eingezogen. Er vertraute darauf, dass keiner der in der Stadt wohnenden Salimbeni-Anhänger riskieren würde, den Sohn seines Gönners zu verletzen. Wie sich herausstellte, lag er damit richtig. Der Anblick des Salimbeni-Banners ließ alle einen Moment zu lange zögern, ehe sie ihre Ziegelsteine und Töpfe warfen. Während die vier Reiter durch die Gegend von San Donato galoppierten, wurde Romeo von keinem einzigen Gegenstand getroffen.

Als er schließlich über die Piazza Salimbeni ritt, wusste er, dass es an der Zeit war, das Unmögliche zu vollbringen: nacheinander seine drei Konkurrenten zu überholen, ehe die Route scharf in die Via del Capitano einbog und gleich darauf in die Piazza del Duomo mündete. Dies war nun wahrhaft der Moment, in dem sich göttliches Eingreifen zeigen würde. Sollte es ihm tatsächlich gelingen, von seiner momentanen Position aus das Rennen zu gewinnen, dann einzig und allein, weil der Himmel ihm wohlgesonnen war.

Entschlossen gab Romeo seinem Pferd die Sporen und näherte sich den Söhnen von Tolomei und Salimbeni – die Seite an Seite ritten, als wären sie seit jeher Verbündete –, doch kurz bevor er sie überholen wollte, schwang Nino Salimbeni den Arm zurück wie ein Skorpion den Schwanz und stieß einen schimmernden Dolch in das Fleisch von Tebaldo Tolomei. Er traf genau die Stelle über dem Brustpanzer, wo zwischen Körperrüstung und Helm der zarte Hals zu sehen war.

Es passierte so schnell, dass niemand genau mitbekommen haben konnte, wer den Angriff geführt hatte und wie. Man sah nur etwas Goldenes aufblitzen, anschließend ein kurzes Gerangel. Dann fiel der siebzehnjährige Tebaldo Tolomei mitten auf der Piazza Tolomei vom Pferd. Während ein paar entsetzt aufschreiende Kunden seines Vaters den schlaffen Körper des jungen Mannes zur Seite zogen, ritt der Mörder mit unverminderter Geschwindigkeit weiter, ohne sich auch nur umzublicken.

Der Einzige, der auf den abscheulichen Vorfall reagierte, war der dritte Reiter. Da er sich für den einzigen Wettkämpfer hielt, der Nino Salimbeni nun noch gefährlich werden konnte, begann er aus Angst um das eigene Leben sein Banner nach dem Mörder zu schwingen, um ihn nach Möglichkeit mit seiner Lanze aus dem Sattel zu stoßen.

Romeo ließ währenddessen Cesares Zügel locker, um möglichst schnell an den beiden Kampfhähnen vorbeizukommen, wurde aber fast aus dem Sattel katapultiert, als Nino Salimbeni ihn bei dem Versuch, dem Banner des dritten Reiters auszuweichen, mit voller Breitseite rammte. Während sich Romeo, der fast nur noch an einem Steigbügel hing, mühsam zurück in den Sattel kämpfte, sah er neben sich den Palazzo Marescotti vorbeifliegen. Er wusste, dass gleich die tödlichste Ecke des Rennens kam. Falls es ihm nicht gelang, bis dahin wieder fest im Sattel zu sitzen, würde sein Palio – und vielleicht auch sein Leben – ein sehr schändliches Ende nehmen.

Auf der Piazza del Duomo bereute Bruder Lorenzo – zum zwanzigsten Mal an diesem Vormittag –, dass er nicht mit seinem Gebetbuch in seiner einsamen Zelle geblieben war. Stattdessen hatte er sich vom Wahnsinn des Palio hinaus- und davontreiben lassen. Nun war er hier in der Menge gefangen und konnte kaum die Ziellinie sehen, auch wenn dort an einer hohen Stange jenes teuflische Stück Stoff wehte, jene seidene Schlinge am Hals der Unschuld: der Cencio.

Neben ihm stand das Podium mit den Oberhäuptern der vornehmen Familien, nicht zu verwechseln mit dem Podium der Regierung, wo es zwar weniger Luxus und weniger noble Vorfahren gab, durchaus aber – aller bescheidenen Rhetorik zum Trotz – ebenso viel Ehrgeiz. Auf ersterem Podium waren sowohl Tolomei als auch Salimbeni zu sehen, die es beide vorgezogen hatten, den Triumph ihrer Söhne auf gemütlichen Kissen zu verfolgen statt im Staub der Startlinie von Fontebecci ihren väterlichen Rat an Sprösslinge zu vergeuden, die ohnehin nicht auf sie hören würden.

Während sie dort saßen und ihren jubelnden Anhängern mit maßvoller Herablassung zuwinkten, waren sie keineswegs taub für die Tatsache, dass die Menschenmassen in diesem Jahr einen anderen Ton anschlugen als sonst. Beim Palio hatte es stets ein großes Stimmengewirr gegeben, weil alle für ihre eigenen Contraden und Helden sangen – einschließlich der Häuser Tolomei und Salimbeni, sofern sie einen Reiter im Rennen hatten –, doch dieses Jahr schienen viel mehr Leute in die Lieder von Aquila einzustimmen, dem Marescotti-Adler.

Tolomei, der sich von seinem Platz aus alles anhörte, machte einen immer besorgteren Eindruck. Bruder Lorenzo vermutete, dass sich der große Mann erst jetzt zu fragen begann, ob es wirklich so eine gute Idee gewesen war, den wahren Preis des Palio mitzubringen: seine Nichte Giulietta.

Die junge Frau, die zwischen ihrem Onkel und ihrem zukünftigen Gatten saß, wirkte so verändert, dass sie kaum wiederzuerkennen war. Ihre prächtige Aufmachung bildete einen starken Kontrast zu ihren eingefallenen Wangen. Einmal hatte sie den Kopf gewandt und Bruder Lorenzo direkt angesehen, als wüsste sie schon die ganze Zeit, dass er dort stand und sie beobachtete. Ihr Gesichtsausdruck versetzte ihm einen Stich ins Herz. Sie tat ihm so leid, und gleichzeitig empfand er eine solche Wut auf sich selbst, weil er nicht in der Lage war, sie zu retten.

Hatte Gott sie deshalb vor dem Gemetzel gerettet, dem ihre Familie zum Opfer gefallen war? Nur, um sie nun in die Arme eben jenes Schurken zu stoßen, der das Blut ihrer Lieben vergossen hatte? Das war ein ausgesprochen grausames Schicksal, und Bruder Lorenzo ertappte sich plötzlich dabei, dass er wünschte, weder sie noch er hätten jenen teuflischen Tag überlebt.

Hätte Giulietta gewusst, welche Gedanken ihrem Freund durch den Kopf gingen, während sie dort oben auf dem Podium saß – öffentlich zur Schau gestellt und dem allgemeinen Mitleid preisgegeben –, dann hätte sie ihm sicher zugestimmt, dass eine Ehe mit Salimbeni ein schlimmeres Schicksal bedeutete als der Tod. Doch es war zu früh, um sich der Verzweiflung zu überlassen, denn der Palio war noch nicht vorüber. Romeo lebte noch – zumindest hoffte sie das –, und es bestand immer noch die Möglichkeit, dass der Himmel auf ihrer Seite war.

Hätte sich die Jungfrau Maria durch Romeos Verhalten am Vorabend in der Kathedrale tatsächlich beleidigt gefühlt, dann hätte sie ihn bestimmt auf der Stelle tot umfallen lassen. Die Tatsache, dass es ihm erlaubt worden war, weiterzuleben und heil nach Hause zurückzukehren, konnte nur bedeuten, dass der Himmel seine Teilnahme am Palio wünschte. Andererseits … was der Himmel plante, war die eine Sache, doch eine ganz andere war, was der Mann neben ihr wollte, Salimbeni.

Ein fernes Donnern heranpreschender Hufe bewirkte, dass sich die Menge rund um das Podium erwartungsvoll zusammenzog und dann in begeisterte Jubelrufe ausbrach. Alle schrien die Namen ihrer Favoriten und Rivalen, als könnte ihr Geschrei auf irgendeine Weise das Schicksal lenken. Rund um sie herum reckten die Leute die Hälse, um zu sehen, welcher der fünfzehn Reiter als Erster auf die Piazza galoppieren würde, doch Giulietta konnte nicht hinsehen. Während sie vor dem ganzen Durcheinander die Augen schloss, presste sie die gefalteten Hände an die Lippen und wagte das eine Wort auszusprechen, das alles gutmachen würde: »*Aquila!*«

Einen atemlosen Moment später wurde dieses Wort rund um sie herum von Tausenden von Stimmen wiederholt: *Aquila! Aquila! Aquila!* Es wurde begeistert gerufen, lachend hinausposaunt, verächtlich geknurrt … und als Giulietta die Augen wieder aufschlug, sah sie Romeo über die Piazza fegen, wo sein Pferd, das vor Erschöpfung schon Schaum vor dem Maul hatte, für einen Moment auf dem holperigen Boden dahinschlitterte, ehe es schnurstracks auf den Engelswagen mit dem Cencio zusteuerte.

Romeos Gesicht wirkte vor Zorn ganz verzerrt, und Giulietta erkannte entsetzt, dass er blutverschmiert war. Trotzdem trug er das Adlerbanner noch in der Hand, und er war der Erste. Der Erste.

Ohne sich die Zeit zu nehmen, in Jubel auszubrechen, ritt Romeo geradewegs zum Engelswagen hinüber, schob die pausbäckigen Chorknaben beiseite, die mit Flügeln geschmückt an Seilen aufgehängt waren, griff nach der Stange mit dem Cencio und ersetzte sie durch seine Lanze.

Nun, da er seinen Preis hoch in die Luft hielt, war er endlich bereit, seinen Triumph in vollen Zügen zu genießen, und wandte sich seinem unmittelbaren Konkurrenten Nino Salimbeni zu, um sich an der Wut des anderen zu ergötzen.

Niemand kümmerte sich um die Reiter, die als Dritter, Vierter und Fünfter eintrafen. Fast synchron wandte die Menge die Köpfe, um zu sehen, was Salimbeni wegen Romeo und dieser unerwarteten Wendung der Dinge unternehmen würde. Mittlerweile gab es in ganz Siena niemanden mehr – weder Mann, noch Frau –, der nicht von Romeos Aufbegehren gegen Salimbeni und seinem Schwur vor der Jungfrau Maria gehört hatte – dass er, sollte er den Palio gewinnen, keine Kleidung aus dem Cencio machen, sondern ihn über sein Hochzeitsbett breiten würde –, und nur wenige Herzen in der Stadt fühlten nicht mit dem jungen Liebenden.

Als Tolomei sah, dass sich Romeo den Cencio gesichert hatte, erhob er sich abrupt. Für einen Moment schwankte er, als würden ihn die Windböen
Fortunas hin und her werfen. Rund um ihn herum
schrien und bettelten die Leute von Siena, er möge
doch seinem Herzen einen Stoß geben. Neben ihm
jedoch saß ein Mann, der nicht zögern würde, besagtem Herzen eine ganz andere Art von Stoß zu
verpassen, falls er nun tat, worum das Volk ihn bat.

»Messer Tolomei«, rief Romeo und reckte den
Cencio hoch empor, während sich das Pferd unter
ihm aufbäumte, »der Himmel hat zu meinen Guns-
ten gesprochen! Wagt Ihr es, die Wünsche der Jungfrau Maria zu missachten? Werdet Ihr diese Stadt
opfern, indem Ihr sie ihrem göttlichen Zorn aus-
setzt? Ist Euch das Vergnügen dieses Mannes …« –
er deutete auf Salimbeni – »mehr wert als die Sicherheit von uns allen?«

Bei seinen letzten Worten ging ein solcher Auf-
schrei der Entrüstung durch die Menge, dass die
Wachen rund um das Podium mit gezückten Waffen in Position gingen. Unter den Stadtbewohnern
gab es einige, die den Wachen trotzten und kühn
die Arme nach Giulietta ausstreckten und sie dräng-
ten, vom Podium zu springen und sich zu Romeo
bringen zu lassen, doch Salimbeni setzte ihren Bemühungen ein Ende, indem er aufstand und Giulietta energisch eine Hand auf die Schulter legte.

»Gut gemacht, mein Junge!«, rief er unerschrocken zu Romeo hinüber, weil er darauf vertraute, dass seine vielen Freunde und Anhänger ihm laut zujubeln und dadurch das Blatt wenden würden. »Du hast das Rennen gewonnen! Nun gehe nach Hause und nähe dir aus diesem Cencio ein schönes Kleid. Vielleicht darfst du dann ja meine Brautjungfer sein, wenn …«

Doch die Menge hatte genug gehört und ließ ihn nicht ausreden. »Schande über die Salimbenis«, rief jemand, »weil sie den Willen des Himmels missachten!« Der Rest stimmte sofort ein. Wütend schrien die Leute den edlen Herren ihre Entrüstung entgegen und machten sich bereit, ihrem Zorn gewaltsam Ausdruck zu verleihen. Alte Palio-Rivalitäten waren plötzlich vergessen, und die paar Dummköpfe, die immer noch sangen, wurden von den anderen schnell zum Schweigen gebracht.

Die Leute von Siena wussten, dass sie, wenn sie sich alle gegen die wenigen zusammenschlossen, unter Umständen in der Lage waren, das Podium zu stürmen und die Dame zu rauben, die so eindeutig zu einem anderen gehörte. Es wäre nicht das erste Mal, dass sie gegen Salimbeni rebellierten. Wenn sie nur lange genug schoben, würden sich die mächtigen Männer am Ende in ihren hohen Türmen verschanzen und rasch alle Treppen und Leitern hochziehen müssen.

Für Giulietta, die auf dem Podium saß wie ein unerfahrener Seemann auf stürmischer See, war es erschreckend und berauschend zugleich, die Macht der sie umtosenden Elemente zu spüren. All diese Leute – Tausende von fremden Menschen, deren Namen sie nicht kannte – waren bereit, den Hellebarden der Wachen zu trotzen und dafür zu sorgen, dass ihr Gerechtigkeit zuteil wurde. Wenn sie nur lange genug schoben, würde das Podium bald kippen, und all die edlen Herren wären damit beschäftigt, sich und ihre schönen Gewänder vor dem Mob in Sicherheit zu bringen.

In solch einem Pandemonium, dachte Giulietta, könnte ihr und Romeo vielleicht die Flucht gelingen, und gewiss sorgte die Jungfrau Maria dann dafür, dass der Aufstand lange genug währte, damit sie gemeinsam aus der Stadt entkommen konnten.

Doch es sollte nicht sein. Noch ehe die Menge richtig Schwung geholt hatte, stürmte eine neue Gruppe von Leuten auf den Platz, um Messer Tolomei schreckliche Neuigkeiten entgegenzuschreien. »Tebaldo«, riefen sie und rauften sich vor Verzweiflung die Haare, »es ist Tebaldo! Oh, der arme Junge!« Als sie schließlich das Podium erreichten, wo Tolomei sie auf Knien bat, ihm zu sagen, was mit seinem Sohn passiert war, antworteten sie unter Tränen: »Er ist tot! Ermordet! Beim Palio erstochen!« Dabei fuchtelten sie mit einem blutigen Dolch in der Luft herum.

Sobald Tolomei den Sinn ihrer Worte begriffen hatte, brach er zuckend zusammen, und auf dem ganzen Podium breiteten sich Angst und Schrecken aus. Schockiert über den Anblick ihres Onkels, der aussah, als wäre er von einem Dämon besessen, wich Giulietta zunächst vor ihm zurück, zwang sich dann jedoch, niederzuknien und sich um ihn zu kümmern, so gut sie konnte, indem sie ihn von dem Durcheinander aus Füßen und Beinen abschirmte, bis Monna Antonia und die Dienstboten zu ihnen vordrangen. »Onkel Tolomei«, drängte sie ihn, weil sie nicht wusste, was sie sonst sagen sollte, »beruhigt Euch!«

Der Einzige, der sich von all dem nicht aus der Fassung bringen ließ, war Salimbeni, der nun verlangte, die Mordwaffe zu sehen, und sie sofort hoch in die Luft reckte, damit alle einen guten Blick darauf hatten. »Seht her«, brüllte er, »da habt ihr euren Helden! Das ist der Dolch, durch den Tebaldo Tolomei während unseres heiligen Rennens ums Leben gekommen ist! Seht ihr?« Er deutete auf seinen Griff. »Hier ist der Marescotti-Adler eingraviert! Was sagt ihr dazu?«

Giulietta blickte entsetzt hoch. Auch die Menschenmenge starrte ungläubig zu Salimbeni und dem Dolch hinauf. Das war der Mann, den sie noch einen Moment zuvor bestrafen wollten, doch die schockierenden Neuigkeiten über die Greueltat und der Anblick von Messer Tolomeis trauernder Gestalt hatten sie aus dem Konzept gebracht. Nun wussten sie nicht mehr, was sie von der ganzen Sache halten sollten, und warteten mit offenem Mund darauf, dass ihnen jemand ein Stichwort gab.

Als Giulietta sah, wie sich der Ausdruck auf ihren Gesichtern veränderte, begriff sie sofort, dass Salimbeni diesen Moment im Voraus geplant hatte, um den Mob gegen Romeo aufzuwiegeln, falls er den Palio gewinnen sollte. Inzwischen hatten die Leute fast schon wieder vergessen, warum sie das Podium stürmen wollten, doch ihre Emotionen waren immer noch in Aufruhr, und sie lechzten nach einem neuen Ziel, das sie in Stücke reißen konnten.

Sie brauchten nicht lange zu warten, denn Salimbeni hatte in der Menge genug treue Anhänger. Kaum begann er mit dem Dolch in der Luft herumzufuchteln, rief auch schon jemand: »Romeo ist der Mörder!«

Binnen einer Sekunde waren die Leute von Siena wieder vereint, dieses Mal in ihrer Abscheu gegen den jungen Mann, den sie eben noch als ihren Helden bejubelt hatten.

Da Salimbeni in diesem ganzen tosenden Durcheinander wieder die Oberhand hatte, wagte er nun sogar, Romeos sofortige Verhaftung anzuordnen und alle, die dem widersprachen, als Verräter zu bezeichnen. Doch zu Giuliettas ungeheurer Erleichterung brachten die Wachen, als sie eine Viertelstunde später zum Podium zurückkehrten, nur ein Pferd mit Schaum vor dem Mund, das Adlerbanner und den Cencio. Von Romeo Marescotti aber fehlte jede Spur. Wie viele Leute sie auch gefragt hatten, immer hatten sie die gleiche Antwort bekommen: Kein Mensch hatte gesehen, wie Romeo den Platz verließ.

Erst, als sie im weiteren Verlauf des Abends anfingen, die Leute in ihren Häusern zu befragen, gestand ein Mann – um seine Frau und seine Töchter vor den uniformierten Schurken zu retten –, er habe ein Gerücht gehört, dem zufolge Romeo Marescotti in Begleitung eines jungen Franziskanermönchs durch das unterirdische Bottini-Aquädukt entkommen sei.

Als Giulietta später hörte, wie sich die Dienstboten dieses Gerücht zuflüsterten, sandte sie ein Dankgebet zur Jungfrau Maria empor. Für sie bestand kein Zweifel daran, dass der Franziskanermönch Bruder Lorenzo gewesen war, und sie kannte ihn gut genug, um zu wissen, dass er alles in seiner Macht Stehende tun würde, um den Mann zu retten, den sie liebte.

Ach, der ist solch ein allerliebster Herr!
Ein Lump ist Romeo nur gegen ihn.
Ein Adlersauge, Fräulein, ist so grell,
So schön, so feurig nicht, wie Paris seins

Die Monte-dei-Paschi-Bank, wo es nach Geschäftsschluss dunkel und still war, begrüßte uns mit heiterer Gelassenheit, als wir gemeinsam die Haupttreppe hinaufstiegen. Alessandro hatte mich gefragt, ob ich etwas dagegen hätte, wenn wir auf dem Weg zum Abendessen einen kurzen Zwischenstopp einlegten, und natürlich hatte ich keine Einwände. Während ich ihm nun bis ganz hinauf folgte, fragte ich mich allmählich, wo genau er mich eigentlich hinführte, und warum.

»Nach Ihnen …« Er öffnete eine schwere Mahagonitür und ließ mir den Vortritt in den Raum, der sich als großes Eckbüro entpuppte. »Ich brauche nur eine Minute.« Nachdem er eine Lampe angeschaltet hatte, verschwand er in ein Nebenzimmer, ließ jedoch die Tür einen Spalt offen. »Fassen Sie ja nichts an!«

Ich blickte mich um. Die Einrichtung bestand aus einer eleganten Couchgarnitur und einem imposanten Schreibtisch mit entsprechendem Sessel. Allerdings wies das Büro kaum Spuren richtiger Arbeit auf. Der einsame Ordner auf dem Schreibtisch sah aus, als hätte man ihn hauptsächlich der Wirkung wegen dort platziert. Der einzige Wandschmuck waren die Fenster mit Blick auf die Piazza Salimbeni. Persönliche Dinge wie Diplome oder Fotografien konnte ich nirgendwo entdecken, und auch sonst wies nichts auf die Identität seines Inhabers hin. Gerade hatte ich einen Finger an die Schreibtischkante gelegt, um sie auf Staub zu prüfen, als Alessandro wieder zum Vorschein kam. Er knöpfte ein frisches Hemd zu. »Vorsicht«, warnte er mich, »durch solche Schreibtische sterben viel mehr Menschen als durch Waffen.«

»Ist das Ihr Büro?«, fragte ich dämlich.

»Tut mir leid …«, antwortete er, »ich weiß, dass es Ihnen unten im Keller besser gefällt. Mir übrigens auch.« Er griff nach einer Jacke, die über einer Stuhllehne hing. Der Blick, den er währenddessen über die feudale Einrichtung schweifen ließ, wirkte alles andere als begeistert. »Für mich …«, fuhr er fort, »ist das hier die wahre Folterkammer.«

Nachdem wir das Gebäude wieder verlassen hatten, blieb er mitten auf der Piazza Salimbeni stehen und musterte mich mit einem herausfordernden Lächeln. »Na, wohin führen Sie mich denn nun aus?«

Ich zuckte mit den Achseln. »Ich würde gerne sehen, wo die Salimbenis zu Abend speisen.«

Das Lächeln verschwand aus seinem Gesicht. »Das halte ich für keine gute Idee. Es sei denn, Sie wollen den Rest des Abends mit Eva Maria verbringen.« Als er meinen ablehnenden Blick sah, fuhr er fort: »Warum suchen wir uns nicht anderswo ein nettes Lokal? Irgendwo in Ihrem Viertel.«

»Aber ich kenne in der Eulen-Contrade niemanden«, wandte ich ein, »außer meinem Cousin Peppo. Und ich wüsste auch gar nicht, wo ich da zum Essen hingehen sollte.«

»Sehr gut.« Er machte ein paar Schritte. »Dann wird uns wenigstens niemand nerven.«

Am Ende landeten wir in der Taverna di Cecco, beim Eulenmuseum gleich um die Ecke. Es handelte sich um ein kleines Restaurant, das abseits der Hauptwege lag und von Ortsansässigen aus dem Viertel gut besucht war. Sämtliche Gerichte – von denen ein Teil in Tonschalen serviert wurde – sahen aus wie von Mamma hausgemacht. Als ich mich umblickte, entdeckte ich nirgendwo künstlerische Experimente auf halb leeren Tellern, deren Ränder mit Gewürzen bestreut waren. Hier waren die Teller voll, und die Gewürze da, wo sie hingehörten: im Essen.

An den meisten Tischen saßen fünf oder sechs Leute, die alle lachten oder sich angeregt unterhielten, ohne sich auch nur im Geringsten darum zu scheren, ob sie zu laut waren oder die weißen Tischdecken bekleckerten. Nun wusste ich, warum Alessandro unbedingt in ein Lokal wollte, wo ihn niemand kannte. So, wie die Leute hier mit ihren Freunden tafelten und jeden Bekannten samt Hund einluden, sich zu ihnen zu gesellen – und ein großes Theater veranstalteten, wenn sich jemand weigerte –, war es in Siena schwierig, zu zweit ein ruhiges Abendessen zu genießen. Während wir an all den Leuten vorbeisteuerten und uns in eine Ecke zurückzogen, wo wir einigermaßen ungestört waren, entging mir nicht, dass Alessandro sichtlich erleichtert wirkte, keine bekannten Gesichter zu entdecken.

Sobald wir saßen, griff er in seine Jacke, zog Romeos Dolch heraus und legte ihn zwischen uns auf den Tisch. »Wie es scheint«, sagte er und sprach die ungewohnten Worte dann sehr langsam, wenn nicht sogar widerwillig aus, »schulde ich Ihnen eine Entschuldigung.«

»Oh, keine Sorge …« – ich steckte die Nase in eine Speisekarte, damit er mein süffisantes Grinsen nicht sah, »Sie brauchen sich nicht allzu sehr anzustrengen. Sie kennen ja meine Akte. Ich stelle nach wie vor eine Bedrohung für die Gesellschaft dar.«

Er schaffte es noch immer nicht, einfach mit einem Lachen über so etwas hinwegzugehen. Eine Weile saßen wir schweigend da und taten beide, als studierten wir die Karte, während wir vor lauter

Verlegenheit abwechselnd mit dem Dolch herum-
spielten.

Erst, als wir eine Flasche Prosecco und einen Teller
Antipasti vor uns stehen hatten, lächelte Alessan-
dro – wenn auch entschuldigend – und hob sein
Glas. »Ich hoffe, diesmal wird es ein schönerer
Abend. Selbes Getränk, neue Flasche.«

»Wenn wir es bis zum Hauptgang schaffen, wäre
das schon mal ein deutlicher Fortschritt«, entgegnete ich, während ich mit ihm anstieß. »Und wenn es
sich vermeiden lässt, dass ich hinterher barfuß
durch die Straßen gejagt werde, würde ich sagen,
dass der heutige Abend den letzten bei weitem über-
trifft.«

Er verzog das Gesicht. »Warum sind Sie denn
nicht zurück zum Restaurant gekommen?«

»Tut mir leid«, lachte ich, »aber mir war die Gesellschaft meines schmierigen Freundes Bruno einfach lieber als die Ihre. Wenigstens hat er mir von
Anfang an geglaubt, dass ich Giulietta bin.«

Alessandro wandte verlegen den Blick ab. Im Gegensatz zu mir wusste er die Komik der Situation
wohl nicht zu schätzen. Dabei besaß er durchaus
Humor – und dazu ein gehöriges Maß an Sarkasmus –, doch im Moment fand er es ganz offensichtlich gar nicht lustig, an sein unfeines Benehmen erinnert zu werden.

»Als ich dreizehn war«, sagte er schließlich und

runzelte dabei leicht die Stirn, »verbrachte ich den Sommer bei meinen Großeltern hier in Siena. Sie hatten einen schönen Bauernhof mit Weinbergen, Pferden und einem alten Brunnen. Eines Tages bekamen sie Besuch. Von einer amerikanischen Dame namens Diane Tolomei und ihren beiden kleinen Töchtern, Giulietta und Giannozza …«

»Moment mal!«, unterbrach ich ihn. »Soll das heißen, das war *ich*? Wir sind uns als Kinder schon mal begegnet? Dann wird es ja wohl höchste Zeit, dass wir das mit dem ›Sie‹ sein lassen!«

Er betrachtete mich mit einem eigenartigen, ein wenig schiefen Lächeln. »Ja. Du trugst damals – wie sagt man? – eine Windel.« Ohne auf meinen Protest zu achten, fuhr er fort: »Meine Großmutter sagte zu mir, ich solle mit dir und deiner Schwester spielen, während die Erwachsenen sich unterhielten, also habe ich euch mit hinaus in die Scheune genommen, um euch die Pferde zu zeigen. Unglücklicherweise hast du es plötzlich mit der Angst zu tun bekommen und bist in eine Heugabel gefallen …« Kopfschüttelnd hielt er inne. Offenbar sah er die Szene vor seinem geistigen Auge wieder genau vor sich. »Es war schrecklich. Du hast geschrien, und überall war Blut. Ich habe dich in die Küche getragen, aber du hast die ganze Zeit nach mir getreten und geweint, und deine Mutter sah mich an, als hätte ich dich absichtlich gequält. Zum Glück wusste meine Großmutter, was zu tun war. Sie drückte dir ein großes Eis in die Hand und verarztete die Wunde, wie sie es schon so viele Male bei ihren Kindern und Enkelkindern getan hatte.« Alessandro trank einen Schluck Prosecco, ehe er fortfuhr: »Zwei Wochen später haben meine Großeltern in der Zeitung gelesen, dass Diane Tolomei bei einem Autounfall ums Leben gekommen war, zusammen mit ihren kleinen Töchtern. Sie waren völlig am Boden zerstört.« Er blickte auf und sah mir endlich in die Augen. »Deswegen habe ich anfangs nicht geglaubt, dass du Giulietta Tolomei bist.«

Einen Moment lang saßen wir einfach nur da und starrten uns an. Es war für uns beide eine traurige Geschichte, aber gleichzeitig hatte die Vorstellung, dass wir uns als Kinder schon einmal begegnet waren, etwas Bittersüßes.

»Es stimmt«, sagte ich leise, »dass meine Mutter bei einem Autounfall ums Leben gekommen ist, aber wir waren an dem Tag nicht bei ihr. Da ist den Leuten von der Zeitung wohl ein Fehler unterlaufen. Aber was die Heugabel betrifft«, fuhr ich fort, »bin ich wirklich froh, dass ich endlich weiß, wie das passiert ist. Hast du eine Ahnung, wie beunruhigend es ist, eine Narbe zu haben und nicht zu wissen, woher?«

Alessandro starrte mich ungläubig an. »Du hast immer noch eine Narbe?«

»Und ob!« Ich zog meinen Rock hoch und ließ ihn einen Blick auf die weiße Narbe an meinem Oberschenkel werfen. »Scheußlich, was? Wenigstens weiß ich jetzt, wer daran schuld ist.«

Als ich den Kopf hob, um zu sehen, ob er sich angemessen schämte, stellte ich fest, dass er mit einem Ausdruck echten Entsetzens auf meinen Oberschenkel hinunterstarrte. Das sah ihm so wenig ähnlich, dass ich in Lachen ausbrach. »Entschuldige!« Ich zog meinen Rock wieder über die Narbe. »Du hast so anschaulich erzählt, dass es mit mir durchgegangen ist.«

Alessandro räusperte sich und griff nach der Proseccoflasche. »Lass mich wissen, wenn du noch mal eine möchtest.«

Als wir unser Hauptgericht etwa zur Hälfte verspeist hatten, bekam er einen Anruf von der Polizei. Ich merkte an seinem Gesichtsausdruck, dass es sich um eine gute Nachricht handelte.

»Tja«, sagte er, nachdem er das Gespräch beendet hatte, »wie es aussieht, brauchst du dir heute Abend kein neues Hotel zu suchen. Sie haben Bruno mit einem Koffer voller Diebesgut aus dem Museum deines Cousins bei seiner Schwester erwischt. Als seine Schwester mitbekam, dass er wieder in sein altes Geschäft eingestiegen war, verpasste sie ihm eine solche Tracht Prügel, dass er die Beamten anflehte, ihn auf der Stelle festzunehmen.« Grinsend schüttelte er den Kopf, doch als er meine hochgezogenen Augenbrauen bemerkte, wurde er schnell wieder ernst. »Bedauerlicherweise haben sie den Cencio nicht bei ihm gefunden. Er muss ihn irgendwo anders versteckt haben. Keine Sorge, er taucht bestimmt wieder auf. Bruno findet unmöglich einen Käufer für diesen alten Lumpen ...« Als er bemerkte, wie sehr mir seine Wortwahl missfiel, zuckte er mit den Achseln. »Ich bin nun mal nicht hier aufgewachsen.«

»Ein privater Sammler«, entgegnete ich in scharfem Ton, »würde eine Menge Geld für den alten Lumpen bezahlen. Für die Leute hier in der Gegend haben diese Dinge einen hohen emotionalen Wert ... was dir aber mit Sicherheit bekannt sein dürfte. Wer weiß, vielleicht stecken hinter alledem ja wirklich Romeos Leute, die Marescottis. Vergiss nicht, mein Cousin Peppo hat gesagt, dass Romeos Nachfahren den Cencio und den Dolch für ihr Eigentum halten.«

»Falls du recht hast«, erklärte Alessandro, »dann wissen wir das spätestens morgen, nachdem die Jungs ihr kleines Gespräch mit Bruno geführt haben. Er ist kein großer Schweiger.«

»Wie denkst du darüber? Glaubst du das? ... Dass die Marescottis ihn beauftragt haben, den Cencio zu stehlen?«

Alessandro war anzusehen, dass er über dieses Thema höchst ungern sprach. »Falls sie tatsächlich die Drahtzieher wären«, antwortete er schließlich, »dann hätten sie nicht Bruno angeheuert. Die haben ihre eigenen Leute. Außerdem hätten sie den Dolch bestimmt nicht auf dem Tisch zurückgelassen.«

»Klingt, als würdest du sie kennen.«

Er zuckte mit den Achseln. »Siena ist ein Dorf.«

»Ich dachte, du bist nicht hier aufgewachsen.«

»Stimmt.« Und sichtlich genervt über meine Hartnäckigkeit klopfte er ein paarmal nervös mit den Fingern auf die Tischplatte. »Aber die Sommerferien habe ich immer hier bei meinen Großeltern verbracht. Das habe ich dir doch erzählt. Meine Cousins und ich waren jeden Tag im Weinberg der Marescottis unterwegs. Wir hatten immer große Angst, erwischt zu werden. Das war Teil des Spiels, sonst hätte es uns nicht so großen Spaß gemacht. Alle hatten Angst vor dem alten Marescotti. Außer natürlich Romeo.«

Beinahe hätte ich mein Weinglas umgestoßen. »Du meinst, *der* Romeo? Der, von dem mein Cousin Peppo meint, dass er den Cencio gestohlen hat?« Nachdem Alessandro mir keine Antwort gab, fuhr ich in ruhigerem Ton fort: »Ich verstehe. So hängt das also zusammen. Ihr wart Jugendfreunde.«

Er schnitt eine Grimasse. »Nicht gerade Freunde.« Als er merkte, dass ich vor Neugier fast platzte, reichte er mir rasch die Speisekarte. »Hier. Höchste Zeit, an was Süßes zu denken.«

Während wir als Nachspeise Mandelkekse – Cantucci – in Vin Santo tauchten, versuchte ich das Gespräch erneut auf das Thema Romeo zu bringen, doch Alessandro ging nicht darauf ein. Stattdessen fragte er mich nach meiner eigenen Kindheit und wollte außerdem wissen, was der Auslöser für mein Engagement in der Friedensbewegung gewesen war. »Komm schon«, sagte er, sichtlich amüsiert über meinen missmutigen Gesichtsausdruck, »das kann doch nicht alles die Schuld deiner Schwester sein.«

»Das habe ich nie behauptet. Wir setzen einfach sehr unterschiedliche Prioritäten.«

»Lass mich raten …« Er schob die Kekse zu mir herüber. »Deine Schwester ist beim Militär? Sie war im Irak?«

»Ha!« Ich nahm mir noch ein paar Cantucci. »Janice würde den Irak nicht mal auf der Landkarte finden. Sie ist der Meinung, im Leben geht es nur darum … Spaß zu haben.«

»Sie sollte sich was schämen!« Alessandro schüttelte den Kopf. »Ganz schön frech, das Leben einfach zu genießen.«

Ich stieß ein entrüstetes Schnauben aus. »Ich habe ja gewusst, dass du es nicht verstehen wirst! Als wir …«

»Ich verstehe sehr wohl«, fiel er mir ins Wort. »Sie hat Spaß, deswegen kannst du keinen Spaß haben. Sie genießt das Leben, deswegen darfst du es nicht genießen. Zu schade, dass dieses Gesetz auf ewig in Stein gemeißelt ist.«

»Hör zu …« Nervös schwenkte ich mein leeres Glas. Ich wollte ihm auf keinen Fall recht geben. »Für Janice Jacobs ist der wichtigste Mensch auf der Welt Janice Jacobs. Sie nimmt auf niemanden Rücksicht. Hauptsache, sie selbst kann punkten. Janice ist die Sorte Mensch, die …« Abrupt hielt ich inne, weil mir plötzlich klar wurde, dass auch ich an diesem schönen Abend nicht die hässliche Vergangenheit heraufbeschwören wollte.

»Und was ist mit Julie Jacobs?« Alessandro schenkte mir nach. »Wer ist denn für sie der wichtigste Mensch auf der Welt? Lass mich raten.« Er sah mich lächelnd an. »Julie Jacobs möchte die Welt retten und alle glücklich machen …«

»Aber bei diesem Versuch macht sie alle unglücklich«, fiel ich ihm ins Wort, um ihm den Faden seiner Geschichte zu entreißen, ehe er mich weiter damit belehren konnte, »einschließlich sich selbst. Ich weiß, was du meinst. Du bist der Meinung, dass der Zweck nicht die Mittel heiligt, und dass man den Kriegen auf der Welt kein Ende setzt, indem man kleinen Meerjungfrauen den Kopf absägt.«

»Warum hast du es dann getan?«

»Habe ich doch gar nicht! Das war alles ganz anders geplant.« Ich warf einen Blick zu ihm hinüber, um herauszufinden, ob es vielleicht möglich wäre, gleich wieder zu vergessen, dass ich die kleine Meerjungfrau erwähnt hatte, und zu einem schöneren Thema überzuwechseln. Aber das ging nicht. Obwohl er sogar ansatzweise lächelte, sagten mir seine Augen, dass sich dieser Themenpunkt nicht länger aufschieben ließ.

»Also gut«, seufzte ich, »das war folgendermaßen: Ich war der Meinung, wir würden ihr Armeekleidung anziehen, und die dänischen Presseleute würden kommen und Fotos machen.«

»Was sie ja auch getan haben.«

»Ich weiß! Aber ich hatte nie die Absicht, ihr den Kopf abzuschneiden.«

»Du hattest die Säge in der Hand.«

»Es war ein Unfall!« Ich vergrub das Gesicht in den Händen. »Wir hatten nicht damit gerechnet, dass sie so winzig sein würde. Es ist eine ganz kleine Statue. Deswegen passten die Klamotten nicht. Da zog plötzlich einer – irgend so ein Schwachkopf – eine Säge heraus …« Ich konnte nicht weitersprechen.

Wir saßen einen Moment schweigend da, bis ich schließlich vorsichtig zwischen meinen Finger hindurchlugte, um zu sehen, ob er immer noch eine angewiderte Miene machte. Was er nicht tat. Ganz im Gegenteil, er wirkte sogar leicht amüsiert. Obwohl er nicht richtig lächelte, blitzte aus seinen Augen so ein gewisser Funke.

»Was ist daran so lustig?«, brummte ich.

»Du«, antwortete Alessandro. »Du bist wirklich eine Tolomei. Erinnerst du dich? … *Ich will barbarisch zu Werke gehn. Hab ich's mit den Bedienten erst ausgefochten, so will ich mir die Mädchen vornehmen. Sie sollen die Spitze meines Degens fühlen, bis er stumpf wird …*« Als er sah, dass ich das Zitat erkannte, lächelte er endlich. »*Willst du den Hals ihnen durchtrennen? … Ja, den Hals oder die Jungfernschaft. Versteh es, wie du willst.*«

Ich ließ die Hände in den Schoß sinken. Einerseits war ich über den Themenwechsel erleichtert, andererseits auch peinlich berührt. »Du überraschst mich. Mir war nicht klar, dass du *Romeo und Julia* auswendig kannst.«

Er lächelte. »Nur die Kampfszenen. Ich hoffe, du bist jetzt nicht enttäuscht.«

Da ich nicht ganz sicher war, ob er mit mir flirtete oder sich nur über mich lustig machte, fing ich vor Verlegenheit wieder an, mit dem Dolch herumzuspielen. »Seltsamerweise«, sagte ich, »kenne ich das ganze Stück auswendig. Schon immer. Noch ehe ich überhaupt gewusst habe, worum es sich dabei handelt. Es war wie eine Stimme in meinem Kopf …« Ich lachte. »Keine Ahnung, warum ich dir das erzähle.«

»Weil«, antwortete Alessandro, als läge die Antwort auf der Hand, »du gerade erst entdeckst, wer du eigentlich bist. Und alles endlich einen Sinn ergibt. Alles, was du getan hast, alles, wogegen du dich entschieden hast … kannst du jetzt erst richtig verstehen. Man nennt das Schicksal.«

Als ich hochblickte, stellte ich fest, dass er nicht mich ansah, sondern den Dolch. »Und du?«, fragte ich. »Hast du dein eigenes Schicksal schon entdeckt?«

Er atmete hörbar ein. »Das kenne ich schon seit jeher. Und wenn ich es vergesse, erinnert mich Eva Maria ganz schnell wieder daran. Allerdings konnte ich mich nie mit der Vorstellung anfreunden, dass die gesamte Zukunft eines Menschen bereits feststeht. Mein ganzes Leben lang habe ich versucht, vor meinem Schicksal davonzulaufen.«

»Ist es dir gelungen?«

Er überlegte einen Moment. »Für eine Weile. Aber weißt du, am Ende holt es dich immer ein. Egal, wie weit man läuft.«

»Und du bist weit gelaufen?«

Er nickte. »Sehr weit. Bis an den Rand des Abgrunds.«

»Jetzt machst du mich aber neugierig«, bemerkte ich leichthin, weil ich hoffte, dass er mir mehr darüber erzählen würde. Was er aber nicht tat. Seiner gerunzelten Stirn nach zu urteilen war es keine schöne Geschichte. Ich konnte es kaum erwarten, mehr über seine Vergangenheit zu erfahren, wollte uns aber den schönen Abend nicht verderben, deswegen fragte ich nur: »Ist das weit?«

Er lächelte fast. »Warum? Willst du auch hin?«

Ich zuckte mit den Achseln, während ich gedankenverloren den zwischen uns liegenden Dolch kreisen ließ. »Im Gegensatz zu dir versuche ich nicht, vor meinem Schicksal davonzulaufen.«

Da ich seinem Blick auswich, brachte er den kreisenden Dolch mit einer sanften Handbewegung zum Stillstand. »Solltest du aber vielleicht.«

»Ich glaube«, erwiderte ich, während ich mit einem verschmitzten Grinsen langsam meinen Schatz unter seiner Handfläche hervorzog, »ich bleibe lieber und kämpfe.«

Nach dem Essen bestand Alessandro darauf, mich zum Hotel zurückzubegleiten. Nachdem er bereits unseren Kampf wegen der Restaurantrechnung gewonnen hatte, leistete ich keinen weiteren Widerstand. Außerdem befand sich inzwischen zwar Bruno Carrera hinter Gittern, aber es trieb sich immer noch ein Irrer auf einem Motorrad in der Stadt herum und machte Jagd auf ängstliche Mäuschen wie mich.

»Früher«, sagte er, während wir nebeneinander durch die Dunkelheit gingen, »war ich genau wie du. Ich dachte auch, dass man für den Frieden kämpfen muss und dass immer wieder Opfer nötig sind, wenn man eines Tages eine perfekte Welt erreichen will. Inzwischen weiß ich es besser.« Er warf mir einen Seitenblick zu. »Man sollte die Welt in Ruhe lassen.«

»Versuchst du denn nicht immer noch, sie zu verbessern?«

»Man kann niemanden zu seinem Glück zwingen. Der Versuch endet stets tödlich.«

Ich konnte nicht anders, als über seinen dramatischen Schlusssatz zu lächeln. »Abgesehen von der Tatsache, dass mein Cousin im Krankenhaus liegt und von sadistischen Ärztinnen malträtiert wird, geht es mir eigentlich recht gut. Zu schade, dass wir keine Freunde sein können.«

Alessandro wirkte überrascht. »Können wir nicht?«

»Offensichtlich nicht«, antwortete ich. »Was würden denn da deine ganzen anderen Freunde sagen? Schließlich bist du ein Salimbeni, und ich eine Tolomei. Es ist unser Schicksal, Feinde zu sein.«

Sein Lächeln kehrte zurück. »Oder Liebende.«

Ich musste lachen, wenn auch hauptsächlich vor Verblüffung. »O nein! Du bist ein Salimbeni, und wie sich herausstellt, war Salimbeni Shakespeares Paris, also der reiche Kerl, der Julia heiraten wollte, nachdem sie heimlich Romeo geheiratet hatte!«

Alessandro trug es mit Fassung. »Ach ja, jetzt weiß ich es wieder: der reiche, schöne Paris. Das bin ich?«

»Sieht ganz danach aus.« Ich brachte ein theatralisches Seufzen zustande. »Und ehe wir es vergessen: Meine Vorfahrin, Giulietta Tolomei, war verliebt in Romeo Marescotti, wurde jedoch gezwungen, sich mit dem teuflischen Salimbeni zu verloben – *deinem* Vorfahren! Sie war gefangen in einem Liebesdreieck, genau wie Shakespeares Julia.«

»Bin ich auch teuflisch?« Alessandro gefiel die Geschichte offenbar immer besser. »Reich, schön und teuflisch. Keine schlechte Rolle.« Er überlegte einen Moment, ehe er in ruhigerem Ton hinzufügte: »Ganz unter uns gesagt fand ich Paris schon immer viel besser als Romeo. Meiner Meinung nach war Julia eine dumme Gans.«

Ich blieb mitten auf der Straße stehen. »Wie bitte?«

Alessandro blieb ebenfalls stehen. »Überleg doch mal. Wenn Julia zuerst Paris kennengelernt hätte, wäre sie nicht Romeo verfallen, sondern ihm, und die beiden wären bis an ihr Lebensende miteinander glücklich gewesen. Für sie war es einfach an der Zeit, sich zu verlieben.«

»Aber doch nicht so!«, konterte ich. »Romeo war süß …«

»Süß?« Alessandro verdrehte die Augen. »Welcher Mann ist denn *süß*?«

»… und ein hervorragender Tänzer …«

»Romeo hatte zwei linke Füße! Das hat er selber gesagt!«

»… aber noch wichtiger«, schloss ich, »er hatte schöne Hände!«

Endlich gab Alessandro sich geschlagen. »Verstehe. Er hatte schöne Hände. Da fällt mir nichts mehr dazu ein. Dann ist es also das, was einen großen Liebhaber ausmacht?«

»Laut Shakespeare schon.« Ich versuchte, einen Blick auf seine Hände zu erhaschen, doch er machte mir einen Strich durch die Rechnung, indem er sie rasch in seinen Taschen versenkte.

»Hast du wirklich vor«, fragte er mich, während er weiterging, »dein Leben gemäß Shakespeare zu leben?«

Ich warf einen Blick auf den Dolch. Es war mir ein wenig peinlich, dass ich ihn einfach so mit mir herumtrug, aber er passte nicht in meine Handtasche, und ich wollte Alessandro nicht noch einmal bitten, ihn für mich zu tragen. »Nicht notwendigerweise.«

Sein Blick wanderte ebenfalls hinunter zu dem Dolch. Mir war klar, dass wir beide dasselbe dachten. Wenn Shakespeare recht hatte, handelte es sich dabei um die Waffe, mit der Giulietta Tolomei sich umgebracht hatte. »Warum schreibst du das Stück nicht neu?«, schlug er vor. »Und änderst dein Schicksal?«

Ich starrte ihn an. »Du meinst, ich soll *Romeo und Julia* umschreiben?«

Er sah mich nicht an, sondern hielt den Blick geradeaus gerichtet. »Und mit mir Freundschaft schließen.«

Ich studierte in der Dunkelheit sein Profil. Obwohl wir den ganzen Abend geredet hatten, wusste ich noch kaum etwas über ihn. »Nur unter der einen Bedingung«, antwortete ich, »dass du mir mehr über Romeo erzählst.« Seine enttäuschte Miene ließ mich meine Worte sofort bereuen, kaum dass ich sie ausgesprochen hatte.

»Romeo, Romeo«, höhnte er, »immer nur Romeo! Bist du deswegen nach Siena gekommen? Um den süßen Typen mit den Tänzerbeinen und den schönen Händen zu finden? Dann wirst du, fürchte ich, ziemlich enttäuscht sein. Er hat überhaupt keine Ähnlichkeit mit dem Romeo, den du zu kennen glaubst. Er wird im Bett keine Reime von sich geben. Glaub mir, er ist ein richtiger Mistkerl. Wenn ich du wäre …« – endlich sah er mich an –, »dann würde ich meinen Balkon dieses Mal lieber mit Paris teilen.«

»Ich habe nicht die Absicht«, gab ich beleidigt zurück, »meinen Balkon mit irgendjemandem zu teilen. Ich will nur den Cencio zurück, und so, wie ich das sehe, ist Romeo der Einzige, der ein Motiv hatte, ihn zu klauen. Wenn du ihn nicht für den

Dieb hältst, dann sag mir das jetzt, und ich werde ihn mit keinem Wort mehr erwähnen.«

»Na schön«, erwiderte Alessandro, »ich halte ihn nicht für den Dieb. Aber das heißt nicht, dass er unschuldig ist. Du hast deinen Cousin ja gehört: Romeo hat teuflische Hände. Deswegen wäre es allen am liebsten, er wäre tot.«

»Was macht dich so sicher, dass er noch lebt?«

Er kniff die Augen zusammen. »Ich spüre es.«

»Du hast also eine gute Nase für Abschaum?«

Er gab mir nicht gleich eine Antwort. Als er es schließlich doch tat, sprach er eher mit sich selbst als mit mir. »Eine gute Nase für Rivalen.«

Direttor Rossini küsste die Füße eines imaginären Kruzifixes, als er mich an diesem Abend durch die Tür seines Hotels kommen sah. »Miss Tolomei! *Grazie a Dio!* Es geht Ihnen gut! Ihr Cousin hat mich heute viele Male aus dem Krankenhaus angerufen …« Erst jetzt bemerkte er Alessandro hinter mir und nickte ihm kurz zu. »Er hat gesagt, Sie seien in schlechter Gesellschaft. Wo sind Sie gewesen?«

Ich verzog das Gesicht. »Wie Sie sehen, befinde ich mich in den besten Händen.«

»Den zweitbesten«, korrigierte mich Alessandro, dem die ganze Situation eine perverse Freude zu bereiten schien, »zumindest sieht es im Moment danach aus.«

448

»Außerdem«, fuhr Direttor Rossini fort, »hat er mich gebeten, Sie zu bitten, den Dolch an einem sicheren Ort zu verwahren.«

Ich blickte auf den Dolch in meiner Hand.

»Gib ihn mir«, sagte Alessandro, »ich werde ihn für dich verwahren.«

»Ja«, drängte mich Direttor Rossini, »geben Sie ihn Capitano Santini. Ich lege keinen Wert auf weitere Einbrüche.«

Also überreichte ich Romeos Dolch Alessandro, der ihn erneut in seiner Innentasche verschwinden ließ. »Morgen früh um neun bin ich wieder zur Stelle«, erklärte er an mich gewandt, »und bis dahin öffne ja niemandem deine Tür.«

»Nicht mal meine Balkontür?«

»*Vor allem* nicht deine Balkontür.«

Als ich an diesem Abend in mein Bett kroch, nahm ich das Dokument aus der Truhe meiner Mutter mit, das den Titel *Stammbaum von Giulietta und Giannozza* trug. Ich hatte vorher schon einmal einen Blick darauf geworfen, es aber nicht besonders erhellend gefunden. Nun, da Eva Maria mir mehr oder weniger bestätigt hatte, dass ich von Giulietta Tolomei abstammte, konnte ich plötzlich sehr viel besser nachvollziehen, wieso meine Mutter solches Interesse daran gehabt hatte, unsere Abstammung zurückzuverfolgen.

Obwohl in meinem Zimmer nach wie vor Chaos herrschte, war mir noch immer nicht danach zumute, meine Sachen zu sortieren. Immerhin hatte man während meiner Abwesenheit die Scherben entfernt und eine neue Scheibe eingesetzt. Falls heute Nacht wieder jemand in mein Zimmer wollte, würde mich die betreffende Person vorher wecken müssen.

Nachdem ich das ellenlange Dokument auf meinem Bett ausgerollt hatte, brauchte ich eine ganze Weile, bis ich mich in dem Wald aus Namen ein wenig orientiert hatte. Es handelte sich nicht um einen normalen Stammbaum, denn unsere Wurzeln wurden ausschließlich in der weiblichen Linie zurückverfolgt, und es ging dabei einzig und allein darum, die direkte Verbindung zwischen der Giulietta Tolomei von 1340 und mir nachzuzeichnen.

Schließlich fand ich ganz am Ende des Dokuments Janice und mich, direkt unter den Namen unserer Eltern:

James Jacobs ∞ Rose Tomasi – Maria Tomasi ∞ Gregory Lloyd

Diane Lloyd ∞ Patrizio Tolomei

GIULIETTA TOLOMEI – GIANNOZZA TOLOMEI

Erst einmal sperrte ich vor Überraschung den Mund auf, weil Janices richtiger Vorname tatsächlich Giannozza war. Sie hatte den Namen Janice immer gehasst und – manchmal sogar unter Tränen – behauptet, sie heiße gar nicht so. Als ich nun ganz an den Anfang des Dokuments zurückkehrte, fand ich dort genau die gleichen Namen vor:

GIULIETTA TOLOMEI – GIANNOZZA TOLOMEI ⚭

Mariotto da Gambacorta

Francesco Saracini ⚭ Bella da Gambacorta

Federico da Silva ⚭ GIULIETTA Saracini – GIANNOZZA Saracini

Und so weiter. Die Liste dazwischen war so lang, dass ich sie als Strickleiter hätte benutzen können, um von meinem Balkon zu klettern. Es war wirklich beeindruckend, dass sich jemand, besser gesagt, Dutzende von Leuten über die Jahrhunderte hinweg die Mühe gemacht hatten, so gewissenhaft Buch zu führen über unsere Abstammungslinie, die damals im Jahre 1340 mit Giulietta und ihrer Schwester Giannozza begann.

Immer wieder mal tauchten die beiden Namen – Giulietta und Giannozza – nebeneinander in dem Stammbaum auf, aber stets mit einem anderen Nachnamen. Nie hießen sie Tolomei. Besonders interessant war meiner Einschätzung nach, dass Eva Maria nicht ganz recht gehabt hatte, als sie behauptete, Giulietta Tolomei sei meine Vorfahrin. Laut diesem Dokument stammten wir nämlich alle – Mom, Janice und ich – von Giuliettas Schwester Giannozza und ihrem Ehemann Mariotto da Gambacorta ab. Was Giulietta betraf, gab es keinen Hinweis darauf, dass sie jemals geheiratet hatte, geschweige denn, dass sie Kinder bekommen hatte.

Von schlimmen Vorahnungen erfüllt, legte ich das Dokument schließlich beiseite und wandte mich wieder den anderen Texten zu. Da ich nun wusste, dass letztendlich Giannozza Tolomei meine wirkliche Vorfahrin war, sah ich Giuliettas bruchstückhafte Briefe an ihre Schwester, in denen sie sich hin und wieder auch über Giannozzas ruhiges Landleben fernab von Siena äußerte, mit ganz anderen Augen.

»Du hast Glück, liebste Schwester«, schrieb sie an einer Stelle, »dass euer Haus so groß ist und dein Gatte so schlecht auf den Beinen …« und etwas später hieß es: »Ach, wie gerne würde ich mich so wie du nach draußen stehlen und auf einem Bett aus wildem Thymian eine heimliche Stunde des Friedens genießen …«

Irgendwann fielen mir die Augen zu, und ich schlief ein paar Stunden tief und fest, bis mich ein lautes Geräusch hochschrecken ließ. Draußen war es noch dunkel.

Da ich zu schlaftrunken war, um die Geräusche der wachen Welt richtig einzuordnen, dauerte es einen Moment, bis ich begriff, dass der Krach von einem Motorrad verursacht wurde, dessen Fahrer auf der Straße unter meinem Balkon immer wieder den Motor aufheulen ließ.

Eine Weile lag ich nur da und ärgerte mich über die rücksichtslose Jugend von Siena. Dabei hätte ich eigentlich viel schneller begreifen müssen, dass das kein normaler Jugendtreff war, sondern ein einzelner Biker, der versuchte, jemanden auf sich aufmerksam zu machen. Und dieser Jemand – so befürchtete ich allmählich – war ich.

Rasch stand ich auf und schlich zum Balkon hinüber. Durch die Ritzen der Fensterläden konnte ich von der Straße unten nicht viel erkennen, doch während ich so dastand und mir den Hals verrenkte, hörte ich rund um mich herum immer mehr Geräusche. Wie es schien, standen die anderen Hotelgäste auch alle auf und öffneten ihre Fensterläden, um zu sehen, was draußen vorging.

Durch diesen kollektiven Aufruhr ermutigt, öffnete ich meine Balkontür, um hinauszuspähen. Endlich sah ich ihn. Es war tatsächlich mein Verfolger auf dem Motorrad, der dort unten im Licht der Straßenlampe eine perfekte Acht nach der anderen fuhr. Jedenfalls zweifelte ich keine Sekunde daran, dass es derselbe war, der mich bereits zweimal verfolgt hatte – einmal, um mich vor Bruno Carrera zu retten, und ein weiteres Mal, um mich durch die Glastür der Espressobar am Adlerbrunnen zu betrachten. Wieder war er ganz schwarz gekleidet und hatte das Visier geschlossen, und auch das Motorrad war das gleiche. Zumindest war mir noch nie ein anderes untergekommen, das genauso aussah.

Nach einer Weile wandte er den Kopf und entdeckte mich in der Balkontür. Schlagartig schwächte sich der Motorenlärm zu einem Schnurren ab, das von den wütenden Schreien aus den anderen Fenstern und Balkontüren des Hotels Chiusarelli fast übertönt wurde. Was den Fahrer aber nicht im Geringsten störte. Er griff in seine Tasche, zog einen runden Gegenstand heraus, schwang den Arm zurück und warf, was immer es auch sein mochte, zielgenau auf meinen Balkon.

Mit einem seltsamen, surrenden Geräusch landete das Ding direkt vor meinen Füßen und sprang sogar noch einmal hoch, ehe es endlich zum Stillstand kam. Ohne einen weiteren Versuch der Kontaktaufnahme gab mein ledergewandeter Freund auf seiner Ducati so heftig Gas, dass die Maschine ihn fast abgeworfen hätte. Sekunden später war er um eine Ecke verschwunden, und wären da nicht die anderen Hotelgäste gewesen – von denen manche weitermurrten, andere lachten –, hätte sofort wieder nächtliche Stille geherrscht.

Ich starrte einen Moment lang auf das Wurfgeschoss hinunter, ehe ich schließlich wagte, es aufzuheben und mit in mein Zimmer zu nehmen. Nachdem ich die Balkontür fest hinter mir geschlossen
und dann das Licht angeschaltet hatte, entpuppte
sich das Ding als ein Tennisball, um den ein festes
Blatt Papier gewickelt und mit Gummibändern fixiert worden war. Wie sich herausstellte, handelte es
sich bei dem Blatt um eine handgeschriebene Nachricht. Die Schrift wirkte kräftig und selbstbewusst,
war allerdings mit dunkelroter Tinte zu Papier gebracht worden – einer Farbe, die für gewöhnlich nur
Verliebte und Selbstmörder verwendeten. Die Nachricht lautete folgendermaßen:

Giulietta ~
Verzeih mir, dass ich solche Vorsicht walten lasse,
doch wie Du bald verstehen wirst, habe ich dafür gu-
te Gründe. Ich muss mit Dir sprechen und Dir alles
erklären. Erwarte mich morgen früh um neun ganz
oben auf der Torre del Mangia, und erzähle nieman-
dem davon.
~ Romeo

V. I

Ich steig in dieses Totenbett hinab,
Teils meiner Gattin Angesicht zu sehn,
Vornehmlich aber einen kostbarn Ring
Von ihrem toten Finger abzuziehn

Siena, im Jahr 1340

Am Abend des tödlichen Palio lag der Leichnam des jungen Tebaldo Tolomei in der Kirche von San Cristoforo aufgebahrt. Gleich gegenüber, auf der anderen Seite des Platzes, befand sich der Palazzo Tolomei. Als Zeichen seiner freundschaftlichen Verbundenheit war Messer Salimbeni kurz in die Kirche gekommen, um den Cencio über den toten Helden zu breiten und dem Vater zu versprechen, dass der Mörder bald gefasst werden würde. Danach hatte er sich entschuldigt und die Familie Tolomei ihrer Trauer überlassen, wobei er auf dem Weg nach draußen einmal kurz innehielt, um sich vor dem Herrn zu verneigen und bei dieser Gelegenheit Giuliettas schlanke Gestalt zu bewundern, welche in – wie er fand – recht einladender Haltung vor der Bahre ihres Cousins kniete und betete.

In dieser Nacht waren alle Frauen der Familie Tolomei in der Kirche von San Cristoforo versammelt, um gemeinsam mit Tebaldos Mutter zu wehklagen und zu beten. Indessen liefen die Männer zwischen Kirche und Palazzo hin und her. Ihr Atem roch nach Wein, und sie konnten es kaum erwarten, Romeo Marescotti seiner gerechten Strafe zuzuführen. Jedes Mal, wenn Bruchstücke ihrer geflüsterten Gespräche an Giuliettas Ohr drangen, bekam sie vor Furcht kaum noch Luft und musste weinen, weil sie den geliebten Mann vor ihrem geistigen Auge bereits in den Fängen seiner Feinde sah, bestraft für ein Verbrechen, von dem sie sicher war, dass er es nicht begangen hatte.

Es sprach durchaus für sie, dass sie so tief um einen Cousin trauerte, mit dem sie niemals auch nur ein einziges Wort gewechselt hatte. Die Tränen, die Giulietta an jenem Abend vergoss, vermengten sich mit denen ihrer Cousinen und Tanten wie Flüsse, die in ein und denselben See mündeten. Sie flossen in so großer Zahl, dass kaum jemand auf die Idee kam, sich über ihre wahre Quelle Gedanken zu machen.

»Ich nehme an, es tut dir *wirklich* leid«, sagte ihre Tante zu ihr, als sie einmal kurz von ihrem eigenen Kummer hochblickte und sah, dass Giulietta in den Cencio hineinweinte, der über Tebaldo gebreitet war. »Und das sollte es auch! Denn wärst du nicht gewesen, hätte dieser Schurke Romeo niemals gewagt …« Ehe sie den Satz zu Ende sprechen kannte, brach Monna Antonia erneut in Tränen aus, und Giulietta entfernte sich diskret aus dem Zentrum der Aufmerksamkeit, indem sie sich in eine der dunkleren Ecken der Kirche zurückzog.

Während sie dort allein und niedergeschlagen saß, war sie sehr versucht, das Wagnis einzugehen und einfach aus San Cristoforo zu flüchten. Zwar hatte sie kein Geld und auch niemanden, der sie beschützen würde, doch wenn es Gottes Wille war, fand sie vielleicht den Weg zurück zu Maestro Ambrogios Atelier. Allerdings waren die Straßen der Stadt voll von Soldaten, die nach Romeo suchten, und vor der Kirche standen Wachen. Nur ein Engel – oder ein Geist – wäre in der Lage, unbemerkt ein und aus zu gehen.

Als sie irgendwann nach Mitternacht von ihren gefalteten Händen hochblickte, sah sie plötzlich Bruder Lorenzo zwischen den Trauernden umherwandern. Sein Anblick überraschte sie, denn sie hatte ja Tolomei und seine Männer über einen Franziskanerbruder sprechen hören, der Romeo angeblich geholfen hatte, gleich nach dem Palio durch die Bottini-Gänge zu entkommen. Natürlich hatte sie angenommen, dass es sich bei dem Mann um Bruder Lorenzo handelte. Nun, da sie ihn so gelassen durch die Kirche schreiten und die trauernden Frauen trösten sah, wurde ihr vor Enttäuschung das Herz schwer. Wer auch immer Romeo bei der Flucht geholfen haben mochte, es musste jemand gewesen sein, den sie nicht kannte und vermutlich auch nie kennenlernen würde.

Als Bruder Lorenzo sie schließlich in ihrer einsamen Ecke entdeckte, steuerte er sofort auf sie zu. Er zwängte sich zu ihr in den Kirchenstuhl und nahm sich sogar die Freiheit, dicht neben ihr niederzuknien. Im Flüsterton sagte er: »Verzeiht, dass ich Euch in Eurem Kummer störe.«

Giulietta antwortete so leise, dass niemand sie hören konnte: »Ihr seid meines Kummers ältester Freund.«

»Würde es Euch trösten zu erfahren, dass der Mann, um den Ihr in *Wirklichkeit* weint, auf dem Weg in fremde Länder ist, wo seine Feinde ihn niemals finden werden?«

Giulietta schlug eine Hand vor den Mund, um nicht vor Aufregung laut aufzuschreien. »Falls er tatsächlich in Sicherheit ist, bin ich die glücklichste Kreatur auf Erden. Gleichzeitig aber auch …« – ihre Stimme zitterte – »die bemitleidenswerteste. Oh, Lorenzo, wie sollen wir denn so leben können … er dort, ich hier? Ich wünschte, ich wäre mit ihm gegangen! Wie gerne wäre ich ein Falke an seinem Arm, und nicht ein hilfloser kleiner Vogel in diesem widerwärtigen Käfig!«

Da Giulietta plötzlich bewusst wurde, dass sie zu laut und viel zu offen gesprochen hatte, wandte sie nervös den Kopf, um zu sehen, ob jemand sie gehört hatte. Doch glücklicherweise war Monna Antonia so sehr in ihren eigenen Kummer vertieft, dass sie kaum etwas anderes mitbekam, und ihre übrigen Tanten waren noch immer damit beschäftigt, rund um die Bahre Blumen anzuordnen.

Bruder Lorenzo lugte hinter seinen gefalteten Händen hervor und betrachtete Giulietta aufmerksam. »Wenn Ihr ihm folgen könntet, würdet Ihr es tun?«

»Natürlich!« Unwillkürlich richtete Giulietta sich auf. »Ich würde ihm durch die ganze Welt folgen!« Als ihr bewusst wurde, dass sie sich schon wieder nicht im Griff hatte, ließ sie sich tiefer auf die Kniebank sinken und fügte in feierlichem Flüsterton hinzu: »Ich würde ihm sogar durch das Tal des Todes folgen.«

»Dann fasst Euch«, wisperte Bruder Lorenzo, während er ihr warnend eine Hand auf den Arm legte, »denn er ist hier und – bleibt ganz ruhig! Er hat sich geweigert, Siena ohne Euch zu verlassen. Blickt Euch jetzt nicht um, denn er ist direkt hinter …«

Giulietta konnte nicht anders, als über die Schulter einen schnellen Blick auf den kapuzetragenden Mönch in der Bank hinter ihr zu werfen. Er hielt den Kopf gesenkt, so dass von seinem Gesicht nicht das Geringste zu sehen war. Wenn sie sich nicht täuschte, trug er dieselbe Kutte, die Bruder Lorenzo ihr gegeben hatte, als sie damals zusammen zum Palazzo Marescotti gegangen waren.

Giulietta schwindelte vor Aufregung. Mit einem nervösen, abschätzenden Blick betrachtete sie ihre Tanten und Cousinen. Wenn irgendjemand merkte, dass Romeo hier in der Kirche war, noch dazu an diesem besonderen Abend, würden weder er noch sie, ja wahrscheinlich nicht einmal Bruder Lorenzo den Sonnenaufgang erleben. Es war zu dreist und teuflisch, dass ein mutmaßlicher Mörder die Totenwache des armen Tebaldo entweihte, indem er der Cousine des toten Helden den Hof machte. Kein Tolomei würde diese Beleidigung hinnehmen.

»Bist du von Sinnen?«, zischte sie ihm über die Schulter zu. »Wenn sie dich entdecken, werden sie dich töten!«

»Deine Stimme ist schärfer als ihre Schwerter!«, beschwerte sich Romeo. »Ich bitte dich, sei lieb zu mir. Womöglich sind dies die letzten Worte, die du je zu mir sprichst.« Giulietta konnte die Aufrichtigkeit in seinen Augen eher spüren als sehen, während er sie unter seiner Kapuze heraus ansah und fortfuhr: »Wenn du tatsächlich ernst meinst, was du eben gesagt hast, dann nimm das …« Er zog einen Ring von seinem Finger und hielt ihn ihr hin. »Hier, ich gebe dir diesen Ring …«

Giulietta schnappte nach Luft, nahm den Ring

aber nichtsdestotrotz entgegen. Es war ein goldener Siegelring mit dem Marescotti-Adler, doch durch Romeos Worte *Ich gebe dir diesen Ring* war er zu ihrem Ehering geworden.

»Möge Gott Euch beide bis in alle Ewigkeit segnen!«, flüsterte Bruder Lorenzo, dem voll und ganz bewusst war, dass besagte Ewigkeit noch in dieser Nacht anbrechen konnte, »und mögen alle Heiligen im Himmel Zeugen Eurer glücklichen Vereinigung sein. Und nun hört mir gut zu, Giulietta. Morgen wird der Leichnam in der Grabstätte der Tolomeis beigesetzt, außerhalb der Stadtmauern …«

»Halt!«, rief Giulietta. »Ihr nehmt mich doch gleich mit, oder?«

»*Schhh!* Das ist unmöglich.« Wieder legte ihr Bruder Lorenzo beruhigend eine Hand auf den Arm. »Die Wachen am Tor würden Euch aufhalten. Außerdem ist es in der Stadt heute viel zu gefährlich …«

Als jemand auf der anderen Seite des Raumes zischend um Ruhe bat, zuckten sie beide vor Schreck zusammen. Giulietta warf einen nervösen Blick zu ihren Tanten hinüber, die sie mit warnenden Grimassen aufforderten, ruhig zu sein und Monna Antonia nicht noch mehr aufzuregen. Gehorsam zog sie den Kopf ein und hielt ihre Zunge in Zaum, bis niemand mehr zu ihr herüberstarrte. Dann wandte sie ein weiteres Mal den Kopf und sah Romeo flehend an.

»Du kannst mich doch nicht heiraten und gleich wieder verlassen«, jammerte sie, »heute ist schließlich unsere Hochzeitsnacht!«

»Morgen«, flüsterte er und hätte dabei fast die Hand ausgestreckt, um ihr über die Wange zu streicheln, »werden wir lachend auf all das zurückblicken.«

»Wer weiß«, schluchzte Giulietta in ihre Handfläche, »ob wir morgen überhaupt noch leben!«

»Was auch immer geschieht«, beruhigte Romeo sie, »wir werden zusammen sein. Als Mann und Frau. Ich schwöre es dir. In dieser Welt … oder in der nächsten.«

Das Tolomei-Grab war Teil eines riesigen Friedhofs außerhalb der Porta Tufi. Schon seit der Antike bestatteten die Leute von Siena ihre Toten jenseits der Stadtmauern, und jede vornehme Familie hatte eine alte Gruft mit einer angemessenen Anzahl verblichener Ahnen gepflegt – oder usurpiert. In dieser Stadt der Toten thronte die Grabstätte der Tolomeis wie ein Marmorschloss zwischen allen anderen. Der Großteil des Bauwerks lag unter der Erde, doch oben befand sich ein prächtiger Eingang, fast wie bei den Gräbern jener erhabenen römischen Staatsmänner, mit denen sich Messer Tolomei so gerne verglich.

Dutzende von Familienmitgliedern und engen Freunden waren an diesem traurigen Tag mit heraus zum Friedhof gekommen, um Tolomei und seine

Frau zu trösten, während ihr Erstgeborener in jenem Granitsarkophag zur letzten Ruhe gebettet wurde, den Tolomei ursprünglich für sich selbst in Auftrag gegeben hatte. Es war sowohl eine Sünde als auch eine Schande, mit ansehen zu müssen, wie ein so kerngesunder junger Mann der Unterwelt übergeben wurde. Keine noch so gutgemeinten Worte konnten die wehklagende Mutter oder die weinende Zwölfjährige trösten, mit der Tebaldo seit dem Tag ihrer Geburt verlobt gewesen war. Wo sollte sie nun, da sie bereits so nahe an der Schwelle zur Frau stand und sich so an den Gedanken gewöhnt hatte, Herrin des Palazzo Tolomei zu werden, einen anderen geeigneten Ehemann finden?

Giulietta aber machte sich zu große Sorgen um ihre eigene unmittelbare Zukunft, um sich lange in Mitgefühl für ihre trauernde Familie zu ergehen. Außerdem war sie wegen des Schlafmangels erschöpft. Die Totenwache hatte die ganze Nacht gedauert, und auch Monna Antonia wirkte nun, am Spätnachmittag des folgenden Tages – nachdem sich all ihre Hoffnungen, das Leben möge doch noch in ihren Sohn zurückkehren, als nichtig erwiesen hatten –, so leichenblass und eingefallen, als wollte sie ihm in sein vorzeitiges Grab folgen. Schwer stützte sie sich auf die Arme ihrer Brüder. Nur einmal drehte sie sich nach Giulietta um, das Gesicht zu einer schaurigen Fratze des Hasses verzogen.

»Dort ist sie ja, die Natter an meinem Busen!«, fauchte sie so laut, dass alle sie hören konnten. »Hätte sie ihn nicht so schamlos ermutigt, dann hätte Romeo Marescotti nie gewagt, die Hand gegen dieses Haus zu erheben. Seht euch ihre verlogene Miene an, ihre verräterischen Tränen! Ich wette, sie gelten nicht meinem Tebaldo, sondern seinem Mörder, Romeo!« Sie spuckte zweimal auf den Boden, um den Geschmack seines Namens wieder loszuwerden. »Es ist an der Zeit, dass ihr handelt, Brüder! Steht nicht herum wie verängstigte Schafe! Gegen das Haus Tolomei wurde ein schreckliches Verbrechen verübt, und der Mörder stolziert in dem Glauben, über das Gesetz erhaben zu sein, immer noch frei durch die Stadt ...« Sie zog ein schimmerndes Stilett aus ihrem Schal und fuchtelte damit in der Luft herum. »Wenn ihr Männer seid, dann durchkämmt diese Stadt und findet ihn, wo auch immer er sich verstecken mag! Lasst eine trauernde Mutter diese Klinge in seinem schwarzen Herzen versenken!«

Nach diesem Gefühlsausbruch fiel Monna Antonia zurück in die Arme ihrer Brüder, wo sie kraftlos und elend hängenblieb, während sich die Prozession über die Steintreppe in die unterirdische Gruft hinabbewegte. Sobald alle unten versammelt waren, wurde Tebaldos verhüllter Leichnam in den Sarkophag gelegt, und ein Priester vollzog die letzten Weihen.

Während der gesamten Bestattung spähte Giulietta verstohlen in jeden Winkel und jede Nische des düsteren Raumes, um ein geeignetes Versteck ausfindig zu machen. Der Plan von Bruder Lorenzo sah nämlich vor, dass sie nach der Zeremonie in der Grabkammer zurückblieb, ohne von den hinausströmenden Menschen bemerkt zu werden, und dann mutterseelenallein bis zum Einbruch der Dunkelheit wartete, bis Romeo gefahrlos kommen und sie holen konnte. Es war der einzige Ort, so hatte der Mönch ihr erklärt, wo die Wachen der Tolomeis nicht darauf achten würden, dass alle Familienmitglieder zusammenblieben, und da der Friedhof außerhalb der Stadtmauern lag, konnte Romeo sich dort bewegen, ohne ständig damit rechnen zu müssen, entdeckt und verhaftet zu werden.

Aus der Grabstätte befreit, sollte Giulietta Romeo in die Verbannung begleiten. Sobald sie beide weit weg in Sicherheit waren, würden sie Bruder Lorenzo in einem geheimen Brief eine lange Geschichte der Gesundheit und des Glücks erzählen und ihn ermuntern, baldmöglichst nachzukommen.

So lautete der Plan, auf den sie sich am Vorabend in San Cristoforo hastig geeinigt hatten. Erst jetzt, als es für Giulietta an der Zeit war zu handeln, begann sie die Einzelheiten dieses Plans in Frage zu stellen. Während sie die versiegelten Sarkophage betrachtete – allesamt riesige Gefäße des Todes –, die sie von allen Seiten umgaben, stieg ein Gefühl von Übelkeit in ihr hoch. Sie fragte sich, wie um alles in der Welt sie es schaffen sollte, sich davonzustehlen und zwischen ihnen zu verstecken, ohne dass jemand sie sah oder hörte.

Erst ganz am Ende der Zeremonie, als der Priester alle aufforderte, mit gesenktem Kopf ein letztes Gebet zu sprechen, sah Giulietta ihre Chance, lautlos von ihrer inbrünstig betenden Familie abzurücken und sich hinter dem nächsten Sarkophag niederzukauern. Als der Priester alle Versammelten zum Abschluss der Zeremonie ein langgezogenes, melodisches Amen sprechen ließ, ergriff sie die Gelegenheit, auf allen vieren weiter in den Schatten hineinzukriechen. Die kühle, feuchte Erde unter ihren Fingern ließ sie schon jetzt vor Angst erzittern.

Während sie gegen den rauen Stein eines Sarges gelehnt saß und die Luft anzuhalten versuchte, verließen die Trauernden nacheinander die Grabkammer. Im Hinausgehen stellten sie ihre Kerzen auf den kleinen Altar unter den Füßen des gekreuzigten Christus ab und traten dann ihren langen, tränenreichen Heimweg an. Nur wenige waren seit dem Palio am Vortag zum Schlafen gekommen, und wie Bruder Lorenzo ganz richtig vorhergesehen hatte, besaß niemand mehr die Geistesgegenwart, darauf zu achten, dass die Anzahl der Leute, die das Grab verließen, identisch war mit der Anzahl derer, die es betreten hatten. Welcher lebende Mensch würde schon freiwillig in solch einer übelriechenden Gruft des Grauens zurückbleiben, gefangen hinter einer schweren Tür, die sich von innen nicht öffnen ließ?

Nachdem alle gegangen waren, fiel die Tür der Grabstätte mit einem dumpfen Geräusch zu. Obwohl auf dem Altar neben dem Eingang kleine Kerzen flackerten, hatte Giulietta das Gefühl, nun, da sie keuchend zwischen den Gräbern ihrer Ahnen hockte, in jeder Hinsicht von völliger Dunkelheit umgeben zu sein.

Sie hatte jegliches Zeitgefühl verloren. Langsam begann sie zu begreifen, dass der Tod – mehr als alles andere – eine Angelegenheit des Wartens war. Hier lagen sie, all ihre hochmögenden Vorfahren, und erwarteten geduldig jenes göttliche Klopfen auf ihrem Sargdeckel, das ihren Geist zu dem neuen Leben erwecken würde, welches sie sich auf Erden niemals hatten vorstellen können.

Einige würden in voller Rüstung hervorkommen, und vielleicht würde ihnen ein Arm, ein Bein oder ein Auge fehlen. Andere würden ihre Nachthemden tragen, von ihrer Krankheit gezeichnet und mit Beulen übersät. Andere waren vielleicht erst schreiende Säuglinge, und wieder andere ihre jungen Mütter, bedeckt mit Blut und Schleim …

Obwohl Giulietta nicht bezweifelte, dass es für

jeden, der es verdiente, eines Tages ein solches Klopfen auf dem Sargdeckel geben würde, erfüllte sie der Anblick der alten Sarkophage und der Gedanke an all die schlafenden Jahrhunderte dennoch mit Entsetzen. Dann aber dachte sie, dass sie sich schämen sollte, Angst und Unruhe zu verspüren, während sie zwischen den reglosen Steinsärgen auf Romeo wartete. Was bedeuteten schon ein paar Stunden angesichts solcher Ewigkeit?

Als die Tür zum Grab endlich aufschwang, waren die meisten Kerzen auf dem Altar bereits niedergebrannt, und die wenigen, die noch flackerten, warfen beängstigende, verzerrte Schatten, die fast schlimmer waren als die Dunkelheit. Giulietta lechzte so sehr danach, Romeos warme Haut zu berühren und ihre Lungen mit frischer Luft zu füllen, dass sie sich nicht die Zeit nahm, erst einmal zu sehen, ob er es überhaupt war, sondern sofort überglücklich auf ihren Retter zustürmte.

»Romeo!« Erst jetzt ließ sie zu, dass sich ein Gefühl von Schwäche ihrer bemächtigte. »Dem Himmel sei Dank …!«

Aber es war nicht Romeo, der dort in der Tür stand und sie mit einem rätselhaften Lächeln betrachtete, sondern Messer Salimbeni.

»Man möchte meinen«, begann er, wobei sein gepresster Ton in einem seltsamen Gegensatz zu seiner amüsierten Miene stand, »Ihr beweint den Tod Eures Cousins über alle Maßen, weil Ihr auf diese Art an seinem Grab zurückbleibt. Allerdings kann ich auf diesen rosigen Wangen keine Spuren von Tränen erkennen. Ist es denn denkbar …« Er kam ein paar Schritte die Treppe herunter, rümpfte dann aber wegen des modrigen Geruchs voller Ekel die Nase, »dass meine süße Braut den Verstand verloren hat? Ich fürchte, das ist der Fall. Wahrscheinlich werde ich Euch in Zukunft immer auf Friedhöfen suchen müssen, meine Liebe, und Euch jedes Mal dabei antreffen, wie Ihr wild mit Knochen und hohlen Schädeln spielt. Aber …«, er zog eine lüsterne Grimasse, »mir selbst sind solche Spiele auch nicht fremd. Wahrhaft, ich glaube, wir werden gut zusammenpassen, Ihr und ich.«

Giulietta, die bei seinem Anblick vor Schreck erstarrt war, wusste nicht, was sie antworten sollte. Sie hatte kaum verstanden, wovon er sprach. Ihre Gedanken galten einzig und allein Romeo und der Frage, warum nicht er, sondern der verhasste Salimbeni erschienen war, um sie aus dem Grabe zu befreien. Doch natürlich war das eine Frage, die sie nicht zu stellen wagte.

»Kommt!« Salimbeni forderte sie mit einer Handbewegung auf, die Grabkammer zu verlassen. Da Giulietta nicht wusste, was sie sonst tun sollte, gehorchte sie. Als sie schließlich an seiner Seite hinaus ins Freie trat, stellte sie fest, dass bereits Nacht war und um sie herum lauter uniformierte Salimbeni-Wachen mit Fackeln standen.

In ihren Gesichtern glaubte sie zum Teil Mitleid, zum Teil Gleichgültigkeit zu erkennen. Am meisten aber beunruhigte sie, dass alle diese Männer den Eindruck machten, als wüssten sie mehr als sie selbst.

»Dürstet es Euch denn gar nicht danach zu erfahren«, fragte Salimbeni, der ihre Verwirrung sichtlich genoss, »wie es mir gelungen ist, Euch aus des Todes eitriger Umarmung zu befreien?«

Giulietta war kaum noch in der Verfassung, auf seine Frage zu reagieren, allerdings brauchte sie das auch gar nicht, da Salimbeni munter seinen Monolog fortsetzte, ohne ihre Antwort abzuwarten.

»Zu Eurem großen Glück«, erklärte er, »hatte ich einen ausgezeichneten Führer. Meine Leute sahen ihn herumschleichen, und statt ihn sofort aufzuspießen – wie eigentlich ihr Befehl gelautet hätte –, fragten sie sich schlauerweise, welche Art von Schatz einen verbannten Mann dazu verführen konnte, vor die verbotene Stadt zurückzukehren, wo er doch riskierte, entdeckt zu werden und eines gewaltsamen Todes zu sterben. Wie Ihr bestimmt schon erraten habt, führte uns sein Weg schnurstracks zu diesem Monument, und da allseits bekannt ist, dass man denselben Mann nicht zweimal töten kann, erriet ich rasch, dass ihn nicht Mordlust, sondern ein ganz anderes Motiv dazu trieb, in die Gruft Eures Cousins hinabzusteigen.«

Da Giuliettas Gesicht im Verlauf seiner Rede einen befriedigenden Grad an Blässe erreicht hatte, gab Salimbeni seinen Männern nun ein Zeichen, den fraglichen Mann herbeizuschaffen. Sie kamen der Aufforderung nach, indem sie seinen misshandelten Leib in ihre Mitte warfen, wie Fleischer einen schwächlichen, für den Fleischwolf bestimmten Tierkadaver zur Seite schleuderten.

Als Giulietta ihren geliebten Romeo blutig und mit gebrochenen Knochen auf dem Boden liegen sah, schrie sie laut auf, und hätte Salimbeni sie nicht davon abgehalten, hätte sie sich gewiss auf ihn geworfen, um sein schmutziges Haar zu streicheln und das Blut von seinen Lippen zu küssen, solange noch Leben in ihm war.

»Ihr Teufel in Menschengestalt!«, brüllte sie Salimbeni an, während sie wie ein wildes Tier kämpfte, um sich aus seinem Griff zu befreien. »Dafür wird Gott Euch strafen! Lasst mich an seine Seite, Ihr Unhold, damit ich zusammen mit meinem Ehemann sterben kann! Denn ich trage seinen Ring am Finger, und ich schwöre bei allen Engeln im Himmel, dass ich niemals die Eure sein werde!«

Nun endlich runzelte Salimbeni die Stirn. Er packte Giulietta so grob am Handgelenk, dass er ihr fast den Knochen brach, und nahm den Ring an ihrem

Finger in Augenschein. Als er genug gesehen hatte, stieß er sie in die Arme einer Wache und trat vor, um Romeo hart in den Magen zu treten. »Ihr hinterhältiger Dieb!«, schrie er und spuckte dabei voller Abscheu, »das konntet Ihr Euch wohl nicht verkneifen, oder? Doch eines sollt Ihr wissen: Durch Eure Umarmung habt Ihr die Dame dem Tode geweiht! Eigentlich wollte ich nur Euch töten, doch wie ich nun sehe, ist sie genauso wertlos wie Ihr!«

»Ich flehe Euch an!«, stöhnte Romeo, während er verzweifelt versuchte, den Kopf vom Boden abzuheben und Giulietta ein letztes Mal zu sehen. »Lasst sie leben! Es war nur ein Schwur! Ich habe nie bei ihr gelegen! Bitte! Ich schwöre es bei meiner Seele!«

»Wie rührend«, bemerkte Salimbeni, während sein Blick von ihm zu ihr wanderte. »Was sagst du, Mädchen …« – er legte die Hand unter Giuliettas Kinn – »spricht er die Wahrheit?«

»Zum Teufel mit Euch!«, stieß sie hervor und versuchte gleichzeitig, seine Hand abzuschütteln. »Wir sind Mann und Frau, und deswegen solltet Ihr mich lieber töten, denn ebenso, wie ich mit ihm auf unserem Hochzeitsbette lag, werde ich auch mit ihm in unserem Grabe liegen!«

Salimbenis Griff wurde noch fester. »Tatsächlich? Schwörst auch du das bei seiner Seele? Doch bedenke: Solltest du lügen, wird er noch heute Nacht in der Hölle schmoren!«

Giulietta blickte zu Romeo hinunter, der so elend vor ihr auf dem Boden lag. Ihre Verzweiflung über all das ließ die Worte in ihrem Hals ersterben.

»Ha!« Triumphierend baute sich Salimbeni vor ihnen beiden auf. »Diese Blume hast du also nicht gepflückt, du Hund!« Er trat ein weiteres Mal nach Romeo, sichtlich befriedigt über das Stöhnen seines Opfers und die Tränen der Frau, die ihn schluchzend anflehte aufzuhören. »Dann wollen wir mal dafür sorgen …« – mit diesen Worten griff er in seine Cotehardie, holte Romeos Dolch hervor und zog ihn aus der Scheide –, »dass Ihr auch keine weiteren mehr pflückt.«

Mit einer langsamen, nachlässigen Bewegung stieß Salimbeni den Adlerdolch in den Bauch seines Besitzers und zog ihn anschließend wieder heraus. Der junge Mann rang vor Schmerz nach Luft, sein ganzer Körper krümmte sich rund um die grauenhafte Wunde.

»Nein!«, schrie Giulietta. Ihre Panik verlieh ihr solche Kräfte, dass die Männer sie nicht halten konnten. Verzweifelt warf sie sich neben Romeo und schlang die Arme um ihn, damit er sie dorthin mitnahm, wo er hinging, statt sie zurückzulassen.

Aber Salimbeni hatte genug von ihrem Theater und zog sie an den Haaren von Romeo weg. »Still jetzt!«, bellte er und schlug ihr ins Gesicht, bis sie gehorchte. »Fasse dich, und vergiss nicht, dass du eine Tolomei bist.« Ehe sie begriff, was er vorhatte, zog er ihr den Siegelring vom Finger und schleuderte ihn zu Romeo auf den Boden. »Mit ihm sterben auch eure Schwüre. Seid froh, dass sie sich so leicht lösen lassen!«

Durch den Schleier ihres blutigen Haars sah Giulietta, wie die Wachen Romeo hochhoben und die Treppe zum Tolomei-Grab hinunterwarfen wie einen Sack Getreide in einen Lagerraum. Allerdings sah sie die Männer weder die Tür hinter ihm zuschlagen noch sicherstellen, dass das Schloss richtig eingerastet war. Vor lauter Entsetzen hatte Giulietta vergessen, wie man atmete, so dass schließlich ein gnädiger Engel dafür sorgte, dass sie in die Arme einer tröstenden Ohnmacht sank.

In Laster wandelt sich selbst Tugend, falsch geübt,
Wie Ausführung auch wohl dem Laster Würde gibt

Aus der Höhe des Mangia-Turms betrachtet sah der halbmondförmige Campo aus wie ein ausgebreitetes Kartenspiel mit der Bildseite nach unten. Sehr passend für eine Stadt mit so vielen Geheimnissen, fand ich. Wer hätte gedacht, dass Männer wie der teuflische Messer Salimbeni an einem so schönen Ort gedeihen konnten – beziehungsweise, dass man ihn dort hatte gedeihen lassen?

Nichts in Maestro Ambrogios Tagebuch deutete darauf hin, dass der mittelalterliche Salimbeni auch positive Eigenschaften wie beispielsweise die Großzügigkeit Eva Marias oder den Charme Alessandros besessen hatte, und wenn doch, dann änderte das nichts an der Tatsache, dass er – mit Ausnahme von Bruder Lorenzo und Giuliettas Schwester Giannozza – alle von ihr geliebten Menschen brutal ermordet hatte.

Dank der im Tagebuch beschriebenen Schrecken verbrachte ich den Großteil der Nacht in angstvoller Spannung, und die rasch schwindende Seitenzahl verriet mir, dass ein bitteres Ende bevorstand. Ich befürchtete, dass Romeo und Julia nicht bis ans Ende ihrer Tage gemeinsam glücklich sein würden. Schließlich hatten nicht nur literarische Kunststücke, sondern harte Fakten ihr Leben zu einer Tragödie gemacht. Alles sah danach aus, dass Romeo bereits gestorben war, und zwar durch einen Stich in den Bauch, ausgeführt mit jenem unglückseligen Dolch – *meinem* Dolch –, und Giulietta sich seitdem in den Fängen eines verhassten Feindes befand. Blieb nur noch abzuwarten, ob sie ebenfalls sterben würde, ehe die Seiten endeten.

Vielleicht war ich deswegen so gedrückter Stimmung, als ich an diesem Morgen ganz oben auf dem Mangia-Turm stand und meinen Motorrad-Romeo erwartete. Oder ich hatte einfach Angst. Schließlich wusste ich verdammt gut, dass ich nicht hätte kommen sollen. Welche Sorte Frau erklärt sich mit einem Blind Date auf einem hohen Turm einverstanden? Und welcher Typ Mann verbringt seine Nächte mit einem Helm auf dem Kopf, dessen Visier er stets heruntergeklappt lässt, und kommuniziert mit den Leuten durch Tennisbälle?

Trotzdem war ich hier.

Falls es sich bei diesem mysteriösen Mann tatsächlich um einen Nachfahren des mittelalterlichen Romeo handelte, musste ich einfach wissen, wie er aussah. Mehr als sechshundert Jahre zuvor waren unsere Vorfahren unter äußerst brutalen Umständen auseinandergerissen worden, und in der Zeitspanne zwischen damals und jetzt hatte sich ihre verhängnisvolle Romanze zu einer der größten Liebesgeschichten der Welt entwickelt.

Wieso war ich dann nicht viel aufgeregter? Eigentlich hätte ich doch fast platzen müssen vor Anspannung. Immerhin war eine meiner historischen Figuren endlich zum Leben erwacht, noch dazu die – zumindest in meinen Augen – wichtigste von allen. Seit Maestro Lippi mich zum ersten Mal darauf aufmerksam gemacht hatte, dass im nächtlichen Siena ein zeitgenössischer, kunstliebender und weintrinkender Romeo Marescotti herumgeisterte, hatte ich heimlich von einem Treffen mit ihm geträumt. Nun aber, da es bevorstand – angekündigt mit roter Tinte und einer schwungvollen Unterschrift –, wurde mir bewusst, dass ich im Grunde fast so etwas wie Übelkeit empfand ... die Sorte Übelkeit, die einem zu schaffen macht, wenn man jemanden hintergeht, dessen Wertschätzung man auf keinen Fall verlieren möchte.

Während ich nun dort oben auf der Brüstung saß und auf eine Stadt hinunterblickte, die gleichzeitig schmerzhaft schön und unwiderstehlich arrogant wirkte, begriff ich, dass dieser Jemand Alessandro war. Ja, er war ein Salimbeni, und nein, er mochte meinen Romeo kein bisschen, aber sein Lächeln –

wenn er es denn zuließ – war so aufrichtig und so ansteckend, dass ich bereits süchtig danach war.

Andererseits war das einfach lächerlich. Wir kannten uns gerade mal eine Woche, und einen Großteil dieser Zeit waren wir uns gegenseitig an die Gurgel gegangen, eifrig angespornt von meiner eigenen, voller Vorurteile steckenden Familie. Nicht einmal Romeo und Julia – die echten – konnten sich dieser Art anfänglicher Feindschaft rühmen. Was für eine Ironie des Schicksals, dass die Geschichte unserer Vorfahren auf solche Weise endete: indem sie uns aussehen ließ wie Möchtegern-Shakespeare-Figuren, gleichzeitig aber unsere kleine Dreiecksgeschichte ernstlich durcheinandermischte.

Kaum hatte ich mir jedoch eingestanden, dass ich in Alessandro verliebt war, begann mir der Romeo, den ich gleich treffen würde, bereits leid zu tun. Laut meinem Cousin Peppo hatte er sich ins Ausland abgesetzt, um der Bosheit zu entfliehen, die ihn und seine Mutter aus der Stadt getrieben hatte. Welchen Grund seine Rückkehr nach Siena letztendlich auch haben mochte, er ging mit seinem Angebot, mich heute hier auf dem Mangia-Turm zu treffen, höchstwahrscheinlich ein sehr großes Risiko ein. Allein dafür schuldete ich ihm Dank.

Selbst wenn er Alessandro nicht das Wasser reichen konnte, wollte ich ihm zumindest die Chance geben, um mich zu werben, falls das sein Wunsch sein sollte, und nicht von vorneherein mein Herz so hartnäckig verschließen, wie Julia es gegenüber Paris getan hatte, nachdem ihr Romeo begegnet war. Aber … womöglich zog ich voreilige Schlüsse. Vielleicht wollte er einfach nur mit mir reden. Worüber ich – ehrlich gesagt – ziemlich erleichtert wäre.

Als ich schließlich Schritte auf der Treppe hörte, erhob ich mich von meinen Sitzplatz auf der steinernen Brüstung, strich mit steifen Händen mein Kleid glatt und versuchte, mich für die quasilegendäre Begegnung zu wappnen. Es dauerte allerdings eine Weile, bis mein Held die Wendeltreppe ganz erklommen hatte. Während ich mit dem festen Vorsatz, ihn zu mögen, auf ihn wartete, konnte ich nicht umhin festzustellen, dass ich wohl in besserer Form war als er. Zumindest legten sein heftiges Keuchen und die Tatsache, dass ihm gegen Ende die Füße ein wenig schwer wurden, diese Vermutung nahe.

Als mein atemloser Verfolger dann endlich vor mir stand – über einem Arm den Lederanzug, am anderen seinen baumelnden Helm –, ergab plötzlich nichts mehr einen Sinn.

Vor mir stand Janice.

Schwer zu sagen, ab wann es mit meiner Beziehung zu Janice bergab gegangen war. Als Kinder hatten wir uns viel gestritten, aber das ist bei den meisten

Leuten so, und die überwältigende Mehrheit der Menschheit schafft es trotzdem irgendwie, das Erwachsenenalter zu erreichen, ohne die Liebe ihrer Geschwister ganz und gar zu verlieren.

Nicht so bei uns. Mit meinen nunmehr fünfundzwanzig Jahren konnte ich mich nicht mehr daran erinnern, wann ich meine Schwester das letzte Mal umarmt oder ein Gespräch mit ihr geführt hatte, das nicht sofort in einen kindischen Streit ausartete. Wenn wir uns trafen, benahmen wir uns jedes Mal, als wären wir wieder acht, und fielen zurück auf die primitivsten Formen des Argumentierens. »Weil ich es sage!« und »Ich hatte es zuerst!« sind Äußerungen, die die meisten Leute problemlos als Spuren einer barbarischen Vorzeit ablegen, genau wie Babydeckchen und Schnuller. Für Janice und mich bildeten sie die philosophischen Eckpfeiler unserer ganzen Beziehung.

Tante Rose hatte grundsätzlich die Meinung vertreten, dass sich das alles mit der Zeit von selbst erledigen würde, vorausgesetzt, es herrschte eine gerechte Verteilung von Liebe und Süßigkeiten. Jedes Mal, wenn wir sie um einen Schiedsspruch baten, war sie schon genervt, noch ehe sie sich unser Problem überhaupt angehört hatte – schließlich handelte es sich nur um eines von vielen, die sich um sie herum aufhäuften. Für gewöhnlich bekamen wir dann eine Standardantwort, die mit teilen oder sich

481

vertragen zu tun hatte. »Nun kommt schon!«, sagte sie meistens, während sie nach der Kristallschale mit den Schokoladenbrezeln griff, »seid brave Mädchen! Julie, sei nett zu Janice und leihe ihr …« – was auch immer es war … Puppe, Buch, Gürtel, Tasche, Hut, Stiefel, »damit hier endlich wieder Frieden herrscht, in Gottes Namen!«

Was unweigerlich dazu führte, dass wir sie jedes Mal mit neuem Zündstoff verließen, weil Janice sich höhnisch grinsend über meinen Verlust und ihren unverdienten Gewinn amüsierte. Dass sie ständig etwas von mir wollte, lag daran, dass ihr eigenes Zeug entweder kaputt oder »am Ende« war und sie es einfacher fand, sich meine Sachen unter den Nagel zu reißen, als Geld zu verdienen und sich etwas Neues zu kaufen. Jedes Mal, wenn wir Tante Roses Lehnsessel verließen, hatte wieder mal eine Umverteilung von Reichtum stattgefunden: Ich hatte etwas verloren, das eigentlich mir gehörte, und als Entschädigung nur eine trockene Schokobrezel aus der Kristallschale bekommen. Trotz ihrer ewigen Litaneien über Gerechtigkeit löste Tante Rose fortwährend hässliche unerwünschte Folgen aus. Der ganze höllische Pfad meiner Jugend war mit ihren guten Absichten gepflastert.

Während meiner Highschool-Zeit machte ich mir gar nicht mehr erst die Mühe, sie um Hilfe zu bitten, sondern rannte gleich in die Küche, um mich bei

Umberto zu beschweren, der – meiner Erinnerung nach – immer damit beschäftigt war, von lauter Opernmusik beschallt die Messer zu schleifen. Jedes Mal, wenn ich auf das alte »Aber das ist nicht gerecht!« zurückgriff, konterte er mit: »Wer hat behauptet, das Leben sei gerecht?« Nachdem ich mich wieder beruhigt hatte, fragte er dann meist: »Und was soll ich deiner Meinung nach dagegen tun?«

Als ich älter und gescheiter wurde, lernte ich, dass die korrekte Antwort auf diese Frage lautete: »Nichts. Das muss ich selber schaffen.« Was natürlich stimmte. Letztendlich lief ich ja gar nicht zu ihm, weil ich wirklich wollte, dass er sich Janice zur Brust nahm – obwohl das schon nett gewesen wäre –, sondern weil er kein Problem damit hatte, mich – auf seine ganz eigene Weise – wissen zu lassen, dass ich besser war als sie und deswegen auch mehr vom Leben zu erwarten hatte. Nachdem das mal klargestellt war, lag es allerdings an mir, mir zu holen, was mir zustand. Das einzige Problem war, dass er mir nie sagte, wie.

Wie es schien, suchte ich schon mein ganzes Leben lang hechelnd und mit eingezogenem Schwanz nach Chancen, die Janice mir nicht wieder irgendwie wegschnappen oder verderben konnte, doch egal, wo ich meine Schätze vergrub, sie schaffte es stets, sie mit ihrer Spürnase zu erschnüffeln und dann so zuzurichten, dass sie nicht mehr zu erkennen waren.

Als ich mir damals meine neuen Satin-Ballettschuhe für die Schlussaufführung aufsparte, musste ich beim Öffnen der Schachtel feststellen, dass Janice sie anprobiert hatte und die Bänder völlig verheddert waren, und nachdem ich im Kunstunterricht Wochen damit zugebracht hatte, eine schöne Collage aus lauter Eiskunstläufern anzufertigen, verschandelte Janice sie gleich am ersten Tag, als ich sie nach Hause brachte, indem sie einen ausgeschnittenen Bibo aus der Sesamstraße mitten hineinklebte.

Ich konnte noch so weit laufen oder mich in noch so viel Mist wälzen, um zu verhindern, dass sie meine Witterung aufnahm, sie kam doch jedes Mal mit hängender Zunge angerannt, um dann verspielt und mit Schalk in den Augen um mich herumzutollen und eine dampfende Nummer zwei mitten auf meinem Weg zu hinterlassen.

Während ich nun dort oben auf dem Mangia-Turm stand, brach das alles in geballter Ladung über mich herein – die unzähligen Gründe, warum ich Janice hasste. Es war, als hätte jemand in meinem Kopf eine Diashow aus lauter schlimmen Erinnerungen in Gang gesetzt. In mir stieg eine Welle der Wut hoch, wie ich sie noch gegenüber keinem anderen Menschen empfunden hatte.

»Überraschung!«, rief sie jetzt, während sie Lederkombi und Helm fallen ließ und die Arme ausbreitete, um meinen Applaus entgegenzunehmen.

»Was zum Teufel hast du hier zu suchen?«, stieß ich schließlich hervor. Meine Stimme zitterte vor Wut. »Warst etwa du mein irrer Verfolger auf dem Motorrad? Und der Brief …« Ich holte die handgeschriebene Nachricht aus meiner Tasche, knüllte sie zusammen und schleuderte sie ihr entgegen. »Für wie dumm hältst du mich eigentlich?«

Janice, die meine Wut sichtlich genoss, grinste selbstzufrieden. »Für dumm genug, auf diesen dämlichen Turm zu klettern! … Oh!« Sie zog eine Grimasse geheuchelten Mitgefühls, die sie sich schon im Alter von fünf Jahren hatte patentieren lassen. »Verstehe! Du hast allen Ernstes geglaubt, wich win Womeo?«

»Schön«, versuchte ich ihr Lachen zu übertönen, »du hast deinen Spaß gehabt. Aber jetzt musst du mich entschuldigen, ich würde wirklich gerne bleiben, aber noch lieber stecke ich meinen Kopf in ein Bidet.«

Als ich um sie herumgehen wollte, um zur Treppe zu gelangen, wich sie sofort zurück und versperrte mir den Weg. »O nein, du gehst jetzt nicht!«, zischte sie, wobei ihre Miene von heiter auf stürmisch wechselte. »Nicht, bevor du meinen Anteil herausrückst!«

Ich starrte sie verblüfft an. »Wie bitte?«

»Tu nicht so blöd!«, antwortete sie mit seltsam glänzenden Augen. Hätte ich es nicht besser gewusst, hätte ich gesagt, dass sie versuchte, zur Abwechslung mal die arme Benachteiligte zu spielen. »Ich bin pleite. Bankrott.«

»Dann ruf doch die Hotline für Millionäre an, da helfen sie dir bestimmt weiter«, konterte ich und fiel damit sofort in unser altes Verhaltensmuster zurück. »Hast du nicht erst kürzlich ein Vermögen geerbt? Von einer Person, die wir beide kennen?«

»O ja, haha!« Janice rang sich ein Lächeln ab. »Das war wirklich der Knüller. Die gute alte Tante Rose und all ihre Reichtümer.«

»Ich habe keine Ahnung«, entgegnete ich kopfschüttelnd, »worüber du dich beschwerst. Als wir uns das letzte Mal gesehen haben, hattest du gerade im Lotto gewonnen. Wenn es dir um noch mehr Geld geht, bin ich wirklich die Letzte, die du fragen solltest.« Ich unternahm einen weiteren Vorstoß in Richtung Tür, dieses Mal fest entschlossen, mich nicht mehr aufhalten zu lassen. »Geh – mir – aus – dem – Weg!«, zischte ich. Erstaunlicherweise tat sie, wie ihr geheißen.

»Wirklich süß!«, höhnte sie, während ich mich an ihr vorbeischob. Hätte ich es nicht besser gewusst, hätte ich den Ausdruck in ihren Augen womöglich für Neid gehalten. »Die kleine Prinzessin auf der Flucht. Wie viel von meinem Erbe hast du für Kleider verjubelt?«

Während ich einfach weiterging, ohne ihr eine Antwort zu geben, hörte ich sie die Verfolgung aufnehmen. Den ganzen Weg die Wendeltreppe hinunter war sie mir dicht auf den Fersen. Anfangs schrie sie mir voller Wut hinterher, dann immer frustrierter, und am Ende klang sie fast verzweifelt – was für sie völlig untypisch war. »Warte«, rief sie, wobei sie ihren Helm als Puffer gegen die Ziegelwand verwendete, »wir müssen reden! Bleib stehen! Jules! Ich meine es ernst!«

Aber ich hatte nicht vor stehenzubleiben. Wenn Janice mir tatsächlich etwas Wichtiges zu sagen hatte, warum war sie dann nicht gleich damit herausgerückt? Warum das Theater mit dem Motorrad und der roten Tinte? Und warum hatte sie dann unsere fünf Minuten im Turm mit ihrem üblichen Gezicke vergeudet? Falls es ihr in der kurzen Zeit tatsächlich schon gelungen war, Tante Roses gesamtes Vermögen durchzubringen – was sie in ihrer kleinen Tirade vorhin ja angedeutet hatte –, dann konnte ich ihren Frust durchaus verstehen. Trotzdem war das meiner Meinung nach ganz allein ihr Problem.

Am Fuß des Turmes angekommen, wandte ich mich vom Palazzo Pubblico ab und überquerte mit entschlossenen Schritten den Campo. Sollte Janice sich doch selbst um ihren Mist kümmern. Das Ducati-Monster parkte vor dem Gebäude wie eine zur Oscar-Verleihung vorgefahrene Limousine. Soweit ich sehen konnte, warteten dort schon mindestens drei Polizeibeamte mit Sonnenbrillen und muskulösen Armen – begierig darauf herauszufinden, wem das Fahrzeug wohl gehörte.

Malènas Espressobar war der einzige Ort, der mir einfiel, wo Janice mich nicht sofort finden würde. Wenn ich jetzt zum Hotel zurückkehrte, wäre sie bestimmt binnen fünf Minuten wieder da, um unter meinem Balkon von neuem ihre Achten zu fahren.

Deswegen legte ich praktisch den ganzen Weg bis zur Piazza Postierla im Laufschritt zurück und wandte dabei ständig den Kopf, um sicherzugehen, dass sie mir nicht folgte. Ich war immer noch zu wütend, um überhaupt Luft zu holen. Als ich schließlich in die Bar schoss und die Tür hinter mir zuknallte, begrüßte mich Malèna mit lautem Lachen. »*Dio mio!* Was ist denn mit Ihnen los? Sie sehen aus, als würden Sie zu viel Kaffee trinken.«

Da sie merkte, dass ich nicht einmal genug Atem für eine Antwort hatte, wirbelte sie herum, um mir ein großes Glas Leitungswasser einzuschenken. Während ich es trank, stützte sie sich auf die Theke und betrachtete mich mit unverhohlener Neugier. »Jemand … macht Ihnen Probleme?«, mutmaßte sie. Ihr Gesichtsausdruck legte nahe, dass sie für diesen Fall ein paar Cousins hatte, die mir – mal ganz abgesehen von Luigi, dem Friseur – bestimmt liebend gerne aus der Patsche helfen würden.

»Nun ja …«, begann ich. Aber wo sollte ich anfangen? Als ich mich umblickte, stellte ich zu meiner großen Erleichterung fest, dass wir fast allein in der Bar waren und die wenigen anderen Gäste in ihre eigenen Gespräche vertieft.

Ich begriff, dass sich mir nun die Gelegenheit bot, auf die ich hoffte, seit Malèna am Vortag die Familie Marescotti erwähnt hatte.

»Habe ich Sie da richtig verstanden …?«, begann ich mutig, ehe ich es mir anders überlegen konnte. »Haben Sie gestern gesagt, Ihr Name sei *Marescotti*?«

Auf Malènas Gesicht breitete sich ein überschwängliches Lächeln aus. »*Certamente!* Ich bin eine geborene Marescotti. Mittlerweile bin ich zwar verheiratet, aber …« – sie presste eine Hand an ihr Herz – »hier drin werde ich immer eine Marescotti bleiben. Haben Sie den Palazzo gesehen?«

Aus Höflichkeit nickte ich begeistert, obwohl mir das Konzert, das ich dort mit Eva Maria und Alessandro besucht hatte, in eher schmerzhafter Erinnerung geblieben war. »Er ist sehr schön. Ich habe mich nur gefragt … Jemand hat mir erzählt …«

Während ich ins Stocken geriet, spürte ich, wie mir vor Verlegenheit die Röte ins Gesicht stieg, weil mir bewusst wurde, dass ich mich – ganz egal, wie ich die nächste Frage formulierte – ziemlich zum Narren machen würde.

Beim Anblick meines roten Gesichts fischte Malèna eine Flasche mit irgendetwas Selbstgebrautem unter der Theke hervor – wobei sie nicht einmal hinsehen musste – und goss einen großzügigen Schuss davon in mein Wasserglas. »Hier«, sagte sie, »eine Marescotti-Spezialität. Das macht Sie wieder fröhlich. *Cin cin!*«

»Es ist zehn Uhr Vormittag«, protestierte ich, weil ich keine große Lust verspürte, die wolkige Flüssigkeit zu probieren, egal, von welchen Vorfahren das Rezept stammte.

»Ach was«, meinte sie achselzuckend, »in Florenz mag es jetzt ja zehn Uhr Vormittag sein …«

Pflichtbewusst schüttete ich den Inhalt meines Glases hinunter. Ein derart übles Gesöff hatte ich nicht mehr getrunken, seit Janice damals auf die Idee verfallen war, in ihrem Schlafzimmerschrank Bier zu brauen. Nachdem ich es anschließend auch noch fertigbrachte, Malèna wegen dieser Köstlichkeit ein Kompliment zu machen, fand ich, dass ich mir damit das Recht verdient hatte, ihr die entscheidende Frage zu stellen: »Sind Sie mit jemandem namens Romeo Marescotti verwandt?«

Sobald meine Frage richtig zu ihr durchgedrungen war, machte Malèna eine fast unheimliche Wandlung durch: Eben noch meine beste Freundin, die sich auf die Theke gestützt meine Sorgen anhörte, richtete sie sich mit einem tiefen, keuchenden Atemzug kerzengerade auf und korkte die Flasche brüsk wieder zu. »Romeo Marescotti«, erklärte sie, während sie mir mein leeres Glas entriss und ein Geschirrtuch wie einen Peitschenhieb über die Theke fegen ließ, »ist tot.« Erst dann blickte sie mir in die Augen. Wo eben noch Freundlichkeit gewesen war, sah ich nur noch Schmerz und Argwohn. »Er war mein Cousin. Warum wollen Sie das wissen?«

»Oh!« Die Enttäuschung traf mich so schwer, dass mir fast ein wenig schwindelig davon wurde. Oder es lag an dem Getränk. »Bitte entschuldigen Sie. Ich hätte Sie das nicht fragen sollen …« Mir ging durch den Kopf, dass nun bestimmt nicht der richtige Zeitpunkt war, um ihr zu erzählen, dass mein Cousin Peppo den Verdacht geäußert hatte, Romeo könnte für den Einbruch ins Museum verantwortlich sein. »Es ist nur so, dass Maestro Lippi, der Künstler … Er hat mir erzählt, dass er ihn gekannt hat.«

Malèna schnaubte verächtlich, wirkte aber zumindest ein wenig erleichtert. »Maestro Lippi«, flüsterte sie, wobei sie einen Finger um ihr Ohr kreisen ließ, »spricht mit Geistern. Hören Sie nicht auf ihn. Er ist …« Sie suchte nach einem passenden Wort, doch ihr fiel keines ein.

»Da ist noch jemand«, erklärte ich, nachdem ich zu dem Schluss gekommen war, dass ich ohnehin nicht mehr viel kaputtmachen konnte. »Der Sicherheitschef von Monte dei Paschi. Alessandro Santini. Kennen Sie ihn?«

Für einen Moment riss Malèna überrascht die Augen auf, kniff sie aber gleich wieder argwöhnisch zusammen. »Siena ist ein Dorf.« Die Art, wie sie das sagte, verriet mir, dass irgendwo in dieser ganzen Geschichte eine stinkende Ratte begraben lag.

»Warum«, fuhr ich in ruhigerem Ton fort und hoffte, durch meine Fragen nicht weitere alte Wunden aufzureißen, »kommt jemand auf die Idee, zu behaupten, Ihr Cousin Romeo sei noch am Leben?«

»Hat er das behauptet?« Malèna musterte mich eindringlich. Dabei wirkte sie eher ungläubig als traurig.

»Es ist eine ziemlich lange Geschichte«, antwortete ich, »aber letztendlich war *ich* diejenige, die sich nach Romeo erkundigt hat. Weil ich nämlich … Giulietta Tolomei bin.«

Ich hatte nicht damit gerechnet, dass sie sofort verstehen würde, was mein Name in Kombination mit dem von Romeo bedeutete, doch ihre schockierte Miene sagte mir, dass sie genau wusste, wer ich war, Abstammung und all das inbegriffen. Nachdem sie diesen Hammer erst mal verdaut hatte, reagierte sie sehr süß: Sie streckte den Arm aus und kniff mir in die Nase.

»*Il gran disegno*«, murmelte sie. »Ich hatte gleich das Gefühl, dass du nicht ohne Grund zu mir gekom-

men bist. Ich darf doch jetzt du zu dir sagen, oder?«
Sie legte eine kurze Pause ein, als hätte sie am liebsten
noch etwas hinzugefügt, das sie sich aber leider verkneifen musste. Stattdessen meinte sie mit einem
mitfühlenden Lächeln: »Ich wünschte, ich könnte dir
sagen, dass er noch lebt, aber … das kann ich nicht.«

Beim Verlassen der Espressobar dachte ich überhaupt nicht mehr an Janice. Es war daher eine ziemlich böse Überraschung für mich, dass sie mich
draußen bereits erwartete – lässig an die Wand gelehnt wie ein Cowgirl, das sich die Zeit vertreiben
musste, bis endlich der Saloon aufmachte.

Als ich sie dort stehen und triumphierend grinsen
sah, weil es ihr mal wieder gelungen war, mich aufzuspüren, fiel mir alles wieder ein: Motorrad, Brief,
Turm, Streit. Mit einem lauten Seufzer wandte ich
mich in die andere Richtung. Wohin ich ging, war
mir eigentlich egal, Hauptsache, sie folgte mir nicht.

»Was hast du denn mit der schicken Mutti da
drin am Laufen?« Janice hatte es so eilig, mich einzuholen, dass sie fast über die eigenen Füße stolperte. »Versuchst du mich eifersüchtig zu machen?«

In dem Moment hatte ich sie plötzlich so satt,
dass ich mitten auf der Piazza Postierla herumwirbelte und sie anfuhr: »Muss ich es dir wirklich
buchstabieren? Ich versuche dich loszuwerden!«

Während all unserer gemeinsamen Jahre hatte ich

meiner Schwester schon wesentlich schlimmere Dinge an den Kopf geworfen. Vielleicht lag es an der ungewohnten Umgebung, dass es sie diesmal so hart traf, jedenfalls wirkte sie für den Bruchteil einer Sekunde, als bräche sie gleich in Tränen aus.

Angewidert wandte ich mich ab und ging weiter. Ich hatte schon ein ganzes Stück Weg zurückgelegt, als ich sie – ein weiteres Mal – hinter mir herkommen hörte. Da ihre hohen Stiefel Pfennigabsätze hatten, rutschte sie auf dem Kopfsteinpflaster immer wieder ab.

»Also gut«, rief sie, während sie mit den Armen ruderte, um das Gleichgewicht nicht zu verlieren, »das mit dem Motorrad tut mir leid. Und das mit dem Brief auch. Hörst du? Ich konnte ja nicht ahnen, dass du mir das so übelnehmen würdest.« Als sie merkte, dass ich weder antwortete noch langsamer wurde, eilte sie stöhnend weiter, schaffte es aber noch immer nicht, mich einzuholen. »Hör zu, Jules, ich weiß, dass du sauer auf mich bist, aber wir müssen wirklich reden. Über Tante Roses Testament, du weißt schon. Es war eine Fälsch– *autsch*!«

Offenbar war sie umgeknickt, denn als ich den Kopf wandte, saß Janice mitten auf der Straße und rieb sich den Knöchel.

»Was hast du gesagt?«, fragte ich. Misstrauisch ging ich ein paar Schritte auf sie zu. »Wegen des Testaments?«

»Du hast es doch gehört«, antwortete sie, während sie verdrossen ihren abgebrochenen Stiefelabsatz in Augenschein nahm, »die ganze Geschichte war eine Fälschung. Ich dachte, du steckst mit denen unter einer Decke. Deswegen habe ich mich hier auch nicht gleich zu erkennen gegeben, aber … wie heißt es so schön? Im Zweifelsfall für den Angeklagten.«

Wie ich nun erfuhr, war die Woche für meine böse Zwillingsschwester nicht besonders gut verlaufen. Mittlerweile hatte sie einen Arm um meine Schulter gelegt und humpelte mühsam neben mir her. Zuerst, so erzählte sie mir, habe sie feststellen müssen, dass unser angeblicher Familienanwalt, Mr. Gallagher, in Wirklichkeit gar nicht Mr. Gallagher war. Wie sie das herausgefunden hatte? Nun ja, der echte Mr. Gallagher war aufgetaucht. Zweitens war das Testament, das uns der falsche Anwalt nach der Beerdigung gezeigt hatte, eine komplette Fälschung gewesen. In Wirklichkeit hatte Tante Rose nichts zu vererben gehabt, und ihr Erbe anzutreten hätte bedeutet, nichts als Schulden zu übernehmen. Drittens waren am Tag nach meiner Abreise zwei Polizeibeamte aufgetaucht und hatten Janice fürchterlich in die Mangel genommen, weil sie das gelbe Band entfernt hatte. Was für ein gelbes Band? Nun ja, das Band, das sie um das Gebäude gewickelt hatten, nachdem ihnen klargeworden war, dass es sich um einen Tatort handelte.

»Einen Tatort?« Obwohl die Sonne hoch am Himmel stand, lief es mir kalt den Rücken hinunter. »Du meinst, Tante Rose ist *ermordet* worden?«

Janice zuckte mit den Achseln, so gut sie konnte, ohne das Gleichgewicht zu verlieren. »Weiß der Kuckuck. Allem Anschein nach hatte sie am ganzen Körper Blutergüsse, obwohl sie doch angeblich im Schlaf gestorben ist.«

»Janice!« Außer dieser Rüge wegen ihrer flapsigen Ausdrucksweise brachte ich kein Wort heraus. Die unerwartete Neuigkeit – dass Tante Rose womöglich gar nicht so friedlich gestorben war, wie Umberto es geschildert hatte – legte sich wie eine Schlinge um meinen Hals, so dass ich fast keine Luft mehr bekam.

»Was ist?«, fauchte sie mit belegter Stimme. »Glaubst du vielleicht, es war lustig, die ganze Nacht in dem Verhörraum zu sitzen und … immer wieder gelöchert zu werden, ob ich sie …« – sie brachte die Worte kaum heraus – »ob ich sie wirklich geliebt habe oder nicht?«

Während ich ihr Profil betrachtete, fragte ich mich, wann ich meine Schwester zum letzten Mal hatte weinen sehen. Mit ihrer verschmierten Wimperntusche und den vom Sturz ramponierten Klamotten wirkte sie auf einmal richtig menschlich, beinahe liebenswert. Vielleicht lag es auch an dem schmerzenden Knöchel, ihrem Kummer wegen Tante Rose, der ganzen Enttäuschung. Jedenfalls wurde mir plötzlich bewusst, dass nun zur Abwechslung mal *ich* die Stärkere von uns beiden sein musste. Ich versuchte, sie noch besser zu stützen und alle Gedanken an die arme alte Tante Rose erst einmal wegzuschieben. »Ich verstehe das nicht! Wo zum Teufel war Umberto?«

»Ha!« Meine Frage ließ einen Teil von Janices altem Feuer wieder auflodern. »Du meinst, *Luciano*?« Sie warf einen Seitenblick zu mir herüber, um zu sehen, ob ich angemessen schockiert war. »Ja, genau. Der gute alte Birdie war ein Flüchtling, ein Desperado, ein Gangster ... du kannst es dir aussuchen. All die Jahre hat er sich in unserem Rosengarten versteckt, während draußen in der weiten Welt die Bullen *und* die Mafia hinter ihm her waren. Am Ende haben ihn seine alten Mafiakumpane wohl doch gefunden, und deswegen ist er einfach ...« – sie schnippte mit den Fingern ihrer freien Hand – »puff, verschwunden.«

Atemlos blieb ich stehen. Ich musste heftig schlucken, weil mir Malèna Marescottis Spezialgebräu, das mich eigentlich fröhlich stimmen sollte, plötzlich wieder hochkam und dabei eher nach gebrochenem Herzen schmeckte. »Sein Name lautet aber nicht zufällig ... Luciano Salimbeni?«

Vor lauter Schock über meine Erkenntnis vergaß Janice völlig, dass sie ihren linken Fuß nicht belasten konnte. »Meine Güte«, rief sie, während sie den Arm von meiner Schulter nahm, »du hast bei dieser ganzen Scheiße *tatsächlich* die Finger im Spiel!«

Tante Rose hatte immer behauptet, sie habe Umberto wegen seines Kirschkuchens engagiert. Obwohl das bis zu einem gewissen Grad stimmte – er zauberte immer die unglaublichsten Nachspeisen –, verhielt es sich in Wirklichkeit eher so, dass sie ohne ihn völlig hilflos war. Er kümmerte sich ums Kochen, den Garten, einfach alles, was rund ums Haus anfiel. Noch bewundernswerter aber war, dass er dabei so tat, als wäre sein kleiner Beitrag gar nichts im Vergleich zu Tante Roses enormen Leistungen. Wie zum Beispiel dem Arrangieren der Blumen für den Esstisch. Oder dem Nachschlagen von schwierigen Worten im Oxford English Dictionary.

Umbertos wahre Genialität lag in seiner Fähigkeit, uns das Gefühl zu geben, dass wir ganz und gar auf eigenen Beinen standen. Fast hatte es den Anschein, als hätte er sich irgendwie als Versager gefühlt, wenn es uns gelungen wäre, in all den Segnungen, die uns zuteilwurden, seine Hand zu erkennen. Er war wie ein Ganzjahres-Weihnachtsmann, der das Schenken nur dann genießen konnte, wenn die von ihm Beschenkten tief schliefen.

Wie die meisten Dinge in unserer Kindheit war auch Umbertos ursprüngliches Auftauchen an der Schwelle unseres amerikanischen Lebens von einem Schleier des Schweigens verhüllt. Weder Janice noch ich konnten uns an eine Zeit erinnern, als er noch nicht dagewesen war. Wenn wir hin und wieder – kritisch beäugt vom Vollmond – in unseren Betten lagen und uns gegenseitig mit Erinnerungen an unsere exotische Kindheit in der Toskana zu übertrumpfen versuchten, gehörte Umberto seltsamerweise immer ins Bild.

Auf eine gewisse Weise liebte ich ihn sogar mehr als Tante Rose, weil er stets meine Partei ergriff und mich seine kleine Prinzessin nannte. Obwohl er es nie klar aussprach, bin ich im Nachhinein sicher, dass wir alle gespürt haben, wie sehr er Janices immer üblere Manieren missbilligte und mir unauffällig den Rücken stärkte, wann immer ich mich dafür entschied, ihrem schlechten Beispiel nicht zu folgen.

Jedes Mal, wenn Janice ihn um eine Gutenachtgeschichte bat, bekam sie irgendeine kurze Lektion präsentiert, bei der am Ende jemandem der Kopf abgeschlagen wurde. Wenn aber ich mich auf der Bank in der Küche zusammenrollte, holte er die blaue Dose mit den besonders feinen Keksen hervor und erzählte mir endlose Geschichten über Ritter, schöne Edelfräulein und vergrabene Schätze. Als ich dann älter und verständiger wurde, versicherte er mir, dass Janice ihre gerechte Strafe früh genug bekommen würde. Wohin sie sich im Leben auch wenden mochte, sie würde unweigerlich ein Stück Hölle mit sich schleppen, denn in seinen Augen war sie selbst die Hölle, und mit der Zeit würde sie begreifen, dass sie ihre eigene schlimmste Strafe darstellte. Ich dagegen war für ihn eine Prinzessin, und eines Tages würde ich – vorausgesetzt, ich schaffte es, verderbliche Einflüsse und unwiderrufliche Fehler zu vermeiden – einen schönen Prinzen kennenlernen und meinen eigenen magischen Schatz finden.

Wie hätte ich ihn da nicht lieben sollen?

Wir brauchten bis nach Mittag, um uns gegenseitig auf den neuesten Stand zu bringen. Janice erzählte mir, was die Polizei über Umberto beziehungsweise Luciano Salimbeni gesagt hatte – was nicht viel war –, und im Gegenzug berichtete ich ihr, was ich seit meiner Ankunft in Siena erlebt hatte – was ja eine ganze Menge war.

Hinterher suchten wir uns zum Essen ein Plätzchen auf der Piazza del Mercato, von wo man einen schönen Blick auf die Via del Malcontenti und ein tiefes, grünes Tal hatte. Der Kellner informierte uns darüber, dass auf der anderen Seite des Tales jene triste, nur in eine Richtung führende Straße namens Via di Porta Giustizia verlief, an deren Ende – in

500

früheren Zeiten – die Verbrecher öffentlich hinge-
richtet wurden.

»Nett«, stellte Janice fest, während sie ihre Ribol-
lita-Suppe schlürfte und dabei die Ellbogen auf den
Tisch stützte. »Kein Wunder, dass der alte Birdie
keine Lust hatte, hierher zurückzukommen.«

»Ich kann es noch immer nicht glauben«, murmelte ich und stocherte lustlos in meinem Teller
herum. Wie immer, wenn ich Janice beim Essen zusah, verging mir der Appetit – ganz zu schweigen
von den Überraschungen, die sie diesmal im Gepäck gehabt hatte. »Wenn er tatsächlich Mom und
Dad umgebracht hat, warum dann nicht auch uns?«

»Manchmal«, meinte Janice, »ist es mir so vorge-
kommen, als wäre er nicht mehr weit davon entfernt. Allen Ernstes. Wenn du mich fragst, hatte er
den Blick eines Serienmörders.«

»Vielleicht«, mutmaßte ich, »bereute er längst,
was er getan hatte …«

»Oder«, fiel Janice mir ins Wort, »er wusste, dass
er uns – oder zumindest dich – brauchte, um Mister
Macaroni dazu zu bringen, Moms Truhe herauszu-
rücken.«

»Dann hat er womöglich auch diesen Bruno Carrera beauftragt, mich zu beschatten?« Ich versuchte
Logik anzuwenden, wo Logik nicht ausreichte.

»Das liegt doch wohl auf der Hand!« Janice verdrehte die Augen. »Und du kannst verdammt sicher

sein, dass er auch bei deinem kleinen Playboy die Fäden zieht.«

Ich bedachte sie mit einem bösen Blick, den sie gar nicht zu bemerken schien. »Ich hoffe, du meinst damit nicht Alessandro?«

»Mmm, Alessandro …« Sie ließ sich den Namen auf der Zunge zergehen. »Eines muss man dir lassen, Jules, er war das Warten wirklich wert. Zu schade, dass er schon mit Birdie unter einer Decke steckt.«

»Du bist widerlich«, antwortete ich, fest entschlossen, mich nicht von ihr ärgern zu lassen, »und du hast unrecht.«

»Tatsächlich?« Janice hatte nicht gern unrecht. »Dann erklär mir doch mal, warum er in dein Hotelzimmer eingebrochen ist.«

»*Wie bitte?*«

»O ja …« Sie ließ sich Zeit, ihr letztes Stück Brot genüsslich ins Olivenöl zu tunken, ehe sie weitersprach. »An dem Abend, als ich dich vor Gummisohlen-Bruno retten musste und du dir anschließend bei diesem alten Malermeister einen angezwitschert hast … da hat Alessandro es in deinem Hotelzimmer so richtig krachen lassen. Du glaubst mir nicht?« Über mein Misstrauen sichtlich erfreut, griff sie in ihre Tasche. »Dann sieh dir doch mal das hier an.«

Nachdem sie ihr Handy herausgeholt hatte, zeigte sie mir mehrere verschwommene Aufnahmen von jemanden, der zu meinem Balkon hinaufkletterte.

Ob es sich dabei tatsächlich um Alessandro handelte, war schwer zu sagen, doch Janice beharrte darauf, dass er es *war*. Außerdem kannte ich sie lange genug, um das typische Zucken rund um ihren Mund zu identifizieren – ein seltenes, aber sicheres Anzeichen dafür, dass sie ausnahmsweise mal die Wahrheit sagte.

»Es tut mir leid«, erklärte sie und sah dabei fast so aus, als meinte sie es ernst, »ich weiß, dass ich damit deine kleine Seifenblase zum Platzen bringe, aber ich dachte, du solltest wissen, dass dein süßer Bär es nicht nur auf den Honig abgesehen hat.«

Ich knallte ihr das Telefon wieder hin, wusste aber nicht, was ich sagen solle. In den letzten paar Stunden war so viel auf mich eingeprasselt, dass ich nun definitiv meinen Sättigungspunkt erreicht hatte. Erst Romeo … tot und begraben. Dann Umberto … wiedergeboren als Luciano Salimbeni. Und jetzt Alessandro …

»Sieh mich nicht so an!«, zischte Janice, die mit gewohntem Geschick die moralisch Überlegene spielte. »Schließlich tue ich dir nur einen Gefallen! Stell dir vor, du hättest dich bereits in diesen Kerl verliebt und müsstest im Nachhinein feststellen, dass er die ganze Zeit nur auf den Familienschmuck aus war.«

»Dann tu mir doch bitte noch einen zweiten Gefallen«, sagte ich und lehnte mich zurück, um für möglichst viel Abstand zwischen ihr und mir zu sorgen, »und erklär mir, wie du mich überhaupt gefunden hast. Und was sollte das mit diesem dämlichen Romeo-Spiel?«

»Kein Wort des Dankes! Die Tragik meines Lebens!« Wieder griff Janice in ihre Tasche. »Hätte ich diesen Bruno nicht vertrieben, wärst du jetzt womöglich tot. Und was tust du? Nörgeln, nichts als nörgeln!« Sie warf mir einen Brief über den Tisch, wobei sie nur knapp die Schale mit dem Olivenöl verfehlte. »Hier, überzeuge dich selbst. Das ist der *echte* Brief von der *echten* Tante Rose, überreicht durch den *echten* Mr. Gallagher. Am besten, du atmest erst mal tief durch. Das ist nämlich das Einzige, was sie uns hinterlassen hat.«

Während sie sich mit zitternden Händen ihre wöchentliche Zigarette anzündete, wischte ich ein paar Krümel von dem Umschlag und holte dann den Brief hervor. Er bestand aus acht Seiten, die alle mit Tante Roses Handschrift bedeckt waren. Wenn das Datum stimmte, hatte sie ihn schon vor Jahren bei Mr. Gallagher deponiert.

Sein Inhalt lautete folgendermaßen:

Meine lieben Mädchen,
Ihr habt mich oft nach Eurer Mutter gefragt, und ich habe Euch nie die Wahrheit gesagt. Das geschah zu Eurem eigenen Besten. Ich hatte Angst, Ihr könntet

versuchen, ihr nachzueifern, wenn Ihr gewusst hättet,
wie sie war. Da ich das alles aber nicht mit ins Grab
nehmen möchte, sollt Ihr nun endlich erfahren, was
ich Euch vor lauter Angst nie erzählen konnte.

Ihr wisst ja, dass Diane nach dem Tod ihrer Eltern
und ihres kleinen Bruders bei mir gelebt hat. Allerdings habe ich euch nie erzählt, wie die drei ums
Leben gekommen sind. Das war sehr traurig und für
Diane ein großer Schock, über den sie, glaube ich,
nie hinweggekommen ist. Es kam damals bei schrecklich dichtem Urlaubsverkehr zu einem Autounfall.
Von Diane weiß ich, dass es vorher einen heftigen
Wortwechsel gab, an dem Diane schuld war, weil sie
sich mit ihrem Bruder gestritten hatte. Das Ganze
passierte am Heiligen Abend. Ich glaube, sie konnte
sich das nie verzeihen. Deswegen weigerte sie sich
auch jedes Jahr, ihre Weihnachtsgeschenke aufzumachen. Sie war ein sehr religiöses Mädchen, viel mehr
als ihre alte Tante, vor allem an Weihnachten. Ich
wünschte, ich hätte ihr helfen können, aber zu der
Zeit rannte man noch nicht ständig zu irgendwelchen Ärzten.

Sie interessierte sich immer sehr für Ahnenforschung.
Ihrer Meinung nach stammte unsere Familie in der
weiblichen Linie von italienischen Adligen ab, und
sie erzählte mir, meine Mutter habe ihr vor ihrem
Tod ein großes Geheimnis verraten. Ich fand es sehr
seltsam, dass meine Mutter ihrer Enkelin etwas mitge-

teilt haben sollte, das sie mir und Maria, also ihren eigenen Töchtern, vorenthalten hatte. Deswegen glaubte ich Diane kein Wort dieser Geschichte, doch sie ließ sich einfach nicht davon abbringen, dass wir von Shakespeares Julia abstammten und ein Fluch auf unserer Familie lag. Ihr zufolge war das auch der Grund, warum der arme Jim und ich keine Kinder bekamen und ihre Eltern und ihr Bruder sterben mussten. Ich habe sie in diesen Dingen nie bestärkt, sie aber trotzdem reden lassen. Nach ihrem Tod habe ich mir immer gedacht, ich hätte etwas unternehmen sollen, um ihr zu helfen, aber dafür ist es nun zu spät.

Der arme Jim und ich versuchten Diane dazu zu bringen, ihr Studium abzuschließen, doch sie war zu rastlos. Ehe wir es uns versahen, war sie mit ihrem Rucksack in Richtung Europa aufgebrochen, und bald darauf schrieb sie uns, sie wolle irgendeinen italienischen Professor heiraten. Ich habe an der Hochzeitsfeier nicht teilgenommen. Der arme Jim war damals sehr krank, und nach seinem Tod war mir auch nicht mehr nach Reisen zumute. Inzwischen bereue ich das. Diane war dort drüben ganz auf sich allein gestellt, bestimmt hatte sie mit Euch Zwillingen alle Hände voll zu tun, und dann kam auch noch ihr Mann durch einen Brand ums Leben, so dass ich gar keine Gelegenheit mehr hatte, ihn kennenzulernen. Welch trauriges Ende.

Ich habe ihr oft geschrieben, sie solle doch nach Hause kommen, aber dickköpfig, wie Diane nun mal war, wollte sie das nicht, Gott hab sie selig. Zu der Zeit hatte sie sich bereits ein eigenes Haus gekauft und wollte unbedingt die Forschungsarbeit ihres Mannes fortsetzen. Am Telefon erzählte sie mir, er habe sein ganzes Leben lang nach einem Familienschatz gesucht, der den Fluch aufheben könne. Natürlich glaubte ich kein Wort davon. Ich erklärte ihr, dass es sehr dumm von ihr war, wieder in ihre eigene Familie einzuheiraten, auch wenn es sich nur um eine sehr entfernte Verwandtschaft handelte, aber sie antwortete, ihr sei keine andere Wahl geblieben, weil sie von ihrer Mutter die Tolomei-Gene hatte, er jedoch den Tolomei-Namen, und beides zusammengehörte. Wenn Ihr mich fragt, war das alles sehr seltsam. Ihr beide seid in Siena auf die Namen Giulietta und Giannozza Tolomei getauft worden. Laut Eurer Mutter handelt es sich bei diesen Namen um eine Familientradition.

Ich habe nach Kräften versucht, sie zum Heimkommen zu bewegen, und sei es nur auf Besuch. Wir hatten sogar schon die Flugtickets bestellt, aber dann hatte sie wegen ihrer Forschung so viel zu tun und sagte immer wieder, sie stehe kurz davor, den Schatz zu finden, und müsse wegen eines alten Rings jemanden aufsuchen. Eines Morgens erhielt ich dann einen Anruf von einem Polizeibeamten aus Siena, der mir mitteilte, es habe einen schrecklichen Unfall gegeben, und Eure Mutter sei tot. Er erklärte mir, Ihr wärt bei euren Taufpaten, dort aber höchstwahrscheinlich in großer Gefahr, und ich müsse unbedingt sofort kommen und Euch mit zu mir nehmen. Als ich dort ankam, um Euch abzuholen, fragte mich die Polizei, ob Diane jemals einen Mann namens Luciano Salimbeni erwähnt habe. Das machte mir große Angst. Sie wollten, dass ich bis zu einer Anhörung blieb, aber ich hatte solche Angst, dass ich gleich mit Euch zum Flughafen gefahren bin und den nächsten Flieger genommen habe. Ich habe nicht mal gewartet, bis die Adoption genehmigt war. Eure Namen habe ich auch geändert. Giulietta nannte ich Julia und Giannozza Janice, und anstelle von Tolomei gab ich Euch meinen Namen, Jacobs. Ich wollte verhindern, dass Euch irgend so ein verrückter Italiener findet und womöglich adoptieren will. Deswegen habe ich sogar noch Umberto eingestellt, damit er euch beschützt und die Augen offen hält, falls dieser Luciano Salimbeni auftauchen sollte. Zum Glück haben wir nie wieder etwas von ihm gehört.

Ich weiß nicht, was Diane all die Jahre allein in Siena gemacht hat, bin aber mittlerweile davon überzeugt, dass sie tatsächlich auf etwas sehr Wertvolles gestoßen ist, das sie in Siena für Euch zurückgelassen hat. Ich hoffe, falls Ihr es jemals findet, werdet Ihr es schwesterlich teilen. Diane gehörte auch ein Haus,

und ich glaube, ihr Mann war vermögend. Falls Ihr
in Siena irgendetwas von Wert vorfindet, könnt Ihr
Euch dann vielleicht auch um den lieben Umberto
kümmern?

Es fällt mir sehr schwer, Euch das zu sagen, aber ich
bin nicht so reich, wie Ihr glaubt. Ich habe all die
Jahre von der Rente des armen Jim gelebt, aber
wenn ich sterbe, wird nichts mehr für euch da sein –
außer Schulden. Vielleicht hätte ich Euch das sagen
sollen, doch in solchen Sachen war ich noch nie gut.
Ich wünschte, ich wüsste mehr über Dianes Schatz.
Sie hat manchmal darüber gesprochen, aber ich habe ihr nie zugehört. Ich dachte, es wäre bloß wieder
eine von ihren verrückten Geschichten. Allerdings
gibt es in der Bank im Palazzo Tolomei einen Herren, der Euch vielleicht weiterhelfen kann. Sein Name fällt mir beim besten Willen nicht mehr ein. Er
war der Finanzberater Eurer Mutter, und ich glaube,
er war damals noch ziemlich jung, so dass er vielleicht noch am Leben ist.

Solltet Ihr Euch tatsächlich zu einer Reise nach Itali-
en entschließen, dann denkt daran, dass es in Siena
Menschen gibt, die an die gleichen Geschichten glauben, an die auch eure Mutter geglaubt hat. Ich
wünschte, ich hätte besser aufgepasst, als sie mir das
alles erzählte. Nennt niemandem Eure richtigen Namen, außer dem Mann in der Bank. Vielleicht kann
er Euch bei der Suche nach dem Haus helfen. Ich

fände es sehr schön, wenn Ihr zusammen reisen würdet. Das wäre bestimmt auch Dianes Wunsch gewesen. Wir hätten schon vor Jahren gemeinsam hinfliegen sollen, aber ich hatte immer Angst, Euch könnte dort etwas zustoßen.

Nun wisst Ihr, dass ich Euch nichts hinterlassen habe, wovon Ihr leben könnt. Deswegen hoffe ich, dass Ihr mit diesem Brief zumindest die Chance habt, zu finden, was Eure Mutter Euch hinterlassen hat. Heute Morgen hatte ich einen Termin mit Mr. Gallagher. Ich hätte wirklich nicht so lange leben sollen, denn nun wird Euch nichts mehr bleiben, nicht einmal die Erinnerung, weil ich nie wollte, dass Ihr sie kennt. Ich hatte immer Angst, ihr könntet wie Diane davonlaufen und Euch in Schwierigkeiten bringen. Inzwischen aber weiß ich, dass Ihr sowieso in Schwierigkeiten geraten werdet, egal, wo ihr hingeht. Ich weiß, was der Ausdruck in Euren Augen bedeutet. Eure Mutter hatte ihn auch. Seid versichert, dass ich jeden Tag für Euch bete.

Umberto weiß, wo sich meine Anweisungen für die Beerdigung befinden.

Gott segne Eure unschuldigen Herzen!
In Liebe, Tante Rose

V. III

Und wohnt kein Mitleid droben in den Wolken,
Das in die Tiefe meines Jammers schaut?

Siena, im Jahre 1340

Giulietta, die in einem Zimmer ganz oben auf dem Tolomei-Turm eingesperrt war, erfuhr nichts von den Vorgängen unten in der Stadt. Seit dem Tag von Tebaldos Begräbnis hielt man sie dort gefangen, und niemand durfte sie besuchen. Eine der Tolomei-Wachen hatte die Fensterläden zugenagelt, und das Essen servierte man ihr durch einen Schlitz in der Tür, was allerdings kaum eine Rolle spielte, da sie – zumindest für sehr lange Zeit – nichts davon anrührte.

Während der ersten paar Stunden ihrer Gefangenschaft hatte sie alle, die sie durch die Tür hören konnten, angefleht, sie hinauszulassen. »Liebste Tante«, hatte sie gebettelt und dabei ihre tränenüberströmte Wange an die Tür gepresst, »bitte behandelt mich nicht so! Vergesst nicht, wessen Tochter ich bin! ... Liebe Cousinen? Könnt ihr mich hören?« Da ihr aber niemand zu antworten wagte, begann sie stattdessen lautstark die Wachen zu verfluchen, weil sie die Befehle eines Teufels in Menschengestalt befolgten.

Nachdem ihr niemand auch nur ein einziges Wort antwortete, verließ sie irgendwann der Mut. Schwach vor Kummer, legte sie sich auf ihr Bett und zog sich die Decke über den Kopf, konnte jedoch an nichts anderes denken als an Romeos geschundenen Leib und ihre eigene Unfähigkeit, seinen grausigen Tod zu verhindern. Erst jetzt wagten sich ängstliche Bedienstete vor ihre Tür, um ihr etwas zu essen und zu trinken anzubieten, aber Giulietta lehnte alles ab, sogar das Wasser, weil sie hoffte, auf diese Weise ihr eigenes Ableben zu beschleunigen und ihrem Geliebten ins Paradies zu folgen, ehe er einen zu großen Vorsprung hatte.

Sie glaubte, dass sie im Leben nur noch eine einzige Pflicht zu erfüllen hatte: einen geheimen Brief an ihre Schwester Giannozza zu verfassen. Es sollte ein Abschiedsbrief werden, und immer wieder fielen ihre Tränen auf das Pergament und verschmierten die Tinte, doch am Ende wurde es nur einer von vielen Briefen, die sie im Lichte eines Kerzenstumpfes schrieb und zusammen mit all den anderen unter einer losen Bodendiele versteckte. Kaum zu glauben – schrieb sie –, dass sie einst so fasziniert von dieser Welt und all ihren Bewohnern gewesen war. Inzwischen wusste sie, dass Bruder Lorenzo die ganze Zeit recht gehabt hatte. »Die sterbliche Welt ist eine Welt des Staubes«, sagte er immer. »Wo man auch hintritt, bröckelt sie einem unter den Füßen weg, und wenn man nicht aufpasst, verliert man das Gleichgewicht und stürzt über den Rand in den Limbus.« Gewiss befand sie sich gerade in diesem Limbus, dachte Giulietta – dem Abgrund, aus dem keine Gebete zu hören waren.

Ihrer Schwester Giannozza war diese Art von Elend keineswegs fremd. Obwohl ihr Vater die fortschrittliche Einstellung vertreten hatte, seine Töchter sollten des Lesens und Schreibens mächtig sein, war er ein altmodischer Mann gewesen, wenn es um das Thema Ehe ging. Töchter waren in seinen Augen Gesandte, die man in die Welt hinausschicken konnte, um an fernen Orten Bündnisse mit wichtigen Menschen aufzubauen. Daher hatte er, als eines Tages der Cousin seiner Frau – ein Edelmann mit einem großen Anwesen nördlich von Rom – Interesse an engeren Banden mit den Tolomeis bekundete, Giulietta darüber informiert, dass sie heiraten musste. Schließlich war sie vier Minuten älter als ihre Schwester und hatte somit als Älteste die Pflicht, als Erste zu gehen.

Nach dieser Hiobsbotschaft mussten die Schwestern tagelang weinen. Beiden graute davor, auseinandergerissen zu werden und so weit voneinander entfernt leben zu müssen, doch ihr Vater ließ sich nicht umstimmen, und ihre Mutter noch viel weniger – schließlich handelte es sich bei dem Bräutigam um ihren Cousin und keinen Fremden. Am Ende traten die Mädchen mit einem bescheidenen Vorschlag an ihre Eltern heran.

»Vater«, sagte Giannozza, die als Einzige die Kühnheit besaß, ihr Anliegen vorzutragen, »Giulietta fühlt sich durch die Pläne, die Ihr mit ihr habt, sehr geehrt, bittet Euch aber dennoch, in Betracht zu ziehen, ob es nicht besser wäre, statt ihrer mich zu schicken. Wie Ihr wisst, war es seit jeher ihr Herzenswunsch, ins Kloster zu gehen, und sie fürchtet, dass sie keinem anderen als Christus eine wahrhaft glückliche Braut wird sein können. Ich dagegen hege keine Einwände gegen eine irdische Heirat, ganz im Gegenteil, ich glaube sogar, dass es mir Freude bereiten wird, einen eigenen Haushalt zu führen. Daher haben wir uns gefragt …« – nun warf Giannozza zum ersten Mal einen Blick zu ihrer Mutter hinüber, weil sie auf deren Zustimmung hoffte, »ob Ihr Euch vorstellen könntet, uns beide fortzuschicken – mich als Braut, und Giulietta als Novizin in ein nahegelegenes Kloster. Auf diese Weise könnten wir uns jederzeit sehen, und Ihr müsstet Euch keine Sorgen um unser Wohlergehen machen.«

Als ihr Vater merkte, wie sehr sich Giulietta gegen eine Ehe sträubte, erklärte er sich schließlich bereit,

Giannozza ihren Platz einnehmen zu lassen. Was die andere Hälfte des Plans betraf, blieb er allerdings unerbittlich. »Da Giulietta jetzt noch nicht heiraten möchte«, erklärte er, während er mit verschränkten Armen hinter seinem großen Schreibtisch thronte und seine Töchter flehend vor ihm standen, »wird sie eben später heiraten, wenn sie diesem … Unsinn entwachsen ist.« Verärgert darüber, dass seine Pläne derart durchkreuzt wurden, schüttelte er den Kopf. »Ich hätte euch Mädchen niemals das Lesen lehren sollen! Vermutlich habt ihr hinter meinem Rücken die Bibel studiert – was schon ausreicht, um einem Mädchen Flausen in den Kopf zu setzen!«

»Aber Vater …«

Erst jetzt trat ihre Mutter mit funkelnden Augen vor. »Schämen solltet ihr euch«, zischte sie ihre Töchter an, »euren Vater in eine solche Situation zu bringen! Wir sind nicht arm, und dennoch bittet ihr ihn, so zu verfahren, als wären wir es! Ihr verfügt beide über eine Mitgift, die selbst einen Prinzen reizen könnte! Trotzdem waren wir wählerisch. Schon viele haben um deine Hand angehalten, Giulietta, doch euer Vater hat sie alle weggeschickt, weil er wusste, dass wir eine noch bessere Partie machen können. Und nun soll er sich darüber freuen, dich als Nonne zu sehen? … Als verfügten wir nicht über die Mittel und Beziehungen, dich zu verheiraten?

Ihr solltet euch schämen, eure selbstsüchtigen Wünsche über die Würde eurer Familie zu stellen!«

So kam es, dass Giannozza mit einem Mann verheiratet wurde, den sie nie zuvor gesehen hatte, und ihre Hochzeitsnacht mit einem Bräutigam verbrachte, der dreimal so alt war wie sie und die Augen ihrer Mutter, aber die Hände eines Fremden hatte. Als sie sich am nächsten Morgen von ihrer Familie verabschiedete – um anschließend in Begleitung ihres frischgebackenen Ehemannes für immer fortzugehen –, umarmte sie nacheinander alle drei, wobei sie kein Wort sagte, sondern die Lippen fest aufeinanderpresste, um ja nicht der Versuchung zu erliegen, ihre Eltern zu verfluchen.

Die Worte kamen erst später, in endlosen Briefen, abgeschickt von ihrem neuen Zuhause. Adressiert waren sie allerdings nicht direkt an Giulietta, sondern an ihren gemeinsamen Freund Bruder Lorenzo, damit er sie ihr heimlich übergeben konnte, wenn er Giulietta in der Kapelle die Beichte abnahm. Es handelte sich um Briefe, die man nie wieder vergaß, Briefe, die den Leser auf ewig verfolgten. Giulietta spielte in ihren eigenen Briefen oft darauf an, beispielsweise, wenn sie ihrer Schwester zustimmte, »dass es, wie du sagst, auf dieser Welt tatsächlich Männer gibt, die ihre Kraft aus dem Bösen ziehen und deren einziger Lebenszweck darin besteht, andere leiden zu sehen«. Aber sie ermutigte Giannozza stets, die positiven Aspekte ihrer Situation nicht außer Acht zu lassen: Immerhin war ihr Gatte bereits alt und kränklich, so dass er bestimmt sterben würde, solange sie noch jung war, und auch wenn sie nicht nach draußen durfte, so hatte sie von ihrem Schloss doch zumindest einen wunderbaren Ausblick. Sie ging sogar so weit, ihre Schwester darauf hinzuweisen, dass »obwohl du gegenteiliger Meinung bist, meine Liebste, die Gesellschaft von Männern sehr wohl eine *gewisse* Freude bereiten kann. Nicht alle sind durch und durch verderbt.«

In ihrem Abschiedsbrief an Giannozza, den sie am Tag nach Tebaldos Begräbnis in ihrer Gefängniszelle verfasste, konnte sich auch Giulietta nicht mehr so tapfer zugunsten der Zukunft aussprechen. »Du hattest recht«, schrieb sie einfach, »und ich unrecht. Wenn das Leben mehr schmerzt als der Tod, dann lohnt es sich nicht mehr zu leben.«

Daher hatte sie beschlossen zu sterben und jede Nahrung zu verweigern, bis ihr Körper den Geist aufgab und ihre Seele freisetzte, so dass sie sich wieder mit Romeo vereinigen konnte. Doch am dritten Tag ihres Hungerstreiks, als ihre Lippen bereits ganz ausgedörrt waren und es in ihrem Kopf zu pochen begann, machte ihr plötzlich ein neuer Gedanke Angst: Wohin genau würde sie sich im Paradies wenden müssen, um ihn zu finden? Gewiss handelte es sich dabei um einen sehr großen Ort – anders konnte es gar nicht sein –, und es war auch keineswegs gesagt, dass man sie beide in dieselbe Region schicken würde. Sie fürchtete fast, dem würde nicht so sein.

Auch wenn sie in den Augen Gottes vielleicht nicht völlig ohne Makel war, so blieb sie dennoch ein unschuldiges Mädchen. Romeo dagegen hatte zweifellos eine lange Spur des Unfugs hinterlassen. Außerdem war er nicht richtig bestattet worden, und niemand hatte über seiner Leiche ein Gebet gesprochen, so dass es ohnehin fraglich war, ob er überhaupt ins Paradies kommen würde. Womöglich war er dazu verdammt, in seinem verwundeten, blutigen Zustand als Geist umzugehen, bis – wenn überhaupt – irgendein barmherziger Samariter Mitleid mit ihm hatte und seine Leiche zur Ruhe bettete.

Keuchend setzte Giulietta sich in ihrem Bett auf. Wer sollte dafür sorgen, dass Romeo angemessen bestattet wurde, wenn sie jetzt starb? Damit überließ sie es den Tolomeis, beim nächsten Familienbegräbnis – höchstwahrscheinlich ihrem eigenen – seinen Leichnam zu entdecken. Bestimmt würden sie ihm alles andere als Frieden zuteilwerden lassen.

Nein, dachte sie, während sie endlich mit zitternder Hand nach dem Wasserkrug griff, sie musste am Leben bleiben, bis sie mit Bruder Lorenzo gesprochen und ihm die Lage erklärt hatte.

Wo um alles in der Welt steckte der Mönch? In ihrem Elend hatte Giulietta mit niemandem sprechen wollen, nicht einmal mit ihrem alten Freund. Sie war richtig erleichtert darüber gewesen, dass er sie nie besuchen kam. Nun aber – nachdem sie ihr Herz an einen Plan gehängt hatte, den sie unmöglich alleine ausführen konnte – überkam sie schlagartig Zorn, weil er nicht an ihrer Seite war. Erst später, nachdem sie alles verschlungen hatte, was sie in ihrer Kammer an Essbarem finden konnte, fiel ihr ein, dass ihr Onkel Tolomei dem Mönch vermutlich jeden Besuch bei ihr untersagt hatte, um auf diese Weise zu verhindern, dass er Einzelheiten über ihr Elend verbreitete.

Während sie jetzt rastlos im Raum umherwanderte und nur gelegentlich stehenblieb, um durch eine Ritze zwischen den – zugenagelten – Fensterläden hinauszuspähen, um festzustellen, welche Tageszeit gerade war, gelangte Giulietta schließlich zu dem Ergebnis, dass der Tod würde warten müssen. Nicht, weil sie den Wunsch verspürte zu leben, sondern weil es noch zwei Aufgaben im Leben gab, die nur sie erfüllen könnte. Eine davon war, Kontakt mit Bruder Lorenzo – oder einem anderen heiligen Mann, der lieber das Gesetz Gottes als das ihres Onkels befolgte – aufzunehmen und mit seiner Hilfe dafür zu sorgen, dass Romeo angemessen bestattet wurde. Die andere bestand darin, Salimbeni so leiden zu lassen, wie noch kein Mann vor ihm gelitten hatte.

Monna Agnese starb an Allerheiligen, nachdem sie über ein halbes Jahr an ihr Bett gefesselt gewesen war. Manche flüsterten sich zu, die arme Dame sei nur so lange am Leben geblieben, um ihren Gatten zu ärgern, Messer Salimbeni, dessen neues Hochzeitsgewand schon bereitlag, seit er sich im August mit Giulietta Tolomei verlobt hatte.

Die Bestattung fand auf Rocca di Tentennano statt, der uneinnehmbaren Salimbeni-Festung im Orcia-Tal. Kaum hatte der Witwer Erde auf den Sarg geworfen, als er auch schon mit der nervösen Eile eines geflügelten Amor nach Siena aufbrach. Nur ein einziger Sprössling begleitete ihn zurück in die Stadt: sein neunzehnjähriger Sohn Nino, Gerüchten zufolge bereits ein hartgesottener Palio-Mörder. Ninos Mutter war Monna Agnese ein paar Jahre zuvor ins Salimbeni-Grab vorausgegangen, nachdem sie einem ähnlichen Leiden anheimgefallen war – gemeinhin bekannt als Vernachlässigung.

Obwohl die Tradition nach einem derartigen Verlust eigentlich eine angemessene Trauerzeit erforderlich machte, waren nur wenige Leute überrascht, den großen Mann schon so bald wieder in der Stadt zu sehen. Salimbeni war bekannt für seine Geschwindigkeit in solchen Dingen: Während andere

Männer den Tod einer Ehefrau oder eines Kindes tagelang betrauerten, schüttelte er seinen Schmerz binnen weniger Stunden ab, ohne deswegen jemals einen wichtigen Geschäftstermin zu versäumen.

Trotz seiner hin und wieder etwas suspekten Machenschaften und seiner unermüdlichen Rivalitäten mit dem Hause Tolomei war Salimbeni ein Mann, dem viele Leute – oft sogar gegen ihren Willen – eine fast schon speichelleckerische Bewunderung entgegenbrachten. Wann immer er bei einer Versammlung anwesend war, stand er im Zentrum des allgemeinen Interesses, und niemand machte ihm diesen Platz streitig. Sooft er versuchte, witzig zu sein, reagierten alle mit Gelächter, selbst wenn sie seine Worte kaum mitbekommen hatten. Mit seiner freigebigen Art machte er sich bei Fremden sofort beliebt, und seinen Kunden war bekannt, dass man von ihm großzügig entlohnt wurde, sobald man sich sein Vertrauen erst einmal verdient hatte. Da er die Abläufe in der Stadt besser kannte als jeder andere, wusste er genau, wann es an der Zeit war, Brot an die Armen zu verteilen, und wann es Erfolg versprach, gegenüber der Regierung standhaft zu bleiben. Es war kein Zufall, dass er sich gerne wie ein römischer Kaiser in einer feinen Wolltoga mit scharlachroter Kante kleidete, denn er regierte Siena wie sein eigenes kleines Kaiserreich, und jeder, der sich seiner Autorität widersetzte, wurde von ihm behandelt, als hätte er die ganze Stadt verraten.

Angesichts von Salimbenis politischem und finanziellem Geschick waren die Leute wegen seiner anhaltenden Verliebtheit in Messer Tolomeis schwermütige Nichte höchst erstaunt. Bei jeder Messe verbeugte er sich galant vor ihrer bleichen Gestalt, obwohl ihr anzusehen war, dass sie seinen Anblick kaum ertragen konnte. Sie verachtete ihn wohl nicht nur wegen der schlimmen Dinge, die ihrer Familie zugestoßen waren – ihre Tragödie war mittlerweile allgemein bekannt –, sondern sah in ihm gewiss auch den Mann, der ihren Geliebten Romeo durch dubiose Anschuldigungen in Zusammenhang mit dem Mord an Tebaldo Tolomei aus der Stadt getrieben hatte.

Warum, so fragten sich die Leute, setzte ein Mann von Salimbenis Format seine Würde aufs Spiel, um ein Mädchen zu heiraten, das sich nie für ihn würde erwärmen können, selbst wenn sie beide tausend Jahre alt werden sollten? Sicher, sie war schön, und die meisten jungen Männer der Stadt waren in der Lage, sich Giuliettas makellosen Mund und verträumten Blick vorzustellen, sooft sie das Bedürfnis danach verspürten, doch es war etwas völlig anderes, wenn ein gesetzter Mann wie Salimbeni jeden Anstand außer Acht ließ und sie schon so bald nach dem Verschwinden ihres Liebsten und dem Dahinscheiden seiner letzten Gattin für sich beanspruchte.

»Das ist alles eine Frage der Ehre!«, meinten einige, die seine Verlobung mit Giulietta befürworteten. »Romeo hat Salimbeni wegen Giulietta zum Kampf herausgefordert, und solch ein Kampf kann nur eine logische Konsequenz haben: Der Gewinner muss am Leben bleiben, der Verlierer sterben, und die Dame fällt an den, der überlebt, ob er sie haben will oder nicht.«

Andere gaben offen zu, dass sie in Salimbenis Taten das Wirken des Teufels sahen. »Wir haben es hier mit einem Mann zu tun«, flüsterten sie Maestro Ambrogio spät abends im Gasthaus bei einem Glas Wein ins Ohr, »dessen Macht schon lange niemand mehr in Frage stellt. Nun hat sich diese Macht dem Bösen zugeneigt und bedroht als solche nicht nur uns, sondern auch ihn. Ihr habt es selbst gesagt, Maestro: Salimbenis Tugenden haben einen Reifegrad erreicht, wo sie ins Laster kippen, und nun, da er längst gesättigt ist, muss sich sein ungeheurer Appetit nach Ruhm und Einfluss zwangsläufig neue Nahrungsquellen suchen.«

Um ein Beispiel für solche Nahrung zu nennen, brauchte man sich nicht auf reines Raten zu beschränken: Es gab in der Stadt gewisse Frauenzimmer, die nur allzu gern bereit waren, über Salimbenis zunehmend teuflisches Verhalten Zeugnis abzulegen.

Ehemals darauf bedacht, Lust zu spenden und zu

empfangen, hatte sich Salimbeni – wie eine Dame dem Maestro berichtete – in letzter Zeit zu einem Mann entwickelt, der es nicht schätzte, wenn man sich zu schnell seinem Willen beugte. Er hielt nun nach jenen Ausschau, die ihm Widerstand leisteten oder regelrecht feindselig gegenüberstanden, um auf diese Weise Gelegenheit zu bekommen, seine Stärke und Dominanz voll und ganz auszukosten. Nichts bereitete ihm mehr Freude als eine Begegnung mit einer Person – in der Regel irgendeiner widerspenstigen, von auswärts zugezogenen –, die noch nicht wusste, dass man ihm gehorchen musste.

Doch selbst den widerspenstigsten Neuzugängen kamen früher oder später gewisse Gerüchte zu Ohren, und schon bald begegneten auch sie Salimbeni – zu seinem großen Verdruss – nur noch mit falscher Freundlichkeit und Unterwürfigkeit, sooft er, angetan mit Kleidung, die er für Verkleidung hielt, seine Ausflüge in die Stadt machte.

Die meisten Besitzer der einschlägigen Etablissements hätten dem gierigen Kunden am liebsten die Tür gewiesen, doch wie sollten einfache Geschäftsleute sich vor derartigen Regelverstößen schützen, wenn es keine Männer gab, die das Gesetz gegenüber dem Tyrannen durchsetzten? Deshalb durfte das Satyrspiel weitergehen und der schurkenhafte Held unbehelligt nach immer lohnenderen Herausforderungen für seine Potenz suchen, während der

Chor von Leuten, die in seinem Kielwasser zurückblieben, nicht viel mehr tun konnte, als die unzähligen Gefahren zu besingen, die sich aus einem solchen Übermaß an Hybris und tragischer Blindheit gegenüber der Vernunft zwangsläufig ergaben.

»Und deswegen, Maestro«, schloss die Dame – die immer gerne ein paar Klatschgeschichten mit jenen Leuten aus ihrer Nachbarschaft austauschte, die bei ihrem Anblick nicht gleich auf die Straße spuckten –, »ist die Besessenheit, die besagter Herr für besagte junge Dame entwickelt hat, keineswegs verwunderlich.« Auf ihren Besen gestützt, winkte sie ihn näher zu sich heran, damit kein neugieriger Zuhörer ihre Erkenntnisse belauschen konnte. »Dieses Mädchen – eine hübsche, knackige Kreatur – ist nicht nur die Nichte seines Erzfeindes, sondern hat auch persönlich allen Grund dieser Welt, ihn zu verachten. Es besteht also keine Gefahr, dass ihr wilder Widerstand eines Tages zu süßer Unterwerfung herabsinken könnte … keine Gefahr, dass sie ihn je freiwillig in ihre Kammer lassen wird. Versteht Ihr, Maestro? Indem er *sie* heiratet, sichert er sich die Quelle, aus der sein liebstes Aphrodisiakum sprudelt – Hass –, noch dazu eine Quelle, die nie versiegen wird.«

Zwischen der Salimbeni-Bestattung und der Salimbeni-Vermählung lagen nur eine Woche und ein Tag.

Obwohl die Friedhofserde unter seinen Fingernägeln noch feucht war, konnte der Witwer es kaum erwarten, seine nächste Frau vor den Traualtar zu schleifen, auf dass sie fortan das kraftstrotzende Blut der Tolomeis in seinen schlaff gewordenen Stammbaum pumpen möge.

Trotz all seiner Ausstrahlung und Großzügigkeit empfanden es die Leute von Siena als höchst abstoßend, wie unverfroren er seinen Egoismus zur Schau stellte. Während der Hochzeitszug durch die Stadt ging, bemerkten etliche Zuschauer, dass er große Ähnlichkeit mit einem militärischen Triumphzug aus der Zeit der alten Römer aufwies. Dort war sie, die Beute aus fremden Ländern – Männer und Tiere, wie man sie bis dato noch nicht gesehen hatte, und eine in Ketten gelegte Königin auf einem Pferd, gekrönt zur allgemeinen Belustigung –, ein Geschenk an den staunenden Pöbel am Straßenrand, präsentiert von einem stolzen General, der von seinem Triumphwagen allen zuwinkte.

Der Anblick des Tyrannen, der sich in seinem Ruhm sonnte, ließ all das argwöhnische Gemurmel, welches Messer Salimbeni seit dem Palio überallhin folgte, wieder in voller Stärke aufleben. Man hatte es hier mit einem Mann zu tun – so sagten einige –, der nicht nur einen einzelnen Mord auf dem Gewissen hatte, sondern mordete, wann immer ihm danach zumute war, und dennoch ungeschoren davonkam, weil niemand die Stimme gegen sein Tun zu erheben wagte. Ein Mann, der ungestraft solche Verbrechen beging – und obendrein auch noch eine widerstrebende Braut zur Heirat zwang –, konnte allen gefährlich werden und schreckte bestimmt vor nichts zurück.

Während Maestro Ambrogio an diesem Novembertag im Nieselregen am Straßenrand stand und die Frau betrachtete, deren Weg von jedem Unglücksstern am Himmel durchkreuzt worden war, ertappte er sich dabei, wie er betete, jemand möge vortreten und Giulietta vor ihrem traurigen Los retten. In den Augen der Menge hatte sie nichts von ihrer Schönheit verloren, doch für den Maler – der sie seit dem Vorabend des verhängnisvollen Palio nicht mehr gesehen hatte – war offensichtlich, dass es sich inzwischen eher um die steinerne Schönheit der Athene handelte als um den lächelnden Zauber Aphrodites.

Wie sehr wünschte er, Romeo würde noch in dieser Sekunde nach Siena zurückkehren und mit einer Horde fremder Soldaten in die Stadt stürmen, um seine Dame zu rauben, ehe es zu spät war. Doch den Leuten zufolge befand sich Romeo weit weg in einem fernen Land, wo Salimbeni ihn nie finden würde, und tröstete sich mit Wein, Weib und Gesang.

Während Maestro Ambrogio so dastand, die Kapuze seines Umhangs als Schutz vor dem Regen über den Kopf gezogen, wusste er auf einmal, wie er das große Fresko im Palazzo Pubblico vollenden musste: mit einer Braut, einem traurigen Mädchen, das bitteren Erinnerungen nachhing, und einem Mann, der auf einem Pferd die Stadt verließ, sich aber im Sattel zurücklehnte, um der Bitte eines Malers zu lauschen. Nur, indem er sich der schweigenden Wand anvertraute – so ging es dem Maestro durch den Kopf –, würde er in der Lage sein, den Schmerz in seinem Herzen zu lindern und diesen verhassten Tag zu überstehen.

Sobald Giulietta ihr Frühstück beendet hatte, wusste sie, dass es ihr letzter Tag im Palazzo Tolomei war. Monna Antonia hatte ihr etwas ins Essen getan, um sie zu beruhigen. Wie hätte ihre Tante auch ahnen sollen, dass Giulietta gar nicht beabsichtigte, sich der Heirat zu widersetzen? Wie sonst sollte sie nahe genug an Salimbeni herankommen, um ihn leiden zu lassen?

Sie nahm alles wie durch einen Nebel wahr: den Hochzeitszug, die starrenden Horden auf der Straße, die feierliche Versammlung in der dunklen Kathedrale. Erst als Salimbeni ihren Schleier anhob, damit der Bischof und die sprachlosen Hochzeitsgäste die Brautkrone sehen konnten, erwachte sie aus ihrer Trance und zuckte erschrocken zurück, weil die Leute vor Überraschung nach Luft rangen und der verhasste Mann ihr plötzlich so nahe war.

Bei der Krone handelte es sich um eine sündhafte Vision aus Gold und funkelnden Edelsteinen, wie man sie in Siena oder anderswo nie zuvor zu Gesicht bekommen hatte. Ein solcher Schatz hätte eher zu einer Königin als zu einem einfachen Mädchen vom Lande gepasst. Allerdings war er letztendlich nicht für sie bestimmt, sondern für ihn.

»Wie gefällt dir mein kleines Geschenk?«, fragte er und studierte dabei ihre Miene. »Es ist mit zwei äthiopischen Saphiren besetzt, die mich an deine Augen erinnerten. Aber dann … wirkten sie so verloren, dass ich ihnen zur Gesellschaft zwei ägyptische Smaragde gab, die mich daran erinnerten, wie dich dieser Kerl – Romeo – immer angesehen hat.« Der schockierte Ausdruck auf ihrem Gesicht veranlasste ihn zu einem Lächeln. »Sage mir, meine Liebe, findest du mich nicht großzügig?«

Giulietta musste sich erst fassen, ehe sie ihm eine Antwort geben konnte. »Ihr, Messere, seid mehr als großzügig.«

Er lachte über diese Erwiderung, die ganz nach seinem Geschmack war. »Es freut mich, das zu hören. Ich glaube, wir beide werden sehr gut miteinander auskommen.«

Doch der Bischof hatte die bösartige Bemerkung gehört und war darüber gar nicht amüsiert – ebenso wenig wie die Priester, die später an der Hochzeitsfeier teilnahmen und beim Betreten des Brautgemachs, das sie mit Weihwasser und Weihrauch segnen wollten, feststellen mussten, dass Romeos Cencio über das Bett gebreitet war. »Messer Salimbeni«, riefen sie entsetzt, »Ihr könnt diesen Cencio nicht über Euer Bett breiten!«

»Warum denn nicht?«, fragte Salimbeni, der ein Weinglas in der Hand und ein paar Musikanten im Schlepptau hatte.

»Weil er einem anderen Mann gehört«, antworteten sie. »Er wurde Romeo Marescotti von der Jungfrau Maria persönlich zugesprochen und war einzig und allein für sein Bett gedacht. Warum wollt ihr den Willen des Himmels herausfordern?«

Giulietta aber wusste ganz genau, warum Salimbeni den Cencio auf das Bett gelegt hatte, denn aus demselben Grund hatte er auch die grünen Smaragde in ihre Brautkrone einarbeiten lassen: um sie daran zu erinnern, dass Romeo tot war und nichts, was sie tat, ihn zurückbringen würde.

Am Ende warf Salimbeni die Priester hinaus, ohne ihren Segen für die Nacht erhalten zu haben, und nachdem er sich genug kriecherisches Geschwätz von den betrunkenen Hochzeitsgästen angehört hatte, warf er sie ebenfalls hinaus, zusammen mit den Musikanten. Auch wenn manche Leute diesen plötzlichen Mangel an Großzügigkeit vonseiten ihres

Gönners befremdlich fanden, so kannten doch alle die Ursache für das abrupte Ende des Festes: Sie saß in einer Ecke und schien schon fast zu schlafen, war aber selbst in ihrem aufgelösten Zustand derart hübsch, dass er sie unmöglich noch lange in Ruhe lassen konnte.

Während Salimbeni damit beschäftigt war, sich von allen zu verabschieden und ihre guten Wünsche entgegenzunehmen, ergriff Giulietta die Gelegenheit, sich von der Banketttafel ein Messer zu nehmen und es unter ihrer Kleidung zu verstecken. Sie hatte diese bestimmte Waffe schon zu Beginn des Abends ins Auge gefasst und immer wieder beobachtet, wie sich das Kerzenlicht darin spiegelte, wenn die Bediensteten es zum Aufschneiden des Fleisches für die Gäste verwendeten. Noch ehe sie es in der Hand hielt, hatte sie sich vorgestellt, wie sie damit ihren verhassten Gemahl aufschlitzen würde. Aus Giannozzas Briefen wusste sie, dass sie irgendwann im Verlauf dieser Nacht, die ja ihre Hochzeitsnacht war, mit Salimbenis Besuch rechnen musste. Er würde unbekleidet sein und ganz andere Dinge im Kopf haben, als sich gegen einen Angriff zur Wehr zu setzen. Genau in dem Moment musste sie zuschlagen.

Sie konnte es kaum erwarten, ihm solch tödlichen Schaden zuzufügen, dass das Bett mit seinem statt mit ihrem Blut getränkt sein würde. Am meisten aber lechzte sie danach, seine Reaktion auf seine eigene Verstümmelung zu genießen, ehe sie die Klinge direkt in sein dämonisches Herz stieß.

Danach waren ihre Pläne weniger genau durchdacht. Da sie seit dem Abend nach dem Palio nicht mehr mit Bruder Lorenzo in Kontakt stand – und in seiner Abwesenheit auch kein anderes mitfühlendes Ohr hatte finden können –, nahm sie an, dass Romeos Leiche aller Wahrscheinlichkeit nach immer noch unbestattet in der Grabkammer der Tolomeis lag. Zwar war durchaus vorstellbar, dass Monna Antonia Tebaldos Grab am nächsten Tag noch einmal besucht hatte, um für ihn zu beten und eine Kerze anzuzünden. Doch wäre ihre Tante dort tatsächlich über Romeos Leiche gestolpert, dann hätte sie, Giulietta – und mit ihr ganz Siena –, bestimmt davon gehört oder gar mit ansehen müssen, wie die trauernde Mutter die Leiche des angeblichen Mörders ihres Sohnes hinter ihrer Kutsche durch die Straßen schleifte.

Als Salimbeni zu Giulietta in das mit Kerzen beleuchtete Brautgemach trat, hatte sie kaum ihre Gebete zu Ende gesprochen und noch keine Zeit gehabt, ein Versteck für das Messer zu suchen. Erschrocken drehte sie sich nach dem Eindringling um. Dass er kaum mehr als eine Tunika trug, schockierte sie am meisten. Hätte er eine Waffe in Händen gehabt, wäre das für sie weniger beängstigend gewesen als der Anblick seiner nackten Arme und Beine.

»Ich glaube, es ist üblich«, erklärte sie mit zitternder Stimme, »dass man seiner Frau ein wenig Zeit lässt, sich vorzubereiten …«

»Oh, ich glaube, du bist durchaus bereit!« Salimbeni schloss die Tür, marschierte schnurstracks auf sie zu und legte ihr lächelnd eine Hand unters Kinn. »Egal, wie lange du mich warten lässt, ich werde niemals der Mann sein, den du dir wünschst.«

Giulietta musste schlucken, so zuwider waren ihr seine Berührung und sein Geruch. »Aber Ihr seid nun mein Gatte …«, begann sie lammfromm.

»Tatsächlich?« Amüsiert legte er den Kopf schief. »Warum begrüßt du mich dann nicht herzlicher, meine Liebe? Warum der kalte Blick?«

»Ich …« – sie brachte die Worte kaum heraus – »ich bin Eure Anwesenheit noch nicht gewöhnt.«

»Du enttäuschst mich«, meinte er mit einem rätselhaften Lächeln. »Nach allem, was die Leute erzählen, dachte ich, du hättest mehr Feuer.« Kopfschüttelnd fügte er hinzu: »Allmählich befürchte ich, du wirst mich irgendwann sogar mögen.« Aus seiner Miene sprach geheuchelte Verzweiflung.

Da sie nicht reagierte, ließ er seine Hand an ihrem Hals nach unten gleiten, um den Ausschnitt ihres Hochzeitskleides zu erkunden und sich Zugang zu ihrem Busen zu verschaffen. Als Giulietta seine gierigen Finger spürte, rang sie nach Luft und vergaß für einen Moment ihren schlauen Plan, ihm das Gefühl zu geben, er habe sie erobert.

»Wie könnt Ihr es wagen, mich anzufassen, Ihr stinkender Ziegenbock!«, zischte sie und versuchte gleichzeitig, seine Hände von ihrem Körper zu reißen. »Gott wird nicht zulassen, dass Ihr mich anrührt!«

Salimbeni lachte, entzückt über ihre plötzliche Gegenwehr, und schlug ihr eine Klaue ins Haar, um sie festzuhalten, während er sie küsste. Erst als es sie vor Abscheu würgte, ließ er von ihrem Mund ab und flüsterte so nahe an ihrem Gesicht, dass sie seinen warmen, sauren Atem spürte: »Ich verrate dir ein Geheimnis. Der gute alte Gott sieht gerne zu.« Mit diesen Worten hob er sie hoch, um sie einen Moment später aufs Bett fallen zu lassen. »Warum sonst sollte er einen so schönen Körper wie den deinen schaffen, wenn nicht zu meinem Vergnügen?«

Sobald er Anstalten machte, den Gürtel seiner Tunika zu lösen, versuchte Giulietta auf allen vieren die Flucht zu ergreifen. Als er sie daraufhin an den Knöcheln zurückzog, kam unter ihren Röcken bedauerlicherweise das Messer zum Vorschein, das sie mit einem Band an ihrem Oberschenkel befestigt hatte. Allein schon sein Anblick reichte aus, um dem Mann, der eigentlich das Opfer dieses Messers werden sollte, einen Lachanfall zu bescheren.

»Eine verborgene Waffe!«, rief er, ehe er es unter dem Band hervorzog und seine makellose Klinge bewunderte. »Du verstehst es schon jetzt, mir Freude zu bereiten!«

»Ihr widerwärtiges Schwein!« Giulietta versuchte es ihm wieder abzunehmen und schnitt sich dabei fast selbst in die Hand. »Es gehört mir!«

»Tatsächlich?« Ihr wutverzerrtes Gesicht erheiterte ihn nur noch mehr. »Dann hol es dir!« Einen schnellen Wurf später steckte das Messer zitternd in einem Holzbalken, weit außerhalb ihrer Reichweite. Als Giulietta vor Enttäuschung nach ihm trat, warf er sie einfach wieder auf den Rücken und drückte sie mit seinem Gewicht in den Cencio hinein. Sie versuchte zwar, ihn zu kratzen und ihm ins Gesicht zu spucken, doch es war ihm ein Leichtes, ihr auszuweichen. »Nun denn«, fragte er sie mit geheuchelter Zärtlichkeit, »welch andere Überraschungen hältst du denn heute Nacht für mich bereit, meine Liebste?«

»Einen Fluch!«, stieß sie höhnisch aus, während sie sich verzweifelt abmühte, ihre Arme freizubekommen. »Einen Fluch auf alles, was Euch lieb und teuer ist! Ihr habt meine Eltern getötet, und Romeo! Ihr werdet in der Hölle schmoren, und ich werde auf Euer Grab spucken!«

Ohne ihre Waffe völlig hilflos, blickte Giulietta in das triumphierende Gesicht des Mannes, der zu diesem Zeitpunkt längst verstümmelt, wenn nicht gar tot in einer Lache seines Blutes liegen sollte. Eigentlich hätte Giulietta in dieser aussichtslosen Situation verzweifeln müssen, und für ein paar schreckliche Augenblicke tat sie das auch.

Dann aber geschah etwas Eigenartiges. Zunächst war es kaum mehr als eine plötzliche Wärme, die sich von dem Bett, auf dem sie lag, durch ihren ganzen Körper ausbreitete. Es war eine seltsame, prickelnde Hitze, als läge sie über einem schwachen Feuer auf einem Rost. Als sich das Gefühl verstärkte, brach sie in lautes Lachen aus, denn sie begriff plötzlich, dass sie einen Moment religiöser Ekstase erlebte und die Jungfrau Maria durch den Cencio, auf dem sie lag, ein göttliches Wunder wirkte.

Für Salimbeni war Giuliettas irres Lachen weitaus beunruhigender als jede Beleidigung oder Waffe, die sie ihm hätte entgegenschleudern können. Er schlug ihr ins Gesicht: einmal, zweimal, schließlich sogar ein drittes Mal, erreichte damit aber nur, dass sich ihre verrückte Heiterkeit noch verstärkte. In seinem verzweifelten Bemühen, sie zum Schweigen zu bringen, begann er an der Seide zu zerren, die ihre Brüste bedeckte, war vor lauter Aufregung aber nicht in der Lage, die Rätsel ihrer Kleidung zu lösen. Während er die Tolomei-Schneider wegen der Qualität ihrer Arbeit und der Stärke ihres Fadens verfluchte, wandte er sich ihren Röcken zu und wühlte sich auf der Suche nach einem weniger gut geschützten Zugang durch die vielen Stofflagen.

Giulietta wehrte sich nicht einmal, sondern lag nur lachend da, während Salimbeni sich lächerlich machte. Sie wusste nämlich mit einer Gewissheit, die nur vom Himmel selbst stammen konnte, dass er ihr in dieser Nacht nichts anhaben konnte. Wie entschlossen er auch sein mochte, sie auf ihren Platz zu verweisen, die Jungfrau Maria stand ihr mit gezücktem Schwert zur Seite, um sein Eindringen zu verhindern und den heiligen Cencio vor einem Akt barbarischer Entweihung zu bewahren.

Immer noch lachend, warf sie ihrem Angreifer einen triumphierenden Blick zu. »Habt Ihr mich nicht gehört?«, fragte sie einfach. »Ihr seid verflucht. Spürt Ihr es nicht?«

Die Leute von Siena wussten sehr wohl, dass Klatsch entweder eine Plage oder ein Racheengel sein kann, je nachdem, ob es sich bei dem Opfer um einen selbst handelt oder nicht. Klatsch ist raffiniert, hartnäckig und tödlich. Ist man erst einmal gebrandmarkt, macht er vor nichts halt, um einen zu Fall zu bringen. Wenn es ihm in seiner ursprünglichen Form nicht gelingt, einen in die Enge zu treiben, dann verändert er sich eben ein wenig und springt einen anschließend von oben oder unten an. Egal, wie weit man rennt oder wie lange man sich reglos auf den Boden kauert: Er findet einen.

Maestro Ambrogio hörte das Gerücht zuerst beim Metzger. Wenig später flüsterte man es ihm beim Bäcker zu. Als er schließlich mit all seinen Einkäufen nach Hause zurückkehrte, wusste er genug, um das Bedürfnis zu verspüren, etwas zu tun.

Nachdem er seinen Korb voller Lebensmittel zur Seite gestellt hatte – an Abendessen war nun nicht mehr zu denken –, eilte er schnurstracks ins Hinterzimmer seines Ateliers, holte das Porträt von Giulietta Tolomei hervor und stellte es zurück auf die Staffelei. Er hatte es nie ganz vollendet. Nun wusste er endlich, was sie in ihren fromm gefalteten Händen halten musste: keinen Rosenkranz und auch kein Kruzifix, sondern eine fünfblättrige Rose, die *rosa mistica*. Als ein uraltes Symbol für die Jungfrau Maria stand diese Blume nicht nur für das Mysterium ihrer Jungfräulichkeit, sondern auch für ihre unbefleckte Empfängnis, weshalb es für Maestro Ambrogio kein passenderes Emblem für den himmlischen Schutz der Unschuld gab.

Die Schwierigkeit für den Maler bestand – grundsätzlich – darin, diese faszinierende Blume auf eine Art darzustellen, die den Betrachter auf religiöse Grundsätze hinwies, statt ihn durch die ansprechende Symmetrie ihrer Blütenblätter abzulenken. Beherzt stellte sich der Maestro dieser Herausforderung: Während er seine Farben mischte, um die perfekten Rotschattierungen zu erzielen, gab er sich die allergrößte Mühe, an nichts anderes als Botanik zu denken.

Was ihm jedoch nicht gelang. Die Gerüchte, die in der Stadt kursierten, waren derart wunderbar – derart erfreulich –, dass er einfach nicht umhin konnte, sie noch ein wenig auszukosten. Die Leute behaupteten nämlich, noch am Abend von Salimbenis Vermählung mit Giulietta Tolomei habe die Rachegöttin Nemesis dem Brautgemach zum genau richtigen Zeitpunkt einen Besuch abgestattet und gnädigerweise einen Akt unsäglicher Grausamkeit verhindert.

Manche nannten es Zauberei, andere sprachen von menschlicher Natur oder schlicht von Logik. Was auch immer die Ursache gewesen sein mochte, über die Wirkung waren sich alle einig: Der Bräutigam war nicht in der Lage gewesen, die Ehe zu vollziehen.

Wie man Maestro Ambrogio zu verstehen gegeben hatte, existierte für diese bemerkenswerte Tatsache eine Fülle von Beweisen. Einer davon hatte mit Salimbenis Reaktion zu tun. Angeblich verhielt sich die Sache folgendermaßen: Ein reifer Mann heiratet ein hübsches junges Mädchen und verbringt seine Hochzeitsnacht in ihrem Bett. Nach drei Tagen verlässt er das Haus und besucht eine Dame der Nacht, ist jedoch nicht in der Lage, von ihren Diensten zu profitieren. Als ihm besagte Dame freundlicherweise ein Sortiment von Mittelchen und Pülverchen anbietet, schreit er wütend, die habe er alle schon ausprobiert, sie seien nichts als Humbug. Was konnte man daraus anderes folgern, als dass er in seiner Hochzeitsnacht nicht seinen Mann gestanden hatte und selbst durch die Hilfe eines einschlägigen Spezialisten keine Besserung eingetreten war?

Ein weiterer Beweis für diese Lage der Dinge kam aus einer vertrauenswürdigeren Ecke, nämlich direkt aus Salimbenis eigenem Haushalt. Schon seit Menschengedenken war es in jener Familie Tradition, nach einer Hochzeitsnacht zu überprüfen, ob die Braut tatsächlich noch Jungfrau gewesen war. Wenn man auf dem Laken kein Blut vorfand, wurde das Mädchen mit Schimpf und Schande zu ihren Eltern zurückgeschickt, und die Salimbenis fügten ihrer langen Feindesliste einen weiteren Namen hinzu.

Am Morgen nach Salimbenis eigener Hochzeit aber gab es kein Laken zu bewundern, und auch Romeos Cencio wurde nicht triumphierend herumgeschwenkt. Der Einzige, der über das Schicksal des Cencio Bescheid wusste, war der Bedienstete, der den Auftrag bekam, ihn noch am selben Nachmittag in einer Kiste an Messer Tolomei zurückzustellen und sich im Namen seines Herrn dafür zu entschuldigen, dass er versehentlich vom Leichnam Tebaldos entfernt worden war. Als schließlich mehrere Tage nach der Hochzeit ein Stück blutbeflecktes Leinen an das Zimmermädchen übergeben wurde, reichte die betreffende Bedienstete das Beweisstück sofort an die Haushälterin weiter, welche es unverzüglich der ältesten Großmutter im Haus aushändigte … woraufhin diese alte Großmutter es sofort als Fälschung entlarvte.

Die Reinheit einer Braut war eine Angelegenheit von großer Ehre – und machte folglich große Täuschungsmanöver erforderlich –, so dass in der ganzen Stadt Großmutter gegen Großmutter ins Rennen geschickt wurde, damit sie die überzeugendsten Mischungen entwickelten und enttarnten, die man in Ermangelung des echten Gemisches rasch auf ein Hochzeitslaken tupfen konnte. Blut allein reichte nicht aus, es musste mit anderen Substanzen vermengt werden, und jede Großmutter jeder Familie hatte ihr eigenes Geheimrezept sowie ihre eigenen Methoden, Echtes von Unechtem zu unterscheiden. Wie die Alchemisten früherer Zeiten bedienten sich auch diese Frauen nicht normaler irdischer, sondern magischer Begriffe. Für sie bestand die ewige Herausforderung darin, die perfekte Kombination aus Lust und Schmerz zu fälschen, aus Männlichem und Weiblichem.

Eine solche Frau, die mit allen Wassern gewaschen und fast schon so etwas wie eine Hexe war, ließ sich durch Salimbenis Laken nicht narren, sondern erkannte es auf den ersten Blick als das Werk eines Mannes, der sich nie die Mühe gemacht hatte, seine Braut oder sein Bett nach dem ersten Scharmützel ein wenig genauer in Augenschein zu nehmen. Trotzdem besaß niemand den Mut, dieses Thema vor dem Herren selbst zur Sprache zu bringen, denn zu diesem Zeitpunkt war bereits weithin bekannt, dass das Problem nicht bei seiner Dame lag, sondern bei ihm.

Das Porträt von Giulietta Tolomei fertigzustellen reichte nicht aus. Angetrieben von rastloser Energie, begab sich Maestro Ambrogio eine Woche nach der Hochzeit in den Palazzo Salimbeni, um dessen Bewohner darüber zu informieren, dass ihre Fresken der Inspektion und unter Umständen auch der Ausbesserung bedurften. Niemand wagte dem berühmten Maestro zu widersprechen oder hielt es für nötig, Salimbeni in dieser Angelegenheit zu Rate zu ziehen, so dass es Maestro Ambrogio von diesem Zeitpunkt an viele Tage lang freistand, zu kommen und zu gehen, wann immer es ihm beliebte.

Sein Beweggrund war zweifellos, einen Blick auf Giulietta zu erhaschen und ihr nach Möglichkeit seine Hilfe anzubieten. Obwohl ihm selbst nicht so recht klar war, wie diese Hilfe eigentlich aussehen sollte, spürte er, dass er erst wieder Ruhe finden würde, wenn sie wusste, dass sie noch Freunde auf dieser Welt hatte. Doch egal, wie lange er unter dem Vorwand, Mängel an seiner eigenen Arbeit zu entdecken, auf den Leitern herumkletterte, die junge Frau kam nie nach unten. Auch erwähnte nie jemand ihren Namen. Es war fast, als gäbe es sie gar nicht mehr.

Eines Abends aber, als Maestro Ambrogio sich gerade ganz oben auf einer hohen Leiter zur Decke hinaufstreckte, um dort zum dritten Mal dasselbe Wappen zu inspizieren, und sich allmählich fragte, ob es nicht an der Zeit war, seine Strategie zu überdenken, wurde er zufällig Zeuge einer Unterhaltung zwischen Salimbeni und seinem Sohn Nino, die im Nachbarzimmer stattfand. In der Annahme, dort allein zu sein, hatten sich die beiden Männer in diesen abgelegenen Teil des Hauses zurückgezogen, um über ein Thema sprechen, das offenbar einer gewissen Diskretion bedurfte. Wie hätten sie auch ahnen sollen, dass Maestro Ambrogio, der sich auf seiner Leiter ganz still verhielt, durch einen Spalt zwischen einer Seitentür und deren Rahmen jedes Wort hören konnte?

»Ich möchte«, wandte sich Salimbeni an seinen Sohn, »dass du Monna Giulietta nach Rocca di Tentennano begleitest und dort richtig ... unterbringst.«

»So bald schon?«, rief der junge Mann überrascht aus. »Meinst du nicht, dass das Anlass zu Gerede geben wird?«

»Die Leute reden bereits«, bemerkte Salimbeni, der es offensichtlich gewohnt war, derart offene Gespräche mit seinem Sohn zu führen, »aber ich möchte nicht, dass die Gemüter gänzlich überkochen. Du weißt schon, wegen Tebaldo … Romeo … all dem. Er wäre gut, wenn du die Stadt verlassen würdest, bis ein wenig Gras über die Sache gewachsen ist. In letzter Zeit ist einfach zu viel passiert. Der Pöbel regt sich. Das bereitet mir Sorgen.«

Nino stieß ein Geräusch aus, das fast nach einem Lachen klang. »Vielleicht solltest lieber du gehen. Ein bisschen frische Landluft …«

»Still!« Salimbenis kameradschaftlicher Umgang mit seinem Sohn hatte seine Grenzen. »Du gehst und nimmst sie mit. Das ungezogene Frauenzimmer muss fort! Sie hier im Haus zu haben, verursacht mir Übelkeit. Und wenn ihr erst einmal dort seid, möchte ich, dass du bleibst …«

»Ich soll dort *bleiben*?« Nino konnte sich nichts Schlimmeres vorstellen als einen Aufenthalt auf dem Land. »Wie lange denn?«

»Bis sie schwanger ist.«

Verständlicherweise herrschte für einen Moment Totenstille. Maestro Ambrogio musste sich mit beiden Händen an die Leiter klammern, um vor lauter Schreck über diese schockierende Forderung nicht das Gleichgewicht zu verlieren.

»O nein …« Nino wich vor seinem Vater zurück.

Offenbar fand er dessen Anliegen höchst lächerlich. »Nicht ich. Das soll ein anderer machen. Egal, wer.«

Salimbeni, dem die Zornesröte ins Gesicht stieg, trat auf seinen Sohn zu und packte ihn am Kragen. »Ich brauche dir wohl nicht zu sagen, worum es geht. Unsere Ehre steht auf dem Spiel. Ich würde die Kleine liebend gerne beseitigen, aber sie ist eine Tolomei. Also werde ich das Zweitbeste tun und sie aufs Land verfrachten, wo niemand sie sieht. Dort kann sie sich dann mit ihrer Kinderschar beschäftigen, und ich habe sie aus dem Weg.« Er ließ seinen Sohn wieder los. »Die Leute werden sagen, dass ich noch gnädig mit ihr umgesprungen bin.«

»Kinderschar?« Nino gefiel der Plan immer weniger. »Wie viele Jahre soll ich denn mit meiner Mutter schlafen?«

»Sie ist sechzehn«, gab Salimbeni zurück, »und du tust, was ich dir sage! Noch ehe der Winter vorüber ist, soll jeder in Siena wissen, dass sie ein Kind von mir bekommt. Vorzugsweise einen Jungen.«

»Ich werde versuchen, den Anforderungen gerecht zu werden«, antwortete Nino sarkastisch.

Als Salimbeni den frechen Ton seines Sohnes hörte, hob er warnend einen Finger. »Gnade dir Gott, wenn du sie auch nur eine Sekunde aus den Augen lässt. Keiner außer dir darf sie anrühren. Ich möchte den Leuten keinen Bastard präsentieren müssen.«

Nino seufzte. »Ganz, wie Ihr wollt. Ich werde Paris spielen und Eure Frau übernehmen, alter Herr. Ach nein, genau genommen ist sie ja gar nicht Eure Frau, oder?«

Die Ohrfeige kam für Nino nicht überraschend, er hatte sie geradezu herausgefordert. »Schon gut«, sagte er, während er erneut vor seinem Vater zurückwich, »schlagt mich ruhig jedes Mal, wenn ich die Wahrheit sage, und entlohnt mich, wann immer ich unrecht tue. Sagt mir, wem oder was ich den Garaus machen soll – einem Rivalen, einem Freund, oder einer Jungfernschaft –, und ich tue es. Verlangt nur nicht von mir, dass ich Euch hinterher noch achte.«

Während Maestro Ambrogio an diesem Abend zu seiner Werkstatt zurückmarschierte, ging ihm das Gespräch, das er belauscht hatte, ständig im Kopf herum. Wie konnte solche Perversion auf der Welt ihr Unwesen treiben, geschweige denn in seiner eigenen Stadt? Und warum unternahm kein Mensch den Versuch, dem ein Ende zu setzen? Plötzlich fühlte er sich alt und unnütz. Fast wünschte er, er wäre gar nicht erst in den Palazzo Salimbeni gegangen, denn dann hätte er wenigstens nichts von diesen teuflischen Plänen gewusst.

Als er schließlich sein Atelier erreichte, fand er die blaue Tür unverschlossen vor. Einen Moment lang fragte er sich, ob er vielleicht vergessen hatte, sie abzusperren, doch da er Dante nicht bellen hörte, befürchtete er einen Einbruch. »Hallo?« Voller Angst schob er die Tür auf und trat ein. Die brennenden Lampen irritierten ihn. »Wer ist da?«

Kaum hatte er die Worte ausgesprochen, zerrte ihn auch schon jemand von der Tür weg und zog sie fest hinter ihm zu. Als er sich jedoch nach seinem Gegner umdrehte, stellte er fest, dass es kein böswilliger Fremder, sondern Romeo Marescotti war. Neben ihm stand Bruder Lorenzo, der Dante auf dem Arm hatte und dem Hund das Maul zuhielt.

»Dem Himmel sei Dank!«, rief Maestro Ambrogio. Bei näherem Hinsehen stellte er fest, dass die jungen Männer inzwischen beide einen Vollbart trugen. »Endlich zurück aus fernen Landen?«

»So fern nun auch wieder nicht«, antwortete Romeo, während er leicht hinkend zum Tisch hinüberging, um sich zu setzen. »Wir haben uns nicht weit von hier in einem Kloster versteckt.«

»Ihr beide?«, fragte der Maler verblüfft.

»Lorenzo«, antwortete Romeo und verzog das Gesicht, als er sein Bein ausstreckte, »hat mir das Leben gerettet. Sie haben mich einfach liegen lassen, weil sie mich für tot hielten – die Salimbenis, auf dem Friedhof –, aber er hat mich gefunden und ins Leben zurückgeholt. Die letzten Monate … ohne ihn hätte ich es nicht geschafft.«

»Gott«, erklärte Bruder Lorenzo, während er endlich den Hund auf dem Boden absetzte, »wollte, dass du am Leben bleibst. Und er wollte, dass ich dir helfe.«

»Gott«, meinte Romeo, in dessen Augen plötzlich wieder etwas von seinem alten Schalk aufblitzte, »will eine ganze Menge von uns, nicht wahr?«

»Ihr hättet Euch für Eure Rückkehr keinen besseren Zeitpunkt aussuchen können«, bemerkte Maestro Ambrogio, während er nach Wein und Bechern Ausschau hielt, »denn ich habe soeben erfahren …«

»Wir haben es auch schon gehört«, fiel ihm Romeo ins Wort, »aber es ist mir egal. Ich lasse sie trotzdem nicht bei ihm. Lorenzo wollte, dass ich warte, bis ich ganz der Alte bin, aber ich weiß nicht, ob das je der Fall sein wird. Wir haben Männer und Pferde. Giuliettas Schwester, Monna Giannozza, wünscht sich ebenso sehr wie wir, dass sie aus Salimbenis Fängen befreit wird.« Vom Sprechen leicht atemlos, lehnte der junge Mann sich zurück. »Als Freskenmaler kennt Ihr Euch doch in sämtlichen Häusern aus. Ihr müsst mir einen Plan vom Palazzo Salimbeni zeichnen …«

»Entschuldigt«, unterbrach ihn Maestro Ambrogio, der verwirrt den Kopf schüttelte, »aber was genau habt Ihr gehört?«

Romeo und Bruder Lorenzo sahen sich an.

»Meines Wissens«, antwortete der Mönch in defensivem Ton, »wurde Giulietta vor einigen Wochen mit Salimbeni verheiratet. Stimmt das denn nicht?«

»Und sonst«, fragte der Maler, »habt ihr nichts gehört?«

Erneut sahen die jungen Männer sich an.

»Was meint Ihr, Maestro?« Romeo, der Schlimmes befürchtete, runzelte die Stirn. »Wollt Ihr damit sagen, dass sie schon von ihm schwanger ist?«

»Himmel, nein«, lachte der Maler, vor Freude fast ein wenig berauscht, »ganz im Gegenteil!«

Romeo betrachtete ihn mit zusammengekniffenen Augen. »Mir ist bewusst, dass sie nun schon seit mehr als drei Wochen bei ihm lebt …« – das Schlucken schien ihm Schwierigkeiten zu bereiten, als würde ihm von seinen eigenen Worten übel –, »aber ich hoffe, sie hat noch keinen allzu großen Gefallen an seinen Umarmungen gefunden.«

»Meine lieben Freunde«, antwortete Maestro Ambrogio, der endlich eine Flasche entdeckt hatte, »macht Euch bereit für eine höchst ungewöhnliche Geschichte.«

V. IV

Zum Lohn die Sünd? O Vorwurf, süß erfunden!
Gebt sie zurück!

Erst im Morgengrauen schliefen Janice und ich in meinem Hotelzimmer ein. Vor lauter Familiengeschichte schwirrte uns schon der Kopf, und wir brachen beide auf einem Bett aus Dokumenten zusammen. Die ganze Nacht waren wir zwischen der Gegenwart und 1340 hin und her gesprungen, und als uns schließlich die Augen zufielen, wusste Janice beinahe genauso gut wie ich über die Tolomeis, die Salimbenis, die Marescottis und ihre Shakespeare'schen Alter Egos Bescheid. Ich hatte ihr jeden Fetzen Papier in der Truhe unserer Mutter gezeigt, einschließlich der schäbigen Ausgabe von *Romeo und Julia* und des Notizbuchs voller Zeichnungen. Erstaunlicherweise erhob sie keine Einwände dagegen, dass ich das silberne Kruzifix an mich genommen hatte und seitdem um den Hals trug, sondern war mehr daran interessiert, unseren Stammbaum zu studieren und ihren eigenen Namen bis zu Giuliettas Schwester Giannozza zurückzuverfolgen, von der wir beide abstammten.

»Sieh mal«, hatte sie festgestellt, während sie das lange Dokument durchging, »da sind ja überall Giuliettas und Giannozzas!«

»Ursprünglich waren es Zwillinge«, hatte ich ihr erklärt und sie auf eine entsprechende Passage in einem von Giuliettas letzten Briefen an ihre Schwester hingewiesen. »Siehst du? Hier schreibt sie: *Du hast oft gesagt, Du seist vier Minuten jünger, aber vier Jahrhunderte älter als ich. Jetzt verstehe ich, was Du meinst.*«

»Das ist ja richtig unheimlich!« Janice hatte ihre Nase erneut in das Dokument gesteckt. »Womöglich sind das lauter Zwillinge! Wer weiß, vielleicht zieht sich dieses Gen durch unsere ganze Familiengeschichte!«

Doch abgesehen von der Tatsache, dass unsere mittelalterlichen Namensvetterinnen ebenfalls Zwillinge gewesen waren, konnten wir nicht viele andere Ähnlichkeiten zwischen ihrem und unserem Leben feststellen. Sie hatten in einem Zeitalter gelebt, als Frauen die stillen Opfer männlicher Fehler wurden. Uns dagegen stand es frei, unsere eigenen Fehler zu machen und das so laut hinauszuposaunen, wie wir wollten.

Erst als wir – gemeinsam – Maestro Ambrogios Tagebuch weitergelesen hatten, waren die beiden so unterschiedlichen Welten schließlich in einer Sprache verschmolzen, die man damals wie jetzt verstand, nämlich der des Geldes. Salimbeni schenkte Giulietta eine Brautkrone mit vier überdimensionalen Edelsteinen – zwei Saphiren und zwei Smaragden –, bei denen es sich vermutlich um die Steine handelte, die später die Statue an ihrem Grab zierten. Allerdings waren wir eingeschlafen, ehe wir diese Stelle erreichten.

Nach einer sehr dürftigen Dosis Schlaf weckte mich das Telefon.

»Miss Tolomei«, zwitscherte Direttor Rossini, der sich in seiner Rolle als Frühaufsteher gefiel, »sind Sie schon wach?«

»Jetzt schon.« Ich verzog das Gesicht und warf einen Blick auf meine Armbanduhr. Gerade mal neun. »Was ist los?«

»Capitano Santini ist hier. Was soll ich ihm sagen?«

»Ähm …« Ich betrachtete das Chaos um mich herum. Neben mir schnarchte Janice fröhlich vor sich hin. »Ich bin in fünf Minuten unten.«

Nach einer Blitzdusche lief ich mit noch tropfnassem Haar die Treppe hinunter, so schnell ich konnte. Alessandro saß vor dem Haus auf einer Bank und spielte gedankenverloren mit einer Magnolienblüte. Sein Anblick erfüllte mich mit einem warmen Gefühl von Vorfreude, doch sobald sich unsere Blicke begegneten, musste ich wieder an die Fotos denken, die ihn beim Einbruch in mein Hotelzimmer zeigten, so dass sich das angenehme Prickeln sofort in stechenden Zweifel verwandelte.

»Das Wichtigste zuerst«, sagte ich, nicht ganz der Wahrheit entsprechend. »Was gibt es Neues von Bruno?«

»Das wollte ich dir gestern schon erzählen«, antwortete er und betrachtete mich dabei nachdenklich, »aber du warst nicht da.«

»Tatsächlich?« Ich bemühte mich nach Kräften, überrascht zu klingen. Vor lauter Aufregung wegen meines Rendezvous mit Motorrad-Romeo auf dem Mangia-Turm hatte ich die Verabredung mit Alessandro völlig vergessen. »Das ist aber seltsam. Tja, wie auch immer ... Was hat Bruno denn gesagt?«

»Nicht viel.« Alessandro warf die Blüte beiseite und stand auf. »Er ist tot.«

Ich schnappte nach Luft. »So plötzlich? Wie ist das passiert?«

Während wir gemeinsam durch die Stadt spazierten, erklärte mir Alessandro, dass man Bruno Carrera – den Mann, der in das Museum meines Cousins Peppo eingebrochen war – am Morgen nach seiner Verhaftung tot in seiner Zelle aufgefunden hatte. Es ließ sich schwer sagen, ob es sich um Selbstmord handelte oder jemand im Gefängnis dafür bezahlt worden war, ihn zum Schweigen zu bringen. Wie Alessandro mir erklärte, erforderte es durchaus eine gewisse Kunstfertigkeit – wenn nicht geradezu Zauberkräfte –, sich an ausgefransten alten Schnürsenkeln zu erhängen, ohne dass diese durch den Fall rissen.

»Demnach wurde er also ermordet!« Trotz seines zweifelhaften Charakters und der Tatsache, dass er mich mit einer Waffe in der Hand verfolgt hatte, tat mir der Kerl irgendwie leid. »Da wollte wohl jemand verhindern, dass er auspackt.«

Alessandros Blick nach zu urteilen hegte er den Verdacht, dass ich mehr wusste, als ich zugab. »Sieht ganz danach aus.«

Fontebranda war ein alter – dank der modernen Wasserleitungen nicht mehr benötigter – öffentlicher Brunnen, der auf einer großen, freien Fläche am unteren Ende eines abschüssigen Straßenlabyrinths lag. Es handelte sich um ein alleinstehendes, an eine Loggia erinnerndes Gebäude aus alten, rötlichen Ziegeln, zu dem eine breite, von Unkraut überwucherte Treppe hinabführte.

Ich ließ mich neben Alessandro auf dem Rand nieder und blickte mich um. Das Wasser in dem großen Steinbecken schimmerte türkisgrün, und über die Wände und das Gewölbe oberhalb des Brunnens tanzte ein Kaleidoskop aus reflektiertem Licht.

»Weißt du«, bemerkte ich, »dein Vorfahr war wirklich ein Scheißkerl!« Es fiel mir schwer, gleichzeitig all diese Schönheit zu würdigen.

Er lachte überrascht, klang dabei aber nicht besonders glücklich. »Ich hoffe, du beurteilst mich nicht nach meinen Vorfahren – und dich selbst nicht nach den deinen.«

Wie wäre es, dachte ich, während ich mich hinunterbeugte, um meine Finger durchs Wasser gleiten zu lassen, *wenn ich dich nach einem Foto auf dem Handy meiner Schwester beurteilen würde?* Stattdessen sagte ich: »Der Dolch ... den kannst du behalten. Ich glaube nicht, dass Romeo ihn jemals zurückwollen würde.« Ich blickte zu ihm hoch. In dem Moment verspürte ich das starke Bedürfnis, jemanden für die Verbrechen von Messer Salimbeni verantwortlich zu machen. »Peppo hatte recht, er ist vom Teufel gezeichnet. Aber das gilt auch für manche Menschen.«

Einen Moment lang saßen wir schweigend da. Angesichts meiner sorgenvollen Miene musste Alessandro lächeln. »Nun komm schon«, meinte er, »freu wenigstens du dich deines Lebens! Sieh dich um! Die Sonne scheint. Um diese Zeit ist es hier am schönsten – wenn das Licht durch die Bögen fällt und auf das Wasser trifft. Im Lauf des Tages wird Fontebranda dunkel und kalt wie eine Grotte. Du würdest den Brunnen nicht wiedererkennen.«

»Wie seltsam«, murmelte ich, »dass sich etwas binnen weniger Stunden so sehr verändern kann.«

Falls er erriet, dass ich damit auf ihn anspielte,

ließ er es sich nicht anmerken. »Alles hat auch eine Schattenseite. Meiner Meinung nach ist es genau das, was das Leben interessant macht.«

Trotz meiner düsteren Grundstimmung konnte ich nicht anders, als seine Logik zu belächeln. »Sollte ich jetzt Angst haben?«

»Nun ja …« – er zog seine Jacke aus und lehnte sich mit einem herausfordernden Blick an die Wand des Gewölbes –, »den alten Leuten zufolge wohnen diesem Brunnen besondere Kräfte inne.«

»Schieß los! Sobald ich mich genug fürchte, lasse ich es dich wissen.«

»Zieh deine Schuhe aus.«

Gegen meine Willen musste ich lachen. »Ich gebe mich geschlagen. Jetzt habe ich tatsächlich Angst.«

»Komm schon, es wird dir gefallen.« Ich sah ihm dabei zu, wie er seine eigenen Schuhe und Socken auszog, die Hosenbeine hochkrempelte und dann die Füße ins Wasser hängen ließ.

»Musst du heute nicht arbeiten?«, fragte ich ihn mit einem Blick auf seine baumelnden Beine.

Alessandro zuckte mit den Achseln. »Die Bank ist über fünfhundert Jahre alt. Ich glaube, sie kommt auch mal eine Stunde ohne mich aus.«

»Also«, sagte ich und verschränkte die Arme vor der Brust, »erzählst du mir nun alles über diese besonderen Kräfte?«

Er überlegte einen Moment, ehe er antwortete:

»Ich glaube, auf dieser Welt gibt es zwei Arten von Wahnsinn. Schöpferischen Wahnsinn und zerstörerischen Wahnsinn. Angeblich macht einen das Wasser aus dem Fontebranda-Brunnen verrückt, *pazzo*, aber auf eine gute Art. Es ist schwer zu erklären. Seit fast tausend Jahren trinken Männer und Frauen dieses Wasser und werden dadurch von *pazzia* erfüllt. Einige sind Dichter geworden, andere Heilige. Die Berühmteste von allen ist natürlich Santa Caterina, die gleich hier um die Ecke aufwuchs, in der *Contrada dell'oca*, der Contrade der Gans.«

Ich spürte, wie die Stimmung des Ortes von mir Besitz ergriff, mich verzauberte. Aber ich wollte mich nicht durch Märchen ablenken lassen und schüttelte an dieser Stelle heftig den Kopf. »Dieses ganze Heiligenthema … Frauen, die sich zu Tode hungern oder auf dem Scheiterhaufen verbrannt werden … Wie kann man das als schöpferisch bezeichnen? Das ist doch schlichter Irrsinn.«

»Steine auf römische Polizisten zu werfen«, konterte er, immer noch lächelnd, »würden die meisten Leute wohl ebenfalls als Irrsinn bezeichnen.« Er lachte über meinen Gesichtsausdruck. »Vor allem bei einer Person, die nicht einmal bereit ist, ihre Füße in diesen schönen Brunnen zu tauchen.«

»Ich sage ja nur«, entgegnete ich, während ich meine Schuhe auszog, »dass es eine Frage der Perspektive ist. Was dir höchst schöpferisch erscheint, wirkt auf

557

mich vielleicht destruktiv.« Vorsichtig streckte ich die Füße ins Wasser. »Ich glaube, entscheidend ist letztendlich, woran man glaubt. Oder … auf wessen Seite man steht.«

Ich konnte sein Lächeln nicht deuten. »Willst du damit sagen«, fragte er, den Blick auf meine wasserglänzenden Zehen gerichtet, »dass ich meine Theorie noch mal überdenken muss?«

»Ich finde, man sollte seine Theorien sowieso ständig neu überdenken. Wenn man das nicht tut, sind es irgendwann keine Theorien mehr. Dann verwandeln sie sich in etwas anderes …« – ich fuchtelte mit den Händen bedrohlich in der Luft herum – »beispielsweise in Drachen, die unter deinem Turm lauern und niemanden mehr hinein oder heraus lassen.«

Er musterte mich prüfend, als fragte er sich, ob ich wohl den ganzen Vormittag so zickig sein würde. »Hast du gewusst, dass der Drache ein Symbol für Jungfräulichkeit und Schutz ist?«

Ich wandte den Blick ab. »Was für eine Ironie. In China steht er für den Bräutigam, also den personifizierten Feind der Jungfräulichkeit.«

Eine Weile sagte keiner von uns ein Wort, während das leicht gekräuselte Wasser des Fontebranda-Brunnens mit der ruhigen Geduld unsterblicher Inspiration seine leuchtenden Strahlen an die Decke des Gewölbes warf. Für einen Moment hatte ich fast das

Gefühl, dass auch in mir ein poetischer Geist steckte. Ehe der Gedanke in meinem Kopf Wurzeln schlagen konnte, schüttelte ich ihn wieder ab. »Glaubst du daran?«, wandte ich mich an Alessandro. »Dass Fontebranda die Menschen *pazzo* macht?«

Er blickte auf das Wasser hinunter. Unsere Füße sahen aus wie in flüssige Jade getaucht. Dann lächelte er träge, als spürte er irgendwie, dass er im Grunde gar nichts zu sagen brauchte, weil ich die Antwort direkt vor der Nase hatte, reflektiert in seinen Augen: die glitzernde grüne Verheißung von Verzückung.

Ich räusperte mich. »Ich glaube nicht an Wunder.«

Sein Blick glitt zu meinem Hals hinunter. »Warum trägst du dann das da?«

Ich fasste an das Kruzifix. »Es ist von meiner Mutter. Normalerweise trage ich so was nicht. Im Gegensatz zu dir.« Ich nickte zu seinem offenen Hemd hinüber.

»Du meinst das hier …?« Er fischte das Ding heraus, das er an einem Lederband um den Hals hängen hatte. »Das ist kein Kruzifix. Ich brauche kein Kruzifix, um an Wunder zu glauben.«

Verblüfft starrte ich den Anhänger an. »Du trägst eine *Patronenkugel*?«

Er lächelte trocken. »Sie liegt mir eben am Herzen, wie man so schön sagt. Im Bericht stand *Be-*

schuss durch die eigene Seite. Sehr tröstlich. Sie ist zwei Zentimeter neben meinem Herzen steckengeblieben.«

»Harter Brustkorb.«

»Harter Partner. Solche Kugeln sind dafür gemacht, viele Menschen zu durchschlagen. Diese hier hat vorher schon jemand anderen durchquert.« Er ließ sie zurück in sein Hemd gleiten. »Wäre ich nicht gerade im Krankenhaus gewesen, hätte es mich ohnehin in Stücke gerissen. Anscheinend sieht Gott auch ohne Kruzifix, wo ich mich aufhalte.«

Ich wusste nicht recht, was ich sagen sollte. »Wie ist denn das passiert? Und wo?«

Er beugte sich vor und strich mit den Fingern über das Wasser. »Das habe ich dir schon gesagt. Am Rand des Abgrunds.«

Ich suchte seinen Blick, doch er wich mir aus. »Und mehr willst du mir darüber nicht erzählen?«

»Vielleicht ein andermal.«

»Tja«, antwortete ich, »dann sage ich dir jetzt, woran *ich* glaube. Ich glaube an die Wissenschaft.«

Er verzog keine Miene, betrachtete mich allerdings sehr aufmerksam. »Ich glaube«, sagte er schließlich, »dass du an mehr als das glaubst. Ob du es willst oder nicht. Und genau deswegen hast du Angst. Du hast Angst vor der *pazzia.*«

»Angst?« Ich versuchte zu lachen. »Ich habe überhaupt keine ...«

Er unterbrach mich, indem er eine Handvoll Wasser aus dem Brunnen schöpfte und sie mir hinhielt. »Wenn du nicht daran glaubst, dann trink. Du hast ja nichts zu verlieren.«

»Jetzt hör aber auf!« Ich lehnte mich voller Abscheu zurück. »Das Zeug steckt bestimmt voller Bakterien!«

Er schüttelte das Wasser zurück in den Brunnen. »Die Leute trinken es schon seit Hunderten von Jahren.«

»Und werden verrückt davon!«

»Siehst du«, meinte er lächelnd, »du glaubst doch daran.«

»Ja! Ich glaube an Mikroben!«

»Hast du schon jemals eine gesehen?«

Ich funkelte ihn böse an, weil er so herausfordernd lächelte. Es ärgerte mich, dass er es so schnell geschafft hatte, mich in die Enge zu treiben. »Ich meine das ernst! Die Wissenschaftler, die sich damit beschäftigen, bekommen jede Menge davon zu sehen.«

»Santa Caterina hat Jesus gesehen«, erwiderte Alessandro mit glitzernden Augen, »oben am Himmel über der Basilica di San Domenico. Wem glaubst du? Deinem Wissenschaftler oder Santa Caterina? Oder beiden?«

Als ich ihm keine Antwort gab, schöpfte er erneut Wasser aus dem Brunnen und trank ein paar Schlucke. Den Rest bot er mir an, doch ich wich auch dieses Mal zurück.

Alessandro schüttelte den Kopf. Aus seiner Miene sprach geheuchelte Enttäuschung. »Das ist nicht die Giulietta, die ich kenne. Was haben sie in Amerika mit dir gemacht?«

Mit einer abrupten Bewegung richtete ich mich auf. »Also gut, ich trinke!«

Inzwischen war in seiner Hand nicht mehr viel Wasser, doch ich schlürfte es trotzdem auf, um klarzustellen, dass ich mich traute. Wie intim diese Geste wirkte, wurde mir erst bewusst, als ich den Ausdruck auf seinem Gesicht sah.

»Nun kannst du der *pazzia* nicht mehr entfliehen«, flüsterte er heiser, »willkommen in Siena.«

»Vor einer Woche«, entgegnete ich, während ich blinzelnd versuchte, die Fassung wiederzuerlangen, »wolltest du noch, dass ich zurück nach Hause verschwinde.«

Langsam streckte Alessandro die Hand aus und legte sie an meine Wange. »Aber nun bist du hier.«

Die Berührung seiner Finger ging mir durch und durch. Ich musste mit meiner ganzen Willenskraft gegen den Drang ankämpfen, mich in seine Hand sinken zu lassen. Obwohl ich so viele stichhaltige Gründe dafür hatte, ihm nicht zu trauen – geschweige denn mit ihm zu flirten –, fiel mir nichts anderes ein als: »Das würde Shakespeare nicht gefallen.«

Durch meinen atemlosen Kommentar nicht im Geringsten entmutigt, strich mir Alessandro mit einem Finger langsam über die Wange, um schließlich an meinem Mundwinkel zu verharren. »Shakespeare bräuchte es ja nicht zu erfahren.«

Ich blickte ihn an, und was ich dabei in seinen Augen sah, war mir so fremd wie eine ferne Küste nach endlosen Nächten auf hoher See. Hinter dem grünen Dickicht des Dschungels spürte ich die Gegenwart eines mir unbekannten Wesens, einer urzeitlichen Kreatur, die nur darauf wartete, dass ich an Land kam. Was er in meinen Augen sah, weiß ich nicht, doch was auch immer es war, veranlasste ihn dazu, die Hand sinken zu lassen.

»Warum hast du Angst vor mir?«, flüsterte er. »*Fammi capire*. Erkläre es mir, damit ich es verstehe.«

Ich zögerte. Das war meine Chance. »Ich weiß nichts über dich.«

»Dann frage mich doch.«

»Wo …« – ich deutete auf die Stelle an seiner Brust, an der ich die Kugel vermutete – »ist das passiert?«

Er schloss für einen kurzen Moment die Augen. Als er sie wieder aufschlug, ließ er mich direkt in seine Seele blicken. »Oh, das wird dir bestimmt gefallen. Im Irak.«

Dieses eine Wort bewirkte, dass mein ganzer Zorn und Argwohn vorübergehend von einer Lawine des

Mitgefühls verschüttet wurde. »Möchtest du darüber sprechen?«

»Nein. Nächste Frage.«

Es dauerte einen Augenblick, bis ich verdaut hatte, dass es mir – bemerkenswert mühelos – gelungen war, Alessandro sein großes Geheimnis zu entlocken, oder zumindest eines davon. Allerdings hielt ich es für höchst unwahrscheinlich, dass er den Rest genauso bereitwillig preisgeben würde, insbesondere, was den Einbruch in mein Zimmer betraf.

»Bist du …«, begann ich, verlor aber sofort wieder den Mut. Da kam mir ein anderer Aspekt in den Sinn, und ich fragte stattdessen: »Besteht irgendeine Verbindung zwischen dir und Luciano Salimbeni?«

Alessandro wirkte wie vom Donner gerührt. Offensichtlich hatte er mit etwas völlig anderem gerechnet. »Warum? Glaubst du, er hat Bruno Carrera getötet?«

»Ich war eigentlich der Meinung«, antwortete ich so ruhig wie möglich, »dass Luciano Salimbeni tot ist, aber vielleicht hat man mich da falsch informiert. Nach allem, was passiert ist, glaube ich, dass ich ein Recht darauf habe, es zu erfahren. Immerhin besteht die Möglichkeit, dass er meine Eltern ermordet hat.« Langsam zog ich erst den einen und dann den anderen Fuß aus dem Brunnen. »Du bist ein Salimbeni. Eva Maria ist deine Patin. Bitte erklär mir, wie das alles zusammenhängt.«

Als Alessandro merkte, dass es mir damit ernst war, fuhr er sich stöhnend mit beiden Fingern durchs Haar. »Ich glaube nicht …«

»Bitte.«

»Na schön!« Er holte tief Luft, als wäre er irgendwie wütend – wahrscheinlich mehr auf sich selbst als auf mich. »Ich werde es dir erklären.« Offenbar wusste er nicht recht, wo er anfangen sollte, denn er überlegte erst eine ganze Weile, ehe er schließlich fragte: »Kennst du Karl den Großen?«

»Karl den Großen?«, wiederholte ich, weil ich mir nicht sicher war, ob ich ihn richtig verstanden hatte.

»Ja«, nickte Alessandro. »Er war … sehr groß.«

Ausgerechnet in dem Moment knurrte mein Magen, und mir wurde klar, dass ich seit dem Mittagessen am Vortag nichts Anständiges mehr zu mir genommen hatte – es sei denn, man betrachtete eine Flasche Chianti, ein Glas eingelegte Artischocken und ein halbes Schokoladen-Panforte als ein Abendessen.

»Wie wäre es«, schlug ich vor, während ich meine Schuhe anzog, »wenn du mir den Rest in einem Café erzählst?«

Auf dem Campo waren bereits die Vorbereitungen für den Palio im Gange. Als wir an einem Sandhaufen vorbeikamen, der für die Rennbahn bestimmt war, ging Alessandro in die Knie und hielt mir eine

Handvoll davon hin. »Siehst du?« Seine Stimme klang fast andächtig, als handelte es sich um den feinsten Safran. »*La terra in piazza.*«

»Lass mich raten. Bedeutet es, *dieser Platz ist der Mittelpunkt des Universums?*«

»Fast. Es bedeutet *Erde auf dem Platz. Boden.*« Er ließ ein wenig davon auf meine Hand rieseln. »Hier, du musst es fühlen. Riechen. Es bedeutet *Palio.*« Während wir das nächste Café ansteuerten und uns dort niederließen, wies er mich auf die Arbeiter hin, die gerade rund um den Campo gepolsterte Absperrungen aufstellten. »Es existiert keine Welt jenseits der Palio-Grenzen.«

»Wie poetisch«, bemerkte ich und wischte mir dabei verstohlen den Sand von den Händen. »Zu schade, dass Shakespeare so auf Verona abfuhr.«

Er schüttelte den Kopf. »Wird dir dein ewiger Shakespeare eigentlich nie zu viel?«

Beinahe hätte ich erwidert: *Hey, du hast damit angefangen!* Zum Glück schaffte ich es, mir die Bemerkung zu verkneifen. Es war nicht nötig, ihn daran zu erinnern, dass ich bei unserer ersten Begegnung im Garten seiner Großeltern noch Windeln getragen hatte.

Für einen Moment starrten wir uns an und fochten wegen des Barden und so vieler anderer Dinge einen stummen Kampf aus, bis endlich die Kellnerin kam, um unsere Bestellung entgegenzunehmen.

Wieder versuchte ich, den Zauber des Ortes zu ignorieren, nicht daran zu denken, wie attraktiv der Mann war, mit dem ich nun über die sonnenerleuchtete Piazza schaute. Um nicht ganz den Faden zu verlieren, beugte ich mich vor und stützte die Ellbogen auf den Tisch, um Alessandro zu suggerieren, dass ich für Verhandlungen nicht zugänglich war. »Ich warte immer noch darauf«, erinnerte ich ihn, »dass du mich über dich und Luciano Salimbeni aufklärst. Lassen wir den Teil mit Karl dem Großen doch einfach weg und kommen wir gleich …«

In dem Moment klingelte sein Handy. Nach einem Blick auf das Display entschuldigte er sich und verließ den Tisch. Zweifellos kam es ihm sehr gelegen, dass er seine Beichte noch einmal verschieben musste. Während ich so dasaß und seine Gestalt aus einiger Entfernung beobachtete, wurde mir schlagartig klar, wie unwahrscheinlich es war, dass tatsächlich *er* mein Hotelzimmer verwüstet hatte. Obwohl ich ihn erst eine Woche kannte, hätte ich jeden Eid darauf geleistet, dass weitaus mehr nötig war als ein mittleres Schlamassel, um diesen Mann aus der Ruhe zu bringen. Obwohl er im Irak fast ums Leben gekommen wäre, hatte ihn diese Erfahrung definitiv nicht gebrochen, ganz im Gegenteil. Falls er also tatsächlich einen Grund gehabt hätte, in meinem Zimmer herumzuschnüffeln, dann hätte er bestimmt nicht wie ein Beutelteufel mein Gepäck durchwühlt und meine getragenen Unterhosen vom Kronleuchter hängen lassen. Das ergab einfach keinen Sinn.

Als Alessandro fünf Minuten später zum Tisch zurückkehrte, schob ich ihm mit einem – wie ich hoffte – verzeihenden Lächeln seinen Espresso hin. Er aber würdigte mich kaum eines Blickes, sondern rührte gedankenverloren ein wenig Zucker hinein. Irgendetwas an seinem Verhalten hatte sich verändert. Instinktiv spürte ich, dass ihm der Anrufer, wer auch immer es gewesen sein mochte, etwas Beunruhigendes mitgeteilt hatte. Etwas, das mit mir zusammenhing

»Also, wo waren wir stehengeblieben?«, fragte ich leichthin. »Ach ja! Karl der Große war sehr groß …«

»Warum«, konterte Alessandro in einem Ton, der mir sofort sagte, dass seine Ruhe nur gespielt war, »erzählst du mir nicht von deinem Freund auf dem Motorrad?« Als er merkte, dass ich vor lauter Verblüffung nicht wusste, was ich antworten sollte, fügte er trocken hinzu: »Wenn ich mich recht erinnere, hast du mal erwähnt, dass dich ein Kerl auf einer Ducati verfolgt.«

»Oh!« Ich brachte ein Lachen zustande. »*Den* meinst du! Keine Ahnung. Ich habe ihn nie wieder zu Gesicht bekommen. Schätzungsweise waren meine Beine nicht lang genug.«

Alessandro verzog keine Miene. »Lang genug für Romeo.«

Ich hätte fast meinen Cappuccino verschüttet. »Moment mal! Willst du damit andeuten, ich werde von deinem alten Rivalen aus Kindertagen verfolgt?«

Er wandte den Blick ab. »Ich will gar nichts andeuten. Reine Neugier.«

Für einen Moment herrschte zwischen uns peinliches Schweigen. Alessandro war anzusehen, dass er über irgendetwas brütete, und ich zermarterte mir das Gehirn, worum es sich dabei handeln könnte. Offenbar wusste er über die Ducati Bescheid, hatte aber keine Ahnung, dass sie von meiner Schwester gefahren wurde. Vielleicht war ihm bekannt, dass das Motorrad am Vortag von der Polizei beschlagnahmt worden war, nachdem am Fuß des Mangia-Turms mehrere Beamte vergeblich darauf gewartet hatten, dass der Fahrzeughalter zurückkam und sich erklärte. Laut Janice hatte sie beim Anblick der entrüsteten Polizisten sofort beschlossen, sich zu verdrücken. Einen einzelnen Beamten hätte sie locker um den Finger gewickelt, bei zweien hätte es ihr erst so richtig Spaß gemacht, aber drei Boyscouts in Uniform waren selbst für meine Schwester eine zu große Portion.

»Hör zu«, sagte ich, um wenigstens einen Rest unserer Vertrautheit zu retten, »du glaubst doch wohl nicht, dass ich immer noch … von Romeo träume?«

Alessandro antwortete nicht gleich. Als er es schließlich doch tat, klang er widerwillig, als wüsste er genau, dass er mir damit einen Blick in seine Karten gewährte. »Verrate mir doch mal«, sagte er, während er mit einem Teelöffel Kringel aufs Tischtuch zeichnete, »wie dir die Aussicht vom Mangia-Turm gefällt.«

Ich starrte ihn an. »Moment mal! Soll das heißen … du *spionierst mir nach*?«

»Nein«, antwortete er und wirkte dabei nicht allzu stolz auf sich, »aber die Polizei hat seit kurzem ein Auge auf dich. Zu deinem eigenen Schutz. Nur für den Fall, dass der Kerl, der Bruno getötet hat, auch hinter dir her sein sollte.«

»Hast du sie darum gebeten?« Ein Blick in seine Augen sagte mir, dass dem so war. »Na dann vielen Dank«, fuhr ich trocken fort. »Zu schade, dass meine Aufpasser noch nicht da waren, als dieser Mistkerl kürzlich in mein Hotelzimmer eingebrochen ist!«

Alessandro zuckte nicht mal mit der Wimper. »Dafür waren sie gestern Nacht da. Angeblich haben sie in deinem Zimmer einen Mann gesehen.«

Langsam wurde die ganze Geschichte so absurd, dass ich mir ein Lachen nicht mehr verkneifen konnte. »Das ist doch lächerlich! Ein Mann in meinem Zimmer? In *meinem* Zimmer?« Als ich merkte, dass er noch immer nicht überzeugt war, hörte ich zu lachen auf. »Glaub mir«, fuhr ich in ernstem Ton fort, »gestern Nacht war kein Mann in meinem Zimmer, und es war auch kein Mann im Turm.« Fast hätte ich hinzugefügt: »Und selbst wenn, ginge es dich verdammt nochmal nichts an«, verkniff es mir aber, weil mir klar wurde, dass ich das gar nicht so meinte. Stattdessen lachte ich wieder. »Na so was! Wir klingen schon wie ein altes Ehepaar.«

»Wenn wir ein altes Ehepaar wären«, entgegnete Alessandro, dem noch immer kein Lächeln über die Lippen kam, »dann müsste ich dich das nicht fragen. Dann wäre der Mann in deinem Zimmer immer ich.«

»Die Salimbeni-Gene«, bemerkte ich und verdrehte dabei die Augen, »erheben schon wieder ihr hässliches Haupt. Lass mich raten: Wenn wir verheiratet wären, würdest du mich jedes Mal vor Verlassen des Hauses im Verlies anketten?«

Darüber musste er erst mal nachdenken, allerdings nicht lange. »Nein, das müsste ich nicht. Wenn du mich erst einmal kennst, wirst du gar keinen anderen mehr wollen. Und …« – endlich legte er den Teelöffel weg – »du wirst alle vor mir vergessen.«

Seine Worte – die nur bis zu einem gewissen Grad scherzhaft klangen – wanden sich um mich wie ein Netz um eine Ertrinkende, und es kam mir plötzlich vor, als zerrten tausend kleine Fäden an meiner Fassung.

»Du wolltest mir doch von Luciano Salimbeni erzählen«, verkündete ich in mühsam strengem Ton und schlug die Beine übereinander.

Das Lächeln verschwand aus Alessandros Gesicht. »Ja, du hast recht.« Er saß eine Weile stirnrunzelnd da und spielte wieder mit seinem Teelöffel, ehe er schließlich begann: »Ich hätte dir das schon vor langer Zeit erzählen sollen ... ich meine, kürzlich abends, aber ... ich wollte dir keine Angst machen.«

Ich hatte bereits den Mund geöffnet, um ihn zum Weitersprechen aufzufordern und ihm zu erklären, dass ich es nicht so schnell mit der Angst zu tun bekam, als sich plötzlich ein neuer Gast an meinem Stuhl vorbeizwängte und mit einem lauten Seufzer am Nebentisch niederließ.

Schon wieder Janice.

Sie trug Eva Marias rot-schwarzes Kostüm und eine Sonnenbrille, die fast ihr ganzes Gesicht bedeckte, doch trotz dieser glamourösen Aufmachung zog sie ausnahmsweise keine große Show ab, sondern griff einfach nach der Karte und tat, als würde sie aufmerksam das Angebot an Speisen und Getränken studieren. Ich merkte, dass Alessandro sie von der Seite musterte. Für einen kurzen Moment befürchtete ich, er könnte eine Ähnlichkeit zwischen uns entdecken oder womöglich die Klamotten seiner Patin wiedererkennen, doch dem war nicht so. Allerdings hielt ihn die Tatsache, dass nun in nächster Nähe jemand saß, davon ab, mit der Geschichte zu beginnen, die er mir eigentlich hatte erzählen wollen, so dass zwischen uns erneut verlegenes Schweigen herrschte.

»Einen Cappuccino, bitte«, wandte sich Janice an den Kellner und klang dabei fürchterlich nach einer Amerikanerin, die auf deutsche Touristin machte, »und zwei Biscotti!«

Ich hätte sie umbringen können. Für mich stand außer Frage, dass Alessandro gerade im Begriff gewesen war, mir etwas ungeheuer Wichtiges zu eröffnen. Nun aber sprach er wieder vom Palio, während der Kellner wie ein bettelnder Hund am Nebentisch stehen blieb, um meiner schamlosen Schwester zu entlocken, aus welchem Teil Deutschlands sie kam.

»Prag!«, trompetete sie, korrigierte sich dann aber rasch, »Prag ... heim ... stadt.«

Zufrieden mit dieser Antwort, zog der Kellner völlig hingerissen ab, um sich mit dem glühenden Eifer eines Ritters der Tafelrunde um ihre Bestellung zu kümmern.

»Sieh dir die Balzana an ...« Alessandro, der davon ausging, dass ich ihm aufmerksam zuhörte, deutete auf das Wappen von Siena, das an der Seite meiner Cappuccinotasse prangte. »Eine ganz einfache Sache. Schwarz und Weiß. Flüche und Segnungen.«

Ich starrte auf die Tasse. »Das bedeutet es also? Flüche und Segnungen?«

Er zuckte mit den Achseln. »Jeder kann darin sehen, was er will. Für mich ist es so eine Art Positionsanzeiger.«

»Positionsanzeiger? Du meinst, im Sinne von … das Glas ist halb voll?«

»Es ist ein Instrument. In einem Cockpit. Es zeigt dir, ob du auf dem Kopf stehst oder nicht. Wenn ich die Balzana sehe, weiß ich, dass ich richtig herum unterwegs bin.« Obwohl Janice neben uns saß, legte er seine Hand auf meine. »Und wenn ich dich ansehe, weiß ich …«

Rasch entzog ich ihm meine Hand, weil ich nicht wollte, dass Janice mich hinterher damit nervte. »Welcher Pilot«, fragte ich schnippisch, »braucht extra ein Instrument, um zu wissen, wann er auf dem Kopf fliegt?«

Alessandro verstand nicht, wieso ich mich plötzlich so ablehnend verhielt. »Warum bist du immer auf Streit aus?«, fragte er leise. »Warum hast du solche Angst …« – wieder griff er nach meiner Hand – »glücklich zu sein?«

Das war zu viel. Janice, die einfach nicht mehr konnte, brach hinter ihrem deutschen Reiseführer in lautes Gelächter aus. Obwohl sie versuchte, es als Hustenanfall zu tarnen, war selbst Alessandro klar, dass sie jedes Wort unseres Gesprächs mit angehört hatte. Er bedachte sie mit einem derart bösen Blick, dass ich ihn gleich noch viel mehr ins Herz schloss.

»Es tut mir leid«, wandte er sich an mich, während er nach seiner Geldbörse griff, »aber ich muss zurück.«

»Die Rechnung übernehme ich«, erklärte ich. Ohne mich von der Stelle zu rühren, fügte ich hinzu: »Ich glaube, ich trinke noch einen Kaffee. Hast du später Zeit für mich? Du schuldest mir noch eine Geschichte.«

»Keine Sorge«, antwortete er und strich mir sanft über die Wange, ehe er aufstand, »du bekommst deine Geschichte.«

Sobald er außer Hörweite war, drehte ich mich wutentbrannt nach Janice um. »Musstest du unbedingt kommen und alles kaputtmachen?«, zischte ich, ohne Alessandros kleiner werdende Gestalt aus den Augen zu lassen. »Er wollte mir gerade etwas erzählen. Etwas über Luciano Salimbeni!«

»Oh, tut mir leid«, sagte sie mit honigsüßer, vor Falschheit triefender Stimme. »Ich wollte dein kleines Tête-à-tête mit dem Typen, der dein Hotelzimmer verwüstet hat, wirklich nicht stören. Sag mal, Jules, hast du den Verstand verloren?«

»Ich bin mir gar nicht so sicher, ob er wirklich …«

»O doch! Ich habe ihn *gesehen*, hast du das vergessen?« Als Janice merkte, dass ich immer noch Zweifel hegte, schleuderte sie wutschnaubend ihren Führer auf den Tisch. »Ja, er ist supersüß, und ja, ich würde

575

auch gern seine Briefmarkensammlung lecken, aber ich verstehe trotzdem nicht, wie du dich so von ihm manipulieren lassen kannst! Es wäre etwas anderes, wenn er dir nur an die Wäsche wollte, aber du weißt doch, worum es ihm in Wirklichkeit geht!«

»Ehrlich gesagt«, antwortete ich in eisigem Ton, »bin ich mir da nicht so sicher. Aber du hast ja offenbar jede Menge Erfahrung mit Ganoven aller Art, also erleuchte mich!«

»Lieber Himmel!«, stöhnte Janice, fassungslos über so viel Naivität. »Es liegt doch auf der Hand, warum er ständig um dich rumscharwenzelt – damit er ja nicht verpasst, wenn du losziehst, Julias Grab zu plündern. Lass mich raten: Er hat dich nie explizit nach dem Grab und der Statue gefragt?«

»Falsch!«, gab ich zurück. »Als wir bei der Polizei waren, hat er mich gefragt, ob ich etwas über eine Statue mit goldenen Augen weiß. Mit goldenen Augen! Er hatte eindeutig keine Ahnung …«

»Er hatte eindeutig jede Menge Ahnung!«, fauchte Janice. »Der älteste Trick der Welt: Tu so, als wüsstest du von gar nichts. Begreifst du denn nicht, dass er mit dir spielt wie mit einem Glockenspiel?«

»Was unterstellst du ihm? Dass er wartet, bis wir die Steine gefunden haben, und sie uns dann … stiehlt?« Noch während ich die Worte aussprach, wurde mir klar, dass sie absolut plausibel klangen.

Janice riss beide Hände hoch. »Willkommen in

der Realität, mein kleiner Dummkopf. Ich würde vorschlagen, du verpasst diesem Typen einen Tritt in den Hintern, und zwar *pronto*. Anschließend ziehst du zu mir in mein Hotel. Wir lassen es einfach so aussehen, als wärst du zum Flughafen …«

»Und dann? Sollen wir uns in deinem Hotelzimmer verstecken? Falls es dir noch nicht aufgefallen ist: Siena ist ein Dorf.«

»Überlass die Organisation einfach mir.« Janice malte sich das Ganze bereits vor ihrem geistigen Auge aus. »Glaub mir, dieses *spettacolo* habe ich in null Komma nichts auf die Beine gestellt.«

»Du bist so verdächtig leichtsinnig«, stellte ich fest. »Vergiss nicht, wir hängen da gemeinsam drin …«

»*Jetzt* ja.«

»… und nur zu deiner Information: Ich lasse mich lieber von ihm reinlegen als von dir.«

»Schon klar«, fauchte Janice beleidigt, »und zur Belohnung darf er dich auch noch flachlegen, was? Warum läufst du ihm nicht gleich hinterher? Bestimmt ist er dir liebend gern zu Diensten. Währenddessen werde ich mal nachsehen, wie es unserem Cousin Peppo geht. Und bilde dir bloß nicht ein, dass ich dich mitnehme.«

In Gedanken versunken ging ich zum Hotel zurück. Egal, wie ich es drehte oder wendete, Janice hatte recht. Ich sollte Alessandro nicht vertrauen. Das

Problem war, dass ich ihm nicht nur vertraute, sondern darüber hinaus im Begriff war, mich rettungslos in ihn zu verlieben. In meinem Gefühlsüberschwang schaffte ich es sogar fast, mir einzureden, dass auf Janices verschwommenen Fotos jemand anderer zu sehen war und er mich nur aus falsch verstandener Ritterlichkeit beschatten ließ.

Außerdem hatte er versprochen, mir zu erzählen, wie das alles zusammenhing. Es war schließlich nicht seine Schuld, dass wir ständig gestört wurden. Oder doch? Wenn es ihm wirklich so ein Anliegen war, mir die Wahrheit zu sagen, warum hatte er dann gewartet, bis ich das Thema von mir aus ansprach? Wieso hatte er mich, als Janice uns vorhin unterbrach, nicht einfach gebeten, ihn zum Monte dei Paschi zu begleiten, und mir unterwegs die wichtigsten Punkte der Geschichte erzählt?

Kurz vor dem Hotel Chiusarelli bremste neben mir eine schwarze Limousine mit getönten Scheiben. Eines der hinteren Fenster wurde halb heruntergelassen, und Eva Marias lächelndes Gesicht kam zum Vorschein. »Giulietta«, rief sie, »was für ein Zufall! Sie müssen unbedingt für einen Moment einsteigen und ein Stück türkischen Honig mit mir essen!«

Während ich mich auf dem cremeweißen Ledersitz gegenüber Eva Maria niederließ, ertappte ich mich bei dem Gedanken, ob ich wohl gerade in irgendeine Art von Falle trat. Andererseits hätte Eva Maria mich längst durch Alessandro entführen lassen können, wenn ihr danach gewesen wäre. Bestimmt hatte er ihr bereits erzählt, dass ich ihm mittlerweile aus der Hand fraß – oder zumindest trank.

»Ich freue mich so, dass Sie noch hier sind!«, rief Eva Maria überschwänglich, während sie mir eine Satinschachtel mit Süßigkeiten hinhielt. »Ich habe ein paarmal bei Ihnen angerufen, müssen Sie wissen. Hat man Ihnen meine Nachrichten denn nicht ausgerichtet? Ich habe schon befürchtet, mein Patensohn hätte Sie vergrault. Ich muss mich für ihn entschuldigen. Er ist sonst gar nicht so.«

»Keine Sorge«, antwortete ich, während ich mir den köstlichen Zuckerguss von den Fingern leckte und mich gleichzeitig fragte, inwieweit sie über meine Beziehung zu Alessandro informiert war. »Er ist neuerdings sehr nett zu mir.«

»Tatsächlich?« Sie musterte mich mit hochgezogenen Augenbrauen, als wäre sie einerseits froh über die gute Nachricht, anderseits aber leicht verstimmt, weil sie nicht auf dem Laufenden war. »Das ist gut.«

»Es tut mir leid, dass ich Ihre Geburtstagsfeier so abrupt verlassen musste …«, fuhr ich fort und kam mir ziemlich schäbig vor, weil ich sie seit jenem schrecklichen Abend kein einziges Mal zurückgerufen hatte. »Und was die Sachen betrifft, die Sie mir geliehen haben …«

»Behalten Sie sie einfach!« Sie machte eine weg-
werfende Handbewegung. »Ich habe sowieso zu viel
von dem Zeug. Sagen Sie, sind Sie dieses Wochenende in der Stadt? Ich gebe nämlich ein Fest, und es
kommen ein paar Leute, die Sie unbedingt kennenlernen sollten … Leute, die mehr über Ihre Tolomei-
Vorfahren wissen als ich. Das Fest findet morgen
Abend statt, aber ich würde mich freuen, wenn Sie
das ganze Wochenende bleiben.« Sie lächelte wie eine Märchenfee, die gerade im Begriff war, eine goldene Kutsche herbeizuzaubern. »Val d'Orcia wird
Ihnen gefallen, da bin ich ganz sicher! Alessandro
soll Sie einfach mitnehmen, er kommt nämlich
auch.«

»Ähm …« stammelte ich. Wie konnte ich da nein
sagen? Allerdings musste ich damit rechnen, von Janice erwürgt zu werden, wenn ich die Einladung an-
nahm. »Ich würde wirklich gerne kommen, aber …«

»Wunderbar!« Eva Maria beugte sich hinüber
und öffnete die Wagentür, um mich aussteigen zu
lassen. »Dann bis morgen. Bringen Sie nichts mit,
nur sich selbst!«

V. V

Wie oft sind Menschen, schon des Todes Raub,
Noch fröhlich worden! Ihre Wärter nennens
Den letzten Lebensblitz. Wie mag nun dies
Ein Blitz mir heißen?

Siena, im Jahre 1340

Rocca di Tentennano war ein furchteinflößendes Bauwerk. Wie ein Aasgeier thronte es auf einem Hügel im Orcia-Tal, perfekt platziert, um jede Beute weit und breit zu erspähen. Seine massiven Mauern waren dazu erbaut, unzähligen feindlichen Belagerungen und Angriffen zu trotzen, und in Anbetracht von Manieren und Moral ihrer Besitzer waren jene Mauern keinen Zentimeter zu dick.

Während der ganzen Reise dorthin sann Giulietta darüber nach, weshalb Salimbeni wohl die Güte besessen hatte, sie aufs Land zu schicken. Als er sich ein paar Tage zuvor auf dem Hof vor dem Palazzo Salimbeni von ihr verabschiedet hatte, war ihr sein Blick beinahe freundlich erschienen, und sie hatte sich gefragt, ob er mittlerweile – dank des Fluches, der auf seiner Männlichkeit lag – Reue wegen seiner Untaten empfand und nun versuchte, durch ihre Entsendung aufs Land Wiedergutmachung für all den ihr zugefügten Schmerz zu leisten.

In derart hoffnungsvoller Gemütsverfassung hatte sie beobachtet, wie er sich von seinem Sohn Nino verabschiedete, der sie ins Orcia-Tal begleiten sollte – und dabei den Eindruck gehabt, in Salimbenis Augen echte Zuneigung zu entdecken, während er Nino letzte Anweisungen für die Reise gab. »Möge Gott dich segnen«, hatte er gesagt, während Nino das Pferd bestieg, das er auch beim Palio geritten hatte, »sowohl auf deiner Reise als auch darüber hinaus.«

Der junge Mann hatte ihm keine Antwort gegeben, sondern getan, als wäre sein Vater gar nicht vorhanden. Obwohl Salimbeni ein so böser Mensch war, hatte Giulietta sich – für einen kurzen Moment – peinlich berührt gefühlt und fast ein wenig Mitleid mit ihm empfunden.

Als sie dann aber zum ersten Mal aus ihrem Fenster auf Rocca di Tentennano blickte, durchschaute sie allmählich, welche Absicht er in Wirklichkeit verfolgte, und begriff, dass ihre Entsendung aufs Land keine großzügige Geste, sondern vielmehr eine neue, raffinierte Art der Strafe darstellte.

Der Ort war eine Festung. Niemand, der nicht dorthin gehörte, konnte hineingelangen, und ebenso wenig würde es je ein Mensch schaffen, ohne Erlaubnis von dort zu entkommen. Nun endlich verstand sie, was die Leute gemeint hatten, wenn sie mit ernster Miene davon sprachen, dass Salimbenis frühere Frauen nach Rocca di Tentennano geschickt worden seien. Die einzige Möglichkeit, von dort zu entkommen, war der Tod.

Zu Giuliettas Überraschung eilte sofort ein Dienstmädchen herbei, um in ihrem Zimmer ein Kaminfeuer zu entfachen und ihr aus ihrer Reisegarderobe zu helfen. Es war ein kalter Tag Anfang Dezember, und während der vielen Stunden ihrer letzten Reiseetappe hatte sie ihre bleichen Fingerspitzen kaum noch gespürt. Nun drehte sie sich in einem Wollkleid und trockenen Hausschuhen vor dem offenen Feuer und versuchte sich daran zu erinnern, wann sie sich das letzte Mal so behaglich gefühlt hatte.

Als sie den Kopf hob, sah sie Nino in der Tür stehen. Der Blick, mit dem er sie betrachtete, erschien ihr fast freundlich. Zu schade, dachte sie, dass er genau so ein Schurke war wie sein Vater, denn eigentlich war er ein gutaussehender, kräftiger und fähiger junger Mann, der in Anbetracht der Verbrechen, welche sein Gewissen – zweifelsohne – schwer belasten mussten, erstaunlich oft lächelte.

»Dürfte ich Euch bitten«, sagte er in so höflichem Ton, als würde er sie auf der Tanzfläche ansprechen, »heute Abend nach unten zu kommen und mir beim Essen Gesellschaft zu leisten? Wenn ich richtig informiert bin, habt Ihr während der vergangenen drei Wochen stets alleine gespeist. Ich muss mich bei Euch für die schlechten Manieren meiner Familie entschuldigen.« Angesichts ihrer Überraschung setzte er sein bezauberndstes Lächeln auf. »Habt keine Angst. Ich versichere Euch, dass wir ganz allein sein werden.«

So war es in der Tat. Giulietta und Nino saßen an den beiden Enden einer Tafel, die leicht zwanzig Leuten Platz geboten hätte, und nahmen den Großteil ihrer Mahlzeit schweigend zu sich. Nur hin und wieder sahen sie sich über die Kandelaber hinweg an. Jedes Mal, wenn Nino Giuliettas Blick spürte, lächelte er, bis sie schließlich den Mut aufbrachte, laut auszusprechen, was ihr im Kopf herumging. »Habt Ihr beim Palio meinen Cousin Tebaldo getötet?«

Das Lächeln verschwand aus Ninos Gesicht. »Natürlich nicht. Wie könnt Ihr so etwas nur denken?«

»Wer war es dann?«

Er musterte sie neugierig, wirkte jedoch durch keiner ihrer beiden Fragen besonders erschüttert. »Das wisst Ihr doch. Alle wissen es.«

»Und wissen auch alle …« – für einen Moment versagte Giulietta die Stimme –, »was Euer Vater Romeo angetan hat?«

Statt einer Antwort erhob sich Nino von seinem Platz und ging zu ihrem Ende der Tafel hinüber, wo er neben ihr niederkniete und ihre Hand ergriff, als wäre er ein Ritter und sie eine Maid in Not. »Wie kann ich das Übel, das mein Vater angerichtet hat, je wiedergutmachen?« Er presste ihre Hand an seine Wange. »Wie kann ich jemals jenen Mond auslöschen, der mit dem Licht seines Wahnsinns auf meine Sippschaft scheint? Bitte sagt mir, liebste Dame, wie ich Euch erfreuen kann?«

Nachdem Giulietta eine ganze Weile sein Gesicht betrachtet hatte, antwortete sie schlicht: »Indem Ihr mich gehen lasst.«

Verwirrt starrte er sie an. Offenbar wusste er nicht recht, was sie meinte.

»Ich bin nicht die Gattin Eures Vaters«, fuhr sie fort. »Es besteht keine Notwendigkeit, mich hier festzuhalten. Lasst mich einfach gehen, dann werde ich Euch nie wieder Ungemach bereiten.«

»Ich bedaure«, antwortete Nino, der noch immer ihre Hand hielt und diese nun an seine Lippen drückte, »aber das kann ich nicht.«

»Ich verstehe.« Giulietta entzog ihm ihre Hand. »In diesem Fall lasst mich einfach auf mein Zimmer zurückkehren. Damit würdet Ihr mich sehr erfreuen.«

»Das werde ich.« Nino erhob sich. »Doch vorher müsst Ihr noch ein Glas Wein trinken.« Mit diesen Worten schenkte er ihr nach, obwohl sie ihr Glas noch kaum angerührt hatte. »Gegessen habt Ihr auch nicht viel. Ihr müsst doch Hunger haben!« Als sie ihm keine Antwort gab, lächelte er. »Das Leben hier kann sehr angenehm sein, müsst Ihr wissen. Frische Luft, gutes Essen, wundervolles Brot – nicht die Steine, die man uns zu Hause serviert – und … erlesene Gesellschaft.« Er breitete die Arme aus. »Es steht alles zu Eurer Verfügung. Ihr braucht nur zuzugreifen.«

Erst als er ihr, immer noch lächelnd, das Glas hinhielt, begriff Giulietta langsam, wie seine Worte gemeint waren. »Habt Ihr denn keine Angst«, antwortete sie leichthin, während sie ihr Glas entgegennahm, »was Euer Vater dazu sagen würde?«

Nino lachte. »Ich glaube, wir könnten beide mal eine Nacht gebrauchen, in der wir nicht an meinen Vater denken.« Gegen den Tisch gelehnt, wartete er darauf, dass sie trinken würde. »Bestimmt habt Ihr schon gemerkt, dass ich ganz anders bin als er.«

Giulietta stellte ihr Glas ab und erhob sich. »Ich danke Euch«, sagte sie, »für dieses Essen und Eure Freundlichkeit. Doch nun ist es für mich an der Zeit mich zurückzuziehen. Ich wünsche Euch eine gute Nacht …«

Eine Hand legte sich um ihr Handgelenk und hielt sie zurück.

»Ich bin durchaus kein gefühlloser Mensch«, erklärte Nino, endlich ernst. »Ich weiß, Ihr musstet vieles erdulden, und ich wünschte, dem wäre nicht so. Dennoch hat das Schicksal bestimmt, dass wir nun hier zusammen sind ...«

»Das Schicksal?« Vergeblich versuchte Giulietta, sich aus seinem Griff zu befreien. »Ihr meint wohl, Euer Vater?«

Erst jetzt gab Nino jede Heuchelei auf und bedachte sie mit einem müden Blick. »Begreift Ihr denn nicht, wie großmütig ich mich Euch gegenüber zeige? Glaubt mir, das müsste ich nicht. Aber ich mag Euch. Ihr seid es wert.« Mit diesen Worten ließ er ihr Handgelenk los. »Nun geht und tut, was auch immer ihr Frauen tun müsst. Ich komme dann zu Euch.« Er besaß die Dreistigkeit, sie dabei auch noch anzulächeln. »Schon um Mitternacht werdet Ihr mich nicht mehr ganz so abstoßend finden, das verspreche ich Euch.«

Giulietta blickte ihm in die Augen, sah dort jedoch nur Entschlossenheit. »Gibt es denn gar nichts, was ich sagen oder tun könnte, um Euch davon abzubringen?«

Er schüttelte nur lächelnd den Kopf.

Als Giulietta zurück in ihre Kammer ging, stand an jeder Ecke eine Wache. Trotz all dieses Schutzes aber gab es an ihrer Tür kein Schloss, mit dem sie Nino hätte aussperren können.

Sie öffnete die Fensterläden, um die frostige Nachtluft hereinströmen zu lassen, und blickte zu den Sternen empor. Überrascht stellte sie fest, wie viele es waren und wie hell sie leuchteten. Es schien ihr, als hätte der Himmel dieses funkelnde Schauspiel ganz allein für sie inszeniert, um ihr eine letzte Möglichkeit zu geben, ihre Seele mit Schönheit zu erfüllen, ehe das alles ein Ende fand.

Nichts von dem, was sie sich vorgenommen hatte, war ihr gelungen. Ihre Pläne, Romeo zu bestatten und Salimbeni zu töten, waren beide gescheitert, und nun musste sie feststellen, dass sie sich nur am Leben erhalten hatte, um missbraucht zu werden. Ihr einziger Trost war, dass diese bösen Menschen es trotz aller Bemühungen nicht geschafft hatten, ihr Verlöbnis mit Romeo zu entweihen. Sie hatte nie einem anderen gehört. Er war ihr Ehemann, und gleichzeitig war er es nicht. Obwohl ihre Seelen miteinander verbunden waren, hatte der Tod ihre Körper getrennt. Aber nicht mehr für lange. Nun brauchte sie ihm nur noch bis zum Schluss treu zu bleiben. Wenn Bruder Lorenzo recht hatte, wurde sie vielleicht in einem Leben nach dem Tod mit Romeo wiedervereint.

Giulietta ließ die Fensterläden offen und ging zu ihrem Gepäck hinüber. So viele Kleider, so viel Putz ... aber das Einzige, was sie brauchte, lag in einen Brokathausschuh gebettet: ein Parfümfläschchen, das im Palazzo Salimbeni auf ihrem Nachttisch gestanden hatte, von ihr aber schon bald einer anderen Verwendung zugeführt worden war.

Seit ihrer Vermählung war jeden Abend eine alte Amme zu ihr gekommen, um ihr auf einem Löffel einen Schlaftrank zu verabreichen. Der Blick der alten Frau war immer voller Mitleid gewesen. »Mund auf«, hatte sie kurz angebunden gesagt, »und seid ein braves Mädchen. Ihr wünscht Euch doch schöne Träume, nicht wahr?«

Die ersten Male hatte Giulietta den Trank in ihren Nachttopf gespuckt, sobald die Amme den Raum verlassen hatte – fest entschlossen, hellwach zu bleiben, damit sie Salimbeni, sollte er wieder an ihr Bett kommen, an den Fluch erinnern konnte.

Nach jenen ersten paar Nächten aber war sie auf die Idee gekommen, das Fläschchen Rosenwasser zu leeren, das Monna Antonia ihr zum Abschied geschenkt hatte, und es – statt mit Parfüm – langsam mit dem Schlaftrank zu füllen, von dem sie jeden Abend einen Mundvoll serviert bekam.

Anfangs betrachtete sie das Gebräu als eine Waffe, die sie auf irgendeine Weise gegen Salimbeni einsetzen könnte. Nachdem seine Besuche in ihrer Kammer jedoch von selbst immer seltener wurden, stand das Fläschchen weiter auf ihrem Nachttisch, ohne für einen bestimmten Zweck vorgesehen zu sein – außer vielleicht dem, Giulietta daran zu erinnern, dass es, wenn es erst einmal voll war, bestimmt für jeden tödlich sein würde, der es zur Gänze austrank.

Sie konnte sich daran erinnern, von frühester Jugend an wilde Geschichten von Frauen gehört zu haben, die sich mit einem Schlaftrank umbrachten, nachdem sie von ihrem Geliebten verlassen worden waren. Obwohl ihre Mutter stets versuchte, ihre Töchter vor derlei Geschwätz abzuschirmen, gab es im Haus zu viele Bedienstete, die es genossen, wenn ihnen die kleinen Mädchen mit weit aufgerissenen Augen lauschten. Was dazu führte, dass Giulietta und Giannozza während ihrer Kindheit viele Nachmittage an ihrem geheimen Lieblingsplatz – einem Fleckchen voller Gänseblümchen – verbrachten und sich dort abwechselnd eine von beiden tot stellte, während die andere das Entsetzen der Leute nachahmte, die den Leichnam und die leere Flasche entdeckten. Einmal blieb Giulietta so lange reglos und ohne jede Reaktion liegen, dass Giannozza sie nach einer Weile tatsächlich für tot hielt.

»Giu-giu?«, fragte sie und zerrte an den Armen ihrer Schwester. »Bitte hör auf! Das ist nicht mehr lustig! Bitte!«

Am Ende begann sie zu weinen. Selbst als Giulietta sich daraufhin lachend aufsetzte, ließ Giannozza sich nicht mehr trösten, sondern weinte den ganzen Nachmittag und Abend weiter. Beim Essen rannte sie davon, ohne einen Bissen zu sich genommen zu haben. Danach spielten sie das Spiel nie wieder.

Während Giuliettas Gefangenschaft im Palazzo Salimbeni hatte es Tage gegeben, an denen sie mit dem Fläschchen in der Hand dasaß und wünschte, es wäre bereits voll, so dass es in ihrer Macht stünde, ihrem Leben selbst ein Ende zu setzen. Doch erst am Vorabend ihrer morgendlichen Abreise ins Orcia-Tal war das Fläschchen endlich übergelaufen, und während der ganzen Reise hatte sie sich mit Gedanken an den Schatz getröstet, den sie, in einen Hausschuh gebettet, in ihrem Gepäck mitführte.

Während sie sich nun mit dem Fläschchen auf ihrem Bett niederließ, war sie zuversichtlich, dass das, was sie in Händen hielt, ausreichte, um ihr Herz stillstehen zu lassen. Wahrscheinlich, so ging ihr durch den Kopf, hatte die Jungfrau Maria das von Anfang an so geplant: Ihre Heirat mit Romeo sollte erst im Himmel vollzogen werden, und nicht auf Erden. Giulietta fand diese Vorstellung so schön, dass sie lächeln musste.

Sie nahm das Schreibzeug heraus, welches sie ebenfalls in ihrem Gepäck versteckt hatte, und ließ sich kurz nieder, um einen letzten Brief an Giannozza zu schreiben. Das Tintenfässchen, das sie von Bruder Lorenzo bekommen hatte, als sie sich noch im Palazzo Tolomei aufhielt, hatte sie mittlerweile fast aufgebraucht und die Feder so oft geschärft, dass nur noch ein kleines Stummelchen übrig war. Nichtsdestotrotz nahm sie sich die Zeit, eine letzte

Nachricht an ihre Schwester zu verfassen, ehe sie das Pergament zusammenrollte und in einer Ritze in der Wand hinter dem Bett versteckte. »Meine Liebste, ich erwarte Dich«, schrieb sie, während ihre Tränen die Tinte verschmierten, »auf unserem Gänseblümchenfleck. Und wenn Du mich küsst, werde ich sofort erwachen, das verspreche ich Dir.«

Romeo und Bruder Lorenzo erreichten Rocca di Tentennano in Begleitung von zehn Reitern, die in sämtlichen Kampfarten ausgebildet waren. Ohne Maestro Ambrogio hätten sie Giulietta nie gefunden, und ohne Giuliettas Schwester Giannozza, die ihnen die Krieger lieh, wären sie niemals in der Lage gewesen, auf Worte Taten folgen zu lassen.

Den Kontakt mit Giannozza hatte Bruder Lorenzo hergestellt. Während sie sich in dem Kloster versteckten – und Romeo wegen seiner Bauchwunde noch außer Gefecht gesetzt war –, hatte der Mönch einen Brief an die einzige Person geschickt, von der er glaubte, dass sie ihnen in ihrer Notlage beistehen würde. Nachdem er über ein Jahr als geheimer Kurier für die beiden Schwestern fungiert hatte, kannte er Giannozzas Adresse nur allzu gut, und es vergingen keine zwei Wochen, bis er eine Antwort erhielt.

»Euer höchst schmerzlicher Brief erreichte mich an einem guten Tag«, schrieb sie ihm, »denn ich habe gerade den Mann begraben, der diesem Hause vorstand, und bin nun endlich Herrin meines eigenen Schicksals. Trotzdem fehlen mir die Worte, lieber Lorenzo, um zum Ausdruck zu bringen, welchen Kummer ich empfand, als ich von Eurem Unglück und dem traurigen Los meiner Schwester erfuhr. Bitte lasst mich wissen, wie ich Euch helfen kann. Ich verfüge über Männer und auch Pferde. Sie stehen allzeit zu Eurer Verfügung.«

Doch selbst Giannozzas fähige Krieger wussten angesichts des massiven Tors von Rocca di Tentennano keinen Rat. Als sie die Festung aus sicherer Entfernung und im Schutz der hereinbrechenden Dunkelheit in Augenschein nahmen, begriff Romeo, dass er zu einem Trick würde greifen müssen, um hineinzugelangen und seine Herzensdame zu retten.

»Das Ganze erinnert mich an ein riesiges Wespennest«, sagte er zu den anderen, die beim Anblick des mächtigen Bauwerks verstummt waren. »Ein Angriff bei Tageslicht würde für uns alle den Tod bedeuten, aber vielleicht haben wir des Nachts eine Chance, wenn bis auf ein paar Wachen alle schlafen.«

Deswegen wartete er, bis es ganz dunkel war, ehe er acht Männer auswählte – darunter auch Bruder Lorenzo, der auf keinen Fall zurückbleiben wollte – und sicherstellte, dass sie mit Seilen und Dolchen ausgerüstet waren, ehe er sie klammheimlich zu dem Felsen führte, auf dem die Salimbeni-Festung errichtet war.

Nur die funkelnden Sterne am mondlosen Himmel wurden Zeuge, wie die Eindringlinge so lautlos wie möglich den Hügel erklommen und schließlich am Fuß des großen Gebäudes ankamen. Dort krochen sie eine Weile die leicht schräge Wand entlang, bis jemand in einer Höhe von etwa sechs Metern eine vielversprechende Öffnung entdeckte und Romeo an der Schulter berührte, um dann wortlos zu der Stelle hinaufzudeuten.

Romeo, der keinem anderen die Ehre gönnte, als Erster zu gehen, band sich ein Seil um die Taille und prüfte, dass er sich mit Hilfe von zwei Dolchen gut festhalten konnte. Dann begann er seinen Aufstieg, indem er die Klingen in den Mörtel zwischen den Steinblöcken rammte und sich anschließend mühsam mit den Armen hochzog. Die Mauer war gerade schräg genug, um ein solches Unterfangen überhaupt möglich zu machen, aber keineswegs so schräg, dass man von einem Kinderspiel sprechen konnte. Bruder Lorenzo rang mehr als einmal nach Luft, weil Romeo mit dem Fuß von der Wand abrutschte und nur noch an den Armen hing. Wäre Romeo bei besserer Gesundheit gewesen, hätte der Mönch sich keine so großen Sorgen gemacht, doch er vermutete, dass sein Freund beim Erklimmen der Wand bei jeder Bewegung nahezu unerträgliche Schmerzen litt, weil seine Bauchwunde nie richtig verheilt war.

Romeo aber spürte seine Wunde kaum, während er die Wand hochkletterte, denn der Schmerz wurde ertränkt von der Qual, die er in seinem Herzen empfand, wenn er sich vorstellte, dass Giulietta von Salimbenis skrupellosem Sohn zur Unterwerfung gezwungen wurde. Er konnte sich nur allzu gut an den Palio erinnern, wo Nino mit eiskalter Präzision Tebaldo Tolomei erstochen hatte. Romeo war sich darüber im Klaren, dass keine Frau in der Lage sein würde, diesem Mann den Zutritt zu verwehren, wenn er Einlass begehrte. Ebenso wenig war damit zu rechnen, dass Nino sich durch die Androhung eines Fluches abschrecken ließ. Bestimmt wusste der junge Mann, dass er vonseiten des Himmels ohnehin schon bis in alle Ewigkeit verflucht war.

Rocca di Tentennano wirkte von innen ebenso freudlos wie von außen. Es gab an den Wänden keine schönen Fresken und auch keine Wandteppiche gegen die Zugluft. Im Gegensatz zum Palazzo Salimbeni, wo alles darauf abzielte, erlesenen Geschmack und Wohlstand auszustrahlen, war dieser Ort zu keinem andern Zwecke als dem der Herrschaft erbaut worden. Jeder Versuch, die Räumlichkeiten zu schmücken, wäre für das schnelle Vorankommen von Männern und Waffen nur hinderlich gewesen.

Während Romeo – dicht gefolgt von Bruder Lorenzo und den anderen – die endlosen, gewundenen

Gänge entlangeilte, bekam er allmählich Angst, dass es eher eine Frage des Glückes als des Mutes sein könnte, Giulietta in diesem lebenden Mausoleum zu finden und unbemerkt mit ihr zu entkommen.

»Vorsicht«, zischte er und hob eine Hand, als er plötzlich an einer Ecke eine Wache entdeckte, »zurück!«

Um die Wache zu umgehen, nahmen sie einen Umweg durch ein Labyrinth aus Gängen, fanden sich am Ende aber an genau der Stelle wieder, von welcher sie aufgebrochen waren. Wortlos kauerten sie sich in die Dunkelheit, wo die Fackeln nicht hinreichten.

»An allen Ecken sind Wachen postiert«, flüsterte einer von Giannozzas Männern, »aber hauptsächlich in diese Richtung …« Er deutete geradeaus.

Romeo nickte ernst. »Ich weiß. Uns bleibt vielleicht nichts anderes übrig, als einen nach dem anderen zu erledigen, aber ich möchte damit so lange wie möglich warten.«

Er brauchte nicht zu erklären, warum er Waffenlärm vorerst vermeiden wollte. Ihnen allen war nur zu bewusst, dass ihnen die Wachen, die vorerst noch in den Tiefen der Burg schliefen, zahlenmäßig weit überlegen waren. Falls es tatsächlich zum Kampf kommen sollte, bestand ihre einzige Hoffnung in der Flucht. Aus diesem Grund hatte Romeo drei Männer draußen zurückgelassen, damit sie die Pferde bereithielten und – falls nötig – Giulietta beim Sprung von der Mauer auffingen, doch allmählich wuchs in ihm der Verdacht, dass ihre Aufgabe lediglich darin bestehen würde, zu Giannozza zurückzukehren und von einem traurigen Scheitern zu berichten.

Während er schon im Begriff war zu verzweifeln, weil sie keine Fortschritte machten, berührte Bruder Lorenzo ihn an der Schulter und deutete zum anderen Ende des Korridors, wo eine vertraute Gestalt aufgetaucht war. Der Betreffende – Nino – hatte eine Fackel in der Hand und ging sehr langsam, fast widerwillig, als hätte er etwas zu erledigen, das er am liebsten verschieben würde. Obwohl es eine kalte Nacht war, trug er nur eine Tunika, hatte jedoch ein Schwert an seinen Gürtel geschnallt. Romeo wusste sofort, wohin er unterwegs war.

Nachdem er Bruder Lorenzo und Giannozzas Mannen ein Zeichen gegeben hatte, kroch er leise den Gang entlang, um die Verfolgung des Missetäters aufzunehmen. Er hielt erst wieder inne, als Nino seinerseits haltmachte und sich an zwei Wachen wandte, die eine geschlossene Tür flankierten.

»Ihr könnt jetzt gehen«, erklärte er ihnen, »und euch bis morgen ausruhen. Ich werde mich persönlich um die Sicherheit von Monna Giulietta kümmern. Genau genommen …« – er wandte sich um, um alle Wachen auf einmal anzusprechen – »könnt ihr alle gehen! Und gebt in der Küche Bescheid, dass heute jeder nach Lust und Laune Wein trinken kann.«

Erst als sämtliche Wachen – voller Vorfreude auf das bevorstehende Saufgelage – abgezogen waren, holte Nino tief Luft und streckte die Hand nach dem Türgriff aus. Doch während er das tat, ließ ihn ein Geräusch hinter seinem Rücken erschrocken zusammenfahren. Es handelte sich unverkennbar um das Geräusch ein Schwertes, das aus der Scheide gezogen wurde.

Nino drehte sich langsam um. Ungläubig musterte er seinen Angreifer. Als er den Mann erkannte, der einen so weiten Weg zurückgelegt hatte, um ihn herauszufordern, quollen ihm vor Überraschung fast die Augen aus den Höhlen. »Das kann nicht sein! Ihr seid doch tot!«

Mit einem bedrohlichen Lächeln trat Romeo ins Licht der Fackel. »Wäre ich tot, dann wäre ich ein Geist und Ihr müsstet meine Klinge nicht fürchten.«

Sprachlos starrte Nino seinen Rivalen an. Er sah sich einem Mann gegenüber, von dem er angenommen hatte, er würde ihn nie wiedersehen – einem Mann, der dem Grab getrotzt hatte, um die Frau zu retten, die er liebte. Möglicherweise kam Salimbenis Sohn in diesem Augenblick – zum ersten Mal in seinem Leben – der Gedanke, dass er es hier mit einem wahren Helden zu tun hatte, wohingegen er selbst, Nino, ein Schurke war. »Ich glaube Euch«, erklärte er ruhig, während er die Fackel in eine Halterung an der Wand steckte, »und ich respektiere Eure Klinge, aber ich fürchte sie nicht.«

»Das«, antwortete Romeo, der wartete, bis der andere bereit war, »ist ein großer Fehler.«

Gleich um die Ecke lauschte Bruder Lorenzo in hilfloser Aufregung ihrem Wortwechsel. Er konnte sich beim besten Willen nicht erklären, warum Nino nicht die Wachen zurückrief, um Romeo kampflos zu überwältigen. Immerhin handelte es sich hierbei um einen schändlichen Einbruch, nicht um ein öffentliches Spektakel. Nino brauchte dieses Duell nicht zu riskieren. Romeo allerdings ebenso wenig.

Bruder Lorenzo sah Monna Giannozzas Männer, die neben ihm in der Dunkelheit kauerten, ratlose Blicke wechseln. Auch sie fragten sich, warum Romeo sie nicht herbeirief, damit sie Nino die Kehle durchschnitten, ehe der großspurige Schurke auch nur um Hilfe schreien konnte. Schließlich ging es hier nicht um ein Turnier, bei dem es galt, das Herz einer Dame zu gewinnen, sondern um einen eindeutigen Fall von Diebstahl. Romeo schuldete dem Mann, der ihm die Frau gestohlen hatte, gewiss keinen ehrenwerten Kampf.

Doch die beiden Kontrahenten waren anderer Meinung.

»Der Fehler liegt bei Euch«, konterte Nino, der

gerade voller Stolz sein Schwert aus der Scheide zog. »Nun werde ich allen erzählen müssen, dass Ihr gleich zweimal von einem Salimbeni niedergestochen wurdet. Die Leute werden glauben, dass Ihr unser Eisen lieb gewonnen habt.«

Romeo funkelte seinen Gegner mit einem verächtlichen Lächeln an. »Darf ich Euch daran erinnern«, sagte er, während er in Fechtposition ging, »dass in Eurer Familie derzeit eher Knappheit an Eisen herrscht? Ich glaube, die Leute sind zu sehr damit beschäftigt, sich das Maul über den … leeren Schmelztiegel Eures Vaters zu zerreißen, als dass sie viel Interesse an anderem hätten.«

Einen weniger erfahrenen Kämpfer hätte diese unverschämte Bemerkung dazu veranlasst, wutentbrannt auf den Sprecher loszugehen und dabei zu vergessen, das man im Zorn nicht gut zielt und leicht zum Opfer wird, doch Nino fiel darauf nicht herein. Er riss sich am Riemen und berührte mit der Schwertspitze nur ganz leicht die von Romeo, um auf diese Weise anzuerkennen, dass der andere gepunktet hatte. »Stimmt«, räumte er ein, während er seinen Gegner langsam umkreiste, um eine Schwachstelle in dessen Deckung zu finden, »mein Vater ist weise genug, seine Grenzen zu erkennen. Deshalb hat er mir den Auftrag erteilt, mich mit dem Mädchen zu befassen. Wie rüde von Euch, auf diese Weise ihr ungeduldiges Warten zu verlängern. Sie befindet sich gleich hinter dieser Tür, wo sie bereits mit feuchten Lippen und rosigen Wangen meiner harrt.«

Dieses Mal war es an Romeo, sich zu beherrschen, indem er Ninos Klinge nur ganz leicht berührte und wartete, bis das zornige Vibrieren seiner Hand nachließ. »Die Dame, von der Ihr sprecht«, erklärte er streng, »ist meine Gattin. Sie wird mich mit Freudenschreien anspornen, Euch in Stücke zu hacken.«

»Meint Ihr?« In der Hoffnung, seinen Gegner zu überraschen, sprang Nino vor, verfehlte ihn jedoch. »So viel ich weiß, ist sie ebenso wenig Eure Gattin wie die meines Vaters. Und schon bald …«, fügte er grinsend hinzu, »wird sie niemands Gattin, sondern meine kleine Hure sein, die den ganzen Tag danach lechzen wird, nachts von mir unterhalten zu werden …«

Romeo machte seinerseits einen Ausfall und verfehlte Nino nur um Haaresbreite, weil dieser die Geistesgegenwart besaß, zu parieren und die Klinge abzuwehren. Der Angriff reichte jedoch aus, um ihrem Gespräch ein Ende zu setzen, und eine ganze Weile hörte man nichts anderes mehr als das Kreuzen ihrer Klingen, die immer wieder mit hasserfülltem Klirren aufeinandertrafen, während die beiden Kontrahenten ihren tödlichen Kreistanz vollführten.

Zwar kämpfte Romeo nicht mehr so leichtfüßig wie vor seiner Verletzung, doch dafür hatten ihm seine Leiden Zähigkeit verliehen und ihn – was noch wichtiger war – mit einem glühenden Hass erfüllt, welcher bei richtigem Einsatz mehr bewirken konnte als jedes kämpferische Können. Daher ließ Romeo sich nicht dazu verführen, nach dem Köder zu schnappen, während Nino herausfordernd um ihn herumtanzte, sondern wartete geduldig auf seinen Moment der Rache ... denn er vertraute darauf, dass die Jungfrau Maria ihm einen solchen Moment gewähren würde.

»Was habe ich doch für ein Glück!«, rief Nino, der Romeos Passivität für ein Zeichen von Erschöpfung hielt. »Nun kann ich an ein und demselben Abend in meinen beiden liebsten Sportarten schwelgen. Sagt mir, wie fühlt es sich an ...«

Romeo brauchte nur einen kurzen, leichtsinnigen Moment der Unsicherheit in Ninos Stand, um mit unglaublicher Schnelligkeit vorzuspringen, dem anderen das Schwert zwischen die Rippen zu rammen und ihm das Herz zu durchbohren, ehe er ihn für einen Augenblick mit seiner Klinge an die Wand spießte.

»Wie sich das anfühlt?«, höhnte er dem völlig verblüfften Nino direkt ins Gesicht. »Wolltet Ihr das wirklich wissen?« Mit diesen Worten zog er seine Klinge voller Abscheu wieder heraus und sah zu, wie der leblose Körper zu Boden glitt und dabei eine karmesinrote Spur an der Wand hinterließ.

Von seinem Platz gleich um die Ecke hatte Bruder

Lorenzo schockiert den Ausgang des kurzen Duells beobachtet. Der Tod hatte Nino derart schnell ereilt, dass aus dem Gesicht des jungen Mannes nichts als Überraschung sprach. Dem Mönch wäre es lieber gewesen, Nino hätte seine Niederlage noch bewusst erlebt – und sei es nur für einen kurzen Moment –, ehe er den Geist aufgab. Doch der Himmel hatte sich gnädiger gezeigt als der Mönch, und den Leiden des Schurken ein Ende gesetzt, ehe sie überhaupt begonnen hatten.

Ohne sich die Zeit zu nehmen, sein Schwert abzuwischen, stieg Romeo geradewegs über die Leiche, um nach dem Türgriff zu fassen, den Nino mit seinem Leben bewacht hatte. Als Bruder Lorenzo seinen Freund durch die schicksalhafte Tür verschwinden sah, erhob er sich endlich aus seinem Versteck und eilte – mit Giannozzas Mannen im Gefolge – über den Gang, um Romeo ins Unbekannte zu folgen.

Nachdem er durch die Tür getreten war, hielt Bruder Lorenzo kurz inne, weil seine Augen sich erst an die Dunkelheit gewöhnen mussten. Abgesehen von der Glut im Kamin und dem schwachen Licht der Sterne, die durch ein offenes Fenster hereinfunkelten, war der Raum nicht beleuchtet. Nichtsdestotrotz war Romeo schnurstracks zum Bett geeilt, um die schlafende Bewohnerin des Zimmers zu wecken.

»Giulietta, meine Liebe!«, stieß er ungeduldig hervor, während er sie in seine Arme riss und ihr bleiches Gesicht mit Küssen bedeckte, »wach auf! Wir sind hier, um dich zu retten!«

Als sich das Mädchen endlich regte, merkte Bruder Lorenzo sofort, dass etwas nicht stimmte. Er kannte Giulietta gut genug, um zu wissen, dass sie nicht richtig bei Bewusstsein war, sondern von irgendeiner Macht, welche stärker war als Romeo, zurück ins Reich des Schlafes gezogen wurde.

»Romeo …«, murmelte sie schwach, »du hast mich gefunden!« Mit Mühe brachte sie ein Lächeln zustande und berührte ihn an der Wange.

»Komm«, drängte Romeo sie, während er sie in eine sitzende Position zu hieven versuchte, »wir müssen verschwinden, ehe die Wachen zurückkommen!«

»Romeo …« Giulietta fielen wieder die Augen zu. Ihr Kopf sank so schlaff herab wie die Knospe einer Blüte, welche einer Sense zum Opfer gefallen ist. »Ich wollte …« Mehr brachte sie nicht heraus, da ihr die Zunge den Dienst versagte. Romeo warf einen verzweifelten Blick zu Bruder Lorenzo hinüber.

»Komm, hilf mir«, bat er seinen Freund, »sie ist krank! Wir müssen sie tragen!« Als er merkte, dass der andere zögerte, folgte sein Blick dem des Mönches. »Was ist das?« Nachdem er auf dem Nachttisch das Fläschchen und den Korken entdeckt hatte, klang Romeos Stimme heiser vor Angst. »Ein Gift?«

Bruder Lorenzo eilte hinüber, um das Fläschchen zu inspizieren. »Es enthielt Rosenwasser«, erklärte er, nachdem er an dem leeren Fläschchen geschnuppert hatte, »aber darüber hinaus noch etwas anderes ...«

»Giulietta!«, rief Romeo und schüttelte das Mädchen heftig, »du musst aufwachen! Was hast du getrunken? Haben sie dich vergiftet?«

»Schlaftrank ...«, murmelte Giulietta, ohne die Augen aufzuschlagen, »damit du mich erwecken konntest.«

»Gnädige Mutter Gottes!« Bruder Lorenzo half Romeo, sie aufzusetzen. »Giulietta! Wach auf! Hier ist dein alter Freund, Lorenzo!«

Giulietta runzelte die Stirn und schaffte es, die Augen zu öffnen. Erst jetzt, beim Anblick des Mönches und all der Fremden rund um ihr Bett schien sie zu begreifen, dass sie noch nicht tot war – noch nicht im Paradies.

Als die Wahrheit ihr Herz erreichte, rang sie erschrocken nach Luft, das Gesicht von Panik verzerrt.

»O nein«, flüsterte sie, »das darf nicht sein! Mein Liebster ... Du bist am Leben! Du bist ...«

Sie begann zu husten, und gleichzeitig bäumte sich ihr Körper unter starken Krämpfen auf. Bruder Lorenzo sah, dass die Ader an ihrem Hals so heftig pulsierte, als würde ihre Haut dort jeden Moment platzen. Da die beiden Männer nicht wussten, was sie sonst tun sollten, versuchten sie, Giulietta in ihrem Schmerz zu trösten und zu beruhigen, und hielten sie auch dann noch im Arm, als ihr Schweiß in Strömen zu fließen begann und sie von Krämpfen geschüttelt zurück aufs Bett sank.

»Helft uns«, rief Romeo den Männern zu, die das Bett umringten, »sie erstickt!«

Doch Giannozzas Mannen waren darin ausgebildet, Leben zu beenden, nicht zu erhalten, so dass sie hilflos herumstanden, während der Ehemann und der Freund aus Kindertagen versuchten, die Frau zu retten, die sie liebten. Obwohl es sich um Fremde handelte, waren Giannozzas Krieger von der Tragödie, die sich vor ihren Augen abspielte, derart gebannt, dass sie das Eintreffen von Salimbenis Wachen erst bemerkten, als Letztere bereits vor der Tür standen und eine Flucht nicht mehr möglich war.

Zunächst machte sie nur ein Entsetzensschrei, der vom Gang hereindrang, auf die Gefahr aufmerksam. Zweifellos hatte jemand den jungen Herrn Nino entdeckt, welcher draußen in der Lache seines eigenen Blutes lag.

Als kurz darauf Salimbenis Wachen in den Raum zu strömen begannen, war für Giannozzas Männer schließlich der Zeitpunkt gekommen, ihre Waffen zu zücken.

In einer so verzweifelten Lage wie der ihren konnte ein Mann nur dann hoffen zu überleben, wenn er jede Hoffnung aufgab. In dem Wissen, dem Tode geweiht zu sein, warfen sich Giannozzas Krieger mit furchtloser Entschlossenheit auf die Wachen Salimbenis, stachen sie ohne Gnade nieder und nahmen sich nicht einmal die Zeit sicherzustellen, dass ihre Opfer nicht leiden mussten, ehe sie sich dem nächsten zuwandten. Der einzige bewaffnete Mann, der nicht am Kampf teilnahm, war Romeo, weil er Giulietta einfach nicht loslassen konnte.

Eine Weile gelang es Giannozzas Kriegern, die Stellung zu halten und jeden zu töten, der in den Raum kam. Die Tür war so schmal, dass jeweils nur ein einzelner Gegner hindurchpasste, und sobald einer hereinstürmte, erwarteten ihn sieben Klingen, geführt von Männern, die sich nicht den ganzen Abend lang bis zur Besinnungslosigkeit betrunken hatten. Auf so engem Raum waren einige wenige entschlossene Kämpfer gegenüber einer Schar von hundert Feinden keineswegs so wehrlos, wie sie es auf offenem Felde gewesen wären. Solange die Hundert einer nach dem anderen antraten, kam ihre zahlenmäßige Übermacht nicht zum Tragen.

Doch nicht alle Wachen Salimbenis waren Dummköpfe. Gerade als Giannozzas Mannen langsam Hoffnung schöpften, die Nacht vielleicht doch zu überleben, ließ sie ein lautes Geräusch an der Rückseite des Raumes herumfahren, und sie mussten zusehen, wie eine geheime Tür aufflog und ein Strom von Wachen sich in den Raum ergoss. Nun, da ihre Feinde gleichzeitig von vorne und hinten kamen, waren die Männer schnell überwältigt. Einer nach dem anderen ging geschlagen zu Boden, einige davon sterbend, andere bereits tot, während der Raum von Wachen überflutet wurde.

Selbst nun, da keine Hoffnung mehr bestand, wandte Romeo sich nicht um.

»Sieh mich an!«, drängte er Giulietta. Er war so darauf konzentriert, ihren schlaffen Körper wiederzubeleben, dass er gar nicht daran dachte, sich zu verteidigen. »Sieh mich …« Doch in dem Moment traf ihn ein Speer von der anderen Seite des Raumes direkt zwischen die Schulterblätter. Ohne ein weiteres Wort von sich zu geben, brach er über dem Bett zusammen – selbst im Tod noch nicht willens, Giulietta loszulassen.

Während sein Körper schlaff wurde, fiel ihm der Siegelring mit dem Adler aus der Hand, woraus Bruder Lorenzo schloss, dass es Romeos letzter Wunsch gewesen war, den Ring wieder an den Finger seiner Frau zu stecken, wo er hingehörte. Ohne nachzudenken, nahm er den heiligen Gegenstand vom Bett – auf keinen Fall sollte er von Männern beschlagnahmt werden, die seine Bestimmung gewiss nicht respektieren würden –, doch ehe er ihn

Giulietta anstecken konnte, rissen ihn starke Hände von ihr fort.

»Was ist hier passiert, du vermaledeiter Mönch?«, verlangte der Anführer der Wachen zu wissen. »Wer ist der Mann, und warum hat er Monna Giulietta getötet?«

»Dieser Mann«, entgegnete Bruder Lorenzo, der vor Schock und Kummer zu betäubt war, um echte Angst zu verspüren, »war ihr wahrer Gatte.«

»Gatte?« Der Anführer packte den Mönch an der Kapuze seiner Kutte und schüttelte ihn. »Du bist ein verdammter Lügner! Aber …« – er entblößte die Zähne zu einem grausamen Lächeln – »wir haben Mittel und Wege, das zu ändern.«

Maestro Ambrogio sah es mit eigenen Augen, denn just in dem Moment, als er spät nachts am Palazzo Salimbeni vorbeiging, traf der Wagen aus Rocca di Tentannano ein. Die Wachen zögerten nicht, ihre traurige Fracht direkt zu Füßen ihres Herrn auf dessen Haustreppe abzulegen.

Zuerst kam Bruder Lorenzo an die Reihe, der – gefesselt und mit verbundenen Augen – kaum in der Lage war, vom Wagen zu steigen. Nach der gnadenlosen Brutalität zu urteilen, mit der ihn die Wachen ins Gebäude zerrten, brachten sie ihn geradewegs in die Folterkammer. Als Nächstes machten sie sich daran, die Leichen von Romeo, Giulietta und

Nino abzuladen … die alle zusammen in das gleiche blutige Tuch gehüllt waren.

Einige berichteten später, Salimbeni habe den Leichnam seines Sohnes betrachtet, ohne mit der Wimper zu zucken, doch der Maestro ließ sich durch die versteinerte Miene, die Salimbeni angesichts seiner eigenen Tragödie zur Schau trug, nicht narren. Nun endlich bekam dieser Mann das Ergebnis seiner furchtbaren Machenschaften präsentiert. Gott strafte ihn, indem er ihm seinen Sohn wie ein geschlachtetes Lamm servierte, beschmiert mit dem Blut der beiden Menschen, die er, Salimbeni, gegen den Willen des Himmels hatte trennen und auslöschen wollen. Gewiss begriff Salimbeni in jenem Moment, dass er sich bereits in der Hölle befand und seine Dämonen ihm stets folgen würden, egal, wohin er ging oder wie lange er lebte.

Als Maestro Ambrogio später in sein Atelier zurückkehrte, war ihm durchaus bewusst, dass Salimbenis Soldaten jeden Moment an seine Tür klopfen konnten. Falls die Gerüchte über Salimbenis Foltermethoden stimmten, würde der arme Bruder Lorenzo vermutlich noch vor Mitternacht alles hinausposaunen, was er wusste – und darüber hinaus noch jede Menge Unwahrheiten und Übertreibungen.

Allerdings fragte sich der Maestro, ob sie es wirklich wagen würden, auch ihn zu holen. Er war schließlich ein berühmter Künstler mit vielen vornehmen Gönnern. Dennoch konnte er nicht sicher sein. Eines aber stand fest: Wenn er davonlief und sich versteckte, bekannte er sich dadurch eindeutig schuldig und konnte – einmal auf der Flucht – nie wieder in die Stadt zurückkehren, die er mehr als jede andere liebte.

Daher hielt der Maler in seinem Atelier nach belastenden Beweisen Ausschau. Sein Blick wanderte von Giuliettas Porträt zu seinem Tagebuch, das auf dem Tisch lag. Nachdem er rasch eine letzte Passage hinzugefügt hatte – ein paar wirre Sätze über die Ereignisse, deren Zeuge er in dieser Nacht geworden war –, nahm er das Buch und das Porträt, umwickelte beides mit Tuch und legte das so entstandene Päckchen in eine luftdicht verschließbare Kiste. Diese versteckte er daraufhin in einem Hohlraum in der Wand, wo sie gewiss kein anderer jemals finden würde.

VI. I

Kann ich von hinnen, da mein Herz hier bleibt?
Geh, frostge Erde, suche deine Sonne!

Janice hatte nicht gelogen, als sie sagte, sie sei gut im Klettern. Aus irgendeinem Grund war ich bei den Postkarten, die sie mir von exotischen Orten schickte, immer leicht skeptisch, es sei denn, sie erzählten von Enttäuschung und Ausschweifung. Ich stellte mir meine Schwester lieber sturzbetrunken in einem Hotel in Mexiko vor als beim Schnorcheln in Korallenriffen, wo das Wasser so sauber war, dass man – wie sie einmal, allerdings nicht mir, sondern Tante Rose geschrieben hatte – als schmutziger alter Sünder hineinstieg und sich beim Herauskommen fühlte wie Eva an ihrem ersten Morgen im Paradies, bevor Adam mit der Zeitung und den Zigaretten auftauchte.

Während ich ihr von meinem Balkon aus zusah, wie sie mühsam heraufkletterte, wurde mir schlagartig bewusst, wie sehr ich mich auf die Rückkehr meiner Schwester gefreut hatte. Nachdem ich mindestens eine Stunde lang nervös in meinem Zimmer auf und ab getigert war, hatte sich mir die frustrierende Erkenntnis aufgedrängt, dass ich alleine einfach nicht imstande war, mir einen Reim auf die Situation zu machen.

Das war schon seit jeher so. Jedes Mal, wenn ich als Kind versuchte, Tante Rose meine Probleme zu schildern, machte sie zwar ein riesengroßes Tamtam, kam aber nie zu einer Lösung, so dass ich mich am Ende viel schlimmer fühlte als vorher. Nervte mich in der Schule ein Junge, dann hängte sie sich an die Strippe und verlangte vom Direktor und sämtlichen Lehrkräften, dass sie mit den Eltern sprachen. Janice dagegen – die unser Gespräch rein zufällig belauschte – meinte bloß achselzuckend: »Er ist eben in sie verknallt. Der beruhigt sich schon wieder. Was gibt es denn heute zum Abendessen?« Und sie hatte immer recht, auch wenn ich das nur ungern zugab.

Aller Wahrscheinlichkeit nach hatte sie auch jetzt wieder recht. Ihre abfälligen Bemerkungen über Alessandro und Eva Maria gefielen mir zwar gar nicht, aber irgendjemand musste diese Bemerkungen nun mal machen, und ich selbst war dazu nicht imstande, weil ich mich hoffnungslos hin und her gerissen fühlte.

Von ihrer waghalsigen Kletterei außer Atem, griff Janice bereitwillig nach der Hand, die ich ihr entgegenstreckte, und schaffte es schließlich, ein Bein über die Brüstung zu schwingen. »So süß …«, stöhnte sie, während sie auf der anderen Seite wie ein Sack Kartoffeln niederplumpste und keuchend auf dem Boden sitzen blieb, »ist Kletterwehe!«

»Warum hast du nicht die Treppe benutzt?«, fragte ich.

»Sehr witzig!«, gab sie zurück. »Vor allem in Anbetracht der Tatsache, dass da draußen ein Massenmörder herumläuft, der mich auf den Tod nicht ausstehen kann.«

»Jetzt hör aber auf«, entgegnete ich, »wenn Umberto danach zumute gewesen wäre, uns den Hals umzudrehen, hätte er das längst tun können.«

»Man weiß nie, wann solche Leute ausrasten!« Janice stand auf und zog sich die Kleider zurecht. »Vor allem jetzt, wo wir Moms Truhe haben. Ich plädiere dafür, *prontissimo* von hier zu verschwinden und …« Erst jetzt sah sie mir ins Gesicht und bemerkte meine roten, verquollenen Augen. »Lieber Himmel, Jules!«, rief sie. »Was ist denn passiert?«

»Nichts«, antwortete ich mit einer wegwerfenden Handbewegung. »Ich habe nur gerade die Geschichte von Romeo und Giulietta fertig gelesen. Tut mir leid, wenn ich dir die Spannung verderbe, aber es gibt kein Happy End. Nino will Giulietta verführen – oder vergewaltigen –, und kurz bevor Romeo hereinrauscht, um sie zu retten, nimmt sie eine tödliche Dosis Schlafmittel.«

»Was zum Teufel hast du erwartet?« Janice ging hinein, um sich die Hände zu waschen. »Leute wie die Salimbenis ändern sich nie, nicht einmal in einer Million Jahren. Es ist fest in ihren Genen verankert, mit einem Lächeln auf den Lippen Böses zu tun. Nino ... Alessandro ... alle aus demselben Holz geschnitzt. Entweder man tötet sie oder wird von ihnen getötet.«

»Eva Maria ist nicht so ...«, begann ich, aber Janice ließ mich den Satz nicht zu Ende sprechen.

»Ach nein?«, höhnte sie aus dem Badezimmer. »Dann werde ich jetzt mal deinen Horizont erweitern. Eva Maria manipuliert dich schon seit Tag eins. Glaubst du allen Ernstes, sie saß rein zufällig in dem Flugzeug?«

Ich schnappte vor Verblüffung nach Luft. »Das ist doch lächerlich! Niemand hat gewusst, dass ich mit diesem Flugzeug komme, außer ...« Abrupt brach ich ab.

»Genau!« Janice warf das Handtuch zur Seite und ließ sich aufs Bett fallen. »Sie und Umberto arbeiten offensichtlich zusammen. Es würde mich gar nicht wundern, wenn sie Geschwister wären. So funktioniert das nämlich bei der Mafia. Alles dreht sich um die Familie, man hilft sich gegenseitig aus der Patsche oder gibt sich ein Alibi. Alle stecken unter einer Decke. Wobei ich liebend gern mit deinem Süßen unter einer Decke stecken würde, auch wenn ich mir nicht sicher bin, ob ich am Ende wirklich Lust hätte, unter dem Holzboden zu schlafen.«

»Oh, jetzt hör aber auf!«

»Nein, das tue ich nicht.« Janice missbrauchte eine Nackenrolle, um ihre Füße hochzulegen. »Unserem Cousin Peppo zufolge war Eva Marias Mann Salimbeni ein *bastardo classico* und definitiv in irgendwelche üblen, hyperorganisierten Machenschaften verwickelt. Du weißt schon, Limos und schmierige Typen in schimmernden Anzügen mit sizilianischen Krawatten, die ganze Szene. Manche glauben, dass Eva Maria ihren betuchten Alten hat umlegen lassen, um das Geschäft selbst zu übernehmen und das Limit ihrer Kreditkarte loszuwerden. Und dein Mister Zuckerschnute ist ihr liebster Handlanger, wenn nicht sogar ihr persönliches Schoßhündchen. Aber jetzt – ta-daa! – hat sie ihn auf dich angesetzt, und die Frage ist: Für wen wird er den Knochen ausbuddeln, für sie oder für dich? Kann die Virgitarierin den Playboy vom Pfad des Lasters abbringen, oder wird die furchteinflößende Patin gewinnen und ihre Familienjuwelen zurückstehlen, sobald du sie in deinen süßen kleinen Fingern hältst?«

Ich sah sie an. »Bist du jetzt fertig?«

Blinzelnd kam Janice wieder von ihrem geistigen Solo-Höhenflug herunter. »Definitiv. Lass uns von hier verschwinden, ja?«

»Blödsinn!« Während ich mich neben ihr niederließ, fühlte ich mich plötzlich sehr erschöpft. »Mom wollte uns einen Schatz hinterlassen, und wir haben es vermasselt. *Ich* habe es vermasselt. Bin ich es ihr da nicht schuldig, dass ich das wieder in Ordnung bringe?«

»Wenn du mich fragst, sind wir ihr bloß schuldig, dass wir am Leben bleiben.« Janice klimperte mit einem Paar Schlüsseln vor meiner Nase herum. »Lass uns nach Hause fahren.«

»Was sind das für Schlüssel?«

»Die zu Moms altem Haus. Peppo hat mir alles darüber erzählt. Es liegt irgendwo südöstlich von hier, an einem Ort namens Montepulciano. Laut Peppo steht es seit Jahren leer.« Aus ihrem Blick sprach zaghafte Hoffnung. »Magst du mitkommen?«

Diese Frage aus ihrem Munde zu hören verblüffte mich dermaßen, dass ich sie mit großen Augen anstarrte. »Du möchtest wirklich, dass ich mitkomme?«

Janice setzte sich auf. »Jules«, erklärte sie mit ungewohntem Ernst, »ich möchte wirklich, dass wir beide von hier verschwinden. Bei der ganzen Sache geht es nicht nur um eine Statue und ein paar Edelsteine. Da ist etwas richtig Unheimliches im Gange. Peppo hat mir von einem Geheimbund erzählt, dessen Mitglieder fest davon überzeugt sind, dass auf unserer Familie ein Fluch liegt und es ihre Aufgabe ist, dem Übel ein Ende zu setzen. Und dreimal darfst du raten, wer die ganze Show leitet. Ja, genau, deine kleine Mafiakönigin. Auf dasselbe kranke Zeug ist damals auch Mom abgefahren … irgendwas mit geheimen Blutritualen, die dazu dienen sollen, die Geister der Toten heraufzubeschwören. Du musst entschuldigen, wenn ich das nicht so prickelnd finde.«

Ich stand auf und trat ans Fenster, wo ich stirnrunzelnd mein eigenes Spiegelbild betrachtete. »Sie hat mich zu einem Fest eingeladen. Auf ihrem Landsitz im Orcia-Tal.«

An Janices Schweigen merkte ich, dass etwas nicht stimmte, und drehte mich nach ihr um. Sie hatte sich zurück aufs Bett sinken lassen und die Hände vors Gesicht geschlagen. »Um Himmels willen!«, stöhnte sie. »Ich glaube es einfach nicht! Lass mich raten: El Nino kommt auch?«

Ich warf entnervt die Arme hoch. »Jetzt hör aber auf, Jan! Möchtest du der Sache denn nicht auf den Grund gehen? Ich schon!«

»Und das wirst du auch!« Janice sprang vom Bett auf und stapfte mit geballten Fäusten hin und her. »Du wirst irgendwo tief unten auf dem Grund landen, das steht fest, und zwar mit gebrochenem Herzen und einbetonierten Füßen. Ich schwöre bei Gott ... wenn du das durchziehst und wie unsere Vorfahren endest, die angeblich alle unter Eva Marias Haustreppe begraben liegen, dann rede ich nie wieder ein Wort mit dir!«

Sie starrte mich kampflustig an, und ich starrte ungläubig zurück. Das war nicht die Janice, die ich kannte. Der Janice, die ich kannte, wäre es völlig egal gewesen, wo ich hinwollte oder wie ich endete, Hauptsache, ich scheiterte mit all meinen Vorhaben möglichst kläglich. Bei der Vorstellung, jemand könnte auf die Idee kommen, mir die Füße einzube-tonieren, hätte sie sich früher lachend auf die Schenkel geklatscht, statt sich wie jetzt bekümmert auf die Lippe zu beißen, als wäre sie den Tränen nahe.

»Na schön«, fuhr sie in ruhigerem Ton fort, da ich nicht reagierte, »dann renn doch da hin und riskiere dein Leben bei irgendeinem … satanischen Ritual. Mir doch egal!«

»Ich habe nicht gesagt, dass ich fahre.«

Sie entspannte sich ein wenig. »Oh! Na, wenn das so ist, wird es höchste Zeit, dass wir beide uns ein *gelato* gönnen.«

Den Rest des Nachmittags verbrachten wir damit, in der Bar Nannini, die praktischerweise nahe der Piazza Salimbeni lag, alte und neue Eisgeschmacks-richtungen auszuprobieren. Obwohl wir uns nicht direkt versöhnt hatten, waren wir uns mittlerweile in immerhin zwei Punkten einig: Erstens wussten wir viel zu wenig über Alessandro, um ein gutes Gefühl dabei zu haben, wenn er am nächsten Tag mit mir wegfuhr, und zweitens war *gelato* besser als Sex.

»Was das betrifft, kannst du mir wirklich vertrauen«, meinte Janice mit einem verschwörerischen Augenzwinkern, das mich wohl aufheitern sollte.

Ungeachtet ihrer vielen Fehler war meine Schwester seit jeher mit einer ungeheuren Hartnäckigkeit gesegnet, so dass sie nun drei Stunden lang mehr oder weniger allein Ausschau hielt, während ich in der hinteren Ecke der Eisdiele auf einer Bank hockte und mich bei dem Gedanken, ertappt zu werden, schon im Voraus schämte.

Plötzlich zerrte Janice wortlos an meinem Arm. Es war auch gar nicht nötig, dass sie etwas sagte. Gemeinsam beobachteten wir durch die Glastür, wie Alessandro die Piazza Salimbeni überquerte und dann in den Corso einbog.

»Er geht Richtung Zentrum!«, stellte Janice fest. »Habe ich es doch gewusst! Solche Typen wohnen nicht am Ortsrand. Oder vielleicht …«, – sie sah mich an und klimperte mit den Wimpern –, »will er zu seiner Geliebten.« Wir reckten beide den Hals, um einen besseren Blick zu haben, doch von Alessandro war nichts mehr zu sehen. »Verdammt!« Hastig verließen wir die Bar Nannini und eilten die Straße entlang, so schnell wir konnten, ohne zu viel Aufmerksamkeit zu erregen – was in Janices Gesellschaft immer eine Herausforderung darstellte. »Warte!« Ich packte sie am Arm, um sie ein wenig abzubremsen. »Ich sehe ihn! Er ist direkt … oh-oh!«

Alessandro war stehen geblieben. Rasch gingen wir in einem Hauseingang in Deckung. »Was macht er?«, zischte ich. Vor lauter Angst, von ihm entdeckt zu werden, traute ich mich nicht, selbst hinauszuspähen.

»Er redet auf irgendeinen Typen ein«, berichtete Janice, die wagemutig den Hals reckte, »einen Kerl mit einer gelben Fahne. Was soll denn das mit den ganzen Fahnen? Jeder hat hier …«

Wenige Augenblicke später waren wir wieder auf der Pirsch, wobei wir dicht an den Schaufenstern und Hauseingängen entlangschlichen, um ja nicht von ihm gesehen zu werden. Auf diese Weise folgten wir unserer Beute die ganze Straße entlang, vorbei am Campo und weiter in Richtung Piazza Postierla. Er hatte bereits mehrfach haltgemacht, um Leute zu begrüßen, die in die Gegenrichtung unterwegs waren, doch je steiler die Straße wurde, umso mehr Freunde traf er.

»Also ehrlich!«, ereiferte sich Janice, als Alessandro ein weiteres Mal stehen blieb, um ein Baby in einem Kinderwagen zu betüddeln. »Kandidiert dieser Knilch eigentlich als Bürgermeister?«

»Man nennt das zwischenmenschliche Beziehungen«, murmelte ich. »Solltest du vielleicht auch mal probieren.«

Janice verdrehte die Augen. »Und das sagst ausgerechnet du!«

Während ich noch über eine passende Antwort nachdachte, bemerkten wir plötzlich beide, dass unsere Zielperson verschwunden war.

»O nein!«, keuchte Janice. »Wo ist er bloß hin?«

Wir hasteten zu der Stelle, wo wir Alessandro eben noch gesehen hatten – praktisch direkt gegenüber Luigis Friseursalon – und entdeckten die winzigste, dunkelste Gasse von ganz Siena.

»Kannst du ihn sehen?«, flüsterte ich aus meiner Deckung hinter Janices Rücken.

»Nein, aber woanders kann er ja nicht hin sein.« Sie packte mich an der Hand und zerrte mich weiter. »Los!«

Während wir auf Zehenspitzen die überdachte Gasse entlangschlichen, musste ich wider Willen kichern. Als Kinder hatten wir auch immer Hand in Hand die Gegend unsicher gemacht. Janice bedachte mich mit einem strengen Blick, weil sie befürchtete, er könnte uns hören, doch als sie mein lachendes Gesicht sah, entspannte sie sich ein wenig und begann ebenfalls zu kichern.

»Nicht zu fassen, was wir gerade tun!«, flüsterte ich. »Das ist so peinlich!«

»Schhh!«, zischte sie. »Ich glaube, wir sind hier in einem üblen Viertel.« Sie nickte zu den Graffiti hinüber, die an einer der Hauswände prangten. »Was bedeutet *galleggiante*? Klingt ziemlich obszön. Und was zum Teufel ist '92 passiert?«

Vor uns machte die Gasse einen scharfen Rechts-
knick, so dass wir kurz stehen blieben und lauschten, ob Schritte zu hören waren. Janice spähte sogar
um die Ecke, zog den Kopf aber sehr schnell wieder
zurück.

»Hat er dich gesehen?«, flüsterte ich.

Janice rang aufgeregt nach Luft. »Komm!« Sie zog
mich am Arm um die Ecke, und wir liefen nervös
weiter, bis wir plötzlich Leute sahen, die um ein
Pferd herumstanden.

Tatsächlich befand sich am hinteren Ende der
schmalen Gasse, wo ein paar helle Sonnenstrahlen
auf das antike Pflaster fielen, ein kleiner Stall mit
einem Pferd. Von Alessandro war jedoch nichts
mehr zu sehen.

»Halt!« Ich stieß Janice gegen eine Wand. »Vorsicht, diese Typen …«

Ohne meine Zustimmung abzuwarten, stieß Janice sich von der Hauswand ab und marschierte auf
die Männer zu, die mit dem Pferd beschäftigt waren. Da Alessandro nirgends auftauchte, rannte ich
hinter ihr her und versuchte sie am Arm festzuhalten.

»Bist du verrückt?«, zischte ich. »Das ist vermutlich ein Pferd für den Palio, und diese Leute wollen
bestimmt nicht, dass hier Touristen herumrennen
und …«

»Oh, ich bin keine Touristin«, erwiderte Janice,

die meine Hand ungeduldig abschüttelte und weiterging, »ich bin Journalistin.«

»Nein! Jan, warte!«

Während sie auf die Männer zusteuerte, die das Pferd bewachten, empfand ich eine seltsame Mischung aus Bewunderung und Mordlust. Das letzte Mal hatte ich so gefühlt, als wir in die Neunte gingen und Janice spontan einen Jungen aus unserer Klasse anrief, nachdem ich beiläufig erwähnt hatte, dass ich ihn mochte.

In dem Moment öffnete direkt über uns jemand Fensterläden. Sobald ich begriff, dass das Alessandro war, sprang ich zurück an die Wand und zerrte Janice mit mir. Die Vorstellung, er könnte uns dabei ertappen, wie wir nach Art verliebter Teenager in seinem Viertel herumschnüffelten, erfüllte mich mit Entsetzen.

»Nicht hochsehen!«, flüsterte ich, immer noch ganz panisch, weil wir nur um Haaresbreite der Entdeckung entgangen waren. »Ich glaube, er wohnt dort oben, im zweiten Stock. Mission erfüllt, Fall abgeschlossen. Zeit zu gehen.«

»Was meinst du mit Mission erfüllt?« Mit leuchtenden Augen lehnte Janice sich zurück, um zu Alessandros Fenster hinaufzuspähen. »Wir sind hergekommen, um herauszufinden, was er im Schilde führt. Ich würde sagen, wir bleiben hier.« Mit diesen Worten steuerte sie auf den nächstgelegenen Eingang zu. Nachdem sich die Tür problemlos öffnen ließ, zog Janice selbstzufrieden die Augenbrauen hoch und trat ein. »Los, komm schon!«

»Bist du jetzt komplett durchgedreht?« Nervös schielte ich zu den Männern hinüber. Sie fragten sich offensichtlich schon, wer wir waren und was wir wollten. »Ich setze keinen Fuß in dieses Gebäude. Immerhin wohnt er hier!«

»Kein Problem.« Janice zuckte mit den Achseln. »Du kannst ja auf mich warten und in der Zwischenzeit den Männern Gesellschaft leisten. Ich wette, die haben nichts dagegen.«

Wie sich herausstellte, befanden wir uns nicht in einem Treppenhaus. Nachdem ich Janice in den dunklen Eingangsbereich gefolgt war, hatte ich zunächst befürchtet, sie würde mich geradewegs in den zweiten Stock schleifen, Alessandros Tür eintreten und ihn mit Fragen bombardieren. Dann aber sah ich, dass es keine Treppe gab, und entspannte mich etwas.

Am Ende des Gangs stand eine Tür ein Stück weit offen, und wir reckten beide den Hals, um zu sehen, was sich auf der anderen Seite befand.

»Fahnen!«, bemerkte Janice, sichtlich enttäuscht. »Jede Menge Fahnen. Irgendjemand steht hier ziemlich auf Gelb. Und Vögel.«

»Es ist ein Museum«, klärte ich sie auf, nachdem ich an den Wänden ein paar Cenci entdeckt hatte,

»ein Contradenmuseum, genau wie das von Peppo.
Ich frage mich …«

»Cool«, meinte Janice und stieß die Tür ganz auf,
ehe ich Einspruch erheben konnte, »lass es uns ansehen. Du stehst doch auf staubigen alten Kram.«

»Bist du verrückt?« Ich versuchte sie zurückzuhalten, aber sie schüttelte meine Hand ab und betrat kühn den Raum. »Komm zurück! Jan!«

»Was für ein Mann«, überlegte sie laut, während
sie den Blick über die ausgestellten Kunstgegenstände schweifen ließ, »wohnt in einem Museum? Das
ist irgendwie unheimlich.«

»Nicht in, sondern über einem Museum«, korrigierte ich sie. »Außerdem bewahren sie hier ja nicht
gerade Mumien auf.«

»Woher willst du das wissen?« Sie klappte das Visier einer Rüstung hoch, um auf Nummer sicher zu
gehen. »Vielleicht Pferdemumien. Womöglich halten sie hier ihre geheimen Blutrituale ab und beschwören die Geister der Toten.«

»Ja, klar.« Ich funkelte sie von der anderen Seite
der Tür bitterböse an. »Gut, dass du der Sache hiermit auf den Grund gegangen bist.«

»Hey, nun sei doch nicht so!« Entnervt warf sie
die Arme in die Luft. »Mehr konnte mir Peppo nun
mal nicht sagen!«

Ich sah ihr dabei zu, wie sie noch eine Minute auf
Zehenspitzen herumschlich und so tat, als würde sie

sich für die Ausstellung interessieren. Wir wussten beide, dass sie das nur machte, um mich zu ärgern. »Na«, zischte ich schließlich, »hast du jetzt genug Fahnen gesehen?« Statt mir eine Antwort zu geben, verschwand Janice einfach durch eine Tür in einen weiteren Raum, so dass ich, halb hinter der Tür verborgen, alleine zurückblieb.

Ich brauchte eine Weile, bis ich sie gefunden hatte. Sie wanderte gerade in einer kleinen Kapelle umher, wo auf dem Altar Kerzen brannten und an sämtlichen Wänden wunderbare alte Ölgemälde hingen. »Nicht schlecht!«, meinte sie, als ich schließlich neben sie trat. »Wie würde dir das als Wohnzimmer gefallen? Was sie hier drin wohl treiben? Aus menschlichen Eingeweiden die Zukunft lesen?«

»Ich hoffe, sie verwenden dafür als Nächstes die deinen! Würde es dir etwas ausmachen, wenn wir jetzt gehen?«

Doch bevor sie mir eine freche Antwort geben konnte, hörten wir beide Schritte. Eilig verließen wir die Kapelle, um uns im angrenzenden Raum ein Versteck zu suchen, und stellten uns dabei vor lauter Panik fast gegenseitig ein Bein.

»Hier!« Ich zog Janice in eine Ecke hinter einem Glasschrank voller ramponierter Reithelme. Fünf Sekunden später ging eine ältere Frau mit einem Arm voller gefalteter gelber Kleidungsstücke direkt an uns vorbei, gefolgt von einem etwa achtjährigen

Jungen, der die Hände in die Hosentaschen geschoben hatte und ein missmutiges Gesicht zog. Während die Frau den Raum zielstrebig durchquerte, blieb der Junge bedauerlicherweise keine drei Meter von unserem Versteck entfernt stehen, um sich die antiken Schwerter an der Wand anzusehen.

Janice schnitt eine Grimasse, doch keine von uns beiden wagte sich zu bewegen, geschweige denn zu flüstern. Stattdessen kauerten wir uns weiter wie Bilderbuchsünder in unsere Ecke. Zum Glück war der Junge zu sehr auf seinen eigenen Unfug fixiert, um auf irgendetwas anderes zu achten. Er überzeugte sich davon, dass seine Großmutter wirklich weg war, und versuchte dann auf Zehenspitzen, einen der Degen von seinen Haken an der Wand zu heben. Was ihm schließlich auch gelang. Stolz nahm er damit ein paar Fechtpositionen ein, die gar nicht so übel aussahen. Völlig in sein unerlaubtes Abenteuer versunken, bekam er erst viel zu spät mit, dass eine weitere Person den Raum betreten hatte.

»No-no-no!«, schimpfte Alessandro, während er quer durch den Raum stürmte und dem Jungen den Degen abnahm. Doch statt ihn sofort an die Wand zurückzuhängen, wie es jeder verantwortungsbewusste Erwachsene getan hätte, zeigte er dem Jungen lediglich die korrekte Position und gab ihm den Degen dann zurück. »*Tocca a te!*«

Die Waffe ging ein paarmal zwischen den beiden

hin und her, bis Alessandro schließlich einen weiteren Degen von der Wand holte und den Jungen zu einem Scheinkampf herausforderte, der erst endete, als eine Frauenstimme zornig rief: »Enrico! *Dove sei?*«

Binnen einer Sekunde hingen die Waffen wieder an der Wand, und als die Großmutter kurz darauf im Türrahmen auftauchte, standen Alessandro und der Junge beide ganz unschuldsvoll da, die Hände hinter dem Rücken.

»Ah«, rief die Frau, die über Alessandros Anblick sichtlich erfreut war und ihn auf beide Wangen küsste, »Romeo!«

Sie sagte noch etliches andere, aber das bekam ich alles nicht mehr mit. Hätte ich nicht so dicht neben Janice gestanden, dann wäre ich, da meine Beine sich soeben in Softeis verwandelt hatten, wahrscheinlich auf die Knie gesunken.

Alessandro war Romeo.

Natürlich. Wieso hatte ich das nicht schon viel eher begriffen? Befanden wir uns hier nicht im Adlermuseum? Hatte ich die Wahrheit nicht schon in Malènas Augen gesehen? ... Und in seinen?

»Lieber Himmel, Jules«, formte Janice lautlos mit den Lippen, »reiß dich zusammen!«

Aber dazu war ich in dem Moment nicht mehr in der Lage. Alles, was ich über Alessandro zu wissen geglaubt hatte, drehte sich vor meinen Augen wie

eine Roulettescheibe, und mir wurde klar, dass ich –
in jedem einzelnen Gespräch mit ihm – mein ganzes Geld auf die falsche Farbe gesetzt hatte.

Er war weder Paris noch Salimbeni, und auch
nicht Nino. Nein, er war von Anfang an Romeo gewesen: nicht Romeo, der Playboy und Partyschreck
mit dem Elfenhut, sondern Romeo der Verbannte,
der – vor langer Zeit durch Tratsch und Aberglau-
ben vertrieben – sein ganzes Leben versucht hatte,
ein anderer zu werden. Ich erinnerte mich noch genau an den Moment, als er Romeo mir gegenüber
als seinen Rivalen bezeichnet hatte. Den Leuten zufolge besaß Romeo teuflische Hände, und deswegen
wünschten sie ihm den Tod. Romeo war nicht der
Mann, den ich zu kennen glaubte. Er würde in meinen Armen niemals Reime von sich geben. Andererseits war Romeo sehr wohl der Mann, der spät
nachts in Maestro Lippis Atelier auftauchte, um ein
Glas Wein zu trinken und das Porträt von Giulietta
Tolomei zu betrachten. Für mich sagte das mehr als
die schönsten Verse.

Warum aber hatte er mir niemals die Wahrheit
gestanden? Ich hatte ihn immer wieder nach Romeo
gefragt, aber jedes Mal hatte er geantwortet, als
sprächen wir von jemand anderem. Einem Jemand,
den ich besser nie kennenlernte, weil das sehr
schlecht für mich wäre.

Plötzlich musste ich daran denken, wie er mir die

Patronenkugel gezeigt hatte, die an einem Leder-band um seinen Hals hing. Und Peppo hatte mir auf seinem Krankenbett erzählt, alle hielten Romeo für tot. Mir fiel auch wieder ein, was für ein Gesicht Alessandro gemacht hatte, als Peppo über Romeos uneheliche Geburt sprach. Erst jetzt begriff ich sei-ne Wut auf die Mitglieder meiner Tolomei-Familie, die es – in Unkenntnis seiner wahren Identität – alle so genossen, ihn wie einen Salimbeni und somit wie einen Feind zu behandeln.

Ich selbst machte da keine Ausnahme.

Nachdem endlich alle den Raum verlassen hat-ten – Großmutter und Enrico in die eine Richtung, Alessandro in eine andere –, packte Janice mich an den Schultern und funkelte mich an. »Würdest du dich jetzt bitte zusammenreißen!«

Aber das war zu viel verlangt. »Romeo!«, stöhnte ich und fasste mir an den Kopf. »Wie kann er Ro-meo sein? Ich bin eine solche Idiotin!«

»Ja, bist du, aber das ist ja nichts Neues.« Janice war nicht in der Stimmung, nett zu mir zu sein. »Wir wissen doch gar nicht, ob er *tatsächlich* Romeo ist! *Der* Romeo. Vielleicht heißt er einfach mit zweitem Vornamen so. Romeo ist ein absolut gebräuchlicher italienischer Name. Und sollte er tatsächlich *der* Ro-meo sein … dann ändert das gar nichts. Er steckt trotzdem mit den Salimbenis unter einer Decke und hat dein dämliches Hotelzimmer verwüstet.«

Ich schluckte ein paarmal. »Es geht mir gar nicht gut.«

»Na, dann lass uns schleunigst von hier verschwinden.« Janice nahm mich an der Hand und zog mich hinter sich her.

Eigentlich wollte sie mit mir zum Hauptausgang, doch stattdessen landeten wir in einem Teil der Ausstellung, den wir noch nicht gesehen hatten. Es handelte sich um eine schwach beleuchtete Kammer mit Glaskästen an der Wand, in denen sehr alte, zum Teil halb verschlissene Cenci ausgestellt waren. Der Raum hatte etwas von einem antiken Schrein, und von einer Seite aus führte eine gewundene Treppe aus geschwärztem Stein steil in die Tiefe hinunter.

»Was wohl dort unten ist?«, flüsterte Janice und reckte den Hals.

»Vergiss es!«, gab ich zurück. Mittlerweile hatte ich mich wieder einigermaßen gefangen. »Ich habe keine Lust, mit dir in irgendeinem unterirdischen Verlies festzusitzen!«

Aber Fortuna zog Janices Kühnheit eindeutig meiner Ängstlichkeit vor, denn kaum hatte ich die Worte ausgesprochen, hörten wir wieder Stimmen. Da sie diesmal von allen Seiten auf uns zuzukommen schienen, hatten wir es so eilig, in Deckung zu gehen, dass wir fast die Stufen hinunterstürzten. Vor Anspannung keuchend gingen wir am Fuß der Treppe in die Hocke. Wie sich herausstellte, mussten wir tatsächlich damit rechnen, jeden Moment entdeckt zu werden, denn die Stimmen kamen immer näher, bis schließlich jemand direkt oberhalb der Treppe stehen blieb. »O nein«, flüsterte ich, ehe Janice mir den Mund zuhalten konnte, »das ist *er*!«

Mit weit aufgerissenen Augen starrten wir uns an. Da wir mittlerweile im wahrsten Sinne des Wortes in Alessandros Keller kauerten, schien selbst Janice einer Begegnung nicht gerade mit Freude entgegenzublicken.

In dem Moment gingen rundherum die Lichter an, und wir sahen, dass Alessandro bereits im Begriff war, die Treppe herunterzukommen, dann aber mitten in der Bewegung innehielt. »*Ciao*, Alessio, *come stai* …?«, hörten wir ihn jemanden begrüßen. Janice und ich starrten uns an. Wir begriffen beide, dass uns die Demütigung vorerst noch erspart blieb, wenn auch vermutlich nur für ein paar Minuten.

Als wir uns daraufhin panisch nach weiteren Fluchtmöglichkeiten umblickten, stellten wir fest, dass wir tatsächlich in einer unterirdischen Sackgasse gefangen waren, genau, wie ich es vorhergesagt hatte. Abgesehen von drei klaffenden Löchern in der Wand – den schwarzen Mündungen von Bottini-Gängen – gab es keinen anderen Ausweg als den nach oben, vorbei an Alessandro. Die Höhlen zu betreten war unmöglich, da die Mündungen mit schwarzen Eisengittern versehen waren.

Doch zu einer Tolomei sollte man niemals nie sagen. Der Gedanke, hier in der Falle zu sitzen, ging uns beiden derart gegen den Strich, dass wir aufstanden und mit zitternden Fingern die Gitter untersuchten. Während ich in erster Linie herauszufinden versuchte, ob wir uns nicht irgendwo mit roher Gewalt hindurchzwängen konnten, befühlte Janice fachmännisch jeden Bolzen und jedes Scharnier. Offenbar weigerte sie sich zu akzeptieren, dass sich die Gitter nicht irgendwie öffnen ließen. Für sie gab es in jeder Wand eine Tür, zu jeder Tür einen Schlüssel – oder anders ausgedrückt, zu jedem Problem einen Lösungsknopf. Man musste ihn einfach nur finden.

»Psst!« Sie winkte mich hektisch heran, um mir zu demonstrieren, dass das dritte und letzte Gitter tatsächlich wie eine Tür aufschwang, noch dazu ohne das leiseste Ächzen. »Komm!«

Wir gingen so weit in die Höhle hinein, wie das Licht reichte, und stolperten dann noch ein paar Schritte in vollkommener Dunkelheit weiter, ehe wir schließlich stehen blieben. »Wenn wir eine Taschenlampe hätten …«, begann Janice. »Oh, *Mist*!« Wir wären beinahe mit den Köpfen zusammengeknallt, als plötzlich ein Lichtstrahl fast bis zu der Stelle fiel, wo wir standen. Ein paar Zentimeter mehr, und der Strahl hätte uns erfasst. Dann zog sich das Licht wieder zurück wie eine Welle, die ans Ufer ge-

klatscht war und nun wieder aufs Meer hinaus-
schwappte.

Vor Erleichterung keuchend, weil wir erneut so
knapp der Entdeckung entgangen waren, stolperten
wir weiter in die Höhle hinein, bis wir schließlich
eine Art Nische fanden, die groß genug war, um uns
beide zu verschlucken. »Kommt er? Kommt er?«,
zischte Janice, die nichts sehen konnte, weil ich ihr
die Sicht versperrte. »Ist er das?«

Ich streckte kurz den Kopf vor, zog ihn aber
schnell wieder zurück. »Ja, ja und ja!«

Geblendet vom grellen, hin und her schwanken-
den Lichtstrahl seiner Taschenlampe hatte ich kaum
etwas erkennen können, doch nach einer Weile pendelte sich alles ein, so dass ich einen weiteren Blick
riskierte. Es war tatsächlich Alessandro – oder vielleicht sollte ich besser sagen, irgendeine Version von
Romeo –, und soweit ich sehen konnte, war er stehengeblieben, um eine kleine Tür an der Höhlenwand aufzusperren, wobei er die Taschenlampe fest
unter einen Arm geklemmt hielt.

»Was macht er?«, wollte Janice wissen.

»Sieht aus wie eine Art Safe … Er nimmt etwas
heraus. Eine Kiste.«

Janice grub aufgeregt die Finger in meinen Arm.
»Vielleicht ist es der Cencio!«

Ich spähte noch einmal hinaus. »Nein, dafür ist
das Ding zu klein. Eher eine Zigarrenkiste.«

»Habe ich es doch gewusst! Er raucht.«

Aufmerksam sah ich zu, wie Alessandro den Safe wieder absperrte und mit der Kiste zurück in Richtung Museum verschwand. Wenige Augenblicke später schloss sich das Eisengitter mit einem Klirren, das viel zu lang durch die Bottini – und unsere Ohren – hallte.

»O nein!«, stöhnte Janice.

»Das heißt jetzt aber nicht …!« In der Hoffnung, dass sie meine Bedenken sofort wieder zerstreuen würde, drehte ich mich nach ihr um. Doch selbst in der Dunkelheit sah ich ihre erschrockene Miene.

»Na ja, ich habe mich schon gefragt, warum vorher nicht abgeschlossen war.«

»Was dich aber nicht abgehalten hat, oder?«, fauchte ich. »Und jetzt sitzen wir hier fest!«

»Wo bleibt denn dein Sinn für Abenteuer?« Janice versuchte stets, aus der Not eine Tugend zu machen, doch dieses Mal überzeugte sie nicht einmal sich selbst. »Ist doch super! Höhlenforschung hat mich schon immer interessiert. Irgendwo gibt es bestimmt einen Ausgang.« Sie sah mich an und kam offenbar zu dem Schluss, dass es ihre Nerven entspannen würde, mich ein wenig aufzuziehen: »Oder wäre es Wulietta wieber, Womeo würde wie wetten?«

Nachdem wir Tante Rose mal einen ganzen Abend lang mit Fragen genervt hatten, wie es denn in Itali-

636

en sei und warum sie nie mit uns hin wolle, war Umberto auf die Idee gekommen, uns die römischen Katakomben zu beschreiben. Nachdem er uns beiden ein Geschirrtuch in die Hand gedrückt hatte, damit wir uns nützlich machen konnten, während er abspülte, erklärte er uns, die frühen Christen hätten sich in geheimen unterirdischen Höhlen getroffen, weil sie dort Versammlungen abhalten konnten, ohne Gefahr zu laufen, von Außenstehenden bei ihren Aktivitäten beobachtet und an den heidnischen Kaiser verraten zu werden. Darüber hinaus hätten sich diese frühen Christen der römischen Tradition der Einäscherung widersetzt, indem sie ihre Toten in Tücher hüllten und hinunter in die Höhlen brachten, wo sie die Leichen in Nischen in der Felswand legten und Bestattungsriten vollzogen, die mit der Hoffnung auf ein Leben nach dem Tod zu tun hatten.

Wenn wir wirklich unbedingt nach Italien wollten, so schloss Umberto, dann würde er uns als Erstes diese Höhlen zeigen, damit wir uns all die interessanten Skelette ansehen könnten.

Während Janice und ich nun durch die Bottini wanderten, wo wir in der Dunkelheit ständig stolperten und abwechselnd die Führung übernahmen, musste ich plötzlich wieder an Umbertos gruselige Geschichten denken. Genau wie die Leute aus seinen Erzählungen wanderten wir hier durch unterirdische Gänge, um nicht entdeckt zu werden, und genau wie jene frühen Christen wussten auch wir nicht genau, wann und wo wir am Ende herauskommen würden – wenn überhaupt.

Eine kleine Hilfe war immerhin, dass Janice das Feuerzeug für ihre wöchentliche Zigarette dabeihatte. Etwa alle zwanzig Schritte blieben wir stehen und ließen es kurz aufflammen, um sicherzustellen, dass wir nicht im Begriff waren, in ein tiefes Loch zu fallen oder – wie Janice wimmernd meinte, als sich die Höhlenwand an einer Stelle plötzlich glitschig anfühlte – direkt in ein riesiges Spinnennetz zu rennen.

»Krabbeltiere«, bemerkte ich, während ich ihr das Feuerzeug abnahm, »sind unser geringstes Problem. Brauch nicht das ganze Gas auf. Womöglich müssen wir hier die Nacht verbringen.«

Eine Weile marschierten wir schweigend dahin – ich voraus, und dicht hinter mir Janice, die sich murmelnd darüber ausließ, dass Spinnen es feucht mochten –, bis ich mit dem Fuß an einem vorstehenden Felsen hängenblieb und mir auf dem rauen Boden derart die Knie und Handgelenke aufriss, dass ich am liebsten in Tränen ausgebrochen wäre, hätte ich es nicht so eilig gehabt nachzusehen, ob das Feuerzeug noch intakt war.

»Alles in Ordnung?«, fragte Janice mit angstvoller Stimme. »Kannst du noch gehen? Ich glaube nicht, dass ich es schaffe, dich zu tragen.«

»Keine Sorge«, knurrte ich, während ich an meinen Fingern schnüffelte, die eindeutig nach Blut rochen. »Geh du wieder voraus. Hier …« Ich drückte ihr das Feuerzeug in die Hand. »Hals- und Beinbruch.«

Nachdem Janice die Führung übernommen hatte, nutzte ich die Gelegenheit, ein wenig zurückzufallen und meine Kratzer – sowohl die körperlichen als auch die seelischen – zu untersuchen, während wir uns weiter ins Unbekannte vortasteten. Die Haut an meinen Knien hing mehr oder weniger in Fetzen herab, doch verglichen mit dem Aufruhr in meinem Inneren war das eine Lappalie.

»Jan?« Im Gehen berührte ich sie am Rücken. »Glaubst du, er hat mir absichtlich nicht erzählt, dass er Romeo ist, weil er wollte, dass ich mich aus den richtigen Gründen in ihn verliebe, und nicht nur wegen seines Namens?«

Dass sie statt einer Antwort nur stöhnte, konnte ich ihr wohl nicht verdenken.

»Du meinst also«, fuhr ich fort, »er hat mir nur deswegen nicht gesagt, dass er Romeo ist, weil er auf keinen Fall wollte, dass eine nervige Virgitarierin seine Tarnung auffliegen lässt?«

»Jules!« Janice war so darauf konzentriert, sich durch die bedrohliche Schwärze zu tasten, dass sie für meine Spekulationen wenig Geduld aufbrachte. »Könntest du bitte damit aufhören, dich selbst zu quälen? Wir wissen doch nicht mal, ob er *wirklich* Romeo ist. Und selbst wenn, werde ich ihm trotzdem den Arsch aufreißen, weil er dich so behandelt.«

Trotz ihres zornigen Tonfalls erstaunte es mich einmal mehr, dass sie sich wegen meiner Gefühle Gedanken machte. Allmählich fragte ich mich, ob es sich dabei tatsächlich um ein völlig neues Phänomen handelte, oder ob es mir früher nur nicht aufgefallen war.

»Fakt ist nämlich«, fuhr ich fort, »dass er im Grunde nie behauptet hat, ein Salimbeni zu sein. Das habe immer ich ... oje!« Beinahe wäre ich erneut gestürzt. Ich klammerte mich an Janice, bis ich mein Gleichgewicht wiedergefunden hatte.

»Lass mich raten«, sagte sie und betätigte das Feuerzeug, damit ich ihre hochgezogenen Augenbrauen sehen konnte, »er hat also auch nie behauptet, etwas mit dem Einbruch ins Museum zu tun zu haben?«

»Das war Bruno Carrera!«, rief ich. »Er hat für Umberto gearbeitet!«

»O nein, Julia-Baby«, höhnte Janice mit verstellter Stimme, klang dabei aber kein bisschen wie Alessandro, »ich habe Romeos Cencio nicht gestohlen ... warum hätte ich das tun sollen? Für mich ist das bloß ein alter Fetzen. Aber gib her, ich trage das scharfe Messer für dich, damit du dich nicht verletzt. Wie hast du es genannt? ... Einen *Dolch*?«

»So war das überhaupt nicht«, murmelte ich.

»Liebes, er hat dich angelogen!« Endlich ließ sie das Feuerzeug zuschnappen und setzte sich wieder in Bewegung. »Je eher du das in dein kleines Julia-Gehirn hineinbekommst, umso besser. Glaub mir, dieser Kerl hat null Gefühle für dich. Das ist alles nur eine große Scharade, um an die Edelsteine zu … *Autsch!*« Dem Klang nach zu urteilen, hatte sie sich an irgendetwas den Kopf angestoßen. Wieder blieben wir stehen. »Was zum Teufel war das?« Janice wollte nachsehen, brachte das Feuerzeug aber erst beim dritten Versuch zum Brennen – und musste bei der Gelegenheit feststellen, dass ich weinte.

Der ungewohnte Anblick erschreckte sie derart, dass sie mich mit linkischer Zärtlichkeit in den Arm nahm. »Es tut mir leid, Jules. Ich will dich nur vor Herzschmerz bewahren.«

»Dabei sagst du doch immer, ich habe gar kein Herz.«

»Tja« – sie drückte mich – »anscheinend ist dir in letzter Zeit eines gewachsen. Eigentlich schade, ohne warst du lustiger.« Sie schaffte es, mich zum Lachen zu bringen, indem sie mit ihrer klebrigen, nach Mokka-Vanille riechenden Hand mein Kinn kraulte, und fuhr dann ganz gnädig fort: »Es ist sowieso meine Schuld. Ich hätte es kommen sehen müssen. Schließlich fährt der Kerl einen gottverdammten Alfa *Romeo*!«

Wären wir nicht an genau dieser Stelle stehengeblieben, noch dazu im letzten flackernden Licht des Feuerzeugs, dann hätten wir die Öffnung in der Höhlenwand zu unserer Linken wahrscheinlich nie bemerkt. Sie war kaum einen halben Meter tief, aber soweit ich sehen konnte, als ich mich auf den Boden kniete und den Kopf hineinstreckte, reichte sie – wie ein Luftschacht in einer Pyramide – mindestens zehn bis zwölf Meter hinauf und endete mit einem kleinen Muschelmuster aus blauem Himmel. Ich bildete mir sogar ein, Verkehrslärm zu hören.

»Gelobt sei Maria!«, rief Janice. »Wir sind wieder im Geschäft. Du zuerst. Alter vor Schönheit.«

Der Schmerz und die Frustration, die ich bei unserem Marsch durch den dunklen Tunnel empfunden hatte, waren nichts im Vergleich zu der Platzangst und den Höllenqualen, die ich litt, während ich mit meinen wunden Knien und Ellbogen den engen Schacht hinaufkletterte. Jedes Mal, wenn es mir gelungen war, mich mit Fingerspitzen und Zehen zwanzig Zentimeter hochzuarbeiten, rutschte ich gleich darauf wieder zehn hinunter.

»Nun komm schon«, drängte mich Janice von hinten, »leg mal einen Zahn zu!«

»Warum bist du denn nicht als Erste gegangen?«, fauchte ich zurück. »Schließlich bist du doch unser großes Ass im Felsenklettern.«

»Hier …« Sie platzierte eine Hand unter meiner eleganten Sandale. »Nimm das als Trittbrett.«

Quälend langsam kämpften wir uns ganz hinauf. Obwohl sich der Schacht im letzten Teil beträchtlich weitete – so dass Janice neben mich kriechen konnte –, blieb er doch ein ekliger Ort.

»Igitt!«, rief Janice, als sie sah, welchen Müll die Leute durch das Gitter geworfen hatten. »Das ist ja widerlich! Ist das … ein Cheeseburger?«

»Kannst du Käse darin entdecken?«

»Sieh mal!« Sie griff nach etwas. »Ein Handy! Mal sehen … Nein, schade. Akku leer.«

»Wenn du fertig bist mit Mülldurchwühlen, können wir dann weiterklettern?«

Wir bahnten uns mit den Ellbogen einen Weg durch Widerwärtigkeiten, die sich mit Worten nicht beschreiben ließen, bis wir schließlich den künstlerisch gestalteten Kanaldeckel erreichten, der uns von der Erdoberfläche trennte. »Wo sind wir?« Janice presste die Nase gegen das filigrane Bronzegitter, und wir blickten beide zu den vorübereilenden Beinen und Füßen hinaus. »Es scheint eine Art Platz zu sein. Sehr groß.«

»Lieber Himmel!«, rief ich aus, als mir klarwurde, dass ich diesen Platz schon viele Male gesehen hatte, wenn auch aus völlig anderer Perspektive. »Ich weiß genau, wo wir sind. Das ist der Campo.« Ich klopfte gegen den Deckel. »Autsch! Der ist ziemlich stabil!«

»Hallo? Hallo?« Janice reckte den Hals, um besser sehen zu können. »Hört mich jemand? Ist da jemand?«

Ein paar Sekunden später kam ein ungläubig dreinblickendes junges Mädchen mit einer Eiswaffel und grünen Lippen in Sicht. Sie beugte sich zu uns herunter. »Ciao«, sagte sie und lächelte dabei, als wären wir von *Versteckte Kamera*, »ich bin Antonella.«

»Hallo, Antonella.« Ich versuchte, Blickkontakt mit ihr herzustellen. »Sprichst du Englisch? Wir sitzen hier irgendwie fest. Meinst du, du könntest … jemanden finden, der uns heraushilft?«

Zwanzig ausgesprochen peinliche Minuten später kehrte Antonella mit einem Paar nackten Füßen in Sandalen wieder.

»Maestro Lippi?« Ich war so erstaunt, meinen Freund, den Maler, zu sehen, dass mir die Stimme fast den Dienst versagte. »Erinnern Sie sich an mich? Ich habe auf Ihrer Couch übernachtet.«

»Natürlich erinnere ich mich!«, antwortete er strahlend. »Wie geht es Ihnen?«

»Ähm …«, sagte ich, »meinen Sie, es wäre möglich, dieses … Ding zu entfernen?« Ich schob meine Finger durch das Gitter. »Wir stecken irgendwie fest. Das hier ist übrigens meine Schwester.«

Maestro Lippi ging in die Knie, um uns besser sehen zu können. »Sie beide haben wohl verbotene Wege beschritten?«

Ich bedachte ihn mit meinem schüchternsten Lächeln. »Ich fürchte, ja.«

Der Maestro runzelte die Stirn. »Haben Sie ihr Grab gefunden? Haben Sie ihr die Augen gestohlen? Hatte ich Sie nicht gebeten, sie dort zu lassen, wo sie hingehören?«

»Wir haben nichts dergleichen getan!« Ich warf einen raschen Blick zu Janice hinüber, um sicherzugehen, dass auch sie einen ausreichend unschuldigen Eindruck machte. »Wir sitzen hier in der Falle, das ist alles. Glauben Sie, dieses Ding …« – wieder klopfte ich gegen das Kanalgitter – »lässt sich irgendwie aufschrauben?«

»Natürlich«, antwortete er, ohne zu zögern, »das geht ganz einfach.«

»Sind Sie sicher?«

»Natürlich bin ich sicher!« Er hob beide Hände. »Schließlich habe ich es gemacht!«

Zum Abendessen gab es Pasta Primavera aus der Dose, aufgepeppt mit einem Zweig Rosmarin von Maestro Lippis Fensterbrett. Als Draufgabe bekamen wir eine Schachtel Pflaster für unsere Schürfwunden. Zu dritt passten wir kaum an den Tisch in seinem Atelier, weil wir uns den Platz mit etlichen Kunstwerken sowie Topfpflanzen in unterschiedlichen Stadien des Dahinwelkens teilen mussten, doch er und Janice hatten trotzdem eine Menge Spaß.

»Sie sind heute sehr still«, bemerkte der Künstler irgendwann an mich gewandt, während er sich von seinem letzten Lachanfall erholte und uns Wein nachschenkte.

»Julia hatte einen kleinen Zusammenstoß mit Romeo«, erklärte Janice statt meiner. »Er hat sie mit dem Mond verglichen. Ein böses Foul.«

»Ah«, meinte Maestro Lippi, »er war gestern Abend hier. Er wirkte gar nicht glücklich. Jetzt weiß ich, warum.«

»Er war gestern Abend hier?«, wiederholte ich.

»Ja.« Der Maestro nickte. »Er hat gesagt, Sie sehen gar nicht so aus wie auf dem Bild, sondern noch viel schöner. Und viel – wie hat er noch mal gesagt? – ach ja, viel ... *tödlicher.*« Mit einem verschwörerischen Grinsen prostete der Maestro mir zu.

»Hat er zufällig auch erwähnt«, fragte ich, wider Willen mit leicht beleidigtem Unterton, »warum er schon die ganze Zeit schizophrene Spielchen mit mir treibt, statt mir gleich zu sagen, dass er Romeo ist? Ich habe ihn für einen anderen gehalten.«

Maestro Lippi starrte mich überrascht an. »Aber haben Sie ihn denn nicht erkannt?«

»Nein!« Frustriert fasste ich mir an den Kopf. »Ich habe ihn genauso wenig erkannt wie er mich!«

»Was genau können Sie uns über diesen Kerl erzählen?«, wandte sich Janice an den Maestro. »Wie viele Leute wissen davon, dass er Romeo ist?«

»Ich weiß bloß«, antwortete Maestro Lippi achselzuckend, »dass er nicht Romeo genannt werden will. Nur seine Familie nennt ihn so. Es ist ein großes Geheimnis. Keine Ahnung, warum. Er möchte Alessandro Santini genannt werden ...«

Ich schnappte nach Luft. »Sie haben die ganze Zeit gewusst, wie er heißt! Warum haben Sie mir das denn nicht gesagt?«

»Ich dachte, Sie wüssten es!«, gab der Maestro zurück. »Sie sind doch Julia! Vielleicht brauchen Sie eine Brille!«

»Entschuldigen Sie die dumme Frage«, mischte Janice sich ein, während sie gleichzeitig über einen Kratzer an ihrem Arm rieb, »aber woher wissen *Sie* denn, dass er Romeo ist?«

Maestro Lippi starrte sie verblüfft an. »Ich ... ich ...«

Sie griff nach einem weiteren Pflaster. »Erzählen Sie mir jetzt bitte nicht, dass Sie ihn aus einem früheren Leben kennen.«

»Nein«, entgegnete der Maestro stirnrunzelnd, »ich habe ihn auf dem Fresko erkannt. Im Palazzo Pubblico. Und dann habe ich auch noch den Marescotti-Adler an seinem Arm gesehen ...« – er nahm mich am Handgelenk und deutete auf die Innenseite meines Unterarms –, »genau hier. Ist Ihnen der nie aufgefallen?«

Für ein paar Sekunden befand ich mich wieder

im Untergeschoss des Palazzo Salimbeni und versuchte, nicht auf Alessandros Tätowierungen zu starren, während wir über meinen mutmaßlichen Verfolger sprachen. Selbst damals war mir klar gewesen, dass es sich – im Gegensatz zu Janices kitschigem Kinderkram – nicht um Souvenirs aus zugedröhnten Semesterferien in Amsterdam handelte. Dass diese Tätowierungen wichtige Hinweise auf seine Identität bargen, hatte ich allerdings nicht begriffen. Nein, ich war viel zu sehr damit beschäftigt gewesen, an der Wand seines Büros nach Diplomen und Vorfahren Ausschau zu halten, um zu erkennen, dass ich es mit einem Mann zu tun hatte, der seine Vorzüge nicht in einem Silberrahmen zur Schau stellte, sondern sie – in welcher Form auch immer – am Leibe trug.

»Nicht, dass ich das Thema wechseln möchte«, erklärte ich und griff nach meiner Handtasche, »aber wären Sie eventuell so nett, uns etwas zu übersetzen?« Ich reichte Maestro Lippi den italienischen Text aus der Truhe meiner Mutter, den ich in der Hoffnung, einen willigen Übersetzer zu finden, schon seit Tagen mit mir herumtrug. Ursprünglich hatte ich mit dem Gedanken gespielt, Alessandro zu bitten, aber irgendetwas hatte mich zurückgehalten. »Wir glauben, es könnte wichtig sein.«

Der Maestro nahm den Text entgegen und überflog die Überschrift und die ersten paar Absätze.

»Das ist eine Erzählung«, erklärte er ein wenig überrascht. »Sie trägt den Titel *La Maledizione sul Muro* … Der Fluch an der Wand. Sie ist ziemlich lang. Sind Sie sicher, dass Sie sie hören wollen?«

VI. II

Hol der Henker eure beiden Häuser!
Sie haben Würmerspeis aus mir gemacht

DER FLUCH AN DER WAND
Siena, im Jahre 1370

€s gibt eine Legende, die nicht viele Menschen
kennen. Wegen der berühmten Leute, die darin
verwickelt waren, wurde die Geschichte totgeschwie-
gen, ehe sie an die Öffentlichkeit drang. Die Geschichte beginnt mit Santa Caterina, die schon als
kleines Mädchen für ihre besonderen Kräfte bekannt
war. Die Leute kamen aus ganz Siena mit ihren
Schmerzen und Leiden zu ihr und wurden durch ihre Berührung geheilt. Nun, als erwachsene Frau, verbrachte sie den Großteil ihrer Zeit im Krankenhaus
neben der Kathedrale von Siena, Santa Maria della
Scala, wo sie eine eigene kleine Kammer mit einem
Bett hatte und sich um die Kranken kümmerte.

Eines Tages nun wird Santa Caterina in den Palazzo Salimbeni gerufen und stellt bei ihrem Eintreffen
fest, dass das ganze Haus von Furcht erfüllt ist. Die
Leute erzählen ihr, dass dort vier Tage zuvor eine

große Hochzeit stattgefunden habe: Bei der Braut habe es sich um eine Frau aus der Familie Tolomei gehandelt, die hübsche Mina, und beim Bräutigam um einen Sohn Salimbenis. Deswegen sei es ein prächtiges Fest gewesen, und die beiden Familien seien zusammengekommen, um gemeinsam zu essen, zu singen und einen langen Frieden zu feiern.

Als jedoch der Bräutigam um Mitternacht in sein Brautgemach geht, ist seine Braut nicht da. Er fragt die Bediensteten, aber niemand hat sie gesehen, so dass er es mit der Angst zu tun bekommt. Was ist seiner Mina widerfahren? Ist sie davongelaufen? Oder wurde sie von Feinden entführt? Wer aber sollte es wagen, den Tolomeis und den Salimbenis so etwas anzutun? Das ist völlig undenkbar. Deshalb rennt der Bräutigam auf der Suche nach seiner Braut treppauf und treppab, befragt alle Dienstboten, befragt alle Wachen, doch ohne Erfolg. Mina kann das Haus nicht unbemerkt verlassen haben. Auch sein Herz sagt nein! Er ist ein freundlicher junger Mann, noch dazu recht gutaussehend. Sie würde niemals vor ihm weglaufen. Trotzdem muss dieser junge Salimbeni jetzt seinem Vater und ihrem Vater Bescheid geben, und als diese hören, was los ist, fängt das ganze Haus an, nach Mina zu suchen.

Sie suchen stundenlang – in den Schlafzimmern, in der Küche, sogar im Speicher –, bis die Lerche ihr Lied anstimmt und sie schließlich aufgeben.

Nun aber, da ein neuer Tag begonnen hat, kommt die älteste Großmutter der Hochzeitsgesellschaft, Monna Cecilia, nach unten und findet alle in Tränen aufgelöst vor. Die Männer sprechen von Krieg gegen diese, Krieg gegen jene. Nachdem Monna Cecilia ihnen eine Weile zugehört hat, sagt sie zu ihnen: »Traurige Herren, kommt mit mir, ich werde Eure Mina finden. Denn es gibt einen Ort im Haus, an dem Ihr nicht gesucht habt, und ich spüre in meinem Herzen, dass sie dort ist.«

Monna Cecilia führt sie tief hinab unter die Erde, in die alten Verliese des Palazzo Salimbeni. Sie zeigt ihnen die Türen, die mit den Hausschlüsseln geöffnet worden sind, welche der Braut bei der Hochzeitszeremonie ausgehändigt wurden, und erklärt ihnen, dass aus Angst vor der Dunkelheit schon seit vielen Jahren niemand mehr diese Gewölbe betreten hat. Die alten Männer der Hochzeitsgesellschaft sind entsetzt, sie können nicht fassen, dass die neue Braut Schlüssel zu all diesen geheimen Türen erhalten hat, und werden immer zorniger, je weiter sie gehen, und auch immer angsterfüllter, denn sie wissen, dass dort unten tiefe Dunkelheit herrscht und in der Vergangenheit, vor der Pest, viele Dinge passiert sind, die besser vergessen blieben. Nun aber marschieren all die großen Männer mit ihren Fackeln hinter der alten Monna Cecilia her und trauen ihren Augen nicht.

Schließlich erreichen sie einen Raum, der in früheren Zeiten zur Bestrafung verwendet wurde. Dort bleibt Monna Cecilia stehen, und auch all die Männer bleiben stehen, denn sie hören jemanden weinen. Erschrocken stürmt der junge Bräutigam mit seiner Fackel vor. Als das Licht die hinterste Ecke der Zelle erreicht, sieht er dort seine Braut in ihrem schönen blauen Nachthemd auf dem Boden sitzen. Sie zittert vor Kälte und hat solche Angst, dass sie beim Anblick der Männer zu schreien beginnt und niemanden erkennt, nicht einmal ihren eigenen Vater.

Natürlich heben die Männer sie hoch und tragen sie die Treppe hinauf ans Licht, wo sie ihr etwas zu trinken und alle möglichen Spezereien zu essen geben, doch Mina zittert immer noch wie Espenlaub und stößt sie alle von sich fort. Ihr Vater versucht mit ihr zu sprechen, aber sie dreht den Kopf weg und weigert sich, ihn anzusehen. Schließlich nimmt der arme Mann seine Tochter an den Schultern und fragt sie: »Weißt du denn nicht mehr, dass du meine kleine Mina bist?« Doch Mina stößt ihn höhnisch lachend von sich und entgegnet mit einer Stimme, die nicht die ihre ist, sondern dunkel wie der Tod: »Nein, ich bin nicht deine Mina. Mein Name ist Lorenzo.«

Ihr könnt euch sicher das Entsetzen beider Familien vorstellen, als sie begreifen, dass Mina den Verstand verloren hat. Die Frauen beginnen zur Jungfrau Maria zu beten, und die Männer beschuldigen einander, schlechte Väter und Brüder zu sein, weil sie die arme Mina erst so spät gefunden hatten. Die Einzige, die ruhig bleibt, ist Monna Cecilia. Sie setzt sich neben Mina, streichelt ihr übers Haar und versucht, sie noch einmal zum Sprechen zu bringen.

Doch Mina wiegt sich nur die ganze Zeit vor und zurück, ohne jemanden anzusehen, bis Monna Cecilia schließlich sagt: »Lorenzo, Lorenzo, mein Lieber, ich bin Monna Cecilia. Ich weiß, was man dir angetan hat!«

Nun endlich blickt Monna Mina die alte Frau an und beginnt wieder zu weinen. Monna Cecilia nimmt sie in den Arm und lässt sie weinen, bis sie nach mehreren Stunden schließlich gemeinsam auf dem Brautbett einschlafen. Drei Tage lang schläft Monna Mina und wird dabei von Träumen geplagt, schrecklichen Albträumen. Mit ihren Schreien weckt sie immer wieder das ganze Haus, bis die Familien am Ende beschließen, Santa Caterina herbeizurufen.

Nachdem sie sich die Geschichte angehört hat, begreift Santa Caterina, dass Monna Mina von einem Geist besessen ist. Trotzdem fürchtet sie sich nicht, sondern setzt sich an das Bett der jungen Frau und betet dort die ganze Nacht ohne Unterlass. Als Monna Mina am Morgen aufwacht, weiß sie wieder, wer sie ist.

Im Haus herrscht große Freude, und alle preisen Santa Caterina, obwohl diese ihnen dafür Schelte erteilt und erklärt, der Dank gebühre allein Christus. Doch selbst in dieser Stunde großer Freude wirkt Monna Mina immer noch bekümmert, und als man sie fragt, was ihr denn Kummer bereite, eröffnet sie ihnen, sie habe eine Nachricht von Lorenzo und könne erst wieder zur Ruhe kommen, wenn sie diese an sie übermittelt habe.

Ihr könnt euch sicher vorstellen, wie entsetzt alle sind, weil sie wieder über diesen Lorenzo spricht, den Geist, von dem sie zuvor besessen war. Trotzdem sagen sie zu ihr: »Nur zu, wir sind bereit, die Nachricht anzuhören.« Monna Mina aber kann sich nicht an die Nachricht erinnern und beginnt wieder zu weinen, so dass erneut alle von Entsetzen erfüllt sind. Vielleicht, so flüstern sie einander mit gedämpfter Stimme zu, wird sie erneut den Verstand verlieren.

Nun aber reicht die weise Santa Caterina Monna Mina eine in Tinte getauchte Feder und sagt: »Meine Liebe, lasst Lorenzo seine Nachricht mit Eurer Hand niederschreiben.«

»Aber ich kann doch gar nicht schreiben!«, entgegnet Mina.

»Nein«, pflichtet ihr Santa Caterina bei, »aber wenn Lorenzo des Schreibens mächtig ist, wird seine Hand die Eure führen.«

Monna Mina nimmt also die Feder und wartet eine Weile darauf, dass ihre Hand anfängt, sich zu bewegen, während Santa Caterina für sie betet.

Schließlich aber steht Monna Mina wortlos auf, geht wie eine Schlafwandlerin zur Treppe hinaus und steigt hinunter, weit hinunter in den Keller, dicht gefolgt von allen anderen. Als sie in den Raum kommt, wo man sie gefunden hat, tritt sie an die Wand und beginnt mit dem Zeigefinger über die Mauer zu streichen, als schriebe sie, und die Männer treten mit Fackeln vor und beobachten, was sie tut. Sie fragen Monna Mina, was sie denn da schreibe, aber sie antwortet nur: »Lest selbst!« Als sie ihr daraufhin sagen, dass nichts von dem, was sie schreibt, zu sehen ist, antwortet sie: »Aber nein, dort steht es doch, könnt Ihr es denn nicht erkennen?«

Schließlich lässt Santa Caterina einen Jungen Stofffarbe aus der Werkstatt ihres Vaters holen und dann Monna Mina den Zeigefinger in die Farbe tauchen, damit sie nachzeichnen kann, was sie bereits geschrieben hat. Nun füllt Monna Mina, die niemals Lesen oder Schreiben gelernt hat, die ganze Wand mit Worten, welche all den großen Männern einen Angstschauder über den Rücken jagen, denn der Geist von Lorenzo hat Monna Mina folgende Nachricht niederschreiben lassen:

Hol der Henker eure beiden Häuser
Ihr alle sollt sterben in Feuer und Blut
Eure Kinder heulen auf ewig unter einem irren
   Mond

*Bis eure Sünden ihr sühnt und vor der Jungfrau
niederkniet
Und Giulietta erwacht und ihren Romeo wiedersieht.*

Als Monna Mina zu Ende geschrieben hatte, stürzte
sie sich in die Arme ihres Bräutigams, rief ihn bei
seinem Namen und bat ihn, sie aus dem Raum fort-
zubringen, da sie ihre Aufgabe erfüllt habe. Vor Erleichterung weinend, tat er, wie ihm geheißen, und
brachte sie nach oben ans Licht. Danach sprach
Monna Mina nie wieder mit der Stimme von Lorenzo, vergaß aber dennoch nicht, was ihr passiert
war, und beschloss herauszufinden, wer Lorenzo gewesen war und warum er durch sie gesprochen hatte, auch wenn ihr Vater und ihr Schwiegervater alles
in ihrer Macht Stehende taten, um die Wahrheit vor
ihr zu verheimlichen.

Monna Mina war eine willensstarke Frau, eine
echte Tolomei. Sooft ihr Mann seinen Geschäften
nachging, verbrachte sie viele Stunden mit der alten
Monna Cecilia, lauschte den Geschichten aus der
Vergangenheit und stellte allerlei Fragen. Obwohl
die alte Frau zunächst Angst hatte, wusste sie doch,
dass es ihr Frieden bringen würde, die schwere Last
an jemand anderen weiterzureichen, statt die Wahrheit mit ins Grab zu nehmen.

Monna Cecilia erklärte Monna Mina, dass genau

dort, wo sie jenen schrecklichen Fluch an die Wand geschrieben hatte, viele, viele Jahre zuvor ein junger Mönch namens Bruder Lorenzo die gleichen Worte mit seinem eigenen Blut geschrieben hatte. Er war in dem Raum festgehalten und gefoltert worden, bis er starb.

»Aber von wem?«, fragte Monna Mina, während sie sich über den Tisch beugte und aufgeregt Monna Cecilias verkrümmte Hände umklammerte. »Wer hat ihm das angetan, und warum?«

»Ein Mann«, antwortete Monna Cecilia und ließ dabei bekümmert den Kopf sinken, »den ich in meiner Erinnerung längst nicht mehr meinen Vater nenne.«

Dieser Mann, so erklärte ihr Monna Cecilia, hatte dem Hause Salimbeni in der Zeit der großen Pest vorgestanden und es wie ein Tyrann regiert. Manche Leute versuchten sein Verhalten damit zu entschuldigen, dass Tolomei-Schurken seine Mutter vor seinen Augen umgebracht hätten, als er noch ein kleiner Junge war, doch das rechtfertigte nicht, dass er als erwachsener Mann anderen das Gleiche antat. Genau das aber tat Salimbeni. Er war grausam zu seinen Feinden und streng gegenüber seiner Familie. Jedes Mal, wenn er eine Ehefrau satthatte, sperrte er sie auf dem Land ein und wies die Bediensteten an, ihr nicht genug zu essen zu geben. Sobald sie tot war, heiratete er die Nächste. Je älter er wurde, umso jünger wurden seine Frauen, bis ihn am Ende nicht einmal mehr Jugend befriedigte, und er in seiner Verzweiflung ein unnatürliches Begehren nach einer jungen Frau entwickelte, deren Eltern er selbst hatte ermorden lassen. Ihr Name war Giulietta.

Trotz der Tatsache, dass Giulietta sich bereits heimlich einem anderen verlobt hatte und die Leute der Meinung waren, dass die Jungfrau Maria selbst dem jungen Paar ihren Segen erteilt hatte, erzwang Salimbeni seine eigene Heirat mit dem Mädchen und forderte auf diese Weise den schrecklichsten Feind heraus, den ein Mann haben konnte. Denn jeder wusste, dass die Jungfrau Maria menschliche Einmischung in ihre Pläne gar nicht schätzte, und tatsächlich endete das Ganze in Elend und Tod. Es brachten sich nicht nur die jungen Liebenden um, sondern auch Salimbenis ältester Sohn starb in dem verzweifelten Bemühen, die Ehre seines Vaters zu verteidigen.

Wegen all dieser Kränkungen und Kümmernisse ließ Salimbeni Bruder Lorenzo verhaften und foltern, denn er legte ihm zur Last, das junge Paar heimlich in seiner verhängnisvollen Liebe bestärkt und unterstützt zu haben. Salimbeni lud Giuliettas Onkel Messer Tolomei ein, der Bestrafung des Mönches beizuwohnen, welcher ihre Pläne, die beiden verfeindeten Familien durch eine Ehe zu vereinen, so dreist vereitelt hatte. Das waren die Männer, die Bruder Lorenzo mit seinen Worten an der Wand verfluchte: Messer Salimbeni und Messer Tolomei.

Nachdem der Mönch gestorben war, ließ Salimbeni die Leiche unter dem Boden der Folterkammer verscharren, wie er es auch mit früheren Opfern getan hatte. Anschließend wies er seine Bediensteten an, den Fluch abzuwaschen und die Wand frisch zu kalken. Schon bald aber stellte er fest, dass diese Maßnahmen nicht ausreichten, um das Geschehene vergessen zu machen.

Als ihm ein paar Nächte danach Bruder Lorenzo im Traum erschien und ihn warnte, dass weder Seife noch Kalk den Fluch je auslöschen konnten, bekam Salimbeni es mit der Angst zu tun und versiegelte die alte Folterkammer, um die bösen Mächte, die von der Wand ausgingen, dort einzuschließen. Nun begann er plötzlich auf die Stimmen der Leute zu hören, die behaupteten, er sei verflucht und die Jungfrau Maria suche nach einer Möglichkeit, ihn zu bestrafen. Die Stimmen waren überall: auf der Straße, auf dem Markt, in der Kirche. Selbst dann, wenn er ganz alleine war, hörte er sie. Als dann eines Nachts im Palazzo Salimbeni ein großes Feuer ausbrach, war Salimbeni sicher, dass das alles zu Bruder Lorenzos Fluch gehörte, welcher ja verlangte, seine Familie solle *sterben in Feuer und Blut*.

Etwa um diese Zeit erreichten die ersten Gerüchte über den Schwarzen Tod Siena. Pilger brachten aus dem Orient Geschichten über eine schreckliche Seuche nach Hause, welche mehr Dörfer und Städte hinweggerafft habe, als die mächtigste Armee es vermochte, doch die meisten Leute glaubten, so etwas träfe nur die Heiden. Sie waren sicher, dass die Jungfrau Maria ihren schützenden Mantel über Siena breiten würde, wie sie es schon so viele Male zuvor getan hatte, und dass Gebete und Kerzen das Übel, sollte es je den Ozean überqueren, von ihrer Stadt fernhalten würden.

Salimbeni aber hatte lange Zeit in dem Irrglauben gelebt, dass alles Gute, was um ihn herum passierte, eine Auswirkung seiner Brillanz war. Deshalb beherrschte ihn nun der Gedanke, dass er – und zwar er ganz allein – auch die Ursache für alle Katastrophen war, die sich um ihn herum ereigneten, und es folglich seine Schuld war, dass die Pest nun nach Siena zu kommen drohte. In seinem Wahn grub er die Leichen von Giulietta und Romeo aus ihrem unheiligen Boden aus und gab ihnen ein höchst heiliges Grab, um die Stimmen der Leute zum Verstummen zu bringen, oder genauer gesagt die Stimmen in seinem eigenen Kopf, die ihn für den Tod eines jungen Paares verantwortlich machten, dessen Liebe vom Himmel gesegnet gewesen war.

Er war so versessen darauf, mit dem Geist von

Bruder Lorenzo Frieden zu schließen, dass er viele Nächte damit zubrachte, auf den Fluch hinunterzustarren, der auf einem Stück Pergament niedergeschrieben war, und darüber nachzusinnen, wie er die Forderung *Bis eure Sünden ihr sühnt und vor der Jungfrau niederkniet* erfüllen konnte. Er ließ sogar kluge Gelehrte von der Universität in sein Haus kommen und Spekulationen anstellen, wie man dafür sorgen könne, dass *Giulietta erwacht und ihren Romeo wiedersieht*. Am Ende präsentierten sie ihm tatsächlich einen Plan.

Um den Fluch aufzuheben, so erklärten sie, müsse Salimbeni erst einmal erkennen, dass Reichtum etwas Böses sei, und ein Mann, der viel Gold besitze, kein glücklicher Mann sei. Ihnen zufolge würde er, sobald er das erkannt hatte, kein Bedauern mehr dabei empfinden, wenn er große Summen seines Vermögens an Leute zahlte, die es – wie gewisse kluge Gelehrte von der Universität – zu ihrer Aufgabe gemacht hatten, ihn von seiner Schuld zu befreien. Außerdem gab er bestimmt nur allzu gerne eine teure Skulptur in Auftrag, die dem Fluch mit Sicherheit ein Ende setzte und ihrem Besitzer half, nachts wieder tief und fest zu schlafen, da er nun wusste, dass er, indem er sein böses Geld opferte, der ganzen Stadt Vergebung und Schutz vor der angeblich drohenden Seuche erkauft hatte.

Die Skulptur, so erklärten sie ihm, musste auf

Giuliettas und Romeos Grab stehen und mit reinem Gold überzogen sein. Sie sollte das junge Paar darstellen, und zwar auf eine Weise, dass sie Bruder Lorenzos Fluch wie ein Gegengift unwirksam machte. Ferner forderten die Gelehrten Salimbeni auf, die kostbaren Edelsteine aus Giuliettas Brautkrone als Augen in die Skulptur einsetzen zu lassen: zwei grüne Smaragde in den Kopf von Romeo, zwei blaue Saphire in den von Giulietta. Unter der Skulptur solle geschrieben stehen:

Hier ruht die treue, liebevolle Giulietta
Dank der Liebe und Gnade Gottes
Auf dass sie erweckt werde von Romeo, ihrem
  rechtmäßigen Gatten
Zu einer Stunde vollkommener Gnade

Auf diese Weise könne Salimbeni den Moment ihrer Wiedererweckung künstlich nachbilden und es den beiden jungen Liebenden ermöglichen, sich auf ewig in die Augen zu blicken. Außerdem würden dann alle Bürger von Siena die Statue sehen und Salimbeni einen großzügigen und gläubigen Mann nennen.

Um diesen Eindruck noch zusätzlich zu verstärken, müsse Salimbeni allerdings das Märchen von seiner Güte wachhalten und eine Geschichte in Auftrag geben, die ihn ganz von jeglicher Schuld freisprach. Die Geschichte sollte von Romeo und Giulietta handeln und viel Dichtung und Durcheinander enthalten, wie es bei guter Kunst immer der Fall sei, denn ein begnadeter Geschichtenerzähler, der vor beeindruckenden Unwahrheiten nur so übersprudle, ziehe viel mehr Aufmerksamkeit auf sich als ein ehrlicher Langweiler.

Jene Leute aber, die hinsichtlich Salimbenis Schuld noch immer nicht den Mund halten wollten, müssten zum Schweigen gebracht werden – entweder durch Gold, das er ihnen in die Hände drückte, oder durch Eisen, das er ihnen in den Rücken rammte. Denn nur, indem er solch böse Zungen zum Verstummen brachte, konnte Salimbeni jemals hoffen, vor den Menschen wieder unbescholten dazustehen und den Weg zurück in ihre Gebete zu finden, und somit auch in die heiligen Ohren des Himmels.

So lauteten die Empfehlungen der Universitätsgelehrten, und Salimbeni machte sich mit großem Eifer daran, ihren Vorschlägen nachzukommen. Als Erstes brachte er – gemäß ihren eigenen Ratschlägen – die Gelehrten zum Schweigen, ehe sie ihn verleumden konnten. Anschließend beauftragte er einen ortsansässigen Dichter damit, eine Erzählung über zwei vom Unglück verfolgte Liebende zu verfassen, deren tragischer Tod ganz allein ihre eigene Schuld war, und diese Geschichte unter das lesende Volk zu bringen – und zwar nicht als Dichtung, sondern als schändlich ignorierte Wahrheit. Schließlich erteilte Salimbeni dem großen Künstler Maestro Ambrogio die Oberaufsicht über die Arbeiten an der goldenen Skulptur. Sobald sie fertiggestellt war – und die kostbaren Steine saßen, wo sie hingehörten –, postierte er in der Kapelle vier bewaffnete Wachen, die Tag und Nacht auf das unsterbliche Paar aufpassten.

Doch nicht einmal die Skulptur und die Wachen konnten die Pest fernhalten. Über ein Jahr lang wütete die schreckliche Krankheit in Siena. Sie überzog gesunde Körper mit schwarzen Beulen und tötete jeden, der mit ihr in Berührung kam. Die halbe Bevölkerung fiel ihr zum Opfer – für jeden, der am Leben blieb, starb ein anderer. Am Ende reichten die Überlebenden nicht mehr aus, um die Toten zu begraben. Die Straßen waren überströmt von Fäulnis und Blut, und alle, die noch hätten essen können, mussten Hunger leiden, weil es nichts mehr zu kaufen gab.

Danach war die Welt eine andere geworden. Die Erinnerungen der Menschen waren ausgelöscht – die guten ebenso wie die schlechten. Wer überlebt hatte, war viel zu sehr mit seinen Angelegenheiten beschäftigt, um sich für Kunst und alte Klatschgeschichten zu interessieren, so dass auch die Geschichte von Romeo und Giulietta nur noch ein schwaches Echo aus einer anderen Welt darstellte, an das sich höchstens hin und wieder jemand erinnerte, und wenn, dann meist bruchstückhaft. Das Grab selbst war für immer verschwunden, begraben unter einem Berg des Todes, und nur noch ganz wenige Menschen wussten vom Wert der Skulptur. Maestro Ambrogio, der die Edelsteine persönlich angebracht hatte und ihre Geschichte bestens kannte, gehörte zu den vielen tausend Bewohnern Sienas, die durch die Pest ums Leben kamen.

Nachdem Monna Mina alles gehört hatte, was Monna Cecilia über Bruder Lorenzo wusste, kam sie zu dem Schluss, dass es doch noch etwas gab, was man tun konnte, um seinen Geist zu besänftigen. An einem Tag, an dem ihr Mann besonders verliebt in sie wirkte, ehe er losritt, um seinen Geschäften nachzugehen, erteilte sie sechs kräftigen Bediensteten den Auftrag, ihr in den Keller zu folgen und den Boden der alten Grabkammer aufzubrechen.

Verständlicherweise waren die Bediensteten nicht allzu glücklich über ihre gruselige Aufgabe, doch als sie sahen, wie geduldig ihre Herrin neben ihnen stehen blieb, während sie arbeiteten, und ihnen als Belohnung immer wieder Kuchen und Süßigkeiten in Aussicht stellte, wagten sie nicht zu murren.

Im Verlauf des Vormittags fanden sie nicht nur die Knochen von einem, sondern von mehreren Menschen. Beim Anblick dieser Spuren von Mord und Verstümmelung wurde zunächst allen übel, doch als sie sahen, dass Monna Mina sich – trotz ihrer Blässe – nicht von der Stelle rührte, überwanden sie bald ihr Grauen und griffen wieder nach ihren Werkzeugen, um die Arbeit fortzusetzen. Im weiteren Verlauf des Tages empfanden sie eine immer glühendere Bewunderung für die junge Frau, die so fest entschlossen war, das Haus von seinem Übel zu befreien.

Nachdem alle Knochen geborgen waren, ließ Monna Mina sie von den Bediensteten in Tücher hüllen und zum Friedhof bringen. Lediglich die jüngsten Überreste, von denen sie sicher war, dass es sich um die von Bruder Lorenzo handelte, behielt sie zurück. Da sie zunächst nicht recht wusste, wie sie damit verfahren sollte, setzte sie sich für eine Weile neben den Leichnam und betrachtete das silberne Kruzifix, welches er mit der Hand umklammert hatte, bis in ihrem Kopf schließlich ein Plan Gestalt gewann.

Vor ihrer Heirat hatte Monna Mina einen Beichtvater gehabt, einen heiligen und wunderbaren Mann, der aus dem Süden stammte, aus Viterbo, und der oft von der Kathedrale der Stadt erzählt hatte, San Lorenzo. War das nicht genau der richtige Ort für die sterblichen Überreste des Mönchs? Vielleicht konnten ihm seine heiligen Brüder dort helfen, endlich Frieden zu finden – weit weg von Siena, wo er solch unsägliche Grausamkeiten hatte erdulden müssen.

Als ihr Gatte an diesem Abend zurückkehrte, hatte Monna Mina bereits alles vorbereitet. Die sterblichen Überreste von Bruder Lorenzo befanden sich in einem hölzernen Sarg, bereit, auf einen Wagen geladen zu werden, und es lag auch schon ein Brief an die Priester von San Lorenzo parat, welcher gerade genug erklärte, um sie wissen zu lassen, dass sie es mit einem Mann zu tun hatten, der es verdiente, endlich von seinen Leiden erlöst zu werden. Das Einzige, was noch fehlte, war die Erlaubnis ihres Mannes und eine Handvoll Geld, damit das Unterfangen in die Wege geleitet werden konnte, aber Monna Mina war eine Frau, die sehr schnell – bereits in den wenigen Monaten ihrer Ehe – gelernt hatte, dass ein angenehmer Abend ausreichte, um einem Mann solche Dinge zu entlocken.

Ehe der Nebel auf der Piazza Salimbeni sich lichtete, stand sie am nächsten Morgen an ihrem Schlafzimmerfenster, während ihr Gatte hinter ihr noch selig schlafend im Bett lag, und sah zu, wie der Wagen mit dem Sarg nach Viterbo aufbrach. Um den Hals trug sie das gereinigte und polierte Kruzifix von Bruder Lorenzo. Ihr erster Impuls war gewesen, es zu den sterblichen Überresten des Mönchs in den Sarg zu legen, doch am Ende hatte sie beschlossen, es als Zeichen ihrer mystischen Verbundenheit zu behalten.

Sie wusste noch nicht, warum er ausgerechnet sie

auserwählt hatte, um durch sie zu sprechen und ihre Hand zu zwingen, einen Fluch niederzuschreiben, der ihrer Familie so viel Unglück gebracht hatte. Ihr Gefühl aber sagte ihr, dass er es aus Güte getan hatte, um sie auf diese Weise wissen zu lassen, dass sie ein Gegenmittel finden musste. Bis ihr das gelungen war, wollte sie das Kruzifix behalten, damit es sie immer wieder an die Worte an der Wand erinnerte und an den Mann, dessen letzte Gedanken nicht sich selbst gegolten hatten, sondern Romeo und Giulietta.

Mit Namen weiß ich dir nicht zu sagen, wer ich bin.
Mein eigner Name, teure Heil'ge, wird,
Weil er dein Feind ist, von mir selbst gehasst

Nachdem Maestro Lippi aufgehört hatte zu übersetzen, herrschte eine Weile Schweigen. Ursprünglich hatte ich den italienischen Text nur herausgeholt, um von dem Thema abzulenken, dass Alessandro Romeo war. Hätte ich gewusst, dass uns dieser Text an solch dunkle Orte führen würde, wäre ich wahrscheinlich vorsichtiger damit umgegangen.

»Armer Bruder Lorenzo«, meinte schließlich Janice, nachdem sie ihr Weinglas geleert hatte, »kein Happy End für ihn.«

»Ich war schon immer der Meinung, dass Shakespeare ihn zu leicht hat davonkommen lassen«, versuchte ich einen lockereren Ton anzuschlagen. »In *Romeo und Julia* wandert er mit blutroten Händen über den Friedhof – wo überall Leichen herumliegen – und gibt auch noch zu, dass er hinter dem ganzen unglückseligen Schlamassel mit dem Schlaftrank steckte … und das war's. Man möchte doch meinen, die Capulets und die Montagues würden zumindest *versuchen*, ihn zur Verantwortung zu ziehen.«

»Vielleicht haben sie das ja getan«, meinte Janice, »aber erst später. *Ich will dann strafen oder Gnad erteilen* ... das klingt nicht, als wäre das Ganze schon vorbei, bloß weil der Vorhang fiel.«

»Wie es aussieht, war es tatsächlich noch nicht vorbei«, antwortete ich mit einem Blick auf den Text, den Maestro Lippi gerade für uns übersetzt hatte. »Und laut Mom ist es das nach wie vor nicht.«

»Das alles«, mischte sich der Maestro ein, der wegen der teuflischen Taten des alten Salimbeni noch immer die Stirn runzelte, »ist sehr beunruhigend. Wenn es stimmt, dass Bruder Lorenzo solch einen Fluch niedergeschrieben hat, und zwar in genau jenen Worten, dann hieße das theoretisch, dass der Fluch ewig weiterwirkt, bis ...« – er blätterte zu der entsprechenden Stelle im Text zurück, um sie nicht falsch zu zitieren – »*eure Sünden ihr sühnt und vor der Jungfrau niederkniet* ... *und Giulietta erwacht und ihren Romeo wiedersieht.*«

»Tja«, meinte Janice, seit jeher kein großer Fan von abergläubischem Hokuspokus, »dazu hätte ich zwei Fragen. Erstens: wer ist dieses *ihr* ...?«

»Das liegt doch auf der Hand«, warf ich ein, »denn schließlich beginnt Lorenzo seinen Fluch mit *Hol der Henker eure beiden Häuser.* Damit wendet er sich ganz offensichtlich an Salimbeni und Tolomei, die ja bei ihm im Keller waren, um ihn zu foltern. Und da wir zwei, du und ich, aus dem Hause Tolomei stammen, sind wir ebenfalls verflucht.«

»Du solltest dich mal hören!«, fauchte Janice. »Aus dem Hause Tolomei! Was bedeutet schon ein Name?«

»Nicht nur ein Name«, widersprach ich, »die Gene *und* der Name. Mom hatte die Gene und Dad den Namen. Da bleibt für uns nicht mehr viel Spielraum.«

Janice behagte meine Logik überhaupt nicht, aber was sollte sie machen? »Na schön, meinetwegen«, seufzte sie, »Shakespeare hatte unrecht. Es gab nie einen Mercutio, der wegen Romeo sterben musste und deshalb ihn und Tybalt mit einem Fluch belegte. Der Fluch kam von Bruder Lorenzo. Schön. Aber ich hätte noch eine zweite Frage, und zwar: *Wenn* man tatsächlich an diesen Fluch glaubt, was dann? Gibt es wirklich Leute, die blöd genug sind sich einzubilden, sie könnten ihm ein Ende setzen? Wir reden hier ja nicht nur von bereuen, sondern von *sühnen*! Wie soll denn das Herrgott nochmal *gehen*? Sollen wir den alten Salimbeni ausbuddeln und dazu bringen, dass er es sich anders überlegt und … und … und ihn dann in die Kathedrale schleppen, damit er vor dem Altar oder sonstwo auf die Knie fallen kann? Also *bitte*!« Sie funkelte uns beide streitlustig an, als hätten der Maestro und ich ihr dieses Problem beschert. »Warum fliegen wir nicht einfach heim und lassen den blöden Fluch hier in Italien? Warum müssen wir uns deswegen Gedanken machen?«

»Weil Mom sich deswegen Gedanken gemacht hat«, antwortete ich schlicht. »Ihr Ziel war, das Ganze durchzuziehen und dem Fluch ein Ende zu setzen. Jetzt müssen wir das für sie übernehmen. Das sind wir ihr schuldig.«

Janice deutete mit dem Rosmarinzweig auf mich. »Du erlaubst mir, mich selbst zu zitieren? Wenn wir ihr überhaupt etwas schuldig sind, dann höchstens, am Leben zu bleiben.«

Ich berührte das Kruzifix, das ich um den Hals hängen hatte. »Genau das meine ich doch. Wenn wir ein langes, glückliches Leben führen wollen, dann *müssen* wir – zumindest laut Mom – dem Fluch ein Ende setzen. Du und ich, Giannozza. Außer uns ist niemand mehr übrig, der das tun könnte.«

An ihrem Blick merkte ich, dass sie ins Wanken kam. Offenbar begriff sie allmählich, dass ich recht hatte oder zumindest eine überzeugende Geschichte erzählte, auch wenn sie ihr nicht gefiel. »Das alles«, sagte sie, »klingt so irreal. Aber gut, mal angenommen, es existiert *tatsächlich* so ein Fluch, der uns – wenn wir ihm kein Ende setzen – genauso das Leben kosten wird wie Mom und Dad. Bleibt immer noch die Frage *wie*? Wie setzen wir ihm ein Ende?«

Ich warf einen Blick zum Maestro hinüber. Er

war den ganzen Abend über bei ungewöhnlich klarem Verstand gewesen – und war es nach wie vor –, doch selbst er hatte keine Antwort auf Janices Frage parat. »Keine Ahnung«, gestand ich, »aber ich vermute, es hat etwas mit der goldenen Statue zu tun, und vielleicht auch mit dem Dolch und dem Cencio. Wobei ich nicht weiß, wie das alles zusammenhängen soll.«

»Na wunderbar!« Genervt warf Janice beide Hände hoch. »Dann ist die Sache ja geritzt! … Abgesehen davon, dass wir keinen blassen Schimmer haben, wo sich die Statue befindet. In der Geschichte heißt es bloß, Salimbeni *gab ihnen ein höchst heiliges Grab* und postierte Wachen in der *Kapelle*, aber das könnte überall sein! Also … wir wissen nicht, wo die Statue ist, und *dir* ist sowohl der Dolch als auch der Cencio abhandengekommen. Es wundert mich, dass es dir gelungen ist, das Kruzifix zu behalten – was aber vermutlich daran liegt, dass es nicht die geringste Bedeutung hat!«

Ich sah Maestro Lippi an. »Sie haben mir doch aus dem Buch vorgelesen, in dem es um Julias Augen und das Grab ging … Sind Sie sicher, dass darin nichts darüber stand, wo sich das Grab befindet? Als wir darüber sprachen, haben Sie nur gesagt, ich solle Romeo fragen.«

»Und? Haben Sie es getan?«

»Nein, natürlich nicht!« Obwohl mir klar war,

dass ich den Maler nicht für meine eigene Blindheit verantwortlich machen durfte, empfand ich einen Anflug von Wut. »Ich weiß doch erst seit heute Nachmittag, dass er Romeo ist!«

»Warum«, entgegnete Maestro Lippi, als wäre das die offensichtlichste Sache der Welt, »fragen Sie ihn dann nicht einfach, wenn Sie ihn das nächste Mal sehen?«

Erst gegen Mitternacht kehrten Janice und ich ins Hotel Chiusarelli zurück. Kaum hatten wir die Lobby betreten, erhob sich Direttor Rossini hinter der Rezeption und reichte mir einen Stapel gefalteter Notizzettel. »Nachmittags um fünf hat Capitano Santini das erste Mal angerufen«, informierte er mich, sichtlich entrüstet darüber, dass ich nicht in meinem Zimmer bereitgestanden hatte, um den Anruf entgegenzunehmen, »und seitdem viele weitere Male. Der letzte Anruf kam ...« – er beugte sich vor, um einen Blick auf die Wanduhr zu werfen – »vor siebzehn Minuten.«

Während wir schweigend die Treppe hochgingen, sah ich Janice einen bösen Blick auf meine Hand voll Nachrichten von Alessandro werfen – Indizien dafür, dass er unbedingt wissen wollte, wo ich mich aufhielt. Ich wappnete mich bereits für das unvermeidliche nächste Kapitel unserer endlosen Diskussion über seinen Charakter und seine Motive, doch sobald wir das Zimmer betreten hatten, wehte uns aus Richtung Balkontür ein unerwarteter Luftzug entgegen. Offenbar war die Tür von selbst aufgegangen, denn nichts deutete auf einen weiteren Einbruch hin. Trotzdem hatte ich sofort die schlimmsten Befürchtungen und sah eilig nach, ob irgendwelche Papiere aus Moms Truhe fehlten. Da wir mittlerweile davon überzeugt waren, dass sie nichts enthielt, was als eine Art Karte für unsere Schatzsuche in Frage kam, hatten wir sie einfach auf dem Schreibtisch stehen lassen.

»Bitte ruf mich zurück«, flötete Janice, die gerade Alessandros Nachrichten durchblätterte, »bitte ruf mich zurück … Hast du Zeit, mit mir Abendessen zu gehen? … Bei dir alles in Ordnung? … Es tut mir leid … Bitte ruf mich an … Übrigens bin ich Transvestit …«

Ich kratzte mich am Kopf. »Haben wir die Balkontür denn nicht abgesperrt, bevor wir gegangen sind? Ich kann mich genau daran erinnern, dass ich sie abgesperrt habe.«

»Fehlt irgendwas?« Janice warf Alessandros Nachrichten mit einer so heftigen Bewegung aufs Bett, dass sie in alle Richtungen davonflatterten.

»Nein«, antwortete ich, »die Papiere sind alle noch da.«

»Hinzu kommt«, verkündete sie, während sie sich vor dem Fenster aus ihrem Top schälte, »dass die

Hälfte aller Ordnungshüter von Siena ein Auge auf dein Zimmer haben.«

»Würdest du das bitte lassen!«, rief ich und zerrte sie vom Fenster weg.

Janice lachte erfreut. »Warum? Dann wissen sie wenigstens, dass du nicht mit einem *Mann* schläfst!«

In dem Moment klingelte das Telefon.

»Glaub mir«, meinte Janice kopfschüttelnd, »dieser Typ hat eine Schraube locker.«

»Wieso?«, gab ich zurück, während ich zum Telefon stürmte. »Weil er mich mag?«

»Dich *mag*?« Allem Anschein nach hatte Janice in ihrem ganzen Leben noch nie etwas so Naives gehört, denn sie brach in ein langgezogenes, schnaubendes Gelächter aus, das erst aufhörte, als ich ihr ein Kissen an den Kopf warf.

»Ja?«, meldete ich mich, wobei ich versuchte, den Hörer von dem Lärm abzuschirmen, den meine Schwester verursachte, indem sie trotzig im Raum herumstapfte und dabei die düstere Titelmusik eines Horrorfilms summte.

Es war tatsächlich Alessandro. Atemlos erklärte er, er sei schon in Sorge gewesen, mir könnte etwas passiert sein, weil ich ihn nicht zurückgerufen hatte. An ein Abendessen sei um diese Zeit natürlich nicht mehr zu denken, aber vielleicht könne ich ihm wenigstens sagen, ob ich wirklich vorhätte, morgen Eva Marias Fest zu besuchen.

»Ja, liebe Patin …«, äffte Janice ihn im Hintergrund nach, »ganz wie du meinst, liebe Patin …«

»Ehrlich gesagt hatte ich nicht …«, begann ich und versuchte mich gleichzeitig an all die triftigen Gründe zu erinnern, warum ich die Einladung ablehnen wollte, doch nun, da ich wusste, dass er Romeo war, schienen sie mir alle hinfällig zu sein. Schließlich spielten wir beide, er und ich, in derselben Mannschaft. Oder nicht? Maestro Lippi hätte sicher zugestimmt, und Shakespeare auch. Außerdem war ich nie so ganz davon überzeugt gewesen, dass es sich bei dem Mann, der mein Hotelzimmer verwüstet hatte, tatsächlich um Alessandro handelte. Es wäre definitiv nicht das erste Mal, dass meine Schwester sich irrte. Oder mir eine Lüge auftischte.

»Ach komm«, drängte er mich mit einer Stimme, die eine Frau zu allem überreden konnte und das bestimmt auch schon viele Male getan hatte, »sie würde sich wirklich sehr freuen.«

Währenddessen kämpfte Janice im Badezimmer so laut mit dem Duschvorhang, dass es sich anhörte, als würde sie gerade abgestochen.

»Ich weiß nicht recht«, antwortete ich in der Hoffnung, ihr Kreischen zu übertönen, »im Moment ist alles so … verrückt.«

»Vielleicht brauchst du ein paar Tage Tapetenwechsel?«, meinte Alessandro. »Eva Maria zählt auf dich. Sie hat eine Menge Leute eingeladen. Leute, die deine Eltern kannten.«

»Wirklich?« Die Neugier ließ mich in meinem ohnehin halbherzigen Entschluss abzusagen sofort wieder schwankend werden.

»Ich hole dich um ein Uhr ab, ja?« Offenbar hatte er sich dafür entschieden, mein Zögern als ein Ja zu werten. »Und ich verspreche dir, auf der Hinfahrt alle deine Fragen zu beantworten.«

Als Janice zurück ins Zimmer kam, rechnete ich fest mit einer Szene, doch die blieb aus.

»Tu, was du willst«, meinte sie nur achselzuckend, als wäre es ihr völlig egal, »aber sag hinterher nicht, ich hätte dich nicht gewarnt.«

»Du hast leicht reden.« Ich fühlte mich plötzlich sehr erschöpft und ließ mich auf der Bettkante nieder. »Du bist nicht Julia.«

»Du auch nicht.« Janice setzte sich neben mich. »Du bist nur ein Mädchen, das eine seltsame Mom hatte. Genau wie ich. Hör zu …« Sie legte einen Arm um mich. »Ich weiß, dass du gerne zu dieser Party möchtest, also geh. Ich wünschte nur … Ich hoffe, du nimmst es nicht zu wörtlich. Diese ganze Romeo-und-Julia-Geschichte. Shakespeare ist nicht Gott. Er hat dich nicht erschaffen, und du gehörst ihm auch nicht. Du gehörst nur dir selbst.«

Als wir später zusammen im Bett lagen, gingen wir ein weiteres Mal Moms Notizbuch durch. Nun, da wir die Geschichte der Skulptur kannten, ergaben all die Zeichnungen von einem Mann mit einer Frau in den Armen endlich einen Sinn. Trotzdem lieferten die Skizzen nach wie vor keinen Hinweis darauf, wo sich das Grab befand. Die meisten Seiten waren mit Zeichnungen und Kritzeleien übersät, nur eine einzige stach durch eine durchgehende Bordüre aus fünfblättrigen Rosen besonders hervor, die ein sehr elegant geschriebenes Zitat aus *Romeo und Julia* umrahmte:

Was dunkel in deinem holden Buch geblieben,
Das lies in meinem Aug am Rand geschrieben.

Wie sich herausstellte, handelte es sich dabei um das einzige explizite Shakespeare-Zitat in dem ganzen Notizbuch. Das gab uns beiden zu denken.

»An der Stelle spricht Julias Mutter über Paris«, erklärte ich, »aber ihre Worte sind nicht richtig zitiert. Sie sagte nicht *deinem* holden Buch und *meinem* Aug, sondern *dem* holden Buch und *seinem* Aug.«

»Vielleicht hatte Mom es einfach falsch im Kopf«, mutmaßte Janice.

Ich bedachte sie mit einem bösen Blick. »Mom soll ein Shakespeare-Zitat falsch im Kopf gehabt haben? Das glaubst du doch wohl selber nicht! Wenn du mich fragst, hat sie das absichtlich gemacht. Um uns eine Nachricht zukommen zu lassen.«

Janice, die seit jeher ein Faible für Rätsel und Geheimnisse hatte, richtete sich ruckartig auf. Zum ersten Mal seit Alessandros Anruf wirkte sie wieder richtig aufgeregt. »Wie lautet denn dann die Nachricht? Irgendetwas ist verdunkelt, aber wir können es finden?«

»Sie spricht von einem *Buch*«, antwortete ich, »und von einem *Rand*, an den etwas geschrieben ist.«

»Es könnten auch zwei Bücher sein«, gab Janice zu bedenken, »*unser* Buch und *ihr* Buch. Ihr eigenes Buch nennt sie ihr *Aug*. Für mich klingt das ziemlich nach einem Skizzenbuch ...« – sie klopfte auf die Seite des Notizbuchs – »wie *diesem* hier. Meinst du nicht auch?«

»Aber da ist nichts an den Rand geschrieben ...« Ich begann das Notizbuch durchzublättern. Erst jetzt bemerkten wir die vielen Zahlen, die – scheinbar willkürlich – am Rand der Seiten notiert waren. »Meine Güte – du hast recht! Warum ist uns das vorher nicht aufgefallen?«

»Weil wir nicht darauf geachtet haben«, erwiderte Janice, während sie mir das Buch aus der Hand nahm. »Wenn diese Zahlen sich nicht auf Seiten und Zeilen beziehen, fresse ich einen Besen.«

»Aber die Seiten und Zeilen wovon?«

Die Wahrheit traf uns beide wie ein Schlag. Wenn das Notizbuch *ihr* Buch war, dann war die Taschenbuchausgabe von *Romeo und Julia* – das einzige andere Buch in der Truhe – zwangsläufig *unser* Buch, und die Seiten- und Zeilenangaben bezogen sich auf bestimmte Passagen aus Shakespeares Stück. Wie ungemein passend.

Wir versuchten beide, die Truhe als Erste zu erreichen, doch keine von uns fand, wonach wir suchten. Erst jetzt wurde uns klar, was verschwunden war, seit wir am Nachmittag den Raum verlassen hatten: das schäbige alte Taschenbuch.

Janice war seit jeher mit einem sehr tiefen Schlaf gesegnet. Es ärgerte mich früher immer maßlos, dass sie das Läuten ihres Weckers verschlafen konnte, ohne auch nur für einen Moment hochzuschrecken und auf die Schlummertaste zu drücken. Schließlich lagen unsere Zimmer damals direkt gegenüber, und wir schliefen immer mit offenen Türen. Tante Rose besichtigte in ihrer Verzweiflung jeden Wecker, der in der Stadt zu haben war, konnte jedoch keinen auftreiben, der monströs genug gewesen wäre, um meine Schwester aus dem Bett und in die Schule zu scheuchen. Während ich einen kleinen Dornröschen-Wecker auf dem Nachtkästchen stehen hatte, bis ich ans College aufbrach, endete Janice schließlich mit einem Industrie-Gerät, das Umberto an seiner Küchentheke unter Einsatz mehrerer Zangen noch zusätzlich verstärkte, bis es schließlich klang wie der Evakuierungsalarm eines Atomkraftwerks. Trotzdem war die Einzige, die davon – meist mit einem Schreckensschrei – aufwachte, ich.

Am Morgen nach unserem Abendessen bei Maestro Lippi stellte ich zu meiner Überraschung fest, dass Janice bereits wach im Bett lag und zu den ersten Lichtstreifen hinüberblickte, die sich wie goldene Klingen durch die Ritzen der Fensterläden schoben.

»Schlecht geträumt?«, fragte ich und musste an die namenlosen Geister denken, die mich die ganze Nacht lang durch mein Traumschloss gejagt hatten – ein Schloss, das immer mehr Ähnlichkeit mit der Kathedrale von Siena bekam.

»Ich konnte nicht schlafen«, antwortete sie, während sie sich mir zuwandte. »Ich habe beschlossen, heute zu Moms Haus hinunterzufahren.«

»Womit denn? Willst du dir einen Wagen mieten?«

»Nein, ich hole mir mein Bike zurück.« Sie zog mehrmals die Augenbrauen hoch, war mit dem Herzen aber sichtlich nicht bei der Sache. »Peppos Cousin ist für die beschlagnahmten Fahrzeuge zuständig. Möchtest du mitkommen?« Ihre Miene sagte mir, dass sie die Antwort bereits kannte.

Als Alessandro mich um eins abholte, saß ich bereits auf der Treppe vor dem Hotel Chiusarelli und flirtete mit der Sonne, die durch die Äste des Magnolienbaums fiel. Zu meinen Füßen stand die Tasche mit meinem Wochenendgepäck. Sobald ich seinen Wagen nahen sah, begann mein Herz zu rasen – vielleicht, weil er Romeo war, oder weil er meinem Zimmer bereits ein, zwei Besuche abgestattet hatte. Vielleicht war der Grund auch einfach, dass ich – wie Janice behauptete – dringend meinen Kopf untersuchen lassen musste. Ich war schwer versucht, alles auf das Wasser aus dem Fontebranda-Brunnen zu schieben, doch man konnte natürlich einwenden, dass mein Wahnsinn, meine *pazzia*, schon lange davor eingesetzt hatte. Vor mindestens sechshundert Jahren.

»Was ist mit deinen Knien passiert?«, fragte er, während er den Gehweg heraufkam und direkt vor mir stehenblieb. In Jeans und einem Hemd mit hochgekrempelten Ärmeln sah er alles andere als mittelalterlich aus. Selbst Umberto hätte zugeben müssen, dass Alessandro trotz seiner lässigen Aufmachung bemerkenswert vertrauenswürdig wirkte. Andererseits war Umberto – bestenfalls – ein Halunke, also warum sollte ich weiter nach seinen Moralkodex leben?

Der Gedanke an Umberto versetzte mir einen leichten Stich ins Herz. Warum besaßen die Menschen, die mir etwas bedeuteten – vielleicht mit Ausnahme von Tante Rose, die praktisch eindimensional gewesen war –, immer eine Schattenseite?

Rasch schüttelte ich die düsteren Gedanken ab und zerrte an meinem Rock, um die Spuren meines peinlichen Tauchgangs zu bedecken, der mich am Vortag – teils auf allen vieren – durch die Bottini geführt hatte. »Ich bin über die Realität gestolpert.«

Alessandro sah mich einen Moment fragend an, beugte sich dann aber wortlos hinunter und griff nach meiner Tasche. Dabei registrierte ich zum ersten Mal bewusst den Marescotti-Adler an seinem Unterarm. Kaum zu glauben, dass er schon die ganze Zeit da gewesen war und mir im wahrsten Sinne des Wortes ins Gesicht gestarrt hatte, als ich am Fontebranda-Brunnen aus seinen Händen trank … andererseits war die Welt voller Vögel, und ich auf diesem Gebiet gewiss keine Expertin.

Ich empfand es als seltsam, wieder in seinem Wagen zu sitzen, diesmal auf dem Beifahrersitz. Seit ich zusammen mit Eva Maria in Siena angekommen war, hatte sich so viel ereignet – zum Teil Schönes, zum Teil weniger Schönes –, was ich unter anderem ihm zu verdanken hatte. Während wir aus der Stadt fuhren, brannte mir ein einziges Thema auf der Zunge, doch irgendwie schaffte ich es nicht, davon anzufangen. Mir fiel aber auch nichts anderes ein, worüber wir sprechen konnten, ohne zwangsläufig wieder auf die Mutter aller Fragen zurückzukommen: Warum hatte er mir nicht erzählt, dass er Romeo war?

Fairerweise musste ich mir eingestehen, dass ich ihm gegenüber ebenfalls nicht ganz ehrlich gewesen war. Im Grunde hatte ich ihm so gut wie gar nichts über meine – zugegebenermaßen erbärmlichen – Recherchen hinsichtlich der goldenen Statue erzählt, und gar nichts über Umberto und Janice. Aber wenigstens hatte ich ihm von Anfang an gesagt, wer ich war, und es ihm selbst überlassen, ob er mir glauben wollte oder nicht. Allerdings … hatte ich ihm meinen italienischen Namen nur genannt, um zu verhindern, dass er meinen amerikanischen herausfand, so dass das beim großen Schuldzuweisungsspiel wohl nicht allzu sehr ins Gewicht fiel.

»Du bist heute sehr still«, bemerkte Alessandro mit einem Seitenblick auf mich. »Ich habe das Gefühl, das ist meine Schuld.«

»Du hast es noch immer nicht geschafft«, entgegnete ich und legte mein schlechtes Gewissen erst einmal ad acta, »mir von Karl dem Großen zu erzählen.«

Er lachte. »Ist das der Grund? Keine Sorge, bis wir das Orcia-Tal erreichen, weißt du mehr über mich und meine Familie, als du je wissen wolltest. Aber erzähl mir doch erst, was du schon weißt, damit ich mich nicht wiederhole.«

Aufmerksam betrachtete ich sein Profil, wurde daraus aber nicht schlau. »Du meinst, was ich über die Salimbenis weiß?«

Wie immer, wenn ich die Salimbenis erwähnte, lächelte er nur ironisch. Inzwischen war mir natürlich klar, warum. »Nein. Erzähl mir von deiner eigenen Familie, den Tolomeis. Erzähl mir alles, was du über die Vorgänge im Jahre 1340 weißt.«

Ich tat, wie mir geheißen. Während ich ihm die ganze Geschichte erzählte, die ich mir aus Maestro Ambrogios Tagebuch und Giuliettas Briefen an Giannozza zusammengereimt hatte, unterbrach er mich kein einziges Mal. Am Ende des Dramas von Rocca di Tentennano angelangt, überlegte ich kurz, ob ich auch die italienische Erzählung über die besessene Monna Mina und Bruder Lorenzos Fluch an der Wand erwähnen sollte, entschied mich aber dagegen. Die Geschichte war zu seltsam, zu deprimierend, und außerdem wollte ich nicht wieder auf die Statue mit den Edelsteinaugen zu sprechen kommen, nachdem ich ja kategorisch abgestritten hatte, irgendetwas darüber zu wissen, als er mich auf dem Polizeirevier danach gefragt hatte.

»So sind sie auf Rocca di Tentennano gestorben«, schloss ich. »Nicht durch einen Dolch und ein Fläschchen Gift, sondern durch einen Schlaftrank und einen Speer in den Rücken. Bruder Lorenzo hat alles mit eigenen Augen gesehen.«

»Und wie viel davon«, fragte Alessandro neckend, »hast du frei erfunden?«

Ich zuckte mit den Achseln. »Vielleicht hier und

dort ein bisschen, nur um die Lücken zu füllen. Ich dachte, das macht die Geschichte unterhaltsamer. Was aber nichts an den Grundzügen ändert ...« Ich sah ihn eine Grimasse schneiden. »Was ist?«

»Die Grundzüge«, antwortete er, »sind ganz anders, als die meisten Leute glauben. Meiner Meinung nach geht es in deiner Geschichte – und auch in *Romeo und Julia* – nicht um Liebe, sondern um Politik. Die Quintessenz lautet ganz einfach: Wenn die alten Männer kämpfen, müssen die jungen Leute sterben.«

»Das«, meinte ich amüsiert, »ist aber eine bemerkenswert unromantische Sichtweise.«

Alessandro zuckte mit den Achseln. »Shakespeare fand das Ganze auch nicht romantisch. Denk daran, wie er die beiden darstellt. Romeo ist ein kleiner Jammerlappen und Julia die wahre Heldin. Überleg doch mal. Er trinkt Gift. Welcher richtige Mann trinkt Gift? *Sie* ist diejenige, die sich mit dem Dolch ersticht. Auf die männliche Art und Weise.«

Wider Willen musste ich lachen. »Auf Shakespeares Romeo mag das ja zutreffen, aber der *echte* Romeo Marescotti war kein Jammerlappen, sondern ein hammerharter Typ.« Gespannt auf seine Reaktion, warf ich einen raschen Seitenblick zu ihm hinüber, und ertappte ihn dabei, wie er lächelte. »Es wundert mich gar nicht, dass Giulietta ihn geliebt hat«, fügte ich hinzu.

»Woher willst du wissen, dass sie das tatsächlich getan hat?«

»Ist das denn nicht offensichtlich?«, entgegnete ich, langsam ein wenig verstimmt. »Sie hat ihn so sehr geliebt, dass sie – als Nino sie zu verführen versuchte – Selbstmord begangen hat, um Romeo treu zu bleiben, obwohl die beiden gar nie richtig … du weißt schon.« Irritiert stellte ich fest, dass er immer noch lächelte. »Du findet das wohl ziemlich lächerlich?«

»Absolut!«, antwortete Alessandro, während er einen anderen Wagen überholte. »Überleg doch mal. Nino war gar nicht so übel …«

»Nino war unsäglich!«

»Womöglich«, konterte er, »war er ja unsäglich gut im Bett? Warum hat sie sich nicht wenigstens die Zeit gelassen, das herauszufinden? Am Morgen danach hätte sie sich immer noch umbringen können.«

»Wie kannst du so etwas nur sagen?«, protestierte ich ehrlich entrüstet. »Ich glaube einfach nicht, dass du das wirklich so meinst! Wenn du Romeo wärst, würdest du bestimmt nicht wollen, dass Julia … Paris probefährt!«

Er brach in lautes Lachen aus. »Nun hör aber auf! Schließlich hast zu mir gesagt, dass ich Paris bin! Reich, gutaussehend und teuflisch. Selbstverständlich möchte ich, dass Julia mich probefährt.« Er bedachte mich mit einem amüsierten Seitenblick. Offenbar erheiterte ihn meine entrüstete Miene. »Was für eine Art Paris wäre ich, wenn ich mir das nicht wünschen würde?«

Erneut versuchte ich, meinen Rock bis über die Knie hinunterzuziehen. »Und für wann genau hast du das geplant?«

»Wie wäre es«, antwortete Alessandro, während er herunterschaltete, »mit sofort?«

Ich war so sehr auf unser Gespräch konzentriert gewesen, dass ich gar nicht mehr auf den Weg geachtet hatte. Erst jetzt fiel mir auf, dass wir längst von der Hauptstraße abgebogen waren und nun einen einsamen, von staubigen Zedern flankierten Kiesweg entlangfuhren. Er endete schließlich als Sackgasse am Fuß eines hohen Hügels. Doch statt zu wenden, bog Alessandro in einen leeren Parkplatz ein und schaltete den Motor ab.

»Und hier wohnt Eva Maria?«, krächzte ich, obwohl ich nirgendwo ein Haus entdecken konnte.

»Nein.« Er stieg aus und holte eine Flasche und zwei Gläser aus dem Kofferraum. »Das ist Rocca di Tentennano. Beziehungsweise … das, was davon noch übrig ist.«

Wir gingen den ganzen Weg den Hügel hinauf, bis wir am Fuß einer Festungsruine ankamen. Dank Maestro Ambrogios Beschreibung wusste ich, dass es ursprünglich ein Gebäude von gewaltigen Ausmaßen gewesen war. Der Maestro hatte es als einen »furchteinflößenden Felsen mit einem Nest voller schrecklicher Raubvögel wie aus den alten Sagen« bezeichnet. Es war nicht schwer, sich vorzustellen, wie es früher einmal ausgesehen hatte, denn ein Teil des mächtigen Turms stand noch und ragte selbst in seinem Zustand fortgeschrittenen Verfalls so drohend über uns auf, als wollte er uns an die Gewalt erinnern, die dort einst geherrscht hatte.

»Sehr beeindruckend«, sagte ich und berührte die angenehm warme Steinmauer. Für Giulietta hatte sich der Stein an jenem schicksalhaften Winterabend im Jahre 1340 bestimmt ganz anders angefühlt. Noch nie war mir der Kontrast zwischen Vergangenheit und Gegenwart stärker aufgefallen als hier. Damals im Mittelalter herrschte auf dieser Hügelkuppe rege Betriebsamkeit. Nun war es so ruhig, dass man selbst die winzigsten Insekten fröhlich summen hören konnte. Trotzdem lagen hier und dort frisch abgebrochene Steinbrocken herum, als würde sich dieses alte Gebäude – obwohl es seit vielen, vielen Jahren als tot und verlassen galt – auf irgendeine Weise immer noch heben und senken wie die Brust eines schlafenden Riesen.

»Man nannte es früher *die Insel*«, erklärte Alessandro, während er weiterspazierte. »*L'isola*. Normalerweise ist es hier sehr windig, aber heute nicht. Wir haben Glück.«

Ich folgte ihm einen schmalen, felsigen Pfad entlang. Erst jetzt bemerkte ich die spektakuläre Aussicht auf das in kräftige Sommerfarben gekleidete Orcia-Tal. Rundherum erstreckten sich leuchtend gelbe Felder und grüne Weinberge, unterbrochen von üppigen Wiesen, auf denen hier und dort ein Fleck aus blauen oder roten Blumen aufleuchtete. Hohe Zypressen säumten die schmalen Straßen, die sich durch die Landschaft schlängelten, und am Ende jeder Straße thronte ein Bauernhaus. Bei diesem Anblick bereute ich es fast, dass ich im Alter von elf Jahren aus dem Kunst-Förderkurs ausgestiegen war, nur weil Janice gedroht hatte, sich ebenfalls einzuschreiben.

»Vor den Salimbenis kann man sich einfach nicht verstecken«, stellte ich fest, während ich mit einer Hand die Augen gegen die Sonne abschirmte. »Sie wussten schon damals, wie man sich am besten platziert.«

»Dieser Ort hat große strategische Bedeutung«, bestätigte Alessandro mit einem Nicken. »Von hier aus kann man die Welt beherrschen.«

»Oder zumindest einen Teil davon.«

Er zuckte mit den Achseln. »Den Teil, den zu beherrschen sich lohnt.«

Während Alessandro so vor mir hermarschierte, stellte ich fest, dass er sich in dieser Halbwildnis erstaunlich wohl zu fühlen schien – und das, obwohl er eine Flasche Prosecco und Gläser mit sich herumtrug. Allem Anschein nach hatte er es nicht besonders eilig, die Flasche zu entkorken. In einer kleinen Mulde, die mit Gras und wilden Gewürzen überwuchert war, blieb er schließlich stehen und drehte sich – mit einem Lächeln, aus dem jungenhafter Stolz sprach – zu mir um. Gegen meinen Willen musste ich lachen.

»Lass mich raten!« Obwohl kaum ein Lüftchen ging, schlang ich beide Arme um meinen Körper. »Hierher bringst du alle Frauen, mit denen du dich zu einem Rendezvous verabredest? Pass bloß auf, denn bei Nino hat das nicht allzu gut funktioniert.«

Nun wirkte er richtig verletzt. »Nein! Ich habe noch nie ... Mein Onkel ist mal mit uns Kindern hergefahren, als ich zehn war.« Er nickte zu ein paar Büschen und Felsblöcken hinüber. »Genau an der Stelle haben wir einen Schwertkampf ausgefochten ... ich und meine Cousine Malèna. Sie ...« Vielleicht befürchtete er plötzlich, sein großes Geheimnis womöglich von der falschen Seite her aufzurollen, wenn er jetzt weitersprach, denn er brach abrupt ab und erklärte stattdessen: »Seitdem habe ich mir immer gewünscht, mal wieder herzukommen.«

»Dann hast du dir damit aber ganz schön Zeit gelassen«, bemerkte ich, wobei mir nur allzu bewusst war, dass nicht ich selbst, sondern meine angespannten Nerven aus mir sprachen, und ich mit meiner Nervosität keinem von uns beiden einen Gefallen tat. »Aber … ich beschwere mich nicht«, versuchte ich meinen Fehler mit einem Lächeln wiedergutzumachen. »Es ist schön hier. Der perfekte Ort zum Feiern.« Als er mir keine Antwort gab, zog ich meine Schuhe aus und ging ein paar Schritte barfuß weiter. »Also, was feiern wir?«

Stirnrunzelnd ließ Alessandro den Blick über die Landschaft schweifen. Ich sah ihm an, dass er mit den Worten rang, die er gleich aussprechen musste. Als er sich schließlich wieder mir zuwandte, war der übermütige, schalkhafte Ausdruck, den ich inzwischen so gut kannte, aus seinem Gesicht verschwunden. Stattdessen wirkte seine Miene angespannt. »Ich dachte«, erklärte er langsam, »es wäre an der Zeit für einen Neuanfang.«

»Einen Neuanfang für wen?«

Endlich stellte er die Flasche und die Gläser im hohen Gras ab und kam zu mir herüber. »Giulietta«, sagte er leise, »ich habe dich nicht hergebracht, um dir gegenüber Nino zu spielen, oder Paris. Ich bin mit dir an diesen Ort gekommen, weil hier alles geendet hat.« Er streckte die Hand aus und berührte mein Gesicht mit der Ehrfurcht eines Archäologen, der endlich jenen kostbaren Kunstgegenstand gefunden hat, nach dem er schon sein ganzes Leben lang gräbt. »Außerdem dachte ich, dass es auch ein guter Ort wäre, um noch mal ganz von vorne anzufangen.« Da er meinen Gesichtsausdruck nicht so recht deuten konnte, fügte er nervös hinzu: »Es tut mir leid, dass ich dir die Wahrheit nicht schon viel eher gesagt habe. Ich hatte gehofft, es wäre vielleicht gar nicht nötig. Du hast mich die ganze Zeit nach Romeo gefragt, und wie er wirklich war. Ich hoffte …« – er lächelte wehmütig – »du würdest mich erkennen.«

Obwohl ich schon wusste, was er mir zu sagen versuchte, trafen mich sein feierlicher Ernst und die spannungsgeladene Atmosphäre des Augenblicks wider Erwarten direkt ins Herz. Wäre ich völlig unvorbereitet nach Rocca di Tentennano gekommen – und von ihm mit dieser Beichte überrascht worden –, hätte ich nicht schockierter sein können.

»Giulietta …« Er versuchte, mir in die Augen zu sehen, aber ich ließ ihn nicht. Seit ich herausgefunden hatte, wer er wirklich war, sehnte ich mich nach diesem Gespräch, und nun, da es tatsächlich stattfand, wollte ich die Worte immer wieder hören. Andererseits hatte ich in den letzten Tagen eine Art emotionales Spießrutenlaufen durchgemacht, und auch wenn er natürlich nicht in allen Einzelheiten darüber Bescheid wissen konnte, war es mir dennoch ein Bedürfnis, ihn meinen Schmerz spüren zu lassen.

»Du hast mich angelogen.«

Statt vor mir zurückzuweichen, kam er näher.

»Ich habe dich wegen Romeo nie richtig belogen. Ich habe dir gesagt, dass er nicht der ist, für den du ihn hältst.«

»Und dass ich ihm fernbleiben soll. Du hast gesagt, mit Paris wäre ich besser dran.«

Er lächelte über meine vorwurfsvoll gerunzelte Stirn. »Du selbst hast gesagt, ich sei Paris ...«

»Und du hast mich in dem Glauben gelassen!«

»Ja, stimmt.« Er berührte mich ganz sanft am Kinn, als fragte er sich gerade, warum ich mir so hartnäckig jedes Lächeln verkniff. »Weil du es so wolltest. Du wolltest unbedingt den Feind in mir sehen. Nur auf diese Weise konntest du mit mir umgehen.«

Ich öffnete den Mund, um zu widersprechen, begriff dann aber, dass er recht hatte.

»Die ganze Zeit über habe ich nur auf den richtigen Moment gewartet.« Alessandro merkte, dass er Boden gutmachte. »Und nach gestern ... nach unserem Treffen am Fontebranda-Brunnen dachte ich, du würdest dich freuen.« Sein Daumen verharrte an meinem Mundwinkel. »Ich dachte, du ... magst mich.«

In der Pause, die nun folgte, bestätigten mir seine Augen alles, was er gerade gesagt hatte, und baten mich um eine entsprechende Antwort. Doch statt ihm diesen Wunsch sofort zu erfüllen, legte ich erst einmal eine Hand an seine Brust. Als ich seinen warmen Herzschlag an meiner Handfläche spürte, sprudelte aus einem Ort tief in meinem Inneren, von dessen Existenz ich bisher keine Ahnung gehabt hatte, eine irrationale, ekstatische Freude hoch und bahnte sich schließlich den Weg an die Oberfläche. »Stimmt. Ich mag dich.«

Wie lange unser Kuss dauerte, werde ich nie wissen. Es war einer jener Augenblicke, den selbst eine Wissenschaftlerin beim besten Willen nicht auf Zahlen reduzieren könnte. Ich weiß nur, dass hinterher, als schließlich die Welt aus angenehm weiter Ferne wieder angewirbelt kam, alles heller und verheißungsvoller wirkte als je zuvor. Es war, als wäre der ganze Kosmos einer tiefgreifenden Erneuerung unterzogen worden, seit ich ihn mir das letzte Mal angesehen hatte … oder vielleicht hatte ich nur niemals richtig hingesehen.

»Ich bin so froh, dass du Romeo bist«, flüsterte ich und lehnte meine Stirn an die seine, »aber selbst, wenn du es nicht wärst, würde ich dich trotzdem …«

»Was würdest du mich trotzdem?«

Verlegen senkte ich den Kopf. »Ich würde dich trotzdem mögen.«

Er stieß ein leises Lachen aus, weil er genau wusste, dass ich eigentlich etwas viel Elementareres hatte sagen wollen. »Komm …« – er zog mich neben sich ins Gras –, »sonst vergesse ich noch, was ich dir versprochen habe. Du bist sehr gut darin, mich meine Versprechen vergessen zu lassen.«

Ich sah ihm an, wie schwer es ihm fiel, seine Gedanken zu sammeln. »Was hast du mir denn versprochen?«

»Dass ich dir von meiner Familie erzähle«, antwortete er hilflos. »Ich möchte, dass du alles weißt …«

»Oh, ich will aber gar nicht alles wissen«, fiel ich ihm ins Wort, während ich mich auf seinen Schoß setzte, »zumindest nicht jetzt gleich.«

»Warte!« Er versuchte vergeblich, meine drängenden Hände festzuhalten. »Zuerst muss ich dir noch erklären, inwiefern …«

»Schhh!« Ich legte die Finger über seinen Mund. »Zuerst musst du mich noch einmal küssen.«

»… Karl der Große …«

»… kann warten.« Ich nahm die Finger weg und vereinte unsere Lippen zu einem langen Kuss, der keinen Raum für Widerspruch ließ. »Findest du nicht auch?«, fragte ich schließlich.

Er betrachtete mich mit dem Blick eines einsamen Verteidigers, der sich einer barbarischen Invasion gegenübersah. »Aber ich möchte, dass du weißt, worauf du dich einlässt.«

»Oh, keine Sorge«, gab ich im Flüsterton zurück, »ich glaube, das weiß ich …«

Nach drei weiteren Sekunden noblen Ringens

brach seine Gegenwehr endlich zusammen, und er zog mich so nahe heran, wie die italienische Mode es zuließ. »Bist du sicher?« Ehe ich es mich versah, lag ich rücklings und vor Überraschung kichernd auf einem Bett aus wildem Thymian. »Tja, Giulietta …« – Alessandro musterte mich ernst –, »ich hoffe, du erwartest nun keine Reime von mir.«

Ich lachte. »Wirklich zu schade, dass Shakespeare nie Bühnenanweisungen geschrieben hat.«

»Warum?« Er küsste mich sanft auf den Hals. »Glaubst du wirklich, der kleine William war ein besserer Liebhaber als ich?«

Am Ende war es nicht meine Sittsamkeit, die dem Spaß ein Ende setzte, sondern der unwillkommene Geist Sieneser Ritterlichkeit.

»Hast du gewusst«, stöhnte Alessandro, während er mir beide Arme auf den Boden drückte, um auf diese Weise seine restlichen Hemdknöpfe vor meinen forschen Fingern zu retten, »dass Kolumbus sechs Jahre gebraucht hat, um Amerika zu entdecken?« Während er wie die verkörperte Selbstbeherrschung über mir schwebte, pendelte der Patronenanhänger an seinem Lederband zwischen uns hin und her.

»Warum hat das denn so lange gedauert?« Ich genoss es, ihn vor einem Hintergrund aus blauem Himmel so tapfer mit sich selbst kämpfen zu sehen.

»Er war ein italienischer Gentleman«, sagte Alessandro mehr zu sich selbst als zu mir, »kein *conquistador*.«

»O ja, aber letztendlich ...«, erwiderte ich und versuchte, seine angespannte Kinnpartie zu küssen, »war er wie alle anderen hinter dem Gold her.«

»Vielleicht am Anfang. Aber dann ...« – seine Hand wanderte nach unten, um meinen Rock wieder dorthin zu ziehen, wo er hingehörte – »entdeckte er, wie sehr er es genoss, die Küste zu erforschen und diese seltsame, neue Kultur kennenzulernen.«

»Sechs Jahre sind eine lange Zeit«, protestierte ich, weil ich noch nicht bereit war, wieder aufzustehen und mich mit der Realität auseinanderzusetzen.

»Nein.« Er lächelte über meine indirekte Einladung. »Sechs*hundert* Jahre sind eine lange Zeit. Deswegen glaube ich, du schaffst es, noch eine halbe Stunde Geduld zu haben, bis ich mit meiner Geschichte fertig bin.«

Obwohl der Prosecco bereits warm war, als wir endlich dazu kamen, ihn zu trinken, schien es mir dennoch das köstlichste Glas Prosecco zu sein, das ich je getrunken hatte. Es schmeckte nach Honig und Wildkräutern, nach Liebe und prickelnden Plänen. Während ich so an Alessandro gelehnt dasaß, der seinerseits den Rücken gegen einen Felsblock gelehnt hatte, glaubte ich fast schon daran, dass ich tatsächlich ein langes, glückliches Leben führen würde und endlich ein Gottesgeschenk gefunden hatte, das meine bösen Geister zum Schweigen bringen konnte.

»Ich weiß, dass du immer noch wütend auf mich bist, weil ich dir nicht gesagt habe, wer ich bin«, begann er, während er mir übers Haar streichelte. »Vielleicht glaubst du, ich habe es dir verschwiegen, weil ich befürchtete, du könntest dich in den Namen verlieben, und nicht in den Mann. In Wirklichkeit trifft das genaue Gegenteil zu. Ich hatte Angst – und habe diese Angst noch immer –, dass du dir, sobald du meine Geschichte von Romeo Marescotti kennst, wünschen wirst, du wärst mir nie begegnet.«

Ich öffnete den Mund, um ihm zu widersprechen, doch er ließ mich nicht. »Alles, was dir dein Cousin Peppo über mich erzählt hat … entspricht der Wahrheit. Ich bin sicher, die Psychologen könnten das alles mit irgendwelchen graphischen Darstellungen erklären, aber in unserer Familie hört man nicht auf Psychologen. Wir hören auf niemanden. Wir – die Marescottis – haben unsere eigenen Theorien und sind so sehr von ihrer Richtigkeit überzeugt, dass sie – wie du es ausgedrückt hast – zu Drachen vor unserem Turm werden und niemanden mehr hinein- oder hinauslassen.« Er hielt kurz inne, um mir nachzuschenken. »Hier, der Rest ist für dich. Ich muss ja noch fahren.«

»So vernünftig?« Ich lachte. »Das klingt gar nicht

nach dem Romeo Marescotti, von dem Peppo mir erzählt hat! Ich dachte, du wärst so leichtsinnig! Nun bin ich aber wirklich enttäuscht.«

»Keine Sorge …« – er zog mich näher zu sich heran –, »ich mache es auf andere Weise wieder gut.«

Während ich meinen Prosecco trank, erzählte er mir von seiner Mutter, die mit siebzehn schwanger geworden war, sich aber geweigert hatte, den Namen des Vaters preiszugeben. Natürlich war ihr eigener Vater – der alte Marescotti, Alessandros Großvater – fuchsteufelswild gewesen. Er warf sie aus dem Haus, woraufhin sie bei einer Schulfreundin ihrer Mutter Unterschlupf fand, Eva Maria Salimbeni. Als Alessandro zur Welt kam, wurde Eva Maria seine Taufpatin. Sie war auch diejenige, die darauf bestand, dass der Junge auf den traditionellen Familiennamen getauft wurde, Romeo Alessandro Marescotti, obwohl sie wusste, dass der alte Marescotti vor Wut schäumen würde, wenn ein Bastard seinen Namen trug.

1977 überzeugte Alessandros Großmutter seinen Großvater schließlich, ihrer Tochter und ihrem Enkelsohn zu erlauben, zum ersten Mal seit Alessandros Geburt nach Siena zurückzukehren, und der Junge wurde kurz vor dem Palio im Adlerbrunnen getauft. In jenem Jahr aber verlor die Contrade beide Palios auf verheerende Weise, und der alte Marescotti suchte nach einem Schuldigen. Als er erfuhr, dass seine Tochter ihrem kleinen Jungen vor dem Rennen die Ställe gezeigt hatte – und ihm dabei erlaubt hatte, das Pferd zu berühren –, gelangte er zu der Überzeugung, dass das der Grund war: Der kleine Bastard hatte der ganzen Contrade Unglück gebracht.

Er hatte seine Tochter angeschrien, sie solle mit ihrem Bankert nach Rom zurückkehren und erst wiederkommen, wenn sie einen Ehemann gefunden habe. Sie tat, wie ihr geheißen: Sie kehrte nach Rom zurück und fand dort einen sehr braven Ehemann, der bei den Carabinieri arbeitete. Dieser Mann gab Alessandro seinen Nachnamen, Santini, und zog ihn genau wie seine leiblichen Söhne mit Strenge und Liebe auf. So wurde Romeo Marescotti zu Alessandro Santini.

Trotzdem musste Alessandro jeden Sommer einen Monat auf dem Bauernhof seiner Großeltern in Siena verbringen, damit er seine Cousinen kennenlernte und wenigstens einmal im Jahr aus der großen Stadt herauskam. Obwohl weder sein Großvater noch seine Mutter von dieser Idee allzu begeistert waren, bestand seine Großmutter darauf. Das Einzige, wozu sie den alten Marescotti nie überreden konnte, war, Alessandro zum Palio mitkommen zu lassen. Alle gingen hin – Cousinen, Onkel, Tanten –, aber Alessandro musste zu Hause bleiben, weil sein

Großvater befürchtete, er könnte dem Pferd der Aquila-Contrade wieder Unglück bringen. Zumindest behauptete er das. Deswegen musste Alessandro ganz allein auf dem Bauernhof zurückbleiben, wo er seinen eigenen Palio veranstaltete, indem er auf dem alten Ackergaul herumritt. Später lernte er, wie man Mopeds und Motorräder reparierte, und sein persönlicher Palio wurde genauso gefährlich wie der echte. Am Ende wollte er gar nicht mehr nach Siena zurück, denn jedes Mal, wenn er dort war, quälte ihn sein Großvater mit Kommentaren über seine Mutter, die – aus gutem Grund – nie zu Besuch kam. Als Alessandro schließlich mit der Schule fertig war, ging er wie sein Vater und seine Brüder zu den Carabinieri und tat alles in seiner Macht Stehende, um endlich zu vergessen, dass er Romeo Marescotti war. Von da an nannte er sich nur noch Alessandro Santini und entfernte sich so weit von Siena, wie er nur konnte, indem er sich freiwillig zu Friedensmissionen im Ausland meldete. Auf diese Weise landete er schließlich im Irak, wo er sein Englisch aufbesserte, indem er wütende Streitgespräche mit den Amerikanern führte, die dort Verteidigungsanlagen bauten, und nur ganz knapp dem Schicksal entrann, in Stücke gerissen zu werden, als Aufständische einen Lastwagen voller Sprengstoff in eine Carabinieri-Zentrale in Nassiriyah fuhren.

Bei seinem nächsten Besuch in Siena verriet er

niemandem – nicht einmal seiner Großmutter –, dass er da war, doch am Abend vor dem Palio ging er in den Stall der Contrade. Obwohl er das gar nicht vorgehabt hatte, war es ihm einfach nicht möglich fernzubleiben. Sein Onkel passte dort auf das Pferd auf, und als Alessandro sich zu erkennen gab, freute dieser Onkel sich so, dass er ihn das gelb-schwarze *giubbetto* – die Jacke, die der Jockey beim Rennen tragen würde – berühren ließ, damit er der Adler-Contrade Glück brachte.

Leider bekam der Jockey der Pantera-Contrade – die mit der des Adlers rivalisierte – beim Rennen am nächsten Tag ausgerechnet besagtes *giubbetto* zu fassen und konnte den Aquila-Jockey und dessen Pferd dadurch so abbremsen, dass sie das Rennen verloren.

An diesem Punkt der Geschichte wandte ich den Kopf, um Alessandro einen prüfenden Blick zuzuwerfen. »Erzähl mir jetzt bitte nicht, dass du daraus gefolgert hast, dass es deine Schuld war.«

Er zuckte mit den Achseln. »Was hätte ich denn sonst denken sollen? Ich hatte unserem *giubbetto* Unglück gebracht, und wir hatten verloren. Sogar mein Onkel sah das so. Seitdem haben wir keinen einzigen Palio mehr gewonnen.«

»Also ehrlich …!«, begann ich.

»Schhh!« Er legte mir leicht die Hand über den Mund. »Hör einfach zu. Danach war ich lange Zeit weg und kam erst vor ein paar Jahren nach Siena zurück. Gerade noch rechtzeitig. Mein Großvater war damals schon sehr müde. Ich weiß noch, dass er am Tag meiner Ankunft auf einer Bank saß und auf den Weinberg hinausblickte. Er hörte mich nicht kommen. Als ich ihm eine Hand auf die Schulter legte, warf er einen Blick in mein Gesicht und begann vor Glück zu weinen. Das war ein guter Tag. Es gab ein großes Abendessen, und mein Onkel erklärte, nun würden sie mich nie wieder gehen lassen. Anfangs war ich nicht sicher, ob ich überhaupt bleiben wollte. Ich hatte nie in Siena gelebt und verband mit der Stadt viele schlechte Erinnerungen. Außerdem war mir klar, dass sich die Leute das Maul über mich zerreißen würden, sobald sie erfuhren, wer ich war. Die Ereignisse der Vergangenheit geraten nie wirklich in Vergessenheit. Dann aber geschah etwas Schlimmes. Beim Juli-Palio lieferte Aquila das schlimmste Rennen aller Zeiten. Ich glaube, in der ganzen Geschichte des Palio hat noch nie eine Contrade auf so furchtbare Weise verloren wie die unsere. Erst lagen wir das ganze Rennen über in Führung, aber dann, in der letzten Kurve, zieht plötzlich Pantera an uns vorbei und gewinnt.« Seufzend durchlebte er diesen Moment im Geiste noch einmal. »Es gibt keine schlimmere Art, einen Palio zu verlieren. Wir standen alle unter Schock. Im August-Palio galt es dann, unsere Ehre zu verteidigen, doch unser *fantino* – unser Jockey – wurde bestraft. Wir wurden alle bestraft. Im folgenden Jahr durften wir nicht mitmachen, und im Jahr darauf ebenfalls nicht: Wir waren von der Teilnahme ausgeschlossen. Nenn es Politik, wenn du magst, aber in meiner Familie hatten wir das Gefühl, dass mehr dahintersteckte.

Mein Großvater regte sich so auf, dass er einen Herzanfall erlitt, als ihm klar wurde, dass es nun zwei Jahre dauern konnte, bis der Adler wieder am Palio teilnahm. Er war siebenundachtzig. Drei Tage später ist er gestorben.« Alessandro hielt inne und wandte den Blick ab. »Ich habe diese drei Tage an seinem Bett verbracht. Er war sehr wütend auf sich selbst, weil er so viel Zeit verschwendet hatte. Nun wollte er mir noch so lange wie möglich ins Gesicht sehen. Zuerst dachte ich, er wäre böse auf mich, weil ich der Familie wieder Unglück gebracht hatte, doch dann erklärte er mir, es sei nicht meine Schuld. Er selbst sei schuld, weil er das nicht schon viel früher begriffen habe.«

Ich musste nachfragen. »Was genau hätte er denn begreifen sollen?«

»Das mit meiner Mutter. Ihm war inzwischen klar, dass alles, was ihr passiert war, passieren *muss-te*. Mein Onkel hat fünf Mädchen, keine Jungen. Ich bin der einzige Enkelsohn, der den Familiennamen trägt. Da meine Mutter bei meiner Geburt nicht verheiratet war, wurde ich mit ihrem Namen getauft. Verstehst du?«

Ich richtete mich kerzengerade auf. »Was für eine dämliche, chauvinistische …«

»Giulietta, bitte!« Er zog mich zurück an seine Schulter. »Wenn du nicht zuhörst, wirst du es nie verstehen. Mein Großvater hatte begriffen, dass es ein altes Übel gab, das nach vielen Generationen wieder erwacht war und mich auserwählt hatte, weil ich diesen Namen trug.«

Ich spürte, wie sich die feinen Härchen an meinen Armen aufrichteten. »Auserwählt … wozu?«

»An dieser Stelle …«, antwortete Alessandro, während er mir erneut nachschenkte, »kommen wir endlich zu Karl dem Großen.«

Der Aff' ist tot, ich muss ihn wohl beschwören.
Nun wohl: Bei Rosalindens hellem Auge,
Bei ihrer Purpurlipp' und hohen Stirn

DIE PEST UND DER RING
Siena, in den Jahren 1340–1370

Die Marescottis sind eine der ältesten vornehmen Familien von Siena. Man nimmt an, dass der Name von Marius Scotus abgeleitet ist, einem schottischen General aus der Armee Karls des Großen. Die meisten Marescottis ließen sich in Bologna nieder, aber die Familie schlug auch andernorts Wurzeln, und der Sieneser Zweig war besonders bekannt für seinen Mut und seine Führungsrolle in Krisenzeiten.

Wie wir jedoch wissen, bleibt selbst Großes nicht auf ewig groß. Der Ruhm der Marescottis bildete da keine Ausnahme, so dass sich heutzutage kaum noch jemand an ihre glorreiche Vergangenheit in Siena erinnert. Allerdings befasst sich die Geschichtsschreibung ja seit jeher mehr mit Menschen, die ihr Leben der Zerstörung widmen, als mit jenen, die sich für Schutz und Erhaltung einsetzen.

Romeo wurde geboren, als die Familie noch großes Ansehen genoss. Sein Vater, Comandante Marescotti, wurde wegen seiner maßvollen Art und seines Anstands von allen geschätzt. Dieses Ansehen konnte sein Sohn trotz seines liederlichen, ausschweifenden Lebenswandels nicht mindern.

Comandante Marescottis Geduld wurde jedoch schwer geprüft, als Anfang 1340 Romeo eine Frau namens Rosalina kennenlernte. Sie war mit einem Metzger verheiratet, doch alle wussten, dass es keine glückliche Ehe war. In Shakespeares Version ist Rosalina eine junge Schönheit, die Romeo mit ihrem Keuschheitsgelübde quält. In Wirklichkeit traf eher das Gegenteil zu: Rosalina war zehn Jahre älter als er und wurde seine Geliebte. Monatelang versuchte Romeo sie dazu zu bewegen, mit ihm durchzubrennen, doch sie war klug genug, ihm nicht zu trauen.

Im Jahre 1340 brachte Rosalina kurz nach Weihnachten – nicht lange, nachdem Romeo und Giulietta auf Rocca di Tentennano gestorben waren – einen Sohn zur Welt. Jeder konnte sehen, dass der Metzger nicht der Vater war. Das bedeutete zu jener Zeit einen großen Skandal, und Rosalina befürchtete, ihr Mann könnte die Wahrheit herausfinden und das Baby töten. Deshalb brachte sie den Neugeborenen zu Comandante Marescotti und bat ihn, den Jungen in seinem Hause großzuziehen.

Doch der Comandante, der ihr die Geschichte

nicht glaubte, schickte sie weg. Ehe Rosalina ging, sagte sie zu ihm: »Eines Tages werdet Ihr bereuen, was Ihr mir und diesem Kind angetan habt. Eines Tages wird Gott Euch dafür strafen, dass Ihr mir heute Gerechtigkeit verwehrt!«

Der Comandante vergaß die ganze Sache, bis 1348 der Schwarze Tod in Siena Einzug hielt. Innerhalb von drei Monaten starb mehr als ein Drittel der Bevölkerung. Innerhalb der Stadtmauern war die Sterblichkeit am höchsten. Auf den Straßen türmten sich die Leichen. Söhne verließen ihre Väter, Ehefrauen ihre Ehemänner. Alle hatten zu große Angst, um sich daran zu erinnern, was es hieß, ein Mensch zu sein und kein Tier.

Binnen einer einzigen Woche verlor Comandante Marescotti seine Mutter, seine Frau und alle seine fünf Kinder. Nur er allein überlebte. Nachdem er sie gewaschen und sauber angezogen hatte, legte er sie alle auf einen Wagen und brachte sie zur Kathedrale, um nach einem Priester Ausschau zu halten, der sie bestatten konnte. Doch es gab dort keine Priester mehr. Die wenigen, die noch am Leben waren, hatten alle Hände voll damit zu tun, im Krankenhaus Santa Maria della Scala, das gleich neben der Kathedrale lag, die Kranken zu versorgen. Selbst dort gab es so viele Leichen, dass die Priester es nicht mehr schafften, alle zu beerdigen, so dass sie schließlich innerhalb des Krankenhauses eine hohle Wand errichteten, all die Leichen hineinschichteten, und die Wand anschließend versiegelten.

Als der Comandante an der Kathedrale von Siena eintraf, waren gerade mehrere Misericordia-Brüder damit beschäftigt, auf dem Platz vor der Kirche eine große Grube für ein Massengrab auszuheben. Der Comandante steckte den Brüdern Gold zu, damit sie auch seine Familie in diesem heiligen Boden bestatteten. Er informierte sie darüber, dass es sich bei den beiden Frauen um seine Mutter und seine Ehefrau handelte, nannte ihnen außerdem die Namen und das Alter seiner Kinder und machte sie darauf aufmerksam, dass alle ihre schönste Kirchenkleidung trugen. Den Männern aber war das egal. Sie nahmen sein Gold und kippten die Ladung des Wagens einfach in die Grube, so dass der Comandante mit ansehen musste, wie alle seine Lieben – seine Zukunft – ohne Gebet oder Segen in der Grube verschwanden und mit ihnen jede *speranza* … jede Hoffnung.

Als er danach durch die Stadt irrte, hatte er kein Ziel mehr. Er bemerkte überhaupt nicht mehr, was um ihn herum vorging. Für ihn war es das Ende der Welt, und er klagte zu Gott, warum er ihn dazu verdammt habe, am Leben zu bleiben, um dieses Elend mit anzusehen und seine Kinder zu beerdigen. In seiner Verzweiflung ließ er sich auf die Knie fallen, schöpfte mit beiden Händen das schmutzige, nach Verwesung und Tod stinkende Wasser aus dem Rinnstein und schüttete es sich über den Kopf. Einen Teil trank er sogar, weil er hoffte, dadurch endlich krank zu werden und wie alle anderen zu sterben.

Während er dort im Schlamm kniete, hörte er plötzlich eine Jungenstimme sagen: »Das habe ich auch schon versucht. Es funktioniert nicht.«

Der Comandante blickte hoch und meinte, einen Geist vor sich zu haben. »Romeo!«, rief er aus. »Romeo? Bist du das?«

Aber es war nicht Romeo, sondern nur ein sehr schmutziger, etwa achtjähriger Junge in Lumpen. »Mein Name ist Romanino«, stellte der Junge sich vor. »Ich kann diesen Karren für Euch ziehen.«

»Warum möchtest du meinen Karren ziehen?«, fragte der Comandante.

»Weil ich Hunger habe«, antwortete Romanino.

»Hier …« Der Comandante holte den Rest seines Geldes heraus. »Kauf dir davon etwas zu essen.«

Doch der Junge schob seine Hand weg und sagte: »Ich bin kein Bettler.«

Daraufhin erlaubte der Comandante dem Jungen, seinen Karren die ganze Strecke bis zum Palazzo Marescotti zu ziehen. Hin und wieder, wenn der Junge sich allzu sehr abmühen musste, half er ihm und versetzte dem Karren einen kleinen Schubs. Als sie schließlich das Tor erreichten, blickte der Junge zu den Adlerornamenten an den Wänden empor und verkündete: »Hier ist mein Vater geboren.«

Bestimmt kann sich jeder vorstellen, welch ein Schock es für den Comandante war, das zu hören. Aufgeregt fragte er den Jungen: »Wie kommst du darauf?«

»Meine Mutter hat mir immer Geschichten über ihn erzählt«, antwortete der Junge. »Von ihr weiß ich, dass mein Vater sehr tapfer war, ein großer Ritter mit *sooo* dicken Armen. Aber dann musste er mit dem Kaiser im Heiligen Land kämpfen und ist nie zurückgekommen. Sie hat immer gesagt, dass er vielleicht eines Tages zurückkehren und nach mir suchen wird. Und wenn es endlich so weit ist, muss ich ihm etwas sagen, damit er weiß, wer ich bin.«

»Was musst du ihm denn sagen?«

Der Junge grinste, und schon in dem Moment, allein aufgrund dieses Lächelns, kannte der Comandante die Wahrheit, noch ehe er die Worte hörte: »Dass ich ein kleiner Adler bin, ein *aquilino*.«

An diesem Abend saß Comandante Marescotti in der Küche am Tisch der Dienstboten, die es nicht mehr gab, und aß zum ersten Mal seit Tagen wieder etwas. Ihm gegenüber war Romanino zu sehr damit beschäftigt, an einem Hühnerbein zu nagen, um irgendwelche Fragen zu stellen.

»Wann«, begann der Comandante, »ist denn deine Mutter Rosalina gestorben?«

»Vor langer Zeit«, erwiderte der Junge, »bevor das alles losging. Er hat sie geschlagen, müsst Ihr wissen. Eines Tages ist sie nicht mehr aufgestanden. Er hat sie angeschrien und an den Haaren gezogen, aber sie rührte sich nicht. Sie rührte sich überhaupt nicht mehr. Da hat er angefangen zu weinen. Ich bin zu ihr hin und habe mit ihr geredet, aber sie hat die Augen nicht aufgemacht. Ich habe meine Hand auf ihr Gesicht gelegt und gemerkt, dass sie ganz kalt war. Da wusste ich, dass er sie zu fest geschlagen hatte. Als ich ihm das sagte, hat er nach mir getreten und versucht, mich zu packen, aber ich … bin zur Tür hinaus. Ich bin einfach immer weiter gelaufen. Obwohl er hinter mir herschrie, bin ich immer weiter, immer weiter, bis ich bei meiner Tante war. Sie hat mich aufgenommen, und dort bin ich dann auch geblieben. Ich habe gearbeitet, müsst Ihr wissen. Meinen Teil beigetragen. Und als dann das Kind kam, habe ich darauf aufgepasst und meiner Tante geholfen, Essen auf den Tisch zu bringen. Alle dort mochten mich, ich glaube, sie waren wirklich froh, dass ich auf das Kind aufgepasst habe, bis … bis dann plötzlich rundherum alle starben. Erst starb der Bäcker, dann der Metzger und dann sogar der Bauer, von dem wir immer das Obst kauften, so dass wir nicht mehr genug zu essen hatten.

Trotzdem hat meine Tante mir immer noch genauso viel gegeben wie den anderen, obwohl sie noch Hunger hatten, und deswegen … bin ich weggelaufen.«

Der Junge sah ihn mit weisen grünen Augen an. Dem Comandante ging durch den Kopf, wie seltsam es doch war, dass dieser Junge, ein magerer kleiner Achtjähriger, mehr Integrität besaß, als er es je bei einem erwachsenen Mann erlebt hatte. Er konnte nicht anders, als ihn zu fragen: »Wie hast du denn das alles überlebt?«

»Keine Ahnung …«, antwortete Romanino achselzuckend, »aber Mutter hat immer zu mir gesagt, dass ich anders bin. Stärker. Dass ich nicht krank werden würde, und auch nicht so dumm sei wie die anderen. Sie hat gesagt, dass ich eine besondere Art von Kopf auf den Schultern trage. Deswegen mögen mich die anderen auch nicht. Weil sie wissen, dass ich besser bin als sie. So habe ich überlebt. Indem ich immer an das gedacht habe, was ich von meiner Mutter wusste. Über mich und über die anderen. Sie hat gesagt, ich würde überleben, und das habe ich auch getan.«

»Weißt du, wer ich bin?«, fragte der Comandante schließlich.

Der Junge sah ihn an. »Ein großer Mann, glaube ich.«

»Da bin ich mir nicht so sicher.«

»Doch«, sagte Romanino mit Nachdruck, »Ihr seid ein großer Mann. Ihr habt eine große Küche. Und ein Huhn. Außerdem habt Ihr mich die ganze Strecke Euren Karren ziehen lassen. Und jetzt teilt Ihr auch noch Euer Hühnchen mit mir.«

»Das macht mich noch nicht zu einem großen Mann.«

»Als ich Euch gefunden habe, habt Ihr schmutziges Wasser aus dem Rinnstein getrunken«, bemerkte der Junge, »und jetzt trinkt Ihr Wein. Für mich macht Euch das zu dem größten Mann, der mir je begegnet ist.«

Am nächsten Morgen brachte Comandante Marescotti den Jungen zu seiner Tante und seinem Onkel zurück. Während sie nebeneinander die steilen Stufen Richtung Fontebranda hinuntergingen und dabei immer wieder Fäulnis und Verwesung ausweichen mussten, kam zum ersten Mal seit Tagen die Sonne heraus. Oder sie hatte jeden Tag geschienen, und der Comandante hatte es nur nicht bemerkt, weil er seine ganze Zeit in der Dunkelheit seines Zuhauses verbracht hatte, damit beschäftigt, Wasser auf Lippen zu gießen, die längst nicht mehr in der Lage waren zu trinken.

»Wie heißt denn dein Onkel?«, fragte der Comandante, als ihm klarwurde, dass er die naheliegendste Frage noch nicht gestellt hatte.

»Benincasa«, antwortete der Junge. »Er macht Farben. Ich mag das Blau, aber das ist teuer.« Er blickte zum Comandante hoch. »Mein Vater hat immer schöne Farben getragen, müsst Ihr wissen. Meistens Gelb, mit einem schwarzen Umhang, der aussah wie Flügel, wenn er schnell ritt. Wenn man reich ist, kann man das.«

»Ja, wahrscheinlich«, stimmte ihm der Comandante zu.

Vor einem Tor aus hohen Eisenstangen blieb Romanino stehen und blickte mit bedrückter Miene in den Hof hinein. »Wir sind da. Das ist Monna Lappa, meine Tante. Oder … eigentlich ist sie gar nicht meine richtige Tante, aber sie wollte trotzdem, dass ich sie so nenne.«

Comandante Marescotti war erstaunt über die Größe des Anwesens, er hatte sich etwas viel Bescheideneres vorgestellt. Auf dem Hof halfen gerade drei Kinder ihrer Mutter beim Ausbreiten von Wäsche, während ein ganz kleines Mädchen auf allen vieren herumkrabbelte und mit den Körnern spielte, die eigentlich für die Gänse gedacht waren.

»Romanino!« Die Frau sprang auf, als sie den Jungen am Tor entdeckte, und nachdem sie es rasch entriegelt hatte, zog sie ihn hinein und umarmte ihn unter Tränen und Küssen. »Wir dachten schon, du wärst tot, du dummer Junge!«

In der ganzen Aufregung achtete niemand auf das

kleine Mädchen. Nur der Comandante – der bereits im Begriff gewesen war, sich unauffällig von der glücklichen Familienwiedervereinigung zu entfernen – besaß genug Geistesgegenwart, um mitzubekommen, dass die Kleine auf das offene Tor zukrabbelte. Mit ungeschickten Händen hob er sie hoch.

Bei dieser Gelegenheit stellte Comandante Marescotti fest, dass sie ungewöhnlich hübsch war und außerdem viel bezaubernder, als man es von einem so kleinen Persönchen eigentlich erwarten konnte. Trotz seiner mangelnden Erfahrung im Umgang mit solch winzigen Wesen widerstrebte es ihm fast, die Kleine wieder an Monna Lappa auszuhändigen, so dass er einfach stehenblieb und das kleine Gesicht betrachtete. Dabei spürte er, wie sich in seiner Brust etwas regte, so als bahnte sich eine zarte Frühlingsblume ihren Weg durch den gefrorenen Boden.

Die Faszination beruhte offenbar auf Gegenseitigkeit, denn das Kleinkind begann mit sichtlichem Vergnügen, im Gesicht des Comandante herumzuklatschen und an seiner Nase und seinen Wangen zu ziehen.

»*Caterina!*«, rief ihre Mutter und erlöste den vornehmen Besucher, indem sie ihm das Mädchen rasch entriss. »Ich bitte um Entschuldigung, Messere!«

»Keine Ursache, keine Ursache«, entgegnete der Comandante. »Gott hat seine Hände über Euch und die Euren gehalten, Monna Lappa. Ich glaube, Euer Haus ist gesegnet.«

Die Frau sah ihn lange an. Dann senkte sie den Kopf. »Danke, Messere.«

Zögernd wandte sich der Comandante zum Gehen, drehte sich dann aber noch einmal nach Romanino um. Der Junge stand aufrecht wie ein junger Baum, der dem Wind trotzte, doch irgendwie war das Feuer aus seinen Augen gewichen.

»Monna Lappa«, sagte Comandante Marescotti, »ich möchte … ich würde gerne … ich wollte Euch fragen, ob Ihr Euch vorstellen könntet, diesen Jungen herzugeben. Ihn mir zu überlassen.«

Die Frau starrte ihn fassungslos an.

»Ich glaube nämlich«, fügte der Comandante rasch hinzu, »er ist mein Enkelsohn.«

Das kam für alle höchst überraschend, sogar für den Comandante selbst. Während Monna Lappa auf dieses Geständnis fast erschrocken reagierte, war der Junge vor Freude völlig aus dem Häuschen, so dass der Comandante gegen seinen Willen lachen musste.

»Ihr seid Comandante Marescotti?«, rief die Frau, die in ihrer Aufregung ganz rote Wangen bekam. »Dann hat es also doch gestimmt! Oh, das arme Mädchen! Ich habe ihr nie …« Monna Lappa sprach den Satz nicht zu Ende. Sie war noch immer so überrascht, dass sie nicht recht wusste, wie sie sich verhalten sollte. Schließlich packte sie Romanino an der Schulter und schob ihn dem Comandante entgegen. »Geh! Geh, du dummer Junge! Und … und vergiss nicht, dem Herrgott zu danken!«

Das brauchte sie nicht zweimal zu sagen. Ehe der Comandante es sich versah, hatte Romanino bereits die Arme um seine Taille geschlungen, und eine kleine Rotznase grub sich in besticken Samt.

»Komm«, sagte er, während er das schmutzige Haar des Jungen tätschelte, »wir müssen ein Paar Schuhe für dich auftreiben, und noch so allerlei anderes. Also hör zu weinen auf.«

»Ich weiß«, schniefte der Junge und wischte sich die Freudentränen aus dem Gesicht, »Ritter weinen nicht.«

»Selbstverständlich weinen sie«, entgegnete der Comandante, während er den Jungen an der Hand nahm, »aber erst, wenn sie sauber gewaschen und angezogen sind und Schuhe tragen. Glaubst du, du kannst noch so lange warten?«

»Ich werde es versuchen.«

Als sie kurz darauf Hand in Hand die Straße entlanggingen, musste der Comandante gegen einen Anflug von Scham ankämpfen. Wie war es möglich, dass ein Mann wie er, der sich vor Kummer eben noch ganz krank gefühlt hatte und mit Ausnahme seines eigenen Herzschlags alles verloren hatte, was ihm lieb und teuer war, plötzlich so viel Trost darin finden konnte, eine kleine, klebrige Faust in der seinen zu spüren?

Viele Jahre später kam eines Tages ein reisender Mönch in den Palazzo Marescotti und verlangte das Familienoberhaupt zu sprechen. Der Mönch erklärte, er komme aus einem Kloster in Viterbo und sei von seinem Abt beauftragt worden, einen großen Schatz seinem rechtmäßigen Besitzer zurückzubringen.

Romanino, mittlerweile ein erwachsener Mann von dreißig Jahren, ließ den Mönch eintreten und bat seine Töchter, rasch hinaufzulaufen und ihren Urgroßvater, den alten Comandante, zu fragen, ob er sich kräftig genug fühle, um mit dem Besucher zu sprechen. Während sie auf den Comandante warteten, sorgte Romanino dafür, dass der Mönch zu essen und zu trinken hatte, und fragte den Fremden dann voller Neugier, um was für eine Art von Schatz es sich denn handle.

»Über seinen Ursprung weiß ich wenig«, antwortete der Mönch, nachdem er einen Bissen hinuntergeschluckt hatte, »aber ich weiß, dass ich ihn nicht ins Kloster zurückbringen darf.«

»Warum denn nicht?«, wollte Romanino wissen.

»Weil er große zerstörerische Kräfte besitzt«, erklärte der Mönch und nahm sich noch etwas Brot. »Jeder, der das Kästchen aufmacht, wird krank.«

Romanino ließ sich auf seinen Stuhl zurücksinken. »Hattet Ihr nicht gesagt, es sei ein Schatz? Nun erzählt Ihr mir, dass er teuflische Kräfte besitzt!«

»Verzeihung, Messere«, stellte der Mönch richtig, »aber ich habe nie von teuflischen Kräften gesprochen. Ich habe nur gesagt, dass er große Kräfte besitzt. Er kann beschützen, aber auch zerstören, und deswegen muss er zurück in die Hände derer, die diese Kräfte zu beherrschen wissen. Ich soll ihn seinem rechtmäßigen Besitzer zurückgeben. Mehr weiß ich nicht.«

»Und dieser Besitzer ist Comandante Marescotti?«

Wieder nickte der Mönch, auch wenn er diesmal einen weniger überzeugten Eindruck machte. »Zumindest glauben wir das.«

»Denn wenn dem nicht so ist«, stellte Romanino fest, »dann habt Ihr einen Dämon in mein Haus gebracht. Dessen seid Ihr Euch doch bewusst?«

Der Mönch wirkte plötzlich verlegen. »Messere«, erwiderte er mit Nachdruck, »bitte glaubt mir, dass es nicht meine Absicht ist, Euch oder Eurer Familie zu schaden. Ich führe nur aus, was man mir aufgetragen hat. Dieses Kästchen …« – er griff in seine Tasche, holte eine kleine, sehr schlichte Holzschachtel heraus und stellte sie behutsam auf den Tisch – »wurde uns von den Priestern unserer Kathedrale überreicht, San Lorenzo, und ich glaube – auch wenn ich mir nicht ganz sicher bin –, dass sie die Reliquie eines Heiligen enthält, welche vor nicht allzu langer Zeit von einer vornehmen Dame aus Siena nach Viterbo geschickt wurde.«

»Ich habe von keinem solchen Heiligen gehört!«, rief Romanino aus, während er die Schachtel ängstlich beäugte. »Wer war denn die vornehme Dame?«

Der Mönch faltete respektvoll die Hände. »Die fromme und sittsame Monna Mina aus dem Hause Salimbeni, Messere.«

»Aha.« Romanino schwieg eine Weile. Natürlich kannte er die Geschichte dieser Dame – wer hatte nicht vom Wahnsinn der jungen Braut und dem angeblichen Fluch an der Kellerwand gehört? –, aber was für ein Heiliger pflegte freundschaftlichen Umgang mit den Salimbenis? »Darf ich fragen, warum Ihr diesen sogenannten Schatz dann nicht ihr zurückbringt?«

»Oh!« Die Vorstellung schien den Mönch zu entsetzen. »Nein! Der Schatz mag die Salimbenis nicht. Einer meiner armen Mitbrüder, ein geborener Salimbeni, starb im Schlaf, nachdem er die Schachtel berührt hatte …«

»Möge Gott Euch verdammen, Mönch!«, bellte Romanino und stand auf. »Nehmt Eure verfluchte Schachtel und verlasst auf der Stelle mein Haus!«

»Aber er war doch schon einhundertzwei!«, fügte der Mönch hastig hinzu. »Und andere Leute, die den Schatz berührt haben, wurden auf wundersame Weise von langer Krankheit geheilt.«

In dem Moment betrat Comandante Marescotti in würdevoller Haltung das Esszimmer. Dank eines Stocks ging er immer noch sehr aufrecht. Romanino, der eigentlich vorgehabt hatte, den Mönch mit einem Besen aus dem Haus zu jagen, beruhigte sich wieder und sorgte dafür, dass sein Großvater bequem am Kopfende des Tisches saß, ehe er ihm die Umstände des unerwarteten Besuchs erklärte.

»Viterbo?« Der Comandante runzelte die Stirn. »Woher kennt man dort meinen Namen?«

Der Mönch, der sich erhoben hatte, trat verlegen von einem Fuß auf den anderen, weil er nicht recht wusste, ob er stehen bleiben oder sich wieder setzen sollte, und ob die Frage an ihn oder an Romanino gerichtet war. Schließlich stellte er einfach das Holzkästchen vor dem alten Mann auf den Tisch. »Hier …«, erklärte er, »mir wurde gesagt, das müsse zurück zu seinem rechtmäßigen Besitzer.«

»Seid vorsichtig, Vater!«, rief Romanino, als der Comandante Anstalten machte, das Kästchen zu öffnen. »Wir wissen nicht, welche Dämonen es enthält.«

»Nein, mein Sohn«, erwiderte der Comandante, »aber wir werden es gleich herausfinden.«

Einen Moment lang herrschte angespanntes Schweigen. Der Comandante hob langsam den Deckel von der Schachtel und spähte hinein. Als Romanino sah, dass sein Großvater nicht sofort von Krämpfen geschüttelt zu Boden fiel, trat er näher, um das Ding ebenfalls in Augenschein zu nehmen.

In dem Kästchen lag ein Fingerring.

»Ich würde ihn nicht …«, begann der Mönch, doch Comandante Marescotti hatte den Ring bereits herausgenommen und starrte ihn ungläubig an.

»Wer, sagt Ihr«, fragte er mit zitternden Fingern, »hat Euch den gegeben?«

»Mein Abt«, antwortete der Mönch, der voller Angst zurückwich. »Ihm zufolge haben die Männer, die den Ring fanden, den Namen *Marescotti* geflüstert, ehe sie drei Tage, nachdem sie den Sarg des Heiligen erhalten hatten, an einem gräßlichen Fieber starben.«

In der Hoffnung, sein Großvater möge den Ring wieder hinlegen, warf Romanino ihm einen flehenden Blick zu, doch der Comandante befand sich gerade in einer anderen Welt. Während er ohne jede Furcht das Adlersiegel des Rings berührte, murmelte er ein altes Familienmotto vor sich hin, *Treu durch die Jahrhunderte*, das in winzigen Lettern auf die Innenseite des Rings graviert war. »Komm, mein Sohn«, wandte er sich schließlich an Romanino und streckte den Arm nach ihm aus, »dieser Ring hat deinem Vater gehört. Nun gehört er dir.«

Romanino wusste nicht, was er tun sollte. Einerseits hätte er seinem Großvater gerne gehorcht. Andererseits fürchtete er sich vor dem Ring und fragte sich, ob er tatsächlich sein rechtmäßiger Besitzer war, selbst wenn er seinem Vater gehört hatte. Als Comandante Marescotti sein Zögern bemerkte, wurde der alte Herr plötzlich von Jähzorn übermannt, und er schrie Romanino an, er sei ein Feigling und solle auf der Stelle den Ring entgegennehmen. Doch genau in dem Moment, als Romanino vortrat, warf ein Schlaganfall den Comandante zurück in seinen Stuhl, so dass der Ring auf dem Boden landete.

Als der Mönch sah, dass der alte Mann der zerstörerischen Kraft des Ringes zum Opfer gefallen war, brach er vor Entsetzen in lautes Geschrei aus und verließ fluchtartig den Raum. Romanino dagegen warf sich auf seinen Großvater und beschwor dessen Seele, noch in seinem Körper zu verharren, bis er das letzte Sakrament erhalten hatte. »Mönch«, rief er, »komm sofort zurück und walte deines Amtes, du Ratte, oder ich schwöre dir, dass ich den Teufel höchstpersönlich nach Viterbo bringe und wir euch alle bei lebendem Leibe auffressen!«

Angesichts dieser Drohung kam der Mönch in die Küche zurück und holte das kleine Fläschchen mit geweihtem Öl hervor, welches sein Abt ihm auf die Reise mitgegeben hatte. Der Comandante bekam also doch noch die Letzte Ölung und lag einen Moment ganz friedlich da, den Blick auf Romanino gerichtet. Seine letzten Worte lauteten: »Lass dein Licht weiter leuchten, mein Sohn!«

Verständlicherweise wusste Romanino nicht recht, was er von dem verdammten Ring halten sollte. Einerseits besaß er eindeutig teuflische Kräfte und hatte seinen Großvater getötet, doch andererseits stammte er von seinem Vater Romeo. Am Ende beschloss er, ihn zu behalten, das Kästchen aber an einem Ort aufzubewahren, wo nur er es finden konnte. Deswegen ging er hinunter in den Keller und von dort noch ein Stück in die Bottini hinein, um das Kästchen in einer dunklen Ecke zu verstecken, wo nie jemand hinkam. Aus Furcht, seine Kinder könnten in ihrer Neugier ein weiteres Mal die Dämonen des Ringes freisetzen, erzählte er ihnen nie davon, schrieb die ganze Geschichte aber nieder, versiegelte sie und bewahrte sie mit den übrigen Familiendokumenten auf.

Es ist zweifelhaft, ob Romanino zu Lebzeiten je herausfand, welche Bewandtnis es mit dem Ring tatsächlich hatte. Über viele Generationen blieb das Kästchen in den Bottini verborgen, wo niemand den Ring berührte oder Anspruch auf ihn erhob. Dennoch hatten die Marescottis immer das Gefühl, dass dem Gebäude irgendein altes Übel innewohnte, bis die Familie im Jahre 1506 schließlich beschloss, das Haus zu verkaufen. Es erübrigt sich hinzuzufügen, dass das Kästchen mit dem Ring blieb, wo es war.

Viele Hundert Jahre später wanderte ein anderer Großvater Marescotti eines schönen Sommertages durch seinen Weinberg, und als er zufällig zu Boden blickte, sah er plötzlich ein kleines Mädchen neben seinen Füßen stehen. Er fragte sie auf Italienisch, wer sie denn sei, und sie antwortete, ebenfalls auf Italienisch, sie heiße Giulietta und sei schon fast drei Jahre alt. Er war sehr erstaunt, weil kleine Kinder für gewöhnlich Angst vor ihm hatten, doch diese Kleine plauderte mit ihm, als wären sie alte Freunde, und als sie schließlich gemeinsam weitergingen, schob sie ihre Hand in die seine.

Am Haus angekommen, stellte er fest, dass sie Besuch von einer schönen jungen Frau hatten, die gerade mit seiner Frau Kaffee trank, während ein weiteres kleines Mädchen sich mit Keksen vollstopfte. Seine Frau erklärte ihm, dass es sich bei ihrer jungen Besucherin um Diane Tolomei handle, die Witwe des alten Professor Tolomei, und dass sie gekommen sei, um ihm ein paar Fragen über die Familie Marescotti zu stellen.

Großvater Marescotti begegnete Diane Tolomei sehr freundlich und beantwortete bereitwillig alle ihre Fragen. Als Erstes wollte sie von ihm wissen, ob es stimme, dass seine Familie direkt von Romeo Marescotti abstamme, beziehungsweise von dessen Sohn Romanino. Als er bejahte, fragte sie ihn, ob ihm auch bewusst sei, dass Romeo Marescotti der

Romeo aus Shakespeares *Romeo und Julia* sei, und er antwortete, ja, auch dessen sei er sich durchaus bewusst. Als Nächstes erkundigte sie sich, ob er darüber informiert sei, dass ihre Familie direkt von Julia abstamme, worauf er antwortete, ja, das habe er schon vermutet, nachdem sie eine Tolomei sei und eine ihrer Töchter Giulietta genannt habe. Als sie ihn schließlich fragte, ob er sich den Grund ihres Besuchs denken könne, erwiderte er, nein, ganz und gar nicht.

Nun wollte Diane Tolomei von ihm wissen, ob seine Familie immer noch im Besitz von Romeos Ring sei. Großvater Marescotti erklärte, er habe keine Ahnung, wovon sie rede. Sie fragte ihn, ob er je ein kleines Holzkästchen zu Gesicht bekommen habe, das angeblich einen Schatz mit teuflischen Kräften enthielt, oder ob seine Eltern oder Großeltern je ein solches Kästchen erwähnt hätten. Nein, antwortete er, davon habe er noch nie etwas gehört, niemand habe je davon gesprochen. Diane Tolomei wirkte ein wenig enttäuscht, und als er sie daraufhin fragte, worum es bei der ganzen Sache überhaupt gehe, meinte sie, vielleicht sei es ja ganz gut so. Vielleicht sollte man diese alten Dinge besser ruhen lassen.

Es ist nicht schwer, sich vorzustellen, was Großvater Marescotti darauf erwiderte. Er erklärte Diane, dass sie bereits zu viele Fragen gestellt habe, und

nachdem er ihr auf jede einzelne eine Antwort gegeben habe, sei es nun an der Zeit, dass sie ein paar
von seinen Fragen beantwortete: Von welchem Ring
sie denn überhaupt spreche, und warum sie glaube,
er wisse etwas darüber?

Diane Tolomei erzählte ihm als Erstes die Geschichte von Romanino und dem Mönch aus Viterbo. Sie informierte ihn darüber, dass ihr Mann sein
ganzes Leben lang nach solchen Dingen geforscht
habe, und dass er auch derjenige gewesen sei, der im
Stadtarchiv die Unterlagen zur Familiengeschichte
der Marescottis sowie Romaninos Aufzeichnungen
über das Kästchen entdeckte. Zum Glück, fügte sie
hinzu, habe Romanino genug gesunden Menschenverstand besessen, den Ring nicht zu tragen, denn
er sei nicht sein rechtmäßiger Besitzer gewesen, so
dass er ihm unter Umständen großen Schaden hätte
zufügen können.

Ehe sie mit ihren Ausführungen fortfahren konnte, kam der Enkelsohn des alten Mannes, ein Junge
namens Alessandro, den seine Großeltern jedoch
Romeo nannten, an den Tisch, um einen Keks zu
stibitzen. Als Diane begriff, dass es sich um Romeo
handelte, wurde sie sehr aufgeregt und sagte: »Es ist
mir eine große Ehre, dich kennenzulernen, junger
Mann. Hier, ich möchte dir jemand ganz Besonderen vorstellen.« Mit diesen Worten zog sie eins von
den kleinen Mädchen auf ihren Schoß und verkün-

dete in einem Ton, als präsentierte sie ihm gerade ein Weltwunder: »Das ist Julia.«

Romeo schob den Keks in seine Tasche und warf einen Blick auf die Kleine. »Das glaube ich nicht«, sagte er, »die trägt ja noch Windeln.«

»Nein!« Rasch zog Diane Tolomei das Kleid des kleinen Mädchens hinunter. »Solche gepolsterten Höschen sind zur Zeit modern. Sie ist schon ein großes Mädchen. Nicht wahr, Jules?«

In der Hoffnung, sich davonstehlen zu können, trat Romeo langsam den Rückzug an, doch sein Großvater hielt ihn auf und bat ihn, die kleinen Mädchen mitzunehmen und mit ihnen zu spielen, während die Erwachsenen Kaffee tranken. Zähneknirschend tat der Junge, wie ihm geheißen.

In der Zwischenzeit erzählte Diane Tolomei Großvater Marescotti und seiner Frau von Romeos Ring. Sie erklärte ihnen, dass es sich dabei um seinen Siegelring handle, den er Giulietta Tolomei geschenkt habe, als die beiden sich von ihrem gemeinsamen Freund Bruder Lorenzo heimlich trauen ließen. Deswegen, so behauptete Diane Tolomei, sei die rechtmäßige Erbin des Ringes Giulietta, ihre Tochter. Sie fügte hinzu, der Ring müsse unbedingt gefunden werden, damit der Fluch, der auf den Tolomeis ruhe, endlich ein Ende habe.

Großvater Marescotti fand die Geschichte vor allem deswegen faszinierend, weil Diane Tolomei trotz der Tatsache, dass sie selbst keine Italienerin war, eine solche Leidenschaft für die Ereignisse der Vergangenheit entwickelt hatte. Es erstaunte ihn, wie überzeugt diese moderne junge Frau aus Amerika davon schien, dass auf ihrer Familie ein Fluch lag – noch dazu einer aus dem finsteren Mittelalter – und sie sogar den Tod ihres Mannes darauf zurückführte. Ihm leuchtete durchaus ein, wieso sie so darauf erpicht war, alles in ihrer Macht Stehende zu versuchen, dem Ganzen ein Ende zu setzen, damit ihre Töchter aufwachsen konnten, ohne dass der Fluch ein Leben lang drohend über ihren Köpfen schwebte. Aus irgendeinem Grund glaubte sie wohl, ihren Töchtern drohe dadurch besonders große Gefahr – vielleicht, weil beide Elternteile Tolomeis waren.

Natürlich tat es Großvater Marescotti leid, dass er dieser armen jungen Witwe nicht helfen konnte, aber als er anfing, sich deswegen zu entschuldigen, unterbrach sie ihn. »Nach allem, was Sie mir erzählt haben, Signore«, erklärte sie, »könnte das Kästchen mit dem Ring immer noch in den Bottini unter dem Palazzo Marescotti versteckt sein. Vermutlich hat niemand mehr den Ring berührt, seit Romanino ihn vor mehr als sechshundert Jahren dort hinunterbrachte.«

Großvater Marescotti konnte nicht anders, als sich lachend auf die Schenkel zu klopfen. »Was für eine abenteuerliche Geschichte!«, rief er. »Und selbst wenn das alles stimmt, kann ich mir nicht vorstellen, dass der Ring noch da wäre. Es sei denn, er ist so gut versteckt, dass ihn niemand finden kann. Einschließlich mir.«

Um ihn dazu zu bringen, nach dem Ring zu suchen, stellte Diane ihm in Aussicht, dass sie ihm, sollte er ihn tatsächlich finden und ihr geben, im Gegenzug etwas aushändigen würde, das die Familie Marescotti bestimmt ebenso gern wieder in ihrem Besitz hätte und das sich schon viel zu lange in den Händen der Tolomeis befinde. Sie fragte ihn, ob er eine Ahnung habe, von welcher Art Schatz sie spreche, doch er verneinte.

Daraufhin holte Diane Tolomei ein Foto aus der Tasche und legte es vor ihm auf den Tisch. Plötzlich bekreuzigte sich Großvater Marescotti, denn er begriff, dass es sich bei dem alten Stück, das auf dem Foto zu sehen war, nicht um irgendeinen beliebigen, auf einem Tisch ausgebreiteten alten Cencio handelte, sondern um jenen ganz besonderen Cencio, den ihm sein eigener Großvater viele Male beschrieben hatte – einen Cencio, von dem er nie gedacht hätte, ihn eines Tages sehen oder berühren zu können, weil er davon ausgegangen war, dass er längst nicht mehr existierte.

»Wie lange«, fragte er mit zitternder Stimme, »hält Ihre Familie den schon vor uns versteckt?«

»Genau so lange«, entgegnete Diane Tolomei, »wie

Ihre Familie den Ring vor uns versteckt hält, Signore. Nun sind Sie bestimmt wie ich der Meinung, dass es an der Zeit ist, diese Schätze ihren rechtmäßigen Besitzern zurückzugeben und dem Übel, das uns beide in diesen traurigen Zustand versetzt hat, für immer ein Ende zu setzen.«

Natürlich war Großvater Marescotti beleidigt, weil sie ihm unterstellte, dass er sich in einem traurigen Zustand befand. Das brachte er auch zum Ausdruck, indem er laut die Segnungen aufzählte, die ihn von allen Seiten umgaben.

»Wollen Sie wirklich behaupten«, antwortete Diane Tolomei, während sie sich über den Tisch beugte und seine Hände berührte, »dass es nicht Tage gibt, an denen Sie sich von den ungeduldigen Blicken einer starken Macht beobachtet fühlen – einem alten Verbündeten, der schon lange darauf wartet, dass Sie endlich tun, was Sie zwangsläufig irgendwann tun *müssen*?«

Ihre Worte machten großen Eindruck auf ihre beiden Gastgeber, so dass sie alle drei für einen Moment schweigend dasaßen. Plötzlich aber brach drüben in der Scheune ein fürchterliches Geschrei los, und sie sahen, wie Romeo angelaufen kam und sich dabei verzweifelt abmühte, eines der beiden kleinen Mädchen zu tragen, das wild um sich trat und gleichzeitig brüllte wie am Spieß. Es handelte sich um Giulietta, die sich an einer Heugabel verletzt hatte und nun von Romeos Großmutter auf dem Küchentisch verarztet werden musste.

Romeos Großeltern waren wegen der Sache nicht richtig böse auf ihn. Es verhielt sich viel schlimmer: Sie waren einfach nur entsetzt, immer wieder mit ansehen zu müssen, wie ihr Enkelsohn auf Schritt und Tritt eine Spur des Schmerzes und der Zerstörung hinterließ. Nun, nachdem sie Diane Tolomeis Geschichten gehört hatten, begannen sie sich zu fragen, ob er vielleicht wirklich teuflische Hände hatte … und irgendein alter Dämon in seinem Körper weiterlebte, so dass er genau wie sein Vorfahre Romeo ein Leben – ein kurzes Leben – voller Gewalt und Kummer führen würde.

Großvater Marescotti empfand wegen der Verletzung, die das kleine Mädchen davongetragen hatte, solche Schuldgefühle, dass er Diane versprach, alles in seiner Macht Stehende zu tun, um den Ring zu finden. Sie dankte ihm und versprach ihrerseits, völlig unabhängig davon, ob er erfolgreich sein würde oder nicht, bald mit dem Cencio wiederzukommen, damit wenigstens Romeo bekam, was ihm zustand. Aus irgendeinem Grund war es ihr sehr wichtig, dass Romeo noch da sein würde, wenn sie erneut zu Besuch kam, weil sie etwas mit ihm ausprobieren wollte. Mehr sagte sie dazu nicht, und niemand wagte nachzuhaken.

Man einigte sich darauf, dass Diane Tolomei erst

in zwei Wochen wiederkommen sollte, damit Großvater Marescotti Zeit für seine Nachforschungen wegen des Rings hatte. Ihre Verabschiedung fiel sehr freundschaftlich aus. Ehe Diane fuhr, wandte sie sich jedoch ein weiteres Mal an Großvater Marescotti. Sie bat ihn, sehr vorsichtig zu sein, falls seine Suche nach dem Ring tatsächlich erfolgreich verlaufen sollte, und das Kästchen möglichst nicht zu öffnen, oder höchstens ganz kurz. Unter keinen Umständen dürfe er den Ring selbst berühren, denn dieser habe, wie er nun ja wisse, eine lange Geschichte als Unglücksbringer.

Großvater Marescotti war sehr froh darüber, dass er Diane und ihre zwei kleinen Mädchen kennengelernt hatte. Gleich am nächsten Tag fuhr er in die Stadt, fest entschlossen, den Ring zu finden. Tagelang suchte er sämtliche Bottini unter dem Palazzo Marescotti nach Romaninos Versteck ab. Als er endlich fündig wurde – er musste sich zu diesem Zweck extra einen Metalldetektor ausleihen –, begriff er, wieso noch nie jemand darüber gestolpert war: Das Kästchen war tief in eine schmale Mauerspalte hineingeschoben und mit zerbröckeltem Sandstein bedeckt.

Als er es herauszog, fiel ihm wieder ein, dass Diane Tolomei gesagt hatte, er solle den Deckel möglichst nicht abnehmen, doch nach sechs Jahrhunderten zwischen Staub und Stein war das Holz derart trocken und brüchig geworden, dass es selbst eine ganz vorsichtige Berührung nicht mehr aushielt. Es zerbröselte wie ein Klumpen Sägemehl, und einen Augenblick später hielt Großvater Marescotti den Ring direkt in der Hand.

Er beschloss, seinen irrationalen Ängsten nicht nachzugeben. Statt eine andere Schachtel für den Ring zu holen, steckte er ihn einfach in die Hosentasche und fuhr damit zurück zu seinem Landhaus außerhalb der Stadt. Nach dieser Fahrt mit dem Ring in der Tasche wurde in seiner Familie kein männliches Kind mehr geboren, das den Namen Romeo Marescotti hätte tragen können – zu seiner großen Enttäuschung bekamen alle immer nur Mädchen, Mädchen, Mädchen. Der einzige Romeo in der Familie blieb somit sein Enkelsohn, und er bezweifelte sehr, dass dieser rastlose Junge jemals heiraten und Söhne in die Welt setzen würde.

Natürlich konnte Großvater Marescotti das alles zu jener Zeit noch gar nicht absehen, er war einfach nur glücklich darüber, dass er den Ring für Diane Tolomei gefunden hatte, und freute sich darauf, endlich den alten Cencio aus dem Jahre 1340 in die Hände zu bekommen und im ganzen Viertel herumzuzeigen. Er plante bereits, ihn dem Adlermuseum zu stiften, und stellte sich vor, wie er der Contrade beim nächsten Palio jede Menge Glück bringen würde.

Aber dann kam alles ganz anders. An dem Tag, als Diane Tolomei sie erneut besuchen wollte, hatte er die ganze Familie zu einer großen Feier versammelt, und seine Frau kochte schon seit Tagen. Er hatte den Ring in ein neues Kästchen verpackt, und sie hatte eine rote Schleife herumgebunden. Sie waren sogar mit Romeo in die Stadt gefahren – und das, obwohl der Palio kurz bevorstand –, um ihm einen richtigen Haarschnitt verpassen zu lassen, statt ihm wie üblich einfach den Gnocchi-Topf über den Kopf zu stülpen und mit der Schere einmal rundherum zu schnippeln. Nun brauchten sie nur noch zu warten.

Und sie warteten. Und warteten. Aber Diane Tolomei kam nicht. Normalerweise wäre Großvater Marescotti fuchsteufelswild geworden, doch dieses Mal hatte er eher Angst. Er konnte es nicht erklären. Ihm war, als hätte er Fieber, und er brachte auch keinen Bissen hinunter. Ein paar Stunden später hörte er die schreckliche Nachricht. Sein Cousin rief ihn an, um ihm zu erzählen, dass Professor Tolomeis Witwe zusammen mit ihren beiden kleinen Töchtern bei einem Verkehrsunfall ums Leben gekommen sei. Man braucht nicht viel Phantasie, um sich vorzustellen, wie Großvater Marescotti sich in dem Moment fühlte. Sowohl er als auch seine Frau weinten um Diane Tolomei, und noch am gleichen Abend setzte er sich hin und schrieb einen Brief an seine Tochter in Rom, in dem er sie bat, ihm zu verzeihen und nach Hause zu kommen. Doch sie schrieb nie zurück, und sie kam auch nie.

VIII. I

Ich kaufte einen Sitz der Liebe mir,
Doch ach! Besaß ihn nicht; ich bin verkauft,
Doch noch nicht übergeben

Als Alessandro schließlich mit seiner Geschichte fertig war, lagen wir nebeneinander im wilden Thymian und hielten uns an den Händen.

»Ich kann mich noch genau an den Tag erinnern«, fügte er hinzu, »als wir von dem Autounfall erfuhren. Ich war damals erst dreizehn, begriff aber trotzdem, wie schrecklich das war. Und ich musste an das kleine Mädchen denken – dich –, die angeblich meine Julia sein sollte. Natürlich wusste ich schon damals, dass ich Romeo bin, aber an Julia hatte ich bis zu dem Zeitpunkt noch kaum einen Gedanken verschwendet. Nun begann ich über sie nachzudenken, und mir wurde plötzlich bewusst, wie seltsam es ist, Romeo zu sein, wenn es auf der Welt keine Julia gibt. Seltsam und einsam.«

»Ach, jetzt hör aber auf!« Ich stützte mich auf einen Ellbogen und kitzelte sein ernstes Gesicht mit einem Veilchen. »Ich bin sicher, es hat dir trotzdem nicht an williger weiblicher Gesellschaft gemangelt.«

Grinsend fegte er das Veilchen beiseite. »Ich dachte, du wärst tot! Was hätte ich denn tun sollen?«

Ich stieß einen theatralischen Seufzer aus, schüttelte den Kopf und ließ mich wieder zurücksinken. »So viel zu der Gravur an Romeos Ring, *Treu durch die Jahrhunderte.*«

»Hey!« Alessandro beugte sich stirnrunzelnd über mich. »Vergiss nicht, dass Romeo den Ring Giulietta geschenkt hat ...«

»Wie vorausblickend von ihm.«

»Tja ...« Er sah mir in die Augen, wirkte aber nicht allzu glücklich über die Wendung, die unser Gespräch genommen hatte. »Dann verrate mir doch mal, Giulietta aus Amerika ... warst *du* mir denn treu durch die Jahrhunderte?«

Er meinte das halb scherzhaft, doch für mich war es kein Scherz. Statt ihm darauf eine Antwort zu geben, fixierte ich ihn entschlossen und fragte geradeheraus: »Warum bist du in mein Hotelzimmer eingebrochen?«

Obwohl er bereits auf das Schlimmste gefasst war, hätte ich ihn nicht schlimmer schockieren können. Ächzend rollte er sich zur Seite und schlug die Hände vors Gesicht, ohne auch nur für eine Sekunde so zu tun, als beruhte das Ganze irgendwie auf einem Missverständnis. »*Porca vacca!*«

»Ich nehme mal an«, sagte ich, während ich blieb, wo ich war, und in den Himmel hinaufblinzelte, »du hast eine richtig gute Erklärung dafür. Denn wäre ich nicht dieser Meinung, dann wäre ich jetzt nicht hier.«

Wieder stöhnte er. »Ich habe tatsächlich eine, aber ich darf sie dir noch nicht verraten.«

»Wie bitte?« Abrupt richtete ich mich auf. »Du verwüstest mein Zimmer, willst mir aber nicht sagen, warum?«

»Was? Nein!« Alessandro setzte sich ebenfalls auf. »Das war ich nicht! Es hat schon vorher so ausgesehen … ich dachte, du hättest es selbst so zugerichtet!« Als er meinen Blick bemerkte, warf er mit einer hilflosen Geste beide Arme in die Luft. »Glaub mir, es stimmt! Nachdem du wegen unseres Streits an dem Abend das Restaurant verlassen hattest, bin ich zu deinem Hotel, um … ich weiß auch nicht. Aber als ich dort ankam, sah ich dich von deinem Balkon klettern und davonhuschen …«

»Nie im Leben!«, rief ich aus. »Warum um alles in der Welt hätte ich das tun sollen?«

»Na schön, dann warst du es eben nicht«, entgegnete Alessandro, dem das Thema sichtlich unangenehm war, »aber es war definitiv eine Frau, die noch dazu große Ähnlichkeit mit dir hatte. Das Chaos in deinem Hotelzimmer geht auf ihre Rechnung. Als ich kam, stand die Balkontür bereits offen, und der Raum sah aus wie nach einem Bombeneinschlag. Ich hoffe, du glaubst mir.«

Ich fasste mir an den Kopf. »Wie kannst du von mir erwarten, dass ich dir glaube, wenn du mir nicht mal sagst, warum du dort warst?«

»Es tut mir leid.« Er zupfte mir einen Thymianzweig aus dem Haar. »Ich wünschte, ich könnte es dir sagen. Aber es steht mir nicht zu, dir diese Geschichte zu erzählen. Hoffentlich bekommst du sie bald zu hören.«

»Von wem? Oder ist das auch ein Geheimnis?«

»Ich fürchte, ja.« Er wagte ein Lächeln. »Aber ich hoffe, du glaubst mir, wenn ich dir sage, dass ich in guter Absicht kam.«

Ich schüttelte den Kopf, weil ich selbst nicht fassen konnte, dass ich das so einfach mit mir machen ließ. »Ich muss verrückt sein.«

Sein Lächeln wurde breiter. »Ist das deine Art, ja zu sagen?«

Immer noch ein wenig wütend stand ich auf und klopfte mir mit ein paar heftigen Bewegungen den Staub vom Rock.

»Komm her …« Er griff nach meiner Hand und zog mich wieder zu sich auf den Boden. »Du kennst mich doch. Du weißt, dass ich dir niemals weh tun könnte.«

»Falsch«, antwortete ich und wandte den Kopf ab. »Du bist Romeo. Du bist derjenige, der mir so richtig weh tun kann.«

Aber als er mich daraufhin in seine Arme zog, leistete ich keinen Widerstand. Es war, als bräche in mir eine Mauer zusammen – sie war schon den ganzen Nachmittag am Bröckeln –, so dass ich mich plötzlich weich und willenlos fühlte und kaum über den gegenwärtigen Moment hinausdenken konnte.

»Glaubst du wirklich an Flüche?«, flüsterte ich, in seine Arme gekuschelt.

»Ich glaube an Segnungen«, antwortete er dicht neben meiner Schläfe. »Ich glaube, dass es für jeden Fluch einen Segen gibt.«

»Weißt du, wo sich der Cencio befindet?«

Ich spürte, wie seine Armmuskeln sich anspannten. »Ich wünschte, ich wüsste es. Ich möchte ihn genauso sehr zurückhaben wie du.«

Ich blickte zu ihm hoch, um herauszufinden, ob er log. »Warum?«

»Weil …« – er begegnete meinem argwöhnischen Blick mit einem Ausdruck vollkommener Aufrichtigkeit –, »weil er, wo auch immer er sein mag, völlig nutzlos ist ohne dich.«

Als wir schließlich zum Auto zurückgingen, warfen unsere Körper bereits lange Schatten, und es hing ein Hauch von Abendstimmung in der Luft. Ich fragte mich, ob wir womöglich zu spät zu Eva Marias Fest kommen würden. In dem Moment läutete prompt Alessandros Telefon, so dass er es mir überließ, die Gläser und die leere Flasche im Kofferraum zu verstauen, während er sich ein paar Schritte vom Wagen entfernte und seiner Patin zu erklären versuchte, warum wir so verdächtig spät dran waren.

Auf der Suche nach einem sicheren Platz für die Gläser bemerkte ich im hinteren Teil des Kofferraums eine hölzerne Weinkiste mit dem Aufdruck *Castello Salimbeni* an der Seite. Als ich den Deckel abhob, um einen Blick hineinzuwerfen, sah ich, dass in der Kiste statt Weinflaschen nur Holzspäne lagen, weshalb ich vermutete, dass Alessandro die Gläser und den Prosecco darin transportiert hatte. Um dafür zu sorgen, dass die Gläser auch wirklich heil blieben, wenn ich sie in die Kiste schob, wühlte ich ein wenig in den Holzspänen herum. Dabei stieß ich auf etwas Hartes, das sich, als ich es herauszog, als ein altes Kästchen entpuppte, etwa von der Größe einer Zigarrenschachtel.

Während ich so dastand und die Schachtel in der Hand hielt, befand ich mich schlagartig wieder mit Janice in den Bottini, wo ich am Vortag beobachtet hatte, wie Alessandro eine ähnliche Schachtel aus einem Safe in der Kalktuffwand holte. Unfähig, der Versuchung zu widerstehen, hob ich mit der zittrigen Nervosität eines Menschen, der gerade etwas Verbotenes tut, den Deckel von der Schachtel. Dabei kam mir nie in den Sinn, dass ich eigentlich schon hätte wissen müssen, was sie enthielt. Erst, als ich mit den Fingern darüberstrich – den goldenen Siegelring auf seinem blauen Samtkissen –, stürzte die Wahrheit über mich herein wie ein Piano in einem Zeichentrickfilm.

Vor lauter Schock darüber, dass wir doch tatsächlich mit einem Gegenstand herumfuhren, der – direkt oder indirekt – eine verdammt große Anzahl von Menschen das Leben gekostet hatte, schaffte ich es kaum, alles zurück in die Weinkiste zu stopfen, bevor Alessandro wieder neben mir stand, sein zugeklapptes Telefon in der Hand.

»Was suchst du?«, fragte er mit zusammengekniffenen Augen.

»Meine Sonnencreme«, antwortete ich leichthin und zog gleichzeitig den Reißverschluss meiner Reisetasche auf. »Die Sonne ist hier wirklich … mörderisch.«

Nachdem wir uns wieder auf den Weg gemacht hatten, brauchte ich erst mal eine Weile, um mich zu fangen. Alessandro war nicht nur in mein Hotelzimmer eingebrochen und hatte mich wegen seines Namens belogen, nein, selbst jetzt, nach allem, was zwischen uns passiert war – den Küssen, den Geständnissen, den Enthüllungen von Familiengeheimnissen –, sagte er mir noch immer nicht die Wahrheit. Sicher, er war mit einem Teil der Wahrheit herausgerückt, und ich hatte beschlossen, ihm zu glauben. Trotzdem war ich keineswegs so dumm anzunehmen, dass er mir wirklich schon alles Wissenswerte erzählt hatte. Dass dem nicht so war, hatte er ja sogar zugegeben, indem er mir die Erklärung für seinen Einbruch in mein Hotelzimmer verweigerte. Ja, er hatte ein paar Karten auf den Tisch gelegt, hielt aber zweifellos die meisten immer noch fest an die Brust gedrückt.

Allerdings galt dasselbe wohl auch für mich.

»Geht es dir gut?«, fragte er nach einer Weile. »Du bist sehr still.«

»Alles bestens!« Ich wischte mir einen Schweißtropfen von der Nase und stellte bei der Gelegenheit fest, dass meine Hand zitterte. »Mir ist nur heiß.«

Aufmunternd drückte er mein Knie. »Wenn wir da sind, fühlst du dich sicher gleich besser. Eva Maria hat einen Swimmingpool.«

»Das war ja klar.« Ich holte tief Luft und atmete langsam aus. Meine Hand fühlte sich dort, wo der alte Ring meine Haut berührt hatte, seltsam taub an. Verstohlen wischte ich mir an meinem Rock die Finger ab. Eigentlich war es überhaupt nicht meine Art, abergläubischen Ängsten nachzugeben, aber diesmal ließen sie mich einfach nicht los, sondern explodierten in meinem Bauch wie Popcorn in einem heißen Topf. Ich schloss die Augen und sagte mir, dass nun nicht der richtige Zeitpunkt für eine Panikattacke war und das beklemmende Gefühl in meiner Brust nur einem Versuch meines Gehirns entsprang, meinem Glück Steine in den Weg zu legen. Das war ja

nichts Neues. Aber dieses Mal wollte ich es nicht zulassen.

»Ich glaube, du brauchst jetzt …« – Alessandro
bremste ab – »… *cazzo!*«

Ein bombastisches Eisentor versperrte uns den
Weg. Alessandros Reaktion ließ vermuten, dass er
normalerweise anders begrüßt wurde. Nach einem
diplomatischen Wortwechsel mit einer Sprechanlage öffnete sich das Tor zu Aladins Höhle schließlich,
und wir bogen in eine lange, von Zypressen flan-
kierte Kieszufahrt ein. Sobald wir uns wohlbehalten
auf dem Anwesen befanden, schwangen die beiden
großen Flügel des Tores hinter uns lautlos wieder
zu. Auch das Einrasten des Schlosses war kaum zu
hören, denn unter unseren Reifen knirschte sanft
der Kies, und rundherum besangen Scharen von
Vögeln den schönen Spätnachmittag.

Eva Maria Salimbeni lebte in einer Art Traum. Ihr
majestätischer Landsitz – oder vielmehr *castello* –
thronte auf einem Hügel nahe dem Dorf Castiglio-
ne, und rundherum breiteten sich die Felder und
Weinberge ihres Anwesens aus wie die Rockbahnen
eines Mädchens, das sich auf einer Wiese niedergelassen hatte. Auf solche Orte stieß man normalerweise nur in unhandlichen Bildbänden, aber niemals
in der Realität. Während wir uns dem Haus näherten, beglückwünschte ich mich stillschweigend zu

meiner Entscheidung, alle Warnungen in den Wind zu schlagen und herzukommen.

Seit ich von Janice wusste, dass unser Cousin Peppo Eva Maria im Verdacht hatte, eine Mafiakönigin zu sein, schwankte ich zwischen hibbeliger Sorge und kopfschüttelnder Ungläubigkeit, doch nun, da ich endlich hier war und das Ganze bei Tageslicht betrachten konnte, erschien mir die Vorstellung völlig absurd. Wäre Eva Maria tatsächlich die Drahtzieherin irgendwelcher dunklen Machenschaften gewesen, dann hätte sie bestimmt nicht bei sich zu Hause ein Fest gegeben und eine Fremde wie mich dazu eingeladen.

Selbst die Bedrohung durch den Siegelring schien schwächer zu werden, während Castello Salimbeni vor uns auftauchte. Als wir schließlich neben dem großen Springbrunnen abbremsten, wurden alle Sorgen, die sich vielleicht noch tief in meiner Magengrube bemerkbar machten, vom Plätschern des türkisgrünen Wassers übertönt, das in mehreren Stufen aus drei Füllhörnern herabfiel. Gehalten wurden diese Füllhörner von nackten Nymphen, die auf marmornen Greifen saßen.

Vor einem Seiteneingang parkte der Lieferwagen einer Catering-Firma, und zwei Männer mit Lederschürzen waren gerade damit beschäftigt, Kisten auszuladen. Eva Maria stand händeringend daneben und überwachte das Ganze. Als sie unseren Wagen entdeckte, stürmte sie aufgeregt winkend herbei und forderte Alessandro per Handzeichen auf, sich mit dem Parken zu beeilen. »*Benvenuti!*«, flötete sie und kam mit ausgebreiteten Armen auf uns zu. »Ich freue mich so, euch beide hier zu haben!«

Wie immer warf mich Eva Marias überschwängliche Art derart aus der Bahn, dass ich zu keiner normalen Reaktion mehr fähig war. Das Einzige, was mir durch den Kopf ging, war: *Wenn ich in ihrem Alter noch solche Hosen tragen kann, wäre ich wahrhaft glücklich.*

Sie küsste mich stürmisch, als hätte sie bis zu diesem Moment um meine Sicherheit gebangt, und wandte sich dann an Alessandro. Während sie ihn ebenfalls zur Begrüßung küsste und dabei die Finger um seinen Bizeps schlang, wurde ihr Lächeln eine Spur anzüglich. »Ich fürchte fast, du warst kein braver Junge! Ich habe euch schon vor Stunden erwartet!«

»Ich dachte«, antwortete er, alles andere als schuldbewusst, »ich zeige Giulietta Rocca di Tentennano.«

»O nein!«, rief Eva Maria und machte dabei ein Gesicht, als würde sie ihn am liebsten ohrfeigen. »Doch nicht diesen schrecklichen Ort! Die arme Giulietta!« Mit einem Ausdruck tiefsten Mitgefühls wandte sie sich an mich. »Es tut mir leid, dass Sie dieses hässliche Gebäude sehen mussten. Wie hat es denn auf Sie gewirkt?«

»Ehrlich gesagt«, antwortete ich mit einem Blick auf Alessandro, »fand ich es recht … idyllisch.«

Aus irgendeinem unerklärlichen Grund gefiel meine Antwort Eva Maria so sehr, dass sie mir einen dicken Kuss auf die Stirn drückte, ehe sie vor uns beiden ins Haus marschierte. »Hier herein, bitte!« Sie schleuste uns durch eine Hintertür in die Küche, wo sich auf einem riesigen Tisch Unmengen von Essen türmten. »Ich hoffe, es macht Ihnen nichts aus, meine Liebe, dass wir diesen Umweg nehmen … Marcello! *Dio Santo!*« An einen der Männer vom Partyservice gewandt, warf sie genervt beide Arme in die Luft und sagte dann etwas, das ihn dazu brachte, die Kiste, die er gerade abgestellt hatte, wieder hochzunehmen und ganz behutsam an einem anderem Platz abzusetzen. »Ich muss diese Leute im Auge behalten, bei denen ist wirklich Hopfen und Malz verloren! … Gott steh ihnen bei! Und – oh! Sandro!«

»*Pronto!*«

»Was machst du denn?« Eva Maria scheuchte ihn ungeduldig zurück nach draußen. »Hol die Taschen! Giulietta braucht doch ihre Sachen!«

»Aber …« Alessandro widerstrebte es sichtlich, mich mit seiner Patin allein zu lassen. Seine ratlose Miene brachte mich fast zum Lachen.

»Wir können sehr gut auf uns selbst aufpassen!«, fuhr Eva Maria fort. »Wir wollen Frauengespräche führen! Nun mach schon, hol die Taschen!«

Trotz des ganzen Durcheinanders und Eva Marias Tempo entging mir nicht, welche gigantischen Ausmaße die Küche hatte. Noch nie hatte ich so große Töpfe und Pfannen gesehen, und ein offener Kamin mit der Quadratmeterzahl meiner Studentenbude war mir auch noch nicht untergekommen. Es handelte sich um genau die Art rustikale Landküche, von der die meisten Leute angeblich träumen, auch wenn sie in der Praxis bestimmt keinen blassen Schimmer hätten, was sie damit anfangen sollten.

Aus der Küche gelangten wir in eine prächtige Diele, die zweifellos den offiziellen Eingang zum Castello Salimbeni darstellte: einen quadratischen, pompösen Raum, mindestens fünfzehn Meter hoch und im ersten Stock mit einer rundum verlaufenden Loggia ausgestattet, die mich fast ein wenig an die Library of Congress in Washington erinnerte, wohin Tante Rose mal mit mir und Janice einen Ausflug gemacht hatte – damit wir etwas lernten und sie nicht zu kochen brauchte –, während Umberto seinen jährlichen Urlaub genoss.

»Hier werden wir heute Abend unser Fest feiern!«, erklärte Eva Maria und legte dann eine kurze Pause ein, um abzuwarten, ob ihre Worte bei mir genug Eindruck hinterließen.

»Das ist ja … atemberaubend!« Mehr fiel mir dazu nicht ein. Der Rest meiner Worte hatte sich wohl zur hohen Decke hinauf verflüchtigt.

Die Gästezimmer lagen im ersten Stock und waren über die Loggia zu erreichen. Meine Gastgeberin hatte mich freundlicherweise in einem Raum mit einem Balkon untergebracht, von wo man einen wunderschönen Blick auf einen Swimmingpool, einen Weinberg und, jenseits der Mauer, die den Weinberg begrenzte, das in Gold getauchte Orcia-Tal hatte. Ich kam mir vor wie während der Happy Hour im Paradies.

»Keine Apfelbäume?«, scherzte ich, während ich mich über den Balkon lehnte und den alten Wein bewunderte, der an den Wänden wuchs. »Oder Schlangen?«

»In all meinen Jahren hier«, antwortete Eva Maria, die meine Worte für bare Münze nahm, »habe ich noch keine einzige Schlange gesehen. Und das, obwohl ich jeden Abend durch den Weinberg gehe. Aber wenn ich eine sähe, würde ich sie mit einem Felsbrocken zerschmettern. So.« Sie demonstrierte es mir.

»Da ist jede Schlange platt«, gab ich ihr recht.

»Aber wenn Sie Angst haben, ist Sandro ja gleich nebenan ...« Sie deutete auf die Verandatür neben meiner. »Es stört Sie doch nicht, dass Sie sich diesen Balkon mit ihm teilen müssen?« Verschwörerisch stupste sie mich mit dem Ellbogen an. »Ich habe mir gedacht, ich mache es euch beiden leicht.«

Ziemlich verblüfft folgte ich ihr zurück in mein

Zimmer. Es wurde beherrscht von einem riesigen, mit weißem Leinen bezogenen Himmelbett. Als Eva Maria meinen staunenden Blick bemerkte, ließ sie auf genau dieselbe Art, wie Janice es gemacht hätte, die Augenbrauen auf und ab wippen. »Ein schönes Bett, nicht wahr? ... Fast schon homerisch!«

»Hören Sie«, sagte ich, während mir langsam die Schamesröte ins Gesicht stieg, »ich möchte nicht, dass Sie sich falsche Vorstellungen wegen mir und ... Ihres Patensohns machen.«

Der Blick, mit dem sie mich daraufhin bedachte, sah mir doch sehr nach Enttäuschung aus. »Ach?«

»Ich bin nicht diese Sorte Frau«, fuhr ich fort. Als ich merkte, dass meine Sittsamkeit sie nicht beeindruckte, fügte ich hinzu: »Ich kenne ihn doch erst seit gut einer Woche.«

Schlagartig kehrte Eva Marias Lächeln zurück, und sie tätschelte mir die Wange.

»Sie sind ein braves Mädchen. Das gefällt mir. Kommen Sie, ich zeige Ihnen das Badezimmer ...«

Als sie mich endlich allein ließ – vorher wies sie mich noch darauf hin, dass in meiner Nachttischschublade ein Bikini in meiner Größe und im Schrank ein Kimono für mich bereitlagen –, warf ich mich aufs Bett und streckte alle viere von mir. Eva Marias großzügige Gastfreundschaft hatte etwas herrlich Entspannendes. Wenn ich wollte, konnte ich bestimmt für den Rest meines Lebens hierbleiben und in immer neuen, perfekt zur jeweiligen Jahreszeit passenden Outfits das idyllische Ambiente eines Toskana-Wandkalenders genießen. Gleichzeitig aber hatte dieses ganze Szenario etwas leicht Beunruhigendes. Ich wurde das Gefühl nicht los, dass es im Zusammenhang mit Eva Maria irgendetwas schrecklich Wichtiges gab, das ich endlich durchschauen musste – nicht diese Mafiageschichte, sondern etwas anderes. Dabei war es wenig hilfreich, dass die Hinweise, die ich brauchte, irgendwo hoch über meinem Kopf schwebten wie frisch aufgeblasene Luftballons an einer hohen Zimmerdecke. Wie ich zugeben musste, war es meiner Konzentration genauso wenig förderlich, dass ich auf nüchternen Magen eine halbe Flasche Prosecco getrunken hatte und nach meinem Nachmittag mit Alessandro ebenfalls schwebte, und zwar im siebten Himmel.

Als ich gerade im Begriff war, in den Schlaf hinüberzugleiten, hörte ich irgendwo draußen lautes Wasserplatschen. Sekunden später rief eine vertraute Stimme meinen Namen. Nachdem ich alle meine Gliedmaßen einzeln vom Bett gepellt hatte, wankte ich hinaus auf den Balkon, wo ich feststellen musste, dass Alessandro mir unten vom Swimmingpool zuwinkte und dabei einen extrem frischen Eindruck machte.

»Was tust du denn da oben?«, rief er. »Das Wasser ist wunderbar!«

»Was hast du eigentlich immer mit deinem Wasser?«, rief ich zurück.

Er starrte mich verblüfft an, was seiner Anziehungskraft aber keinen Abbruch tat, ganz im Gegenteil. »Was hast du gegen Wasser?«

Als ich kurz darauf in Eva Marias Kimono am Pool erschien, brach Alessandro in lautes Gelächter aus. »Ich dachte, dir ist heiß!« Er saß auf dem Beckenrand, ließ die Füße im Wasser baumeln und genoss die letzten warmen Sonnenstrahlen.

»Inzwischen fühle ich mich schon viel besser.« Verlegen stand ich da und zupfte am Gürtel des Kimono herum. »Ehrlich gesagt bin ich keine große Schwimmerin.«

»Du brauchst doch gar nicht zu schwimmen«, erklärte er. »Der Pool ist nicht sehr tief. Und außerdem …« – er blinzelte mir verschmitzt zu – »bin ich ja da, um dich zu beschützen.«

Krampfhaft versuchte ich, den Blick schweifen zu lassen, ohne dabei ihn anzusehen. Er trug eine von diesen spärlichen europäischen Badehosen, aber das war auch schon das einzig Spärliche an ihm. Im Licht der Nachmittagssonne wirkte er wie aus Bronze gemeißelt. Seine Haut schien richtig zu leuchten, und seine Figur war definitiv von jemandem geformt worden, der sich mit den idealen Proportionen des menschlichen Körpers sehr gut auskannte.

»Nun komm schon«, sagte er und glitt zurück ins Wasser, als wäre es sein eigentliches Element, »ich verspreche dir, du wirst es genießen.«

»Das war kein Witz«, entgegnete ich, ohne mich von der Stelle zu bewegen, »ich habe mit Wasser wirklich Probleme.«

Alessandro, der mir das immer noch nicht so ganz abnahm, schwamm zu mir herüber und legte die Arme auf den Beckenrand. »Was heißt das? Löst du dich auf?«

»Ich neige zum Ertrinken«, erwiderte ich, vielleicht etwas schärfer als nötig, »und gerate in Panik. Natürlich in umgekehrter Reihenfolge.« Als ich seine ungläubige Miene sah, fügte ich seufzend hinzu: »Als ich zehn war, hat meine Schwester mich mal von einem Kai geschubst, um ihre Freundinnen zu beeindrucken. Ich bin mit dem Kopf gegen eine Anlegeleine geknallt und fast ertrunken. Noch heute werde ich in tiefem Wasser ganz panisch. So, nun weißt du es. Julia ist ein Waschlappen.«

»Also, deine Schwester …« Alessandro schüttelte den Kopf.

»Eigentlich ist sie ganz in Ordnung«, erklärte ich. »Ich habe als Erste versucht, sie vom Kai zu stoßen.«

Er musste lachen. »Dann hast du ja nur bekommen, was du verdient hattest. Aber jetzt trau dich! Du bist viel zu weit weg von mir.« Er klopfte auf den grauen Schieferboden. »Setz dich wenigstens hier auf den Rand.«

Widerwillig schälte ich mich aus dem Kimono, unter dem Eva Marias winziger Bikini zum Vorschein kam, und ging hinüber, um mich neben ihm niederzulassen und die Füße ins Wasser zu hängen. »Autsch, der Stein ist heiß!«

»Dann nichts wie rein ins kühle Nass!«, drängte er mich. »Leg einfach die Arme um meinen Nacken. Ich halte dich.«

Ich schüttelte den Kopf. »Nein. Tut mir leid.«

»Nun komm schon! So können wir doch nicht leben, du dort oben und ich hier unten.« Er packte mich an der Taille. »Wie soll ich unseren Kindern das Schwimmen beibringen, wenn sie sehen, dass du Angst vor dem Wasser hast?«

»Du bist einfach unmöglich!«, stöhnte ich, legte aber brav die Hände auf seine Schultern. »Wenn ich ertrinke, verklage ich dich!«

»Ja, verklag mich ruhig«, meinte er, während er mich vom Beckenrand ins Wasser hob, »und pass immer schön auf, dass du bei allem, was du tust, ja keine Verantwortung übernimmst.«

Wahrscheinlich war es ein Glücksfall, dass ich mich ziemlich über seine Bemerkung ärgern musste, denn dadurch achtete ich kaum auf das Wasser. Ehe ich mich versah, war ich bis zur Brust untergetaucht und hatte die Beine um seinen nackten Bauch geschlungen. Und fühlte mich gut dabei.

»Siehst du?« Er lächelte triumphierend. »Ist doch gar nicht so schlimm!«

Ich blickte auf das Wasser hinunter und entdeckte dort mein eigenes verzerrtes Spiegelbild. »Komm gar nicht erst auf die Idee, mich loszulassen!«

Er packte mich an Eva Marias Bikinihöschen. »Ich werde dich nie wieder loslassen. Nun sitzt du auf ewig mit mir in diesem Pool fest.«

Je mehr meine Angst wegen des Wassers nachließ, umso mehr konnte ich es genießen, seinen Körper an meinem zu spüren. Nach seinem Blick – und anderen Anzeichen – zu urteilen, beruhte das Gefühl auf Gegenseitigkeit. »*Er hat zwar ein hübscher Gesicht wie andre Leute*«, begann ich, »*aber seine Beine gehen über alle Beine, und Hand und Fuß und die ganze Positur: – es lässt sich eben nicht viel davon sagen, aber man kann sie mit nichts vergleichen. Er ist kein Ausbund von feinen Manieren, doch wett ich drauf, wie ein Lamm so sanft.*«

Alessandro gab sich gerade alle erdenkliche Mühe, die technische Meisterleistung zu ignorieren, die der Verschluss meines Bikini-Oberteils darstellte. »Da hat Shakespeare – ausnahmsweise – mal recht, was Romeo betrifft.«

»Lass mich raten … du bist kein Ausbund von feinen Manieren?«

Er zog mich noch näher zu sich heran. »Aber wie ein Lamm so sanft.«

Ich stemmte eine Hand gegen seine Brust. »Ich fürchte, du bist eher ein Wolf im Schafspelz.«

»Wölfe«, entgegnete er und ließ mich gleichzeitig immer tiefer ins Wasser gleiten, bis wir mit dem Gesicht nur noch wenige Zentimeter voneinander entfernt waren, »sind sehr sanfte Tiere.«

Als er mich küsste, war es mir auf einmal völlig egal, wer uns vielleicht dabei zusah. Ich sehnte mich schon seit Rocca di Tentennano danach, und erwiderte seinen Kuss ohne jede Zurückhaltung. Erst als ich spürte, dass er die Dehnbarkeit von Eva Marias Bikini testete, schnappte ich nach Luft und fragte: »Was ist eigentlich aus Kolumbus und seiner langsamen Erforschung der Küste geworden?«

»Kolumbus«, erwiderte Alessandro, während er mich gegen den Beckenrand drückte und mit einem weiteren Kuss zum Schweigen brachte, »hatte nie das Vergnügen, dir zu begegnen.« Er hätte wahrscheinlich noch mehr gesagt, und höchstwahrscheinlich hätte ich durchaus positiv darauf reagiert, wären wir nicht in dem Moment von einer Stimme unterbrochen worden.

»Sandro!«, rief Eva Maria von einem Balkon herunter und verlieh ihrem Ruf durch heftiges Winken Nachdruck. *»Dai, vieni dentro, svelto!«*

Obwohl sie sofort wieder verschwand, waren wir

beide erschrocken zusammengezuckt, als Eva Maria so plötzlich auftauchte. Ohne nachzudenken, ließ ich Alessandro los und wäre vermutlich untergegangen, hätte er mich nicht festgehalten.

»Danke!«, keuchte ich, fest an ihn geklammert. »Wie es aussieht, hast du doch keine teuflischen Hände.«

»Habe ich es dir nicht gesagt?« Er strich ein paar Haarsträhnen zur Seite, die mir wie feuchte Spaghetti im Gesicht klebten. »Für jeden Fluch gibt es einen Segen.«

Erstaunt über seinen plötzlichen Ernst sah ich ihm in die Augen. »Nun ja, meiner Meinung nach ...« – ich legte ihm eine Hand an die Wange – »wirken Flüche sowieso nur, wenn man an sie glaubt.«

Als ich schließlich in mein Gästezimmer zurückkehrte, ließ ich mich lachend mitten auf dem Boden nieder. Das Ganze war so typisch Janice – in einem Swimmingpool herumzuknutschen –, dass ich es kaum erwarten konnte, ihr davon zu erzählen. Obwohl ... es ihr gar nicht gefallen würde zu hören, dass ich so wenig Zurückhaltung an den Tag legte, sobald es um Alessandro ging, und ihren Warnungen keinerlei Beachtung schenkte. Irgendwie fand ich es ja richtig süß von ihr, dass sie so eifersüchtig auf ihn reagierte – falls ich das richtig interpretierte. Sie hatte es zwar nie explizit gesagt, aber ich hatte ihr deutlich angemerkt, wie enttäuscht sie gewesen war, weil ich nicht nach Montepulciano mitkommen wollte, um mich gemeinsam mit ihr auf die Suche nach Moms Haus zu begeben.

Erst jetzt, als mich ein Anflug von schlechtem Gewissen aus meinem beschwingten Tagtraum auftauchen ließ, registrierte ich den leichten Geruch nach Rauch – oder Räucherstäbchen? – in der Luft. Ich war mir nicht sicher, ob mein Zimmer vorhin auch schon danach gerochen hatte. Als ich in meinem feuchten Kimono auf den Balkon hinaustrat, um ein wenig frische Luft zu schnappen, kam ich gerade noch rechtzeitig, um die Sonne in einem Farbenrausch aus Gold und Blutrot hinter fernen Bergen versinken zu sehen. Rundherum nahm der Himmel langsam dunklere Blautöne an. Nun, da das Tageslicht schwand, hing bereits ein Hauch von Tau in der Luft, und mit ihm die Verheißung all der Gerüche und Leidenschaften, aber auch all der gespenstischen Schauder der Nacht.

Als ich schließlich wieder in mein Zimmer hineinging und eine Lampe anschaltete, stellte ich fest, dass auf meinem Bett ein Kleid ausgebreitet lag und daneben ein handgeschriebener Zettel mit der Nachricht: *Tragen Sie das auf dem Fest.* Ungläubig hob ich es hoch. Nicht genug, dass Eva Maria mir erneut vorschrieb, was ich anzuziehen hatte, nein, diesmal legte sie es auch noch darauf an, mich lächerlich zu machen. Es handelte sich nämlich um ein bodenlanges, dunkelrotes Samtkleid mit einem strengen eckigen Ausschnitt und langen Ärmeln, die nach unten immer weiter wurden. Janice hätte es den letzten Schrei für Untote genannt und mit einem verächtlichen Lachen zur Seite geworfen. Ich war sehr versucht, dasselbe zu tun.

Als ich dann jedoch mein eigenes Kleid herausholte und die beiden verglich, kam mir in den Sinn, dass ich womöglich im Begriff war, den größten Fauxpas meiner Karriere zu begehen, indem ich an diesem ganz besonderen Abend in meinem kleinen Schwarzen die Treppe hinunterhuschte. Trotz Eva Marias Hang zu gewagten Dekolletés und noch gewagteren Kommentaren war es durchaus möglich, dass sie an diesem Abend eine durch und durch prüde Gästeschar bewirtete, die mich nach meinen Spaghettiträgern beurteilen und für mangelhaft befinden würde.

Nachdem ich also brav Eva Marias mittelalterliches Outfit angezogen und zusätzlich auch noch versucht hatte, mein Haar zu so etwas wie einer festlichen Frisur aufzutürmen, blieb ich einen Moment an meiner Tür stehen und lauschte den Geräuschen der unten eintreffenden Gäste. Ich hörte Lachen und Musik. Gelegentlich knallte ein Korken, während meine Gastgeberin nicht nur liebe Freunde und Verwandte, sondern auch liebe Geistliche und Adlige begrüßte. Da ich nicht sicher war, ob ich genug Rückgrat besaß, um mich ganz allein in dieses illustre Getümmel zu stürzen, schlich ich auf Zehenspitzen den Gang entlang, um verstohlen an Alessandros Tür zu klopfen. Aber er war nicht da. Genau in dem Moment, als ich den Arm ausstreckte, um herauszufinden, ob die Tür abgeschlossen war, legte sich eine Hand wie eine Klaue auf meine Schulter.

»Giulietta!« Eva Maria hatte eine höchst befremdliche Art, sich lautlos anzuschleichen. »Sind Sie bereit?«

Mit einem erschrockenen Keuchen fuhr ich herum. Es war mir peinlich, dass sie mich vor Alessandros Tür ertappt hatte, wo ich fast schon im Begriff gewesen war, in Abwesenheit ihres Patensohns dessen Zimmer zu betreten. »Ich suche Alessandro!«, stieß ich hervor. Es schockierte mich, sie so dicht hinter mir stehen zu sehen – noch dazu um einiges größer, als ich sie in Erinnerung gehabt hatte. Sie trug ein goldenes Diadem und war – selbst für ihre Verhältnisse – extrem dramatisch geschminkt.

»Der musste noch etwas erledigen«, meinte sie mit einer wegwerfenden Handbewegung. »Er ist bestimmt bald zurück. Kommen Sie …«

Wenn ich vielleicht für einen Moment mit dem Gedanken gespielt hatte, dass ich in meinem Aufzug wie die Heldin eines Bühnenstücks aussah, wurde mir spätestens jetzt klar, dass ich bestenfalls eine Nebenrolle spielte. In einen Traum aus goldenem Taft gehüllt, leuchtete Eva Maria heller als jede Sonne. Während wir nun gemeinsam die breite Treppe hinunterstolzierten – wobei sie mit einer Hand fest meinen Ellbogen umklammert hielt –, konnten die unten versammelten Gäste gar nicht anders, als ihr die gebührende Beachtung zu zollen.

In der großen Eingangshalle standen mindestens hundert Leute herum, und sie alle beobachteten nun staunend, wie die Gastgeberin in ihrer ganzen Pracht die Treppe herabschritt, um mich in ihren Kreis einzuführen – und dabei die anmutige Gestik einer Blumenfee an den Tag legte, welche gerade im Begriff war, vor königlichen Gästen, die aus dem Waldeshain kamen, Rosenblätter zu streuen. Zweifellos hatte Eva Maria dieses Drama lange im Voraus geplant, denn die ganze Halle war ausschließlich mit großen Kerzen auf Lüstern und Kandelabern beleuchtet, so dass das flackernde Licht der Kerzenflammen über ihr Kleid tanzte, als stünde es ebenfalls in Flammen. Eine Weile hörte ich kein anderes Geräusch als die Musik: nicht, wie man hätte erwarten können, die übliche Klassik, sondern Livemusik, gespielt auf mittelalterlichen Instrumenten. Am hinteren Ende der Halle entdeckte ich eine kleine Gruppe von Musikern.

Als ich den Blick über die schweigende Menge

schweifen ließ, war ich plötzlich sehr froh darüber, dass ich das rote Samtkleid trug und nicht mein eigenes. Eva Marias Gäste als prüde Schar zu bezeichnen, wäre eine phänomenale Untertreibung gewesen. Zutreffender war eher, dass sie alle aussahen, als stammten sie aus einer anderen Welt. Auf den ersten Blick konnte ich im ganzen Raum niemanden unter siebzig entdecken. Auf den zweiten Blick lag das Durchschnittsalter wohl eher bei über achtzig. Ein netter Mensch hätte vielleicht gesagt, dass es sich um lauter liebe alte Leutchen handelte, die nur alle zwanzig Jahre mal auf eine Party gingen und seit dem Zweiten Weltkrieg kein Modemagazin mehr aufgeschlagen hatten … aber ich lebte schon zu lange mit Janice, um noch zu derartiger Großzügigkeit fähig zu sein. Hätte meine Schwester jetzt neben mir gestanden und gesehen, was ich sah, hätte sie bestimmt eine furchteinflößende Grimasse geschnitten und sich vielsagend über die Schneidezähne geleckt. Einen Lichtblick gab es: diese Leute – sollten sie tatsächlich alle Vampire sein – machten einen derart zerbrechlichen Eindruck, dass ich es wahrscheinlich schaffen würde, ihnen davonzusprinten.

Am Fuß der Treppe fiel gleich ein ganzer Schwarm von ihnen über mich her. Alle sprachen in schnellem Italienisch auf mich ein und berührten mich mit ihren blutleeren Fingern, als wollten sie überprüfen, ob ich wirklich echt war. Die verwunderten Blicke, mit denen sie mich betrachteten, ließen vermuten, dass – zumindest in ihren Augen – nicht sie selbst anlässlich dieses Festes von den Toten auferstanden waren, sondern ich.

Angesichts meiner Verwirrung und meines Unbehagens begann Eva Maria bald sie wegzuscheuchen, bis schließlich nur noch die beiden Frauen bei uns standen, die mir tatsächlich etwas zu sagen hatten.

»Das sind Monna Teresa«, erklärte Eva Maria, »und Monna Chiara. Monna Teresa ist – genau wie Sie – eine Nachfahrin von Giannozza Tolomei, und Monna Chiara stammt von Monna Mina aus dem Hause Salimbeni ab. Die beiden sind ganz aufgeregt, weil Sie hier sind, vor allem, nachdem sie viele Jahre lang geglaubt haben, Sie wären tot. Sie wissen beide, was in der Vergangenheit passiert ist, und können Ihnen viel über die Frau erzählen, deren Namen Sie geerbt haben, Giulietta Tolomei.«

Ich betrachtete die beiden alten Damen. Es wunderte mich überhaupt nicht, dass sie alles über meine Vorfahren und die Ereignisse des Jahres 1340 wussten, denn so, wie sie aussahen, waren sie mit einer Pferdekutsche direkt aus dem Mittelalter zu Eva Marias Fest gefahren. Beide schienen nur noch von Korsetts und den Spitzenkrausen um ihren Hals aufrecht gehalten zu werden. Allerdings lächelte mich die eine hinter ihrem schwarzen Fächer immer wieder zaghaft an, während die andere mich etwas reservierter musterte. Ihr Haar war auf eine Weise frisiert, wie ich es bisher nur auf alten Gemälden gesehen hatte, und mit einer hervorstehenden Pfauenfeder geschmückt. Neben diesen beiden antiquierten Gestalten wirkte Eva Maria richtig jugendlich, und ich war heilfroh, dass sie nicht von meiner Seite wich, sondern aufgeregt bei Fuß stand, um bereitwillig alles zu übersetzen, was die beiden mir zu sagen hatten.

»Monna Teresa«, begann sie und deutete auf die Frau mit dem Fächer, »würde gerne wissen, ob Sie eine Zwillingsschwester namens Giannozza haben. Seit Hunderten von Jahren ist es nämlich eine Familientradition, Zwillingsmädchen Giulietta und Giannozza zu nennen.«

»Die habe ich in der Tat«, antwortete ich. »Und ich wünschte, sie wäre heute ebenfalls hier. Sie …« – während ich den Blick erneut durch die von Kerzen erhellte Halle und über all die bizarren Leute schweifen ließ, musste ich mir ein Lächeln verbeißen – »wäre bestimmt begeistert.«

Das Gesicht der alten Frau verzog sich zu einem faltigen Lächeln, als sie hörte, dass es zwei von uns gab. Ich musste ihr versprechen, bei meinem nächsten Besuch meine Schwester mitzubringen.

»Aber wenn diese Namen eine Familientradition

darstellen«, sagte ich, »dann muss es außer mir doch noch Hunderte – nein, Tausende – von Giulietta Tolomeis geben!«

»*No-no-no!*«, rief Eva Maria. »Vergessen Sie nicht, dass wir hier von einer Tradition in der weiblichen Linie sprechen und die Frauen ja für gewöhnlich den Namen ihres Mannes annehmen, wenn sie heiraten. Laut Monna Teresa wurde in all den Jahren kein einziges Zwillingspärchen auf die Namen Giulietta und Giannozza *Tolomei* getauft. Aber Ihre Mutter war sehr starrsinnig …« Aus Eva Marias letztem Satz sprach widerwillige Bewunderung, und sie hielt für einen Moment kopfschüttelnd inne, ehe sie fortfuhr: »Sie wollte unbedingt den Namen, deswegen heiratete sie Professor Tolomei. Und siehe da, sie bekam Zwillinge!« Eva Maria warf einen fragenden Blick zu Monna Teresa hinüber, als bräuchte sie deren Bestätigung. »Soweit wir wissen, sind Sie die einzige Giulietta Tolomei auf der Welt. Das verleiht Ihnen eine ganz besondere Stellung.«

Sie sahen mich alle erwartungsvoll an, und ich bemühte mich nach Kräften, dankbar und interessiert zu wirken. Natürlich war ich hocherfreut, mehr über meine Familie zu erfahren und entfernte Verwandte kennenzulernen, aber das Timing hätte wirklich besser sein können. Es gibt Abende, an denen man sich nichts Schöneres vorstellen kann, als mit alten, Spitzenkrausen tragenden Damen zu plaudern, und

Abende, an denen man lieber etwas anderes täte. An diesem ganz besonderen Abend sehnte ich mich ehrlich gesagt danach, mit Alessandro allein zu sein. Wo blieb er bloß? Auch wenn ich mich schon viele nächtliche Stunden bereitwillig in die tragischen Ereignisse des Jahres 1340 vertieft hatte, wollte ich in dieser speziellen Nacht lieber etwas anderes erforschen als meine Familiengeschichte.

Doch nun war Monna Chiara an der Reihe, mich am Arm zu nehmen und mir in eindringlichem Ton von der Vergangenheit zu erzählen. Dabei klang ihre Stimme dünn und zart wie Seidenpapier, und ich beugte mich so nahe zu ihr hinunter, wie die Pfauenfeder es zuließ.

»Monna Chiara lädt Sie ein, sie zu besuchen«, übersetzte Eva Maria, »damit Sie sich ihr Archiv mit den Familiendokumenten ansehen können. Ihre Vorfahrin, Monna Mina, war die erste Frau, die versucht hat, die Geschichte von Giulietta, Romeo und Bruder Lorenzo zu entwirren. Sie hat auch die meisten alten Papiere ausfindig gemacht. In einem geheimen Archiv in der alten Folterkammer des Palazzo Salimbeni entdeckte sie die Unterlagen zum Prozess gegen Bruder Lorenzo, einschließlich seines Geständnisses, und sie fand auch Giuliettas Briefe an Giannozza, die an verschiedenen Orten verborgen lagen. Einige waren im Palazzo Tolomei unter einem Holzboden, andere im Palazzo Salimbeni versteckt, und einer – der allerletzte – sogar auf Rocca di Tentennano.«

»Es wäre mir eine große Freude, wenn ich diese Briefe sehen dürfte«, antwortete ich und meinte es auch so. »Ich kenne ein paar Fragmente, aber …«

»Nachdem Monna Mina sie gefunden hatte«, unterbrach mich Eva Maria, angetrieben von Monna Chiara, deren Augen im Kerzenlicht leuchteten, gleichzeitig jedoch seltsam in die Ferne gerichtet waren, »unternahm sie eine weite Reise, um Giuliettas Schwester Giannozza zu besuchen und ihr die Briefe endlich auszuhändigen. Das dürfte um das Jahr 1372 gewesen sein, als Giannozza bereits Großmutter war – noch dazu eine sehr glückliche – und mit ihrem zweiten Mann Mariotto verheiratet. Trotzdem können Sie sich vorstellen, was für ein Schock es für Giannozza war, zu lesen, was ihre Schwester ihr so viele Jahre zuvor geschrieben hatte, ehe sie sich das Leben nahm. Die beiden Frauen – Mina und Giannozza – sprachen miteinander über all die Ereignisse der Vergangenheit, und schworen anschließend, alles in ihrer Macht Stehende zu tun, um die Geschichte für zukünftige Generationen am Leben zu erhalten.«

Lächelnd machte Eva Maria eine kurze Pause, in der sie den zwei alten Damen je einen Arm um die Schulter legte und sie sanft, aber voller Wertschätzung drückte. Beide kicherten über diese Geste wie junge Mädchen.

»Deswegen«, fuhr Eva Maria mit einem ernsten Blick in meine Richtung fort, »sind wir heute Abend hier zusammengekommen: um uns daran zu erinnern, was passiert ist, und dafür zu sorgen, dass es nie wieder passieren wird. Monna Mina war die Erste, die das vor mehr als sechshundert Jahren getan hat. Zeit ihres Lebens ging sie am Jahrestag ihrer Hochzeitsnacht in den Keller des Palazzo Salimbeni – hinunter in jenen schrecklichen Raum – und zündete Kerzen für Bruder Lorenzo an. Als ihre Töchter alt genug waren, nahm sie diese ebenfalls mit hinunter, damit sie sich mit seinem Geist anfreunden konnten. Über viele Generationen hinweg wurde die Tradition von den Frauen beider Familien lebendig gehalten. Inzwischen aber sind jene Ereignisse für die meisten Menschen in sehr weite Ferne gerückt. Glauben Sie mir …« – sie zwinkerte mir zu und war für einen Moment wieder die Eva Maria, die ich kannte –, »große moderne Banken schätzen keine nächtlichen Prozessionen, bei denen alte Frauen in blauen Nachthemden mit Kerzen durch ihre Gewölbe geistern. Fragen Sie Sandro. Aus diesem Grund halten wir unsere Treffen heutzutage hier ab, im Castello Salimbeni, und zünden unsere Kerzen im Erdgeschoss an, statt unten im Keller. Schließlich sind wir zivilisierte Menschen und auch nicht mehr ganz so jung. Deswegen, *carissima*, ist es uns eine große Freude, Sie heute Abend, am Jahrestag von

Minas Hochzeitsnacht, hier bei uns zu haben und in unserem Kreis begrüßen zu dürfen.«

Dass etwas nicht stimmte, merkte ich zuerst am Büfett. Während ich versuchte, einen Schlegel von einer gebratenen Ente zu lösen, die ausgesprochen elegant mitten auf einer Silberplatte lag, spülte plötzlich eine warme Welle des Schwindels über das Ufer meines Bewusstseins und ließ mich sanft schwanken. Es war nichts Dramatisches, aber der Servierlöffel fiel mir einfach aus der Hand, als wären meine Muskeln schlagartig erschlafft.

Nach ein paar tiefen Atemzügen gelang es mir, den Kopf zu heben und mich wieder auf meine Umwelt zu konzentrieren. Eva Marias spektakuläres Büfett war auf der Terrasse der großen Eingangshalle errichtet, über der gerade der Mond aufging. Hier draußen gab es statt Kerzen Fackeln, die in Halbkreisen aus Feuer der Dunkelheit trotzten. Hinter mir war das Haus durch Dutzende offener Fenster und außen angebrachter Scheinwerfer hell erleuchtet. Wie ein großes Leuchtfeuer gebot es der Nacht hartnäckig Einhalt. Auf mich wirkte das Ganze wie eine letzte, kultivierte Bastion das alten Salimbeni-Stolzes, und wenn ich mich nicht sehr täuschte, verloren die Gesetze der Welt am Tor jede Gültigkeit.

Ich griff ein weiteres Mal nach dem Servierlöffel und versuchte dieses plötzliche Gefühl von Benommenheit abzuschütteln. Ich hatte nur ein einziges Glas Wein getrunken. Eva Maria hatte es mir persönlich eingeschenkt, weil sie wissen wollte, was ich von ihrem neuen Sangiovese hielt, aber ich hatte heimlich die Hälfte davon in eine Topfpflanze gekippt. Schließlich wollte ich sie nicht in ihrer Ehre als Winzerin kränken, indem ich mein Glas nicht austrank. Doch auch wenn ich von dem bisschen Wein nicht betrunken sein konnte, war es in Anbetracht all der aufregenden Ereignisse des Tages kein Wunder, dass ich mich inzwischen ein wenig daneben fühlte.

Erst jetzt entdeckte ich Alessandro. Er war aus dem dunklen Garten aufgetaucht und stand zwischen den Fackeln, von wo aus er direkt zu mir herüberstarrte. Obwohl ich erleichtert und aufgeregt war, weil ich ihn endlich wieder in meiner Nähe hatte, wusste ich bei seinem Anblick sofort, dass etwas nicht stimmte. Aus seiner Miene sprach nicht so sehr Wut, sondern eher Kummer oder sogar Trauer, als wäre er gekommen, um an meine Tür zu klopfen und mich darüber zu informieren, dass sich ein schrecklicher Unfall ereignet hatte.

Voller schlimmer Vorahnungen stellte ich meinen Teller weg und ging auf ihn zu. »*Schon die Minut'*«, begann ich lächelnd, »*enthält der Tage viel. Ach! so zu rechnen bin ich hoch in Jahren, eh meinen Romeo ich wiederseh.*« Ich blieb direkt vor ihm stehen und versuchte seine Gedanken zu lesen, doch mittlerweile wirkte sein Gesicht – genau wie bei unserer allererste Begegnung – völlig emotionslos.

»Shakespeare, Shakespeare«, sagte er, nicht gerade beglückt über meine poetischen Worte, »warum steht er immer zwischen uns?«

Ich wagte es, einen Arm auszustrecken und ihn zu berühren. »Aber er ist doch unser Freund.«

»Meinst du?« Alessandro nahm meine Hand und küsste sie. Dann drehte er sie um und küsste mein Handgelenk, sah mir dabei aber die ganze Zeit in die Augen. »Ist er das wirklich? Dann sag mir doch mal, was wir gemäß unserem Freund jetzt tun sollten?« Als er die Antwort in meinen Augen las, nickte er langsam. »Und danach?«

Ich brauchte einen Moment, bis ich begriff, was er meinte. Nach der Liebe kam die Trennung, und nach der Trennung der Tod … zumindest laut meinem Freund, Mr. Shakespeare. Doch bevor ich Alessandro daran erinnern konnte, dass wir beide gerade im Begriff waren, unser eigenes Happy End zu schreiben – denn das taten wir doch, oder nicht? –, kam Eva Maria wie ein prächtiger goldener Schwan auf uns zugeflattert. Im Licht der Fackeln sah ihr Kleid tatsächlich aus, als stünde es in Flammen.

»Sandro! Giulietta! *Grazie a Dio!*« Sie winkte uns zu sich. »Kommt! Schnell!«

Da Widerspruch ohnehin zwecklos war, taten wir, wie uns geheißen, und folgten Eva Marias schimmernder Gestalt ins Haus, wobei wir uns beide nicht die Mühe machten, sie zu fragen, was denn so dringend sein konnte, dass es keinen Aufschub duldete. Möglicherweise wusste Alessandro zu diesem Zeitpunkt ja bereits, wohin wir unterwegs waren und warum. Nach seiner gerunzelten Stirn zu urteilen, befanden wir uns wieder einmal in den Händen des Barden, oder der flatterhaften Fortuna, oder welcher anderen Macht auch immer, die an diesem Abend über unser Schicksal bestimmte.

Nachdem wir in die große Eingangshalle zurückgekehrt waren, führte Eva Maria uns mitten durch die Menge und dann durch eine Seitentür einen Gang entlang, von dem aus wir in ein kleines, sehr streng und düster wirkendes Speisezimmer gelangten. In Anbetracht der Tatsache, dass gleich um die Ecke ein großes Fest im Gange war, herrschte dort erstaunliche Ruhe. Erst jetzt, nachdem wir diesen Raum betreten hatten, hielt Eva Maria kurz inne und gab uns durch ihr Mienenspiel – sie hatte die Augen vor Aufregung weit aufgerissen – zu verstehen, dass wir hinter ihr bleiben und uns still verhalten sollten.

Auf den ersten Blick war mir der Raum leer erschienen, doch nachdem Eva Maria so ein Theater veranstaltete, sah ich noch einmal genauer hin. Erst jetzt entdeckte ich sie. An beiden Enden der langen Tafel stand je ein Kandelaber mit einer brennenden

Kerze, und auf jedem der zwölf großen Speisezimmerstühle saß ein Mann, in die monochrome Tarnfarbe geistlicher Gewänder gehüllt. Auf einer Seite, wo es so dunkel war, dass man zweimal hinsehen musste, um etwas zu erkennen, stand ein jüngerer Mann, der eine Kutte trug und fast lautlos eine Schale mit Weihrauch schwenkte.

Beim Anblick dieser Männer beschleunigte sich mein Puls, denn ich musste plötzlich an Janices Warnung vom Vortag denken. Nach ihrem Besuch bei Cousin Peppo war sie vor sensationellen Neuigkeiten fast geplatzt und hatte behauptet, Eva Maria sei eine Mafiakönigin, die sich nebenbei mit dem Okkulten beschäftige, und nehme hier draußen in ihrem abgelegenen Schloss an geheimen Blutritualen teil, deren Ziel es sei, die Geister der Toten herbeizurufen.

Selbst in meinem benebelten Zustand hätte ich sofort auf dem Absatz kehrtgemacht, hätte mir nicht Alessandro besitzergreifend einen Arm um die Taille gelegt.

»Diese Männer«, flüsterte Eva Maria mit leicht zittriger Stimme, »sind Mitglieder der Lorenzo-Bruderschaft. Sie sind extra aus Viterbo gekommen, um Sie kennenzulernen.«

»Mich?« Ich ließ den Blick über das gestrenge Dutzend schweifen. »Aber warum denn?«

»Schhh!« Mit großer Theatralik begleitete sie mich

durch den Raum, um mich dem alten Mönch vorzustellen, der in gebückter Haltung auf dem thronartigen Stuhl am Ende der Tafel saß. »Er spricht kein Englisch, deswegen werde ich übersetzen.« Ehrfurchtsvoll knickste sie vor dem Mönch, dessen Blick auf mich gerichtet war, besser gesagt, auf das Kruzifix an meinem Hals. »Giulietta, dies ist ein ganz besonderer Moment. Darf ich vorstellen: Bruder Lorenzo.«

O sel'ge, sel'ge Nacht! Nur fürcht ich, weil
Mich Nacht umgibt, dies alles sei nur Traum,
Zu schmeichelnd süß, um wirklich zu bestehn

Giulietta Tolomei!« Der alte Mönch erhob sich, umfasste mein Gesicht mit beiden Händen und sah mir tief in die Augen. Erst dann berührte er das Kruzifix an meinem Hals – nicht mit Argwohn, sondern voller Ehrfurcht. Als er genug gesehen hatte, beugte er sich vor und küsste mich auf die Stirn. Seine Lippen fühlten sich an wie Pergament.

»Bruder Lorenzo«, erklärte Eva Maria, »leitet die Lorenzo-Bruderschaft. Zum Gedächtnis an den Freund Ihrer Vorfahrin nimmt der Mönch, der dieser Bruderschaft vorsteht, jeweils den Namen Lorenzo an. Es ist eine große Ehre, dass er und seine Mitbrüder sich bereiterklärt haben, heute hier zu sein und Ihnen etwas zu übergeben, das Ihnen gehört. Seit vielen Hundert Jahren erwarten die Männer der Lorenzo-Bruderschaft diesen Moment mit Freude!«

Als Eva Maria schwieg, gab Bruder Lorenzo den anderen Mönchen ein Zeichen, und sie erhoben sich wortlos. Einer von ihnen beugte sich vor und nahm ein kleines Kästchen vom mittleren Teil der langen Tafel. Ohne große Zeremonie ging es von Hand zu Hand, bis es schließlich Bruder Lorenzo erreichte.

Sobald ich das Kästchen als die kleine Schachtel wiedererkannte, die ich am Nachmittag in Alessandros Kofferraum entdeckt hatte, wich ich einen Schritt zurück, doch Eva Maria, die meine reflexartige Bewegung spürte, sorgte dafür, dass ich blieb, wo ich war, indem sie die Finger in meine Schulter grub. Während Bruder Lorenzo nun eine längere Erklärung auf Italienisch abgab, übersetzte sie atemlos, aber mit großem Nachdruck jedes seiner Worte. »Dieser Schatz wird seit Jahrhunderten von der Jungfrau Maria bewacht, und nur Sie dürfen ihn tragen. Viele Jahre lang war er zusammen mit dem ursprünglichen Bruder Lorenzo unter einem Kellerraum des Palazzo Salimbeni in Siena vergraben, doch als der Leichnam schließlich nach Viterbo gebracht wurde, um dort in heiliger Erde bestattet zu werden, entdeckten die Mönche den Schatz bei den sterblichen Überresten. Sie glauben, dass Bruder Lorenzo ihn irgendwo an seinem Körper versteckt hatte, um zu verhindern, dass er in die falschen Hände fiel. Seitdem war er viele, viele Jahr verschwunden, doch nun ist er endlich hier und kann neu gesegnet werden.«

Bruder Lorenzo öffnete das Kästchen. Zum Vorschein kam Romeos Siegelring, gebettet auf königsblauen Samt. Sogar ich beugte mich wie alle anderen vor, um einen besseren Blick zu erhaschen.

»*Dio!*«, flüsterte Eva Maria ehrfürchtig. »Giuliettas Ehering. Es ist ein Wunder, dass Bruder Lorenzo ihn retten konnte.«

Ich warf einen verstohlenen Blick zu Alessandro hinüber, weil ich damit rechnete, zumindest einen Anflug von schlechtem Gewissen auf seinem Gesicht zu entdecken, nachdem er den ganzen Tag mit dem verdammten Ding im Kofferraum durch die Gegend gefahren war und mir nur einen Teil der Geschichte erzählt hatte. Doch seine Miene wirkte vollkommen gelassen. Entweder er empfand tatsächlich keinerlei Schuldgefühle, oder er verstand es erschreckend gut, sie zu verbergen. In der Zwischenzeit erteilte Bruder Lorenzo dem Ring einen ausgiebigen Segen und überreichte ihn dann mit zitternden Fingern nicht mir, sondern Alessandro. »Romeo Marescotti … *per favore.*«

Alessandro zögerte einen Moment, ehe er den Ring entgegennahm. Ich sah ihn einen Blick mit Eva Maria wechseln – einen finsteren Blick, der nicht die Spur eines Lächelns barg und zwischen den beiden wohl eine Art symbolischen Wendepunkt markierte, ehe er zu mir weiterglitt und sich um mein Herz legte wie der Griff eines Schlächters vor dem tödlichen Schlag.

Genau in dem Moment wurde ich – was wahrscheinlich nicht weiter verwunderlich war – erneut von einem so heftigen Schwindelgefühl erfasst, dass mir alles vor den Augen verschwamm. Ich schwankte ein wenig, weil sich der Raum um mich herum zu drehen begann. Das wurde zwar gleich wieder besser, hörte aber nicht völlig auf, so dass ich mich auf Alessandros Arm stützen musste. In der Hoffnung, der Schwindelanfall möge rasch vorübergehen, blinzelte ich ein paarmal heftig. Erstaunlicherweise ließen sich weder Alessandro noch Eva Maria durch mein plötzliches Unwohlsein aus dem Konzept bringen.

»Im Mittelalter«, übersetzte Alessandro die Worte von Bruder Lorenzo, »war das ganz einfach. Der Mann sagte: *Ich gebe dir diesen Ring*, und damit war die Ehe besiegelt.« Er nahm meine Hand und ließ den Ring an meinen Finger gleiten. »Keine Diamanten. Nur den Adler.«

Die beiden hatten Glück, dass ich zu benommen war, um mich darüber auszulassen, was ich davon hielt, dass mir gerade gegen meinen Willen ein teuflischer Ring aus dem Sarg eines Toten an den Finger gesteckt wurde. Allem Anschein nach benebelte weiterhin irgendeine fremde Substanz – nicht der Wein, sondern etwas anderes – mein Bewusstsein, so dass all meine rationalen Fähigkeiten unter einer dicken Schlammschicht aus schummrigem Fatalismus begraben lagen. Also stand ich lammfromm da, während Bruder Lorenzo ein Gebet gen Himmel sandte und anschließend nach einem weiteren Gegenstand verlangte, der auf dem Tisch lag.

Romeos Dolch.

»Dieser Dolch ist unrein«, erklärte Alessandro leise, »aber Bruder Lorenzo wird sich darum kümmern und sicherstellen, dass er niemandem mehr schaden kann …«

Trotz meines benommenen Zustands schoss mir durch den Kopf: *Wie nett von ihm! Und wie nett von dir, dass du mich so höflich um Erlaubnis bittest, bevor du ihm ein Erbstück überlässt, das meine Eltern mir hinterlassen haben!* Aber ich brachte die Worte nicht heraus.

»Schhh!« Eva Maria war es offenbar egal, ob ich verstand, was vor sich ging. »Eure rechte Hand!«

Sowohl Alessandro als auch ich starrten sie verblüfft an, während sie den Arm ausstreckte und ihre eigene Rechte auf den Dolch legte, den Bruder Lorenzo uns hinhielt. »Los«, drängte sie mich, »legen Sie Ihre Hand auf meine.«

Ich tat, wie mir geheißen. Wie bei einem Kinderspiel legte ich die Hand auf ihre, und anschließend legte Alessandro die seine obendrauf. Um den Kreis zu schließen, platzierte Bruder Lorenzo seine freie Hand auf der von Alessandro und murmelte dabei ein Gebet, das eher wie eine Anrufung teuflischer Mächte klang.

»Nie wieder«, flüsterte Alessandro, ohne auf Eva Marias warnenden Blick zu achten, »wird dieser Dolch jemandem aus den Familien Salimbeni, Tolomei oder Marescotti schaden. Der Kreis der Gewalt ist beendet. Nie wieder werden wir in der Lage sein, einander mit einer Waffe zu verletzen. Nun ist endlich Frieden eingekehrt, und dieser Dolch muss dorthin zurück, wo er hergekommen ist, zurück in die Adern der Erde.«

Nachdem Bruder Lorenzo sein Gebet zu Ende gesprochen hatte, legte er den Dolch ganz vorsichtig in eine rechteckige, mit einem Schloss versehene Metallkiste. Erst, als er die Kiste einem seiner Brüder überreichte, blickte der alte Mönch hoch und lächelte uns an, als hätten wir uns zu einem ganz normalen gesellschaftlichen Treffen versammelt und nicht gerade an einem mittelalterlichen Trauungsritual mit anschließendem Exorzismus teilgenommen.

»Und nun«, verkündete Eva Maria, die ebenso frohgestimmt wirkte wie er, »noch eine letzte Sache. Ein Brief …« Sie wartete, bis Bruder Lorenzo eine kleine, vergilbte Pergamentrolle aus einer Tasche seiner Kutte gezogen hatte. Falls es sich tatsächlich um einen Brief handelte, dann um einen sehr alten, der nie geöffnet worden war, denn er trug ein unversehrtes rotes Wachssiegel. »Das«, erklärte Eva Maria, »ist ein Brief, denn Giannozza 1340 an ihre

Schwester Giulietta schickte, während diese noch im Palazzo Tolomei lebte. Nach allem, was beim Palio passierte, kam Bruder Lorenzo nicht mehr dazu, ihn Giulietta auszuhändigen. Die Lorenzo-Brüder haben ihn erst kürzlich in den Archiven des Klosters entdeckt, in das Bruder Lorenzo mit Romeo geflüchtet war, nachdem er ihm das Leben gerettet hatte. Der Brief gehört nun Ihnen.«

»Ähm, danke«, antwortete ich, während ich zusah, wie Bruder Lorenzo ihn wieder in seiner Tasche verschwinden ließ.

»Und nun …« Eva Maria schnippte mit den Fingern. Einen Augenblick später tauchte neben uns ein Kellner mit einem Tablett voller antik aussehender Weinkelche auf. »*Prego* …« Eva Maria reichte das größte Gefäß Bruder Lorenzo. Nachdem sie auch die übrigen verteilt hatte, hob sie ihren eigenen Kelch, um feierlich mit uns anzustoßen. »Ach, und Giulietta … Bruder Lorenzo sagt, wenn das alles hier vorbei ist, müssen Sie nach Viterbo kommen und das Kruzifix seinem rechtmäßigen Besitzer zurückgeben. Im Gegenzug bekommen Sie dann Giannozzas Brief.«

»Was für ein Kruzifix?«, fragte ich, wobei mir nur allzu bewusst war, wie undeutlich ich sprach.

»Dieses da …« Sie deutete auf das Kruzifix an meinem Hals. »Es gehört Bruder Lorenzo. Er will es zurück.«

Obwohl der Wein nach Staub und Metallpolitur

schmeckte, trank ich ihn in großen Schlucken. Nichts lässt ein Mädchen mehr nach einem Drink lechzen als die Gegenwart von gespenstischen Mönchen in bestickten Umhängen. Ganz zu schweigen von meinem ständigen Schwindelgefühl und Romeos Ring, der mittlerweile an meinem Finger steckte – und zwar so fest, dass ich ihn nicht mehr herunterbekam. Immerhin hatte ich endlich etwas gefunden, das wirklich mir gehörte. Was den Dolch betraf – der bis zu seiner Rückreise in den Schmelztiegel in einer abgeschlossenen Metallkiste lag –, musste ich mir wohl allmählich eingestehen, dass er tatsächlich nie so ganz mein Eigentum gewesen war. »Und nun«, erklärte Eva Maria, während sie ihren Kelch abstellte, »ist es Zeit für unsere Prozession.«

Wenn ich mich als kleines Mädchen auf der Küchenbank zusammenrollte und Umberto bei der Arbeit zusah, erzählte er mir manchmal Geschichten von religiösen Prozessionen, wie sie im Mittelalter in Italien stattgefunden hatten. Er erzählte mir von Priestern, die Reliquien toter Heiliger durch die Straßen trugen, und von Fackeln, Palmwedeln und geweihten Statuen auf Stangen. Hin und wieder beendete er eine solche Geschichte mit den Worten: »Das gibt es sogar heute noch«, aber ich interpretierte diesen Schluss immer wie den üblichen Märchenschluss »Und wenn sie nicht gestorben sind ...«: als reines Wunschdenken.

Nicht einmal im Traum wäre ich auf die Idee gekommen, dass ich eines Tages selbst an einer solchen Prozession teilnehmen würde, noch dazu an einer, die zumindest teilweise mir zu Ehren veranstaltet wurde und zwölf gestrenge Mönche dazu veranlasste, mit einer Glasphiole durch das ganze Haus zu schreiten, gefolgt von den meisten von Eva Marias Partygästen, die alle große Kerzen trugen.

Während wir langsam die Loggia im ersten Stock entlangzogen und pflichtbewusst dem Weg folgten, den uns der Weihrauch und Bruder Lorenzos lateinischer Singsang wiesen, blickte ich mich nach Alessandro um, konnte ihn aber nirgendwo in der Prozession entdecken. Als Eva Maria bemerkte, dass ich nicht bei der Sache war, nahm sie mich am Arm und flüsterte: »Ich weiß, dass Sie müde sind. Gehen Sie doch einfach ins Bett. Diese Prozession dauert noch eine Ewigkeit. Wir beide können uns morgen unterhalten, wenn das alles vorüber ist.«

Ich unternahm gar nicht erst den Versuch, ihr zu widersprechen. Die Wahrheit war, dass ich mich völlig erledigt fühlte und mir nichts sehnlicher wünschte, als in mein homerisches Bett zu kriechen und mich wie ein Embryo zusammenzurollen, auch wenn das bedeutete, den Rest von Eva Marias seltsamem Fest zu verpassen. Als wir das nächste Mal an meiner Tür vorbeikamen, löste ich mich unauffällig aus der Gruppe und huschte in mein Zimmer.

Mein Bett war immer noch feucht von Bruder Lorenzos Weihwasser, aber das störte mich nicht. Ohne mir die Mühe zu machen, meine Schuhe auszuziehen, ließ ich mich – mit dem Gesicht nach unten – auf die Tagesdecke fallen. Ich war sicher, dass ich binnen einer Minute einschlafen würde. Obwohl ich immer noch den bitteren Geschmack von Eva Marias Sangiovese im Mund hatte, besaß ich nicht mal mehr die Kraft, mich ins Bad zu schleppen und mir die Zähne zu putzen.

Während ich jedoch so dalag und auf den Schlaf wartete, wich meine Benommenheit plötzlich einem Zustand völliger Klarheit. Der Raum hörte auf, sich um mich zu drehen, und ich schaffte es, ohne jedes Gefühl von Schwindel den Ring an meinem Finger zu betrachten, den ich noch immer nicht abbekam und der eine ganz eigene Energie auszustrahlen schien. Anfangs hatte mich das mit Angst erfüllt, doch nun – angesichts der Tatsache, dass ich immer noch am Leben war und seine zerstörerischen Kräfte mir bisher nicht geschadet hatten – machte die Angst langsam einer prickelnden Vorfreude Platz. Worauf ich mich freute, konnte ich selbst nicht so genau sagen, aber ich wusste plötzlich, dass ich erst wieder in der Lage sein würde, mich zu entspannen, wenn ich mit Alessandro gesprochen hatte. Hoffentlich konnte er mir eine beruhigende Interpretation der Ereignisse dieses Abends liefern. Sollte ihm das nicht gelingen, wäre ich auch schon zufrieden, wenn er mich in den Arm nahm und ich mich eine Weile an seiner Brust verstecken durfte.

Ich zog meine Schuhe aus und glitt auf unseren gemeinsamen Balkon hinaus, weil ich hoffte, ihn in seinem Zimmer zu erspähen. Bestimmt hatte er sich noch nicht hingelegt, und bestimmt war er – trotz der Ereignisse des Abends – nur allzu gern bereit, dort weiterzumachen, wo wir am Nachmittag aufgehört hatten.

Wie sich herausstellte, stand er keine zwei Meter von mir entfernt auf dem Balkon. Er war noch vollständig angezogen, hatte beide Hände auf das Geländer gestützt und blickte mit düsterer Miene in die Nacht hinaus.

Obwohl er meine Balkontür hatte aufgehen hören und wusste, dass ich hinter ihm stand, drehte er sich nicht um, sondern seufzte nur tief. »Du musst uns für verrückt halten!«, stieß er schließlich hervor.

»Hast du über das alles Bescheid gewusst? Dass sie hier sein würden … Bruder Lorenzo und die Mönche?«

Jetzt endlich drehte Alessandro sich um und sah mich an. Dabei wirkten seine Augen dunkler als der von Sternen übersäte Himmel hinter ihm. »Wenn ich es gewusst hätte, hätte ich dich nicht hergebracht.« Nach einer kurzen Pause sagte er einfach nur: »Es tut mir leid.«

»Es braucht dir nicht leid zu tun …« In der Hoffnung, dass sich seine gerunzelte Stirn gleich wieder glätten würde, trat ich neben ihn. »Ich amüsiere mich bestens. Wer würde das nicht? All diese Leute … Bruder Lorenzo … Monna Chiara … dieser ganze Geisterspuk – das ist der Stoff, aus dem Träume gemacht sind!«

Alessandro schüttelte entschieden den Kopf. »Meine nicht.«

»Und sieh her!« Ich hielt meine Hand hoch. »Ich habe meinen Ring zurück!«

Er konnte sich noch immer nicht zu einem Lächeln durchringen. »Aber um den ging es dir doch gar nicht. Du bist nach Siena gekommen, um einen Schatz zu finden.«

»Bruder Lorenzos Fluch ein Ende zu setzen ist der kostbarste Schatz, den ich finden konnte«, gab ich zurück. »Ich nehme an, Gold und Juwelen zählen nicht mehr viel, wenn man in einem Grab liegt.«

»Das willst du also?« Er betrachtete mich aufmerksam. Offenbar war ihm noch nicht recht klar, worauf ich hinauswollte. »Dem Fluch ein Ende setzen?«

»Haben wir das heute Abend nicht getan?« Ich trat noch einen Schritt näher. »Die Übel der Vergangenheit ungeschehen gemacht? Ein Happy End geschrieben? Korrigiere mich, wenn ich mich irre, aber wir haben gerade geheiratet … oder so ähnlich.«

»O Gott!« Er fuhr sich mit beiden Händen durchs Haar. »Das tut mir alles so leid!«

Seine Verlegenheit brachte mich zum Lachen. »Also, nachdem das ja eigentlich unsere Hochzeitsnacht ist, solltest du dich schämen, weil du nicht in mein Zimmer gestürmt und nach mittelalterlicher Manier zudringlich geworden bist. Ich werde mich auf der Stelle bei Bruder Lorenzo beschweren …« Ich machte Anstalten, mich umzudrehen, doch er hielt mich am Handgelenk zurück.

»Das lässt du schön bleiben«, ging er endlich auf mein Spiel ein. »Komm her, Frau …« Mit diesen Worten zog er mich in seine Arme und küsste mich, bis ich zu lachen aufhörte.

Erst, als ich sein Hemd aufzuknöpfen begann, sagte er wieder etwas. »Glaubst du an eine Liebe« – er hielt meine Hände fest – *»für immer und ewig?«*

Erstaunt über seine ernste Aufrichtigkeit, sah ich ihn an. »Die Ewigkeit hat schon vor langer Zeit begonnen«, flüsterte ich und hielt dabei den Adlerring zwischen uns hoch.

»Wenn du möchtest, bringe ich dich zurück nach Siena und … lasse dich in Ruhe. Auf der Stelle.«

»Und dann?«

Er vergrub das Gesicht in meinem Haar. »Kein Geisterspuk mehr.«

»Wenn du mich jetzt gehen lässt«, flüsterte ich und drückte mich an ihn, »dauert es womöglich wieder sechshundert Jahre, bis du mich das nächste Mal findest. Willst du das wirklich riskieren?«

Als ich aufwachte, war es noch Nacht, und ich lag allein in einem Nest aus zerknitterter Bettwäsche. Draußen im Garten ertönte immer wieder der durchdringende, schwermütig klingende Ruf eines Vogels. Wahrscheinlich war er bis in meine Träume gedrungen und hatte mich geweckt. Meine Uhr zeigte erst drei Uhr morgens, doch unsere Kerzen waren längst niedergebrannt, und der Raum wurde nur noch vom kalten Licht des Vollmondes erhellt, das durch die Balkontüren hereinfiel.

Vielleicht war ich naiv, aber es schockierte mich, dass Alessandro mich in unserer ersten gemeinsamen Nacht allein im Bett zurückließ. Nach der Art zu urteilen, wie er mich im Arm gehalten hatte, bevor wir eingeschlafen waren, hatte ich eher geglaubt, er würde mich nie wieder loslassen.

Trotzdem war ich nun allein und fragte mich, warum. Hinzu kam, dass ich mich nach den seltsamen Schwindelanfällen, die am Abend über mich hereingebrochen waren, ausgedörrt und verkatert fühlte. Meine Verwirrung wurde nur noch größer, als ich feststellte, dass Alessandros Sachen – genau wie meine eigenen – nach wie vor auf dem Boden neben dem Bett lagen. Ich schaltete eine Lampe an und warf einen Blick auf den Nachttisch. Sogar das Lederband mit der Patronenkugel, das ich ihm wenige Stunden zuvor höchstpersönlich über den Kopf gestreift hatte, lag noch da.

Während ich mich in eine der Bettdecken hüllte, verzog ich erschrocken das Gesicht, weil wir Eva Marias altes Leinen so zugerichtet hatten. Und nicht nur das. Zwischen der zerknitterten weißen Bettwäsche steckte ein Bündel aus zarter, blauer Seide, das mir bis dahin gar nicht aufgefallen war. Langsam faltete ich den Stoff auseinander, brauchte aber seltsamerweise eine ganze Weile, bis ich begriff, worum es sich dabei handelte – wahrscheinlich, weil ich nicht damit gerechnet hatte, ihn jemals wiederzusehen. Und ganz bestimmt nicht in meinem Bett.

Es war der Cencio aus dem Jahre 1340.

Dass ich ihn erst jetzt bemerkte, lag vermutlich daran, dass dieser unschätzbar wertvolle Kunstgegenstand unter dem übrigen Bettzeug versteckt worden war, und zwar von jemandem, der unbedingt wollte, dass ich darauf schlief. Aber von wem? Und warum?

Zwanzig Jahre zuvor hatte meine Mutter alles Erdenkliche unternommen, um diesen Cencio zu bewahren und an mich weiterzugeben. Ich hatte ihn zwar gefunden, aber schnell wieder verloren. Trotzdem lag er nun hier, direkt unter mir, wie ein Schatten, den ich nicht abschütteln konnte. Erst am Vortag hatte ich Alessandro auf Rocca di Tentennano unumwunden gefragt, ob er wisse, wo der Cencio sei. Seine kryptische Antwort hatte gelautet, wo auch immer er sein möge, ohne mich sei er völlig nutzlos. Nun hielt ich ihn hier plötzlich in den Händen, und alles ergab einen Sinn.

Laut Maestro Ambrogios Tagebuch hatte Romeo Marescotti geschworen, dass er, sollte er den Palio von 1340 gewinnen, den Cencio in seiner Hochzeitsnacht als Betttuch verwenden würde. Der teuflische Salimbeni aber hatte alles in seiner Macht Stehende getan, um zu verhindern, dass Romeo und Giulietta jemals eine Nacht miteinander verbringen konnten, und damit Erfolg gehabt.

Bis jetzt.

Vielleicht war das der Grund gewesen, warum es in meinem Zimmer bereits ein wenig nach Weihrauch gerochen hatte, als ich am Vortag vom Swimmingpool zurückkehrte. Vielleicht hatten Bruder Lorenzo und die Mönche persönlich dafür sorgen wollen, dass der Cencio dort hinkam, wo er hingehörte … in das Bett, das ich bald darauf mit Alessandro teilen sollte.

In einem schmeichelhaften Licht betrachtet war das alles höchst romantisch. Die Lorenzo-Bruderschaft sah es zweifellos als ihre Lebensaufgabe an, den Tolomeis und den Salimbenis dabei zu helfen, ihre Sünden der Vergangenheit »zu sühnen«, damit Bruder Lorenzos Bann endlich gebrochen werden konnte – daher die abendliche Zeremonie, deren Ziel es gewesen war, Romeos Ring zurück an Giuliettas Finger zu stecken und den Adlerdolch von all seinem Übel zu reinigen. Ich ließ mich auch gerne dazu bewegen, es positiv zu sehen, dass man den Cencio in meinem Bett versteckt hatte: Wenn Maestro Ambrogios Version der Geschichte tatsächlich stimmte und die von Shakespeare nicht der historischen Wahrheit entsprach, dann hatten Romeo und Giulietta sehr lange warten müssen, bis ihre Ehe endlich vollzogen wurde. Wer konnte da etwas gegen eine kleine Zeremonie einzuwenden haben?

Dagegen hatte ich durchaus nichts einzuwenden, nein, mein Problem war ein ganz anderes: Wer auch immer den Cencio in mein Bett gelegt hatte, hatte höchstwahrscheinlich mit dem verstorbenen Dieb Bruno Carrera unter einer Decke gesteckt und war somit – direkt oder indirekt – für den Einbruch im Eulenmuseum verantwortlich, durch den mein Cousin Peppo im Krankenhaus gelandet war. Es beruhte also nicht nur auf einer romantischen Laune, dass ich in dieser Nacht hier saß und den Cencio in Händen hielt. Es ging dabei eindeutig um etwas Größeres und Unheilvolleres.

Plötzlich bekam ich Angst, dass Alessandro etwas Schlimmes zugestoßen sein könnte, und stand rasch auf. Statt nach frischen Sachen zu kramen, schlüpfte ich einfach noch einmal in das rote Samtkleid, das wenige Stunden zuvor auf dem Boden neben dem Bett gelandet war. Als ich schließlich auf den Balkon hinaustrat, füllte ich meine Lungen erst einmal mit der beruhigenden Kühle der Nacht, ehe ich in Alessandros Zimmer spähte.

Ich konnte ihn nirgendwo entdecken. Allerdings brannten alle Lichter, und wie es aussah, hatte er den Raum ziemlich überstürzt verlassen, ohne die Tür hinter sich zuzuziehen.

Ich musste meinen ganzen Mut zusammennehmen, ehe ich seine Balkontür aufschob und eintrat. Obwohl ich mich noch nie einem Mann so nahe gefühlt hatte wie ihm, gab es in meinem Kopf noch immer eine kleine Stimme, die mir sagte, dass ich ihn – mal abgesehen von seinem Äußeren und seinen schönen Worten – überhaupt nicht kannte.

Für einen Moment blieb ich mitten im Raum stehen und blickte mich um. Offensichtlich handelte es sich dabei nicht um ein Gästezimmer, sondern um *sein* Zimmer. Unter anderen Umständen hätte es mir großen Spaß gemacht, ein wenig darin umherzuwandern und mir die Fotos an der Wand anzusehen oder die vielen kleinen Gefäße zu inspizieren, die allerlei seltsamen Schnickschnack enthielten.

Als ich gerade einen Blick ins Bad werfen wollte, vernahm ich durch die halb offen stehende Tür zur

Innenloggia plötzlich Stimmen. Vorsichtig streckte ich den Kopf hinaus, konnte aber weder auf der Loggia noch unten in der Eingangshalle jemanden entdecken. Die letzten Gäste waren bestimmt schon vor Stunden aufgebrochen. Nur hie und da flackerte in einer Ecke ein Wandleuchter, ansonsten war es im ganzen Haus dunkel.

Während ich auf die Loggia trat, versuchte ich auszumachen, woher die Stimmen kamen, und gelangte zu dem Schluss, dass sich die Leute, die ich reden hörte, in einem anderen Gästezimmer befanden, ein Stück den Gang hinunter. Trotz des nachhallenden, gespenstischen Klangs der Gesprächsfetzen – von meinem eigenen Geisteszustand ganz zu schweigen – war ich sicher, dass ich gerade Alessandro sprechen hörte. Alessandro und noch jemanden. Der Klang seiner Stimme machte mich nervös, und gleichzeitig durchströmte mich ein Gefühl von Wärme. Mir war klar, dass ich erst wieder einschlafen konnte, wenn ich wusste, wer es geschafft hatte, ihn heute Nacht von meiner Seite zu locken.

Die Tür zu dem Raum stand offen. Auf Zehenspitzen schlich ich näher, krampfhaft darauf bedacht, nicht in das Licht zu treten, das von drinnen auf den Marmorboden fiel. Als ich schließlich ganz vorsichtig den Hals reckte, um in das Zimmer zu spähen, konnte ich zwei Männer ausmachen und sogar Bruchstücke ihres Gesprächs aufschnappen, auch

798

wenn ich nicht begriff, worüber sie redeten. Es war tatsächlich Alessandro, der dort, nur mit einer Jeans bekleidet, auf einem Schreibtisch saß und – verglichen mit dem letzten Mal, als ich ihn gesehen hatte – auffallend angespannt wirkte. Sobald der andere Mann den Kopf wandte, um ihn anzusehen, verstand ich allerdings, warum.

Es war Umberto.

VIII. III

O Schlangenherz, von Blumen überdeckt!
Wohnt' in so schöner Höhl ein Drache je?

Janice hatte immer behauptet, man müsste sich mindestens einmal das Herz brechen lassen, um erwachsen zu werden und zu erkennen, wer man wirklich war. Mir hatte diese harte Doktrin nur einen weiteren hervorragenden Grund dafür geliefert, mich nie zu verlieben. Bis jetzt. Als ich an diesem Abend dort auf der Loggia stand und zusehen musste, wie Alessandro und Umberto gegen mich intrigierten, wusste ich endlich ganz genau, wer ich war.

Shakespeares Narr.

Denn trotz allem, was ich im Verlauf der vergangenen Woche über Umberto erfahren hatte, war das Erste, was ich bei seinem Anblick empfand, eine alberne, überschäumende, unsinnige Freude. Ich brauchte ein paar Sekunden, um sie zu ersticken. Zwei Wochen zuvor, auf Tante Roses Beerdigung, hatte ich das Gefühl gehabt, dass er der einzige liebe Mensch war, den ich auf der Welt noch hatte, und als ich bald darauf zu meinem italienischen Abenteuer aufbrach, quälten mich Gewissensbisse, weil ich ihn allein zurückließ. Natürlich war die Situation mittlerweile eine völlig andere, was jedoch – wie ich nun feststellte – nicht bedeutete, dass ich ihn nicht mehr liebte.

Obwohl mich seine Anwesenheit im Castello Salimbeni wie ein Schlag traf, hätte ich es eigentlich kommen sehen müssen. Seit ich von Janice wusste, dass Umberto in Wahrheit Luciano Salimbeni war, wusste ich auch, dass all seine trotteligen Fragen am Telefon nur gespielt gewesen waren. Die ganze Zeit hatte er so getan, als würde er nicht so recht verstehen, was ich ihm über Moms Truhe erzählte, doch in Wirklichkeit war er mir immer ein paar Schritte voraus gewesen. Aber da ich ihn liebte und ihn Janice gegenüber sogar noch weiter verteidigte – indem ich daran festhielt, dass sie die Aussagen der Polizei irgendwie missverstanden habe oder es sich einfach um eine Verwechslung handle –, traf mich sein Verrat nun umso härter.

Wie krampfhaft ich auch versuchte, eine plausible Erklärung für seine Anwesenheit hier zu finden, es bestand kein Zweifel mehr daran, dass er tatsächlich Luciano Salimbeni war. Er hatte mir Bruno Carrera auf den Hals gehetzt, um an den Cencio zu kommen, und angesichts der Spur, die er hinterließ – wann immer er in der Nähe war, häuften sich die Todesfälle –, ging es vermutlich auch auf seine Rechnung, dass Bruno ein allerletztes Mal die Schuhbänder geschnürt hatte.

Seltsamerweise sah Umberto aus wie immer. Sogar sein Gesichtsausdruck wirkte noch genauso, wie ich ihn in Erinnerung hatte: ein wenig arrogant, ein wenig amüsiert, aber dennoch so verschlossen, dass man nie sagen konnte, was er insgeheim dachte.

Nicht er hatte sich verändert, sondern ich mich.

Endlich begriff ich, dass Janice, was ihn betraf, all die Jahre recht gehabt hatte: Er war ein Psychopath, der nur darauf wartete auszurasten. Im Hinblick auf Alessandro hatte sie bedauerlicherweise ebenfalls recht gehabt, als sie behauptete, er schere sich keinen Deut um mich, sondern veranstalte diese ganze Komödie nur, um an den Schatz heranzukommen. Tja, ich hätte besser auf sie hören sollen. Leider kam diese Erkenntnis viel zu spät. Nun stand ich Dummchen hier und fühlte mich, als hätte gerade jemand einen Vorschlaghammer auf meine Zukunft niedersausen lassen.

Jetzt, dachte ich, während ich die beiden durch die Tür beobachtete, *wäre ein passender Zeitpunkt, um in Tränen auszubrechen.* Aber ich konnte nicht. In dieser Nacht war zu viel passiert. Mein Vorrat an Emotionen reichte nur noch für einen Kloß im Hals, bestehend aus einem Teil Fassungslosigkeit und einem Teil Furcht.

Währenddessen erhob sich Alessandro drinnen

vom Schreibtisch und sagte etwas, das mit den vertrauten Themen *Bruder Lorenzo*, *Giulietta* und *Cencio* zu tun hatte. Umberto fasste daraufhin in seine Tasche und holte ein kleines grünes Fläschchen heraus, das er kräftig schüttelte, ehe er es Alessandro überreichte. Was er dabei sagte, verstand ich nicht.

Während ich atemlos und auf Zehenspitzen dastand, sah ich nur grünes Glas und einen Korken. Was war das? Gift? Ein Schlafmittel? Und für wen war es bestimmt? Für mich? Wollte Umberto, dass Alessandro mich umbrachte? Nie hätte ich es nötiger gehabt, Italienisch zu verstehen, als in diesem Moment.

Was auch immer sich in dem Fläschchen befand, jedenfalls wirkte Alessandro völlig überrascht, als er es entgegennahm. Ein fast schon dämonischer Ausdruck trat in seine Augen. Da er es Umberto sofort zurückgab und dabei irgendetwas Abfälliges ausstieß, glaubte ich für den Bruchteil einer Sekunde, dass er mit Umbertos teuflischen Plänen, egal, wie sie geartet sein mochten, nichts zu tun haben wollte.

Umberto zuckte nur mit den Achseln und stellte das Fläschchen behutsam auf den Tisch. Dann streckte er Alessandro die Hand hin, woraus deutlich hervorging, dass er im Gegenzug auch etwas haben wollte. Stirnrunzelnd reichte Alessandro ihm ein Buch.

Ich erkannte es sofort wieder. Es handelte sich

um die Taschenbuchausgabe von *Romeo und Julia*, die meiner Mutter gehört hatte und am Vortag, als Janice und ich in den Bottini Höhlenforschung betrieben, aus der Truhe mit ihren Papieren verschwunden war ... oder vielleicht auch erst später, während wir uns in Maestro Lippis Atelier gegenseitig Geistergeschichten erzählten. Kein Wunder, dass Alessandro immer wieder im Hotel angerufen hatte. Offensichtlich wollte er dadurch nur sichergehen, dass ich weg war, ehe er erneut bei mir einbrach, um das Buch zu holen.

Ohne ein Wort des Dankes begann Umberto mit selbstgefälliger Gier das Buch durchzublättern, während Alessandro die Hände in die Hosentaschen schob und zum Fenster hinüberging.

Ich schluckte ein paarmal heftig, weil mir sonst vor Aufregung bestimmt das Herz aus dem Hals gesprungen wäre, während ich den Mann betrachtete, der – erst vor wenigen Stunden – zu mir gesagt hatte, er fühle sich wie neugeboren und von all seinen Sünden gereinigt. Nun stand er dort in diesem Raum und verriet mich bereits zum ersten Mal, noch dazu gemeinsam mit jemandem, der nicht einfach irgendwer war, sondern der einzige andere Mann, dem ich je vertraut hatte.

Genau in dem Moment, als ich zu dem Schluss kam, dass ich genug gesehen hatte, klappte Umberto das Buch mit einer heftigen Bewegung zu und knallte es neben dem Fläschchen auf den Tisch. Die wütenden Worte, die er dabei ausstieß, verstand ich sogar ohne Italienischkenntnisse. Genau wie Janice und ich war auch Umberto zu der frustrierenden Erkenntnis gelangt, dass das Buch – für sich allein genommen – keine Hinweise darauf enthielt, wo sich das Grab von Romeo und Giulietta befand, weil irgendein anderes, unerlässliches Schlüsselstück offensichtlich fehlte.

Ohne große Vorwarnung kam er zur Tür herüber, so dass mir kaum Zeit blieb, mich in einem dunklen Winkel zu verstecken, ehe Umberto hinaus auf die Loggia trat und Alessandro mit einem ungeduldigen Winken aufforderte, ihm zu folgen. In eine Wandnische gepresst, beobachtete ich, wie die beiden den Gang entlangeilten und dann leise nach unten in die große Eingangshalle verschwanden.

Nun endlich spürte ich, wie mir die Tränen in die Augen stiegen, doch ich blinzelte sie gleich wieder weg, weil ich zu dem Schluss kam, dass ich eher wütend als traurig war. Na schön. Alessandro war also hinter dem Geld her, genau wie Janice geahnt hatte. Allerdings hätte er dann wenigstens den Anstand besitzen können, die Finger von mir zu lassen, statt alles nur noch schlimmer zu machen. Was Umberto betraf, gab es nicht mal in Tante Roses großem Wörterbuch genug Ausdrücke, um zu beschreiben, wie wütend ich darüber war, dass er an diesem Abend hier auftauchte und mir das antat. Ganz offensichtlich war er derjenige, der bei Alessandro die Fäden zog und ihm den Auftrag erteilt hatte, möglichst rund um die Uhr ein Auge – und zwei Hände, einen Mund, et cetera – auf mich zu haben.

Mein Körper führte den einzig logischen nächsten Schachzug aus, noch ehe mein Gehirn ihn abgesegnet hatte. Ohne nachzudenken stürmte ich in den Raum, den die beiden soeben verlassen hatten, und schnappte mir das Buch und das Fläschchen – Letzteres aus reiner Boshaftigkeit. Dann rannte ich damit zurück in Alessandros Zimmer und band meine Beute in ein Hemd, das auf seinem Bett lag.

Während ich mich nach weiteren Dingen umsah, die ich in meiner Rolle als Opfer unter Umständen benötigen würde, kam mir in den Sinn, dass der nützlichste Gegenstand, den ich überhaupt stehlen konnte, der Schlüssel des Alfa Romeo war. Sofort riss ich die Schublade von Alessandros Nachttisch auf, fand darin aber nur eine Handvoll ausländische Münzen, einen Rosenkranz und ein Taschenmesser. Ohne mir die Zeit zu nehmen, die Schublade wieder zu schließen, ließ ich den Blick durch den Raum schweifen. Ich versuchte mich in Alessandro hineinzuversetzen. »Romeo, Romeo«, murmelte ich, »sag an, wo liegt dein Autoschlüssel?«

Als ich schließlich auf die geniale Idee kam, unter

dem Kopfkissen nachzusehen, fand ich zur Belohnung nicht nur den Autoschlüssel, sondern darüber hinaus auch noch einen Revolver. Ohne lange darüber nachzudenken, schnappte ich mir beides. Erstaunt stellte ich fest, wie schwer die Waffe war. Wäre ich nicht so aufgeregt gewesen, hätte ich wahrscheinlich über mich selbst lachen müssen. Was war aus der Pazifistin geworden? Meine rosaroten Träume von einer Welt, in der vollkommene Chancengleichheit herrschte und niemand eine Waffe brauchte, hatten sich schlagartig verflüchtigt. Für mich war Alessandros Revolver jetzt genau die Art von Gleichmacher, die ich brauchte.

Rasch rannte ich in mein eigenes Zimmer zurück und warf alles in meine Tasche. Als ich gerade den Reißverschluss zuziehen wollte, fiel mein Blick auf den Ring an meinem Finger. Ja, er gehörte mir, und ja, er war aus reinem Gold, aber gleichzeitig symbolisierte er meine spirituelle – und nun auch noch körperliche – Symbiose mit dem Mann, der zweimal in mein Hotelzimmer eingebrochen war und die Hälfte meiner Schatzsucher-Anleitung gestohlen hatte, um sie dem heuchlerischen Mistkerl zu übergeben, der höchstwahrscheinlich meine Eltern ermordet hatte. Deswegen zerrte ich mit aller Kraft, bis der Ring endlich abging, und hinterließ ihn Alessandro als einen letzten melodramatischen Abschiedsgruß auf einem der Kopfkissen.

Als ich fast schon im Gehen begriffen war, fiel mir der Cencio ein. Ich zog ihn vom Bett und faltete ihn behutsam, ehe ich ihn zu den anderen Sachen in die Tasche legte. Dabei war mir durchaus bewusst, dass ich keinerlei Verwendung dafür hatte und es vermutlich auch nie schaffen würde, ihn zu verkaufen – vor allem nicht in seinem gegenwärtigen Zustand. Nein, ich wollte einfach nicht, dass *sie* ihn bekamen.

Woraufhin ich mir mein Diebesgut schnappte und wieder hinaus auf den Balkon schlich, ohne auf Applaus zu warten.

Der alte Weinstock, der die ganze Wand bedeckte, war gerade stark genug, um mein Gewicht auszuhalten. Langsam begann ich mit dem Abstieg vom Balkon. Vorher hatte ich die Tasche auf einen Busch hinunterfallen lassen, der einen weichen, fedrigen Eindruck machte. Erst, nachdem ich mich davon überzeugt hatte, dass sie sicher gelandet war, hatte ich meine eigene mühsame Flucht angetreten.

Ich spürte, wie das Blut in meinen Händen und Armen pulsierte, während ich mich Stück für Stück nach unten hangelte. Dabei kam ich dicht an einem Fenster vorbei, hinter dem trotz der späten Stunde noch Licht brannte. Als ich den Hals reckte, um mich zu vergewissern, dass in dem Raum niemand war, der sich womöglich über die schabenden Geräusche wundern würde, sah ich zu meiner Überraschung Bruder Lorenzo und drei seiner Mitbrüder ganz still und mit gefalteten Händen auf vier Lehnstühlen gegenüber einem offenen Kamin voller frischer Blumen sitzen. Zwei der Mönche waren offensichtlich am Einnicken, aber Bruder Lorenzo sah aus, als könnte ihn nichts und niemand dazu bewegen, die Augen zu schließen, ehe diese Nacht vorüber war.

Während ich vor Panik keuchend an der Wand hing, hörte ich oben in meinem Zimmer plötzlich aufgeregte Stimmen, und wenige Augenblicke später stürmte jemand wütend auf den Balkon hinaus. Erschrocken hielt ich den Atem an und rührte mich nicht von der Stelle, bis ich sicher war, dass die betreffende Person nach drinnen zurückgekehrt war. Wie sich jedoch herausstellte, hielt der Weinstock dieser Dauerbelastung nicht stand. Genau in dem Moment, als ich mich wieder in Bewegung setzen wollte, riss die Ranke und begann sich von der Wand zu lösen, so dass ich kopfüber in die Sträucher darunter stürzte.

Glücklicherweise betrug der Abstand bis zum Boden nur noch knapp drei Meter. Weniger glücklich fand ich den Umstand, dass ich in einem Rosenstrauch landete. Allerdings war ich zu aufgeregt, um wirklich Schmerzen zu empfinden, während ich mich aus den dornigen Zweigen befreite und nach meiner Tasche griff. Die Kratzer an meinen Armen und Beinen waren nichts im Vergleich zu dem quälenden Gefühl des Verlustes, das ich einfach nicht ausblenden konnte, während ich humpelnd die zugleich schönste und schlimmste Nacht meines Lebens hinter mir ließ.

Vorsichtig bahnte ich mir einen Weg durch das taunasse Dunkel des Gartens und kämpfte mich schließlich aus einem rankenden Gebüsch auf die schwach beleuchtete, ringförmige Auffahrt vor dem Haus. Dort wurde mir sehr schnell klar, dass ich auf keinen Fall an den Alfa Romeo herankommen würde, denn hinter dem Wagen parkten mehrere schwarze Limousinen, die nur der Lorenzo-Bruderschaft gehören konnten. Es sah also ganz danach aus, als müsste ich die Strecke bis nach Siena zu Fuß zurücklegen – eine Vorstellung, die mir gar nicht gefiel.

Während ich noch dort stand und mich über mein Pech ärgerte, hörte ich plötzlich irgendwo hinter mir wildes Hundegebell. Schnell öffnete ich den Reißverschluss meiner Tasche, die ich die ganze Zeit fest gegen meine Brust gedrückt hatte, und holte – nur für den Fall der Fälle – die Waffe heraus, ehe ich mit einem atemlosen Stoßgebet an sämtliche Schutzengel, die in der Gegend gerade Nachtdienst schoben, auf dem Kiesweg in Richtung Tor spurtete. Wenn ich Glück hatte, schaffte ich es bis zur Hauptstraße, bevor meine Verfolger mich einholten, und konnte ein Auto anhalten. Sollte der Fahrer meine romantische Aufmachung als Einladung missverstehen, würde ihn die Waffe bestimmt schnell eines Besseren belehren.

Das hohe Tor am Ende der Auffahrt zum Castello Salimbeni war natürlich verschlossen. Ich verschwendete keine Zeit darauf, die Knöpfe der Sprechanlage zu drücken, sondern streckte den Arm zwischen den Eisenstangen hindurch und legte die Waffe vorsichtig auf der anderen Seite ab, ehe ich meine Tasche über das Tor warf. Erst als sie drüben mit einem dumpfen Geräusch landete, fiel mir ein, dass durch die Wucht des Aufpralls womöglich das kleine Fläschchen zu Bruch gegangen war. Wobei das eigentlich die geringste meiner Sorgen sein sollte. Gefangen zwischen bellenden Hunden und einem hohen Tor konnte ich mich glücklich schätzen, wenn am Ende nur dieses Fläschchen die Nacht nicht überlebte.

Ich griff nach den Eisenstäben und begann zu klettern. Noch kaum auf halber Höhe, hörte ich, wie hinter mir jemand den Kiesweg entlanggerannt kam. Hektisch versuchte ich, einen Zahn zuzulegen, doch das kalte Metall war so glatt, dass ich immer wieder abrutschte. Ehe ich mich hochziehen und auf die andere Seite schwingen konnte, schloss sich eine Hand fest um meinen Knöchel. »Giulietta! Warte!« Es war Alessandro.

Vor Angst und Wut fast blind, starrte ich zu ihm hinunter. »Lass mich los!«, stieß ich hervor, während ich krampfhaft versuchte, seine Hand wegzutreten. »Du Mistkerl! In der Hölle sollst du schmoren! Du und deine gottverdammte Patentante!«

»Komm runter!« Alessandro stand der Sinn nicht nach Verhandlungen. »Bevor du dir weh tust!«

Endlich schaffte ich es, meinen Fuß freizubekommen und mich so weit hinaufzuziehen, dass er mich nicht mehr erreichen konnte. »Und wenn schon! Du Arschloch! Lieber breche ich mir das Genick, als dass ich weiter bei deinen kranken Spielchen mitmache!«

»Komm sofort runter!« Er kletterte hinter mir her und bekam diesmal meinen Rock zu fassen. »Lass mich das alles erklären! Bitte!«

Entnervt stöhnte ich auf. Ich wollte nur weg. Was konnte er mir noch zu sagen haben? Doch nachdem er sich hartnäckig weigerte, den Saum meines Kleides loszulassen, blieb mir nichts anderes übrig, als mich weiter fest an die Eisenstangen zu klammern, obwohl ich bereits spürte, wie meine Arme und Hände langsam erlahmten.

»Giulietta. Bitte hör mir zu, ich kann dir das alles erklären …«

Wir waren so aufeinander konzentriert, dass keiner von uns beiden mitbekam, wie auf der anderen Seite des Tores eine dritte Person aus der Dunkelheit trat. »Hände weg von meiner Schwester, Romeo!«

»Janice!« Ich war so überrascht, sie zu sehen, dass ich fast abgerutscht wäre.

»Klettere weiter!« Janice hob die auf dem Kies liegende Waffe auf. »Und du Drecksack machst dich jetzt vom Acker!«

Sie zielte durch das Tor auf Alessandro, der mich sofort losließ. Janice wirkte auch ohne Accessoires schon ziemlich kraftvoll, aber mit einer Waffe in der Hand sah sie aus wie Lara Croft persönlich.

»Vorsicht!« Alessandro sprang vom Tor und wich ein paar Schritte zurück. »Die Waffe ist geladen …«

»Natürlich ist sie geladen!«, höhnte Janice. »Pfoten hoch, Süßer!«

»… und sie reagiert ziemlich empfindlich.«

»Ach ja? Genau wie ich! Aber weißt du, was? Das ist dein Problem! Du stehst am rauchenden Ende!«

In der Zwischenzeit quälte ich mich mühsam über das Tor, und sobald ich auf der anderen Seite weit genug unten war, ließ ich mich mit einem Schmerzensschrei neben Janice auf den Boden fallen.

»Lieber Himmel, Jules! Alles in Ordnung? Hier, nimm das …« Janice reichte mir die Waffe. »Ich hole unseren fahrbaren Untersatz … Nein, du Dummchen! Ziel damit auf *ihn*!«

Obwohl wir uns nur für ein paar Sekunden so gegenüberstanden, kam es mir vor, als stünde die

Zeit still. Alessandro warf mir durch das Tor einen wehmütigen Blick zu, während ich mich nach Kräften bemühte, mit der Waffe auf ihn zu zielen, obwohl mir vor lauter Verwirrung die Tränen in die Augen traten, so dass ich kaum etwas sehen konnte.

»Gib mir das Buch«, sagte er nur. »Darum geht es ihnen. Sie werden dich nicht in Ruhe lassen, bis sie es haben. Glaub mir. Bitte versuch nicht …«

»Komm!« Der Kies spritzte in alle Richtungen, als Janice mit dem Motorrad neben mir bremste. »Schnapp dir die Tasche und steig auf!« Als sie sah, dass ich zögerte, ließ sie ungeduldig den Motor aufheulen. »Beweg deinen Arsch hier rüber, Fräulein Julia, die Party ist vorbei!«

Wenige Augenblicke später rauschten wir auf der Ducati Monster in die Dunkelheit hinein. Als ich mich umdrehte, um einen letzten Blick zurückzuwerfen, lehnte Alessandro am Tor wie ein Mann, der gerade den wichtigsten Flug seines Lebens verpasste, weil er sich um eine lächerliche Kleinigkeit verrechnet hatte.

IX. I

Der Tod liegt auf ihr, wie ein Maienfrost
Auf des Gefildes schönster Blume liegt

Wir fuhren eine Ewigkeit dunkle Landstraßen entlang, Hügel hinauf und wieder hinunter, durch Täler und schlafende Dörfer. Janice hielt kein einziges Mal an, so dass ich nicht mal wusste, wohin wir unterwegs waren. Aber es war mir auch völlig egal. Hauptsache, wir bewegten uns und ich brauchte eine Weile keine Entscheidungen zu treffen.

Als wir schließlich am Rand eines Dorfes in eine holprige Zufahrt einbogen, war ich so müde, dass ich mich am liebsten im nächsten Blumenbeet zusammengerollt und einen Monat lang geschlafen hätte. Einzig und allein der Scheinwerfer des Motorrads wies uns den Weg durch eine Wildnis aus Gestrüpp und hohem Unkraut, bis wir schließlich vor einem völlig dunklen Haus zum Stehen kamen.

Nachdem Janice den Motor ausgeschaltet und den Helm abgenommen hatte, schüttelte sie ihr Haar aus und sah mich über die Schulter an. »Das ist Moms Haus. Und jetzt unseres.« Sie holte eine kleine Taschenlampe heraus. »Wir haben keinen Strom, deswegen habe ich die hier besorgt.« Sie führte mich zu einem Seiteneingang, fummelte im Licht ihrer Lampe den Schlüssel ins Schloss und hielt mir dann die Tür auf. »Willkommen zu Hause!«

Durch einen schmalen Gang gelangten wir in einen Raum, bei dem es sich nur um eine Küche handeln konnte. Selbst in der Dunkelheit waren der Schmutz und der Staub zu spüren, und die Luft roch muffig – wie feuchte Kleidung, die in einem Korb vor sich hin moderte. »Ich schlage vor, wir übernachten heute hier«, fuhr Janice fort, während sie ein paar Kerzen anzündete. »Es gibt kein fließend Wasser, und alles ist ziemlich schmutzig, aber oben sieht es noch viel schlimmer aus. Und die eigentliche Haustür ist so verzogen, dass sie nicht mehr aufgeht.«

»Wie um alles in der Welt«, fragte ich und vergaß für einen Moment, wie müde und durchgefroren ich mich fühlte, »hast du hierhergefunden?«

»Das war in der Tat nicht ganz einfach.« Janice zog den Reißverschluss einer weiteren Jackentasche auf und holte eine zusammengefaltete Landkarte heraus. »Nachdem du gestern mit Wie-hieß-er-noch-mal abgedüst warst, bin ich auch los und habe mir erst mal das hier besorgt. In diesem Land den Weg zu einer bestimmten Adresse zu finden, ist wirklich …« Da ich keinerlei Anstalten machte, nach der Landkarte zu greifen und einen Blick darauf zu werfen, leuchtete sie mir mit der Taschenlampe direkt ins Gesicht. Bei meinem Anblick schüttelte sie den Kopf. »Du siehst vielleicht aus! Und weißt du, was? Ich habe schon vorher gewusst, dass es so kommen würde. Ich habe es dir gesagt! Aber du wolltest ja nicht hören! Es ist immer dasselbe ...«

»Moment mal!« Ich hatte nicht die geringste Lust, mir weiter anzuhören, wie sie in Schadenfreude schwelgte, und bedachte sie mit einem bösen Blick. »Was genau hast du vorhergesehen, o du Kristallkugel? Dass irgendeine esoterische Sekte sich vorgenommen hatte, mich unter Drogen zu setzen? Um mich anschließend ...«

Statt mir irgendeine gepfefferte Antwort zu geben, wie sie es zweifellos am liebsten getan hätte, verpasste Janice mir lediglich mit der Landkarte einen Klaps auf die Nase und erklärte ernst: »Ich habe gewusst, dass dieser italienische Hengst nichts Gutes verheißt. Ich habe es dir gesagt. Jules, habe ich zu dir gesagt, dieser Typ ...«

Ich schob die Landkarte weg und schlug beide Hände vors Gesicht. »Bitte! Ich möchte nicht darüber reden. Jedenfalls nicht jetzt.« Da sie mir noch immer mit der Taschenlampe ins Gesicht leuchtete, schob ich diese ebenfalls zur Seite. »Hör auf! Ich habe fürchterliche Kopfschmerzen!«

»Du meine Güte!« Janice schlug mal wieder den sarkastischen Ton an, den ich so gut kannte. »Nächtliche Katastrophe in der Toskana gerade noch verhindert … amerikanische Virgitarierin von Schwester gerettet … wenn auch von heftigen Kopfschmerzen geplagt.«

»Nur zu«, murmelte ich, »mach dich ruhig über mich lustig. Ich habe es nicht anders verdient.«

Doch wider Erwarten machte sie nicht weiter. Erstaunt nahm ich die Hände vom Gesicht und stellte fest, dass sie mich eindringlich musterte. Plötzlich fiel ihr die Kinnlade nach unten, und ihre Augen wurden kreisrund. »Nein! Du hast mit ihm *geschlafen*, oder?«

Als ich nicht widersprach, sondern stattdessen in Tränen ausbrach, nahm sie mich mit einem tiefen Seufzer in den Arm. »Tja, du wolltest ja lieber von ihm flachgelegt als von mir hereingelegt werden.« Sie drückte mir einen Kuss aufs Haar. »Ich hoffe, er war es wert.«

Nachdem wir uns auf dem Küchenboden ein Lager aus mottenzerfressenen Mänteln und Kissen bereitet hatten, waren wir noch viel zu aufgedreht, um zu schlafen. Stundenlang lagen wir in der Dunkelheit wach und sezierten meine Eskapade im Castello Salimbeni. Obwohl Janice sich vereinzelte abfällige Kommentare nicht verkneifen konnte, stimmten wir letztendlich in den meisten Punkten überein – abgesehen von der Frage, ob es eine gute oder eine schlechte Idee von mir war, mit dem Adlerknaben in die Kiste zu springen, wie Janice es ausdrückte.

»Du magst da anderer Meinung sein«, erklärte ich und versuchte das Thema abzuschließen, indem ich mich abwandte, »aber selbst wenn ich schon vorher gewusst hätte, was ich jetzt weiß, hätte ich es trotzdem getan.«

Janice beschränkte sich darauf, in säuerlichem Ton zu antworten: »Halleluja! Da bin ich ja froh, dass du für dein Geld wenigstens *etwas* bekommen hast.«

Nachdem wir uns eine Weile den Rücken zugewandt und uns hartnäckig angeschwiegen hatten, stieß sie plötzlich ein lautes Seufzen aus und murmelte dann: »Tante Rose fehlt mir so!«

Da ich nicht recht wusste, was ich davon halten sollte – solche Gefühlsaufwallungen waren für sie völlig untypisch –, hätte ich beinahe eine zynische Bemerkung darüber gemacht, dass Tante Rose ihr nur deswegen fehlte, weil Tante Rose ihrer, und nicht meiner Meinung gewesen wäre, was meine dämliche Entscheidung betraf, Eva Marias Einladung anzunehmen. Doch stattdessen hörte ich mich sagen: »Ja, mir fehlt sie auch.«

Damit war unsere Unterhaltung beendet. Kurz darauf merkte ich an ihren immer ruhiger werdenden Atemzügen, dass sie eingeschlafen war. Meinen Gedanken überlassen, wünschte ich mir mehr denn je, ich könnte wie sie einfach die Augen schließen und in einer Haselnussschale davonfliegen, befreit von der Last meines schweren Herzens.

Am nächsten Morgen – besser gesagt am frühen Nachmittag – setzten wir uns draußen auf der bröckelnden Haustreppe in die Sonne und teilten uns eine Flasche Wasser und einen Müsliriegel. Hin und wieder kniffen wir uns gegenseitig in den Arm, um sicherzugehen, dass wir nicht träumten. Janice erzählte von ihren anfänglichen Problemen, dieses Dornröschen von einem Haus überhaupt zu finden. Ohne die Hilfe von ein paar freundlichen Einheimischen, die ihr den Weg wiesen, hätte sie es, versteckt in der Wildnis, die früher einmal eine Zufahrt und ein Vorgarten gewesen war, vermutlich nie entdeckt.

»Ich habe allein schon eine Ewigkeit gebraucht, um das Tor zu öffnen«, erklärte sie mir. »Es war zugerostet. Ganz zu schweigen von der Tür. Ich fasse es einfach nicht, dass so ein Haus zwanzig Jahre lang komplett leerstehen kann, ohne dass jemand einzieht oder das Grundstück übernimmt.«

»So ist Italien eben«, antwortete ich. »Was sind schon zwanzig Jahre? Zeit ist hier kein Thema. Wie sollte es auch eines sein, wenn man von lauter unsterblichen Geistern umgeben ist? Wir können von Glück sagen, wenn sie uns eine Weile bleiben und so tun lassen, als gehörten wir hierher.«

Janice schnaubte verächtlich. »Unsterblich zu sein ist bestimmt zum Kotzen. Deswegen spielen sie ja so gerne mit saftigen kleinen Sterblichen ...« – sie grinste und ließ vielsagend die Zunge über die Oberlippe gleiten – »wie dir.«

Als sie merkte, dass ich darüber noch immer nicht lachen konnte, veränderte sich ihr Gesichtsausdruck, bis daraus fast schon echtes Mitgefühl sprach.

»Aber du bist ja noch mal heil davongekommen! Stell dir vor, was passiert wäre, wenn sie dich erwischt hätten. Bestimmt hätten sie dich ... ich weiß auch nicht ...« Selbst Janice fiel es schwer, sich die Schrecken auszumalen, die ich hätte erdulden müssen. »Freu dich einfach, dass deine gute alte Schwester dich rechtzeitig gefunden hat.«

Angesichts ihrer erwartungsvollen Miene legte ich die Arme um sie und drückte sie voller Dankbarkeit an mich. »Glaub mir, das tue ich! Ich verstehe bloß nicht ... Warum bist du überhaupt gekommen? Das ist doch eine Höllenfahrt von hier bis zum Castello Salimbeni. Warum hast du mich nicht einfach ...«

Janice sah mich mit hochgezogenen Augenbrauen an. »Soll das ein Witz sein? Diese Mistkerle haben unser Buch gestohlen! Es ist Zeit, dass wir es ihnen heimzahlen! Wärst du nicht gerade angerannt gekommen, weil dir die Sache zu brenzlig wurde, dann

wäre ich dort eingebrochen und hätte das ganze verdammte Castello nach dem Buch abgesucht.«

»Tja, dann ist heute wohl dein Glückstag!« Ich
stand auf und ging in die Küche hinein, um meine
Reisetasche zu holen. »Voilà!« Ich warf sie Janice vor
die Füße. »Und nun sag bloß nicht, ich hätte nicht
auch für das Team gearbeitet.«

»Das ist nicht dein Ernst!« Begierig öffnete sie
den Reißverschluss und begann in der Tasche her-
umzuwühlen, zog die Hände aber schon nach wenigen Sekunden angewidert zurück. »Iiieh! Was zum
Teufel ist das?«

Wir starrten beide auf ihre Hände hinunter. Sie
waren voller Blut oder etwas sehr ähnlich Aussehen-
dem. »Lieber Himmel, Jules«, keuchte Janice, »hast
du jemanden umgebracht? Igitt! Was ist das?« Mit
angstvoller Miene roch sie an ihren Händen. »Es ist
tatsächlich Blut. Bitte sag mir jetzt nicht, dass es
sich um deines handelt, denn wenn es doch so wäre,
fahre ich sofort zurück und verarbeite diesen Kerl
zu einem modernen Kunstwerk!«

Aus irgendeinem Grund brachte mich ihre krie-
gerische Grimasse zum Lachen – vielleicht, weil es
immer noch so ungewohnt für mich war, dass sie
sich auf diese Weise für mich stark machte.

»Na endlich!«, sagte sie und vergaß angesichts
meines Lächelns ihren Zorn. »Du hast mir langsam
wirklich Angst gemacht. Tu das nie wieder!«

Zusammen leerten wir meine Tasche aus. Zum Vorschein kamen hauptsächlich Klamotten, aber auch der Band *Romeo und Julia*, der zum Glück keinen großen Schaden genommen hatte. Das geheimnisvolle grüne Fläschchen aber war – vermutlich, als ich die Tasche bei meiner Flucht über das Tor geworfen hatte – komplett zu Bruch gegangen.

»Was ist das?« Janice griff nach einer der Scherben und inspizierte sie.

»Ich habe dir doch von dem Fläschchen erzählt«, antwortete ich, »das Umberto Alessandro überreichte. Woraufhin Letzterer stinksauer wurde.«

»Hmm.« Janice wischte sich im Gras die Hände ab. »Wenigstens wissen wir jetzt, was drin war. Blut. Aber was wollten sie damit? Vielleicht hattest du ja recht und es waren wirklich lauter Vampire. Womöglich sollte das Blut als Imbiss dienen …«

Während wir überlegten, welche Erklärungen sonst noch in Betracht kamen, griff ich nach dem Cencio und betrachtete ihn voller Bedauern. »Was für eine Schande! Wie entfernt man Blutflecken aus sechshundert Jahre alter Seide?«

Janice griff ebenfalls nach einer Ecke, und wir breiteten den Cencio zwischen uns aus, um den Schaden in Augenschein zu nehmen. Zugegebenermaßen war daran nicht allein das Fläschchen schuld, aber das brauchte ich Janice ja nicht auf die Nase zu binden.

»Heilige Maria, Mutter Gottes!«, rief Janice plötzlich. »Das ist genau der Punkt: Das Blut lässt sich nicht entfernen. Genau so wollten sie den Cencio haben: voller Blut. Verstehst du denn nicht?«

Sie starrte mich erwartungsvoll an, doch mein ratloser Blick verriet ihr wohl, dass ich tatsächlich keinen blassen Schimmer hatte, was sie meinte. »Genau wie früher«, erklärte sie, »als die Frauen der Familie am Morgen nach der Hochzeitsnacht das Brautlaken untersuchten! Ich verwette ein Känguru darauf …«, fuhr sie fort, während sie ein paar Überreste des zerbrochenen Fläschchens einschließlich des Korkens aufsammelte, »dass es das ist – oder *war* –, was wir in der Heiratsvermittlungsbranche als *Instant-Jungfrau* bezeichnen. Man verwendet dafür nicht nur Blut, sondern mischt noch allerlei anderes Zeug hinein. Glaub mir, das ist eine Wissenschaft für sich.«

Meine verdatterte Miene brachte Janice zum Lachen. »O ja, das gibt es immer noch. Du glaubst mir nicht? Du glaubst, nur im Mittelalter wurden die Laken inspiziert? Irrtum! Vergiss nicht, dass manche Kulturen nach wie vor im Mittelalter leben. Überleg doch mal: Angenommen, du kehrst als Frau in ein kleines Nest am Ende der Welt zurück, um dort irgendeinen Ziegenhirten-Cousin zu ehelichen, hast aber vorher schon mit – uups! – Tom, Harry und Dick rumgemacht … was dann? Dein Ziegenhirtenbräutigam und deine zukünftigen Schwiegereltern werden vermutlich nicht allzu glücklich darüber sein, dass sich schon andere ein Stück vom Käse stibitzt haben. Lösung: Du lässt dich in einer Privatklinik in den Urzustand zurückversetzen. Dann kannst du das Programm ganz von vorne ablaufen lassen, nur damit das Publikum zufrieden ist. Oder du bringst einfach heimlich ein Fläschchen *davon* mit auf die Party. Eine viel billigere Lösung.«

»Das«, widersprach ich, »ist so was von an den Haaren herbeigezogen …«

»Weißt du, was ich glaube?«, fuhr Janice mit funkelnden Augen fort. »Ich glaube, die haben eine richtig große Show für dich inszeniert. Wenn du mich fragst, haben sie dich tatsächlich unter Drogen gesetzt – oder es zumindest versucht – und gehofft, dass du nach ein paar Tänzchen mit Bruder Lorenzo und dem Dreamteam so platt sein würdest, dass sie nach Lust und Laune den Cencio unter dir herausfischen und mit diesem Zeug beschmieren konnten, damit es hinterher so aussah, als wäre der gute alte Romeo mit dem Liebesbus in den Blümchenladen gerauscht.«

Ich verzog gequält das Gesicht, was Janice aber nicht zu bemerken schien. »Die Ironie an dem Ganzen ist natürlich«, fuhr sie fort und war dabei viel zu sehr in ihre eigene lüsterne Logik vertieft, um zu bemerken, wie unangenehm mir sowohl das Thema als auch ihre Wortwahl waren, »dass sie sich die ganze Mühe hätten sparen können. Weil ihr beide nämlich schneller wart und die Canelloni auch ohne ihr Zutun gestopft habt. Genau wie Romeo und Julia. Tadaaa! Aus dem Ballsaal über den Balkon ins Bett, und das alles innerhalb von fünfzig Seiten. Wolltet ihr beide womöglich ihren Rekord brechen?«

Sie sah mich voller Begeisterung an. Offenbar erwartete sie, dass ich ihr zur Belohnung den Kopf tätschelte und einen Keks gab, weil sie so ein braves Mädchen gewesen war.

»Ist es eigentlich menschenmöglich«, stöhnte ich, »noch krasser zu sein als du?«

Janice grinste mich an, als gäbe es für sie kein größeres Lob. »Wahrscheinlich nicht. Wenn es dich nach Poesie gelüstet, dann kriech doch zurück zu deinem Vogelmann.«

Ich ließ mich gegen den Türrahmen sinken und schloss die Augen. Auch wenn Janice sich die meiste Zeit unsäglich derb ausdrückte, ließ doch jede ihrer Anspielungen auf Alessandro Szenen der vergangenen Nacht vor meinem geistigen Auge aufblitzen – einige davon schmerzhaft, andere nicht – und mich die gegenwärtige Realität vergessen. Hätte ich meine Schwester jedoch gebeten, damit aufzuhören, dann hätte sie mit ziemlicher Sicherheit das genaue Gegenteil getan, und sei es nur, um mir zu demonstrieren, dass sie immer noch Macht über mich besaß.

»Ich verstehe nur nicht«, sagte ich, um dieses Kapitel der Geschichte abzuschließen und wieder auf das große Ganze zu sprechen zu kommen, »wozu sie das Fläschchen überhaupt brauchten. Wenn es ihnen wirklich darum ging, dem alten Fluch, der auf den Tolomeis und Salimbenis lag, ein Ende zu setzen, dann durften sie doch auf keinen Fall nur so *tun*, als würden Romeo und Giulietta die Hochzeitsnacht miteinander verbringen. Meinst du, die haben allen Ernstes geglaubt, sie könnten die Jungfrau Maria hinters Licht führen?«

Janice zog eine Schnute. »Du hast recht. Das ergibt keinen Sinn.«

»Wenn ich das richtig sehe«, fuhr ich fort, »war der Einzige, der – außer mir – hinters Licht geführt wurde, Bruder Lorenzo. Besser gesagt wäre er hinters Licht geführt worden, *wenn* sie das Zeug in dem Fläschchen verwendet hätten.«

»Aber warum zum Teufel sollten sie Bruder Lorenzo verarschen wollen?« Ratlos warf Janice die Hände in die Luft. »Der ist doch nur ein altes Relikt. Es sei denn …«, fügte sie mit hochgezogenen Augenbrauen hinzu, »Bruder Lorenzo hat zu irgendetwas Zugang, wozu sie selbst keinen Zugang haben. Es muss sich dabei um etwas sehr Wichtiges handeln. Etwas, an das sie ungedingt herankommen wollen. Wie zum Beispiel?«

Ich richtete mich kerzengerade auf. »Das Grab von Romeo und Julia?«

Wir starrten uns an. »Ich glaube«, sagte Janice und nickte dabei bedächtig, »genau da liegt die Verbindung. Als wir an dem Abend bei Maestro Lippi darüber gesprochen haben, fand ich deine Theorie total verrückt. Aber vielleicht hast du recht. Dieses ganze Theater um alte Sünden, die gesühnt werden müssen, hat zu einem gewissen Teil mit dem echten Grab und der echten Statue zu tun. Was hältst du davon: Nachdem die Tolomeis und die Salimbenis gemeinsam dafür gesorgt haben, dass Romeo und Giulietta endlich zusammenkommen, müssen sie das Grab aufsuchen und vor der Statue niederknien?«

»Aber in dem Fluch hieß es, sie müssten *vor der Jungfrau niederknien.*«

»Na und?«, meinte Janice achselzuckend. »Offensichtlich steht die Statue ganz in der Nähe einer Statue der Jungfrau Maria. Das Problem ist, dass sie den genauen Ort nicht kennen. Nur Bruder Lorenzo kennt ihn. Und deswegen brauchen sie ihn.«

Eine Weile saßen wir schweigend da und spielten das Ganze in Gedanken durch.

»Ich glaube nicht«, sagte ich schließlich und strich dabei zärtlich über den Cencio, »dass er Bescheid wusste.«

»Wer?«

Als ich sie ansah, bekam ich vor Verlegenheit heiße Wangen.

»Du weißt schon … *er.*«

»Jules!«, stöhnte Janice. »Hör endlich auf, den Mistkerl zu verteidigen! Immerhin hast du ihn mit Umberto gesehen, und ...« – sie versuchte, die Schärfe aus ihrer Stimme zu nehmen, doch da sie darin keinerlei Übung hatte, gelang es ihr nicht besonders gut – »dann ist er dir auch noch bis zum Tor nachgerannt und hat gesagt, du sollst ihm das Buch geben. *Natürlich* wusste er Bescheid.«

»Aber wenn du mit alledem recht hast«, wandte ich ein, weil ich nach wie vor den absurden Drang verspürte, Alessandro zu verteidigen, »dann hätte er sich doch bestimmt an den Plan gehalten und nicht ... du weißt schon.«

»Körperliche Nähe zu dir gesucht?«, formulierte Janice ungewohnt prüde.

»Genau«, antwortete ich mit einem zustimmenden Nicken. »Außerdem hätte er dann auch nicht so überrascht reagiert, als Umberto ihm das Fläschchen gab. Genau genommen hätte er das Fläschchen zu dem Zeitpunkt längst *haben* müssen.«

»Nun hör mir mal gut zu, Süße!«, sagte Janice mit einem strengen Blick über einen imaginären Brillenrand. »Er hat dich die ganze Zeit angelogen und ist mehrfach in dein Hotelzimmer eingebrochen, unter anderem, um Moms Buch zu klauen und es anschließend Umberto zu übergeben. Der Typ ist das Letzte. Mag ja sein, dass er alles hat, was ein Mann so braucht, und auch gut damit umzugehen weiß, aber er bleibt trotzdem – entschuldige meine Ausdrucksweise – ein übler Ganove. Und was deine ach so nette Mafiakönigin betrifft …«

»Weil wir gerade von Leuten sprechen, die mich anlügen und in mein Hotelzimmer einsteigen«, unterbrach ich sie und sah ihr dabei direkt in die Augen, »warum hast du eigentlich behauptet, er habe mein Hotelzimmer verwüstet, obwohl du das doch selber warst?«

Janice schnappte nach Luft. »Was?«

»Du streitest es also ab?«, fragte ich kalt. »Dass du in mein Hotelzimmer eingestiegen bist und es anschließend Alessandro in die Schuhe geschoben hast?«

»Hey!«, rief sie erbost. »Er ist ebenfalls bei dir eingestiegen! Und ich bin schließlich deine Schwester! Ich habe ein Recht darauf, zu wissen, was vor sich geht …« Sie verstummte und sah mich verlegen an. »Wie bist du mir auf die Schliche gekommen?«

»Er hat dich gesehen. Allerdings hat er uns verwechselt und dachte, ich würde von meinem eigenen Balkon klettern.«

»Er hat uns *verwechselt*?« Janice sperrte ungläubig den Mund auf. »Jetzt bin ich aber *echt* beleidigt!«

»Janice!«, fauchte ich, frustriert, weil sie wieder in ihre alte Gehässigkeit abrutschte und mich mit sich zog. »Warum hast du mich angelogen? Nach allem, was passiert war, hätte ich durchaus Verständnis dafür gehabt, dass du bei mir eingestiegen bist. Für dich sah es ja wirklich so aus, als wollte ich dich um ein Vermögen prellen.«

»Du verstehst, warum ich es getan habe?« Janice betrachtete mich mit aufkeimender Hoffnung.

Ich zuckte mit den Achseln. »Warum versuchen wir es zur Abwechslung nicht mal mit Ehrlichkeit?«

Meine Schwester war bekannt dafür, dass sie sich von jedem Schlag in Windeseile wieder erholte. »Ausgezeichnet«, grinste sie, »dann lass uns doch mal ehrlich sein. Und wenn du nichts dagegen hast …« – sie legte eine Pause ein, in der sie verschmitzt die Augenbrauen auf und ab wippen ließ –, »dann hätte ich gleich noch ein paar Fragen zur vergangenen Nacht.«

Nachdem wir im Dorfladen Lebensmittel eingekauft hatten, verbrachten wir den Rest des Nachmittags damit, das Haus nach vertrauten Dingen aus unserer Kindheit zu durchstöbern. Dabei erwies es sich nicht gerade als hilfreich, dass alles mit Staub und Schimmel bedeckt war, jedes Stück Stoff Löcher hatte, die von irgendwelchen Tieren stammten, und aus jeder noch so kleinen Ritze Mäusedreck quoll. Oben im ersten Stock waren die Spinnweben dick wie Duschvorhänge. Als wir dort die Fensterläden öffneten, um ein bisschen Licht hineinzulassen, fielen mehr als die Hälfte sofort von den Angeln.

»Oje!«, rief Janice, als ein Fensterladen nur knapp einen Meter neben der Ducati auf die Haustreppe knallte. »Nun ist es wohl an der Zeit, mal mit einem Schreiner auszugehen.«

»Wie wär's mit einem Klempner?«, schlug ich vor, während ich mir die Spinnweben aus dem Haar zupfte. »Oder einem Elektriker?«

»Den Klempner übernimmst du«, konterte sie, »schließlich bist du diejenige mit dem Sprung in der Schüssel.«

Der Höhepunkt kam, als wir in einer Ecke hinter einem Sofa den wackeligen Schachtisch entdeckten.

»Ich habe es dir doch gesagt!«, meinte Janice, während sie ihn sanft hin und her wackeln ließ, um wirklich ganz sicherzugehen. »Ich hatte die ganze Zeit recht!«

Bis zum Sonnenuntergang waren wir mit dem Ausmisten so weit fortgeschritten, dass wir beschlossen, unser Lager in einen Raum im ersten Stock zu verlegen, der früher mal als Büro gedient hatte. Während wir uns dort an einem alten Schreibtisch gegenübersaßen und uns bei Kerzenlicht Brot, Käse und Rotwein schmecken ließen, überlegten wir, was wir als Nächstes tun sollten. Obwohl wir beide noch keinerlei Lust verspürten, nach Siena zurückzukehren, war uns gleichzeitig klar, dass die gegenwärtige Situation auf Dauer nicht tragbar war. Um das Haus wirklich wieder bewohnbar zu machen, mussten wir eine Menge Geld in Papierkram und Handwerker investieren, und selbst wenn wir das schafften, blieb die Frage, was für ein Leben wir dann führen würden. Wie Flüchtlinge dazu gezwungen, uns zu verstecken, würden wir uns immer mehr in Schulden stürzen und uns dabei ständig fragen, wann unsere Vergangenheit uns wohl wieder einholte.

»Entweder«, meinte Janice, während sie uns Wein nachschenkte, »wir bleiben hier – was aber nicht geht –, oder wir flüchten zurück in die Staaten – was erbärmlich wäre –, oder wir begeben uns auf Schatzsuche und schauen mal, was passiert.«

»Vergiss nicht«, wandte ich ein, »dass das Buch für sich allein genommen nutzlos ist. Um den Geheimcode zu entschlüsseln, brauchen wir Moms Skizzenbuch.«

»Und genau aus dem Grund«, antwortete Janice und griff in ihre Handtasche, »habe ich es mitgebracht. Tadaaa!« Sie legte das Skizzenbuch vor mir auf den Schreibtisch. »Noch Fragen?«

Ich musste laut lachen. »Weißt du, ich glaube, ich liebe dich!«

Janice bemühte sich nach Kräften, nicht zu lächeln. »Nun mach aber mal halblang! Wir wollen es doch nicht gleich übertreiben.«

Nachdem wir die beiden Bücher nebeneinanderliegen hatten, fiel es uns nicht schwer, den Code zu knacken. Im Grunde war es gar kein richtiger Code, sondern nur eine raffiniert versteckte Liste von Seiten-, Zeilen- und Wortnummern. Während Janice mir die Zahlen ansagte, die an den Rand des Skizzenbuchs gekritzelt waren, blätterte ich durch die Ausgabe von *Romeo und Julia* und las die vielen einzelnen Textstellen vor, aus denen sich die Nachricht unserer Mutter zusammensetzte. Sie lautete folgendermaßen:

MEINE LIEBE
DIES BUCH
DAS GOLDNE LEHR IN GOLDNEN SPANGEN
  HÄLT
VON
KÖSTLICH
EDELSTEIN
WIE UFER VON DEM FERNSTEN MEER BESPÜLT
  ICH WAGTE MICH NACH SOLCHEM KLEINOD
  HIN
GEHT MIT
ROMEOS
BEICHTGER
VOR DER ZEIT GEOPFERT
SUCHT SPÄHT ERFORSCHT
MIT
GERÄT
DAS DIE GRÄBER DER TOTEN AUFZUBRECHEN
  DIENT

SO MÜSST ES SCHLECHTERDINGS VERSTOHLEN
    SEIN
HIER LIEGT JULIA
GLEICH EINEM ARMEN
SEIT VIELEN HUNDERT JAHREN
UNTER
HEILGE
MUTTER
WO
KLEINE STERNE
DES HIMMELS ANTLITZ SO VERSCHÖNEN
BEGEBT EUCH
ZU
HEILGE
MUTTER
LEITER
BEI EINER SCHWESTERNSCHAFT VON HEILGEN
    NONNEN
IN EINEM HAUS IN WELCHEM DIE BÖSE SEUCHE
    HERRSCHTE SIEGELTEN DIE TÜRE ZU
FRAU
HEILGE
VÖGEL
DEN KRANKEN IN DIESER STADT HIER ZU-
    SPRICHT
KAMMER
BETT
HEILIGER

SCHREIN
IST
STEINERN
TÜR
ZU
GEWÖLBTE GRUFT
O LASS UNS FORT VON HIER
HOL EIN BRECHEISEN MIR
HINWEG MIT
DEM
SCHWARZ
UNTER
DEM
ALTAR
UND LOS GEHT'S, MÄDELS!

Als wir am Ende der langen Nachricht angelangt waren, lehnten wir uns beide zurück und wechselten einen ratlosen Blick. Von unserem anfänglichen Enthusiasmus war nicht mehr viel übrig.

»Also, ich hätte da mal zwei Fragen«, meinte Janice. »Erstens: Warum zum Teufel haben wir das nicht schon viel früher gemacht? Und zweitens: *Was* hat Mom wohl geraucht?« Sie funkelte mich an und griff nach ihrem Weinglas. »Mir ist natürlich klar, dass *dies Buch* das Versteck für ihren Geheimcode war, und dass sie uns damit eine Art Wegbeschreibung für unsere Schatzsuche nach Julias Grab und *köstlich Edelstein* liefern wollte, aber ... wo genau sollen wir mit dem Buddeln beginnen? Und was hat das mit der Seuche und dem Brecheisen auf sich?«

»Ich habe da so ein Gefühl«, antwortete ich, während ich hin und her blätterte, um ein paar Stellen noch einmal zu lesen, »dass sie von der Kathedrale in Siena spricht. *Heilge Mutter* ... damit kann nur die Jungfrau Maria gemeint sein. Und die Stelle mit den kleinen Sternen, die das Antlitz des Himmels so verschönen, klingt mir sehr nach der Innenseite der Kathedralenkuppel. Sie ist blau gestrichen und mit kleinen goldenen Sternen bemalt.« Als ich Janice ansah, war ich plötzlich ganz aufgeregt. »Mal angenommen, das Grab befindet sich dort? Maestro Lippi hat doch gesagt, Salimbeni habe Romeo und Giulietta an einem *höchst heiligen Ort* bestattet. Was könnte heiliger sein als eine Kathedrale?«

»Klingt für mich sehr plausibel«, räumte Janice ein, »aber was ist mit der ganzen Seuchengeschichte und der *Schwesternschaft von heilgen Nonnen*? Das hört sich nicht so an, als hätte es etwas mit der Kathedrale zu tun.«

»*Heilge, Mutter, Leiter* ...«, murmelte ich, während ich ein weiteres Mal das Buch durchblätterte, »*in einem Haus, in welchem die böse Seuche herrschte ... siegelten die Türe zu ... Frau ... Heilge ... Vögel ... den Kranken in dieser Stadt hier zuspricht ...* und bla-bla-bla.« Ich klappte das Buch zu, lehnte mich zurück und versuchte mich an die Geschichte zu erinnern, die Alessandro mir über Comandante Marescotti und die Pest erzählt hatte. »Also, ich weiß, es klingt verrückt, aber …« – ich hielt inne und warf einen Blick zu Janice hinüber, die mich mit großen Augen ansah und offenbar viel Vertrauen in meine Fähigkeiten als Rätsellöserin setzte –, »während der Beulenpest, die nur wenige Jahre nach dem Tod von Romeo und Giulietta wütete, lagen in der Stadt so viele Leichen herum, dass es nicht mehr möglich war, sie alle zu beerdigen. Deswegen wurden in dem großen Krankenhaus *Santa Maria della Scala* gleich gegenüber der Kathedrale – ich glaube, *scala* bedeutet Leiter –, wo sich während der *bösen Seuche* eine *Schwesternschaft von heilgen Nonnen* um die Kranken kümmerte … jedenfalls wurden die Toten einfach in eine hohle Wand gestopft und das Ganze anschließend versiegelt.«

Janice zog ein Gesicht. »Igitt!«

»Wie es aussieht«, fuhr ich fort, »suchen wir also nach einer *Kammer* mit einem *Bett*, das sich in diesem Krankenhaus befindet, *Santa Maria della Scala* …«

»… und in dem die *Frau* der *heiligen Vögel* geschlafen hat«, mutmaßte Janice. »Wer auch immer das sein mag.«

»Oder«, entgegnete ich, »eine *heilige Frau*, für die irgendwelche *Vögel* eine besondere Rolle spielten.

Damit könnte Santa Caterina gemeint sein. Sie ist in Siena geboren, und zwar in der Contrade der Gans!«

Janice stieß einen bewundernden Pfiff aus. »Weiter so, Schwesterherz!«

»Wie es der Zufall so will, hatte Santa Caterina tatsächlich ein Zimmer in *Santa Maria della Scala*, wo sie schlief, wenn sie bis tief in die Nacht hinein *den Kranken zusprach*. Erinnerst du dich? Das kam in der Geschichte vor, die Maestro Lippi uns vorgelesen hat. Ich wette mit dir um einen Saphir und einen Smaragd, dass wir dort die *steinerne Tür zur gewölbten Gruft* finden werden.«

»Moment mal«, unterbrach mich Janice »jetzt komme ich langsam durcheinander. Erst ist es die Kathedrale, dann Santa Caterinas Zimmer im Krankenhaus, und jetzt plötzlich eine *gewölbte Gruft*? Was denn nun?«

Während ich mir ihre Frage einen Moment durch den Kopf gehen ließ, versuchte ich mich an die Stimme des marktschreierischen Fremdenführers zu erinnern, dem ich ein paar Tage zuvor in der Kathedrale von Siena zugehört hatte. »Allem Anschein nach«, antwortete ich schließlich, »hat es im Mittelalter unter der Kathedrale eine Krypta gegeben, die jedoch seit der Zeit der Pest nicht mehr auffindbar ist. Natürlich tun sich die Archäologen in so einem Fall schwer, da alle Gebäude hier unter Denkmalschutz stehen. Manche Leute sind ohnehin der Meinung, dass es sich dabei nur um eine Legende handelt …«

»Ich nicht!«, griff Janice die Idee begeistert auf. »So muss es sein! Romeo und Giulietta sind in der Krypta unter der Kathedrale bestattet. Das ergibt einen Sinn. Wenn du Salimbeni gewesen wärst, hättest du dann nicht auch genau diesen Ort für den Schrein ausgewählt? Und nachdem die ganze Kathedrale – vermute ich zumindest – der Jungfrau Maria geweiht ist … voilà!«

»Voilà was?«

Janice breitete die Arme aus, als wollte sie mich segnen. »Wenn man in der Krypta kniet, dann kniet man automatisch *vor der Jungfrau*. Verstehst du denn nicht? Dort muss es sein!«

»Aber wenn dem wirklich so ist«, gab ich zu bedenken, »dann müssen wir ganz schön viel graben. Außerdem ist die Suche nach dieser Krypta längst im Gange, aber kein Mensch kann sie finden.«

»Es sei denn«, entgegnete Janice, während sie das Buch wieder zu mir herüberschob, »Mom hat einen geheimen Eingang entdeckt, der aus diesem alten Krankenhaus, *Santa Maria della Scala*, in die Krypta führt. Lies noch mal vor, ich bin mir sicher, dass ich recht habe.«

Wir gingen die Nachricht erneut durch, und dieses Mal ergab plötzlich alles einen Sinn. Ja, wir sprachen tatsächlich von einer gewölbten Gruft unter der Kathedrale, und ja, die steinerne Tür war in Santa Caterinas Zimmer im Krankenhaus *Santa Maria della Scala* zu finden, gleich gegenüber der Kirche.

»Heiliger Strohsack!«, meinte Janice überwältigt. »Wenn das so einfach ist, warum hat Mom sich dann nicht selbst als Grabräuberin betätigt?«

In diesem Moment ging einer unserer Kerzenstummel mit einem leisen Zischen aus. Obwohl wir noch weitere Kerzen brennen hatten, wirkte der Raum plötzlich viel düsterer, als würde die Dunkelheit von allen Seiten auf uns zukriechen.

»Sie hat gewusst, dass sie in Gefahr war«, antwortete ich mit seltsam hohl klingender Stimme, »und deswegen entsprechende Vorkehrungen getroffen: indem sie den Code in dem Buch versteckte, das Buch in der Truhe, und die Truhe in der Bank.«

»Damit hätten wir das Rätsel also gelöst«, versuchte Janice einen forscheren Ton anzuschlagen. »Was hält uns jetzt noch davon ab …«

»In ein denkmalgeschütztes Gebäude einzudringen und die Zelle von Santa Caterina mit einem Brecheisen zu verwüsten?« Ich warf beide Hände in die Luft. »Tja, ich weiß auch nicht!«

»Nein, allen Ernstes. Mom wollte schließlich auch, dass wir es machen.«

»So einfach ist das nicht.« Ich fingerte an dem Buch herum und versuchte mir ein weiteres Mal den genauen Wortlaut der Nachricht ins Gedächtnis zu rufen. »Laut Mom sollen wir mit *Romeos Beichtger* gehen, der *vor der Zeit geopfert* wurde. Wer kann das sein? Da kommt eigentlich nur Bruder Lorenzo in Frage. Natürlich nicht der echte, aber vielleicht seine neue ... Inkarnation. Was bedeutet, dass wir recht hatten: Der Alte weiß etwas darüber, wo sich die Krypta und das Grab befinden – irgendetwas Entscheidendes, das selbst Mom nicht in Erfahrung bringen konnte.«

»Was schlägst du also vor?«, wollte Janice wissen. »Dass wir Bruder Lorenzo entführen und unter einer Hundert-Watt-Birne verhören? Vielleicht hast du irgendwas falsch verstanden. Lass uns das Ganze einfach noch mal durchgehen, jede für sich, und dann schauen, ob wir auf dasselbe Ergebnis kommen ...« Sie öffnete eine Schreibtischschublade nach der anderen. »Hier werden doch wohl irgendwo ein paar Stifte herumliegen! ... Moment mal! Was haben wir denn da?« Sie verschwand fast mit dem Kopf in der Schublade. Offenbar versuchte sie etwas herauszuziehen, das sich verklemmt hatte. Als es ihr schließlich gelang, richtete sie sich mit triumphierender Miene auf. Das Haar fiel ihr wirr ins Gesicht. »Sieh mal! Ein Brief!«

Aber es war kein Brief, sondern ein Umschlag voller Fotos.

Nachdem wir uns Moms Fotos angesehen hatten, verkündete Janice, wir bräuchten jetzt mindestens noch eine weitere Flasche Wein, um die Nacht zu überstehen, ohne endgültig wahnsinnig zu werden. Während sie hinunterging, um die Flasche zu holen, wandte ich mich erneut den Fotos zu. Immer noch völlig schockiert und mit zitternden Händen legte ich sie alle nebeneinander auf den Schreibtisch – in der Hoffnung, sie irgendwie dazu zu bringen, eine andere Geschichte zu erzählen.

Aber Moms Machenschaften in Italien ließen sich nur auf eine einzige Art interpretieren. Egal, wie wir es drehten oder wendeten, die Hauptakteure blieben dieselben: Diane Lloyd war nach Italien gekommen, wo sie für Professor Tolomei zu arbeiten begann, einen jungen Playboy in einem gelben Ferrari kennenlernte, schwanger wurde, Professor Tolomei heiratete, Zwillingsmädchen zur Welt brachte, einen Hausbrand überlebte, der ihren ältlichen Ehemann das Leben kostete, und dann wieder bei dem jungen Playboy landete, der auf jedem einzelnen Foto mit den Zwillingen – also *uns* – derart glücklich aussah, dass wir übereinstimmend zu dem Schluss kamen, er müsse unser leiblicher Vater sein.

Der Playboy war Umberto.

»Das ist alles so irreal!«, stöhnte Janice, die gerade mit Flasche und Korkenzieher zurückkam. »Wie konnte er uns nur all die Jahre den Butler vorspielen und nie ein Wort darüber verlieren? Das ist so verdammt abgefahren!«

»Obwohl«, wandte ich ein, während ich nach einem Foto griff, das ihn mit uns beiden zeigte, »er immer unser Dad *war*. Auch wenn wir ihn nicht so genannt haben. Er war immer …« Ich konnte nicht weitersprechen.

Erst jetzt blickte ich hoch und merkte, dass Janice ebenfalls weinte, auch wenn sie sich die Tränen gleich wieder wütend wegwischte, weil sie Umberto den Triumph nicht gönnte. »Was für ein Mistkerl!«, schimpfte sie. »All die Jahre hat er uns gezwungen, mit dieser Lüge zu leben. Und jetzt plötzlich …« In dem Moment brach der Korken in zwei Teile, und sie stieß ein wütendes Grunzen aus.

»Zumindest«, ergriff ich wieder das Wort, »erklärt das, warum er von der goldenen Statue wusste. Offenbar hat Mom ihm die ganze Geschichte erzählt. Wenn die beiden wirklich … ähm, *zusammen* waren, dann wusste er bestimmt auch von der Truhe mit den Papieren. Was wiederum erklärt, warum er mir im Namen von Tante Rose diesen gefälschten Brief geschrieben hat, in dem er mich aufforderte, nach Siena zu reisen und als Erstes in den Palazzo Tolomei zu gehen, um mit Presidente Maconi zu sprechen. Den Namen hatte er vermutlich von Mom.«

»Aber nach so langer Zeit!« Janice hatte es derart eilig, uns nachzuschenken, dass sie ein wenig Wein verschüttete und ein paar Tropfen auf den Fotos landeten. »Warum hat er das nicht schon Jahre früher gemacht? Warum hat er Tante Rose nicht alles erklärt, als sie noch am Leben war …?«

»Das liegt doch wohl auf der Hand!« Rasch wischte ich den Wein von den Fotos. »Er konnte ihr unmöglich die Wahrheit sagen. Sie hätte sofort die Polizei gerufen.« Ich spielte für einen Moment Umberto und brummte mit tiefer Stimme: »Übrigens, Rosie-Püppchen, in Wirklichkeit bin ich Luciano Salimbeni – ja, der Mann, der Diane getötet hat und von den italienischen Behörden gesucht wird. Hättest du dir je die Mühe gemacht, Diane – Gott hab sie selig – in Italien zu besuchen, dann wärst du mir bestimmt hundertmal begegnet.«

»Aber was für ein Leben!«, warf Janice ein. »Sieh dir das doch mal an …« Sie deutete auf die Fotos, auf denen Umberto seinen Ferrari an einem Aussichtspunkt oberhalb eines toskanischen Tals geparkt hatte und liebevoll in die Kamera lächelte. »Er hatte alles, was man sich nur wünschen kann! Und dann wird er … *Dienstbote* bei Tante Rose.«

»Vergiss nicht«, antwortete ich, »dass er auf der Flucht war. Aless … Jemand hat mir erzählt, dass er zu den meistgesuchten Kriminellen Italiens gehörte. Er konnte schon von Glück reden, dass er nicht im Gefängnis saß. Oder tot war. Als Angestellter von Tante Rose hatte er zumindest die Möglichkeit, sein

Leben in relativer Freiheit zu verbringen und uns aufwachsen zu sehen.«

»Ich glaube es noch immer nicht!« Janice schüttelte entschieden den Kopf. »Zugegeben, Mom ist auf ihrem Hochzeitsfoto schwanger, aber das passiert schließlich vielen Frauen. Es bedeutet nicht notwendigerweise, dass der Bräutigam nicht der Vater ist.«

»Jan!« Ich schob ein paar von den Hochzeitsfotos zu ihr hinüber. »Professor Tolomei war alt genug, um ihr Großvater zu sein. Versetz dich doch mal für eine Sekunde in ihre Lage.« Als ich merkte, dass sie fest entschlossen war, bei ihrer Meinung zu bleiben, packte ich sie am Arm und zog sie näher zu mir heran. »Nun komm schon, es ist die einzig logische Erklärung. Sieh ihn dir doch an ...« Ich griff nach einem von den vielen Fotos, die Umberto auf einer Decke im Gras zeigten, während Janice und ich auf ihm herumkrabbelten. »Er liebt uns.« Kaum hatte ich die Worte ausgesprochen, spürte ich auch schon einen dicken Kloß im Hals und musste heftig schlucken, um nicht in Tränen auszubrechen. »Ach, verdammt!«, stöhnte ich. »Allmählich ist mein Bedarf wirklich gedeckt.«

Für einen Moment schwiegen wir beide betreten. Dann stellte Janice ihr Weinglas ab und griff nach einem Gruppenfoto, das vor dem Castello Salimbeni aufgenommen war. »Heißt das«, fragte sie schließlich, »deine Mafiakönigin ist unsere ... Großmutter?« Das Foto zeigte Eva Maria mit einem riesigen Hut und zwei kleinen Hündchen an der Leine, und neben ihr Mom in weißer Hose und mit einem Klemmbrett, das sie sehr geschäftig wirken ließ, während Professor Tolomei gerade stirnrunzelnd etwas zu der Person sagte, die das Foto machte, und der junge Umberto mit verschränkten Armen an seinem Ferrari lehnte. »Was auch immer es bedeutet«, fuhr sie fort, ehe ich ihr eine Antwort geben konnte, »ich hoffe, er läuft mir nie wieder über den Weg.«

Wahrscheinlich hätten wir es kommen sehen müssen. Zu sehr damit beschäftigt, den Knoten zu entwirren, zu dem unser Leben geworden war, hatten wir völlig vergessen, auf nächtliche Geräusche zu achten oder uns zumindest mal für einen Moment zurückzulehnen und unseren gesunden Menschenverstand zu gebrauchen.

Erst, als uns aus Richtung Bürotür eine Stimme ansprach, begriffen wir, wie schwachsinnig es von uns gewesen war, in Moms Haus Zuflucht zu suchen.

»Was für ein nettes kleines Familientreffen«, verkündete Umberto, während er vor zwei anderen Männern, die ich noch nie gesehen hatte, den Raum betrat. »Ihr müsst entschuldigen, dass wir euch so lange haben warten lassen.«

»Umberto!«, rief ich und sprang von meinem Stuhl hoch. »Was um alles in der Welt …«

»Julia! Nein!« Mit angstverzerrtem Gesicht packte Janice mich am Arm und riss mich zurück.

Erst jetzt sah ich es. Umbertos Hände waren hinter seinem Rücken gefesselt, und einer der Männer hielt ihm eine Waffe an den Kopf.

»Mein Freund Cocco hier«, erklärte Umberto, der es irgendwie schaffte, trotz der Mündung, die sich in seinen Hals bohrte, gelassen zu bleiben, »würde gerne wissen, ob ihr zwei Damen ihm von Nutzen sein werdet oder nicht.«

IX. II

Ihr Körper schläft in Capulets Begräbnis
Und ihr unsterblich Teil lebt bei den Engeln

Als ich Siena am Vortag mit Alessandro verlassen hatte, wäre mir nie in den Sinn gekommen, dass ich so bald, so dreckig und mit gefesselten Händen zurückkehren würde. Außerdem hatte ich definitiv nicht damit gerechnet, dass mich meine Schwester und mein Vater begleiten würden, ganz zu schweigen von den drei Schlägertypen, die aussahen, als wären sie gerade dem Todestrakt entronnen – und zwar nicht mit Gnadengesuchen, sondern mit Dynamit.

Es bestand kein Zweifel daran, dass Umberto, auch wenn er diese Männer beim Vornamen kannte, ebenso ihre Geisel war wie wir. Sie warfen ihn genau wie Janice und mich in den Laderaum ihres kleinen – und höchstwahrscheinlich gestohlenen – Blumen-Lieferwagens, wo wir ziemlich hart auf dem Metallboden landeten. Da wir alle an den Händen gefesselt waren, dämpfte lediglich ein Potpourri aus verfaulenden Blumenresten unseren Fall.

»Hey!«, protestierte Janice an Umberto gewandt. »Wir sind immerhin deine Töchter, oder etwa nicht?

Sag ihnen, dass sie uns nicht so behandeln dürfen. Also ehrlich … Jules, sag was zu ihm!«

Aber mir fiel nichts Passendes ein. Es kam mir vor, als stünde um mich herum plötzlich die ganze Welt kopf … Oder vielleicht war mit der Welt alles in Ordnung, und nur ich allein war kopfüber gekippt. Während ich noch krampfhaft versuchte, Umbertos Wandlung vom Helden zum Schurken zu verarbeiten, galt es nun zusätzlich zu verdauen, dass er auch mein Vater war, was mich fast wieder an meinen Ausgangspunkt und zu meinem ursprünglichen Problem zurückkatapultierte: Ich liebte ihn, obwohl ich das definitiv nicht sollte.

Erst als die Ganoven die Türen hinter uns zuschlugen, fiel mein Blick auf ein weiteres Opfer, das sie wohl unterwegs schon irgendwo eingeladen hatten. Der Mann saß geknebelt und mit verbundenen Augen in einer Ecke. Hätte er nicht diese besondere Kleidung getragen, hätte ich ihn bestimmt nicht erkannt. Nun endlich fand ich die Sprache wieder und rief spontan: »Bruder Lorenzo! Mein Gott, sie haben *Bruder Lorenzo* entführt!«

In dem Moment setzte sich der Lieferwagen mit einem Ruck in Bewegung, und die nächsten paar Minuten verbrachten wir damit, auf dem gerillten Boden der Ladefläche hin und her zu rutschen, während der Fahrer uns durch die Wildnis von Moms Zufahrt chauffierte.

Als das Geholpere schließlich ein Ende hatte, stieß Janice einen tiefen, bekümmerten Seufzer aus. »Also gut«, sagte sie laut in die Dunkelheit hinein, »du hast gewonnen, die Steine gehören dir … oder *denen*. Wir wollen sie sowieso nicht. Wir werden dir helfen und alles tun, was diese Typen von uns verlangen. Du bist schließlich unser Dad, nicht wahr? Da müssen wir doch zusammenhalten! Sie brauchen uns nicht … umzubringen. Oder?«

Sie bekam auf ihre Frage keine Antwort.

»Die wissen doch hoffentlich«, fuhr sie mit zittriger Stimme fort, »dass sie die Statue ohne uns nie finden …«

Umberto gab ihr noch immer keine Antwort. Das brauchte er auch gar nicht. Obwohl wir den Banditen bereits von dem angeblichen Geheimeingang in *Santa Maria della Scala* erzählt hatten, waren sie wohl immer noch der Meinung, dass wir ihnen bei der Suche nach den Edelsteinen von Nutzen sein könnten, denn sonst hätten sie uns bestimmt nicht mitgenommen.

»Was ist mit Bruder Lorenzo?«, fragte ich.

Endlich bequemte sich Umberto zu einer Antwort. »Was soll mit ihm sein?«

»Nun hör aber auf«, sagte Janice, deren Lebensgeister langsam zurückkehrten, »glaubst du wirklich, der arme Kerl kann da irgendwie helfen?«

»Oh, der wird schon noch singen.«

Als Umberto hörte, wie wir wegen seines gleichgültigen Tonfalls beide nach Luft schnappten, stieß er ein Geräusch aus, das fast nach einem Lachen klang, wahrscheinlich aber keines war. »Was zum Teufel habt ihr erwartet?«, grunzte er. »Dass sie einfach … aufgeben? Ihr hattet Glück, dass wir es zuerst auf die nette Art versucht haben …«

»Auf die *nette* Art …?«, begann Janice entrüstet, doch ehe sie richtig loslegen konnte, gelang es mir, ihr das Knie warnend in die Seite zu rammen.

»Leider«, fuhr Umberto fort, »hat unsere kleine Julia ihre Rolle nicht richtig gespielt.«

»Es wäre vielleicht hilfreich gewesen, wenn ich gewusst hätte, dass ich eine Rolle spielen *soll*!«, antwortete ich, obwohl es mir derart die Kehle zuschnürte, dass ich die Worte kaum herausbrachte. »Warum hast du es mir nicht gesagt? Warum musste das alles auf diese Art ablaufen? Wir hätten schon vor Jahren gemeinsam auf Schatzsuche gehen können. Womöglich hätten wir dabei sogar … Spaß gehabt.«

»Oh, verstehe!« Umberto rutschte unruhig hin und her. Allem Anschein nach fühlte er sich in der Dunkelheit genauso unbehaglich wie wir. »Ihr glaubt also, dass es mir darum geht? Hierher zurückzukommen und alles zu riskieren, indem ich Scharaden mit alten Mönchen spiele und mich von diesen Arschlöchern herumschubsen lasse, nur um nach ein paar alten Steinbrocken zu suchen, die sich wahrscheinlich schon vor Hunderten von Jahren verflüchtigt haben? Ich glaube nicht, dass euch klar ist …« Er seufzte. »Nein, natürlich ist euch das nicht klar. Warum, glaubt ihr, habe ich euch von Tante Rose wegbringen und in den Staaten aufziehen lassen? Hmm? Ich sage euch, warum. Weil *sie* euch gegen mich benutzt hätten … um mich dazu zu bringen, wieder für sie zu arbeiten. Es gab nur eine einzige Lösung: Wir mussten verschwinden.«

»Meinst du mit *sie* … die Mafia?«, fragte Janice.

Umberto lachte verächtlich. »Die Mafia! Verglichen mit diesen Leuten ist die Mafia so harmlos wie die Heilsarmee. Als sie mich damals rekrutierten, brauchte ich dringend Geld, und wenn sie einen erst einmal am Haken haben, entkommt man ihnen nicht mehr. Jedes Mal, wenn man zappelt, dringt der Haken nur noch tiefer ein.«

Ich hörte Janice Luft holen und zu einem ihrer zickigen Kommentare ansetzen, schaffte es aber irgendwie, sie erneut zum Schweigen zu bringen, indem ich ihr in der Dunkelheit eine mit dem Ellbogen verpasste. Umberto zu provozieren und einen Streit vom Zaun zu brechen war bestimmt nicht der richtige Weg, uns auf das vorzubereiten, was vor uns lag. Was auch immer das sein mochte.

»Lass mich raten«, sagte ich so ruhig wie möglich. »Sobald sie uns nicht mehr brauchen … ist es vorbei?«

Umberto zögerte. »Cocco schuldet mir einen Gefallen. Ich habe ihn einmal am Leben gelassen. Ich hoffe, er wird sich dafür erkenntlich zeigen.«

»Wenn, dann verschont er höchstens dich«, bemerkte Janice kalt. »Was ist mit uns?«

Nun folgte eine lange Pause. Zumindest erschien sie mir lang. Erst jetzt drang durch das Motorengeräusch und das allgemeine Rattern zu mir durch, dass im Hintergrund jemand leise betete. »Und was«, fügte ich rasch hinzu, »ist mit Bruder Lorenzo?«

»Wir können nur hoffen«, antwortete Umberto schließlich, »dass Cocco seinen großzügigen Tag hat.«

»Ich verstehe das nicht«, sagte Janice. »Wer sind diese Typen überhaupt, und warum lässt du zu, dass sie uns das antun?«

»Das«, erwiderte Umberto müde, »ist nicht gerade eine Gutenachtgeschichte.«

»Rein zufällig liegen wir hier auch nicht gemütlich im Bett«, gab Janice zurück. »Also erzähle uns doch, lieber Vater, was zum Teufel im Feenland falsch gelaufen ist!«

Als Umberto schließlich zu reden anfing, gab es für ihn kein Halten mehr. Es war, als hätte er all die Jahre darauf gewartet, uns die Geschichte erzählen zu können, doch nun, da er es endlich tat, verschaffte es ihm offenbar keine große Erleichterung, denn je länger er sprach, umso bitterer klang er.

Wie wir von ihm erfuhren, hatte sein Vater, der als Graf Salimbeni bekannt gewesen war, immer über die Tatsache geklagt, dass seine Frau, Eva Maria, ihm nur ein einziges Kind gebar. Deswegen hatte der Graf beschlossen, dafür zu sorgen, dass sein Sohn nicht verwöhnt wurde, sondern eine durchweg strenge Erziehung genoss. Gegen seinen Willen an einer Militärakademie untergebracht, floh Umberto schließlich nach Neapel, um sich dort einen Job zu suchen und vielleicht Musik zu studieren. Schon bald aber ging ihm das Geld aus, und er begann sich seinen Lebensunterhalt mit Jobs zu verdienen, die andere nicht anzunehmen wagten. Wie sich herausstellte, war er darin sehr gut, so dass er binnen kurzer Zeit zehn maßgeschneiderte Anzüge, einen Ferrari und eine noble Wohnung ohne störendes Mobiliar besaß. Er fühlte sich wie im Paradies.

Als er schließlich zurückkehrte, um seine Eltern im Castello Salimbeni zu besuchen, behauptete er, Börsenmakler geworden zu sein, und konnte seinen Vater dazu bewegen, ihm seinen Ausstieg aus der Militärakademie zu verzeihen. Ein paar Tage später gaben seine Eltern ein großes Fest. Unter ihren Gästen waren auch Professor Tolomei und dessen junge amerikanische Assistentin Diane.

Umberto entführte Diane direkt von der Tanzfläche zu einer Spritztour bei Vollmond. Damit begann ein langer, schöner Sommer. Bald verbrachten sie jedes Wochenende zusammen und machten Ausflüge durch die Toskana. Als er sie schließlich einlud, ihn in Neapel zu besuchen, sagte sie ja. Dort führte er sie ins beste Restaurant der Stadt aus und gestand ihr bei einer Flasche Wein, womit er in Wirklichkeit seinen Lebensunterhalt verdiente.

Diane war so entsetzt, dass sie weder seine Erklärungen noch seine Entschuldigungen hören wollte. Sobald sie wieder in Siena war, schickte sie ihm alles zurück, was sie von ihm bekommen hatte – Schmuck, Kleider, Briefe –, und ließ ihn wissen, dass sie nie wieder ein Wort mit ihm sprechen wollte.

Danach sah er sie über ein Jahr nicht mehr, und als es schließlich doch zu einem Wiedersehen kam, war es ein großer Schock für ihn. Diane schob einen Kinderwagen mit Zwillingen über den Campo von Siena, und jemand erzählte ihm, sie sei mittlerweile mit Professor Tolomei verheiratet. Umberto wusste sofort, dass er der Vater der Zwillinge war. Als er zu Diane hinging und sie zur Rede stellte, wurde sie blass und antwortete, ja, er sei der Vater, aber sie wolle nicht, dass ihre Töchter von einem Kriminellen aufgezogen würden.

Da tat Umberto etwas Schreckliches. Er erinnerte sich daran, dass Diane ihm im Zusammenhang mit Professor Tolomeis Forschung von einer Statue mit Edelsteinaugen erzählt hatte, und da er vor Eifersucht ganz krank war, erzählte er die Geschichte ein paar Leuten in Neapel. Es dauerte nicht lange, bis sein Boss ebenfalls davon hörte und ihn drängte, Professor Tolomei aufzusuchen und mehr über die Sache in Erfahrung zu bringen. Begleitet von zwei anderen Männern tat Umberto, wie ihm geheißen. Die drei warteten, bis Diane und die Zwillinge aus dem Haus waren, ehe sie an die Tür klopften. Der Professor verhielt sich zunächst sehr höflich und bat sie hinein, doch als er erfuhr, warum sie gekommen waren, wurde er schnell abweisend.

Da er nicht reden wollte, versuchten es Umbertos Partner mit etwas Druck auf den alten Mann, der daraufhin einen Herzanfall bekam und starb. Natürlich war Umberto deswegen sehr erschrocken, doch seine Versuche, den Professor wiederzubeleben, blieben vergebens. Er schickte die beiden anderen zurück nach Neapel und erklärte ihnen, er werde dort wieder zu ihnen stoßen. Sobald sie weg waren, steckte er das Haus in Brand, weil er hoffte, mit der Leiche des Professors auch seine ganze Forschungsarbeit zu verbrennen, so dass die Geschichte von der goldenen Statue ein Ende hätte.

Nach dieser Tragödie beschloss Umberto, mit seiner kriminellen Vergangenheit zu brechen und mit dem Geld, das er verdient hatte, wieder in der Toskana zu leben. Ein paar Monate nach dem Brand suchte er Diane auf und erklärte ihr, dass er inzwischen ein ehrlicher Mann sei. Zuerst glaubte sie ihm nicht und beschuldigte ihn, bei dem dubiosen Brand, durch den ihr Mann ums Leben gekommen war, die Finger im Spiel gehabt zu haben. Doch Umberto war fest entschlossen, sie zurückzugewinnen, und schließlich gab sie nach, obwohl sie nie völlig von seiner Unschuld überzeugt war.

Zwei Jahre lang lebten sie fast wie eine Familie zusammen, und Umberto nahm Diane sogar mit, wenn er zum Castello Salimbeni fuhr. Natürlich erzählte er seinen Eltern nie die Wahrheit über die Zwillinge, und sein Vater war fuchsteufelswild, weil er nicht heiratete und eigene Kinder bekam. Denn wer sollte einmal Castello Salimbeni erben, wenn Umberto kinderlos blieb?

Es wäre eine glückliche Zeit gewesen, hätte sich Diane nicht immer besessener mit dem alten Familienfluch beschäftigt, den sie »Hol der Henker unsere beiden Häuser« nannte. Sie hatte Umberto schon bei ihrer ersten Begegnung davon erzählt, aber er hatte es damals nicht ernst genommen. Nun musste er endlich einsehen, dass diese schöne Frau – die Mutter seiner Kinder – von Natur aus eine sehr nervöse und zwanghafte Person war und die Strapazen der Mutterschaft das nur noch verschlimmerten. Anstelle von Kinderbüchern las sie den kleinen Mädchen immer wieder *Romeo und Julia* vor, bis Umberto irgendwann hereinkam und ihr das Buch sanft aus der

Hand nahm. Doch wo er es auch versteckte, sie fand es immer wieder.

Wenn die Zwillinge schliefen, zog sie sich stundenlang zurück und versuchte, die Ergebnisse von Professor Tolomeis Forschung hinsichtlich der Familienschätze und des Grabes von Romeo und Giulietta zu rekonstruieren. Die Edelsteine interessierten sie nicht, sie wollte nur ihre Töchter retten. Sie war überzeugt davon, dass die kleinen Mädchen aufgrund der Tatsache, dass sie eine Tolomei-Mutter und einen Salimbeni-Vater hatten, durch Bruder Lorenzos Fluch doppelt gefährdet waren.

Umberto hatte keine Ahnung, wie dicht Diane davor stand, den Ort der Grabstätte ausfindig zu machen, als eines Tages ein paar von seinen alten Kumpanen aus Neapel bei ihnen auftauchten und Fragen stellten. Da Umberto wusste, dass diese Männer wahre Teufel waren, sagte er zu Diane, sie solle mit den Zwillingen durch eine Hintertür verschwinden und sich verstecken, während er versuchte, den Männern zu erklären, dass weder er noch Diane etwas wussten.

Als aber Diane hörte, wie sie ihn verprügelten, kam sie mit einer Waffe zurück, bereit, die Männer zu erschießen. Ungeübt, wie sie war, traf sie nicht. Stattdessen drehten die Männer den Spieß um und erschossen sie. Danach erklärten sie Umberto, das sei nur der Anfang. Sollte er ihnen die vier Edelsteine nicht beschaffen, würden sie sich als Nächstes seine Töchter holen.

An diesem Punkt der Geschichte platzten Janice und ich genau gleichzeitig heraus: »Du hast Mom also nicht getötet?«

»Natürlich nicht!«, fauchte Umberto. »Wie konntet ihr das nur denken?«

»Vielleicht«, antwortete Janice mit gepresster Stimme, »weil du uns bisher auf der ganzen Linie belogen hast?«

Umberto stieß einen tiefen Seufzer aus und legte sich erneut anders hin. Offenbar fand er keine Position, in der er sich wohlfühlte. Frustriert und müde nahm er seine Geschichte wieder auf und erzählte uns, Dianes Tod habe ihm das Herz gebrochen, und er habe überhaupt nicht gewusst, was er tun sollte, nachdem die Männer das Haus wieder verlassen hatten. Auf keinen Fall wollte er die Polizei oder einen Priester kommen lassen und riskieren, dass irgendwelche Bürokraten ihm die Mädchen wegnahmen. Deshalb fuhr er Dianes Leiche schließlich an einen einsamen Ort, wo er den Wagen von einer Klippe schieben und es so aussehen lassen konnte, als wäre sie bei einem Autounfall ums Leben gekommen. Er legte sogar noch ein paar Sachen der Mädchen ins Auto, um die Leute glauben zu machen, sie wären ebenfalls gestorben. Anschließend brachte er die Mädchen zu ihren Taufpaten, Peppo und Pia Tolomei, machte sich aber rasch wieder aus dem Staub, ehe die Tolomeis Fragen stellen konnten.

»Moment mal!«, warf Janice ein. »Was war mit der Schusswunde? Hätte die Polizei denn nicht merken müssen, dass Mom schon vor dem Autounfall tot war?«

Umberto zögerte einen Moment und antwortete dann widerstrebend: »Ich habe den Wagen in Brand gesteckt. Ich dachte, sie würden da nicht weiter nachforschen. Warum sollten sie auch? Sie bekommen ihr Gehalt ja sowieso. Doch irgend so ein Presse-Klugscheißer fing an, Fragen zu stellen, und ehe ich es mich versah, wollten sie mir alles in die Schuhe schieben – den Tod des Professors, den Brand, den Tod eurer Mutter ... ja sogar den von euch beiden! Lieber Himmel!«

Wie Umberto uns weiter erzählte, hatte er noch am selben Abend Tante Rose in den Staaten angerufen und sich als Polizeibeamter aus Siena ausgegeben. Er erklärte ihr, dass ihre Nichte gestorben sei und die kleinen Mädchen sich bei Verwandten aufhielten, wo sie aber nicht sicher seien, so dass es am besten wäre, wenn sie umgehend käme und sie hole. Nach diesem Telefonat fuhr er hinunter nach Neapel und stattete zuerst Dianes Mördern einen Besuch ab und dann auch den meisten anderen, die von dem Schatz wussten. Dabei versuchte er nicht einmal, seine Identität zu verbergen. Er wollte das

Ganze als Warnung verstanden wissen. Der Einzige, den er am Leben ließ, war Cocco. Er brachte es einfach nicht übers Herz, einen Neunzehnjährigen zu töten.

Danach verschwand er für viele Monate, während die Polizei überall nach ihm suchte. Am Ende setzte er sich in die Staaten ab, um die Mädchen ausfindig zu machen und sich davon zu überzeugen, dass es ihnen gutging. Er hatte keine konkreten Pläne. Nachdem er herausgefunden hatte, wo sie lebten, blieb er einfach in ihrer Nähe und wartete auf eine passende Gelegenheit. Ein paar Tage später sah er eine Frau im Garten herumwandern und Rosen schneiden. In der Annahme, dass es sich um Tante Rose handelte, trat er auf sie zu und fragte, ob sie bei der Gartenarbeit vielleicht Hilfe gebrauchen könne. So fing es an. Sechs Monate später zog Umberto, der sich bereiterklärt hatte, für wenig mehr als Kost und Logis zu arbeiten, als Vollzeitkraft ein.

»Ich glaube es einfach nicht!«, platzte ich heraus. »Hat sie sich denn nie gefragt, warum du … rein zufällig in der Gegend warst?«

»Sie war einsam«, murmelte Umberto, nicht gerade stolz auf sich. »Zu jung für eine Witwe, aber zu alt für eine Mutter. Sie wollte mir einfach glauben.«

»Und Eva Maria? Wusste sie, wo du warst?«

»Ich blieb mit ihr in Kontakt, habe am Telefon aber nie gesagt, wo ich mich gerade aufhielt. Und die Wahrheit über euch beide habe ich ihr auch nie erzählt.«

Wie Umberto uns nun erklärte, hatte er damals befürchtet, Eva Maria könnte – hätte sie von ihren zwei Enkeltöchtern gewusst – darauf bestehen, dass wir alle wieder nach Italien kamen. Ihm war klar, dass *er* nie zurückkehren durfte. Die Leute würden ihn wiedererkennen, und zweifellos würde sich die Polizei trotz seines falschen Namens und Passes sofort auf ihn stürzen. Außerdem kannte er seine Mutter gut genug, um zu wissen, dass sie, selbst wenn sie nicht auf unserer Rückkehr bestand, einen Weg finden würde, uns Mädchen zu sehen. Dadurch aber wäre unsere Sicherheit gefährdet gewesen. Andererseits hätte Eva Maria, wäre sie nicht in der Lage gewesen, uns zu sehen, höchstwahrscheinlich den Rest ihres Lebens damit verbracht, sich nach den Enkeltöchtern zu sehnen, die sie nicht kennenlernen durfte. Am Ende wäre sie an gebrochenem Herzen gestorben und hätte zweifellos Umberto die Schuld daran gegeben. Aus all diesen triftigen Gründen hatte er ihr niemals die Wahrheit gesagt.

Im Lauf der Jahre aber gelangte Umberto allmählich zu der Überzeugung, dass endgültig Gras über seine schlimme Vergangenheit in Neapel gewachsen war. Diese Illusion fand ein abruptes Ende, als er eines Tages eine Limousine auf Tante Roses Haus zufahren und vor ihrer Haustür halten sah. Aus dem Wagen stiegen vier Männer, von denen Umberto einen auf den ersten Blick als Cocco wiedererkannte. Er kam nie dahinter, wie sie ihn nach all den Jahren ausfindig gemacht hatten, nahm jedoch an, dass sie jemanden von der Telefongesellschaft bestochen hatten, Eva Marias Anrufe zurückzuverfolgen.

Die Männer verkündeten, Umberto schulde ihnen noch etwas und müsse nun seinen Verpflichtungen nachkommen, ansonsten würden sie seine Töchter aufspüren und ihnen unsägliche Dinge antun. Umberto antwortete ihnen, er habe kein Geld, woraufhin sie ihn nur auslachten und an die Statue mit den vier Edelsteinen erinnerten, die er ihnen schon vor langer Zeit versprochen habe. Als er ihnen begreiflich zu machen versuchte, dass das unmöglich sei, weil er nicht nach Italien zurückkehren könne, meinten sie nur achselzuckend, das sei aber schade, denn nun müssten sie sich auf die Suche nach seinen Töchtern machen. Am Ende erklärte Umberto sich bereit, es zu versuchen, und sie gaben ihm drei Wochen Zeit, den Schatz zu finden.

Ehe sie wieder aufbrachen, wollten sie ihm noch demonstrieren, wie ernst sie es meinten. Zu diesem Zweck gingen sie mit ihm in die Diele und begannen ihn zusammenzuschlagen. Dabei stießen sie gegen die venezianische Vase auf dem Tisch unter dem

Lüster, die daraufhin zu Boden fiel und in tausend Scherben zerbrach. Durch den Lärm erwachte Tante Rose, die sich zu einem Nickerchen hingelegt hatte. Als sie aus ihrem Schlafzimmer trat und sah, was vor sich ging, begann sie oben an der Treppe laut zu schreien. Einer der Männer zog eine Waffe und wollte sie erschießen, doch Umberto schaffte es, die Waffe zur Seite zu stoßen. Unglücklicherweise verlor Tante Rose vor lauter Angst das Gleichgewicht und stürzte die halbe Treppe hinunter. Als die Männer weg waren und Umberto endlich nach ihr sehen konnte, war sie bereits tot.

»Die arme Tante Rose!«, rief ich aus. »Und zu mir hast du gesagt, sie sei friedlich eingeschlafen!«

»Ja, da habe ich dich angelogen«, räumte Umberto mit gepresster Stimme ein. »In Wirklichkeit ist sie meinetwegen gestorben. Wäre es dir lieber gewesen, ich hätte dir das gesagt?«

»Es wäre mir lieber gewesen«, erwiderte ich leise, »du hättest uns die Wahrheit gesagt. Und zwar schon vor Jahren.« Ich hielt einen Moment inne, um tief Luft zu holen, weil mir meine Emotionen noch immer den Hals zuschnürten. »Vielleicht hätten wir das alles dann vermeiden können.«

»Vielleicht. Aber dafür ist es nun zu spät. Ich wollte nicht, dass ihr Bescheid wisst … Ich wollte, dass ihr ein glückliches Leben führen könnt, wie ganz normale Menschen.«

Umberto erzählte uns, wie er an dem Abend nach Tante Roses Tod bei Eva Maria in Italien angerufen und ihr alles erzählt hatte – sogar, dass sie zwei Enkeltöchter habe. Als er sie anschließend fragte, ob sie irgendeine Möglichkeit sehe, ihm zu helfen, die Ganoven auszuzahlen, antwortete sie ihm, innerhalb von nur drei Wochen könne sie unmöglich so viel Geld flüssig machen. Zuerst wollte sie die Polizei und ihren Patensohn Alessandro einschalten, aber Umberto wusste es besser. Es gab nur einen einzigen Weg aus diesem Dilemma: zu tun, was diese Arschlöcher sagten, und die verdammten Steine zu finden.

Letztendlich erklärte sich Eva Maria bereit, ihm zu helfen, und versprach, sich durch irgendeinen Trick die Unterstützung der Lorenzo-Bruderschaft in Viterbo zu sichern. Ihre einzige Bedingung war, dass sie, wenn alles vorbei war, endlich ihre Enkeltöchter kennenlernen konnte, diese aber nie von all den Verbrechen ihres Vaters erfahren durften. Damit war Umberto einverstanden. Er hatte sowieso nie gewollt, dass die Mädchen von seiner kriminellen Vergangenheit erfuhren. Genau aus diesem Grund hatte er ihnen ja sogar verschwiegen, dass er ihr Vater war. Er befürchtete, dass sie, sollten sie jemals hinter dieses Geheimnis kommen, auch alles andere herausfinden würden.

»Aber das ist doch lächerlich!«, widersprach ich.

»Hättest du uns die Wahrheit gesagt, hätten wir es bestimmt verstanden.«

»Meinst du?«, antwortete Umberto bedrückt. »Ich bin mir da nicht so sicher.«

»Tja«, mischte Janice sich in scharfem Ton ein, »das werden wir nun niemals wissen.«

Umberto ignorierte ihren Kommentar und erzählte einfach weiter. Demnach war Eva Maria gleich am nächsten Tag nach Viterbo gefahren, um mit Bruder Lorenzo zu sprechen, und hatte durch dieses Gespräch in Erfahrung gebracht, was alles nötig war, damit ihr die Mönche bei der Suche nach dem Grab von Romeo und Giulietta halfen. Bruder Lorenzo erklärte ihr, sie müsse ihn und seine Mitbrüder zu einer bestimmten Zeremonie einladen, die dazu diene, die Sünden der Salimbenis und Tolomeis »zu sühnen«. Anschließend werde er sie und die anderen reuigen Sünder dann zu dem Grab führen, damit sie vor der Jungfrau Maria knien und sie um Gnade bitten konnten.

Das einzige Problem war, dass Bruder Lorenzo nicht ganz genau wusste, wie man zu dem Grab gelangte. Ihm war bekannt, dass es irgendwo in Siena einen geheimen Eingang gab, und er kannte auch den weiteren Weg bis zum Grab, doch wo genau sich der Eingang befand, wusste er nicht. Irgendwann einmal, so erzählte er Eva Maria, hatte ihn eine junge Frau namens Diane Tolomei aufgesucht, die behauptete, herausgefunden zu haben, wo der Eingang sei, sich aber weigerte, es ihm zu verraten, weil sie befürchtete, die falschen Leute könnten die Statue finden und zerstören.

Sie hatte außerdem behauptet, sie sei auch auf den Cencio aus dem Jahre 1340 gestoßen und habe damit ein Experiment vor: Ihre kleine Tochter Giulietta sollte sich zusammen mit einem Jungen namens Romeo auf den Cencio legen, weil das ihrer Meinung nach irgendwie dazu beitragen würde, die Sünden der Vergangenheit ungeschehen zu machen. Bruder Lorenzo war nicht so sicher, dass das funktionieren würde, erklärte sich aber bereit, einen Versuch zu wagen. Sie einigten sich darauf, dass Diane ein paar Wochen später noch einmal kommen sollte und sie sich dann gemeinsam auf die Suche nach dem Grab machen würden. Bedauerlicherweise aber fand dieses zweite Treffen nie statt.

Als Eva Maria Umberto das alles berichtete, keimte in ihm die Hoffnung auf, dass ihr Plan wirklich funktionieren könnte. Soweit er wusste, hatte Diane eine Truhe mit wichtigen Dokumenten in der Bank im Palazzo Tolomei deponiert. Er war sicher, dass sich in diesen Papieren ein Hinweis auf den geheimen Eingang zum Grab finden würde.

»Ihr müsst mir glauben«, sagte Umberto, weil er wahrscheinlich meinen Zorn spürte, »dass ich euch wirklich nicht in die Sache mit hineinziehen wollte, aber da mir nur noch zwei Wochen blieben …«

»Hast du mir dieses Theater vorgespielt«, sprach ich den Satz für ihn zu Ende, während ich eine völlig neue Art von Wut auf ihn empfand, »und mich in dem Glauben gelassen, das sei alles auf Tante Roses Mist gewachsen.«

»Und was ist mit mir?«, rief Janice. »Mir hat er vorgegaukelt, ich hätte ein Vermögen geerbt!«

»Du Arme!«, gab Umberto zurück. »Sei lieber froh, dass du noch am Leben bist!«

»Wahrscheinlich habe ich für deinen kleinen Plan einfach nicht getaugt«, fuhr Janice in beleidigtem Tonfall fort. »Jules war ja schon immer die Schlauere von uns beiden.«

»Jetzt hör aber auf!«, fauchte ich sie an. »*Ich* bin Giulietta, und *ich* bin diejenige, die in Gefahr war …«

»Genug!«, bellte Umberto. »Glaubt mir, am liebsten hätte ich euch beide aus alledem herausgehalten, aber es gab einfach keine andere Möglichkeit. Deswegen beauftragte ich einen alten Kumpel damit, ein Auge auf Julia zu haben und dafür zu sorgen, dass ihr nichts passierte …«

»Du meinst Bruno?«, keuchte ich. »Ich dachte, er sollte mich umbringen!«

»Er sollte dich beschützen«, widersprach Umberto. »Bedauerlicherweise dachte er wohl, er könnte nebenbei schnelle Kohle machen … Bruno war ein Fehler«, fügte er seufzend hinzu.

»Und deswegen hast du ihn … zum Schweigen bringen lassen?«, fragte ich.

»Das war gar nicht nötig. Bruno wusste zu viel über zu viele Leute. Solche Typen überleben im Knast nicht lang.« Allem Anschein nach war ihm dieses Thema ziemlich unangenehm, denn er schloss es rasch mit der Bemerkung ab, insgesamt sei alles durchaus nach Plan verlaufen, nachdem Eva Maria sich erst einmal davon überzeugt hatte, dass ich tatsächlich ihre Enkelin war und nicht nur irgendeine von ihm engagierte Schauspielerin, die sie dazu bringen sollte, ihm zu helfen. Sie war derart misstrauisch, dass sie Alessandro sogar in mein Zimmer einbrechen und eine DNA-Probe besorgen ließ. Sobald sie jedoch über den gewünschten Beweis verfügte, hatte sie sofort mit den Vorbereitungen zum Fest begonnen.

Da Eva Maria sich alle Einzelheiten des Gesprächs mit Bruder Lorenzo genau eingeprägt hatte, bat sie Alessandro, Romeos Dolch und Giuliettas Ring mit zum Castello Salimbeni zu bringen, sagte ihm aber nicht, warum. Sie wusste genau, dass er, hätte er auch nur die leiseste Ahnung von ihren Plänen, alles vereiteln würde, indem er die Carabinieri ins Spiel brachte. Am liebsten hätte sie ihren Patensohn völlig aus der ganzen Sache herausgehalten, aber da er in der Tat Romeo Marescotti war, brauchte sie ihn, damit er – ohne es zu wissen – vor Bruder Lorenzo seine Rolle spielte.

Umberto gab zu, dass es rückblickend besser gewesen wäre, wenn Eva Maria mich zumindest teilweise in ihre Pläne eingeweiht hätte. Was aber nur daran lag, dass gewisse Dinge schiefgelaufen waren. Hätte ich plangemäß den Wein getrunken und mich anschließend ins Bett gelegt und tief geschlafen, wäre alles glattgelaufen.

»Moment mal!«, unterbrach ich ihn. »Soll das heißen, sie hat mich tatsächlich unter Drogen gesetzt?«

Umberto zögerte. »Nur ein ganz klein wenig. Zu deiner eigenen Sicherheit.«

»Ich fasse es nicht! Sie ist meine Großmutter!«

»Sie hat es nur sehr widerstrebend getan, falls dich das tröstet. Aber ich konnte sie davon überzeugen, dass es die einzige Möglichkeit war, dich aus der Sache herauszuhalten. Dich und Alessandro. Leider hat er den Wein wohl ebenfalls nicht getrunken.«

»Eins verstehe ich noch nicht«, wandte ich ein. »Er hat Moms Buch aus meinem Hotelzimmer gestohlen und gestern Abend dir übergeben. Das habe ich mit eigenen Augen gesehen!«

»Du irrst dich!« Umberto war zweifellos wütend auf mich, weil ich ihm widersprach, und vielleicht auch ein wenig schockiert darüber, dass ich sein heimliches Treffen mit Alessandro beobachtet hatte. »Er war nur der Überbringer. Gestern früh hat ihm in Siena jemand das Buch in die Hand gedrückt und ihn gebeten, es Eva Maria zu geben. Offenbar wusste er nicht, dass es gestohlen war, denn sonst hätte er bestimmt …«

»Augenblick mal!«, mischte sich Janice ein. »Das ist doch völlig bescheuert. Wer auch immer der Dieb war – warum zum Teufel hat er nicht die ganze Truhe genommen? Warum nur das Taschenbuch?«

Umberto schwieg einen Moment, ehe er leise antwortete: »Weil ich von eurer Mutter wusste, dass das Buch den Code enthielt. Sie hat zu mir gesagt, falls ihr etwas zustoßen sollte …« Er konnte nicht weitersprechen.

Eine Weile schwiegen wir alle drei, bis Janice schließlich seufzend sagte: »Tja, ich glaube, du schuldest Jules eine Entschuldigung …«

»Jan!«, unterbrach ich sie. »Fang besser gar nicht erst davon an!«

»Aber überleg doch mal, was dir passiert ist …«, antwortete sie stur.

»Das war meine eigene Schuld!«, gab ich zurück. »Immerhin war ich diejenige, die …« Ich wusste nicht recht, wie ich es formulieren sollte.

Umberto grunzte. »Es ist wirklich nicht zu fassen! Habe ich euch beiden eigentlich gar nichts beige-

bracht? Du kennst ihn gerade mal eine Woche …
und schon gibt es kein Halten mehr! Ihr zwei wart
wirklich süß!«

»Du hast uns beobachtet?« Vor Scham wäre ich
am liebsten im Erdboden versunken. »Das ist so …«

»Ich brauchte den Cencio!«, erklärte Umberto.
»Es wäre alles so einfach gewesen, hättet ihr beide
nicht …«

»Weil wir gerade bei dem Thema sind«, unterbrach ihn Janice, »wie viel hat Alessandro eigentlich
von alledem gewusst?«

Umberto schnaubte verächtlich. »Nicht viel. Er
wusste, dass Julia Eva Marias Enkeltochter ist und
dass Eva Maria ihr das persönlich sagen wollte.
Sonst nichts. Wie bereits erwähnt, konnten wir auf
keinen Fall riskieren, dass er die Polizei einschaltete.
Deswegen hat Eva Maria ihn, was den Dolch und
den Ring betraf, erst kurz vor Beginn der Zeremonie aufgeklärt. Glaub mir, Julia, er war alles andere
als glücklich darüber, dass sie ihn darüber so lange
im Dunkeln gelassen hatte, aber sie konnte ihm begreiflich machen, wie wichtig es für sie und für dich
war, eine Zeremonie durchzuführen, die – angeblich – dem Familienfluch ein Ende setzen würde.
So erklärte sich Alessandro schließlich doch bereit
mitzuspielen.« Umberto schwieg einen Moment,
ehe er in sanfterem Ton hinzufügte: »Wie schade,
dass das alles nun auf diese Weise endet.«

»Wer sagt, dass wir schon am Ende sind?«, fauchte Janice.

Umberto sprach es nicht laut aus, aber ich bin sicher, meine Schwester wusste genau wie ich, was er dachte: *Oh, glaubt mir, es ist das Ende.*

Während wir so dalagen, eingehüllt in bitteres Schweigen, spürte ich, wie die Schwärze von allen Seiten auf mich zukroch und durch unzählige kleine Wunden in meinen Körper eindrang, bis ich das Gefühl hatte, von Kopf bis Fuß von Verzweiflung erfüllt zu sein. Die Angst, die ich verspürt hatte, als Bruno Carrera hinter mir her war oder als Janice und ich in den Bottini festsaßen, war nichts im Vergleich zu dem, was ich nun empfand – zerrissen von Bedauern und gequält von dem Bewusstsein, dass ich keine Gelegenheit mehr haben würde, die Dinge richtigzustellen.

»Nur so aus Neugier«, murmelte Janice, deren Gedanken offenbar in eine ganze andere Richtung gingen als meine, aber vielleicht genauso verzweifelt waren, »hast du sie eigentlich je wirklich geliebt? Mom, meine ich?«

Als Umberto ihr nicht gleich eine Antwort gab, fügte sie ein wenig zaghafter hinzu: »Und hat sie … dich geliebt?«

Umberto seufzte. »Sie hat es geliebt, mich zu hassen. Das bereitete ihr den allergrößten Genuss. Sie hat immer gesagt, es sei in unseren Genen verankert, dass wir uns ständig streiten müssten, und sie wolle es auch gar nicht anders. Sie nannte mich immer ...« – er hielt einen Moment inne, weil ihm die Stimme fast den Dienst versagte – »Nino.«

Als der Lieferwagen schließlich zum Stehen kam, hatte ich fast vergessen, wohin wir unterwegs waren, und warum. Sobald jedoch die Türen aufschwangen und vor dem Hintergrund des vom Mond beleuchteten Doms von Siena die Silhouetten von Cocco und seinen Kumpanen sichtbar wurden, kam die Erinnerung sofort zurück und traf mich wie in Tritt in den Magen.

Die Männer zerrten uns an den Knöcheln von der Ladefläche, als wären wir nichts als Gepäck, ehe sie hineinstiegen, um Bruder Lorenzo zu holen. Das alles passierte so schnell, dass ich kaum Schmerz empfand, obwohl ich ein paarmal hart auf dem gerillten Boden aufschlug. Sowohl Janice als auch ich schwankten ein wenig, als sie uns schließlich draußen abstellten, weil wir uns nach dem langen Liegen im Dunkeln beide erst wieder ans aufrechte Stehen gewöhnen mussten.

»Sieh mal!«, zischte Janice mit einem Hauch von Hoffnung in der Stimme. »Musikanten!«

Sie hatte recht. Nur einen Steinwurf von unserem Lieferwagen entfernt parkten drei andere Wagen, und ein halbes Dutzend Männer stand im Frack und mit Cello- oder Geigenkoffern herum und unterhielt sich, die meisten mit einer Zigarette in der Hand. Bei ihrem Anblick empfand auch ich eine Spur von Erleichterung, doch sobald Cocco auf sie zusteuerte und dabei die Hand zum Gruß hob, begriff ich, dass diese Männer nicht hier waren, um Musik zu machen, sondern zu seiner Schurkenbande aus Neapel gehörten.

Als die Männer Janice und mich erblickten, taten sie ihre Begeisterung sofort lautstark kund. Ohne sich im Geringsten um den Lärm zu kümmern, den sie veranstalteten, bemühten sie sich nach Kräften, uns durch Rufe und Pfiffe auf sich aufmerksam zu machen. Umberto unternahm gar nicht erst den Versuch, dem Spaß ein Ende zu setzen. Es stand außer Frage, dass er – und auch wir – einfach Glück hatten, noch am Leben zu sein. Erst als die Männer Bruder Lorenzo hinter uns aus dem Wagen auftauchen sahen, machte ihr Übermut so etwas wie Unbehagen Platz, und sie beugten sich alle hinunter, um nach ihren Instrumentenkoffern zu greifen wie Schuljungen nach ihren Taschen, wenn der Lehrer kommt.

Für alle anderen, die sich in dieser Nacht auf der Piazza aufhielten – und das waren eine ganze Menge, hauptsächlich Touristen und Teenager –, müssen wir ausgesehen haben wie eine normale Gruppe von Einheimischen, die von irgendeiner Festivität im Zusammenhang mit dem Palio zurückkam. Coccos Männer unterhielten sich die ganze Zeit lachend, während Janice und ich umringt von ihnen dahintrotteten – beide mit je einer großen Contraden-Flagge geschmückt, die auf höchst elegante Weise sowohl unsere Fesseln als auch die Klingen der Schnappmesser an unseren Rippen verhüllte.

Als wir uns dem Haupteingang von Santa Maria della Scala näherten, sah ich plötzlich Maestro Lippi mit einer Staffelei des Weges kommen. Seiner Miene nach zu urteilen, sann er gerade über Dinge nach, die nicht von dieser Welt waren. Da ich es nicht wagte, ihn auf uns aufmerksam zu machen, indem ich seinen Namen rief, starrte ich ihn so eindringlich an, wie ich nur konnte – in der Hoffnung, ihn auf irgendeine spirituelle Art zu erreichen. Nach einer Weile wandte er tatsächlich den Kopf in unsere Richtung, doch sein Blick glitt ohne ein Zeichen des Erkennens über uns hinweg. Enttäuscht stieß ich die Luft aus.

In dem Moment begannen die Kirchenglocken zu läuten. Mitternacht. Bis jetzt war es eine schwülwarme, windstille Nacht gewesen, doch nun braute sich irgendwo in der Ferne ein Gewitter zusammen. Gerade als wir das bedrohlich wirkende Tor des alten Krankenhauses erreichten, fegten die ersten Windböen über den Platz und ließen Abfallfetzen, die ihnen in den Weg kamen, hochwirbeln, als suchten sie wie unsichtbare Dämonen nach etwas – oder jemandem.

Cocco verlor keine Zeit, sondern holte sofort ein Handy heraus und tätigte einen Anruf. Sekunden später erloschen die beiden großen Lampen zu beiden Seiten der Tür, und man hatte das Gefühl, als stieße der ganze Gebäudekomplex mit einem tiefen Seufzer die Luft aus. Ohne viel Aufhebens zog er einen großen schmiedeeisernen Schlüssel aus der Tasche, steckte ihn in das Schlüsselloch unter dem massiven Türgriff und sperrte mit einem lauten Scheppern das Tor auf.

Erst jetzt, als wir kurz davorstanden, das Gebäude zu betreten, ging mir durch den Kopf, dass Santa Maria della Scala so ziemlich der letzte Ort war, den ich mitten in der Nacht erforschen wollte, egal, ob mir jemand ein Messer an die Rippen drückte oder nicht. Obwohl dieses Bauwerk laut Umberto schon viele Jahre zuvor in ein Museum umgewandelt worden war, hatte es dennoch eine lange Geschichte der Krankheit und des Todes. Selbst für jemanden, der sich weigerte, an Geister zu glauben, gab es Grund genug, sich Sorgen zu machen, angefangen bei schlafenden Seuchenkeimen. Letztendlich aber spielte es keine Rolle, wie ich mich fühlte, denn ich hatte längst die Kontrolle über mein Schicksal verloren.

Als Cocco das Tor öffnete, rechnete ich halb mit davonhuschenden Schatten und Verwesungsgeruch, doch auf der anderen Seite empfing uns nichts als kühle Dunkelheit. Trotzdem blieben sowohl ich als auch Janice zögernd an der Schwelle stehen. Erst, als die Männer uns grob vorwärtszerrten, stolperten wir widerstrebend weiter, hinein ins Unbekannte.

Nachdem unsere ganze Schar drinnen und die Tür hinter uns wieder fest verschlossen war, gingen ein paar kleine Lichter an, weil die Männer Stirnlampen aufsetzten und ihre Instrumentenkoffer öffneten. Wie sich herausstellte, befanden sich darin keine Musikinstrumente, sondern Taschenlampen, Waffen und Elektrowerkzeuge. Sobald alles ausgeladen war, wurden die Koffer einfach zur Seite geworfen.

»*Andiamo!*«, rief Cocco und forderte uns mit einer Bewegung seiner Maschinenpistole auf, über das etwa hüfthohe Sicherheitstor zu steigen – was Janice und mir ziemliche Probleme bereitete, da unsere Hände immer noch auf dem Rücken gefesselt waren. Schließlich packten uns die Männer einfach an den Armen und zerrten uns hinüber, ohne sich darum zu kümmern, dass wir vor Schmerz aufschrien, als wir mit dem Schienbein die Metallstangen entlangschrammten.

Zum ersten Mal wagte Umberto, gegen ihre Brutalität Einspruch zu erheben, indem er zu Cocco etwas sagte, das nur bedeuten konnte: *Komm schon, geh mit den Mädchen ein bisschen sanfter um!* Das

Einzige, was ihm das einbrachte, war ein derart heftiger Schlag mit dem Ellbogen gegen die Brust, dass er sich vor Schmerzen krümmte und hustend nach Luft rang. Als ich daraufhin stehenblieb, um nach ihm zu sehen, packten mich zwei von Coccos Männern an den Schultern und zerrten mich ungeduldig weiter, wobei ihre versteinerten Mienen keinerlei Gefühlsregung verrieten.

Der Einzige, der mit so etwas wie Respekt behandelt wurde, war Bruder Lorenzo. Ihm ließ man Zeit, in Ruhe über das Tor zu steigen und sich den Rest von Würde zu bewahren, der ihm noch geblieben war.

»Warum nehmen sie ihm die Augenbinde nicht ab?«, flüsterte ich Janice zu, sobald die Männer mich wieder losgelassen hatten.

»Weil sie vorhaben, ihn am Leben zu lassen«, lautete ihre niederschmetternde Antwort.

»Schhh!«, machte Umberto mit einer Grimasse in unsere Richtung. »Je weniger Aufmerksamkeit ihr auf euch lenkt, desto besser.«

Das war in Anbetracht der Umstände leichter gesagt als getan. Janice und ich hatten seit dem Vortag nicht mehr geduscht, ja, uns noch nicht mal die Hände gewaschen, und ich steckte immer noch in dem langen roten Kleid, das ich zu Eva Marias Fest getragen hatte – auch wenn es mittlerweile einen traurigen Anblick bot. Stunden zuvor hatte Janice vorgeschlagen, ich solle doch irgendetwas aus Moms Schrank anziehen und endlich dieses Grufti-Outfit ablegen, doch als ich ihrer Bitte schließlich nachgekommen war, hatten wir den Geruch nach Mottenkugeln beide nicht ertragen. Deswegen stand ich hier nun barfuß und völlig verdreckt, aber noch immer für einen Ball gekleidet, und sollte in diesem Zustand auch noch versuchen, möglichst wenig aufzufallen.

Eine Weile folgten wir den wippenden Kopflampen schweigend durch dunkle Gänge und etliche Treppen hinunter, angeführt von Cocco und einem seiner Handlanger – einem großen, gelbsüchtig aussehenden Kerl, dessen hagere Gesichtszüge und hängende Schultern mich an einen Aasgeier erinnerten. Hin und wieder blieben die beiden stehen, um einen Blick auf ein großes Stück Papier zu werfen, vermutlich einen Plan des Gebäudes. Jedes Mal, wenn sie haltmachten, zerrte jemand brutal an meinem Haar oder Arm, um sicherzustellen, das ich ebenfalls stehen blieb. Janice genoss neben mir genau dieselbe Behandlung. Auch wenn ich nicht zu ihr hinübersehen durfte, wusste ich doch, dass sie genauso verängstigt und wütend war wie ich und genauso wenig in der Lage, sich zu wehren.

Trotz ihrer Abendanzüge und Gelfrisuren verströmten die Männer einen scharfen, fast ranzigen Geruch, aus dem ich schloss, dass sie ebenfalls unter

Druck standen. Oder aber es war der Gestank des Gebäudes, den ich da roch, denn je weiter hinunter es ging, umso schlimmer wurde es. Auf den ersten Blick wirkte alles sehr sauber, fast steril, doch während wir immer tiefer in das Netzwerk aus schmalen Gängen unter dem Keller hinabstiegen, wurde ich das Gefühl nicht los, dass sich – gleich auf der anderen Seite dieser trockenen, gut versiegelten Wände – etwas ganz und gar Fauliges durch den Gips fraß.

Als die Männer schließlich stehen blieben, hatte ich längst die Orientierung verloren. Mir kam es so vor, als befänden wir uns mindestens fünfzehn Meter unter der Erdoberfläche, konnte jedoch nicht mehr sagen, ob wir noch direkt unter Santa Maria della Scala waren. Vor Kälte schaudernd, hob ich abwechselnd meine eisigen Füße und presste sie in der Hoffnung, das Blut damit wieder zum Fließen zu bringen, kurz gegen meine Waden.

»Jules«, unterbrach Janice plötzlich meine Gymnastik, »nun komm schon!«

Ich rechnete halb damit, dass wir beide gleich einen Schlag auf den Kopf bekommen würden, weil sie mich angesprochen hatte, doch stattdessen schoben uns die Männer nach vorne, bis wir Cocco und dem Aasgeier von Angesicht zu Angesicht gegenüberstanden.

»*E ora, ragazze?*«, fragte Cocco.

»Was hat er gesagt?«, zischte Janice, während sie,

geblendet von Coccos Stirnlampe, den Kopf in meine Richtung wandte.

»Er hat gesagt: *Und jetzt, meine Damen?*«, kam mir Umberto zuvor. »Das dort ist der Raum von Santa Caterina. Wie geht es von hier aus weiter?«

Erst jetzt bemerkten wir, dass der Aasgeier mit seiner Taschenlampe durch eine Gittertür in eine kleine, fast klösterlich wirkende Zelle mit einem schmalen Bett und einem Altar hineinleuchtete. Auf dem Bett lag die Statue einer Frau – wahrscheinlich Santa Caterina –, und die Wand hinter ihr war blau gestrichen und mit goldenen Sternen besetzt.

»Ähm«, stammelte Janice, die es wohl genau wie ich kaum fassen konnte, dass wir nun tatsächlich neben der in Moms Rätsel erwähnten Kammer standen, »*hol ein Brecheisen mir.*«

»Und dann?«, fragte Umberto, der Cocco offenbar unbedingt demonstrieren wollte, wie wichtig wir für das Gelingen des Unterfangens waren.

Janice und ich wechselten einen raschen Blick, weil uns beiden nur allzu bewusst war, dass Moms Anweisungen gleich danach endeten, und zwar mit einem fröhlichen *Und los geht's, Mädels!*

»Moment …«, sagte ich, weil mir plötzlich noch etwas einfiel, »o ja … *hinweg mit dem Schwarz …*«

»Dem Schwarz?«, wiederholte Umberto ratlos. »Was soll denn das heißen?«

Wir alle reckten erneut den Hals. Genau in dem

Moment, als Cocco uns zur Seite schob, um selbst noch einmal einen Blick in den Raum zu werfen, begann Janice heftig zu nicken, als wollte sie mit der Nase auf etwas deuten. »Dort! Seht doch! Unter dem Altar!«

Tatsächlich befand sich unterhalb des Altars eine große Marmorfliese mit einem schwarzen Kreuz darauf. Das Ganze sah durchaus nach dem Eingang zu einem Grab aus. Ohne kostbare Sekunden zu verschwenden, trat Cocco einen Schritt zurück und zielte mit seiner Maschinenpistole auf die Halterung der Gittertür. Ehe irgendjemand Zeit hatte, in Deckung zu gehen, feuerte er eine ohrenbetäubende Salve ab, die das Ding regelrecht aus den Angeln riss.

»Um Gottes willen!«, stöhnte Janice und verzog dabei gequält das Gesicht. »Ich glaube, mir ist das Trommelfell geplatzt! Der Kerl gehört doch in die Klapsmühle!«

Wortlos wirbelte Cocco herum und packte sie so heftig am Hals, dass sie kaum noch Luft bekam. Das Ganze ging derart schnell, dass ich erst begriff, was da eigentlich passierte, als er sie plötzlich wieder losließ und Janice keuchend auf die Knie sank.

»Oh, Jan!«, rief ich erschrocken und kniete mich neben sie. »Alles in Ordnung?«

Sie brauchte einen Moment, bis sie wieder genug Luft bekam, um sprechen zu können. »Das muss ich mir merken …«, murmelte sie blinzelnd, weil ihr wohl immer noch alles vor den Augen verschwamm, »der kleine Charmeur versteht Englisch!«

Bereits wenige Augenblicke später nahmen sich die mit Brecheisen und Bohrern bewaffneten Männer die Marmorfliese unter dem Altar vor. Als diese sich schließlich löste und mit einem dumpfen Schlag, der eine Staubwolke aufwirbeln ließ, auf den Steinboden fiel, war niemand von uns besonders erstaunt darüber, dass dahinter der Eingang zu einem Tunnel gähnte.

Als Janice und ich drei Tage zuvor aus dem Gully auf den Campo geklettert waren, hatten wir uns geschworen, nie wieder Höhlenforschung in den Bottini zu betreiben. Trotzdem krochen wir nun erneut durch einen fast dunklen Gang, der kaum größer als ein Wurmloch war – und zwar ohne dass am anderen Ende ein Stück blauer Himmel auf uns wartete.

Bevor Cocco uns in das Loch hineinschob, schnitt er unsere Fesseln auf – nicht aus Barmherzigkeit, sondern weil er uns sonst nicht hätte mitnehmen können. Zum Glück glaubte er immer noch, uns zu brauchen, um das Grab von Romeo und Giulietta zu finden. Er konnte ja nicht wissen, dass das schwarze Kreuz unter dem Altar in Santa Caterinas Zimmer der allerletzte Hinweis in Moms Wegbeschreibung gewesen war.

Während ich hinter Janice herkroch und nichts als ihre Jeans und hin und wieder das Flackern einer Stirnlampe an der rauen Tunnelwand sah, wünschte ich, ich trüge ebenfalls eine Hose, denn ich verfing mich immer wieder in dem langen Rock des Kleides. Hinzu kam, dass der dünne Samtstoff meine ohnehin schon ramponierten Knie kaum vor dem unebenen Sandstein schützte. Das einzig Positive war, dass mein ganzer Körper vor Kälte allmählich so taub wurde, dass ich den Schmerz fast nicht mehr spürte.

Als wir schließlich das Ende des Tunnels erreichten, war ich genauso erleichtert wie die Männer, dass am anderen Ende kein großer Steinblock oder Geröllhaufen den Weg versperrte und uns zum Umkehren zwang. Stattdessen landeten wir in einer Art Höhle, die etwa sechs Meter breit und so hoch war, dass jeder von uns aufrecht stehen konnte.

»*E ora?*«, fragte Cocco, sobald Janice und ich uns aufgerichtet hatten. Diesmal brauchten wir Umberto nicht mehr als Übersetzer. *Was nun?* Das war in der Tat die Frage.

»O nein«, flüsterte Janice so leise, dass nur ich es hören konnte, »eine Sackgasse!«

Hinter uns kamen die restlichen Männer zum Vorschein, unter anderem auch Bruder Lorenzo, dem der Aasgeier und ein anderer Typ mit Pferdeschwanz aus dem Tunnel halfen, als wäre er ein Prinz, der gerade von königlichen Hebammen entbunden wurde. Zum Glück hatte jemand die Güte besessen, dem alten Mönch die Augenbinde abzunehmen, ehe sie ihn in das Loch geschoben hatten, so dass Bruder Lorenzo nun neugierig vortrat und dabei voller Verwunderung die Augen aufriss, als hätte er völlig vergessen, welch gewaltsamen Umständen er sein Hiersein verdankte.

»Was sollen wir denn jetzt machen?«, zischte Janice, die verzweifelt versuchte, Blickkontakt mit Umberto aufzunehmen. Der jedoch war viel zu sehr damit beschäftigt, seine Hose vom Staub zu befreien, um die plötzliche Spannung in der Luft zu registrieren. »Was heißt *Sackgasse* auf Italienisch?«

Zum Glück täuschte sich Janice. Als ich die Höhle etwas genauer in Augenschein nahm, stellte ich fest, dass es in Wirklichkeit sogar zwei Ausgänge aus der Höhle gab, mal ganz abgesehen von dem Wurmloch, durch das wir soeben hereingekommen waren. Einer befand sich an der Decke, doch dabei handelte es sich um einen langen, dunklen Schacht, in dem ganz oben etwas steckte, das nach einem Betonblock aussah. Selbst mit einer Leiter wäre er unmöglich zu erreichen gewesen. Für mich hatte das Ganze große Ähnlichkeit mit einem Müllschacht – ein Eindruck, der durch die Tatsache bestätigt wurde, dass sich der zweite Ausgang direkt darunter im Boden befand. Zumindest nahm ich an, dass sich unter der rostigen, mit einer dicken Schicht aus Staub und Geröll bedeckten Metallplatte im Boden der Höhle eine Öffnung verbarg. Alles, was von oben herabgeworfen wurde, musste rein theoretisch – vorausgesetzt, beide Löcher waren offen – schnurstracks und ohne Zwischenstopp durch die Höhle und weiter in die Tiefe fallen.

Als mir bewusst wurde, dass Cocco in froher Erwartung neuer Weisungen immer noch Janice und mich anstarrte, tat ich das einzig Logische und deutete auf die Metallplatte auf dem Boden. »Sucht, späht, erforscht«, sagte ich, krampfhaft bemüht, mir eine möglichst orakelhaft klingende Weisung einfallen zu lassen, »zu euren Füßen. Denn hier liegt Julia.«

»Ja«, nickte Janice und zerrte dabei nervös an meinem Arm, »hier liegt Julia!«

Nach einem fragenden Blick zu Umberto, der zustimmend nickte, befahl Cocco seinen Mannen, sich die Metallplatte vorzunehmen und zu versuchen, sie mit ihren Brecheisen zu lockern und zur Seite zu schieben. Dabei gingen sie so heftig zu Werke, dass Bruder Lorenzo sich in eine Ecke zurückzog und den Rosenkranz zu beten begann.

»Der arme Kerl!«, bemerkte Janice und biss sich dabei auf die Unterlippe. »Der ist doch völlig von der Rolle! Ich hoffe nur …« Sie sprach es nicht aus, doch ich wusste auch so, was sie dachte, weil mir der gleiche Gedanke schon vor geraumer Zeit gekommen war. Es war nur noch eine Frage der Zeit, bis auch Cocco merkte, dass er nur unnötigen Ballast darstellte. Wenn das passierte, würden wir nicht das Geringste tun können, um ihn zu retten.

Zwar waren unsere Hände nun nicht mehr gefesselt, aber wir wussten beide, dass wir noch genauso in der Falle saßen wie vorher. Nachdem der letzte Mann aus dem Tunnel getreten war, hatte der Typ mit dem Pferdeschwanz direkt vor der Öffnung Stellung bezogen, um dafür zu sorgen, dass niemand auf die dumme Idee kam, einen Fluchtversuch zu unternehmen. Deswegen gab es für Janice und mich – mit oder ohne Umberto und Bruder Lorenzo – nur einen einzigen Ausweg aus dieser Höhle: Wir mussten wie alle anderen hinunter in den Ausguss.

Als sich der Metalldeckel schließlich löste, kam darunter tatsächlich eine Öffnung zum Vorschein, die so groß war, dass ein Mann hindurchpasste. Cocco trat vor und leuchtete mit seiner Taschenlampe hinunter, woraufhin die anderen Männer nur den Bruchteil einer Sekunde zögerten, ehe sie unter halbherzigem Gemurmel seinem Beispiel folgten. Aus der dunklen Tiefe stieg ein ausgesprochen übler Geruch herauf. Janice und ich waren nicht die Einzigen, die sich anfangs die Nase zuhielten, doch schon nach ein paar Augenblicken empfanden wir ihn nicht mehr als völlig unerträglich. Wir gewöhnten uns langsam ein bisschen zu sehr an den Gestank der Verwesung.

Was auch immer Cocco dort unten sah, ließ ihn bloß mit den Achseln zucken. »*Un bel niente*«, bemerkte er.

»Er sagt, da ist nichts«, übersetzte Umberto stirnrunzelnd.

»Was zum Teufel hat er erwartet?«, höhnte Janice. »Ein Neonschild mit der Aufschrift: *Grabräuber in diese Richtung?*«

Ihr Kommentar ließ mich erschrocken den Kopf einziehen, und als ich dann auch noch sah, wie sie Cocco provozierend anfunkelte, war ich sicher, dass er gleich mit einem großen Satz über das Loch im Boden direkt an ihre Gurgel springen würde.

Doch das tat er nicht. Stattdessen musterte er sie auf eine gruselige, abschätzende Weise. Schlagartig begriff ich, dass meine clevere Schwester schon die ganze Zeit herauszufinden versuchte, wie sie ihn am besten an die Angel bekam. Aber warum? Weil das unsere einzige Chance war, diesen Ausflug lebend zu überstehen.

»*Dai, dai!*«, sagte er nur und forderte seine Männer mit einer Handbewegung auf, nacheinander in das Loch hinunterzuspringen. Als ich mitbekam, wie sie sich vorher alle sammelten und dann mit einem gedämpften Japsen auf dem Boden der unteren Höhle aufkamen, wurde mir klar, dass es so weit hinunterging, dass der Sprung eine gewisse Herausforderung darstellte, aber doch nicht weit genug, um den Einsatz eines Seils zu rechtfertigen.

Schließlich waren wir an der Reihe. Janice, die Cocco wohl demonstrieren wollte, dass wir keine Angst hatten, trat sofort vor. Trotzdem streckte er – vermutlich zum ersten Mal in seiner Karriere – die Hand aus, um ihr zu helfen, doch statt danach zu greifen, spuckte Janice ihm auf die Handfläche, ehe sie sich abstieß und durch das Loch verschwand. Erstaunlicherweise bleckte er bloß die Zähne und sagte etwas zu Umberto, das ich zum Glück nicht verstand.

Als ich sah, dass Janice mir bereits von unten zuwinkte und der Höhenunterschied höchstens zweieinhalb bis drei Meter betrug, ließ ich mich ebenfalls in den Wald aus Armen fallen, die sich mir entgegenreckten, um mich in Empfang zu nehmen. Nachdem sie mich aufgefangen und auf dem Boden abgesetzt hatten, schien allerdings einer der Männer der Meinung zu sein, sich dadurch das Recht erworben zu haben, mich zu begrabschen. Vergeblich versuchte ich, seine Hände abzuschütteln.

Lachend packte er mich an beiden Handgelenken und versuchte die anderen dazu zu bringen, bei dem Spaß mitzumachen, doch genau in dem Moment, als ich spürte, wie ein Gefühl von Panik in mir hochstieg, eilte Janice mir zu Hilfe, indem sie eine Bresche durch all die Hände und Arme schlug, um anschließend zwischen mir und den Männern Stellung zu beziehen.

»Ihr wollt ein bisschen Spaß?«, fragte sie und verzog dabei angewidert das Gesicht. »Das wollt ihr doch, oder? Was haltet ihr dann von ein bisschen Spaß mit mir …?« Sie begann sich das eigene Hemd vom Leib zu reißen und legte dabei eine solche Wut an den Tag, dass die Männer gar nicht recht wussten, wie sie reagieren sollten. Vom Anblick ihres BHs wie gebannt, wichen sie langsam zurück – mit Ausnahme des Kerls, der angefangen hatte. Immer noch höhnisch grinsend, streckte er kühn die Arme aus, um ihre Brüste zu berühren, wurde dabei jedoch von einer ohrenbetäubenden Maschinenpistolensalve unterbrochen, die uns alle vor Schreck und Angst zur Seite springen ließ.

Wenige Augenblicke später streckte ein prasselnder Regen aus Sandstein alle nieder. Während ich mit dem Kopf auf dem Boden aufschlug und spürte, wie sich mein Mund und meine Nasenlöcher mit Staub füllten, hatte ich das schwindelerregende Gefühl, mich plötzlich wieder in Rom zu befinden und vor lauter Tränengas keine Luft mehr zu bekommen. Genau wie damals empfand ich Todesangst. Mehrere Minuten lang hustete ich so heftig, dass ich mich fast übergeben musste, und den anderen erging es wohl ähnlich. Alle um mich herum waren zu Boden gegangen – einschließlich Janice. Das einzig Tröstliche war, dass sich der Untergrund der Höhle gar nicht richtig fest, sondern seltsam federnd anfühlte. Wäre es ein harter Steinboden gewesen, hätte ich durch meinen Aufprall bestimmt das Bewusstsein verloren. Als ich schließlich durch einen Nebel aus Staub hochblickte, sah ich Cocco mit seiner Maschinenpistole in der Hand über uns stehen und sich herausfordernd umblicken, ob noch irgendjemand Lust auf ein bisschen Spaß verspürte. Was jedoch nicht der Fall war. Wie es schien, hatten seine Warnschüsse die Höhle derart erschüttert, dass ein Teil der Decke heruntergekommen war. Damit beschäftigt, ihr Haar und ihre Kleidung vom Geröll zu befreien, kamen die Männer gar nicht erst auf die Idee, ihn wegen seiner heißblütigen Reaktion zur Rede zu stellen.

Cocco, der von der Wirkung recht angetan schien, deutete mit zwei Fingern auf Janice und verkündete in einem Ton, der keinen Widerspruch duldete: »*La stronza è mia!*« Obwohl ich nicht so recht wusste, was eine *stronza* war, konnte ich mir trotzdem in etwa vorstellen, wie die Grundaussage lautete: Niemand durfte sich an meiner Schwester vergreifen, außer er selbst.

Mühsam rappelte ich mich wieder hoch und stellte bei der Gelegenheit fest, dass ich meine Nerven nicht mehr ganz unter Kontrolle hatte, sondern

am ganzen Körper zitterte. Als Janice zu mir her-
kam und mir die Arme um den Hals schlang, spürte
ich, dass sie ebenfalls zitterte.

»Du bist verrückt«, bemerkte ich und drückte sie
ganz fest. »Diese Typen sind nicht wie die armen
Kerle, mit denen du sonst zu tun hast. Das Böse
funktioniert nicht nach Gebrauchsanleitung.«

Janice schnaubte verächtlich. »Jeder Mann funktioniert nach Gebrauchsanleitung. Gib mir ein bisschen Zeit. Unsere kleine Cocco-Nuss wird uns erster Klasse hier herausfliegen.«

»Da bin ich mir nicht so sicher«, murmelte ich,
während ich beobachtete, wie die Männer einen
sehr nervösen Bruder Lorenzo aus der oberen Höhle herunterließen. »Ich glaube, unser Leben ist diesen Menschen sehr wenig wert.«

Janice löste sich von mir. »Warum legst du dich
dann nicht auf der Stelle hin und stirbst? Gib doch
einfach auf! Das ist viel leichter als zu kämpfen, habe ich recht?«

»Ich versuche mich doch nur rational zu verhalten …«, begann ich, aber sie ließ mich nicht ausreden.

»Du hast in deinem ganzen Leben noch nie etwas
Rationales getan!« Sie band ihr zerrissenes Hemd
mit einem festen Knoten zu. »Warum willst du ausgerechnet jetzt damit anfangen?«

Während sie zornig von mir wegstapfte, war ich

tatsächlich sehr knapp davor, mich hinzusetzen und aufzugeben. Am meisten machte mir zu schaffen, dass das alles meine Schuld war – dieser ganze Albtraum einer Schatzsuche – und ich es hätte vermeiden können, wenn ich Alessandro vertraut hätte und nicht Hals über Kopf aus dem Castello Salimbeni geflohen wäre. Wäre ich einfach geblieben, wo ich war, ohne etwas zu hören oder zu sehen und – noch wichtiger – ohne etwas zu *tun*, dann läge ich jetzt womöglich immer noch in meinem Bett und in seinen Armen.

Doch mein Schicksal hatte es anders gewollt. Deswegen steckte ich nun stattdessen hier, irgendwo tief im Untergrund und musste – verdreckt bis zur Unkenntlichkeit – hilflos mit ansehen, wie ein gemeingefährlicher Irrer schreiend mit seiner Maschinenpistole vor meinem Vater und meiner Schwester herumfuchtelte, weil er von ihnen wissen wollte, wohin er sich in dieser Höhle ohne Ausgang als Nächstes wenden sollte.

Da mir sehr wohl klar war, dass ich nicht einfach so herumstehen konnte, während sie mich so dringend brauchten, bückte ich mich nach einer Taschenlampe, die jemand hatte fallen lassen. Erst in dem Moment bemerkte ich, dass direkt vor mir etwas aus dem Boden ragte. Im bleichen Strahl der Lampe sah es aus wie eine große, gesprungene Muschel, aber das konnte natürlich nicht sein. Das Meer war fast achtzig Kilometer entfernt. Als ich mich hinkniete, um mir das Ding genauer anzusehen, schlug mein Herz plötzlich schneller, denn ich begriff, dass ich gerade auf ein Stück eines menschlichen Schädels hinunterstarrte.

Nach dem ersten Schreck stellte ich zu meiner Überraschung fest, dass mich diese Entdeckung gar nicht übermäßig aufregte. Mir ging durch den Kopf, dass in Anbetracht von Moms Wegbeschreibung ja damit zu rechnen war, dass wir auf die sterblichen Überreste von Menschen stoßen würden. Schließlich waren wir auf der Suche nach einem Grab. Mit bloßen Händen fing ich an, in dem porösen Boden herumzugraben, und wurde sehr schnell fündig. Es handelte sich tatsächlich um ein ganzes Skelett. Aber es war nicht allein.

Unter einer dünnen oberen Schicht, die sich nach einer Mischung aus Erde und Asche anfühlte, bestand der Höhlenboden aus dicht aufgehäuften, willkürlich ineinandergreifenden menschlichen Knochen.

IX. III

Ein Grab? Nein, eine Leucht', erschlagner Jüngling!
Denn hier liegt Julia: ihre Schönheit macht
Zur lichten Feierhalle dies Gewölb

Meine makabre Entdeckung ließ alle vor Ekel zurückweichen. Janice musste sich fast übergeben, als sie sah, was ich gefunden hatte.

»O mein Gott«, keuchte sie, »ein Massengrab!« Während sie rückwärts stolperte, presste sie ihren Ärmel gegen Mund und Nase. »Von allen widerwärtigen Orten dieser Welt … ausgerechnet eine Pestgrube! Mikroben! Wir werden alle sterben!«

Ihre Panik bewirkte, dass auch die Männer eine Welle der Angst überkam, so dass Cocco sich die Lunge aus dem Leib schreien musste, um alle wieder einigermaßen zu beruhigen. Der Einzige, der keinen übermäßig bestürzten Eindruck machte, war Bruder Lorenzo. Er senkte lediglich den Kopf und begann zu beten, vermutlich für die Seelen der Verstorbenen, von denen es hier – je nachdem, wie tief die Höhle tatsächlich war – Hunderte geben musste, wenn nicht Tausende.

Cocco aber war nicht nach Gebeten zumute. Nachdem er den Mönch mit dem Kolben seiner Maschinenpistole zur Seite gestoßen hatte, richtete er die Waffe direkt auf mich und bellte irgendetwas Unerfreuliches.

»Er möchte wissen, wie es von hier aus weitergeht«, übersetzte Umberto, dessen Stimme ein ruhiges Gegengewicht zu Coccos Hysterie bildete. »Er sagt, du hast behauptet, Giulietta sei in dieser Höhle begraben.«

»Das habe ich keineswegs behauptet …«, widersprach ich, obwohl ich genau wusste, dass er recht hatte. »Bei Mom heißt es … *geht durch die Tür, denn hier liegt Julia.*«

»Welche Tür?«, fragte Cocco, der demonstrativ hierhin und dorthin blickte. »Ich sehe keine Tür!«

»Es muss hier aber irgendwo eine geben«, log ich.

Cocco verdrehte die Augen und stieß irgendetwas Abfälliges aus, bevor er wütend davonstapfte.

»Er glaubt dir nicht«, erklärte Umberto in grimmigem Ton. »Er hat den Verdacht, dass du ihn zum Narren hältst. Deswegen wird er jetzt mit Bruder Lorenzo sprechen.«

Mit wachsender Besorgnis beobachteten Janice und ich, wie sich die Männer um den Mönch scharten und ihn mit Fragen zu bombardieren begannen. Vor Angst ganz starr, gab Bruder Lorenzo sich sichtlich Mühe zu verstehen, was sie sagten, doch da sie alle durcheinanderschrien, schloss er nach einer Weile einfach die Augen und hielt sich die Ohren zu.

»*Stupido!*«, schimpfte Cocco und erhob die Hand gegen den alten Mann.

»Nein!« Janice stürmte vor und packte Cocco am Ellbogen, um ihn davon abzuhalten, Bruder Lorenzo etwas zu tun. »Lasst es mich versuchen! Bitte!«

Ein paar eisige Sekunden lang sah es aus, als hätte meine Schwester ihre Wirkung auf den Gangster überschätzt. Nach der Art zu urteilen, wie Cocco auf seinen Ellbogen starrte – den Janice immer noch mit beiden Händen umklammerte –, konnte er kaum fassen, dass sie tatsächlich die Dreistigkeit besessen hatte, ihn zurückzuhalten.

Janice, die wahrscheinlich selbst gerade merkte, dass sie einen Fehler gemacht hatte, ließ rasch Coccos Arm los und fiel auf die Knie, um stattdessen unterwürfig seine Beine zu umschlingen. Nach ein paar weiteren Augenblicken der Verblüffung hob Cocco grinsend die Hände und sagte zu seinen Kumpanen etwas, das klang wie: *Weiber! Was soll man da machen?*

So kam es, dass wir dank Janice ungestört mit Bruder Lorenzo sprechen durften, während Cocco und seine Mannen sich Zigaretten anzündeten und anfingen, einen menschlichen Schädel herumzukicken, als handelte es sich um einen Fußball.

Wir stellten uns so hin, dass Bruder Lorenzo von ihrem widerlichen Treiben nichts mitbekam, und fragten ihn dann – mit Umbertos Hilfe –, ob er eine

Ahnung habe, wie wir von dort, wo wir uns gerade befanden, zu Romeos und Giuliettas Grab gelangen konnten. Doch sobald er die Frage verstanden hatte, wurde die Miene des Mönchs abweisend. Er schüttelte den Kopf und beschränkte sich auf eine sehr knappe Antwort.

»Er sagt«, übersetzte Umberto, »dass er diesen bösen Männern nicht zeigen will, wo das Grab ist. Er weiß, sie werden es entweihen. Und er sagt, dass er keine Angst hat zu sterben.«

»Gott steh uns bei!«, murmelte Janice leise. Dann legte sie Bruder Lorenzo eine Hand auf den Arm und erklärte: »Wir verstehen Ihren Standpunkt. Aber sie werden auch uns töten, und anschließend werden sie wieder hinaufgehen und weitere Leute entführen, die sie ebenfalls umbringen werden. Priester, Frauen, lauter unschuldige Leute. Es wird nie enden, bis eines Tages jemand sie zu diesem Grab führt.«

Nachdem Umberto übersetzt hatte, überlegte Bruder Lorenzo eine Weile. Dann deutete er auf mich und stellte eine Frage, die sich seltsam vorwurfsvoll anhörte.

»Er fragt, ob dein Ehemann weiß, wo du bist.« Umberto klang trotz der Umstände fast ein wenig gerührt. »Er findet es sehr dumm von dir, dass du dich hier mit diesen bösen Männern herumtreibst, während du doch eigentlich zu Hause sein und deine Pflicht tun solltest.«

Obwohl ich die Reaktion meiner Schwester mehr fühlte als sah, war mir klar, dass sie gerade genervt die Augen verdrehte und das Gespräch am liebsten sofort abgebrochen hätte. Für mich aber strahlte Bruder Lorenzo eine unglaubliche Aufrichtigkeit aus. Seine Worte hallten in mir auf eine Weise nach, die meine Schwester nie verstehen würde.

»Ich weiß«, antwortete ich und erwiderte den Blick des Mönchs, »aber meine wichtigste Pflicht besteht darin, dem Fluch ein Ende zu setzen. Das wissen Sie. Und ohne Ihre Hilfe kann ich das nicht.«

Nachdem er sich mit einem leichten Stirnrunzeln Umbertos Übersetzung angehört hatte, streckte Bruder Lorenzo die Hand aus und berührte meinen Hals.

»Er möchte wissen, wo das Kruzifix ist«, erklärte Umberto. »Das Kruzifix wird dich vor den Dämonen beschützen.«

»Ich … ich weiß nicht, wo es ist«, stammelte ich. Vor meinem geistigen Auge sah ich, wie Alessandro mir die Kette mit dem Kreuz abnahm und sie – wohl hauptsächlich, um mich zu necken – neben seine Patronenkugel auf den Nachttisch legte. Bei meiner überstürzten Flucht hatte ich das Kruzifix völlig vergessen.

Bruder Lorenzo war mit meiner Antwort sichtlich unzufrieden, und dass ich den Adlerring nicht mehr trug, gefiel ihm ebenso wenig.

»Er sagt, es sei sehr gefährlich für dich, dich dem Grab derart ungeschützt zu nähern«, fuhr Umberto fort, während er sich einen Schweißtropfen von der Stirn wischte. »Er rät dir, deine Entscheidung noch einmal zu überdenken.«

Ich schluckte ein paarmal heftig, um mein rasendes Herz zu beruhigen. Dann erklärte ich, ehe ich es mir anders überlegen konnte: »Sag ihm, dass es für mich nichts zu überdenken gibt. Ich habe keine Wahl. Wir müssen das Grab heute Nacht finden.« Ich machte eine Kopfbewegung in Richtung der Männer hinter uns. »Das sind die wahren Dämonen. Nur die Jungfrau Maria kann uns vor ihnen beschützen. Aber ich weiß, dass ihnen ihre gerechte Strafe zuteilwerden wird.«

Endlich nickte Bruder Lorenzo, doch statt etwas zu sagen, schloss er die Augen und summte eine kleine Melodie, wobei er den Kopf langsam vor und zurück wiegte, als versuchte er sich an den Text zu erinnern. Ich warf einen raschen Blick zu Janice hinüber, die gerade Umberto ansah und dabei eine genervte Grimasse zog. Doch genau in dem Moment, als sie den Mund aufmachte, um meinen Erfolg – beziehungsweise Misserfolg – zu kommentieren, hörte der Mönch zu summen auf, öffnete die Augen und zitierte etwas, das wie ein kurzes Gedicht klang.

»*Schwarzer Tod bewacht der Jungfrau Tür*«, übersetzte Umberto. »Er sagt, so steht es in dem Buch.«

»In welchem Buch?«, wollte Janice wissen.

»*Seht sie euch an*«, fuhr Umberto fort, ohne auf ihren Einwurf zu achten, »*die gottlosen Männer und Frauen, ausgestreckt vor ihrer Tür, die nun verschlossen bleibt auf immer.* Laut Bruder Lorenzo muss es sich bei der Höhle hier um den alten Vorraum zur Krypta handeln. Die Frage ist nur …« Umberto verstummte, weil sich der Mönch plötzlich in Bewegung setzte und unter leisem Gemurmel auf die Wand zusteuerte, die ihm am nächsten war.

Da wir nicht recht wussten, wie wir uns verhalten sollten, trotteten wir einfach brav hinter Bruder Lorenzo her, während er langsam den Raum umrundete und dabei eine Hand an der Wand entlanggleiten ließ. Seit ich entdeckt hatte, worauf wir gingen, empfand ich bei jedem Schritt einen leichten Schauder und war fast froh über den Zigarettenrauch, der mir ab und zu in die Nase stieg, denn er überlagerte jenen anderen Geruch in der Höhle, von dem ich mittlerweile wusste, dass es sich um den Gestank des Todes handelte.

Erst nachdem wir den Raum einmal ganz umrundet hatten und wieder an unserem Ausgangspunkt ankamen – wobei wir uns die ganze Zeit bemühten, nicht auf die verächtlichen Sticheleien von Coccos Männern zu achten, die uns feixend beobachteten –, blieb Bruder Lorenzo schließlich stehen und wandte sich wieder uns zu.

»Der Dom von Siena ist von Osten nach Westen ausgerichtet«, übersetzte Umberto, »wobei der Eingang im Westen liegt. Das ist bei Kathedralen so üblich. Deshalb möchte man meinen, dass es bei der Krypta auch so sein müsste, aber laut dem Buch …«

»Welchem Buch?«, fragte Janice erneut.

»Herrgott nochmal!«, fauchte ich. »Irgendeinem Buch, das man als Mönch in Viterbo eben so liest!«

»Laut dem Buch«, fuhr Umberto fort, während er uns beide mit einem strafenden Blick bedachte, »ist der schwarze Teil der Jungfrau das Spiegelbild ihres weißen Teils, womit gemeint sein könnte, dass die Krypta – also der schwarze Teil, der unter der Erdoberfläche liegt – im Gegensatz zum Dom selbst von Westen nach Osten ausgerichtet ist. Was wiederum bedeuten würde, dass der Eingang im Osten liegt, und der Ausgang *dieses* Raums somit im Westen. Oder wie seht ihr das?«

Janice und ich wechselten einen Blick. Meine Schwester wirkte genauso verwirrt, wie ich mich fühlte. »Keine Ahnung«, sagte ich zu Umberto, »wie er zu diesem Schluss kommt, aber wir sind inzwischen so weit, dass wir alles glauben.«

Als Cocco die Neuigkeit hörte, schnippte er seinen Zigarettenstummel weg und schob den Ärmel hoch, um den Kompass seiner Armbanduhr zu aktivieren. Sobald er sicher war, in welcher Richtung Westen lag, rief er den Männern seine Anweisungen zu.

Wenige Minuten später waren sie alle eifrig damit beschäftigt, im westlichsten Teil der Höhle den Boden aufzugraben. Dabei rissen sie mit bloßen Händen verstümmelte Skelette heraus und warfen sie zur Seite, als handelte es sich nur um abgestorbene Äste. Es war ein seltsames Gefühl, die Männer mit ihren Abendanzügen, schimmernden Schuhen und Stirnlampen auf dem Kopf im Dreck herumkriechen zu sehen. Allem Anschein nach hatte keiner von ihnen das geringste Problem damit, den Staub der sich auflösenden Knochen einzuatmen.

Mir dagegen wurde allein schon von dem Anblick speiübel. Ich wandte mich Janice zu, die aussah, als hätten die Ausgrabungsarbeiten sie völlig in ihren Bann gezogen. Als sie meinen Blick schließlich doch bemerkte, sagte sie mit einem leichten Schaudern: »*Kommt, Fräulein, flieht die Grube des Tods, der Seuchen, des erzwungnen Schlafs. Denn eine Macht, zu hoch dem Widerspruch, hat unsern Rat vereitelt.*«

Ich legte einen Arm um sie, um uns beide vor dem Horrorszenario abzuschirmen. »Und ich dachte schon, du würdest diese verdammten Verse niemals lernen.«

»Es lag nicht an den Versen«, entgegnete sie, »sondern an der Rolle. Ich war einfach nie Julia.« Sie zog meinen Arm noch fester um sich. »Ich könnte niemals aus Liebe sterben.«

Ich versuchte im flackernden Licht ihre Miene zu deuten. »Woher willst du das wissen?«

Sie gab mir keine Antwort, aber das brauchte sie auch nicht, denn genau in dem Moment stieß einer der Männer in dem Loch, das sie gerade aushoben, einen lauten Schrei aus, und wir traten beide vor, um zu sehen, was passiert war.

»Das dürfte der obere Teil einer Tür sein«, stellte Umberto fest und deutete auf die entsprechende Stelle. »Demnach hat Bruder Lorenzo also tatsächlich recht.«

Wir reckten beide den Hals, doch im spärlichen Licht der Stirnlampen war es nahezu unmöglich, etwas anderes auszumachen als die Männer selbst, die in dem Loch herumwuselten wie hektische Käfer.

Erst später, als sie alle wieder herauskletterten, um ihre Elektrowerkzeuge zu holen, wagte ich es, mit meiner Taschenlampe in den Krater zu leuchten und in Augenschein zu nehmen, was sie gefunden hatten. »Sieh mal!« Aufgeregt packte ich Janice am Arm. »Eine versiegelte Tür!«

In Wirklichkeit war es kaum mehr als die Spitze einer weißen Form in der Höhlenwand. Die Männer hatten erst knapp einen Meter freigelegt, aber es bestand kein Zweifel daran, dass es sich um einen Türrahmen handelte, oder zumindest um den oberen Teil davon, über dessen Spitze sogar eine geschnitzte fünfblättrige Rose zu erkennen war. Die Türöffnung jedoch war mit einem Durcheinander aus braunen Ziegeln und Bruchstücken irgendwelcher Marmorverkleidungen zugemauert worden. Wer auch immer die Arbeiten geleitet hatte, war – vermutlich irgendwann in jenem schrecklichen Jahr 1348 – zu sehr in Eile gewesen, um sich über das Baumaterial oder den optischen Eindruck Gedanken zu machen.

Als die Männer schließlich mit ihrem Werkzeug zurückkamen und in das Mauerwerk hineinzubohren begannen, gingen Janice und ich hinter Umberto und Bruder Lorenzo in Deckung. Schon bald vibrierte die ganze Höhle vom Lärm der Zerstörung, und Kalktuffbrocken prasselten wie Hagelkörner von der Decke und bedeckten uns ein weiteres Mal mit Geröll.

Nicht weniger als vier Mauerschichten trennten das Massengrab von dem dahinterliegenden Raum. Sobald die Männer merkten, dass sie mit ihren Bohrmaschinen durch die letzte Schicht gedrungen waren, traten sie einen Schritt zurück und machten sich daran, den Rest mit Fußtritten zum Einstürzen zu bringen. Es dauerte nicht lang, bis sie ein großes, ungleichmäßiges Loch freigelegt hatten. Noch ehe der Staub sich ganz gelegt hatte, schob Cocco sie alle zur Seite, um ja der Erste zu sein, der mit seiner Taschenlampe durch die Öffnung leuchtete.

In der Stille, die auf den Lärm folgte, konnten wir deutlich hören, wie er ein ehrfürchtiges Pfeifen ausstieß, das im angrenzenden Raum ein unheimliches, hohles Echo erzeugte.

»*La cripta!*«, flüsterte Bruder Lorenzo und bekreuzigte sich.

»Los geht's!«, murmelte Janice. »Ich hoffe, du hast Knoblauch dabei.«

Coccos Männer brauchten etwa eine halbe Stunde, um unseren Abstieg in die Krypta vorzubereiten. Zunächst versuchten sie, die Tür bis zum Boden freizulegen, indem sie weiter in die ineinander verschränkten Knochen hineingruben und gleichzeitig die Mauerschichten wegbohrten. Irgendwann aber hatten sie dann die Nase voll von dieser staubigen Arbeit und begannen stattdessen, Knochen und Geröll durch die Öffnung zu werfen, um auf der anderen Seite eine Art Rampe aufzuschütten. Dem anfänglichen Klang nach zu urteilen, schlugen die Ziegelbrocken drüben auf einem Steinboden auf, doch je höher der Haufen wuchs, umso gedämpfter wurde das Geräusch.

Als Cocco uns schließlich als Erste losschickte, traten Janice und ich Hand in Hand mit Bruder Lorenzo den Abstieg in die Krypta an. Während wir vorsichtig den schrägen Berg aus Ziegelbrocken und Knochen hinunterkletterten, fühlten wir uns ein bisschen wie Überlebende eines Luftangriffs, die eine zerstörte Treppe hinabstiegen und sich dabei fragten, ob das wohl das Ende – oder der Anfang – der Welt war.

Unten in der Krypta empfand ich die Luft als viel kühler und eindeutig sauberer als in der Höhle darüber. Während ich mich im tanzenden Licht von etwa einem Dutzend Taschenlampen umblickte, rechnete ich halb damit, eine lange, schmale Kammer mit einer Reihe düster wirkender Sarkophage und strenger lateinischer Inschriften an den Wänden vorzufinden, doch zu meiner großen Überraschung handelte es sich um einen schönen, fast majestätisch wirkenden Raum mit einer gewölbten Decke und hohen Säulen als Stützpfeilern. Hier und dort standen eine Reihe von steinernen Tischen – ursprünglich wohl Altäre, die jedoch aller sakralen Gegenstände beraubt worden waren. Abgesehen davon war die Krypta hauptsächlich von Schatten und Stille erfüllt.

»O mein Gott«, flüsterte Janice und richtete meine Taschenlampe auf die uns umgebenden Wände, »sieh dir diese Fresken an! Die hat niemand mehr gesehen seit …«

»Seit der Pest«, fiel ich ihr ins Wort. »Und wahrscheinlich tut ihnen das gar nicht gut … die viele Luft und das Licht.«

Sie schnaubte entrüstet. »Das dürfte im Moment ja wohl unsere geringste Sorge sein … falls ich dich daran erinnern darf.«

Während wir an der Wand entlanggingen und die Fresken bewunderten, kamen wir an einem Durchgang vorbei, dessen schmiedeeiserne Tür mit goldenen Filigranarbeiten verziert war. Ich leuchtete mit der Taschenlampe durch das Metallgitter. Dahinter befand sich eine Seitenkapelle mit Gräbern, die mich an den Dorffriedhof und die Tolomei-Grabstätte denken ließen, wo ich erst kürzlich mit Cousin Peppo gewesen war – auch wenn es mir vorkam, als wäre das schon ein ganzes Leben her.

Janice und ich waren nicht die Einzigen, die sich für die Seitenkapellen interessierten. Rundherum nahmen Coccos Männer auf der Suche nach dem Grab von Romeo und Giulietta jede einzelne Tür genauestens in Augenschein.

»Was, wenn es sich gar nicht hier befindet?«, flüsterte Janice mit einem nervösen Blick auf Cocco, der immer frustrierter wirkte, je länger die Suche ergebnislos blieb. »Oder wenn die beiden zwar hier begraben sind, aber die Statue irgendwo anders steht? … Jules?«

Doch ich hörte ihr nur mit einem halben Ohr zu. Nachdem ich bereits mehrfach auf Brocken getreten war, die wie abgeschlagener Gips aussahen, hatte ich mit meiner Taschenlampe zur Decke hinaufgeleuchtet und dabei festgestellt, dass dieser Raum viel baufälliger war, als ich zunächst angenommen hatte. Hie und da waren bereits Teile des Gewölbes herunterge-

910

brochen, und einige der stützenden Säulen neigten sich unter der Last der modernen Welt bedrohlich schief.

»Du meine Güte«, sagte ich, weil mir plötzlich klar wurde, dass Cocco und seine Mannen hier unten nicht mehr unsere einzigen Feinde waren, »es dauert bestimmt nicht mehr lange, bis das alles einstürzt.«

Während ich über die Schulter einen Blick zurück zu der unregelmäßigen Öffnung warf, die in den Vorraum führte, begriff ich, dass wir, selbst wenn es uns gelänge, unbemerkt dorthin zurückzuschleichen, niemals in der Lage sein würden, zu dem Loch hinaufzuklettern, durch das wir vorhin mit Hilfe der Männer hinuntergesprungen waren. Wenn ich meine ganze Kraft zusammennahm, schaffte ich es vielleicht, Janice hinaufzuhieven, aber was passierte anschließend mit mir? Und mit Bruder Lorenzo? Rein theoretisch konnte Umberto uns alle drei nacheinander hinaufheben, aber was wurde dann aus ihm? Sollten wir ihn einfach dort zurücklassen?

Meine Spekulationen wurden jäh unterbrochen, als Cocco uns beide mit einem scharfen Pfiff zu sich zitierte und Umberto befahl, uns zu fragen, ob wir weitere Hinweise hätten, wo die verdammte Statue sich befinden könnte.

»Oh, sie ist hier!«, platzte Janice heraus. »Die Frage ist nur, wo die Leute sie damals versteckt haben.«

Als sie merkte, dass Cocco ihr nicht folgen konnte, versuchte sie zu lachen. »Habt ihr wirklich geglaubt«, fuhr sie fort, obwohl ihre Stimme zu zittern begann, »sie würden etwas so Wertvolles an einer Stelle platzieren, wo jeder es sehen könnte?«

»Was hat Bruder Lorenzo gesagt?«, wandte ich mich an Umberto, wobei es mir in erster Linie darum ging, die allgemeine Aufmerksamkeit von Janice abzulenken. Meine Schwester sah nämlich aus, als würde sie jeden Moment in Tränen ausbrechen. »Er hat doch bestimmt eine Idee.«

Wir sahen alle zu dem Mönch hinüber, der allein umherspazierte und gerade die goldenen Sterne an der Decke betrachtete.

»*Und er ließ ihre Augen von einem Drachen bewachen*«, zitierte Umberto. »Das ist alles.«

»Wie seltsam«, sagte ich, während ich den Blick von einer Seite der Krypta zur anderen schweifen ließ. »Dort drüben auf der linken Seite befinden sich insgesamt fünf Seitenkapellen, und zwar in regelmäßigen Abständen, während es hier rechts nur vier sind. Seht mal. Die mittlere fehlt. Dort ist nur Wand.«

Noch ehe Umberto meine Worte zu Ende übersetzt hatte, führte Cocco uns alle zu der Stelle, wo eigentlich die fünfte Tür hätte sein sollen.

»Da ist nicht nur Wand«, bemerkte Janice und deutete auf ein farbenprächtiges Fresko, »sondern

eine Landschaft mit einer großen, roten, fliegen-
den … Schlange.«

»Für mich sieht das eher wie ein Drache aus«,
widersprach ich, während ich einen Schritt zurück-
trat. »Wisst ihr, was? Ich glaube, das Grab ist hinter
dieser Wand. Seht doch …« Ich deutete auf einen
langen Riss in dem Fresko. Unter dem Gips ließ sich
die Form eines Türrahmens erahnen. »Offensichtlich war hier eine weitere Seitenkapelle, genau wie
auf der anderen Seite, aber schätzungsweise hatte
Salimbeni es irgendwann satt, rund um die Uhr
Wachen aufzustellen. Deshalb ließ er die Kapelle
einfach zumauern. Was mir durchaus einleuchtet.«

Cocco brauchte keine weiteren Beweise dafür,
dass sich das Grab tatsächlich hier befand. Binnen
weniger Minuten war das Elektrowerkzeug wieder
im Einsatz, und während die Männer unter lautem
Getöse ihre Metallbohrer in das Drachenfresko und
den darunterliegenden Stein trieben, um sich auf
diese Weise Zutritt zu der verborgenen Kammer zu
verschaffen, schien von den Schallwellen die ganze
Krypta zu vibrieren. Diesmal fiel nicht nur Staub
und Geröll auf uns herunter. Mit den Fingern in
den Ohren sahen wir zu, wie große Stücke des Gewölbes abbrachen, darunter auch einige goldene
Sterne, die mit schicksalhaftem Scheppern auf dem
Boden aufschlugen, als lösten sich rund um uns
herum plötzlich die Zahnräder des Universums.

Als die Bohrer endlich verstummten, war die Öffnung in der Wand gerade so groß, dass ein Mensch hindurchpasste. Wie sich nun herausstellte, führte diese provisorische Tür tatsächlich in eine verborgene Nische. Nacheinander traten die Männer in die Kammer. Am Ende konnten auch Janice und ich der Versuchung nicht widerstehen und folgten ihnen, obwohl uns niemand dazu aufforderte.

Nachdem wir uns mit eingezogenem Kopf durch das Loch geschoben hatten, kamen wir auf der anderen Seite in einer kleinen, von den Stirnlampen der Männer schwach beleuchteten Seitenkapelle wieder heraus, wobei wir fast mit den anderen zusammenstießen, weil sie gleich nach dem Eingang stehengeblieben waren. Ich reckte den Hals, um besser sehen zu können, erhaschte jedoch nur einen kurzen Blick auf irgendetwas Schimmerndes, bevor einer der Männer endlich auf die glorreiche Idee kam, seine Taschenlampe direkt auf das riesige Objekt zu richten, das vor uns in der Luft zu schweben schien.

»Heilige Scheiße!«, stieß jemand aus. Alle anderen waren sprachlos, sogar Janice.

Da war sie, die Skulptur von Romeo und Giulietta – viel größer und beeindruckender, als ich sie mir je vorgestellt hatte. Ihre Ausmaße ließen sie fast schon bedrohlich wirken. Es war, als hätte ihr Schöpfer gewollt, dass jeder Betrachter bei ihrem Anblick spontan auf die Knie fiel und um Vergebung bat. Ich hätte es beinahe getan.

Obwohl die Skulptur schon seit mehr als sechs Jahrhunderten dort auf dem großen Marmorsarkophag thronte und von einer entsprechend dicken Staubschicht überzogen war, strahlte sie dennoch einen goldenen Schimmer aus, dem keine noch so lange Zeitspanne etwas anhaben konnte, und die vier Edelsteinaugen – zwei blaue Saphire und zwei grüne Smaragde – leuchteten im schwachen Licht der Kapelle mit fast übernatürlicher Intensität.

Für jemanden, der die Geschichte nicht kannte, sprach die Skulptur nicht von Kummer, sondern von Liebe. Romeo kniete mit Giulietta im Arm auf dem Sarkophag, und die beiden sahen sich mit einer Eindringlichkeit an, die sogar bis in jenen dunklen Winkel reichte, in dem mein Herz sich versteckt hielt, und mich an meinen eigenen frischen Liebesschmerz erinnerte. Offensichtlich hatte Mom nur geraten, als sie die Skulptur in ihrem Skizzenbuch zu zeichnen versuchte. Selbst ihre liebevollsten Porträts von Romeo und Giulietta wurden den beiden nicht annähernd gerecht.

Während ich dort stand und mich krampfhaft bemühte, meinen eigenen Kummer hinunterzuschlucken, fiel es mir schwer zu akzeptieren, dass ich ursprünglich nur nach Siena gekommen war, um diese Statue und die vier Edelsteine zu finden. Nun, da ich sie direkt vor mir hatte, empfand ich nicht mehr das geringste Bedürfnis, sie zu besitzen. Selbst wenn sie mein Eigentum gewesen wären, hätte ich liebend gerne tausendmal darauf verzichtet, wenn es mir stattdessen vergönnt gewesen wäre, in die reale Welt draußen zurückzukehren, ohne dass Cocco und Konsorten mir etwas anhaben konnten, oder Alessandro wiederzusehen, und sei es nur ein einziges Mal.

»Glaubst du, sie haben die beiden gemeinsam in einen Sarg gelegt?«, unterbrach Janice meinen Gedankengang. »Komm …« Sie bahnte sich mit den Ellbogen einen Weg durch die Männer und zog mich hinter sich her. Als wir direkt neben dem Sarkophag angelangt waren, nahm sie mir die Taschenlampe aus der Hand und richtete den Lichtstrahl auf die in den Stein gemeißelte Inschrift. »Sieh mal! Erinnerst du dich an die Inschrift aus der Geschichte? Glaubst du, es ist dieselbe?«

Wir beugten uns beide vor, um einen besseren Blick darauf zu haben, konnten die italienischen Worte aber nicht entziffern.

»Wie lautete noch mal der Text?« Mit gerunzelter Stirn versuchte Janice sich an die Übersetzung zu erinnern. »O ja! *Hier ruht die treue, liebevolle Giulietta … Dank der Liebe und Gnade Gottes …*« Sie hielt inne, weil ihr der Rest nicht mehr einfiel.

»Auf dass sie erweckt werde von Romeo, ihrem recht-

mäßigen Gatten«, fuhr ich leise fort und blickte dabei wie gebannt in das goldene Gesicht von Romeo, der mir von oben direkt in die Augen zu sehen schien, *»zu einer Stunde vollkommener Gnade.«*

Wenn die Geschichte, die Maestro Lippi für uns übersetzt hatte, der Wahrheit entsprach – und allmählich sah es wirklich danach aus –, dann hatte im Jahre 1341 der alte Maestro Ambrogio höchstpersönlich die Arbeiten an dieser Statue geleitet. Als Freund von Romeo und Giulietta hatte er bestimmt alles darangesetzt, sie möglichst perfekt abzubilden. Mit Sicherheit handelte es sich dabei also um eine wirklichkeitsgetreue Darstellung, die die beiden so zeigte, wie sie tatsächlich ausgesehen hatten.

Cocco und seine Kumpane aber waren nicht aus Neapel gekommen, um sich jetzt in Träumereien zu verlieren. Zwei von ihnen stiegen bereits auf den Sarkophag, um herauszufinden, welche Art Werkzeuge sie benötigten, um der Skulptur die Augen auszustechen. Schließlich kamen die beiden zu dem Ergebnis, dass sie eine bestimmte Art von Bohrer brauchten, und sobald sie die Werkzeuge zur Hand hatten, wandten sie sich wieder der Skulptur zu – der eine Mann Giulietta, der andere Romeo –, um mit ihrem Zerstörungswerk zu beginnen.

Als Bruder Lorenzo – der bis zu diesem Moment völlig ruhig geblieben war – sie die Bohrer ansetzen sah, stürmte er plötzlich vor und versuchte die Männer zum Einhalten zu bewegen, indem er sie anflehte, die Skulptur nicht zu entweihen. Für ihn ging es dabei nicht nur um die Schändung eines Kunstwerks. Vielmehr schien der Mönch felsenfest davon überzeugt zu sein, dass durch den Raub der Augen irgendein unaussprechliches Übel freigesetzt würde und unser aller Schicksal damit besiegelt wäre. Doch Cocco hatte genug von Bruder Lorenzos abergläubischen Rätseln. Er schob den Mönch brutal zur Seite und wies die Männer an fortzufahren.

Der Lärm beim Einreißen der Wand war schon schlimm genug gewesen, doch das Kreischen der Metallbohrer entpuppte sich als absolut höllisch. Die Hände fest auf die Ohren gepresst, wichen Janice und ich erschrocken zurück. Uns beiden war nur allzu bewusst, dass das bittere Ende unserer Schatzsuche rasch näherrückte.

Nachdem wir erneut den Kopf eingezogen hatten und durch das Loch in der Wand in den zentralen Bereich der Krypta zurückgekehrt waren – einen sichtlich bekümmerten Bruder Lorenzo im Schlepptau –, sahen wir sofort, dass der ganze Raum im wahrsten Sinne des Wortes auseinanderfiel. Sowohl an den Gipswänden als auch am Gewölbe klafften bereits lange Risse und bildeten Spinnwebmuster, die nur noch eine klitzekleine Erschütterung brauchten, um sich in alle Richtungen auszubreiten.

»Ich würde vorschlagen, wir treten den Rückzug

an«, sagte Janice, während sie sich nervös umblickte. »In der anderen Höhle müssen wir uns wenigstens nur mit Toten herumschlagen.«

»Und dann?«, fragte ich. »Sollen wir uns unter das Loch in der Decke setzen und warten, bis diese … Herren uns hinaufhelfen?«

»Nein«, antwortete sie und rieb über eine Stelle an ihrem Arm, wo ein Stern sie gestreift hatte, »aber eine von uns könnte der anderen hinaushelfen, und diese andere könnte dann durch den Tunnel zurückkriechen und Hilfe holen.«

Verblüfft starrte ich sie an. Ich begriff, dass sie recht hatte und ich eine Idiotin gewesen war, weil ich nicht an diese Möglichkeit gedacht hatte. »Und wer«, fragte ich zögernd, »soll gehen?«

Janice lächelte sarkastisch. »Du natürlich. Immerhin bist du diejenige, die etwas zu verlieren hat …« Etwas selbstgefälliger fügte sie hinzu: »Außerdem weiß nur ich, wie man mit der Cocco-Nuss richtig umgeht.«

Einen Moment sahen wir uns bloß an. Dann bemerkte ich aus dem Augenwinkel Bruder Lorenzo, der vor den geplünderten Steintischen kniete und zu einem Gott betete, der längst nicht mehr da war.

»Ich kann das nicht«, flüsterte ich. »Ich kann dich doch nicht einfach hier zurücklassen.«

»Du musst«, erklärte Janice entschieden. »Wenn du nicht gehst, tue ich es.«

»Gut«, antwortete ich, »dann tu es. Bitte geh.«

»O Jules!« Sie warf mir die Arme um den Hals. »Warum musst du immer die Heldin spielen?«

Wir hätten uns diesen aufwühlenden Streit um die Märtyrerrolle sparen können, denn inzwischen waren die Metallbohrer verstummt. Die Männer strömten lachend und über ihre Beute scherzend aus der Seitenkapelle und warfen die vier walnussgroßen Edelsteine immer wieder zwischen sich hin und her. Der Letzte, der herauskam, war Umberto. Ich sah ihm an, dass er sich das Gleiche fragte wie wir: War unser Geschäft mit Cocco und seiner Bande aus Neapel damit abgeschlossen, oder würden sie zu dem Ergebnis kommen, dass sie noch mehr wollten?

Als könnten sie unsere Gedanken lesen, brachen die Männer ihr übermütiges Spiel plötzlich ab und musterten Janice und mich eingehend – und das ausgerechnet, während wir so innig aneinandergeschmiegt dastanden. Insbesondere Cocco schien unseren Anblick sehr zu genießen. Der höhnische Ausdruck auf seinem Gesicht ließ keinen Zweifel daran, dass er genau wusste, auf welche Weise wir seinem Geschäftserfolg noch einen zusätzlichen Reiz verleihen könnten. Doch nachdem er Janice mit seinen Blicken ausgezogen hatte und zu dem Ergebnis gekommen war, dass sie trotz ihrer großkotzigen Art auch nur ein verängstigtes kleines Mädchen war, wurden seine abschätzenden Augen kalt, und er sagte zu seinen Männern etwas, das Umberto dazu veranlasste, mit ausgebreiteten Armen vorzuspringen und sich zwischen sie und uns zu stellen.

»No«, bat er, »ti prego!«

»Vaffanculo!«, höhnte Cocco und zielte mit seiner Maschinenpistole auf ihn.

Dem Klang nach zu urteilen, fand zwischen den beiden nun ein wortreicher Austausch von Bitten und Obszönitäten statt, bis Umberto schließlich auf Englisch umschaltete.

»Mein Freund«, sagte er in so flehendem Ton, dass ich fast damit rechnete, ihn vor Cocco auf die Knie fallen zu sehen, »ich weiß, du bist ein großzügiger Mann. Und ein Vater. Sei gnädig. Ich verspreche dir, dass du es nicht bereuen wirst.«

Cocco gab ihm nicht gleich eine Antwort. Die Art, wie er die Augen zusammenkniff, ließ vermuten, dass er nicht gerne an seine Menschlichkeit erinnert wurde.

»Bitte«, fuhr Umberto fort, »die Mädchen werden mit niemandem darüber reden. Das schwöre ich dir.«

Woraufhin Cocco eine Grimasse schnitt und in seinem bedächtigen Englisch antwortete: »Mädchen reden immer. Bla-bla-bla.«

Hinter meinem Rücken drückte Janice meine Hand so fest, dass es weh tat. Sie wusste genauso gut wie ich, dass es eigentlich keinen Grund gab, warum Cocco uns lebend davonkommen lassen sollte. Seine Edelsteine hatte er jetzt, und mehr wollte er nicht. Was er ganz bestimmt *nicht* brauchte, waren Zeugen. Trotzdem fiel es mir schwer zu begreifen, dass es nun wirklich dem Ende zuging. Würde er uns tatsächlich töten, nachdem wir hier die ganze Zeit mit ihm herumgekrochen waren und ihm geholfen hatten, die Skulptur zu finden? Statt Angst empfand ich inzwischen eher Wut – Wut darüber, dass Cocco so ein eiskalter Mistkerl war und auch keiner von den anderen Männern vortrat, um ein gutes Wort für uns einzulegen. Mit Ausnahme unseres Vaters.

Sogar Bruder Lorenzo stand einfach nur da und betete mit geschlossenen Augen seinen Rosenkranz, als hätte das alles nicht das Geringste mit ihm zu tun. Wobei er vielleicht wirklich nicht wusste, worum es gerade ging. Wie sollte er auch? Schließlich verstand er weder Englisch noch die Sprache des Bösen.

»Mein Freund«, begann Umberto von neuem und bemühte sich dabei nach Kräften, ruhig zu bleiben, »ich habe dich damals verschont. Erinnerst du dich? Zählt denn das gar nichts?«

Cocco tat, als müsste er einen Moment überlegen, ehe er mit einer verächtlichen Grimasse antwortete: »Na schön. Du hast mich verschont. Dafür verschone ich jetzt auch jemanden.« Er nickte zu

Janice und mir herüber. »Welche von beiden magst du lieber? Die *stronza* oder den *angelo*?«

»O Jules«, wimmerte Janice und umarmte mich so fest, dass ich kaum noch Luft bekam, »ich hab dich lieb! Egal, was passiert, ich hab dich lieb!«

»Bitte zwing mich nicht, mich zu entscheiden«, antwortete Umberto mit einer Stimme, die ich kaum wiedererkannte. »Cocco, ich kenne deine Mutter«, fuhr er fort, »sie ist eine gute Frau. Was du hier tust, würde ihr nicht gefallen.«

»Meine Mutter«, höhnte Cocco, »wird in dein Grab spucken! Deine letzte Chance: die *stronza* oder den *angelo*? Entscheide dich, oder ich töte beide.«

Als Umberto ihm keine Antwort gab, trat Cocco direkt vor ihn hin. »Du«, sagte er langsam, während er Umberto die Mündung der Maschinenpistole gegen die Brust drückte, »bist ein dummer Mann.«

Statt vorzustürmen und zu versuchen, Cocco am Abdrücken zu hindern, blieben Janice und ich vor Panik wie gelähmt stehen. Eine Sekunde später ließ ein einzelner, ohrenbetäubender Schuss das ganze Gewölbe erzittern.

Überzeugt davon, dass Umberto getroffen war, liefen wir beide schreiend auf ihn zu und erwarteten, ihn jeden Moment tot umfallen zu sehen, doch als wir ihn erreichten, stand er zu unserer großen Überraschung immer noch aufrecht, auch wenn er vor Schreck ganz steif war. Dagegen lag Cocco mit grotesk abgespreizten Gliedmaßen am Boden. Irgendetwas – ein Donnerschlag vom Himmel – war direkt durch seinen Schädel gedrungen und hatte ihm bei der Gelegenheit den Hinterkopf weggerissen.

»O mein Gott«, wimmerte Janice, weiß wie ein Gespenst, »was war denn *das*?«

»Runter!«, rief Umberto und riss uns heftig mit sich zu Boden. »Und Arme über den Kopf!«

Um uns herum versuchten Coccos Männer, irgendwo in Deckung zu gehen, während eine Reihe weiterer Schüsse ertönte. Diejenigen Ganoven, die innehielten, um das Feuer zu erwidern, wurden sofort mit erstaunlicher Treffsicherheit niedergestreckt. Flach auf den Boden gepresst, wandte ich den Kopf, um zu sehen, wer die Schüsse abfeuerte. Zum ersten Mal in meinem Leben war mir der Anblick vorrückender Polizeibeamter in Kampfausrüstung höchst willkommen. Durch das von Coccos Männern freigelegte Loch strömten sie in die Krypta, bezogen Stellung hinter den Säulen, die ihnen am nächsten waren, und forderten die restlichen Banditen auf, die Waffen fallenzulassen und sich zu ergeben. Zumindest nahm ich das an.

Nachdem ich das Eintreffen der Polizei beobachtet und begriffen hatte, dass unser Albtraum nun vorüber war, durchströmte mich ein solches Gefühl der Erleichterung, dass ich am liebsten gleichzeitig gelacht und geweint hätte. Wären sie nur eine Minute später gekommen, dann wäre alles ganz anders ausgegangen. Oder vielleicht hatten sie uns schon eine ganze Weile beobachtet und nur auf eine Gelegenheit gewartet, Cocco seine gerechte Strafe zukommen zu lassen, ohne ihn vor Gericht stellen zu müssen. Doch ungeachtet der Einzelheiten war ich, während ich dort auf dem Steinboden lag und nach dem ganzen Horror nicht recht wusste, wo mir der Kopf stand, durchaus bereit zu glauben, dass die Jungfrau Maria höchstpersönlich sie geschickt hatte, damit sie jene bestraften, die ihren Schrein geschändet hatten.

Als den noch übriggebliebenen Gangstern schließlich klarwurde, dass sie keine Chance hatten, kamen sie mit erhobenen Händen hinter den Säulen hervor, wobei einer von ihnen so dumm war, sich nach etwas zu bücken, das auf dem Boden lag – höchstwahrscheinlich handelte es sich um einen der Edelsteine –, und daraufhin sofort erschossen wurde. Es dauerte ein paar Sekunden, bis ich registrierte, dass es der Kerl war, der mich und auch Janice draußen im Vorraum begrabscht hatte, und noch wichtiger, dass der Mann, der gerade geschossen hatte, Alessandro war.

Sobald ich ihn erkannte, durchströmte mich eine überwältigende, schwindelerregende Freude. Doch bevor ich Janice an meiner Entdeckung teilhaben lassen konnte, setzte irgendwo über uns ein bedrohliches Grollen ein, das schnell zu einem ohrenbetäubenden Crescendo anwuchs, als eine der Säulen, die das Gewölbe trugen, genau auf die noch lebenden Banditen herunterkrachte und sie unter mehreren Tonnen Stein begrub.

Das donnernde Echo der einstürzenden Säule breitete sich durch das ganze Netz der Bottini-Gänge aus, die uns nach allen Seiten hin umgaben. Es fühlte sich an, als erschütterte das Chaos in der Krypta den Boden wie ein Erdbeben. Ich sah, wie Umberto aufsprang und Janice und mir ein Zeichen gab, seinem Beispiel zu folgen.

»Kommt«, drängte er uns und betrachtete dabei nervös die uns umgebenden Säulen, »ich glaube nicht, dass uns viel Zeit bleibt.«

Beim Durchqueren des Raumes entgingen wir nur knapp einem Geröllschauer, der von der geborstenen Decke prasselte, und als mich ein fallender Stern direkt an der Schläfe traf, wurde mir fast schwarz vor Augen. Schwankend blieb ich einen Moment stehen, um mein Gleichgewicht wiederzufinden. Da sah ich plötzlich Alessandro auf mich zukommen. Ohne auf die Warnungen seiner Kollegen zu achten, eilte er mir über die Trümmer entgegen. Er sagte kein Wort, aber das war auch gar nicht nötig, denn seine Augen sagten alles, was ich mir nur wünschen konnte.

Ich hätte mich direkt in seine Arme geworfen, wenn ich nicht genau in dem Moment hinter mir einen schwachen Schrei gehört hätte.

»Bruder Lorenzo!«, keuchte ich, weil mir plötzlich bewusst wurde, dass wir den Mönch völlig vergessen hatten. Als ich herumwirbelte, sah ich seine gebeugte Gestalt irgendwo inmitten der Verwüstung kauern. Bevor Alessandro mich daran hindern konnte, rannte ich rasch zurück, um den alten Mann zu erreichen, ehe mir irgendein herumfliegendes Stück Mauerwerk zuvorkam.

Bestimmt hätte Alessandro mich aufgehalten, wäre nicht gerade eine weitere Säule in einer großen Staubwolke zwischen uns zu Boden gekracht, unmittelbar gefolgt von einem Schauer aus Gipsbrocken. Dieses Mal ließ die Wucht der niederstürzenden Säule den Boden direkt neben mir aufbrechen, und ich begriff, dass sich unter den Steinfliesen weder Holzbohlen noch Betonblöcke befanden, sondern nur eine gähnende, dunkle Leere.

Durch den Anblick wie versteinert, blieb ich einfach stehen. Hinter mir hörte ich Alessandro rufen, ich solle zurückkommen, doch bevor ich mich auch nur umdrehen konnte, begann sich der Untergrund, auf dem ich stand, von seiner Umgebung zu lösen. Ehe ich wusste, wie mir geschah, war der Boden nicht mehr da, und ich stürzte schnurstracks hinein ins Nichts. Ich war viel zu verblüfft, um zu schreien.

Es kam mir vor, als wäre der Klebstoff, der die Welt zusammenhielt, schlagartig verpufft, und in diesem neuen Chaos nichts mehr übrig als herumwirbelnde Trümmer, ich und die Schwerkraft.

Wie weit bin ich gefallen? Am liebsten würde ich sagen, dass ich durch die Zeit selbst fiel, durch viele Leben, Tode und vergangene Jahrhunderte, doch nach herkömmlichen Maßstäben betrug die Fallhöhe wohl nicht einmal fünf Meter. Zumindest hat man mir das gesagt. Angeblich hatte ich Glück, weil mich weder ein Felsen noch ein Dämon in Empfang nahm, als ich in die Unterwelt gepurzelt kam, sondern der alte Fluss, der einen manchmal aus nächtlichen Träumen weckt und dessen Anblick nur sehr wenigen Menschen vergönnt ist.

Sein Name ist Diana.

Man hat mir erzählt, Alessandro sei sofort, nachdem ich über den Rand des abbrechenden Bodens gestürzt war, hinter mir hergesprungen und habe sich dabei nicht einmal die Zeit genommen, seine Ausrüstung abzulegen. Als er in das kühle Wasser eintauchte, wurde er durch das ganze Gewicht – die Weste, die Stiefel, die Waffe – nach unten gezogen, so dass er einen Moment brauchte, bis er wieder hochkam und nach Luft schnappen konnte. Während er gegen die starke Strömung ankämpfte, gelang es ihm, eine Taschenlampe herauszuziehen, und so fand er schließlich meinen leblosen Körper, der an einem hochstehenden Felsen hängen geblieben war.

Alessandro schrie zu den anderen Polizeibeamten hinüber, sie sollten sich beeilen, und ließ sie ein Seil zu ihm hinabwerfen und uns beide zurück in die Krypta des Doms hieven. Für alles und jeden taub, legte er mich inmitten der Trümmer auf den Boden, presste das Wasser aus meinen Lungen und begann mich wiederzubeleben.

Janice, die danebenstand und ihn bei seinen Bemühungen beobachtete, erkannte den Ernst der Lage erst, als sie die anderen Männer grimmige Blicke wechseln sah. Sie alle wussten, was Alessandro noch nicht akzeptieren konnte: dass ich tot war. In dem Moment spürte Janice, wie ihr die Tränen in die Augen stiegen, und nachdem sie erst einmal angefangen hatte zu weinen, konnte sie nicht mehr aufhören.

Am Ende stellte Alessandro seine Wiederbelebungsversuche ein und hielt mich nur noch im Arm, als wollte er mich nie wieder loslassen. Er streichelte meine Wange und sagte mir all die Dinge, die er mir hätte sagen sollen, solange ich noch lebte. Dabei war es ihm völlig egal, wer zuhörte. Laut Janice sahen wir in jenem Moment fast so aus wie die Skulptur von Romeo und Giulietta, nur dass meine Augen geschlossen waren und Alessandros Gesichtszüge vor Kummer verzerrt.

Als sie merkte, dass er die Hoffnung verloren hatte, riss meine Schwester sich von den Polizeibeamten los, die sie gerade zu trösten versuchten, und rannte zu Bruder Lorenzo hinüber.

»Warum beten Sie nicht?«, schrie sie den alten Mann an, während sie ihn fest an den Schultern packte und schüttelte. »Beten Sie zur Jungfrau Maria und sagen Sie ihr …« Janice brach ab, weil ihr klar wurde, dass er sie nicht verstand. Sie trat ein paar Schritte zurück, blickte zu der gesprungenen Decke empor und schrie, so laut sie konnte: »Lass sie leben! Ich weiß, dass du das kannst! Lass sie leben!«

Als auch von oben keine Antwort kam, sank meine Schwester hysterisch weinend auf die Knie, und kein Mann in der ganzen Schar wagte es, sich ihr zu nähern.

In dem Moment spürte Alessandro etwas. Es war kaum mehr als ein leichtes Zittern, und vielleicht ging es von ihm selbst aus, und nicht von mir, aber es reichte, um ihn von neuem hoffen zu lassen. Während er meinen Kopf in seinen Händen wiegte, sprach er wieder mit mir, erst zärtlich, dann drängend.

»Sieh mich an«, bat er, »sieh mich an, Giulietta!«

Man hat mir erzählt, dass ich, als seine Worte schließlich zu mir durchdrangen, weder hustete noch keuchte, sondern einfach nur die Augen aufschlug und ihn ansah. Sobald mir dämmerte, was um mich herum vorging, flüsterte ich angeblich lächelnd: »Das wird Shakespeare aber nicht gefallen.«

Das alles erfuhr ich erst später. Ich kann mich an fast gar nichts erinnern – nicht einmal daran, dass Bruder Lorenzo niederkniete, um mich auf die Stirn zu küssen, und Janice wie ein Derwisch herumwirbelte und abwechselnd all die lachenden Polizeibeamten küsste. Das Einzige, woran ich mich erinnere, sind die Augen des Mannes, der nicht bereit war, mich ein weiteres Mal zu verlieren, und mich aus den Fängen des Barden befreite, damit wir endlich unser eigenes glückliches Ende schreiben konnten.

X

… und all dies Leiden dient
In Zukunft uns zu süßerem Geschwätz

Maestro Lippi verstand nicht, warum ich nicht stillsitzen konnte. Endlich waren wir hier: er hinter einer Staffelei und ich schön wie nie, von Feldblumen umrahmt und ins goldene Licht der Spätsommersonne getaucht. Er brauchte nur noch zehn Minuten, um das Porträt fertigzustellen.

»Bitte«, sagte er und schwenkte seine Palette, »nicht bewegen!«

»Aber Maestro«, protestierte ich, »ich muss jetzt wirklich gehen.«

»Ach was!« Er verschwand wieder hinter der Leinwand. »Solche Veranstaltungen fangen nie pünktlich an.«

Die Kirchenglocken des Klosters hinter mir auf dem Hügel hatten längst zu läuten aufgehört, und als ich mich ein weiteres Mal umwandte, sah ich eine Gestalt in einem flatternden Kleid den Hang heruntereilen.

»Lieber Himmel, Jules«, keuchte Janice, die zum Glück so außer Atem war, dass ich nicht die volle

Wucht ihrer Entrüstung abbekam, »wenn du jetzt nicht *auf der Stelle* erscheinst, bekommt noch jemand einen Anfall!«

»Ich weiß, aber …« Schuldbewusst blickte ich zu Maestro Lippi hinüber. Es widerstrebte mir, dass er nun meinetwegen seine Arbeit unterbrechen musste. Immerhin hatte er sowohl Janice als auch mir das Leben gerettet.

Es stand außer Frage, dass der Albtraum, den wir in der Krypta des Doms erlebt hatten, wohl ganz anders ausgegangen wäre, hätte der Maestro nicht einen – für ihn völlig untypischen – Moment der Klarheit gehabt und uns beide erkannt, als wir, umringt von Musikanten und in Contraden-Fahnen gehüllt, über die Piazza del Duomo marschiert waren. Er hatte uns schon von weitem gesehen, doch als er beim Näherkommen feststellte, dass wir Fahnen der Einhorn-Contrade trugen, die mit unserer Eulen-Contrade aufs heftigste rivalisierte, hatte er sofort begriffen, dass da etwas ganz und gar nicht stimmte.

Deshalb war er sofort zurück in sein Atelier geeilt und hatte die Polizei angerufen. Wie sich herausstellte, befand sich Alessandro ohnehin gerade auf dem Revier und verhörte zwei Taugenichtse aus Neapel, die sich bei dem Versuch, ihn zu töten, die Arme gebrochen hatten.

Wäre Maestro Lippi nicht gewesen, dann wäre

die Polizei uns vermutlich nie in die Krypta gefolgt, und Alessandro hätte mich nicht aus dem Fluss Diana retten können … so dass ich nun wohl kaum in Bruder Lorenzos Kloster in Viterbo säße, noch dazu schön wie nie.

»Es tut mir leid, Maestro«, sagte ich, während ich aufstand, »aber wir müssen das ein anderes Mal beenden.«

Während ich zusammen mit meiner Schwester den Hügel hinaufrannte, konnte ich mir ein Lachen nicht verbeißen. Sie trug eines von Eva Marias maßgeschneiderten Kleidern, und natürlich passte es ihr perfekt.

»Was ist so lustig?«, fauchte sie, immer noch verärgert wegen meiner Verspätung.

»Du«, kicherte ich. »Ich begreife einfach nicht, wieso mir nicht schon viel früher aufgefallen ist, wie ähnlich du Eva Maria siehst. Und wie ähnlich du *klingst*.«

»Vielen Dank!«, gab sie zurück. »Ich schätze, das ist immer noch besser als zu klingen wie Umberto …« Doch kaum hatte sie die Worte ausgesprochen, verzog sie auch schon bedauernd das Gesicht. »Es tut mir leid.«

»Es braucht dir nicht leid zu tun. Ich bin sicher, er ist im Geiste bei uns.«

Die Wahrheit war, dass wir keine Ahnung hatten, was aus Umberto geworden war. Seit der Schießerei

in der Domkrypta hatte ihn kein Mensch mehr gesehen. Aller Wahrscheinlichkeit nach war er – genau
wie ich – vom Erdboden verschluckt worden, nachdem sich durch den Einsturz der zweiten Säule der
Untergrund aufgetan hatte, aber tatsächlich gesehen
hatte es niemand. Alle waren zu sehr damit beschäftigt gewesen, nach mir Ausschau zu halten.

Auch die vier Edelsteine wurden nie gefunden.
Ich persönlich vermutete, dass Mutter Erde ihre
Schätze zurückgenommen hatte, indem sie die Augen von Romeo und Giulietta wieder ihrem Schoß
einverleibte, genau wie sie auch den Adlerdolch zu-
rückverlangt hatte.

Janice dagegen war felsenfest davon überzeugt,
dass Umberto die Klunker eingesackt hatte und
durch die Bottini-Höhlen entwischt war, um in den
schnieken Tangosalons von Buenos Aires das süße
Leben zu genießen … oder was Gentleman-Gangs-
ter eben so taten, wenn sie in Rente gingen. Nach
ein paar Schokoladen-Martinis am Pool von Castello Salimbeni schloss sich Eva Maria ihrer Meinung an. Umberto, so erklärte sie uns, während sie
unter einem großen Schlapphut ihre Sonnenbrille
zurechtrückte, habe seit jeher die Angewohnheit,
einfach zu verschwinden, manchmal sogar für Jahre, und sie dann irgendwann aus heiterem Himmel
wieder anzurufen. Außerdem vertraute sie darauf,
dass ihr Sohn, sollte er tatsächlich durch den Boden

in den Fluss Diana gefallen sein, bestimmt den Kopf über Wasser behalten hatte und einfach der Strömung gefolgt war, bis Diana ihn in irgendeinem See wieder ausspuckte. Wie sollte es auch anders sein?

Um zum Rosengarten zu gelangen, mussten wir an einem Olivenhain und einem Kräutergarten mit Bienenstöcken vorbei. Bruder Lorenzo hatte uns an diesem Morgen das ganze Klostergelände gezeigt und zum Schluss in einen abgeschiedenen Garten geführt, in dem in einer Marmorrotunde die lebensgroße Bronzestatue eines Mönchs stand, der die Arme zu einer Geste der Freundschaft ausgebreitet hielt. Bruder Lorenzo hatte uns erklärt, dass seine Bruderschaft sich den ursprünglichen Bruder Lorenzo so ähnlich vorstelle und dass dessen sterbliche Überreste hier ihre letzte Ruhestätte gefunden hätten. Eigentlich sei dieses Lorenzo-Heiligtum als Ort der Ruhe und der Besinnung gedacht, hatte er uns wissen lassen, doch in unserem besonderen Falle mache er gerne eine Ausnahme.

Als ich mich nun mit Janice im Schlepptau dem Rosengarten näherte, hielt ich kurz inne, um wieder zu Atem zu kommen. Dort standen sie alle und warteten auf uns – Eva Maria, Malèna, unser Cousin Peppo mit seinem Gipsbein sowie ein paar Dutzend andere Leute, deren Namen ich gerade erst lernte – und neben Bruder Lorenzo stand Alessandro, mit angespannter Miene und zum Sterben schön. Stirnrunzelnd warf er einen Blick auf seine Armbanduhr.

Während wir nun auf ihn zueilten, schüttelte er den Kopf und bedachte mich gleichzeitig mit einem halb vorwurfsvollen, halb erleichterten Lächeln. Sobald ich in Reichweite war, zog er mich an sich, küsste mich auf die Wange und flüsterte mir ins Ohr: »Ich glaube, ich werde dich *doch* im Verlies anketten müssen.«

»Wie mittelalterlich von dir«, antwortete ich und löste mich mit gespielter Sittsamkeit aus seinen Armen. Schließlich hatten wir Publikum.

»So bin ich erst, seit ich dich kenne.«

»*Scusi?*« Bruder Lorenzo betrachtete uns beide mit hochgezogenen Augenbrauen. Er hatte es sichtlich eilig, mit der Zeremonie zu beginnen. Pflichtbewusst wandte ich meine Aufmerksamkeit dem Mönch zu und hob mir die Antwort für später auf.

Wir heirateten nicht, weil wir das Gefühl hatten, heiraten zu *müssen*. Diese Trauungszeremonie vor der Lorenzo-Statue war nicht nur für uns gedacht, sondern gab uns auch die Möglichkeit, allen anderen zu beweisen, dass wir es ernst meinten, wenn wir sagten, dass wir zusammengehörten – denn dass dem so war, wussten Alessandro und ich schon seit langer, langer Zeit. Außerdem hatte Eva Maria nach einem Anlass verlangt, die Rückkehr ihrer verschollenen Enkeltöchter zu feiern, und Janice hätte es das Herz ge brochen, wenn sie dabei nicht auch eine glamouröse Rolle zu spielen gehabt hätte. Deswegen hatten die beiden einen ganzen Abend damit zugebracht, auf der Suche nach dem perfekten Brautjungfernkleid Eva Marias Schrank zu durchforsten, während Alessandro und ich im Pool meinen Schwimmunterricht fortsetzten.

Doch auch wenn sich unsere heutige Heirat im Grunde nur wie eine Bestätigung des Versprechens anfühlte, das wir uns bereits gegeben hatten, rührte es mich dennoch, die Aufrichtigkeit in Bruder Lorenzos Stimme zu hören und zu sehen, wie aufmerksam Alessandro neben mir seinen Worten lauschte.

Während ich dort stand, meine Hand in der seinen, begriff ich plötzlich, warum mich – mein ganzes Leben lang – die Angst gequält hatte, jung zu sterben. Wann immer ich versucht hatte, mir meine Zukunft jenseits des Alters vorzustellen, in dem meine Mutter gestorben war, hatte ich nichts als Dunkelheit gesehen. Erst jetzt verstand ich den Grund: Die Dunkelheit war nicht der Tod gewesen, sondern Blindheit. Woher hätte ich auch wissen sollen, dass ich eines Tages – wie aus einem Traum – zu einem Leben erwachen würde, von dem ich gar nicht gewusst hatte, dass es existierte?

Die auf Italienisch abgehaltene, sehr feierliche Zeremonie ging weiter, bis der Trauzeuge – Malènas Mann Vincenzo – Bruder Lorenzo die Ringe reichte.

Als Bruder Lorenzo den Adlerring sah, schnitt der Mönch eine Grimasse und sagte etwas, das alle zum Lachen brachte.

»Was hat er gesagt?«, flüsterte ich.

Alessandro nutzte die Gelegenheit und küsste mich auf den Hals, ehe er zurückflüsterte: »Er hat gesagt: *Heilige Mutter Gottes, wie oft muss ich das eigentlich noch machen?*«

Das anschließende Abendessen fand im Innenhof des Klosters statt, unter einem Dach aus sich rankenden Weinreben. Als die Dämmerung der Nacht wich, gingen die Lorenzo-Brüder hinein, um Öllampen und mundgeblasene Gläser mit Bienenwachskerzen zu holen, und schon bald leuchteten unsere Tische so warm und golden, dass das kühle Licht des Sternenhimmels im Vergleich dazu völlig verblasste.

Es war ein schönes Gefühl, neben Alessandro zu sitzen, umgeben von Leuten, die sonst niemals zusammengefunden hätten. Nach ihren anfänglichen Bedenken kamen Eva Maria, Pia und Cousin Peppo wunderbar miteinander aus. Endlich wurde mit den alten Missverständnissen zwischen den Familien aufgeräumt. Welcher Anlass wäre dafür besser geeignet gewesen? Schließlich waren sie unsere Taufpaten.

Die Mehrheit der Gäste aber waren weder Salimbenis noch Tolomeis, sondern Alessandros Freunde aus Siena und Mitglieder der Familie Marescotti.

Bei seiner Tante und seinem Onkel war ich schon mehrfach zum Essen eingeladen gewesen – ganz zu schweigen von den ganzen Cousinen, die alle entlang der gleichen Straße wohnten. Seinen Eltern und Brüdern aus Rom jedoch begegnete ich an diesem Tag zum ersten Mal.

Alessandro hatte mich schon vorgewarnt, dass sein Vater, Oberst Santini, kein großer Anhänger der Metaphysik war, so dass seine Mutter sich gegenüber ihrem Ehemann lieber bedeckt hielt, wenn es um die Familiengeschichte der Marescottis ging, und ihm nur erzählte, was er unbedingt wissen musste. Mir persönlich war es mehr als recht, dass niemand von ihnen das Bedürfnis empfand, die offizielle Geschichte unseres Zusammenfindens anzuzweifeln. Gerade hatte ich unter dem Tisch erleichtert Alessandros Hand gedrückt, als seine Mutter sich zu mir herüberbeugte und mir mit einem verschmitzten Augenzwinkern zuflüsterte: »Wenn du uns in Rom besuchen kommst, musst du mir unbedingt erzählen, was wirklich passiert ist, ja?«

»Warst du schon einmal in Rom, Giulietta?«, wandte sich Oberst Santini an mich. Für einen Moment übertönte seine dröhnende Stimme alle anderen Gespräche.

»Ähm … nein«, stammelte ich und grub dabei meine Fingernägel in Alessandros Oberschenkel, »aber ich möchte sehr gerne mal hin.«

»Seltsam …«, meinte der Oberst mit leicht gerunzelter Stirn, »irgendwie kommt es mir vor, als hätte ich dich schon einmal gesehen.«

»Genauso ist es mir auch gegangen«, sagte Alessandro und legte einen Arm um mich, »als wir uns das erste Mal begegnet sind.« Mit diesen Worten küsste er mich voll auf den Mund, bis alle lachend anfingen, auf den Tisch zu klopfen, und sich das Gespräch – Gott sei Dank – dem Palio zuwandte.

Zwei Tage nach dem Drama in der Domkrypta hatte die Adler-Contrade das Rennen nach zwanzig enttäuschenden Jahren zum ersten Mal wieder gewonnen. Obwohl mir von ärztlicher Seite eigentlich Ruhe verordnet worden war, hatten Alessandro und ich uns mitten ins Getümmel gestürzt und die Wiedergeburt unseres Schicksals gefeiert. Hinterher waren wir zusammen mit Malèna, Vincenzo und all den andern *aquilini* in den Dom von Siena gepilgert, um an dem Festgottesdienst teilzunehmen, der zu Ehren der Jungfrau Maria veranstaltet wurde – zum Dank für den Sieg und den Cencio, den sie der *Contrada dell'Aquila* so gnädig hatte zukommen lassen, obwohl Alessandro in der Stadt war.

Während ich dort in der Kirche stand und in ein Lied einstimmte, das ich nicht kannte, musste ich an die Krypta denken, die irgendwo tief unter uns lag, und an die goldene Statue, von der nur wir wussten.

Vielleicht würde die Krypta eines Tages wieder sicher genug für Besucher sein, und womöglich könnte Maestro Lippi die Statue restaurieren und ihr neue Augen geben, doch bis dahin war das alles unser Geheimnis. Vielleicht sollte das auch besser so bleiben. Die Jungfrau hatte uns gestattet, ihren Schrein zu finden, aber alle, die ihn in böser Absicht betreten hatten, waren gestorben. Nicht gerade ein vielversprechendes Ziel für Gruppenreisen.

Was den alten Cencio betraf, war er der Jungfrau Maria zurückgegeben worden, genau, wie Romeo Marescotti es damals gelobt hatte. Wir hatten ihn nach Florenz gebracht und professionell reinigen und konservieren lassen. Nun hing er in der kleinen Kapelle des Adlermuseums in einem Glaskasten und sah in Anbetracht der Strapazen, die er hinter sich hatte, erstaunlich gut erhalten aus. Natürlich waren alle in der Contrade völlig begeistert, dass es uns gelungen war, dieses wichtige Stück Geschichte aufzuspüren, und niemand schien es auch nur im Geringsten seltsam zu finden, dass ich jedes Mal rot anlief, wenn das Thema zur Sprache kam.

Während des Desserts – einer grandiosen Hochzeitstorte, die Eva Maria persönlich entworfen hatte – beugte sich Janice zu mir herüber und legte eine vergilbte Pergamentrolle vor mir auf den Tisch. Ich erkannte sie auf den ersten Blick wieder. Es handelte sich um den Brief von Giannozza an Giulietta, den Bruder Lorenzo mir im Castello Salimbeni gezeigt hatte. Mit dem einzigen Unterschied, dass das Siegel inzwischen erbrochen war.

»Ein kleines Geschenk«, erklärte Janice und reichte mir ein gefaltetes Blatt Papier. »Das ist die englische Version. Ich habe den Brief von Bruder Lorenzo, und Eva Maria hat mir geholfen, ihn zu übersetzen.«

Ich sah ihr an, wie sehr sie sich wünschte, dass ich den Brief gleich las, also tat ich ihr den Gefallen. Giannozzas Nachricht lautete folgendermaßen:

Meine liebe Schwester,
ich kann Dir nicht sagen, wie sehr ich mich gefreut habe, nach so langer Zeit endlich wieder einen Brief von Dir zu erhalten. Du kannst Dir nicht vorstellen, wie traurig ich über seinen Inhalt war. Mutter und Vater tot, und auch Mino, Jacopo und der kleine Benni ... Ich weiß gar nicht, wie ich meinen Kummer in Worte fassen soll. Erst jetzt, viele Tage später, bin ich in der Lage, Deinen Brief zu beantworten. Wäre Bruder Lorenzo jetzt hier, würde er mir zweifellos erklären, dass das alles Teil eines großen himmlischen Plans ist und ich nicht um liebe Seelen weinen sollte, die bereits wohlbehalten im Paradies angelangt sind. Aber er ist nicht hier, und Du bist es ebenso wenig. Ich bin ganz allein in einem barbarischen Land.

Ich wünschte, ich könnte zu Dir reisen und Dich sehen, liebste Schwester, denn dann könnten wir uns in diesen dunklen Zeiten gegenseitig trösten. Doch ich bin nach wie vor eine Gefangene im Hause meines Gatten, und auch wenn er die meiste Zeit im Bett liegt und täglich schwächer wird, fürchte ich doch, er könnte ewig leben. Hin und wieder wage ich mich des Nachts nach draußen, wo ich mich dann ins Gras lege und zu den Sternen emporblicke, aber von morgen an werden aufdringliche Fremde aus Rom das Haus bevölkern – Mitglieder einer gewissen Familie Gambacorta, mit denen mein Gatte Handelsbeziehungen pflegt –, so dass meine Freiheit wieder an den Fensterbrettern enden wird. Doch ich möchte Dich auf keinen Fall mit meinen Sorgen ermüden, die im Vergleich zu den Deinen gar nicht der Rede wert sind.

Es tut mir leid zu hören, dass unser Onkel Dich gefangen hält und Du von Rachegelüsten verzehrt wirst, gerichtet gegen diesen teuflischen Schurken, S-. Liebste Schwester, ich weiß, es ist nahezu unmöglich, aber ich bitte Dich dennoch, von solch zerstörerischen Gedanken Abstand zu nehmen. Vertraue darauf, dass der Himmel diesen Mann beizeiten seiner gerechten Strafe zuführen wird. Nach der Beschreibung zu urteilen, die Du mir von dem jungen Romeo gegeben hast, bin ich sicher, dass er der edle Ritter ist, auf den Du schon so lange wartest.

Nun bin ich wieder froh, dass ich diejenige war, die sich in diese schreckliche Ehe begeben hat, und nicht Du – schreibe mir nur öfter, liebste Schwester, und verschweige mir keine noch so kleine Einzelheit, damit ich durch Dich die Liebe leben kann, die mir selbst verweigert war.

Ich bete darum, dass dich dieser Brief lächelnd und bei guter Gesundheit erreichen wird – befreit von den Dämonen, die Dich heimsuchten. So Gott will, werde ich Dich bald wiedersehen, und wir werden zusammen in den Gänseblümchen liegen und vergangene Sorgen weglachen, als hätte es sie nie gegeben. In der schönen Zukunft, die uns erwartet, wirst Du mit Romeo verheiratet sein, und ich werde endlich frei sein von meinen Fesseln ... Bete mit mir, meine Liebe, dass es so kommen wird.

Deine Dich in alle Ewigkeit liebende Schwester – G.

Als ich zu lesen aufhörte, liefen sowohl Janice als auch mir die Tränen übers Gesicht. Obwohl mir nur allzu bewusst war, wie sehr sich alle anderen am Tisch über diesen rätselhaften Gefühlsausbruch wunderten, legte ich die Arme um meine Schwester und dankte ihr für das gelungene Geschenk. Ich weiß nicht, wie viele von den übrigen Gästen die Bedeutung dieses Briefes verstanden hätten. Selbst diejenigen, denen die traurige Geschichte der ursprünglichen Giulietta und Giannozza bekannt war, hätten unmöglich nachvollziehen können, was er meiner Schwester und mir bedeutete.

Die Uhr zeigte schon fast Mitternacht, als ich endlich Gelegenheit hatte, auf Zehenspitzen zurück in den Garten zu schleichen, einen ziemlich unenthusiastischen Alessandro im Schlepptau. Mittlerweile waren alle zu Bett gegangen, und es war an der Zeit, etwas in die Tat umzusetzen, das ich schon eine ganze Weile tun wollte. Während ich das quietschende Tor zum Lorenzo-Heiligtum öffnete, warf ich einen Blick zu meinem grollenden Begleiter hinüber und legte ihm einen Finger an die Lippen. »Wir sollten eigentlich gar nicht hier sein.«

»Da bin ich ganz deiner Meinung«, antwortete Alessandro und versuchte, mich in seine Arme zu ziehen. »Lass mich dir sagen, wo wir jetzt eigentlich sein sollten …«

»Schhh!« Ich legte eine Hand über seinen Mund. »Ich *muss* das einfach machen.«

»Warum hat das nicht Zeit bis morgen?«, nuschelte er unter meinen Fingern heraus.

Ich zog die Hand weg und gab ihm einen schnellen Kuss. »Weil ich eigentlich nicht vorhatte, morgen mein Bett zu verlassen.«

Endlich gab Alessandro sich geschlagen, so dass ich ihn zu der Marmorrotunde hinaufführen konnte, in der die Bronzestatue von Bruder Lorenzo stand. Im Licht des aufgehenden Mondes sah es fast so aus, als würde dort ein lebendiger Mensch mit ausgebreiteten Armen auf uns warten. Natürlich war die Wahrscheinlichkeit, dass seine Gesichtszüge tatsächlich denen Bruder Lorenzos ähnelten, sehr gering, aber das machte nichts. Wichtig war nur, dass aufmerksame Menschen erkannt hatten, was für ein Opfer dieser Mann gebracht hatte, und es uns ermöglicht hatten, ihn hier zu besuchen und ihm zu danken.

Ich nahm die Kette ab, die ich wieder trug, seit Alessandro sie mir zurückgegeben hatte, und hängte sie der Statue um. Nun war das Kruzifix endlich dort, wo es hingehörte. »Monna Mina hat es zur Erinnerung an ihn behalten, als Zeichen ihrer Verbundenheit«, sagte ich, mehr zu mir selbst als zu Alessandro. »Ich brauche es nicht, um mich daran zu erinnern, was er für Romeo und Giulietta getan hat.« Ich hielt einen Moment inne. »Wer weiß, vielleicht gab es nie einen Fluch. Womöglich lag es nur an uns – uns allen –, weil wir das Gefühl hatten, einen zu verdienen.«

Statt einer Antwort berührte Alessandro meine Wange, wie er es schon an jenem Tag am Fontebranda-Brunnen getan hatte, und diesmal wusste ich genau, was er meinte. Egal, ob wir tatsächlich verflucht gewesen waren oder nicht, und egal, ob wir

unsere Schuld getilgt hatten oder nicht, er war mein
Segen, so wie ich seiner war, und das reichte aus, um
uns vor Schaden zu bewahren, sollte das Schicksal –
oder Shakespeare – närrisch genug sein, uns weitere
Wurfgeschosse in den Weg zu schleudern.

Nachwort

Julia ist zwar ein Roman, aber dennoch durchdrungen von historischen Fakten. Die früheste Version von *Romeo und Julia* spielte in der Tat in Siena, und wenn man sich erst einmal etwas eingehender mit der Stadtgeschichte beschäftigt, begreift man schnell, warum das Drama genau dort seinen Anfang nahm.

Während des ganzen Mittelalters wurde Siena – vielleicht mehr als jede andere Stadt der Toskana – von heftigen Familienfehden zerrissen, wobei insbesondere diejenige zwischen den Tolomeis und den Salimbenis traurige Berühmtheit erlangte. Die Art, wie die beiden Familien einander bekriegten, hat sehr große Ähnlichkeit mit der blutigen Rivalität zwischen den Capulets und den Montagues in Shakespeares Stück.

Bei aller historischen Treue habe ich mir doch die Freiheit genommen, Messer Salimbeni als einen teuflischen Unhold zu porträtieren, der seine Ehefrauen misshandelte, und ich bin mir auch nicht sicher, ob Dr. Antonio Tasso von der Bank *Monte dei Paschi di Siena* – der so freundlich war, meine Mutter durch den Palazzo Salimbeni zu führen und ihr von der bemerkenswerten Geschichte des Gebäudes zu erzählen – über eine Folterkammer im Keller seiner ehrenwerten Institution besonders begeistert wäre.

Ebenso wenig wird es meine Freunde Gian Paolo Ricchi, Dario Colombo, Patrizio Pugliese und Cristian Cipo Riccardi erfreuen, dass ich den historischen Palio zu einer derart brutalen Angelegenheit gemacht habe, aber da wir über die mittelalterliche Version des Rennens so wenig wissen, hoffe ich, sie werden mir zugestehen, dass es unter Umständen so gewesen sein könnte.

Die Archäologin Antonella Rossi Pugliese war so freundlich, mit mir durch die ältesten Teile von Siena zu streifen, und inspirierte mich außerdem dazu, in die Mysterien des Sieneser Untergrunds einzutauchen, wozu beispielsweise die Bottini-Höhlen, die verschollene Domkrypta und die Spuren der Beulenpest des Jahres 1348 gehören. Auf ihren Vorschlag hin besuchte meine Mutter das alte Krankenhaus *Santa Maria della Scala*, wo sie die Kammer von Santa Caterina und den Eingang zu einer mittelalterlichen Pestgrube entdeckte.

Die weniger makabren Teile der stadtgeschichtlichen Recherchen meiner Mutter wurden in erster Linie durch die *Biblioteca Comunale degli Intronati*, das *Archivio dello Stato* und die *Libreria Ancilli* ermöglicht. Sehr dankbar sind wir aber auch für die erhellenden Erkenntnisse von Professor Paolo Nardi, Padre Alfred White, OP, und John W. Pech, SJ, sowie das literarische Erbe des verstorbenen Johannes Jørgensen, eines dänischen Dichters und Journalisten, dessen Biographie von Santa Caterina di Siena – der Schutzheiligen Europas – faszinierende Einblicke in das Siena und Rocca di Tentennano des 14. Jahrhunderts liefert. Unglaublich hilfreich waren außerdem das *Museo della Contrada della Civetta* und die städtische Polizei von Siena – Letztere vor allem insofern, als sie darauf verzichtete, meine Mutter wegen ihrer zahlreichen heimlichen Recherchen bezüglich von Banksicherheitssystemen und Ähnlichem zu verhaften.

Apropos verdächtige Aktivitäten: was das betrifft, muss ich mich schleunigst bei Direttor Rosi vom Hotel Chiusarelli dafür entschuldigen, dass ich in seinem schönen Etablissement einen Einbruch habe stattfinden lassen. Meines Wissens ist in dem Hotel noch nie etwas Derartiges vorgefallen, und ebenso wenig kämen der Direktor und sein Personal jemals auf die Idee, sich in die Unternehmungen ihrer Gäste einzumischen oder gar Gegenstände aus deren persönlichem Besitz aus einem Hotelzimmer zu entfernen.

Ferner muss ich betonen, dass der Künstler Maestro Lippi – bei dem es sich um eine real existierende Person handelt – nicht ganz so exzentrisch ist, wie ich ihn dargestellt habe. Er besitzt auch kein chaotisches kleines Atelier im Stadtkern von Siena, sondern ein ziemlich atemberaubendes in einem alten Tolomei-Schloss auf dem Land. Ich hoffe, der Maestro wird mir diese künstlerischen Freiheiten verzeihen.

Zwei Freunde aus Siena standen mir mit ihrem Wissen über die örtlichen Gegebenheiten besonders hilfsbereit und großzügig zur Seite: Avv. Alessio Piscini erwies sich als unerschöpflicher Quell an Informationen bezüglich der *Contrada dell' Aquila* und der Tradition des Palio, und Autor Simone Berni beantwortete geduldig alle Fragen zum italienischen Sprachgebrauch und der Logistik Sienas. Ich bin es beiden schuldig, ausdrücklich darauf hinzuweisen, dass fachliche Fehler – sollten sich solche in das Buch eingeschlichen haben – allein auf mein Konto gehen, und nicht auf das ihre.

Außerhalb von Siena gilt mein besonderer Dank folgenden Personen: meiner guten Freundin und Mit-Freiheitskämpferin aus dem *Institute for Humane Studies*, Elisabeth McCaffrey, sowie meinen Buchclubschwestern Jo Austin, Maureen Fontaine, Dara Jane Loomis, Mia Pascale, Tamie Salter, Monica Stinson und Alma Valevicius, die so lieb waren, konstruktive Kritik an einer frühen Fassung zu üben.

Zwei Menschen haben ganz entscheidend dazu

beigetragen, aus der Geschichte ein Buch zu machen: mein Agent Dan Lazar, dessen Enthusiasmus, Sorgfalt und Können das alles erst möglich gemacht hat, und meine Lektorin Susanna Porter, die mir mit aufmerksamem Blick und kompetenter Hand geholfen hat, das Buch zu kürzen und zu straffen, ohne dabei allzu sehr den Faden zu verlieren. Es war mir eine große Freude und Ehre, mit beiden zu arbeiten.

Weitaus mehr als nur Dank schulde ich schließlich meinem Ehemann Jonathan Fortier, ohne dessen Liebe, Unterstützung und Humor ich dieses Buch niemals hätte schreiben können, und ohne den ich mich noch in einem schlafähnlichen Zustand befände und mir dessen nicht einmal bewusst wäre.

Gewidmet habe ich *Julia* meiner erstaunlichen Mutter, Birgit Malling Eriksen, die sich durch grenzenlose Großzügigkeit und Hingabe auszeichnet und fast genauso viel Zeit auf die Recherchen für diese Geschichte verwandt hat wie ich auf das eigentliche Schreiben. Ich hoffe sehr, dass das Buch so geworden ist, wie sie es sich vorgestellt hat, und sie schon bald bereit sein wird für ein neues Abenteuer …

Sabine Weigand
Die silberne Burg
Historischer Roman

Band 18339

Sie ist Ärztin, sie ist Jüdin, und sie ist auf der Flucht: Sara verbirgt ihr Schicksal vor den Gauklern, mit denen sie im Jahre 1415 den Rhein entlang zieht. Geheimnisse haben auch der junge Ritter Ezzo und der irische Mönch Ciaran, der in seiner Harfe das Vermächtnis eines Ketzers versteckt, das die Kirche unbedingt vernichten will.

Alle drei geraten auf dem Konzil von Konstanz in große Gefahr. Denn sie hüten ein Geheimnis, das die Welt von Kaiser und Papst erschüttern kann.

»Ein mitreißende Mittelalterroman, der seine Leser
so authentisch in eine dunkle Zeit versetzt, dass man das
Buch nur bei hellem Licht lesen sollte. Faszinierendes,
phantastisches Lesefutter für hungrige Historien-Fans.«
MDR

»Weigand wollte Sara, dieser außergewöhnlichen Frau,
mit einer fiktiven Lebensgeschichte ein Denkmal setzen –
und das ist ihr hervorragend gelungen.«
Alice Werner, Buchjournal

Fischer Taschenbuch Verlag

Maria R. Bordihn
Die Kaiserin von Ravenna
Historischer Roman
Aus dem Englischen von Karin König und Tatjana Kruse

Band 17133

Königin der Goten, Kaiserin von Rom: Der große historische Roman über die starke Frau, die das Tor von der Antike
zum Mittelalter aufstößt.

In ihren Adern fließt das Blut der römischen Kaiser: Galla
Placidia. Als die Goten Rom erobern, wird sie als Geisel ver-
schleppt. Sie begegnet dem Gotenführer Athaulf, und ihre
Verachtung für den »Barbaren« verwandelt sich in Liebe. Sie
wird Königin der Goten. Doch als Athaulf durch Verrat
stirbt, muss Placidia fliehen – zurück in die Wirren um Rom.
Aber sie lässt sich nicht zum Spielball von Intrigen machen,
sondern greift selbst nach der Macht. Kann sie Westrom von
Ravenna aus regieren und vor dem Zerfall bewahren?

Fischer Taschenbuch Verlag